KB009001

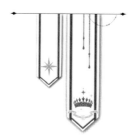

나는이집
아이

—

III

나는 이 집 아이 3 (완결)

초판 1쇄 발행 2018년 8월 16일
초판 6쇄 발행 2022년 1월 10일

지은이 시야
발행인 오영배
편집 편집부
디자인 디자인그룹 헌드레드
제작 조하늬

펴낸곳 (주)삼양출판사 · 피오렛
주소 서울시 강북구 도봉로 173
대표 전화 02-980-2112 / **팩스** 02-983-0660
편집부 전화 02-987-9393 / **팩스** 02-980-2115
블로그 blog.naver.com/dan_gul
출판등록 1999년 3월 11일 제9-00046호.

ISBN 979-11-283-9528-4 (04810) / 979-11-283-9525-3 (세트)

+ (주)삼양출판사 · 피오렛의 서면 허락 없이는 어떠한 형태나 수단으로도 이 책의 내용을 이용하지 못합니다.
+ 지은이와 협의하에 인지는 생략합니다. 잘못된 책은 구입한 곳에서 바꾸어 드립니다.
+ 이 도서의 국립중앙도서관 출판시도서목록(CIP)은 서지정보유통지원시스템홈페이지(http://seoji.nl.go.kr)와
   국가자료공동목록시스템(http://www.nl.go.kr/kolisnet)에서 이용하실 수 있습니다. (CIP제어번호: 2018022914)

fioret 은 (주)삼양출판사의 로맨스 판타지 문학 브랜드입니다.

III

나는이집
아이

시야 장편소설

Contents

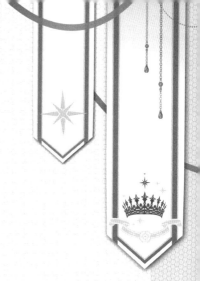

Chapter 1.

난 보트 안에서 드레스를 정리하며 에멜이 노를 젓는 모습을 바라보았다. 양손으로 젓는 노가 아니라, 배 뒤쪽에 달린 긴 노를 젓는 배였다.

"어떻게 젓는 거예요?"

"잘이요."

에멜의 대답에 난 픽 웃었다. 보트 앞쪽에 백조 목처럼 높게 세운 철제 기둥에서 등불이 흔들리며 희미한 빛을 수면에 던졌다. 배가 물을 가르는 희미한 파도 소리와 옅은 민물 냄새, 해가 저가며 유화폭처럼 물드는 하늘.

호수를 둘러보니 여기저기에 뱃머리 등불이 보였는데, 저무는 해 덕분에 청사진처럼 연인과 배들의 실루엣만이 보였다. 나름대로 데이트의 필수 코스인 듯싶었다.

난 다리를 쭉 뻗고 에멜을 올려다보았다.

"좋아요. 그럼 노는 그만 젓는 게 어때요?"

에멜이 날 내려다보아 난 손을 뻗었다.

"앉아서 이야기해요. 이 정도면 충분히 호수 안쪽으로 들어온 것 같으니까요."

에멜이 노를 조심스럽게 걸이에 고정해 두고 내 앞으로 와서 앉았다. 내가 그 노를 가리키며 말했다.

"왜 이 배를 골랐어요?"

"네?"

"양손으로 젓는 거였으면, 저으면서 나랑 얘기도 하잖아요."

"노동도 하고, 얘기도 하라고요?"

"그렇죠."

에멜이 가볍게 웃고 말했다.

"이것밖에 안 남아 있었어요."

"아."

그럼 어쩔 수 없죠. 하고 난 얌전히 구두를 벗었다. 딱딱한 구두에서 나온 발에 피가 통하는 느낌이었다.

하, 살 것 같다.

난 어두운 호수를 들여다보았다.

"낮에는 그렇게 투명한데, 밤이 되니까 좀 무섭네요."

"사실 에스텔을 물가로 데려가고 싶지는 않지만요."

"왜요?"

"왜일까요."

에멜의 물음에 난 곰곰이 생각하다가 아, 하고 말했다.

"제가 물에 빠졌던 거 때문에요."

"물에 빠져, 거의 죽어 갔었죠."

에멜의 말에 난 한숨을 내쉬었다.

"그랬었죠."

실질적으로 죽은 것과 마찬가지이기도 했으니까. 돌아와서 정말 아파 죽는 줄 알았지.

"하지만 전 물에 빠져 죽지 않아요. 물의 정령이랑 함께 있는걸요. 저 물속에서 숨도 쉴 수 있다고요?"

"그거 다행이네요."

에멜의 말에 난 피식 웃고 그를 보았다.

"에멜."

"네."

"내 걱정 말고 다른 건 없어요?"

"다른 거요?"

"저에 대해서 생각하는 거 말이에요."

내 말에 에멜이 날 빤히 훑어보며 말했다.

"안고 싶고, 만지고 싶고, 키스하고 싶고ㅡ"

"그것도 말고요."

"으음."

"설마 날 만지고 싶거나, 아니면 물에 빠질 걸 걱정하거나. 두 가지 생각밖에 없는 건 아니겠죠?"

"그리고 사실."

"네."

"에스텔의 머릿속을 탈탈 털고 싶다고 생각합니다."

"네?"

"대체 맥길런의 침대에서 일어난 게 사실이라는 건 무슨 말입니까?"

"아, 그거 말이죠."

난 어깨를 으쓱했다.

"사실, 에멜 때문에 가출했었거든요."

에멜이 눈을 동그랗게 떴다.

"저 때문에요?"

"그래요. 아무도 저에게 에멜이 후작이라고 말해 주지 않았다고요. 심지어 보통 때라면 소식을 들었을 테지만, 솔라드 백작령에 내려가 있느라 듣지도 못했죠."

"아."

"그런데 에멜이 짠— 하고 아이리스의 살롱에 등장을, 대체 무슨 생각으로 그런 거예요?"

"에스텔을 만났으면 좋겠다는 생각으로 그랬습니다만?"

"내 입장은 생각도 안 했죠?"

"제가 후작이라는 걸 에스텔이 모를 줄 몰랐어요."

"아, 물론 그러셨겠죠."

난 한숨을 푹 내쉬고 이어 말했다.

"그래서, 화가 나서 그대로 로이는 해고하고, 집에 틀어박혀 있다가 가출했죠. 갈 곳이 없어서 맥길런의 집으로 갔고요."

"로이를 해고했어요?"

"지금은 재고용이에요."

"제길."

"에멜."

"물론 로이는 좋은 기사지요."

에멜이 고개를 끄덕여서 난 피식 웃고 이어 말했다.

"그런데 맥이 아팠고, 그래서 간호해 주게 된 거예요. 그러다가 잠들었는데, 알파가 절 안쓰러워해서 침대에 올려 준 거고요. 그래서 한 침대에서 자게 된 거죠."

에멜은 신음을 흘리고 관자놀이를 문질렀다.

"남자와, 단둘이서요. 간호까지?"

"하지만 아파서 쓰러진 사람을 두고 갈 수는 없잖아요."

"그 사람이 당신을 여신이니 뮤즈니 부르면서 핥고 싶다는 표정으로 손등에 키스해도 말이죠."

"에멜! 그건 말도 안 돼요!"

"그럼 그 자식이 당신을 좋아하지 않는다고 말할 수 있습니까?"

난 찔끔했다.

"그건, 그러니까. 하지만 난 안 좋아해요. 그럼 된 거잖아요?"

"된 건가요?"

"난 에멜을 좋아한다고요."

에멜은 한숨을 내쉬었다.

"그 '에멜을 좋아하고' 라는 대목의 '좋아하고'가 적어도 로이를 좋아한다는 것보다는 낫기를 바라죠."

"로이랑은 키스하지 않아요."

"그렇겠죠."

"두근거리지도 않고요."

"그건 좋네요."

"더 만져줬으면 하는 것도 에멜뿐이에요."

에멜은 가볍게 숨을 삼켰다. 희미한 등불 아래 그의 눈이 타오르는 것처럼 보여서 나도 숨을 삼켰다.

"그건 몰랐습니다."

그런 눈동자와 달리 그의 목소리는 낮고 부드러웠다. 부드러운 실크로 피부를 쓸어 올릴 때처럼 소름이 돋아 난 발을 움츠렸다.

에멜이 팔을 벌리며 말했다.

"이리 와요."

난 머뭇머뭇하며 자리에서 일어나 그에게 손을 뻗었다. 에멜이 내 손목을 잡아당겨서 난 그쪽으로 확 넘어졌다.

"꺅!"

비명이 무색하게 에멜은 가볍게 날 자신의 다리 위에 앉혔다.

아, 진짜 이 감각은 몇 번을 당해도 익숙해지지 않는다.

아빠도, 카를도, 이제 에멜까지.

분명히 난 한 사람의 당당한 성인이고 드레스는 꽤 무거운데, 어째서 이렇게 헝겊 인형처럼 가볍게 다뤄지는 건가요?

에멜이 내 이마에 키스했다. 이어 뺨에, 코에 그리고 입술 위에 부드럽게 가벼운 키스가 이어졌다. 커다랗고 따뜻한 손이 내 목덜미를 부드럽게 감쌌고, 몇 번이고 입술을 겹쳤다. 난 그의 목에 팔을 두르며 입을 벌렸다.

분명히 조금 전까지만 해도 에멜의 다리 위에 올라가 있었는데, 왜인지 지금은 내가 그의 밑으로 내려온 듯 역전이 되어 있었다. 에멜의 손이 더 거칠어지고, 드레스 위로 날 만지는 손이 점점 더 기분 좋게 느껴졌다.

에멜의 머리카락도 매끄럽고, 기분이 좋아서.

텅—

가벼운 소리와 함께 충격이 전해져 와 우리는 깜짝 놀라 고개를 들었다.

"아."

"나무에 부딪혔네요."

"부딪혔군요."

보트가 멋대로 흘러서, 호숫가까지 흘러와 나무에 부딪힌 거였다. 시선을 깜박거리니 호수 아래로 드리워진 나뭇가지가 올려다 보였다.

가지 덕분에 다른 사람들에게 우리 행위가 들키지는 않았겠다. 난 한숨을 내쉬며 말했다.

"머리 엉망이에요."

에멜이 킥킥 웃으며 자신의 머리를 쓱 쓸어 넘기고 말했다.

"저야 이러면 되지만, 에스텔은 어떻게 하죠?"

"심해요?"

"방금까지 저와 진한 키스를 나눈 사람 같아요."

"심하군요."

내가 한숨을 쉬자 그가 내 양 허리를 붙잡아 가뿐히 보트의 의자에 앉혀 주었다. 그가 낮게 한숨을 내쉬고 자리에서 일어나 노를 가볍게 밀어 뭍에서 배를 떼어낸 후에 말했다.

"제가 머리를 정리해 드려도 될까요?"

"기꺼이요."

"이렇게 제가 자제심이 없는 인간이라고는 생각해 본 적이 없군요."

"그래요?"

"그렇습니다. 이런 보트 위에서 거의 에스텔의 보디스를 끌어내리기 직전까지 갔다고요. 그럴 때는 절 좀 걷어차도 좋아요. 에스텔."

"싫어요."

난 그렇게 말하며 에멜이 내 머리의 핀을 풀고, 머리카락을 쓸어내리는 감촉을 즐겼다.

"싫다고요?"

그의 손가락이 머리카락을 파고들어 부드럽게 쓸어내린다. 머리카락을 어루만지는 감각은 오싹하면서도 전신이 이완되는 느낌을 주었다.

나는 나른한 목소리로 대답했다.

"나도 그다음까지 갔으면 하니까요."

에멜의 손이 딱 멈췄다.

아니, 만지다가 멈추는 게 어디 있어요?

난 고개를 흔들어 머리카락을 만져달라고 재촉했다.

"빨리, 더 만져줘요."

조르는 소리와 숨이 흘러나왔다. 에멜이 허리를 숙여서 내 귓가에 낮게 속삭였다.

"설마 여기서 제가 당신의 치마를 걷어 올리고 덮치기를 바라는 건 아니시겠죠? 내 아가씨."

어.

나도 딱 굳었다.

"그건 아니에요."

간신히 목소리가 튀어나왔다.

"저도 그렇습니다. 그러니까 유혹은 그만둬 주세요."

"유혹하는 거 아닌데요."

"그렇습니까?"

에멜이 그렇게 말하고 허리를 편 후에 다시 머리카락을 빗겨 주기 시작했다. 난 머뭇머뭇 말했다.

"나 머리 빗겨 주는 거 좋아해요."

"그런 것 같아요."

에멜은 그렇게 말하고 내 머리카락에 키스하고는, 이후 천천히 머리를 다시 정리해서 묶어 주었다. 긴 머리핀이 머리카락 사이를 파고드는 게 느껴졌다.

"다 됐습니다."

"네."

"에스텔."

"네."

"농담이었습니다."

"거짓말."

"조금은요."

"에멜이 저를 덮친다고 했잖아요."

"제가 그런 말을 했었나요?"

"네."

"고상한 표현법을 몰라서."

"에멜!"

"그런데 뜻은 아시나 보죠? 그거 의외인데요."

"에멜."

에멜이 피식 웃고 답했다.

"제게 그런 말을 하게 하는 건 에스텔뿐입니다."

"그거 참 고맙네요."

어이가 없어서 어깨를 늘어트리며 대답하자 에멜이 조심스럽게 물었다.

"불쾌하셨습니까?"

"에멜이 나를 덮친다고 했다고요!"

"그랬죠. 그래서 불쾌하셨습니까?"

난 팔짱을 끼고 그를 노려보며 말했다.

"그랬다면 지금쯤 에멜은 호수에 처박혀 있을 거예요. 정말이지."

에멜이 내 말에 사르르 웃었다.

"그거 감사합니다."

난 팔짱을 낀 채로 여전히 그를 노려보다가 한숨을 내쉬었다.

"큰일이에요."

"뭐가 말인가요?"

"생각해 봤는데, 아빠 말이에요. 아직도 삼십 대 초반으로 보인단 말이죠."

"마스터니까요."

"에멜도 그럴 거 아니에요."

"마스터니까요."

"그리고 난 쭈글쭈글해질 거잖아요."

"그렇겠죠?"

"그럼 어떻게 하죠."

"젊어 보이는 약혼자를 데리고 사는 거죠."

에멜이 웃으며 대답했다. 난 피식 웃었다.

정말, 처음 만났을 때랑 하나도 변하지 않은 건 반칙 아닌가.

"에멜은 진짜 안 변했어요."

"아가씨는 많이 변하셨죠."

"에스텔."

"에스텔도 많이 변했죠."

"언제부터 나 좋아했어요?"

"전쟁에서 돌아와서요."

"흐음."

"물론 그 전에도 아가씨는 좋아했죠."

에멜이 웃었다.

"만약에, 그대로 있었다면 저도 로이처럼 개인 서약을 했을 겁니다."

"그런데요?"

"그런데, 아가씨가 너무 달라져 있으셔서."

"아하."

에멜이 가볍게 숨을 삼켰다.

"제가 미친 줄 알았습니다."

"그랬어요?"

"네."

에멜이 한숨을 내쉬었다.

"제가 쓰레기에 병신에 개자식으로 느껴졌죠. 그리고 렌이 그런 짓을 하고 나서―"

"렌 경은 아무런 짓도 안 했어요."

"할 뻔했죠."

"뭘요?"

"……고백?"

"……."

"뭡니까?"

"경멸의 눈이요."

렌이 나에게 고백을 한다니, 그 무슨 헛소리란 말인가?

그렇게 생각하며 눈을 찌푸리자 에멜이 항의하듯 말했다.

"그 자식이 고백하고 키스라도 하면 어쩌려고요?"

"렌 경은 그렇지 않았을 거예요."

"사랑에 눈이 먼 애송이가 무슨 짓을 할지는 아무도 모르죠."

"전 카스티엘로 공녀라고요? 거기는 카스티엘로 공작가고요! 게다가 렌은 제가 물로 사람을 쓸어버리는 것도 봤단 말이에요?"

"모르는 거죠."

"그리고 고백했다고 쳐요. 그런데 그게 뭐요?"

에멜의 눈이 가늘어졌다.

"제가 질투로 죽는 꼴을 보고 싶으신 거군요. 아가씨는."

"그런 게 아니라요."

"게다가 맨발로! 잠옷 차림으로! 한밤중에!"

"그건 제가 잘못했어요."

내가 고개를 숙이며 말하자 에멜이 길게 한숨을 내쉬었다. 난 슬쩍 그의 눈치를 보며 말했다.

"그래서요? 그때부터 절 좋아한다고 확신했단 말이죠?"

"네. 아주요."

에멜이 눈을 찌푸리고 웃었다.

"그래서 괴로워서 머리를 붙잡고 있었더니, 엘런이 와서 너 가족 때문에 걱정이 많지? 이러더군요."

"아."

"엘런이 절 두 배나 더 쓰레기로 만들어 줬죠. 물론 엘런은 제 가족사에 대해서 잘 모르기는 했지만."

"그랬군요."

"네. 그리고 저는 에스텔을 원하면서도, 도망치고 싶다고 생각했습니다. 제가 이미 이야기했었지요. 제 생각을 알면, 경멸하실 거라고요."

에멜이 미소를 지으며 하는 말에 난 '아, 그랬지.' 하고 고개를 끄덕였다. 나는 턱을 괴며 물었다.

"그러니까 본인이 악당처럼 느껴져서 내게서 도망쳤다는 말이죠?"

"그렇게 정리되나요?"

"네."

내 단호한 대답에 에멜은 멋쩍게 웃었다. 미묘하게 수상함이 느껴졌다.

"정말로 그게 전부예요?"

내 추궁에 에멜은 잠시 말을 고르다가 조용히 말했다.

"아가씨는 자신의 모든 선택과 감정들을 말로 설명할 수 있습니까?"

난 살짝 입을 벌렸다가 고개를 저었다.

"아뇨. 그렇지 않아요."

"저도 그래요."

에멜의 말에 나는 이 이상 그를 추궁하는 건 그만두기로 했다. 지금은 우리가 함께인 게 중요하니까.

과거를 캐봐야 무슨 소용이 있겠는가?

그러나 에멜이 날 보는 눈에 온전한 기쁨이 아니라 간혹 슬픔이 느껴질 때면 나는 어쩔 줄 모르는 기분이 되었다. 그의 뺨을 감싸고 괜찮다고 속삭여주고 싶었다.

'이게 내 감정일 뿐인 건지, 아니면 진짜인 건지.'

그런 생각을 하는데 에멜이 내 생각을 깼다.

"그러니까 정말, 이상하네요."

그가 눈을 찌푸리며 말해서 내가 갸웃했다.

"뭐가 말이에요."

"아가씨가, 에스텔이 절 좋아한다는 게요."

"하나도 이상하지 않아요. 나도 계속 에멜을 좋아했는걸요."

"그럼 에스텔은 언제부터?"

"자각은 그날 밤부터요."

에멜은 눈을 크게 떴다.

"자각이요?"

"자세한 이야기는 하지 않을 거예요. 하지만, 그러니까, 난 항상 에멜이 내 것이라고 생각했단 말이에요."

"의미는 다르지만요."

"그렇죠. 그러니까 그게 다른 의미라는 걸 지각한 게 그날 밤이네요."

"그랬군요."

"그런데 내가 그때 좋아한다고 했었잖아요."

에멜이 가볍게 숨을 들이마시고 말했다.

"네."

"그때 대체 무슨 생각을 했어요?"

"키스하고 싶고, 그러면 정말로 구제불능이 될 거라는 생각이요."

"하."

"그때 아가씨는 고작 열일곱이었단 말입니다. 그리고 주변에 있는 남자에게, 눈을 돌리실 만한 나이였고요. 전 그걸 제게 이득이 되게 이용할 수는 없었고요."

"성인식도 끝난 후잖아요? 게다가 이미 확인한 후였다니까요."

에멜이 눈을 가늘게 떴다.

"그거 말인데, 좀 자세히 이야기해 주시지 않겠습니까?"

"그러니까, 음. 유혹해 달라고 했어요."

"네?"

"믿을 만한 사람에게요."

"하."

"그랬는데, 에멜처럼은 아니더라고요. 그래서—"

"그런 짓을 하셨다는 것 자체가 어린 겁니다."

"어, 음. 네, 뭐. 제가 그때는 좀 어렸죠."

에멜은 눈을 감았다가 길게 한숨을 내쉬고 다시 뜨며 자리에서 일어나 노를 잡았다.

"일단 여기서 나가죠."

"넵."

이 화제를 피하고 싶어 재빠르게 대답하니 그가 피식 웃고 천천히 노를 저었다. 보트는 느릿하게 호수 가운데로 이동했다.

"저기 별장도 보이네요."

"그렇군요."

에멜은 여유롭게 호수를 한 바퀴 돌고 다시 선착장으로 돌아왔다. 다시 구두를 신고 내리자 이상하게 발이 더 아픈 것 같았다.

쉬었는데 왜 이러지.

발을 꼼지락거리자 에멜이 날 돌아보더니 번쩍 안아 들었다.

또!

"에멜!"

"발 아프시죠?"

"그건 그렇지만……."

에멜이 내 발에서 구두를 벗겨내서 한 손에 들었다. 난 발끝을 움츠렸다.

"그럼 돌아갈까요? 아니면 구경을 더 할까요?"

에멜의 물음에 난 아직도 계속되는 축제를 바라보다가 에멜의 어깨에 팔을 감으며 말했다.

"돌아가요."

"알겠습니다."

에멜이 웃고 걷기 시작했다.

"그거 알아요, 에멜?"

"뭔가요?"

"제가 에멜 머리 꼭대기를 내려다보고 있다는 거요."

내 말에 에멜이 웃으며 말했다.

"에스텔은 언제나 내 머리 꼭대기에 있으시죠."

　　　　　　　*　　　*　　　*

　　에멜이 피크닉용 커다란 돗자리를 펴자마자 난 그 위에 털썩 누워서 좌우로 구르기 시작했다.

　　"에스텔."

　　"네."

　　"그렇게 구르면 피크닉 바구니를 펼칠 수가 없습니다."

　　그 말에 난 자리에서 벌떡 일어나 얌전히 앉았다.

　　"부디."

　　펼쳐 주십시오, 하는 뒷말을 생략했지만, 그는 충분히 알아들었다.

　　에멜이 피크닉 바구니를 돗자리에 내려놓았다. 내가 바싹 다가앉으며 말했다.

　　"내가 열어도 돼요?"

　　"물론이죠."

　　난 재빨리 피크닉 바구니를 열었다. 바구니 위쪽에 가지런히 꽂혀 있는 새하얀 접시와 커틀러리만 봐도 행복해졌다. 하나씩 접시를 꺼내고 바구니 안의 내용물을 꺼낼 때마다 내 마음 속에 즐거움이 풍선처럼 부풀어 올랐다.

　　콥샐러드, 차가운 로스트비프, 핑거 샌드위치, 버터 롤빵 등등 음식이 나왔다.

　　나는 접시를 늘어놓은 뒤 냅킨까지 꺼내서 무릎 위에 올렸다. 에멜이 내 앞에 앉으며 말했다.

　　"좋은데요."

　　"얼른 먹어요. 배고파요."

"말을 그렇게 달리시니까 그렇죠."

"말은 달리려고 타는 거예요."

에멜이 "그렇단 말이죠." 하고 손을 뻗어 내 승마 모자를 벗겨 주었다.

"그런데 전 달리지도 못하게 하시고."

"피크닉 가방 내용물이 망가지면 안 되잖아요."

"물론 그렇겠죠."

난 씩 웃어 보이고 얼른 샐러드부터 접시에 덜었다. 배 속에서 꼬르륵 소리가 나는 참이었다. 차가운 아이스티를 가득 따라서 마시고, 잘 섞인 샐러드는…… 음…….

완벽했다.

난 예의를 벗어 버리고 허겁지겁 음식을 먹기 시작했다. 에멜은 말없이 내 잔을 계속 채워줬다.

식사를 끝내고 에멜이 후식으로 진한 초콜릿 케이크를 꺼내며 물었다.

"이거까지 들어가시겠어요?"

"물론이죠. 디저트가 들어갈 곳은 항상 있어요."

"물론 그러시겠죠."

에멜은 그렇게 말하고 케이크를 내려놨다.

난 반쯤 누운 자세가 되었다가, 완전히 누웠다.

"흠, 좋은데요."

"먹은 게 넘어오지는 않으시고요?"

"소화 능력은 좋거든요."

"그러신 것 같습니다."

"에멜."

"네."

"만약에 갑자기 내가 난 사실 리들을 사랑해요, 라고 고백하면 서약석 때문인 줄 알아요."

느닷없는 내 말에 에멜은 잠시 침묵하다가 말했다.

"물론 저도 사랑하시겠죠."

"아? 어, 와. 그러네요."

난 몸을 휙 일으켰다.

"서약석에 명령해서 나보고 리들을 사랑하라고 하는 것까지는 돼도, 에멜을 사랑하지 않게 할 수는 없으니까요. 흠."

"좀 더 자세하게 이야기해 보세요."

"서약석에 대해서요?"

"네. 한 달 동안은 생각하지 않기로 했지만, 이건 또 다른 문제니까요."

난 턱을 괴며 케이크를 푹 포크로 찔렀다. 엎드리니 배가 눌려 불편해서 슬쩍 옆으로 비껴 누웠다.

"사실 나도 잘은 몰라요. 아빠와 오라버니의 그 비밀주의 때문에 말이죠."

길게 한숨을 내쉬고 난 아빠에게 들은 대로 설명했다.

"뭐든 한 가지를 명령할 수 있다고요?"

"네. 심지어 저에게 자살하라고 명령하면 전 그대로 자살해야 하는 거예요."

에멜의 얼굴이 굳었다. 내가 손을 저었다.

"음, 예시가 좀 이상했네요. 그런 멍청한 명령을 하지는 않겠지만요. 그런데 사실 저에 대해서는 어떨지 잘 모른대요."

"섞였으니까요?"

"바로 그거죠. 섞인 저에게도 명령이 과연 통할까? 하는 이야기죠. 통하지 않는다면 좋겠어요."

"저도 그러기를 원합니다."

에멜은 생각에 잠긴 듯 보였다.

"내가 왜 그렇게 미치려고 하는지 알겠죠."

"네."

"그런데 어떻게 아빠와 오라버니는 태연한지 모르겠어요. 그러니까 적어도 서약석을 부수거나 뭘 하려는 생각을 해야 하는 거 아닌가요."

"그런 생각을 못 하시는 게 아닐까요?"

"우리 가족들이 바보라는 이야기는 아니겠죠."

"그게 아니라."

에멜이 가볍게 웃고 진지한 얼굴로 말했다.

"카스티엘로는 황실에 충성해야 한다고 했지요. 즉, 황실을 거스르는 일을 하면 안 됩니다. 서약석을 부수는 일도 그렇죠."

뒤통수를 맞은 것 같은 기분이었다.

아.

맞아. 그래, 그렇구나. 카스티엘로는 황실을 거스를 수가 없어.

그러면 안 돼.

"그럼, 그럼 저는, 저는—"

"섞였지요."

"섞였군요. 와, 우와. 에멜, 지금 나 뭔가 눈이 탁 하고 뜨인 기분이었어요. 이럴 수가."

"그런데 서약석을 부술 생각을 하고 계신 거군요."

에멜의 말에 난 아차 했다가 솔직하게 고개를 끄덕였다.

"그래요. 이대로 둘 수는 없다고요. 황실에서 우리 목줄을 쥐고 있잖아요? 어떻게든 벗어나야죠."

"어떻게 부술 생각이십니까?"

"일단 앤에게 알아보라고 하기는 했는데, 드래곤이 한 이야기에 따르면 힘으로 부술 수 있대요."

"힘이요?"

"네, 그러니까 순수한 힘과 힘의 대결로 내려가는 거죠. 단순하게."

"오러로 부서질까요?"

에멜이 갸웃하며 물었다.

"가능성이야 있겠죠. 그리고 정령의 힘으로도 그렇고요."

"그냥 부수면 끝입니까?"

"그렇지 않을까요?"

난 케이크를 입안에 넣었다. 초콜릿 커버처를 듬뿍 사용한 묵직한 단맛이 혀 위에 가득 퍼졌다.

"앤이 돌아오면 알 수 있겠죠."

"그래요."

에멜은 그렇게 말하고 또 생각에 잠긴 듯이 보였다.

"에멜."

"네."

"무슨 생각을 해요?"

"말도 안 되는 계약에 대해서요. 이게 황실이 오랫동안 카스티엘로 가문의 충성을 받은 방법이었군요."

"그래요."

"카스티엘로가 자유로워지면 어떻게 될까요?"

"글쎄요? 그런데 제가 지켜본 바로는 계속 공작가로 있을 것 같아요."

에멜이 갸웃하며 날 바라보았다.

"다들 귀찮은 거 싫어하니까요. 공작도 귀찮은데 왕이 되면 더 귀찮을 거 아니에요? 심지어 저는 공작위를 사퇴하고 방랑 검사가 되는 게 아닌가 하는 생각까지 하고 있어요."

"즐거워 보이시네요."

"네."

난 키득키득 웃었다.

"너무 쉽게 상상되지 않아요?"

그 말에 에멜은 상상하는 듯하다가 웃으며 고개를 끄덕였다.

"상상됩니다. 그리고 늑대 용병단 같은 걸 만들겠죠."

"아니에요, 귀찮아서 만들지 않을걸요."

"그럴지도 모르겠네요."

그가 순순히 동의했다. 난 케이크를 포크로 찍어서 그에게 내밀었다.

"아."

에멜이 잠시 포크를 바라보다가 주변을 둘러보았다.

"아무도 없어요."

내 말에 그가 머뭇머뭇 입을 벌렸고 난 그의 입에 케이크를 넣어 주었다.

"맛있죠? 여기 요리사가 초콜릿 케이크는 정말 잘 굽더라고요."

에멜은 뺨을 붉힌 채로 케이크를 꿀꺽 삼킨 후에 말했다.

"무슨 맛인지도 모르겠네요."

"연인들이 하는 그런 거 아닌가요?"

"이런 짓을 한다고요?"

"이런 짓이라뇨."

난 갸웃하고 포크를 보았다.

그런가? 이런 거 안 하나?

하긴 비위생적이라고 생각될 수도 있고.

에멜이 허리를 숙여 내게 키스했다. 초콜릿 맛이 났다.

"이런 게, 연인들이 하는 일이죠."

난 키득거리며 웃었다.

"그렇군요."

"그렇습니다."

연인들이 할 법한 일이라. 금방 하나가 더 떠올라서 난 입을 열었다.

"좋아요, 그럼. 접시를 치우고 나면 하나 더 해볼 수 있을지도 몰라요."

"뭘 말입니까?"

"팔베개요."

에멜은 내 말에 재빠르게 후식을 치우기 시작했다. 치우는 건 귀찮은 일이라 난 은근슬쩍 에멜이 전부 치울 때까지 기다렸다. 꼼꼼하게 접시와 내용물을 다시 도시락 바구니에 넣고 나서 에멜이 말했다.

"자, 그래서 팔베개라고요."

"네."

"여기서요."

"그렇지요."

"좋습니다."

"네."

그리고 난 에멜을 바라보다가 말했다.

"에멜, 눕지 않으면 팔베개를 할 수가 없어요."

에멜은 망설이다가 자리에 누우며 말했다.

"가끔 에스텔은 상상도 못 한 짓을 한다고 생각했지만, 이건 더한데요."

"싫으면 말고요?"

"누워요."

에멜이 날 잡아당기며 하는 말에 난 웃으며 그의 옆에 바싹 누워서 그의 팔을 뻈다.

"팔 저리면 말해요."

"그때까지 기다리면 해가 져 버리고, 우리는 여기에서 하룻밤을 보내게 될지도 몰라요."

"저런."

"그렇죠."

난 키득거리며 베고 있는 에멜의 팔을 잡아당겨 내 어깨를 감싸게 하고 그의 품으로 파고들었다.

"누가 본다면 전 아가씨의 명예에 대해 집요한 심문을 받고 나서 카스티엘로 지하 감옥에 갇히겠죠."

"우리 저택에 지하 감옥이 있던가요?"

"있습니다."

"주의해야겠군요."

난 고개를 끄덕였다. 에멜에게서는 기분 좋은 냄새가 났다. 풀 냄새랑 비누 냄새랑, 서츠에서 나는 희미한 코롱 향기. 킁킁거리며 냄새를 맡자 에멜이 움찔하며 물었다.

"냄새나요?"

"좋은 냄새가 나요."

에멜이 웃으면서 내 머리카락과 목에 코를 박고 숨을 들이켰다. 난 간지러움에 웃으며 그를 밀어냈다.

"에멜!"

"에스텔에게서도 좋은 향기가 납니다. 꽃과 사탕과 그리고 유혹적인 향기가 나죠."

"그거 고맙네요."

팔베개는 어디로 가고 에멜이 위에서 날 내려다보고 있었다. 그의 연갈색 눈동자가 금빛을 띠고 한없이 다정하게 날 바라보고 있었다. 심장 안쪽이 간질거리고 입안이 마르고, 쿵쿵 맥박을 빠르게 뛰게 만드는 그런 눈동자.

난 한참 그의 눈동자를 바라보았다. 이렇게 보고만 있어도 기분이 좋아서 웃음이 나왔다.

내가 웃자 그가 입술에 스치듯 키스하고 물었다.

"왜 웃어요?"

"좋아서요."

"제가요?"

"물론이죠."

난 잠시 생각을 하고 덧붙였다.

"로이가 요즘 화가 난 것 같아요."

"지금 꼭 우리 사이에 로이를 끼워 넣어야 해요?"

"에멜의 다리가 제 다리 사이로 들어온 순간부터 그래야겠다고 생각했죠."

"아하."

에멜이 위험하게 웃고 다시 내게 키스했다. 아까보다 좀 더 긴 키스였다. 그가 몸을 돌려 내게서 내려가고 날 당겨 다시 팔베개를 해 주며 말했다.

"로이가 화가 났단 말이죠."

"따돌려서 그런 게 아닐까요?"

"그는 당신의 개인 기사잖아요. 그런데 주인이 어디를 가는지 모르면 당연히 화가 나죠."

"하지만 에멜, 에멜이 날 빼돌리고 있잖아요?"

"그야 로이를 화나게 하고 싶으니까요."

"둘이 친구 아닌가요?"

"절연했지요."

"아, 저런."

"제가 아니라 로이 쪽에서 먼저 한 거라고요?"

"그랬어요?"

"네."

"흠."

뭐라고 해야 할지 잘 모르겠어서 고개를 갸웃했다. 다시 친구하라고 해야 하나? 그것도 좀 이상하고.

내가 고민하는데 에멜이 몸을 벌떡 일으켰다.

"에멜?"

그를 따라 몸을 일으키는데 에멜이 "쉿."하고 작게 속삭였다. 난 숨을 죽이고 주변을 둘러보았다. 그때 멀리서 외치는 소리가 들렸다.

"아가씨! 에멜 경!"

"제인이에요."

난 자리에서 벌떡 일어났다.

"제인?"

"아가씨!"

제인이 날 발견하고 달려왔다. 오랫동안 헤매었던 것인지 그녀의 얼굴이 붉게 달아올라 있었다.

"어떻게 여기까지 온 거야?"

"다들 아가씨를 찾고 있어요."

제인이 헐떡이면서 말했다. 에멜이 재빠르게 돗자리를 접기 시작했다. 난 그녀의 손을 꽉 잡고 물었다.

"뭐야? 무슨 일이야? 수도에서 무슨 소식이라도 온 거야?"

"일종의 소식이 맞기는 하죠."

"제인?"

"이 황자님이 오셨습니다."

"이 황자?"

"리들 님이요."

"리들이? 왜?"

"모르겠습니다. 급하게 아가씨께 드릴 말씀이 있다고 그러셔서……
다들 아가씨를 찾고 있어요."

"알았어. 바로 갈게."

난 고개를 끄덕였다. 말의 고삐를 풀어서 가져온 에멜이 말했다.

"제가 제인을 데리고 가지요."

"고마워요, 에멜."

난 고개를 끄덕이고 말에 올라탔다. 에멜이 제인을 말에 태우는 게 보
였다. 난 가볍게 숨을 내쉬고 말의 옆구리를 걷어찼다.

"이랴!"

말이 순식간에 속도를 높여 달리기 시작했다.

초조함이 가슴속에 가득 차올랐다.

리들이 왜?

수도에 무슨 일이라도 있는 건가? 아니면 황실에?

나는 나무다리를 건넌 뒤 말에서 뛰어내려, 고삐를 시종에게 던지듯
넘기고 저택으로 들어갔다.

"에스텔 님."

시종이 인사하며 안내하려 했지만 난 손을 젓고 바로 응접실로 향했
다. 리들이 초조한 얼굴로 서 있었다.

"에스텔."

"리들 님."

가볍게 무릎을 굽혀 인사하자 그가 말했다.

"단둘이 이야기할 수 있을까? 프라이빗한 장소가 필요해."

"그럼 제 방으로 올라가죠."

난 고개를 끄덕인 후 리들을 데리고 내 방으로 들어갔다. 그는 내 방문을 닫고, 침실로 들어가 침실 문을 닫고, 커튼까지 전부 다 쳤다. 난 시녀들에게도 멀리 떨어지라고 이야기해 뒀다.

"그래서, 무슨 이야기를 하러 오신 거예요? 수도에 뭔가 있는 거죠? 황후는요? 황태자님은요?"

리들이 아무 말도 하지 않아서 난 더더욱 초조해졌다.

"아니면 아빠나, 아! 오라버니에게 무슨 일이 생긴 건가요?"

어둠 속에서 리들이 한참 서 있다가 느닷없이 내뱉었다.

"에스텔, 결혼하자."

나도 모르게 되물었다.

"네?"

"결혼하자."

그의 말은 변함이 없었다. 난 허둥허둥 대답했다.

"어, 리들, 나 약혼자가 있거든요. 잊어버린 거죠?"

"아니. 전혀 아냐. 다른 방법이 떠오르지 않아."

"리들, 무슨 일이에요? 이야기해 봐요."

"이야기? 어머니가 미친 짓을 하려고 한다는 이야기? 아니, 이미 미친 짓을 하고 있지! 에스텔 카스티엘로, 널 구하려면 다른 방법이 없어."

리들이 내 팔을 붙잡았다. 희미한 빛 아래서 그의 잘생긴 얼굴이 일그러진 것이 보였다.

"리들, 잠깐 진정해 봐요."

도무지 그가 무슨 생각인지, 무슨 일이 일어난 건지 알 수가 없었다.

리들이 이렇게까지 초조해 보이는 건 처음이었다.

그때 날 보는 리들의 연청색 눈이 순간 광기로 번득였다.

"좋아."

본능적으로 뒤로 물러서고 싶은 마음을 억누르며 난 최대한 느리고 침착하게 이야기했다.

"좋아요, 그럼 냉정하게 이야기를—"

내 말이 끝나기 전에도 리들이 날 우악스럽게 잡아 침대에 쓰러트렸다.

어?

당황해서 일어나려는 내 위로 리들이 올라탔다.

"안 되면 강제적으로라도 해야지."

강제적으로?

뭘?

난 멍해져서 그를 올려다보았다. 리들이 내 셔츠를 잡아당겨서 그제야 난 정신이 들었다.

"리들!"

미쳤어!

난 그를 밀어내며 발버둥 치다가 숨이 막힐 것 같은 느낌을 받았다.

해치면 안 돼.

머릿속에서 누군가가 명령했다. 난 입을 벌렸다.

알파, 알파, 알파!

소리를 내고 싶지만, 아무것도 할 수가 없다.

카스티엘로는 알키나를 해칠 수 없어. 없어. 없어.
그러면 안 돼.

전신이 굳었다.

아냐, 싸워! 싸워! 이렇게는 안 돼. 소리쳐! 소리 질러!

내 안에서 또 누군가가 소리쳤다.

손톱을 세울 수조차 없었다. 발로 그를 차내는 건 불가능했다. 누군가가 온몸을 억압하고 있는 것처럼, 내 손끝은 힘을 잃고 그의 팔에서 미끄러졌고, 다리는 그저 버둥거릴 뿐이었다.

난 이를 악물고 그를 밀어내려고 했다. 해치지 않고, 밀어내기, 아냐, 그냥 밀어내.

밀어낼 수 있어.
아냐, 할 수 없어.

"아, 웃― 싫어―!"

목소리가 간신히 튀어나왔다. 리들이 흥분한 건지 어떤 건지 떨리는 목소리로 말했다.

"진짜구나. 서약은 진짜였어."

힘으로는 도무지 리들을 이길 수가 없었다. 내 의미 없는 반항은 별 소용이 없어서, 그는 내 맨가슴을 우악스럽게 움켜쥐었다. 짧게 숨을 삼키며 난 이제 그에게 반항하는 게 아니라 도망치려 했다. 그의 손아귀에서 빠져나가려는 나를 리들이 누르고 내 바지와 속옷을 한 번에 끌어내리려 애쓰며 말했다.

"미안 에스텔, 하지만 방법이 없어. 넌 나에게 고맙다고 말하게 될 거야. 널—"

아냐, 난 널 해칠 수 있어.

누군가가 뚜렷하게 말했다.

그때 리들이 시야에서 휙 사라졌다. 말 그대로 휙.

무슨 일이 일어난 건지 알 수가 없었지만 난 빠르게 몸을 일으켰다. 시야 끝에 요란한 소리와 함께 리들이 벽 구석에 처박힌 게 보였다.

에멜이었다.

그가 리들을 붙잡아 한쪽에 던진 것이었다. 내 쪽에서는 에멜의 얼굴을 볼 수 없었지만, 그의 뒷모습만으로도 난 그가 얼마나 화가 났는지 알 수 있었다. 리들이 성큼 걸어오는 에멜을 향해 방어하듯 손을 내밀며 말했다.

"잠깐, 너도 납득할—"

에멜은 듣지 않고 리들을 후려쳤다. 인간을 때리는 게 아니라 가죽 주머니를 때리는 것 같은 난폭한 소리가 났다. 난 부들부들 떨리는 손으로 옷을 다시 입기 시작했다. 하지만 바지 단추는 어디론가 굴러가 버렸고, 셔츠도 찢어진 채였다. 난 그저 앞섶만 모아 붙잡았다.

시선을 드니 에멜이 일방적으로 리들을 폭행하고 있었다. 난 그가 리들을 때려죽이기 전에 그에게 외쳤다.

"에멜!"

에멜이 동작을 딱 멈췄다. 살의로 가득한 눈동자가 날 바라보았다.

"그만해요."

침착하게 말하려고 했는데 어째서인지 목소리가 흐느끼듯이 흘러나왔다. 에멜은 이를 악물고 리들을 바닥에 버리듯 팽개치고 나에게 다가왔다.

"괜찮으십니까?"

"아뇨, 하나도, 그러니까, 난, 할 수가— 에멜, 난 할 수가 없었어요. 반항을, 리들을 해칠 수가—"

횡설수설하면서 난 그에게 변명하려고 애썼다. 내 잘못이 아니라는 걸 증명해야 한다는 생각이 먼저 들었다.

"나, 나도 주의를 했는데, 미안해요. 그런데 나는 싸울 수가……."

에멜은 얼굴을 일그러트리더니 날 끌어안고 머리를 쓰다듬어 주며 말했다.

"쉬이, 압니다. 괜찮아요. 에스텔."

그 순간 눈물이 왈칵 흘러나왔다. 난 흐느끼며 에멜의 품에 매달렸다. 에멜의 손이 부드럽게 내 머리카락과 등을 쓸어내렸다. 그의 단단하고 따뜻한 품에 있으니 떨리는 몸이 진정되는 게 느껴졌다.

정말 무서웠다.

내 의지대로 내 몸을 움직일 수가 없었다.

완전한 무력감에 난 물먹은 스펀지처럼 축 늘어졌다.

"괜찮습니다. 제가 있어요."

부드럽고 작은 목소리로 에멜은 끊임없이 날 달랬다. 난 어린아이처럼 그의 어깨에 이마를 문지르며 말했다.

"리, 리들이 미친 것 같아요."

간신히 말하자 에멜이 날 안은 팔에 힘을 주며 말했다.

"정말로 그런 것 같습니다."

리들이 타이밍을 맞춰서 꿍 하는 소리를 내어, 나도 모르게 실소했다.

작은 웃음소리는 점점 더 커졌고, 난 미친 듯이 웃으며 몸을 흔들었다.

에멜이 걱정스러운 듯 날 붙잡으며 말했다.

"에스텔? 괜찮습니까?"

"네, 킥킥, 괜찮아요, 괜찮—"

말하다가 다시 기운이 쭉 빠져서 난 웃음을 멈췄다. 아무래도 제정신이 아닌 것 같아. 침착하다고 생각했는데 아닌가 보다.

난 에멜을 꽉 끌어안고 깊게 그의 향기를 들이마셨다.

"좋아요. 그러면."

난 그를 놓아주며 숨을 길게 내쉬었다. 에멜이 천천히 내 팔을 쓸어내리듯 풀어주며 말했다.

"좀 더 우서도 될 텐데요."

불만스러운 듯한 에멜의 말에 난 숨을 깊게 마셨다.

"그건 이 사태를 어떻게든 수습하고 나서예요."

난 이마를 누르고 바닥에 정신을 잃고 쓰러진 리들을 보았다.

그래도 제국의 이 황자고, 현 황후 소생의 황자다.

이대로 죽여서 묻을 수는 없지.

게다가 무슨 일인지 이야기도 들어 봐야 하고. 강간 미수에 대해서도 좀 더 심도 높은 이야기를……

몸이 부르르 떨렸다. 에멜이 살그머니 팔로 내 허리를 감았다. 내가 그의 어깨에 머리를 기대며 말했다.

"다 해결할 때까지 내 옆에 있을 거죠?"

"물론입니다."

"좋아요. 그러면 할 수 있어요."

일단 난 설렁줄을 잡아당겨 시종을 불렀다. 리들을 데려가서 감금과 감시, 그리고 치료를 하게 하고, 애니와 제인을 불렀다.

둘은 내 꼴을 보고 눈을 휘둥그레 떴다.

에멜의 옷에도 피가 튀어 있었다. 난 그를 저렇게 피투성이로 만들었으면서, 에멜의 손에는 피 한 방울 묻어 있지 않은 게 신기했다.

'얼굴에는 좀 튀었는데.'

멍하니 그런 생각을 하며 에멜을 바라보자 그가 "에스텔?" 하고 확인하듯 내 이름을 불러서 내가 뺨을 가리켰다.

"피 튀었어요."

"아."

눈을 찌푸리는 에멜을 밖으로 내보내고 옷을 갈아입으려 보니 에멜이 리들을 죽이지 않은 게 천만다행이었다. 거울에 비친 내 몰골은 상당히 심각했다.

'얼굴 엉망이야.'

침착하게 행동했다고 생각했는데, 머리는 산발이고, 옷은 너덜너덜하고, 눈에는 눈물 자국이 있고, 팔에는 멍이 들어 있고……. 이 꼴로는 아무리 위엄 있게 명령했더라도 아무도 위엄을 알아주지 못했을 것 같다.

한숨을 내쉬고 도움을 받아 옷을 갈아입었다.

로라에게 따로 자세하게 이야기하고 수도 소식을 들을 수 있냐고 물었더니 조처하겠다고 했다. 뭐, 그림자에게 연락을 하는 거겠지. 뭐라도 좋으니 이 말도 안 되는 사태가 벌어진 원인을 좀 알아줬으면 좋겠네.

옷을 갈아입고 나오니 에멜이 내 턱을 가볍게 잡아 들어 올렸다. 그의 눈이 샅샅이 내 얼굴을 살폈다. 난 부러 웃어 보였다.

"얼굴은 다행히도 다친 곳이 없어요."

"그런가요?"

에멜이 그렇게 말하고 빤히 내 눈을 들여다보다가 가볍게 키스하고 말했다.

"아가씨 눈동자에서 조금이라도 반짝임이 사라졌다면, 그 자식을 한 점씩 잘라냈을 겁니다."

"여전히 빛나나요?"

"네."

"다행이네요."

난 웃고 떨리는 숨을 내쉬며 다시 에멜의 입술에 키스했다. 에멜의 고통과 슬픔이 조금이라도 덜어지기를 바라면서. 그는 부드럽게 내게 마주 입 맞춰 주었지만 날 달래는 다정한 입맞춤이었다.

별장의 분위기는 무거웠다.

무거울 수밖에 없겠지.

난 리들이 잡혀 있는 방문을 열라고 신호했다.

거기에는 꽁꽁 묶인 리들이 소파에 앉아 있었다.

"안녕, 리들."

순간 리들을 알아보지 못할 뻔했다. 얼굴을 맞으면 저렇게 부풀어 오르는구나……

리들의 찢어진 입술 사이로 작은 한숨이 흘러나왔다. 그가 말했다.

"이 밧줄을 풀어 주고, 그냥 날 보내 주면 안 될까?"

그의 목소리는 쉬어 있었다. 에멜이 목을 졸라서 그런 걸까?

난 그의 뻔뻔함에 기가 찼다. 어이가 없어져서 목소리도 저절로 올라갔다.

"그냥 보내 줄 수 있을 리가 없잖아요?"

"이건 말에서 떨어져서 굴렀다고 할 테니까."

"그 제안에 대해서 고맙다고는 하지 않을 거예요."

자업자득이니까.

리들이 어깨를 으쓱했다.

“왜 나에게 결혼하자고 했던 거예요?”

“그게 널 구할 유일한 길이었으니까.”

리들이 낮게 말하고 한숨을 다시 내쉬고 말했다.

“하지만 거절했잖아. 그렇다면 물 건너간 거지. 그러니까, 날 돌려보내 줘.”

“황후마마께서 무슨 일을 꾸미고 계시나요?”

리들이 실소했다.

“무슨 일? 어머니는 아버님과 결혼하시기 전부터 무슨 일을 꾸미고 계셨어.”

“리들.”

“아버지가 급사하고, 형도 저 모양이고, 아이리스는—”

리들은 뭐라고 더 말하려다가 낮고 쉰 목소리로 중얼거렸다.

“카스티엘로, 카스티엘로, 카스티엘로. 그놈의.”

“적어도 황실에서 그렇게 말하면 안 되죠.”

우리의 목줄을 잡고 개처럼 부리고 있으면서.

리들은 내 말에 웃으려는 것 같았지만 그 얼굴로는 제대로 웃을 수도 없어 눈을 찡그리고 말했다.

“그렇지 않았다면, 어머니가 공작을 포기했을까? 그랬으면 뭔가 달라졌을까? 그랬으면.”

중얼거리다가 리들이 입을 다물었다.

“내가 너에게 하려고 했던 일에 대해서는 사과하지. 카스티엘로 공녀.”

“강간 말인가요.”

“그래.”

리들이 비웃음 같은 웃음을 머금으며 말했다.

나는 새삼스럽게 리들을 다시 보았다. 뭐랄까? 그래도 리들은 오라버니의 친구였고, 적어도 나에게는 다정했다.

그러니까, 이런 일이 일어날 거라고 생각도 하지 못했고, 더더군다나 이렇게 나올 거라고는…….

결국 그도 황실의 일원이라는 거겠지. 저 귀족―아니 황족적인 사고방식은 아무리 해도 이해할 수도 없고, 이해하고 싶지도 않았다. 난 차갑게 내뱉었다.

"받아들이지 않겠어요. 그래도 할 수 있는 일은 없지만요. 불행히도."

"나에게는 다행이지."

리들은 그렇게 중얼거렸다. 에멜이 순간 그의 먹살을 붙잡아 올려서 난 깜짝 놀랐다.

"에멜."

에멜이 리들의 코와 거의 맞닿을 만큼 가까이서 그를 노려보며 말했다.

"당신의 욕심을 채우려고 했으면서 에스텔을 위해서였다고 하지 마십시오. 황자 전하. 구역질 나니까 말입니다."

리들이 청색 눈을 깜박이더니 "그렇군." 하고 중얼거리고는 히죽 웃었다. 그의 눈에 증오가 번득였다.

"그러는 그쪽은 뻔뻔하게도 에스텔의 옆에 잘 서 있네, 에멜 레이몬드. 아이리스를 그렇게 짓밟아 놓고 말이지."

"황녀님과는 서로 이익이 맞았던 것뿐이죠. 일방적인 희생자라는 표현은 뻔뻔스럽군요."

에멜이 그렇게 말하며 리들의 먹살을 놓았다. 리들이 소파에 털썩 도로 앉으며 말했다.

"덕분에 내 여동생도 완전히 맛이 간 것 같은데 말야. 세상에."

리들이 킥킥거리고 날 바라보았다.

"황후마마께서 항상 이야기하셨던 걸 나도 상상했던 적이 있었지. 카를이 내 형제고, 네가 내 여동생이고— 아주 이상적이고 행복한 가정의 모습을 말야."

"그거 좀 소름 끼치는데요."

내가 중얼거리자 리들이 싱긋 웃었다.

"그런가? 어렸을 때는 공작과 어머니가 다시 혼인하면 그렇게 될 거라고 생각했고, 지금은 그게 미친 소리라는 걸 알지만, 내가 막을 방법은 없어."

그 말에 피가 발로 싹 빠져나가는 기분이었다.

"황후께서 아버지와 재혼을 하려고 하시는 건가요? 그런 거예요?"

"글쎄."

리들이 어깨를 으쓱했다.

난 속이 뒤집히는 것 같았다. 리들은 날 범하려 했으면서도 죄책감 따위는 없는 모습이었고, 그런 일을 벌인 정확한 이유조차 말해 주지 않고 있다.

그나마 지금 저 대답이 진실에 가장 근접한 대답이라면, 리들은 황후와 아빠의 결혼을 막으려고 했다는 뜻이 된다.

그래, 그 결혼을 막으려면 리들과 내가 결혼하는 것도 방법이지. 난 최대한 머릿속을 굴리며 말했다.

"하지만 그게 가능할 리가 없잖아요? 선황제가 죽은 지 얼마 되지도 않았고, 황후께서 섭정이신데 결혼이라뇨."

정부라면 모를까.

내 말에 리들은 어깨를 으슥했다.

"나도 어머니의 머릿속은 몰라. 아니면 다른 방법을 쓰실 수도 있지."

"그것만 가지고 여기까지 달려와서 절, 그렇게 하려고 했다는 건 이상해요."

"그래. 이상하지. 하지만 말야—"

리들은 뒷말을 끌고 날 빤히 바라보다가 웃었다.

"제온은 널 꼬맹이라고 부르고, 카를은 널 토끼라고 부르지. 하지만 나에게는 처음부터 지금까지 에스텔이었어."

순간, 뭐라고 답할지 알 수가 없었다. 잠깐 침묵하다가 난 최대한 경멸을 담아 말했다.

"그건 청혼 전에 해야 하는 이야기고, 강간 후에는 역겨운 이야기예요."

"그렇지."

고개를 작게 끄덕인 리들이 다시 말했다.

"풀어 줘."

난 이를 갈다가 에멜에게 고개를 끄덕였다. 더 리들과 할 이야기는 없었다. 그를 처벌할 수 있는 것도 아니고.

에멜은 별말 없이 그를 풀어줬다. 리들이 자리에서 일어서며 말했다.

"이게 전부야. 내가 여기에 왔다는 것도 밝히지 않을 거고. 부러진 갈비뼈가 회복되려면 고생하겠지만."

"더 고생했으면 좋겠네요."

마음 같아서는 그 부러진 갈비뼈가 있는 곳을 힘껏 주먹으로 후려쳐 주고 싶다. 진심으로 그렇게 해 주고 싶다.

하지만 난 할 수 없었다.

내 말에 그가 일그러진 미소를 지으며 말했다.

"너와 카를, 둘 다 좋아했어. 난 제온도 에멜도 될 수 없었지만."

리들이 다시 깊게 한숨을 내쉬고 말했다.

"서약석에 대해서 알고 있어?"

"알아요."

"그래."

리들은 그랬군, 하고 고개를 끄덕였다. 문득 난 궁금한 게 생겨서 물었다.

"그걸로 나에게 명령할 생각은 안 해 봤어요?"

"잠깐 해 봤지. 하지만 그건 세상에서 가장 멍청한 짓이야."

"서약석은 대관식 때만 꺼낼 수 있다고 들었어요."

"맞아."

리들은 고개를 끄덕였다.

"서약석에 대해서 어디까지 알아요?"

내 물음에 리들이 고개를 저었다.

"나도 자세한 건 몰라. 어머니가 마법사들과 뭔가 꾸미는 걸 엿들은 것뿐이니까."

그가 갑자기 킬킬 웃고 말했다.

"그래도 내 어머니야. 목이 황궁 대문에 걸리고, 몸은 개에게 던져지는 걸 원치 않아."

웃으면서 말하는데도 말에는 고통이 가득 차 있어서, 난 그의 마음이 얼마나 괴로운지 엿본 기분이 되었다.

생각해 보면 당연하다. 어머니가 아버지를 죽이고, 이복형을 그렇게 만들고, 자신에게는 아무것도 없고, 상황은 악화되기만 할 때의 기분을 어떻게 말로 표현할까.

리들의 연청색 눈이 날 돌아보았다. 처음에 리들을 봤을 때, 삽화에서 뽑아낸 왕자님 같다고 생각했었지.

난 잠깐, 아주 잠깐 동안 내가 리들을 좋아했다면 모든 것이 쉬웠을 거라고 생각했다. 리들이 카를과 티격태격하고, 카스티엘로 공작가에 받아들여지고, 황후는 날 아낄 테고—

'아냐.'

아마 그래도 어느 순간 다 망가졌을 거다.

"에스텔, 만약 네가 날 좋아했다면."

마치 리들이 내 마음을 읽은 것처럼 작게 말했다.

"너 같은 사람이 날 좋아해 줬다면, 여기서 날."

리들은 뭔가 더 말하려다가 고개를 저었다.

"아니, 됐어. 끝난 이야기지. 미안해, 에스텔. 정말로. 진심이야."

난 어떤 대답도 하지 않고 리들을 보았고 그는 절뚝이며 방문을 열고 나갔다.

"배웅해 드려."

시종들에게 간결하게 명령하자 방문 앞에서 대기하던 두 사람이 재빠르게 움직였다. 난 한숨을 내쉬고 리들이 앉았던 소파에 가서 털썩 앉았다. 에멜이 그런 내 앞에 조심스럽게 한쪽 무릎을 꿇고 앉았다.

"괜찮으십니까?"

"아뇨."

"그런 것 같더군요."

난 눈을 들어 에멜을 보았다.

"난 아빠랑 오라버니가 있어서 다행이에요."

속삭인 말에 에멜이 피식 웃었다.

"그렇지요."

"그리고 에멜도요."

"끼워 주시니 감사하군요."

난 손을 뻗어 에멜의 목에 팔을 감았다.

"빨리 내가 돌았다고 말해요."

"자신을 강간할 뻔한 사람을 동정해서 말입니까?"

"어떻게 알았어요?"

깜짝 놀라 팔을 풀며 묻자, 에멜이 다시 내 팔을 붙잡아서 자신의 목에 감게 하며 말했다.

"제 아가씨에 대해서 모르는 건 없답니다."

"좋아요. 그럼 얼른 내가 돌았다고 말해요."

"아가씨는 돌았어요."

"그렇죠."

"그렇게 돈 아가씨가 좋습니다."

"하."

"그리고―"

에멜이 드물게도 말을 잇지 못하고 날 바라보다가 내 입술에 키스하며 말했다.

"만약에 에스텔이 날 선택해 주지 않았다면, 나도 돌았을 테니까."

"그래서 에멜도 리들을 동정한다고요?"

"아뇨. 어떤 마음인지 아니까, 상대를 죽여 버리고 싶은 거죠."

"어……."

"동족 혐오 같은 겁니다."

그렇게 말하고 에멜은 거듭 내 입술에 가볍게 키스했다.

내가 눈을 찌푸리며 손으로 그의 얼굴을 밀어내자, 그는 내 손바닥에도 키스하고 얌전히 물러났다.

말을 잘 듣는 늑대를 둔 기분이었다.

'아, 그러고 보니.'

마지막에, 할 수 있을 것 같았다.

리들을 해칠 수 있다고…….

'난.'

그리고 난 깨달았다.

에스텔 카스티엘로.
분홍눈.

에스텔 카스티엘로는 그래, 말 그대로 해칠 수가 없지. 하지만 분홍눈은?
알파와 엔드, 둘과 계약할 때 분명히 분홍눈으로도 계약을 했다.
그러니까.
흥분감에 전율이 밀려왔다.
"에스텔?"
에멜이 의아한 듯 날 올려다보며 내 이름을 불렀다. 난 미소 지으며 허리를 숙여 그의 입술에 키스해 주고 말했다.
"안 가르쳐 줘요."

*　　*　　*

쿠르릉―!
우레 소리에 잠이 깼다.
'이건 말도 안 돼.'
난 창가로 살그머니 다가갔다. 창문을 열자 비 냄새가 확 몰아닥쳤다. 정말로 폭우가 쏟아지고 있었다.

'아직 비가 올 시즌도 아닌데?'

끈적한 습기가 몰려들어 와 난 몸을 부르르 떨며 창문을 닫았다.

콰르릉—

멀리서 번개가 번쩍이더니 우르릉하고 낮게 울리는 소리가 났다.

'이제 나는 다 컸고, 이제 천둥은 무섭지 않지롱.'

난 머릿속으로 그렇게 생각하며 숨을 깊게 들이마셨다. 그리고 그 고요한 보물 방을 생각하려고 애썼다.

'무섭지 않아. 무섭지 않아. 천둥은 자연 현상이야. 흥, 난 이걸 아주 옛날부터 알고 있었지.'

그러니까 그렇게 무섭지는 않지만. 이건 아주 그럴듯한 구실이지 않아?

난 베개를 끌어안고 살그머니 내 옆방으로 통하는 방문을 밀어 보았다.

찰칵.

문이 작은 소리를 내며 쉽게 열렸다.

'에멜, 문은 잠그고 있어야죠.'

난 그렇게 생각하며 살금살금 침대로 향했다.

'어?'

자리는 비어 있었다.

난 당황해서 침대를 바라보다가 휙 창문을 돌아보았다.

그러고 보니 에멜이 떠난 날도 이런 비 오는 날이었다.

아냐, 설마, 그럴 리가 없지.

당황해서 창문가로 달려가 밖을 내다보았다. 하지만 한밤이고 비까지 쏟아지니 밖이 보일 리가 없다. 그때 번개와 동시에 천둥이 쳤다. 난 숨을 삼키고 뒤로 물러났다.

톡톡—

어깨를 누가 두들겨서 난 펄쩍 뛰며 뒤를 돌아보았다.

에멜이 서 있었다.

그가 날 위아래로 훑어보고 밖을 한 번 본 다음 웃었다.

"괜찮으십니까?"

"노, 놀랐잖아요."

"놀란 건 제 방에 서 계시는 에스텔을 본 저지요."

"어디 다녀온 거예요?"

"씻으러 다녀왔습니다."

"아."

에멜의 머리카락이 젖어서 거의 검정색으로 보였다.

"이렇게 늦게요?"

"연습이 좀 늦어져서."

"검 연습했어요? 오늘도?"

"하루를 빼먹으면 이튿날 만회하는 데 시간이 두 배 이상 들거든요."

그렇게 말하고 에멜이 날 안아 들었다. 기분 좋은 비누향이 났다. 그가 날 자신의 침대에 던지듯 가볍게 내려놓고 수건으로 머리카락을 문지르며 말했다.

"주무세요. 옆에 있겠습니다."

그는 내가 왜 왔는지, 어째서 왔는지 묻지 않았다. 새삼 나는 그와 내가 오랜 시간 함께했다는 걸 깨달았다.

서로 많은 것을 아는 사이.

내가 에멜의 과거를 자세히 알지 못한다고 해도, 에멜에 대해서 모르는 건 아니다. 난 베개를 끌어안고 꿈틀꿈틀 몸을 움직여 옆으로 자리를 옮기며 말했다.

"이리 와요."

"머리가 덜 말랐어요."

"그럼 마를 때까지 기다리지요."

"그 전에 주무시는 게 어떠세요?"

"싫어요. 같이 잘 거예요."

에멜이 작게 신음을 흘리고 말했다.

"에스텔. 당신은 더 이상 애가 아니고 저는 당신의 호위가 아닙니다. 잊지 않으셨지요?"

"그럼요. 약혼녀와 약혼자라는 걸 아주 잘 알지요. 그리고 에멜이 성욕에 맛이 간 사람이 아니라는 것도 잘 알지요."

에멜이 길게 한숨을 내쉬었다. 그가 머리를 빠르게 몇 번 털어 내어난 걱정스럽게 말했다.

"너무 험하게 털지 말아요. 대머리 되면 어떻게 해요?"

"다행히도 그런 조짐은 없네요."

"다행이네요. 난 머리카락이 풍성한 남자가 좋거든요."

안도하며 가슴을 쓸어내리자 에멜이 눈썹을 가볍게 치켜올렸다가 침대 안으로 들어왔다.

그가 날 끌어안고 말했다.

"이렇게 하죠."

"오, 뭘요?"

"천둥이 치면, 제가 키스해 드리겠습니다."

"흐음?"

"천둥이 크게 칠수록 진하게 키스해 드리죠."

"파블로프의 개 같은 건가요?"

"그게 뭡니까?"

"어— 조건 반사에 대한 이야기인데, 하여간 됐어요. 그리고 제가 천둥이 치기를 기다리게 된다는 이야기인가요?"

"그런가요?"

"그건 에멜의 키스 실력에 달린 것 같아요."

"그럼 시험해 보죠."

그때 멀리서 작게 쿠르릉 소리가 났다. 에멜이 부드럽게 키스하며 손을 뻗어 등불을 껐다.

어둠 속에서 에멜의 손이 부드럽게 날 끌어안았다. 그의 품으로 파고들고 난 귀를 쫑긋 세웠다.

두 번째 천둥이 쳤다.

에멜이 키스했다.

세 번째 천둥은 아주 가까이서 쳤고, 난 그가 민트 맛 치약을 쓴다는 걸 알 수 있었다.

흠, 난 라벤더 향인데.

등을 쓰다듬는 에멜의 손은 뜨겁고 기분이 좋았고, 그의 품 안에서 들리는 심장 소리도 너무 좋았다. 거듭 닿는 입술의 바깥쪽이, 안쪽이, 혀끝이 점점 뜨겁고 저릿해졌다.

천둥이 칠 때마다 입맞춤이 이어졌고, 나는 생애 처음으로 다음 천둥이 빨리 치지 않는 게 답답하게 느껴졌다. 비가 잦아들면서 천둥은 멀어졌고 키스는 가볍게 상냥해졌다. 아쉬움보다 한발 빠르게 졸음이 먼저 밀려왔다.

모든 것이 둥글둥글하게 바뀌어 녹아들고, 가벼운 베이비 키스에 스르륵 눈이 감겨와, 결국 난 잠이 들었다.

이튿날 애니가 깨울 때 일어나 보니 내 방, 내 침대였다.

'에멜이 옮겨 줬나 보다.'

멍하니 눈을 굴리는데 로이가 씩씩하게 들어와 커튼을 열었다.

"좋은 아침입니다."

"좋은 아침. 그리고 눈이 왜 그래?"

"어제 에멜과 대련했거든요."

난 웃으며 손짓했고, 로이는 몸을 뒤로 빼며 말했다.

"괜찮습니다. 보시는 것만큼 심하지 않아요."

"하지만—"

"주군께서 그 힘을 쓰시면서 피를 토하는 걸 보는 건 한 번으로 충분합니다."

"그 정도는 괜찮은데."

"저도 괜찮아요."

난 침대에서 반쯤 기어 나왔다. 로이가 말했다.

"황자님은 잘 돌아가셨어요."

"아, 데려다준 거야?"

"당연히요."

로이가 그렇게 말하고 날 바라보다가 한숨을 내쉬었다.

"제가 지켜드려야 했는데요."

"괜찮아. 로이에게 심부름시킨 건 나잖아."

"그건 그렇죠."

로이는 산뜻하게 고개를 끄덕였다. 난 픽 웃었다.

에멜과 하도 다퉈서, 그와 데이트하는 사이에 멀리 심부름을 시켰었다.

뭐, 식량 보급은 중요한 문제이기는 하지만.

"그리고 앤이 왔어요."

로이의 말에 난 폴짝 그를 돌아보았다.

"앤? 정말?"

"네."

로이가 씩 웃었고, 난 후다닥 침실에서 나왔다. 거실에 앤이 그림처럼 앉아서 차를 마시고 있었다.

"앤!"

"에스텔 님. 일어나셨군요."

난 환하게 웃으며 달려가 그녀를 꽉 끌어안았다.

"보고 싶었어."

"저도 그랬어요."

앤이 날 꼬옥 안았다가 놓아주었다. 애니가 옆에서 손뼉을 두세 번 쳤다.

"자자, 일단 아가씨는 잠옷을 벗고 씻고 나서 이야기하죠."

"응. 기다려 앤, 아침 아직이지?"

"네."

"같이 먹자! 로이가 어제 맛있는 빵을 사왔어."

"기대되네요."

난 앤에게 손을 흔들어 줬다. 로라와 애니가 아침 준비를 도와주었다.

로라가 살그머니 내 손에 작은 표찰을 쥐어 주었다.

'아. 그때 아서에게 받았던 거 비슷하네.'

보이는 곳에 걸어 두면 찾아온다고 했었지. 난 얼른 그걸 화장대 서랍에 집어넣었다.

준비를 끝내고 나가니 이미 거실에 식사는 차려져 있고, 앤과 로이가 기다리고 있었다.

"에멜은?"

"안 보이던데요."

로이가 갸웃하며 말했다. 난 눈을 찌푸렸다.

"안 보여?"

"네."

"어디 간다고 말도 없었고?"

"네."

'뭐지?'

고민하는데 꾸르륵 소리가 배 속에서 들렸다. 난 자리를 권하며 말했다.

"아침 놓치면 자기만 손해지, 뭐."

"그렇지요."

로이가 그렇게 말하며 얼른 자리에 앉았다. 그와 동시에 난 주변의 하인들을 싹 물렸다.

"조용한 아침 식사를 원하시나 보죠?"

로이가 빵에 버터를 듬뿍 바르며 물었다. 난 고개를 끄덕이고 앤을 보았다.

"앤, 어제 리들이 여기 왔었어."

"황자님이요?"

앤이 고개를 갸웃해서 내가 겪은 일은 단순하게 말해 줬더니 그녀의 얼굴이 시뻘게졌다.

난 화가 나서 사람 얼굴이 붉어지는 건 처음 봤다.

"그 개자식이 뭘 어쨌다고요?! 그런데도 아직 살아 있어요? 그런 새끼는─"

앤은 내가 입을 떡 벌리고 로이 역시 눈을 동그랗게 뜰 정도로 어마어마한 욕설을 쏟아 냈다. 뱃사람도 한 수 접을 욕의 향연이었다. 그렇게 한참 분노하던 앤은 씩씩거리는 숨을 삼키며 날 바라보았다.

"그래서요? 그냥 돌려보내신 거죠?"

"으응."

"당연히 그래야죠. 사지가 붙어 있어야 사지가 떨어지는 고통을 느낄 테니까 말입니다. 대체 로이는 뭘 하고 있었던 거예요?"

"빵 심부름."

"로이 딜런!"

앤이 빽 소리를 지르자 로이가 한숨을 내쉬고 말했다.

"주군께서 날 멀리 떼어놓으신 걸 어쩌라고. 에멜과 달콤한 시간을 보내시겠다는데."

"에스텔 님!"

"다음에는 더 주의할게."

난 얌전히 말했다. 앤은 미간 사이를 문질렀다.

"그래서, 서약석에 대해서나 수도의 동향에 대해서 듣고 싶었어. 알아낸 게 있어?"

"네."

앤은 그렇게 말하고 깊게 숨을 내쉬더니 순식간에 냉정한 얼굴로 돌아왔다.

"일단 서약석에 걸린 마법은 300년이나 된 겁니다."

그때 문이 벌컥 열렸다. 난 놀라 입구를 돌아보았는데, 언제 일어난 건지 로이가 내 앞에 서 있었다.

'순간 이동이라도 한 거야?'

"아, 뭐야. 주군의 약혼자님 아니셔?"

로이가 그렇게 말하며 다시 자신의 자리로 돌아갔다. 에멜이 앤에게 가볍게 눈인사를 했다.

"제가 많이 늦었나요?"

"아니, 막 이야기를 시작했어요."

내가 옆자리를 두들기며 말하자 에멜이 내 옆에 앉았다.

"어디 갔었어요?"

"그냥요."

에멜은 그렇게만 말하고 앤을 바라보았다. 앤이 가볍게 헛기침을 하고 이어 말했다.

"서약석에 대한 이야기 중이었어요."

에멜이 고개를 끄덕이고 내 접시를 보더니 눈을 찌푸리며 샐러드를 올려주었다.

으앙…….

슬프게 샐러드가 올라간 접시를 바라보는데 앤이 이어 말했다.

"서약석은 300년 전에 만들어졌어요. 그리고 마법은 영구적인 것이 아니지요."

"그래?"

내가 갸웃하며 묻자 앤이 웃으며 고개를 끄덕였다.

"뭐든 영원한 건 없어요. 그래서 서약석의 힘이 많이 약해졌을 거라고 생각돼요. 사실, 카스티엘로가 황실을 어떻게 대하는지를 봐도 알 수 있죠."

"하긴, 그런가."

"네. 조금씩 헐거워져서 삐걱거리고 있는 거지요."

"그래도 목줄은 목줄이잖아."

개목걸이가 삐걱거리고 흔들려도 끊어지지 않으면 묶여 있는 건 마찬가지다.

"네, 그렇지요. 하지만 그렇다면 부술 때 힘이 덜 들어갈 테니까요."

"서약석을 부수는 데 들어가는 힘?"

"네, 그리고."

앤이 심각한 얼굴로 말했다.

"약속을 깨는 데에는 대가가 따릅니다."

"대가?"

"네."

"무슨 대가?"

"그건 서약으로 정해 놓는 경우가 대부분이에요."

"하지만 내가 약속을 깨는 게 아니라, 서약석을 부수는 거잖아."

"서약은 아주 강한 마법이에요. 이 마법을 깨는 사람에게도 대가가 따르지요. 뭐든 공짜는 없어요."

앤이 뭐라고 할까 하다가 천천히 말했다.

"그건 세계의 규칙이죠."

"세계?"

"법칙이라고 해야 할까요? 돌이 땅에 떨어지고, 물은 아래로 흐르고, 해가 동쪽에서 떠서 서쪽으로 지는, 그런 법칙 같은 거예요."

"그렇군."

이해가 될 듯 말 듯. 하지만 마법사의 세계에도 그런 법칙이 있다는 거겠지.

"그럼 서약석을 깨는 데 어떤 대가가 따르는데?"

앤이 머뭇거렸다.

"앤."

내가 재촉하자 그녀가 길게 한숨을 내쉬며 말했다.

"깨는 사람이 죽을 거예요."

난 흠칫했다.

침묵이 흘렀다.

"죽는다고?"

확인하듯 로이가 묻자 앤이 고개를 끄덕였다.

에멜이 잠시 생각하더니 말했다.

"하지만 이미 서약석이 많이 약해졌다고 했지요. 그렇다면 반향도 약해지지 않을까요?"

"저도 그렇게 생각해요. 하지만 그렇다고 해도, 깨는 사람에게 타격이 오는 건 어쩔 수가 없는 일이에요."

"그래……."

내가 중얼거리자 그 순간 세 사람이 동시에 소리쳤다.

"안 됩니다."

"안 돼요."

"그거 아니죠."

난 놀라 셋을 바라보았다. 로이가 눈을 찡그렸다.

"죽으면 되지. 그러는 거죠?"

"에스텔 님, 절대로 그런 짓을 하시면 안 됩니다."

"제 목숨까지 가지고 계시다는 걸 잊지 말아 주시길."

"아니, 딱히 그럴 생각은……."

아니었나?

다시 갸웃하니 셋의 눈이 가늘어졌다.

어, 음.

"알았어. 일단은."

"일단은, 은 뭔가요."

"실직자가 되고 싶지 않다고요."

"그건 저도 마찬가지예요. 그리고 에스텔 님, 분명히 다른 방법이 있을 거예요. 협력해 주기로 한 마법사들이 있어요."

"마법사들이?"

난 마탑과 카스티엘로의 관계를 생각하며 미심쩍은 얼굴을 해 보였다. 앤이 희미하게 웃으며 말했다.

"제가 아무나 소개시켜 드리지는 않지요."

난 고개를 끄덕였다.

"그 점에 있어서는 앤을 믿지만. 그렇다면 서약석을 부수든가, 아니면 상대에게 해지에 동의하게 하든가 둘 중 하나로군."

"하지만 해지에 동의할 리가 없잖아요?"

앤의 말에 난 고개를 끄덕였다.

"나도 그 이야기야. 그러면 부숴야 하는데, 부수려면 목숨인가……."

에멜이 살그머니 내 손을 잡았다. 난 피식 웃으며 말했다.

"안 죽어요. 걱정하지 말아요."

"나와 마찬가지로, 아니, 사실은 나보다 더 가족을 소중하게 여기는 걸 아니까."

에멜이 살짝 거칠어진 목소리로 말했다. 난 입을 내밀었다.

"가족을 더 소중하게 여기지는 않아요. 비슷하게 소중해요."

"그거 엄청나게 소중한 거네요."

로이가 빵을 한 번에 입안에 털어 넣으며 말했다.

앤이 그런 로이를 보고 한숨을 한 번 내쉬고 이어 말했다.

"그리고 수도의 동향에 대해서는…… 황태자 전하께서는 여전히 눈을 뜨지 못하고 계십니다. 궁정은 황후마마를 중심으로 돌아가는 것으로 자리를 잡고 있고요. 이렇게 된 거 리들을 황제로 삼아야 하는 게 아니냐는 이야기도 나오고 있지요."

"으음."

리들이 황제라.

"황태자가 불쌍하네."

어머니도 일찍 돌아가시고, 계모는 자기 아버지를 살해한 데다가 자기까지 쓰러트리고 궁정을 조정하고 있고…….

"황태후에 대해서 미리미리 막아 뒀어야 해요."

"설마 그렇게 황제 폐하께서 서거하실 줄은 몰랐겠지."

자기 정부에게 찔려서 살해당하다니.

물론, 진짜 정부는 아니지만…….

"카스티엘로 공작가에는? 아무런 압박도 없어?"

"아직까지는요."

"그래……. 그게 더 피 마르는데. 마치 매 맞기를 기다리는 아이가 된 기분이야."

길게 한숨을 내쉬자 에멜이 "괜찮을 겁니다." 하고 말하고는 싱긋 웃어 주었다.

"정말로, 괜찮았으면 좋겠어요."

난 한숨을 내쉬며 팬케이크를 썰었다.

"그래서, 그 소개해 준다는 마법사들은 뭐야?"

"아, 마탑은 엄청 오래됐거든요."

"우리 가문만큼 오래됐지."

내 말에 에스텔이 빙긋 웃었다.

"네, 그러다 보니 파벌이 너무 강해요. 마법사의 능력이 아니라 줄을 어디에 서냐에 따라서 성공 여부가 갈리지요."

"아하."

"거기에 불만을 가진 끈 없는 마법사들은 마탑을 나와서 자기들만의 마탑을 세우고 싶어 해요."

"그렇군. 이해했어."

난 고개를 끄덕였다.

"그리고 그러려면 많은 재원이 필요하고-"

"카스티엘로 공작가가 후원이 된다면 더할 나위가 없겠지. 기존의 마탑에 반발한다는 것까지 더해서."

"그렇지요."

"흠."

난 포크를 빙글빙글 돌렸다.

"아빠에게 이야기해 봤어?"

"아직이요."

앤이 고개를 저었다.

"그래?"

"대신 카를 님과 이야기했어요."

"오라버니랑?"

앤과 카를이라.

그건 또 의외의 조합이네.

앤이 고개를 끄덕이며 나에게 말했다.

"그건 에스텔 님에게 달렸다고 하셨어요."

"나?"

"피해자는 에스텔 님이시니까요."

"아."

카를답다.

난 그렇게 생각하며 피식 웃었다. 카를이 그렇게 말한 거라면 아빠의 의견 역시 같다고 봐도 되겠지.

"마법사라. 하긴, 필요하기는 해. 지금 마탑은 황실과 너무 가까우니까. 카스티엘로에게도……."

"주군, 전 싫어요."

뜻밖에도 반대하고 나선 건 로이였다. 내가 "싫어?" 하고 되묻자 로이가 앤을 힐끗 보고 말했다.

"마법사에 대해서 나쁜 뜻은 없지만, 그놈들이 뭘 꾸밀지 어떻게 알겠어요? 물론 앤을 믿지 못하는 건 아니지만."

그래도 마법사란 언제 뒤통수를 칠지 모르는 존재다, 하는 의견이었다. 앤의 녹슨 에메랄드 같은, 회록빛 눈동자가 가늘어졌다.

"로이 딜런, 당신보다 내가 마법사에 대해서 더 잘 알아요. 내 사지를 묶고 헤집어 둔 게 마법사니까요."

차갑지만 격한 말에 로이는 순간 숨을 삼켰다. 앤이 날 돌아보았다.

"그러니까 에스텔 님이 싫다고 하셔도 이해합니다."

우리는 둘 다 거기에 있었죠.

앤이 그런 얼굴로 말해서 난 살그머니 미소 지었다. 그녀는 놀란 듯 눈을 크게 떴다.

"그리고 살아남았지."

내 말에 앤 역시 미소 지었다.

"그렇죠."

"좋아. 로이의 반대도 이해해. 그리고, 에멜도."

난 가볍게 에멜의 무릎을 두들겼고 그는 한숨을 내쉬었다.

"말하지 않아도 알아주시니 감사하다고 해야 할까요?"

"하지만 마법사의 협조는 얻을 거야."

"그렇겠지요."

에멜이 포기한 듯 대답했다. 앤이 우아하게 고개를 끄덕이고 등을 쭉 펴며 말했다.

"다음에 수도에 올라가면 소개해 드리겠습니다."

"응. 고생했어."

"별말씀을요."

아침 식사를 끝내고 난 앤과 느긋한 시간을 즐겼다.

앤은 나와 에멜의 이야기를 흥미진진하게 들으며 웃었다.

그리고 난 그녀에게 어제 했던 내 추리를 털어놓았다.

"분홍눈이라고요?"

"응, 내 예전 이름. 그러니까 열한 살 때까지는 분홍눈이었거든."

"그래도 에스텔 님에게는 하여간 카스티엘로의 피가 흐르잖아요."

"응, 하지만 정령과 계약은 두 가지 이름으로 했단 말야."

"그건, 특이하네요."

앤은 곰곰이 생각에 잠겼다.

"그래서 분홍눈은, 공격할 수 있을 것 같았어."

"알파나 엔드는 뭐라고 해요?"

"맞아, 당사자들에게 확인해 보면 되잖아? 왜 그 생각을 못 했지? 알파? 엔드?"

부르자 잠시 후 늑대와 드래곤이 내 그림자에서 튀어나왔다.

"할 수 있어."

엔드가 그렇게 말하고 삼단 접시 손잡이 위에 앉았다.

앤이 딸기를 건네주자 그걸 앞발로 받아 들며 엔드가 이어 말했다.

"분홍눈으로서 공격을 명하면 할 수 있지만, 그게 카스티엘로 쪽에 어떤 영향을 미칠지는 모르겠어."

엔드가 그렇게 말하고 알파를 보자 알파가 다가와 내 허벅지에 머리를 올리며 말했다.

"확실히. 그 점은 어떻게 될지 모르겠군."

난 고개를 갸웃하고 물었다.

"서약석을 부술 수도 있을까? 내가?"

"분홍눈이라면, 할 수도 있겠지."

"하지만 분홍눈이라도 타격이 오는 건 마찬가지야."

엔드가 딸기를 우물거리며 말했다. 앤이 눈을 찌푸리며 나에게 경고했다.

"부수지 않기로 하셨잖아요."

"응, 하지만 그래도 알아 두고 싶어서. 그렇군."

난 고개를 끄덕였다. 그때 선룸 문을 로이가 가볍게 두들겼다. 내가 들어오라고 손짓하자 그가 유리문을 조심스럽게 열고 들어와 물었다.

"에멜 못 보셨어요?"

"에멜? 못 봤는데."

"그래요? 어디 갔지?"

"에멜은 왜?"

"말도 안 보이고, 에멜도 안 보여서요."

"산책이라도 나간 거 아냐?"

"주군이 여기에 있는데요?"

"난 앤이랑 있으니까."

"흐으음."

로이는 아주 미심쩍다는 얼굴을 했다.

"에멜은 왜?"

다시 묻자 로이가 어깨를 으쓱하고 말했다.

"대련 상대 좀 해 달라고 하려고 했죠."

"그게 싫어서 도망간 거 아냐?"

"설마요. 절 후려 팰 기회를 놓칠 놈이 아닌데?"

로이는 그렇게 중얼거리고 어깨를 으쓱하며 내 옆자리에 털썩 앉았다.

"에멜이 안 보이니 어쩔 수 없지요."

"그래서 내 상대를 해 주는 거야? 참으로 달콤한 이야기네."

로이가 고개를 기울이자, 선룸 햇살에 그의 금색 머리카락이 반짝였다.

앤이 문득 말했다.

"이렇게 보니 두 사람이 남매 같은데요?"

"뭐?"

"엑?"

우리 둘이 동시에 앤을 돌아보니 그녀가 웃었다.

"둘 다 금발이라서 그런 걸까요?"

"그거 너무하네."

내가 툴툴거리자 로이가 고개를 끄덕였다.

"둘 다 금발이라니. 완전히 다르다고요. 전 아주 밝은 금발이고, 아가씨는 짙은 황금색이지요."

"맞아, 맞아."

"머리카락이 검은 사람에게는 다 똑같아 보여서."

앤이 그렇게 말하며 웃었다.

난 주변을 돌아보았다. 로이가 피식 웃으며 물었다.

"에멜 찾으세요?"

"그런 거 아닌데."

"아니긴요. 다시 가서 한 번 더 찾아볼까요?"

"아냐, 내가 찾아볼래."

"같이 가죠."

로이가 자리에서 일어났다. 앤이 느긋하게 찻물을 부으며 말했다.

"찾으면 데리고 오세요."

"응."

난 고개를 끄덕이고 로이를 따라 자리에서 일어났다.

하지만 저택에 에멜은 보이지 않았고, 행선지를 들은 사람도 없었다. 마구간지기에게 말을 꺼내 갔다는 이야기만 들었을 뿐이었다.

그리고 해가 지도록 에멜은 돌아오지 않았다.

*　　*　　*

"이게 두 번째야."

난 화가 나서 그대로 편지를 난롯불에 던져 넣으며 말했다.

애니와 제인은 불안한 얼굴로 날 바라보고 있었다. 로라만이 침착한 얼굴이었다.

"이게 두 번째라고! 에멜 레이몬드!"

난 빽 소리를 지르며 소파에 털썩 앉았다. 애니가 물었다.

"차라도 드릴까요?"

"괜찮아."

난 손을 저었다. 그리고 내 앞에 쌓인 편지 뭉치를 바라보며 말했다.

"전부 다 난로에 넣어줘."

제인이 고개를 끄덕이고 조심스럽게 뭉치를 챙겨 하나씩 장작불에 던져 넣었다.

푸른 별장에서 갑자기 사라진 에멜은 어느 사이엔가 수도에 가 있었고, 이제야 들려온 소식은 아이리스 황녀와 정식 약혼을 한다는 이야기였다.

내가 돌겠는가, 안 돌겠는가?

관자놀이를 문지르고 있는데 문이 열리고 카를이 들어왔다.

"오라버니?"

"산책 갈까?"

뜻밖에 말에 난 카를을 바라보다가 고개를 끄덕였다.

자리에서 일어나니 얼른 애니가 숄을 챙겨주며 말했다.

"밖이 쌀쌀해요."

"응, 고마워."

난 한숨을 내쉬고 숄을 챙겨서 카를을 따라 나왔다.

카를이 힐끗 내 얼굴을 바라보았다가 말했다.

"말을 새로 길들였거든."

"아."

"오늘 처음으로 마차에 매는데 같이 타고 나가자고."

"그거 좋네요. 지금 저는 스릴이 좀 필요한 것 같거든요."

내 말에 카를이 피식 웃었다.

현관 입구로 나가니 시종들이 창백한 얼굴로 거대한 흑마 두 마리를 붙잡고 있었다. 뚜껑 없는 마차에 매어져 있기는 하지만 앞발을 구르고 푸르릉 하고 숨을 내쉬는 것이 숫제 투견장에서 개를 풀기 일보 직전인 느낌이었다.

"쉿."

카를이 주의를 주자 말들은 기가 죽은 듯 얌전해졌다. 시종들은 안도하며 얼른 물러났다.

내가 올라타자 네반이 당황한 얼굴로 말했다.

"아가씨도 같이 나가십니까?"

"그래."

나 대신 카를이 대답하며 마차에 올라타 고삐를 쥐었다. 네반이 힘주어 말했다.

"아가씨는 약하다는 걸 기억해 주십시오."

"알아. 보통인 거. 비켜."

카를이 그렇게 말하자 시종들이 재빨리 물러났다. 그가 가볍게 휘파람을 불자 말은 출발했다.

난 힘주어 말했다.

"공원을 가로지를 때 아무도 우리 마차 곁으로 다가오지 않을 거예요."

"그러길 바라면서 산 거니까."

카를은 그렇게 말하며 속도를 좀 더 높였다. 거대한 흑마 두 마리가 딱 맞춰 구보를 하며 걷는 모습은 멋졌다.

하지만 거리로 나오자 사정은 좀 달라졌다. 다른 말들을 위협하고, 사람들을 밟을 듯이 굴고 심지어 지나가는 마차에 머리를 흔들어 위협을 하는 게 아닌가?

"어, 오라버니?"

"응?"

"진짜로 다들 도망치는데요?"

"좋네."

카를은 그렇게 말하고 날 힐끗 돌아보고 물었다.

"괜찮아?"

"뭐가요?"

"에멜."

"아."

난 한숨을 내쉬고 카를에게 기댔다.

"사실, 에멜이 스파이 짓을 했다거나, 날 사랑하지 않는다고 생각하지는 않아요. 에멜은 절 사랑한다고요?"

카를이 내 말에 희미하게 웃었다.

"그렇지."

난 흥분해서 카를이 순순히 동의했다는 것조차 깨닫지 못했다.

"그러니까 아이리스 황녀와 결혼한 건 분명히―"

난 목소리를 낮췄다.

"뭔가 다른 생각이 있는 거겠죠. 하지만 어째서 나에게 그 생각을 말하지 않은 건지 화나요. 그런 거 바라지도 않는데 말이에요."

"그렇군."

"정말 너무하지 않아요? 적어도 나에게 한마디는 해 줄 수 있는 거 아니에요? 그렇게 뿅 하고 가 버리면 난 어쩌란 말이에요?"

"그러게."

"다시 만나기만 하면 가만두지 않을 거예요. 게다가 아이리스? 아이리스랑 약혼을 해요? 말도 안 되잖아요? 그쪽에서 에멜을 순순히 받아 줄 리도 없는데, 이상한 걸 요구할지도 모르고. 그리고 뭔가 하더라도 손발이 맞아야 하죠. 혼자 저렇게 가 버리면 계획이고 뭐고 없잖아요."

"맞네."

카를의 맞장구에 난 말을 멈췄다가 눈을 가늘게 떴다.

그리고 보니 카를이 날 위해서 에멜을 죽여주겠다는 등 무서운 발언을 하지 않는다.

설마?

"오라버니."

"왜?"

"혹시 에멜이 카스티엘로 공작저에 왔었나요."

"왔었지."

"그러니까 아이리스랑 약혼하기 전에 말이에요."

"그래."

역시!!

"그런데 저에게 말하지 않았어요?!"

소리치는데 옆쪽에서 비명과 함께 욕설이 들렸다.

"말 좀 제대로 다뤄!!"

카를이 자신에게 욕한 남자를 바라보자 그는 숨을 삼키며 얼른 고개를 돌렸다.

저런. 가엾은 사람.

난 마차를 끄는 흑마를 바라보았다. 두 마리 말은 아주 신이 나서, 사방에 드잡이질하고 있었다.

와, 나는 말이 저렇게 드잡이질을 할 수 있을지 몰랐어.

카를이 다시 휘파람을 휙휙 짧게 불자 말들의 귀가 쫑긋했다.

"그만해."

카를이 낮게 말하니 흑마들은 그저 위풍당당하게 걷기만 했다.

좀 낫군.

"이거 마차용이 아니라 군마 아니에요?"

내가 중얼거리자 카를이 고개를 끄덕였다.

"그럴 용도로 길들이기는 했지. 하지만 마차에도 써먹으면 어떤가 싶어서."

"공원의 깡패가 되겠네요."

"그거 좋지."

카를은 그렇게 중얼거리고 마차에 몸을 깊게 묻었다.

난 다시 본론으로 돌아가서 그를 향해 휙 몸을 돌렸다.

"그래서 에멜이 왔었다고요? 그런데 저에게는 말하지 않으셨단 말이지요?"

"너에게 말하지 말아 달라고 했으니까."

"저예요, 에멜이에요?"

"약속이 먼저라는 생각은 안 해?"

"오라버니. 저는 오라버니의 하나뿐인 여동생이라고요?"

카를의 붉은 눈이 동그래졌다가 그가 가볍게 웃었다. 내 뺨에 가볍게 키스해 주고 그가 속삭였다.

"맞아, 그렇지."

"그러니까 빨리요."

누가, 언제, 어디서, 무엇을, 어떻게, 왜? 육하원칙에 맞춰서 알려줘요. 내 말에 카를이 힐끗 정면을 한 번 보았다가 말했다.

"리들이 왔었다며."

난 숨을 삼켰다.

붉은 눈이 무심한 듯, 하지만 절대로 무심하지 않게 날 살폈다.

"왜 말 안 했지?"

"그게, 괜히 말할 일이 아니라고 생각돼서……."

"새로운 태자로 유력한 이 황자가 너에게 청혼하고 안 되니까 강간하려고 한 사실이?"

난 작게 신음을 흘렸다.

"전부 다 말했어요? 에멜이?"

"전부 다."

"으—"

"에스텔 카스티엘로."

"네에……."

대답이 작아지자 카를의 목소리가 좀 더 커졌다.

"에스텔 카스티엘로."

"네."

이번에는 좀 더 힘주어 대답하니 카를이 콩 하고 가볍게 이마를 박아 왔다.

"아야."

"아야?"

카를이 좀 더 강하게 이마를 박아서 난 몸을 뒤로 휙 뺐다.

"오라버니!"

"왜?"

"혼낼 거면 말로 혼내세요."

"그래서 네가 들어먹지를 않으니까. 에스텔 카스티엘로. 내가, 아버님이 얼마나 참고 있는지 알고 있어?"

그의 마지막 말은 살짝 으르렁거리는 것처럼 들렸다. 난 얼른 입을 다물었다.

"대체 넌 정신이—"

카를은 뭔가 더 말하려다가 말고 나에게 말했다.

"에멜이 너에게 알리지 않은 것도 당연하지."

"오라버니!"

"네 무모한 행동을 누가 알겠어?"

"오라버니."

"너에게 말하면 무슨 짓을 할지 모르니까 말야."

"그건 다들 숨기니까 그렇죠!!"

난 벌떡 자리에서 일어났다.

"난 이제 열여덟이란 말이에요! 그리고, 내가 함부로 뭘 했다고요? 그래도 항상 아빠와 오라버니에게 결국은 이야기했단 말이에요! 항상 제가 참았다고요! 항상! 항상!"

너무 억울해서 눈물까지 치밀 지경이었다.

카를은 그런 날 바라보다가 자신의 옆자리를 다시 탁탁 두들겼다. 난 팔짱을 끼고 있는 힘껏 털썩 자리에 앉았다.

카를이 길게 한숨을 내쉬고 정면을 보고 말했다.

"솔직히 말해서 에스텔. 너 말고 다른 인간은 별로 관심 없어."

"아빠는 빼고요."

카를이 살짝 미소 지었다.

"그래. 그러니까 에멜이 어디 가서 뒈지든 말든 상관없단 말이야."

"오라버니."

"사실을 이야기하는 거야."

"그는 제 약혼자예요."

"지금은 아이리스의 약혼자지."

"그거 이중 약혼 아니에요?"

"그건 아냐. 그때 들어서 너랑은 파혼했으니까."

"말도 안 돼. 그런데도 저에게 말씀하지 않았다고요?"

"그래."

"대체 오라버니랑 아빠, 아니 저도 어른이니 아버님이라고 해야겠네요, 이제. 두 사람에게 전 언제나 보호해야 하는 보통과 비슷한 약해빠진 사람인가요."

"넌 내가 사슬을 채워서 탑 꼭대기에 가두지 않는 걸 다행으로 생각해야 해."

"카를 카스티엘로!"

내가 버럭 소리치자 카를이 힐끗 날 보았다가 다시 앞을 보았다.

"이야기하려고 했어."

"그래요?"

"그래. 네가 리들에 대해서 우리에게 이야기하면."

"그건―"

난 양팔을 들었다가 털썩 떨궜다.

"죄송해요. 미리 말씀드리지 못해서요. 하지만 그렇다고 제 탓으로 치부하는 건 너무한 거 아닌가요."

"너무하다고?"

"말 안 한 네가 잘못한 거야, 하는 식으로 말하는 거요."

내 말에 카를은 곰곰이 생각하다 말했다.

"아니, 역시 말 안 한 네가 잘못한 건데."

그 말에 난 발끈했다.

"그럼 오라버니는 내게 전부 다 이야기하나요? 하나도 숨김없이? 그래요? 그렇게 당당해요?"

카를은 눈을 깜박였다가 낮게 웃었다. 그 말에 난 더 화가 나서 물었다.

"왜 웃어요? 내가 웃겨요?"

"아니. 우리 울보 토끼가 많이 커서. 그리고 네 마법사가 한 말이 생각나서."

"앤이요?"

"그래."

가볍게 숨을 내쉬고 카를이 말했다.

"내가 너에게 숨기고 있는 게 없는 거 아냐. 그러면서 너에게 정직을 요구하는 건 치사한 일일 수 있지. 하지만 이기적이라고 욕해도 네가 나에게 정직해줬으면 좋겠어. 그렇다면―"

카를은 잠시 말을 멈췄다가 말했다.

"나도 너에게 최대한 정직할게."

나는 카를을 빤히 보았다. 그의 붉은 눈이 '이걸로는 안 되나?' 하며 날 바라보았다. 나는 카를도 아주 많이 변했다고 생각했다. 섞이지 않은, 인간과는 좀 다른 나의 오라버니.

"알았어요."

내가 고개를 끄덕이자 카를이 물었다.

"그래. 그래서? 이야기해 봐."

"그걸 또 왜요? 벌써 에멜에게 다 들으셨다면서요?"

"그래. 하지만 네게도 듣고 싶어."

"이러다가 에멜과 말이 맞지 않으면 어떻게 되는 거죠?"

"하하."

카를은 차갑게 소리 내어 웃었다. 난 눈을 한 번 굴리고 최대한 간결하게 이야기했다.

"―해서 전 리들을 놔줬고. 그걸로 끝이에요."

카를은 대답하지 않았다.

"오라버니?"

작게 그를 불러봤지만 카를은 대답하지 않았다. 곧 그가 극도로 분노하고 있다는 걸 깨달았다.

흑마들은 불안한 듯 뒤를 힐끔힐끔 돌아보았다. 고삐를 잡은 손마디는 불거져 있었고, 얼굴은 분노로 창백했다.

"전 괜찮아요."

"아니었으면―"

카를은 끓어오르는 듯한 목소리로 말했다가 다시 입을 다물었다.

"그래서요. 전 이야기했어요. 에멜은 뭐라고 했어요? 무슨 계획 있대요?"

"몰라."

"카를 오라버니!"

방금 나에게 약속했으면서!

목소리가 저절로 높아졌다.

하지만 카를은 눈을 찌푸리며 "사실이야." 하고 이어 말다.

"만나서 리들과 있었던 일을 이야기하고, 파혼하겠다고 했어. 그리고 더는 널 서약석에 묶어 두면 안 된다고 했어. 거기에는 우리도 동의했고, 그리고 아버님과 이야기를 나눴어. 나는 그가 무슨 계획을 세우고 갔는지는 몰라."

"뭐라고요?"

지금 정확하지 않은 정보로 저를 터신 거예요? 그런 얼굴로 눈을 찌푸리는데 카를이 거침없이 이어 말했다.

"그리고 나도 동의해. 그래, 상관없었어. 지금까지는. 우리를 개처럼 부리든, 뭘 명령하든, 상관없었다고."

그가 날 돌아보며 사랑스럽게 웃었다. 이런 식으로는 한 번도 웃은 적이 없었다. 전신에 소름이 돋았다.

"널 건드리면 안 됐어."

카를은 그렇게 말하고 다시 앞을 보았다.

'어쩐지 엄청난 걸 본 것 같은데.'

난 내 손만 내려다보고 있었다.

마차 바퀴 구르는 소리만 경쾌하게 들렸다.

한참 후에야 난 목을 가다듬고 말했다.

"하지만 할 수 있는 게 없잖아요?"

"그런가?"

"그렇죠. 어쨌든 우리는 카스티엘로고, 황가에 충성해야 하잖아요. 그들을 해칠 수도 없죠."

"그렇지."

"그런데 어떻게 하려고요?"

"글쎄."

"카를."

"정말로 글쎄야. 바로 지금 우리가 이길 수 없다는 건 알아. 하지만 그렇다고 그게 영원히 이길 수 없다는 뜻은 아니지."

"그건 그렇죠."

난 그렇게 대답하고 힐끗 카를을 본 다음 말했다.

"마차 돌려주세요."

"왜?"

"아빠에게도 이야기할래요. 그리고 에멜이랑 무슨 이야기를 하셨는지 들어야겠어요."

"좋지."

카를은 피식 웃으며 고삐를 당겼다.

*　*　*

향로에서 향이 타오르며 연기를 뿜어내고 있었다. 달콤한 향과 쌉쌀한 향, 기묘한 향이 섞여서 방 안을 가득 채우고 있었다. 안개처럼 연기가 방 안을 떠돌았다. 창문은 모두 닫혀 있어서 탁한 향 연기와 향기에 머리가 어지러울 지경이었다.

아이리스는 깊게 숨을 들이마셨다.

"에멜."

침대에서 일어나며 그녀가 부르자 침대 휘장 뒤에 동상처럼 서 있던 에멜이 공손히 대답했다.

"황녀님."

"차."

에멜은 근처의 찻주전자에서 차를 따라 그녀에게 건넸다. 아이리스가 찻잔을 받아 드는 듯하더니 잔을 뒤집었다. 뜨거운 물이 에멜의 손 위로 떨어졌지만 그는 꼼짝도 하지 않았다. 단지 싱긋 웃으며 말했다.

"그게 마지막 잔이었을 텐데요."

"그럼 또 만들어와야겠네."

"주문하죠."

"에멜."

"네."

아이리스가 침대에 앉았다. 그녀가 비소를 지었다.

"네가 날 사랑하지 않는 건 알아. 뭘 위해서 돌아왔는지도 알아."

에멜은 대답하지 않고 빤히 아이리스를 보았다. 그녀의 탁한 갈색 눈이 에멜을 바라보았다.

"그리고 그걸 후회하게 될 거야."

"그런가요."

아이리스가 자신의 발을 내밀며 말했다.

"핥아."

그가 무릎을 꿇자 아이리스가 잔혹한 미소를 지으며 말했다.

"개처럼 네 발로 기어와서."

에멜은 눈을 한 번 감을 때마다 쉽게 떠올릴 수 있었다.

아침 햇살 같은 금색 머리카락, 투명한 분홍색 눈동자, 뚜렷하게 들리는 선명한 목소리.

'에스텔 화내겠지.'

그런 생각을 하며 그는 무릎을 꿇었다.

일부러 에스텔이 화를 내주기를 원하면서 이 선택을 했다. 두 번째 배신은 그녀가 용서하지 않을 테니까. 그럼 그가 돌아가지 못해도, 에스텔에게는 상관없는 일이 되겠지.

그렇게 되기를 바랐다.

이 선택을 했을 때부터 살아서 돌아가겠다는 선택지는 버렸으니까. 목숨이라는 선택지를 버린다면, 그 다음으로 또 무엇을 버리기는 쉽다.

자존심은 물론이며 행복이나, 안식이나, 기쁨이나, 그 모든 것들. 그리고 그 어떤 것도 별을 잃는 것보다 어려운 일이 아니었다.

손을 대면 안 됐다.

지켜보는 것만으로도 만족해야 했다.

자신의 '유일'은 그녀인데, 그녀의 '유일'은 자신이 아니라는 게 에멜을 괴롭힐 때도 있었다.

하지만 지금 그는 자신이 그녀의 '유일'이 아닌 것에 감사했다.

자신이 없어지면, 없어도 그녀는 충분히 행복할 테니까.

* * *

"제온이랑 약혼할까 봐요."

한숨을 내쉬며 하는 말에 제온이 눈을 찌푸렸다.

"레이디는 그런 이야기를 하는 게 아니지."

"아닌가요."

"제발. 내가 카를에게 죽는 걸 바라는 게 아니면."

"바라지 않아요."

"그렇다면."

그렇게 말하고 제온이 잠시 날 바라보다가 말했다.

"그래도 괜찮은 것 같네."

"뭐가요?"

"파혼 때문에 심력을 소모했을까 봐 걱정했거든."

엉엉 울었을까 봐, 하는 말을 저렇게 하는 것이 그답다. 나는 심드렁하니 대답했다.

"아빠랑 엄청 싸웠어요."

"그랬어?"

그가 놀랐다는 듯 날 보았다. 아빠는 에멜과 무슨 이야기를 했는지 나에게 말해 주지 않았다.

내가 얼마나 화가 났는지 아빠에게 소리를 지르고 발을 굴러댔지만, 아빠는 꿈쩍도 하지 않았다.

결국, 내가 제풀에 먼저 나가떨어졌다.

아빠가 그렇게 나온다면 나도 나 나름의 생각이 있다.

"네, 하지만 괜찮아요."

내 말에 그는 미심쩍은 얼굴을 했다.

"제온."

그를 부르고 난 목소리를 낮춰서 덧붙였다.

"이건 비밀인데요, 에멜은 날 사랑하거든요."

"흐음."

"그러니까 날 버릴 권리가 없단 말이죠."

"허어."

"어때요? 사교계에서 두 사람은 잘 보여요?"

"꽤."

"흐음."

"사이도 좋아 보이고."

"허어."

제온이 피식 웃었다.

"신경 쓰여?"

"네."

"낯부끄러울 정도로 솔직하네."

"숨겨봐야 좋을 게 없다는 걸 알게 됐거든요."

"하지만 요즘은 잘 안 보여."

"그래요?"

"그래. 두 사람 모두. 레이몬드 후작이 황궁에서 산다는 이야기도 있고."

"……"

"울어?"

"안 울어요."

한숨을 내쉬며 말하자 제온이 고개를 끄덕였다.

"그거 잘됐네."

"다음에 에멜을 만나면 때려줄 거예요."

"그래?"

"네."

"파혼에 대한 결투라면 네가 아니라 카를이 기꺼이 대신해 줄걸."

"그런 거 아니에요."

"아니긴. 레이몬드 후작도……."

"후작이 뭐요? 말꼬리 흐리지 말아요. 그거 싫어해요."

제온이 다리를 반대로 꼬며 말했다.

"솔직히 말해서 레이몬드 후작에게 걸맞은 상대는 네가 아니라 아이리스 황녀지. 전통적인 위치를 봐도 그렇고. 그가 널 사랑하든 어쨌든 말이야."

또 귀족적인 사고방식이로군.

"황후는 어쨌든 자리를 잡아야 하고, 자식들을 혼인시키는 것만큼 동맹군을 얻는 쉬운 방법은 없지. 리들이 너에게 청혼했다며?"

난 찻물을 거의 뱉을 뻔했다.

"네?"

"리들이 그러던데? 하지만 거절당했다고."

"리들이요?"

"그래."

"언제 만났어요?"

"문병 갔거든. 너에게 차이고 화나서 말을 달리고 돌아오다가 나뭇가지에 얼굴을 부딪쳐서 낙마했다고 하더라."

"……저런."

"상당히 심각했어."

"아……."

"그리고 난 사람에게 맞은 상처랑 낙마상을 구별 못 할 정도로 바보는 아니고."

"대답하지 않겠어요."

"그게 좋겠지."

제온은 그렇게 말하고 싱긋 웃었다.

"그럼 리들은 다른 사람이랑 결혼하겠네요."

"후작 영애 중 하나랑 하겠지. 그리고 아이리스는 레이몬드 후작과 하면, 하여간 그쪽을 확실하게 붙잡는 거니까. 그리고 카스티엘로의 충성심이야, 뭐."

제온이 그렇게 말하며 잔을 내려놓았다.

"그렇지요."

난 고개를 끄덕였다. 그게 합리적인 방식일지도 모른다.

그때 열린 문으로 카를이 걸어 들어왔다. 그가 제온 옆에 털썩 앉으며 말했다.

"남의 여동생에게 꼬리 치지 마."

"꼬리 없다."

"그래?"

카를이 힐끗 그의 등 뒤를 보더니 말했다.

"내 눈에는 보이는데."

"아니거든."

제온이 투덜거리며 덧붙였다.

"게다가 막 좋아하는 사람 이야기를 하고 있었다고."

"네가?"

"아니, 꼬맹이가."

그 말에 카를이 날 바라보았고 난 "에멜이요." 하고 답했다.

"아."

짧게 대답하고 카를은 흥미를 잃었다는 얼굴을 했다. 그때 복도 밖이 소란스러워졌다.

"네 집안 시종들은 왜 저러냐."

제온이 혀를 찼다. 난 나도 모르게 웃었다.

제온이 "왜?" 하며 날 봐서 난 고개를 저으며 말했다.

"아뇨. 그게, 음. 제온, 카스티엘로 공작가에서 살아남은 시종들이잖아요? 제온의 집안 시종보다 시건방진 게 당연하다고요."

그 말에 제온은 '앗' 하고 깨달은 얼굴이 되었다. 애니가 화급하게 방으로 걸어 들어와 난 의아해져서 자리에서 일어났다.

"애니? 무슨 일이에요?"

"황태후마마께서 아가씨에게 전령을 보내셨습니다."

"—!!"

난 숨을 삼켰다.

"저에게요?"

"네, 지금. 전령이 기다리고 있습니다."

"그래요."

난 양손을 모아 가슴 아래에서 움켜쥐고 깊게 숨을 들이마셨다.

"곧 가겠다고 전해요."

"네, 옷차림을 새로 하시겠어요?"

"아니, 이대로도 괜찮아요."

"알겠습니다."

애니는 그렇게 말하고 물러났고 난 카를과 제온을 돌아보며 말했다.

"자, 태후마마께서 저에게 전령을 보내셨네요. 무슨 이야기를 하실지 궁금하기 짝이 없는데. 짐작 가시는 일이라도?"

제온과 카를은 서로 마주 보았다가 날 보았다.

"없어."

"만나지 마."

"오라버니."

"몸 아프다고 하고 만나지 마."

"방금 제가 곧 간다고 말했는데요."

"곧 가다가 계단에서 굴러떨어졌다고 말해."

"싫어요."

그쪽에서 무슨 속셈인지 알려면 만나 보는 수밖에 없다.

제온이 어깨를 으쓱하며 말했다.

"이야기를 들어 봐야지 다음 수가 나오지. 체스는 번갈아 두는 거라고."

"이건 체스가 아냐."

"그야 그렇지만."

제온은 더 논쟁은 하지 않겠다는 듯 손을 들었다. 카를이 날 보며 다시 한 번 말했다.

"만나지 마."

"합당한 이유가 있으신가요?"

"아니."

"그럼 거절합니다. 다녀올게요. 두 분 이야기 나누고 계세요."

치맛자락을 잡고 가볍게 인사한 후에 난 재빠르게 티룸을 나섰다. 응접실까지가 멀고도 가깝게 느껴졌다. 난 다시 숨을 깊게 들이마시고 미소를 띠며 응접실로 들어섰다.

기다리던 전령이 깊게 허리를 숙여 인사했다.

"만나 뵙게 되어 영광입니다. 카스티엘로 공녀님."

"저 역시도, 황태후마마의 말씀을 듣게 되어 기쁩니다."

"마마께서 내일, 카스티엘로 공녀님과 함께 차를 마시기를 원하십니다."

"기꺼이 가겠다고 전해 주세요."

"3시에 마차를 보내겠습니다."

"네."

간결하게 내용을 전한 전령은 다시 깊게 인사를 하고 물러났다.

결국 본격적인 이야기는 내일이다. 내일······.

숨을 내쉬며 응접실 소파에 앉아 멍하니 천장을 바라보았다.

드디어 뭔가가 움직일 모양이다.

아빠는 내 가겠다는 결정을 듣고 아무 말도 없이 한참 내 얼굴을 바라보다가 알겠다고, 짧게 대답하셨다.

아빠가 뭐라고 하시면, 나도 에멜 일에 대해서 한바탕 할 계획이어서 맥이 풀렸다.

카를은 눈을 찡그리고 아무런 말도 하지 않았고.

하지만 뭐 어떻게 하겠어?

이튿날 나는 풍성한 드레스를 입고, 마차에 올랐다.

로이가 당연히 날 따라왔다.

검은 커튼과 깃발이 드리워진 황궁의 분위기는 무거웠다. 공기조차도 어둡고 무거운 느낌이었다.

황후―아니 이제는 태후가 된 그녀가 선택한 장소는 황제의 집무실에 딸린 티룸이었다.

비밀스러운 이야기를 하기에 적합한 곳이다.

로이는 티룸 안까지는 따라올 수 없어서 문 앞에 섰고, 나만 티룸으로 들어갔다. 그렇게 넓은 곳이 아니었기에 방에는 시종도 없이 태후 혼자 앉아 있었다.

"어서 오렴, 에스텔."

"초대해 주셔서 영광입니다."

평소처럼 환하게 웃으며 그녀가 날 맞이했다. 자리에 앉자 태후가 직접 주전자를 들어 찻잔을 채워 주었다.

"시종이 없으니, 내가 직접 하는 수밖에."

그녀가 눈을 찡긋하며 말했고 난 미소를 띠며 "감사합니다." 하고 인사했다.

"그래, 내가 왜 불렀는지 궁금하겠지."

자신의 잔을 채우며 태후가 바로 이야기를 꺼냈다. 찻물이 쪼르륵 소리를 내며 찻잔을 채웠다.

"네, 궁금합니다."

나 역시도 솔직하게 대답하자 태후가 웃었다.

"그런 점이 카스티엘로다워서 좋아. 내 딸은, 그런 면에서는 한심하지."

한숨을 내쉬고 태후가 손을 뻗어 내 손을 잡으며 말했다.

"정말로, 아이리스가 네게 저지른 일은 미안하구나. 아이리스는 지금 치료를 받고 있단다. 그 아이는 정신이 좀 이상해. 네가 이해해 주려무나. 응?"

여기서 내가 이해하는 것 말고 다른 선택지가 있다고 생각하시는 분?

난 미소를 지으며 "괜찮습니다." 하고 대답했다.

태후가 날 잡은 손에 힘을 주며 속삭이듯 물었다.

"아인은 잘 있니?"

"네, 아버님은 잘 지내고 계세요."

"그래, 그렇구나. 그렇겠지."

그렇게 중얼거리고 태후가 입꼬리를 올려 웃음을 띠며 물었다.

"서약에 대해서는 알고 있니?"

심장이 쿵 하고 소리를 내며 바닥으로 떨어지는 기분이었다. 하지만 난 미소를 잃지 않고 고개를 끄덕였다.

"알고 있습니다."

"그래, 그렇다면 이야기가 편하겠구나."

태후가 내 손등을 가볍게 두들기고 놓아준 다음 이어 말했다.

"예전 서약은 너무 오래되었어. 갱신할 때가 되었다고, 내 마법사들이 그러더구나."

"갱신이요?"

"그래. 예전 서약은 없애고, 새로운 서약을 맺자꾸나."

난 고개를 갸웃하며 부드럽게 말했다.

"죄송하지만 태후마마, 그건 제가 결정할 수 있는 사안이 아닌 듯합니다."

가주인 아빠가 결정할 문제다.

태후가 후후 웃으며 날 똑바로 바라보았다.

"예전 같은 서약을 하자는 게 아니야. 난 네 아버지를 좋아해. 그러니까 충성이니 뭐니 하는 서약이 아니라 좀 더 평화적인 서약을 맺기 원하는 것뿐이야."

"좀 더 평화적인 서약이요?"

"그래. 황실 모두가 아니라, 황제 한 사람에게만 충성하면 되는 서약 같은 거 말이다."

지금보다 훨씬 더 약해진 조건이기는 하지만 내키지 않았다.

이쪽은 서약 자체를 파기할 생각을 하고 있으니까.

"물론 조건이 있어."

태후가 그렇게 말하며 눈을 가늘게 떴다.

"그렇겠지요."

"다음 황제가 내가 되어야 해."

"……."

순간 말이 나오지 않았다.

뭐라고 대답해야 할지 몰라서 태후를 바라보는데 그녀가 생긋 웃으며 말했다.

"황태자는 저 모양이고, 리들은 황제에 적합하지가 않아. 제국에 여황제의 전례가 없었던 것도 아니지."

"그런가요."

간신히 대꾸하자 태후는 고개를 끄덕이며 이어 말했다.

"레이몬드 후작이나 파이네 후작가는 이미 내 편이야. 카스티엘로 공작가도 물론 내 편이 되어 주겠지. 서약을 파기하고, 아주 가벼운 서약을 해 줄 테니까."

하지만 리들과 황태자가 살아 있는 이상 그 둘을 어떻게 하지 않으면 태후가 여황제가 되는 것은 절대로 불가능하다.

전신에 소름이 돋았다.

'자기 자식을 죽일 생각이구나.'

황태자야 자신의 친자식이 아니니 그렇다고 해도, 리들까지.

태후가 낮게 속삭였다.

"생각해 보렴. 카를이, 아니면 네가 다음 황제가 될 수도 있어."

내가 황제.

하지만 그 전제조건은 아버지가 태후의 남편이 되는 거겠지.

아아, 하델이 수업 시간에 이야기했던 게 생각났다.

카스티엘로 가문에서 황제가 나온다면 그건 나일 거라고.

태후는 황제 자리를 거절할 사람이 존재한다는 것 자체를 믿지 못하는 것 같았다.

"알겠습니다."

난 미소를 지으며 고개를 숙였다. 태후가 이어 말했다.

"네가 황제가 되면, 서약석의 주인도 너지."

"─!!"

나도 모르게 눈을 동그랗게 뜨며 숨을 짧게 들이켰다. 황후가 만족스러운 미소를 지으며 말했다.

"차를 좀 더 들럼. 과자도 먹고."

"네, 마마."

"그리고 생각해 보럼."

"네."

난 느리게 쿠키를 먹고 차를 마셨다. 머릿속이 혼란스러웠다.

'맙소사.'

난 헛웃음이 나오는 걸 참았다.

눈앞의 황후는 정말로 모든 것을 다 얻으려고 하는구나.

대단해.

남편을 살해하고, 자식을 살해하고, 그것이 아무렇지도 않고. 자신의 야망을 이루면서, 원하던 아빠까지 손에 넣게 될 거다.

새 서약을 하면 어찌 됐든, 아빠의 복종을 끌어낼 테니까.

자신의 모든 것을 다 채운 후에는 어떻게 되든 상관없다는 저 태도까지. 완벽했다.

어떤 의미에서는 존경스럽기까지 하다.

하지만 새 서약을 하고 나면, 아빠를 어떻게 부릴지 뻔하다.

'난 싫어.'

그렇다고 아빠나 오빠에게 말하면 그것쯤이야 할지도 모른다.

난 남은 차를 빠르게 비우고 말했다.

"태후마마 죄송하지만 먼저 일어나 보겠습니다."

"그게 좋겠지. 얘기할 게 많을 테니까."

"네."

자리에서 일어나 난 치마를 잡고 다리를 뒤로 빼며 인사를 한 뒤에 비밀 방을 나섰다.

"이야기 잘 하셨나요?"

로이가 내 얼굴을 샅샅이 훑으며 말해서 난 고개를 끄덕였다. 로이가 슬쩍 입구 쪽을 보고 말했다.

"돌아가는 마차는 말씀하신 대로 공작가의 마차를 불렀습니다."

"그럼 얼른 가자."

"네."

"로이."

"네."

"난 마차에 타는 척하고 빠져나올 거야."

"네?"

로이가 눈을 동그랗게 떴다.

"알파가 내 몸을 투명해지게 할 거고, 그걸로 여기를 좀 들쑤시고 다녀야겠어."

"주군."

"로이는 내가 마차에 타고 있는 척 마차를 한 바퀴 돌려서— 세 시간 후에 다시 황궁 앞을 지나가 줘."

"주군."

"그리고 이건 비밀이다?"

"아, 진짜."

로이는 뭔가 욕을 할 듯하다가 나에게 말했다.

"꼭, 반드시 살펴만 보고 오는 겁니다."

"응."

"이상한 데 끼어들지 않는 거예요?"

"응."

난 굳게 약속했다.

로이는 한숨과 함께 허락해줬다.

"이래야 내 로이지."

신나서 말하니 로이가 쓴웃음을 지으며 고개를 흔들었다.

마차에 올라타서, 난 풍성하고 무거운 드레스를 벗어 던졌다. 그 아래 바지와 블라우스를 걸치고 있어서 옷이 무거웠던 거였다.

마지막으로 알파에게 몸을 가려 달라고 부탁했다.

"갈게."

로이에게 속삭이자 그가 내 쪽을 돌아보더니 "정말 안 보이네요." 하고 중얼거렸다. 난 킥킥 웃으며 반대쪽 문으로 빠져나갔다.

ㅡ발소리를 조심하는 게 좋겠지.

알파의 말에 난 모피를 덧댄 신발을 보여 주었다. 이거 안 보이게 걷느라 얼마나 힘들었는데.

드레스는 길어서 좋다니까.

난 살그머니 다시 황궁 안으로 들어갔다.

첫 번째로는 서약석이 있는 장소를 살피기 위해서였다.

조금이라도 조사를 해 보면 마법사들에게 자료를 주기가 편할 테니까.

그리고.

어쩌면 에멜을 만날 수도 있고.

아니면 마법사와 태후의 회합을 엿보게 될지도 모른다.

'뭐라도 건지길.'

난 다시 집무실로 돌아갔다. 그때 태후가 집무실을 나오는 게 보여서 난 재빠르게 그녀의 뒤를 쫓았다.

시녀와 시종을 줄줄 거느리고 그녀는 새로 자신의 거처로 정한 듯한 화려한 방으로 들어갔다.

'황제의 방이군.'

난 깊게 숨을 들이마시고, 문이 닫히기 전 타이밍에 맞춰서 재빠르게 안으로 들어갔다.

"……?"

문지기가 뭔가 닿은 걸 느끼고 갸웃했다가 아무것도 없는 걸 확인하고 문을 닫았다.

마법이 크게 쓰이지 않는 세계는 이게 좋다니까.

"준비는 잘되고 있나?"

태후가 묻자 파티션 뒤에서 슥 하고 사람이 나왔다.

"네, 잘되어 가고 있습니다."

'마법사다.'

불안함에 난 조심스럽게 방의 구석으로 가서 섰다.

설마 마법사가 날 알아보는 건 아니겠지.

대답한 마법사가 주변을 둘러보자 태후가 손을 흔들었다. 시종들이 재빠르게 빠져나가고 방 안에는 마법사와 태후만 남았다.

더불어서 나도.

"태자는 어떤가?"

태후의 질문에 마법사가 고개를 저었다.

"아직 살아 계십니다."

"그렇군. 역시 핏줄이 아니면 안 되는 건가?"

"아무래도 그렇지요."

"아이리스는, 준비가 잘되어 가고 있나?"

"네. 정결 의식을 계속 치르고 계십니다."

"그렇군."

태후의 붉은 입술에 만족스러운 미소가 떠올랐다.

"저희와의 약속을 잊으시면 안 됩니다."

마법사가 힘주어 말하자 태후가 그를 돌아보며 말했다.

"물론이지. 나에게는 아인만 있으면 충분해. 처음 본 순간부터 알았어. 내가 그를 원한다는 걸. 그리고 반드시 가지게 될 거라는 걸."

그녀의 목소리가 유혹하듯 나른해졌다.

"처음 그가 무도회에 나왔을 때, 거기 있는 모든 인간을 하찮게 만들었지. 버러지 같은 기분을 느끼게 하고—"

그녀가 후후 웃었다.

"이 오랜 시간 기다려 왔어. 그리고 이제 코앞이야. 조금의 차질도 있어서는 안 돼."

"물론입니다."

마법사가 깊게 고개를 숙였다.

'아이리스를 준비시켜? 태자를 살려 둔 게 원해서 살려 둔 게 아니었단 말야?'

갸웃하며 난 이야기를 최대한 기억하기 위해서 애썼다.

황후가 긴 카우치에 눕듯이 앉으며 말했다.

"마탑 내부도 소란스럽다고 들었지. 마탑장인 자네가 소홀해서 그런 거 아닌가?"

'마탑장!'

난 깜짝 놀라 남자를 다시 보았다. 저 사람이 마탑장이구나.

"내부의 문제는 알아서 처리할 수 있습니다."

"그 앤이라는 여자가 뭔가 알아내거나 하지는 않겠지? 드래곤에게 직접 마법을 전수받았다고 들었네만."

"헛소문입니다. 젊은 마법사들이 그 소문에 휘둘리는 모양인데, 곧 깨끗이 할 예정입니다."

"좋아, 좋아. 조금도 차질이 있어서는 안 돼."

황후가 고개를 끄덕이며 긴 손톱으로 카우치 팔걸이를 긁었다.

그때 마탑장이 내 쪽을 정면으로 바라보았다.

"—!"

난 그대로 붙박인 듯 멈춰 섰다. 마탑장이 "이상하군요." 하고 중얼거리고는 내 쪽으로 다가와 난 천천히 뒤로 물러서기 시작했다.

"뭐가 말인가?"

황후의 물음에 마탑장이 뭔가 마법 주문을 외우기 시작했다. 난 놀라 주변을 둘러보았다.

어디로 피해야 하는 게 아닌가?

—괜찮아.

그때 엔드가 속삭였다. 순간 몸이 붕 뜨는 기분이 들었다. 그리고 작은 파동이 몸을 스치고 지나갔다.

마탑장은 고개를 저었다.

"아닙니다. 누가 있는 것 같아서 말입니다."

"여기에?"

황후가 자리에서 벌떡 일어나자 마탑장이 손을 저었다.

"그래서 탐지 마법을 펼쳤지만, 아무것도 없군요. 제가 신경이 날카로워진 모양입니다."

황후가 작게 숨을 내쉬었다.

"그렇군."

다시 몸이 무거워졌다. 뭐지? 하고 갸웃하는데 엔드가 말했다.

—잠깐 네 몸을 정령계 쪽으로 옮겼지.

—정확하게 말하자면 중간쯤으로.

알파가 보충 설명을 했고 난 아, 하고 가슴을 쓸어내렸다.

'고마워.'

황후가 손을 저었다.

"하여간 오늘 새 서약을 하자고 미끼를 던졌어. 카스티엘로로서는 거절할 수 없는 미끼지."

"그렇지요."

"서약석을 미리 꺼내 둘까 하는데. 열쇠가 있는 곳을 황제와 황태자밖에 모른단 말이지."

"마법으로 열 수 있는지 알아보겠습니다."

"그래. 아니면 서약의 신관에게서 열쇠를 빼내거나."

"그것도 좋겠죠."

마탑장이 고개를 끄덕이자 황후가 물러가라는 뜻으로 손짓했다. 그는 다시 파티션 뒤쪽으로 향했고 난 거기에 뭐가 있나 살펴보았다.

'아, 하인용 통로다.'

파티션으로 가려 둔 모양이다.

잠시 후 황후가 설렁줄을 잡아당겨 다시 시종들을 불렀다.

별로 얻을 수 있는 이야기가 있을 것 같지 않아서 난 시종들이 들어오는 틈을 타서 재빠르게 하인용 통로로 들어갔다.

'좋아.'

하인들의 이야기가 더 쓸모가 있을지도 몰라.

안 그래?

'일단 서약석은 왕홀에 있고, 왕홀이 보관되어 있는 곳은 금고라고 그랬지.'

열쇠는 황태자가 가지고 있는 건가.

그러다 부쩍 하인용 통로에 하인들이 늘어났다.

"오늘 벌써 네 번째야."

하녀 한 명이 고개를 흔들며 옆의 하녀에게 말했다.

"후작님이 불쌍해."

그녀가 말을 받아쳤고 난 귀가 쫑긋해졌다.

"아이리스 황녀님이 그러는 걸 다 받아주고 계시잖아."

"얼마 전에는 뜨거운 물도 뒤집어쓰셨대."

"세상에."

나도 모르게 두 사람을 따라서 발걸음이 옮겨가기 시작했다.

"고기에서 피 냄새가 난다니. 충분히 익힌 고기인데 말야!"

"아까워."

그렇게 말하고 어린 하녀는 다른 방으로 들어갔고, 음식 접시를 든 하녀는 계속 걸었다.

난 그 뒤를 따라 걸었다.

살그머니 하녀가 하인용 문을 열고 안으로 들어섰고, 문이 닫히기 전에 나도 재빠르게 따라 들어갔다.

순간 코를 찌르는 향냄새에 재채기가 나올 뻔했다.

손으로 입을 틀어막아 간신히 재채기를 막았다.

'뭐야, 대체?'

방 안이 연기로 가득 차 있다.

불이라도 난 건가 싶을 정도여서 난 눈을 찌푸리며 천천히 숨을 쉬려고 애쓰며 안으로 걸어 들어갔다.

와장창!

요란한 접시 깨지는 소리가 났다.

"피비린내가 나! 피 냄새가 난다고!! 왜 고기도 제대로 못 굽는 거야아아악!!"

그리고 고함.

난 깜짝 놀라서 걸음을 더욱 빨리했다.

희뿌연 거실에 아이리스가 가운만 입고 서 있었다. 그녀의 표정은 흉하게 일그러지고 바싹 말라 있어서 내가 예전에 봤던 아이리스라는 걸 알아보는 데까지 시간이 걸렸다.

음식을 가져왔던 하녀는 납작하게 엎드려 있었고 아이리스는 아아악! 하는 히스테릭한 소리를 질러 댔다. 그때 부드러운 목소리가 들려왔다.

"아이리스 님. 진정하세요."

에멜.

난 숨이 멎는 것 같은 기분으로 그를 바라보았다.

"진정? 너나 진정해!"

아이리스가 화병을 그에게 집어던졌다. 유리 화병은 에멜의 어깨에 맞고 부서졌다. 하지만 그는 눈 하나 깜짝하지 않고 말했다.

"고기 말고 다른 걸로 준비하게 할까요?"

아이리스가 짐승 같은 안광을 뿜어내며 에멜을 노려보았다. 그녀가 하 하고 웃었다.

"오늘 어머님이 에스텔을 비밀 티룸으로 부르셨다는군."

"저도 들었습니다."

"무슨 말을 하실까. 응? 무슨 이야기를 하셨을까?"

"저도 모르겠군요."

"신경 쓰여? 당장이라도 달려가서 옛 약혼녀를 보고 싶지 않아?"

"지금 제 약혼녀는 아이리스 님입니다."

에멜이 말하자 아이리스의 얼굴이 일그러졌다. 그녀가 달려가 에멜을 끌어안았다.

"에멜, 에멜, 나 너무 무서워."

그녀가 흐느끼며 말하자 에멜이 그녀를 안아 들며 말했다.

"유리에 발 다치세요."

"어머님은 에스텔을 딸로 삼으시려는 거야. 아니, 절대로 안 돼. 그렇게는 안 돼. 그 자리는 내 자리야. 내 자리라고."

"그러실 리가요. 황후마마의 따님은 황녀님 한 분인걸요."

에멜의 말에 아이리스가 갑자기 킬킬거리며 웃기 시작했다.

"키스해 줘."

그녀의 말에 에멜은 고개를 숙여 그녀에게 키스했고, 난 토할 것 같은 기분을 느끼며 시선을 내렸다.

그때 에멜이 작게 소리를 내서 난 퍼뜩 고개를 들었다.

그의 입에서 피가 흐르고 있었다. 아이리스도 입에 피가 묻어 있었다. 그녀가 깔깔 웃었다.

"키스가 엉망이네."

에멜은 대답하지 않았다. 아이리스가 그를 밀어 바닥에 내려와서 퉤 하고 작은 살점을 뱉어 냈다.

난 비명이 나오려는 걸 눌러 참았다. 대답을 하지 않은 게 아니라 못한 거였어.

"뭐라도 좋아. 상관없어. 어머님은 절대로 이기지 못하실 거야."

아이리스가 그렇게 말하고 하녀에게 소리 질렀다.

"다시 가져와! 이번에는 먹을 만한 걸로. 그리고 레이몬드 후작은ㅡ"

아이리스가 히죽거리며 말했다.

"가서 치료라도 받는 게 어떤가? 그대로는 말도 못 하게 되는 게 아닐까 걱정이니까."

에멜은 핏물을 머금고 싱긋 웃으며 인사를 하고는 그대로 방을 나섰다. 난 그의 뒤를 따라갔다. 아이리스의 이야기를 엿들어야 한다거나 하는 생각은 조금도 들지 않았다.

난 그의 손을 덥석 잡았다.

"—!!"

에멜은 놀라 몸을 돌렸다. 내 몸에서 힘이 쑥 하고 빠져나갔다.

제길, 이 정도나 빠져나가다니. 얼마나 다친 거야?

숨을 헐떡이고 있는데 그가 경악한 얼굴로 중얼거렸다.

"에스텔?"

난 그의 손을 놓아주었다. 그러나 보이지 않는 나의 손을 그가 허공에서 붙잡았다.

난 깜짝 놀라 팔을 빼려고 했지만 에멜은 놓아주지 않았다. 그는 근처의 방으로 날 끌고 들어갔다.

"에스텔 맞죠."

그가 낮게 속삭여 난 한숨을 내쉬고 모습을 드러냈다.

"안녕, 에멜."

손을 들며 인사하자 그가 날 붙잡고 키스했다.

피비린내가 물씬 나는 키스였다.

그동안 한 번도 숨을 쉬지 못했던 사람처럼, 물고기가 물을 원하듯이 그가 허겁지겁 깊고 길게, 탐닉하듯 키스했다.

난 혀로 에멜의 입안을 훑으며 그의 모든 게 멀쩡한 것에 감사했다. 키스가 끝나고 에멜이 숨을 헐떡였다. 그리고 충격을 받은 듯이 머뭇머뭇 뒤로 물러났다.

그의 반응에 난 어쩐지 상처받을 것 같았지만 그대로 멈춰 서서 그를 바라보았다. 에멜이 조용히 물었다.

"여기서, 뭘 하고 계신 겁니까?"

"에멜과 키스하고 있지요. 그리고 에멜, 방금 아이리스랑 키스하고 나랑 키스한 거 알아요?"

내 대답에 그가 날 빤히 바라보았다가 '젠장' 하고 물었다.

"아까 그 방에 계셨습니까?"

"네."

"얼마나요?"

"스테이크를 가진 하녀의 뒤를 따라서요."

"몸은 괜찮습니까?"

"괜찮아요."

"어지럽거나?"

"멀쩡해요."

"그렇군요."

난 눈을 가늘게 떴다.

"그 향 때문인 거죠? 에멜은 괜찮은 거예요?"

"전 괜찮습니다."

"괜찮다고요?"

"전에도 해 봤거든요."

"뭐라고요?"

"그래서 내성이 있습니다."

"에멜!"

비명처럼 소리 지르자 그가 가볍게 웃고 내게 다시 입 맞출 듯이 몸을 숙였다가 멈칫했다.

대신 그는 낮게 속삭였다.

"아가씨의 목소리가 그리웠어요."

"그리우면 돌아와요."

"안 됩니다. 그보다 어째서 이렇게 돌아다니고 계신 겁니까?"

"서약석을 확인해 보려고요."

에멜은 내 말에 잠시 할 말을 잊은 듯하다가 한숨을 내쉬었다.

"얼마나 힘을 쓰셨습니까?"

"네?"

"절 고치느라 말입니다."

"그건 에멜이 얼마나 큰 상처를 입었느냐에 따라 다르겠죠."

그는 신음을 흘렸다.

"정말로 괜찮으십니까?"

그가 다시 물어 난 고개를 끄덕였다. 그리고 되물었다.

"에멜, 왜 아이리스에게 그렇게 하고 있는 거예요?"

"오늘 황후와 이야기를 하셨다고요. 무슨 이야기를 하셨습니까?"

"왜 나에게 말도 하지 않고 이렇게 온 거예요?"

"말할 수 없었습니다."

"왜요?"

"반대하실 테니까요."

"에멜."

"저에게 화가 나셨을 줄 알았는데요."

"화났어요. 하지만, 에멜은 날 사랑하잖아요."

"네."

망설임 없이 그가 대답했다. 난 머뭇거리며 물었다.

"아직도 내가 에멜의 연인인가요?"

순간 난 그가 무너지는 게 아닌가 했다. 하지만 그는 무너지지 않았고, 한순간에 그 모든 걸 추슬러 미소 지었다. 그래도 그의 입술은 떨렸고, 목소리는 나오지 않았다. 나는 손을 뻗어 그의 양 뺨을 감싸 당겼다. 그는 순순히 끌려왔다. 난 부드럽게 그의 눈가에 입 맞췄다.

"에멜, 사랑해요."

속삭이는 내 말에 그가 작게 말했다.

"저도 사랑합니다."

하지만 아가씨께는 제가 없어도 괜찮을 거예요.

그 말은 그의 입에서 나오지 않았다. 그는 그게 슬프거나 괴롭지 않았다. 오히려 그래서 기뻤다.

이번에야말로 지킬 테니까.

이번에는 정말로 목숨을 줄 테니까.

빤히, 투명한 분홍빛 아름다운 눈동자가 그를 마주 보았고, 에멜은 저도 모르게 시선을 내렸다.

상냥한 그녀는 제 생각을 알면 힘들어할 테니까. 그게 힘들어할 일이 아니라고 말해도 소용없겠지.

"에멜, 날 사랑하면 날 위해서 살아줘요."

속삭이는 말에 에멜은 움찔했다.

거짓말은 에스텔 앞에서는 나오지 않는다. 그가 망설이는데 에스텔이 낮게 말했다.

"그럼 나도 사랑하는 에멜을 위해서 살게요. 서로가 서로를 위해서 사는 거예요."

죽지 않고요.

네?

소곤소곤 지독하게 달콤하기 그지없는 목소리에 에멜은 흔들렸다.

그는 쉬이 대답하지 않았다.

나는 몇 번이나 그의 눈동자에 고뇌와 망설임이, 희미한 희망과 그게 무너졌을 때의 공포가 섞여 지나가는 걸 느꼈다.

"쉬운 길로 가지 말아요. 나도 가지 않을 테니까."

내 말에 그의 눈이 크게 떠졌다가 고통으로 일그러졌다. 난 까치발을 해서 살며시 그의 입술에 입 맞췄다.

에멜은 눈을 꾹 감았다가 떴다.

"에스텔."

"네."

"네가 내 전부야."

에멜이 웃었다.

"나에게 남은 건 너뿐이야."

난 그의 손을 잡았다.

"아니에요. 레이몬드 후작가도 있잖아요."

그 말에 그가 가볍게 웃었다.

"그런가?"

"그래요."

에멜은 대답하지 않고 날 놓아주며 한 걸음 물러났다.

"황후와 무슨 이야기를 하셨습니까?"

난 한숨을 내쉬고 간단하게 이야기했다.

"아이리스를 무슨 제물처럼 이야기했어요."

"그렇군요."

에멜은 잠시 생각에 잠긴 듯하다가 나에게 말했다.

"이제 돌아가셔야죠."

"싫어요."

"에스텔."

"나랑 같이 돌아가요. 아이리스 따위는 때려치우라고요. 나 에멜이 이러는 거 더는 못 보겠어요."

"볼 필요 없습니다."

"에멜."

"눈을 감고 아무것도 보지 않으면 되지요."

"될 리가 없잖아요."

울상이 되어 말하자 에멜이 다시 희미하게 웃고 손으로 내 눈을 덮어주며 부드럽고 따뜻하게 말했다.

"제 걱정은 하지 마세요. 눈을 감고 귀를 막고 있으면, 금방 지나간답니다."

나는 왜인지 울 듯한 기분이 되어서 내 눈을 덮은 그의 손을 꽉 잡으며 말했다.

"죽지 말아요."

에멜은 대답 대신에 깊게 숨을 내쉬고 말했다.

"차라리 에스텔이 절 미워하기를 바랐습니다."

"날 사랑하는 사람을 미워하기는 어렵죠."

내 말에 그는 대답하지 않았다. 나는 그의 손바닥의 온기와 어둠 속에서 그가 말하기를 기다렸다.

"에스텔이 행복하길, 그리고 죽지 않기를 바랍니다. 그러기 위해서 내가 할 수 있는 모든 일을 다 할 거고요."

그의 목소리는 나긋나긋했다. 난 그가 죽을 생각이라는 걸 알았다. 그걸 모를 수가 없었다.

"싫어요, 에멜. 같이 가요."

내가 그의 손을 잡고 말했지만 그는 듣지 않았다.

"돌아가십시오."

그의 목소리는 단호했다.

"에멜은 바보."

난 그렇게 말하고 그를 밀어냈다. 그의 손이 내게서 떨어졌을 때 나는 알파를 불렀다. 알파는 다시 내 몸을 투명하게 해주었다.

"부탁이니 돌아가세요."

그는 한 번 더 말했다. 에멜의 시선이 내가 있던 자리에 고정되어 있다가 그가 한발 앞서가며 방문을 열었다. 난 그 앞을 빠져나왔다. 에멜은 방문을 닫고 한참 서 있다가 발걸음을 옮겼다. 다시 아이리스에게로 가는 거겠지.

가슴을 찌르는 듯한 통증에 난 이를 악물었다. 여기서 우는 건 바보나 하는 짓이야.

바보가 되고 싶어? 에스텔?

에멜은 돌아가라고 했지만, 내가 돌아가야 할 이유는 없다.

어차피 에멜도 나랑 안 돌아가는걸, 뭐.

슬픔보다 사람을 행동하게 하는 데 효율적인 화와 짜증이 치밀어 올랐다.

'좋아.'

에멜과는 좀 이따가 다시 이야기하자.

일단은 먼저 서약석.

'열쇠의 위치를 모르는 것 같아서 다행이기는 한데.'

먼저 그 열쇠를 찾아서 어떻게 내가 홀을 빼돌릴 수는 없나?

황태자궁에 가 볼까?

본궁과 황태자궁은 구름다리로 연결되어 있었다.

엄중한 경비가 황태자의 방 문 앞을 지키고 있어서 아무래도 몰래 드나드는 게 쉽지 않아 보였다.

'하지만 하인 통로라면 어떨까.'

난 그렇게 생각하며 살며시 하인용 통로를 찾아 들어갔다. 정확히 어디가 황태자의 방과 연결되는지 알 수가 없어서, 난 방을 이리저리 살폈다. 황태자궁의 하인 통로는 텅 비어 있어서, 시중을 드는 사람이 없는 것처럼 보였다.

간신히 그의 방을 찾아서 난 알파에게 안쪽을 살펴달라고 부탁했다. 사람이 없는 걸 확인하고 나서, 난 문을 열고 안으로 들어갔다.

방 앞은 그렇게 엄중하게 지키고 있으면서, 방 안은 텅 비어 있었다. 시중드는 사람 한 명 없이 말이다. 조심스럽게 방 안을 살피니 침대에 태자가 누워 있는 게 보였다.

'그러고 보니 한 번도 얘기해 본 적이 없어.'

리들에게 이야기를 나누게 해 달라고 부탁했지만, 그게 성사되지는 못했다.

생각하니 씁쓸해서 난 태자를 바라보았다.

인형처럼 반듯이 누워서 자고 있는 그의 모습에 난 살금살금 침대 가로 가까이 다가갔다.

'황태자를 빼돌리면 어떨까?'

그런 생각을 하는데 갑자기 요란한 소리가 들렸다.

따르르릉—!!

난 펄쩍 뛰었다.

알람 마법?!

밖에서 병사들이 우르르 쏟아져 들어왔다. 난 깜짝 놀라 어쩔 줄 모르다가 나도 모르게 침대 아래로 숨었다.

"누구냐!"

"침입자다!"

병사들은 주변을 샅샅이 뒤졌다. 침대 아래도 열어 보았지만, 내가 보일 리가 없다.

그래도 눈이 마주쳤을 때는 심장이 멎는 줄 알았다.

"아무도 없습니다."

"뭐지? 잘못된 알람인가?"

"마법이란."

혀를 차며 병사들은 다시 제자리로 돌아갔다. 그래도 경계는 늦추지 않아서 태자의 침대 옆에 사람이 남아 있게 되었다. 경계가 더 풀릴 때까지 난 십여 분간 더 기다리다가 침대 밑에서 기어 나왔다.

'이제 어떻게 나가지.'

하인용 통로가 열리면 알아챌 거다. 그렇다고 정문으로 나갈 수도 없고…….

─도와줄까?

엔드가 물어서 고개를 끄덕였다. 여기서 어떻게든 나가게 해 주면─

순간 커튼에 불이 붙었다.

'엑?!'

곧 연기와 함께 불이 솟구쳤고 병사들이 "불이야!" 하고 소리치기 시작했다.

─지금이야, 지금.

난 입을 떡 벌리고 그 광경을 보다가 사람들이 모두 불을 끄는 틈을 타서 하인용 통로로 도로 나왔다.

'엔드!'

─왜? 도와줬잖아.

'그야, 그렇지만. 위험하잖아.'

─그렇게 큰 불도 아니었어.

난 한숨을 삼켰다.

'그런 문제가 아니지만─ 하여간 고마워.'

난 황태자궁을 빠져나와 다시 아이리스를 찾아가려 했다. 하지만 시간이 생각보다 지나 있어서, 아무래도 로이를 먼저 만나야 할 것 같았다.

'어떻게 하지.'

—밤에 숨어들면 돼.

알파가 느긋하게 말했다.

'하긴 전에 엔드를 타고 가출한 적도 있었으니까.'

난 고개를 끄덕이고 황궁을 빠져나왔다. 사실 황궁보다, 궁에서 황궁 입구까지 가는 게 더 시간이 걸렸다.

중간에 알파가 태워 줘서 난 높은 벽을 훌쩍 뛰어넘어, 로이가 초조한 얼굴로 마차를 타고 돌고 있는 걸 발견하고는 달려가 문을 벌컥 열고 안으로 들어갔다.

"주군?"

로이가 휙 마차 창을 들여다보며 물었다.

난 그에게 손을 흔들었고 로이가 안도의 한숨을 내쉬었다.

"돌아오셨군요."

"응, 돌아왔어."

"그래서 서약석은 살피셨어요?"

"아니, 못 봤는데. 대신에 태후랑 마탑장이 이야기하는 거 들었어."

"오."

"그리고 에멜도 만났어."

"저런."

"저런이야?"

난 물먹은 솜처럼 축 늘어졌다.

"이제 집에 갈래."

"네, 기꺼이."

로이가 씩 웃었다.

난 눈을 문지르며 말했다.

"왜 이렇게 피곤하지?"

─우리 힘을 썼으니까 당연하지.

"그렇군."

─그런 데다가 계속 긴장하고 있었잖아.

엔드의 말에 납득해서 고개를 끄덕였다. 나는 마차에서 반쯤 꾸벅꾸벅 졸며 저택에 도착했다. 로이는 졸고 있는 나를 보고 웃으며, 팔을 뻗어 안아 들었다.

"졸리신가요?"

"응. 힘을 너무 썼나 봐."

"정말이지. 자신의 한계 정도는 알아 두세요. 기본이라고요."

"그렇군."

로이의 어깨에 뺨을 기대고 난 길게 하품했다.

졸리다고 안겨서 들어가다니, 어린아이가 된 기분이다. 그의 품에 안겨서 들어가니 소동이 일어났다.

"무슨 일 있으신 겁니까? 왜 이렇게 늦으셨습니까?"

네반이 드물게도 냉철함을 잊고 허겁지겁 물어 왔다.

"조금 일이 있었어요. 난 괜찮아요. 피곤해서 그래요. 아빠랑 오라버니는요?"

"카드룸에 계십니다."

"그럼 거기로 갈게요."

"안아다 드릴까요?"

로이의 말에 난 웃으며 허리를 폈다.

"아니, 그럼 진짜 잘 것 같아. 걸어가면 좀 깨겠지."

"그렇겠지요."

로이가 그렇게 말하며 날 내려주었다. 모피 달린 신발이라는 걸 깜박

해서 미끄러질 뻔한 걸 그가 붙잡아 주었다. 난 한숨을 내쉬고 네반에게
말했다.

"슬리퍼를 가져다주면 고맙겠어."

＊　＊　＊

슬리퍼를 신고 카드룸에 들어가니, 두 사람은 카드도 하지 않으면서
나란히 앉아서 술을 마시고 있었다.

"나도 한 잔 주세요."

두 사람이 거의 동시에 날 돌아보았다. 아빠가 희미하게 미소 지으며
물었다.

"진?"

"넵."

난 대답하고 얼른 자리에 앉았다.

아빠가 자리에서 일어나 크리스털 병에서 따른 호박색 술에 얼음을
띄워 나에게 건네주었다. 한입 넘기자마자 불이 붙는 것 같은 알코올과
나무 향기가 확 치밀어 올랐다.

"세네요."

"좋은 술이지."

아빠가 그렇게 말하고 자리에 앉았다.

난 술잔을 만지작거리다가 나머지 술을 한입에 털어 넣었다. 그리고
길게 숨을 내쉬었다.

안쪽에 불이 붙는 듯한 감각과 동시에 혹 하고 알코올이 척추를 타고
올라와 머릿속을 어지럽혔다.

"태후가 새 서약을 하자고 하더군요."

"새 서약?"

아빠와 카를이 거의 동시에 내 쪽으로 상체를 기울여서 난 웃음이 나왔다.

"네. 우리에게 유리한 조건으로요. 하지만 난 싫은 조건으로요."

"말해 봐라."

아빠의 말에 난 황후가 나에게 한 말들을 전했다.

이야기를 들은 아빠가 희미한 웃음을 지으며 날 보았다.

"마음에 드는구나, 라고 하면 화내겠지. 내 딸은."

"네. 그 여자가 아빠를 들볶을 게 뻔하잖아요."

"그런 건 아무것도 아냐."

"저에게는 엄청 중요한 거예요. 그리고 아직 중요한 파트가 남아 있어요."

"이야기해 봐."

카를이 내 잔을 채워주며 말했다.

"태후가 마법사랑 대화하는 걸 들었는데, 좀 이상했어요."

"태후가 마법사와?"

"음, 알파에게 모습이 안 보이게 해 달라고 하고, 숨어들었거든요."

두 사람의 얼굴에서 미소가 싹 사라졌다. 난 양손을 들며 말했다.

"정말로 조심했어요. 심지어 마탑장이 마법을 썼는데도 안 걸렸다니까요?"

"마탑장?"

"네, 대화하는데 알고 보니 마탑장이더라고요."

난 그러며 두 사람의 이야기를 둘에게 전했다.

"그러니까 황후는 아빠만 있으면 된다고 했고, 마탑장이 우리에게 좋은 감정을 가지고 있을 리가 없죠. 그러니까……."

난 어깨를 으쓱했다.

"나나 오라버니나 둘 중 한 사람을 넘기는 게 아닐까요."

아빠와 카를은 아무 말도 하지 않았다.

"그리고, 태자가 죽지 않은 게 본의가 아니라는 식의 이야기도 했어요. 그러면서 아이리스를 준비시키라고 했고요."

"황녀를?"

"네."

카를이 뭔가 깨달은 듯 "그래?" 하고 중얼거리더니 설렁줄을 당겨 시종을 불렀다.

"앤을 데려와."

시종은 고개를 숙인 뒤 얼른 나갔다.

난 "앤을요?" 하고 되물었고 카를은 고개를 끄덕였다.

"지금까지는 태자가 쓰러진 게 독 같은 것 때문이 아닐까 했어."

"그렇죠."

"하지만 마법사가 있다면, 그건 마법일 가능성이 크지."

잠시 후 앤이 들어왔다. 그녀는 은은하게 빛나는 회색 로브를 입고 있었고, 별 모양 은제 허리띠를 두르고 있었다.

"안녕, 앤."

인사하자 앤이 사르르 웃으며 "에스텔 님." 하고 마주 인사한 후 카를을 돌아보았다.

"부르셨다면서요."

"토끼."

카를이 날 불러서 난 다시 마탑장과 태후의 대화를 알려 주었다. 앤의 얼굴이 굳었다.

"그렇다면 그건 저주일 가능성이 높습니다."

"저주? 그런 게 있어?"

"저도 자세히는 모르지만, 생명을 담보로 다른 사람을 저주해서 죽일 수 있다고 하더군요. 가까운 혈족을 제물로 삼을수록 저주의 효과가 확실하다고 합니다."

난 마른침을 삼켰다.

"그럼 아이리스를 제물로 쓰려고 한단 말이야?"

"그년, 아니, 아이리스를 제물로 쓰면, 리들 님과 황태자 전하를 한 번에 치울 수가 있겠네요."

"본인이 위험하지는 않아?"

황후도 같은 혈족이잖아?

"아뇨, 목표를 정하면 되는 거니까요."

앤은 그렇게 대답하고 길게 숨을 내쉬었다.

"자기 핏줄을 죽여서 자신의 핏줄을 없애고 싶은 사람이 진정 존재할 줄은 몰랐군요."

"그럴 수가."

난 입을 떡 벌렸다. 카를이나 아빠는 담담한 모습이었다.

"그런 건 역사책에나 나오는 이야기라고 생각했는데요!"

나도 모르게 목소리를 높이며 당황해 말했다.

"그러니까 권력 때문에 아들을 경계하거나, 손자를 죽이거나, 장남을 처리하거나, 며느리를 해치우거나? 어어?"

잠깐, 이거 엄청 흔한 일이네?

"역사는 반복되는 거지."

"과거에서 배우는 거 아닌가."

아빠와 카를이 번갈아 가며 말했다. 아니, 아무리 그래도……?

"그래도 자기 자식이잖아요."

힘없이 내뱉자 카를이 헛기침을 하고 말했다.

"네 친모를 생각해 봐."

"아."

하긴, 그 사람도 그렇지만, 그래도 날 죽이려는 생각은 하지 않았던 것 같은데.

권력은 자식과도 나누지 못한다더니, 그 말이 딱인가 보다.

"그리고 미친 것 같은 아이리스를 봤어요."

난 그제야 아이리스를 다시 떠올렸다. 에멜을 빼고 말이다.

"에멜에게 매달리면서도 그를 증오하고, 그냥 미친 것 같아요."

"자신의 모친이 자기를 죽일 준비를 착착 하고 있는데 그럴 만하지."

카를이 그렇게 말하며 잔을 기울였다. 난 고개를 갸웃했다.

"아이리스가 그걸 알까요?"

"뭔가 정상이 아니라는 건 알겠지. 생물로서의 본능은 죽음 앞에서 가장 강하게 발휘되니까."

아빠의 말에 난 '그런가.' 하고 술을 다시 한 모금 마셨다.

와, 진짜 띵하다.

"그래서, 아이리스를 봤다면—"

카를이 말꼬리를 끌며 날 바라보아 난 피식 웃었다. 어쩐지 실실 웃음이 흘러나왔다.

"네, 에멜도 만났어요. 바보 에멜. 멍청이 에멜. 아이리스는 할 수 있으면 그를 조각내고 싶은 얼굴이던데요."

"그런데도 매달리면서."

마치 그 장면을 본 것처럼 카를이 말했고, 난 몽롱한 정신에 고개를 끄덕였다.

좋아, 한 잔 더. 내가 진을 가득 잔에 따르자 아빠는 눈썹을 슥 올렸지만, 별말 하지 않았다.

한 잔 더 마시자 다시 확 속이 불타는 것 같다.

"맞아요."

난 고개를 끄덕였다.

"불쌍하죠."

나도 모르게 중얼거리자 아빠와 카를은 힐끗 서로 마주 보았다가 다시 시선을 내게로 돌렸다. 앤이 입을 비죽였다.

"뭐가 불쌍한가요? 부모와 사이가 틀어진 아이는 얼마든지 있어요. 심지어 그 여자는 황녀잖아요?"

"그래. 그래서 선택지가 더 없는 걸 수도 있잖아."

"헛소리."

앤이 단호하게 말하고는 "라고 생각해요." 하고 공손히 덧붙였다.

난 고개를 끄덕였다.

"뭐 그럴 수도 있고."

"그리고 저는 한 가지 의문점이 있습니다."

앤의 말에 난 "뭔데?" 하고 물었고 앤이 갸웃하고 말했다.

"마탑장이 그걸로 만족할까요?"

"어?"

"카를 님이나 에스텔 님, 둘 중의 한 사람을 받아가는 것으로 말입니다. 마탑장은 탐욕스러운 자니까요."

"호오."

카를이 한숨 같은 소리를 내며 비스듬히 기대어 웃었다.

"아니, 만족 안 할 것 같은데. 태후가 마탑장과 손을 잡은 건 알겠어. 하지만 고작 카스티엘로 중 한 명을 붙잡자고 그 업보를 감당할 것 같지는 않군."

"업보요?"

내가 되묻자 앤이 설명했다.

"저주에는 반드시 반동이 있기 마련이에요. 그 반동을 줄이려고 제물을 사용하지만, 그래도 술자는 어쩔 수 없이 타격을 입게 되지요."

"그렇구나."

"그쪽은 할 수 있다면 카스티엘로 공작가를 부수고 싶을걸요."

앤의 말에 카를이 아빠를 돌아보며 어깨를 으쓱했다.

"일리가 있어요."

"그건 마탑 내의 다른 마법사도 함께한 의견인가?"

아빠의 물음에 앤이 눈을 살짝 내리깔며 말했다.

"네. 마탑장이 태후만이 아니라 다른 쪽에도 손을 뻗는 것 같습니다."

양쪽에 발을 걸쳐두겠다는, 스스로는 영리한 것 같지만 남들이 보기에는 한없이 멍청한 전략을 펼쳤다는 말이다.

하지만 태후가 아니라 다른 세력이 있다고?

"리들?"

내가 후보지를 골랐다.

앤이 눈을 찌푸리며 고개를 저었다.

"아뇨. 사실 정확하게 누구에게인지는 모르겠어요."

"그건 우리가 알아보지."

아빠가 그렇게 말하고 앤에게 덧붙였다.

"그리고 마탑에 있는 네 소속의 마법사들은 모레까지는 빠져나와야 할 것 같은데. 마탑장이 숙청할 거라고 하더군."

"아, 그 이야기 저도 들었어요. 태후랑 마탑장이랑 이야기했어요. 날짜는 몰랐지만."

내 말에 앤의 낯빛이 살짝 어두워졌지만, 그녀는 곧 가볍게 무릎을 굽했다가 펴고 빠르게 나갔다. 난 다시 술을 마시고, 불을 뿜는 용이 된 듯한 기분을 느끼며 말했다.

"그 새 서약 안 하실 거죠?"

"그래."

아빠가 고개를 끄덕여서 난 안도하며 테이블에 엎어졌다.

"걱정했어요. 하겠다고 하실까 봐. 그리고, 그리고 에멜에게 화가 나는데 화를 낼 수가 없어요. 그가 힘든 게 화나고, 그 힘든 걸 하는 이유가 절 사랑해서라니 바보 같아요. 제가 그걸 원하지도 않았는데 말이에요."

"넌 그럴 가치가 있어."

카를의 말에 난 다시 상체를 세우며 입을 내밀었다.

"그렇게까지 할 가치는 없는 것 같아요."

"있어."

카를은 그렇게 말하고 손을 뻗어 내 머리를 가볍게 쓰다듬었다.

"가서 쉬어."

그가 내 어깨를 툭툭 치며 하는 말에 난 더 뭐라고 하려다가 길게 하품했다. 피곤한데 알코올까지 들어오니 졸음이 밀려오기 시작했다.

"중요한 이야기 중이니까 일단 이야기 다 하고요."

"다 했어."

카를이 그렇게 말하며 날 쿡 찔렀다. 난 졸린 눈을 부릅뜨며 카를을 노려보았다.

"끝났다고."

카를이 혀를 차며 다시 말했다.

아빠가 가볍게 웃고 자리에서 일어나 날 안아 들었다. 난 반항하지 않고 순순히 안겨서 아빠의 목에 팔을 감았다.

"아빠."

"그래."

"사랑해요."

작게 속삭이자 아빠는 깊게 숨을 들이마시더니 내 뺨에 입 맞춰 주며 "나도 사랑한다." 하고 속삭여 주었다.

난 웃으며 눈을 감았다. 그리고 언제 잠에 빠졌는지도 모르게 잠들었다.

축축한 코가 내 뺨을 살며시 눌러 와서 눈이 저절로 떠졌다. 난 손을 뻗어 손가락을 풍성한 털에 밀어 넣으며 웅얼거렸다.

"알파?"

알파가 내 입을 핥았다. 차갑고 상쾌한 숲 향기가 났다.

역시, 진짜 늑대랑은 다르군.

ㅡ깨워달라는 거 아니었나?

너무 졸려서 난 제대로 생각을 거치지 못하고 물었다.

"그랬나?"

ㅡ그래, 그 에멜이라는 인간을 만나러 간다고.

"아."

난 짧게 소리를 내고 억지로 몸을 일으켰다. 진짜 졸리다.

졸려 죽겠다.

커피.

진한 커피가 필요해. 카페인.

아이 니드 카페인.

하지만 이 세계는 놀랍게도, 커피가 없다. 알파는 날 한심하게 보지 않고 내 상체가 넘어가는 걸 받쳐주며 말했다.

ㅡ그렇게 피곤하면 자고 내일 가든가?

―맞아. 걱정되면 내가 붙어 있지, 뭐.

엔드가 고개를 끄덕여서 난 베개를 바라보며 '그럴까?' 하다가 고개를 저었다. 오늘 혀가 잘려나갈 뻔한 에멜이 떠올랐다. 지금은 또 어떤 꼴을 당하고 있는지 모르지.

억지로 몸을 일으켜서 난 옷을 대충 꿰어 입었다.

머리는 하나로 묶고 베란다로 나가 창문을 열었다.

'아, 혹시 모르니까.'

쪽지를 남겨야지, 하고 종이를 찾았다. 그런데 펜은 어디에― 하는데 엔드가 종이 위에 앉아서 물었다.

―뭐라고 써 줘?

"음, 잠깐 다녀온다고."

엔드가 자신의 꼬리를 들어 종이 위에 슥슥 글자를 적었다. 가장자리가 살짝 타들어 간 글씨가 멋들어지게 완성되었다.

나는 다시 길게 하품하고, 베란다로 나가서 거대해진 엔드의 등에 올라탔다. 이번에는 작은 강아지가 된 알파가 내 품속으로 쏙 들어왔다. 따끈따끈하고 폭신폭신한 것이 닿아 있는 게 기분 좋았다.

―졸지 마.

엔드는 그렇게 말하고 날아올랐다. 알파가 내 품 안에서 말했다.

―몸을 숨겨야 하니까 다녀오면 또 계속 피곤할 거야.

"괜찮아."

난 그렇게 대답했다. 차가운 밤바람을 맞으니 정신이 돌아오는 것 같았다.

난 서리 같은 공기를 깊이 폐 안에 채워 넣었다.

얼마 지나지 않아서 황궁에 도착한 엔드는 황녀궁 2층 베란다에 적당히 착지했다. 새벽 3시쯤 된 시각이라 사방이 고요했다. 베란다 문이 잠겨 있지 않아, 조심스럽게 열고 안으로 들어서니 텅 빈 방이었다.

'에멜은 어디에 있을까.'

아이리스와 한 방에 묵는 건 설마 아닐 테지.

'알파, 찾아줄 수 있어?'

조심스럽게 묻는 말에 알파가 한숨을 내쉬더니 곧 내 몸에서 힘이 슥 빠져나가는 게 느껴졌다.

—일단 직진.

난 씩 웃으며 알파의 말에 따라 걷기 시작했다. 황녀궁은 놀랍도록 조용했다. 알파의 말에 따르면 밖을 지키는 사람은 많지만, 안을 지키는 사람은 없다고 한다.

즉, 안의 사람이 도망가는 걸 막는 경비라고.

제물이라는 단어를 떠올리며 난 에멜의 방문 앞에 섰다.

달칵.

문고리를 돌려보니 잠금쇠 없이 작은 소리와 함께 문이 열렸다. 살그머니 안으로 들어서니 불 한 점 없는 새까만 방 안이 보였다.

'이래서야 사람이 어디 있는지도 모르겠는데.'

복도에는 그나마 희미한 초가 타고 있었는데 여기는 완전히 암전이다.

—불 켜줄까?

엔드의 말에 난 고개를 저었다. 시간이 지나니 조금 어둠에 눈이 적응되었다. 창문의 커튼이 반만 처져 있어서 그나마 달빛이 비쳐 들어오는 게 다행이었다.

천천히 걸음을 옮겨서 난 침대로 다가갔다.

방은 무척 좁았다. 아무래도 아이리스의 방에 딸려 있는 시녀들의 공간인 듯했다.

시녀용 침대는 당연히 키가 큰 에멜에게는 작았고, 웅크리고 잠든 그의 모습을 보니 어쩐지 한숨이 나왔다.

'팔에 붕대.'

난 살며시 손을 뻗어 그의 붕대 위에 손을 올렸다.

헉—

순간 힘이 쑥 빠져나가서 난 숨을 삼켰다. 그때 뭔가 인중 위로 주르륵 흐르는 느낌이 났다.

'코피?!'

당황해 손을 빼는데 내 손을 덥석 잡혔다. 빙글 팔이 돌며 꺾여서 난 비명을 간신히 눌러 참았다.

"아가씨……?"

상황을 파악한 에멜이 내 팔을 놓으며 중얼거렸고, 난 어깨와 팔꿈치를 문지르며 반대쪽으로 몸을 돌렸다.

코피 터진 거 보면 또 잔소리하라.

대충 소매로 코피를 훔치는데 이게 멈추지가 않았다.

에멜이 이를 가는 소리가 났다. 그가 내 어깨를 붙잡아 돌렸다. 난 어색하게 소매로 코를 가리고 말했다.

"안녕, 에멜."

"대체, 왜—"

"뭐하다가 팔을 그렇게 심하게 다친 거예요? 깜짝이야."

내 가벼운 말에도 에멜은 대답 없이 그저 어둠 속에서 날 노려보듯 바라보기만 했다.

"괜찮으면 손수건이나, 아무거나 좀—"

결국 내가 소매를 치우며 말하자 그의 얼굴이 일그러졌다. 그가 손수건을 주머니에서 꺼내서 내 코를 눌렀다.

"앞으로는 다시, 절대 다시는 여기에 오지 말라고 제가 말했을 텐데요."

"에멜이 여기 있으면 나도 여기에 찾아오는 수밖에 없잖아요."

"에스텔."

"게다가 또 그렇게 상처 입고."

"당신이 고칠 필요가 없는 상처지요."

"왜 없어요? 내가 사랑하는 사람인데."

에멜은 낮게 욕 같은 걸 중얼거렸다. 아, 그런데 진짜 피가 안 멎네. 손수건이 시뻘겋게 물들었다.

'이거 좀 심한 거 아닌가.'

난 내 품속에 있는 알파를 바라보았다.

—네 힘으로 네 상처를 고치면 또 몸에 무리가 갈 텐데.

'코피만 멎게 해 주면 돼.'

이 상태로는 이야기도 못 하겠다. 난 그렇게 말하고 내 손을 코 위에 얹었다. 푸른색 문양이 희미하게 반짝거리더니 코피가 멎었다. 그리고 다리에 힘이 쑥 풀려서 내가 그대로 주저앉을 뻔한 걸, 에멜이 붙잡았다.

그의 얼굴은 완전히 창백해져 있었다.

"괜찮습니까?"

"어, 응, 괜찮아."

놀라라.

코피를 멎게 하는 건 그렇게 많은 힘이 빠져나간 건 아니지만, 이미 많은 힘을 쓴 상황에서 더 힘을 써서 그런 것 같았다. 마라톤 중반을 달릴 때 살그머니 백팩을 짊어진 것 같은 거랄까.

휘청한 거죠.

에멜이 날 붙잡아 안아 들어 침대로 옮겼다. 침대에 날 앉히고 그가 작은 등불을 켰다.

그사이 난 그에게 빌린 손수건으로 남은 피를 닦아 냈다.

어쩐지 화가 났다.

날 살피는 그를 부릅뜬 눈으로 노려보며 말했다.

"대체 얼마나 깊은 상처를 입고 있었던 거예요?"

"별거 아니었습니다."

"별게 아니면 내 코피가 안 터지죠."

에멜은 대답하지 않고 내 뺨을 조심스럽게, 깨진 유리 조각 날을 어루만지듯 쓸어내리고 말했다.

"이제 여기에 오지 마십시오."

계속 똑같은 말을 반복하는 그에게 화가 났다.

"내가 에멜을 사랑하지 않았으면 좋겠어요?"

툭 화난 목소리로 이어 말하자 에멜은 숨을 멈춘 듯하다가 쓰게 웃었다.

"전 그걸 바라지 못합니다."

"바라지 않는 게 아니라 못 한다는 건 또 뭐예요?"

에멜이 초에 비쳐 금색으로 보이는 눈동자를 들어 날 똑바로 보며 말했다.

"이미 맛본 걸 잃어버리는 건, 바라기만 할 때보다 더 괴롭죠."

"에멜."

"네."

"여기서 뭐 하는 거예요? 난 에멜이 이러기를 바라지 않아요. 이렇게 하는 에멜은 싫어요."

에멜이 목소리를 더욱더 낮췄다.

"아이리스와 함께하는 마법사가 있습니다."

"─!"

이건 또 새로운 이야기다. 하지만 어쩌면 제물 준비 때문일 수도 있잖아?

난 앤을 통해 알아낸 사실을 에멜에게 털어놓았다. 에멜은 놀라지 않고 고개를 끄덕였다.

'짐작하고 있었던 건가?'

난 그의 소맷자락을 매만지며 아이리스와 키스하던 에멜을 떠올렸다. 문득, 아스의 예언이 선명하게 기억났다.

─넌 네가 사랑하는 사람 때문에 죽게 될 거다.

"에멜."

"네."

"내가 만약에 에멜 때문에 죽게 된다면─"

순간, 그의 얼굴에서 표정이 싹 사라졌다. 대리석 조각처럼 무감정한 얼굴이 되어 그가 날 바라보았다. 그가 화가 난 건지, 충격을 받은 건지 알 수가 없어서 난 말을 이었다.

"그건 내가 에멜을 정말로 사랑한다는 뜻이에요."

"……런 거 필요 없습니다!"

에멜이 그제야 숨을 토해 내듯, 속삭이며 외쳤다.

"에멜, 나 사랑하죠?"

"네."

그의 대답은 망설임이 없었다. 난 그의 소매를 만지며 그쪽으로 시선을 내리고 물었다.

"그럼 아이리스는요?"

대답이 돌아오지 않아 힐끗 그를 올려다보니 에멜은 충격을 받은 얼굴을 하고 있었다.

"에멜……?"

다시 그를 부르자 에멜이 차갑게 웃었다.

그가 내 앞에 한쪽 무릎을 꿇어 시선을 낮추고 내 입술에 스치듯 키스하며 말했다.

"그런 생각을 할 수 있는 아가씨가 대단하게 느껴지네요."

"뭐가요?"

"제가 아이리스를 조금이라도 좋아한다고요."

"하지만……."

머뭇거리자 그가 다시 내게 아까보다 좀 더 진한 키스를 하며 속삭였다.

"만지니까? 키스를 해서? 저에게 매달리니까? 곁에 있으니까? 몸이 닿으면 마음도 생긴다고?"

"난―"

뭐라고 해야 할지 몰라 에멜을 바라보자 그가 눈을 살짝 내리깔고 물었다.

"아니면, 제가 더럽다고 생각하십니까?"

엑?!

난 깜짝 놀라 양손을 뻗어 에멜의 양 뺨을 붙잡아 당겼다.

"그렇게 생각 안 해요. 하지만, 그래도 싫다고 생각해요."

에멜이 아이리스와 그렇게 하는 게.

난 몸을 숙여 그의 입술에 키스했다. 에멜의 뺨이 살짝 붉어졌다.

뭐야, 이 사람. 자기가 먼저 하는 건 스스럼없으면서, 내가 하면 왜 뺨이 붉어지는데?

어쩐지 나도 쑥스러워져서, 손을 놓았다.

"에멜도 생각해 봐요. 내가 정보를 캐낸다고 리들과 키스하고 그가 날 만지다가 때리기도 하고. 그러면 싫을 거 아니에요."

"그러면 제가 그를 죽이겠지요."

"그럼 내 마음도 마찬가지죠."

"게다가 아가씨는 그러다가 리들을 좋아할 가능성도 있는 것 같고 말이죠."

"에멜 레이몬드."

한숨을 내쉬자 에멜이 날 빤히 보다가 웃었다.

"그러서도 상관없으니까요."

"네?"

뭔 소리야? 하고 깜짝 놀라 그를 바라보자 에멜이 미소를 지으며 말했다.

"아가씨가 다른 사람이 좋다고 가 버려도, 전 아가씨를 사랑할 테니까요. 제가 다른 사람을 좋아한다고 하면, 아가씨는 절 바로 떠나시겠지만."

"꼭 나를 악당처럼 묘사하네요."

눈을 찡그리며 말하자 에멜이 "사랑스러운 악당이지요."라고 대답했다. 그는 내가 뭐라고 하기 전에 이어 말했다.

"조금만 더요."

"조금만 더?"

"네."

그가 그렇게 말하고 잠시 생각하는 얼굴을 했다가 이야기했다.

"좀 더 알아보고 싶은 게 있습니다."

"알겠어요."

난 길게 숨을 내쉬었다. 에멜이 한참 내 무릎을 어루만지다가 말했다.

"아까 낮에 하셨던 말씀 말입니다."

나는 그를 바라보았다.

"서로가 서로를 위해서 살자는 말."

그는 마른 입술을 축였다.

"정말로 그렇게 생각하십니까?"

나는 진지하게 말했다.

"한 치의 거짓도 없는 진심이에요."

그러며 난 다시 그에게 키스했다.

숨을 들이마시며 살짝 입을 벌리자 에멜은 망설임 없이 미끄러지듯 내 입술 사이로 들어왔다. 그의 손이 내 뒷목을 부드럽게 어루만지며 더 깊이 들어왔다. 그때 또 코피가 터졌다.

아니, 터져도 왜 또 이럴 때?

난 몸을 빼며 손수건으로 코를 눌렀고 에멜이 자리에서 일어나며 말했다.

"제발, 들어가서 쉬십시오."

난 말없이 고개를 끄덕였다. 무드를 깨트려도 이렇게 깨트리나.

그래도 키스는 좋았어.

에멜은 날 근처의 베란다가 달린 큰 방까지 데려다주었다. 그의 방은 창문이 작아서 나갈 수가 없었다.

어차피 내 모습은 보이지 않을 텐데도, 에멜은 내가 그의 모습이 보이지 않을 때까지도 베란다에 나와 서 있었다.

집으로 돌아온 나는 그대로 곯아떨어졌다가 아침에 애니의 비명에 잠에서 깨어났다.

"아가씨!!"

애니가 부르짖으며 날 깨우는 바람에 난 얼떨떨해져서 몸을 일으켰다.

"애니? 뭐야? 왜?"

"치료사! 치료사를 불러! 앤 님을!"

목소리가 어찌나 처절하던지, 난 전신에 소름이 돋아 잠이 싹 달아났다.

"괜찮으세요? 아가씨."

애니가 날 붙잡으며 물었다.

"어, 괜찮아. 좀 어지럽기는 한데……."

애니가 베개를 들어서 난 그제야 피범벅이 된 베개를 발견했다.

히익.

자면서 코피를 계속 흘렸나 보다. 이럴 수가 있나? 이 정도라면 보통 자다가 깨지 않아?

애니의 비명에 달려온 로라와 제인이 허둥지둥 치료사와 앤을 불러서 난 세 명의 치료사와 한 명의 앤에게 둘러싸이게 되었다.

"피곤해서 코피가 난 거뿐이에요."

난 그렇게 변명을 했고, 약을 일주일 치나 처방받으며 푹 쉬라는 말을 들었다. 그래서 꼼짝없이 애니의 감시를 받으며 침대에 앉아 있는데 카를이 찾아왔다.

"오라버니."

카를이 한숨을 내쉬고 손을 뻗어 내 이마를 짚어 보고 말했다.

"뭐했어?"

"네?"

"뭐했어? 그냥 아픈 건 아닐 테지."

"음, 그냥, 음."

"음, 그냥, 음. 뭐?"

"조금, 정령의 힘을 무리하게 썼나 봐요."

솔직하게 대답하니 카를이 내 뺨을 잡아당겼다.

"정말, 널 어떻게 해야 좋을까."

"오라버니, 아파요."

"내가 이러는 건 아프고, 네 몸 망가지는 건 괜찮고? 이러니까 너에게 뭐든 숨기게 되는 거야."

"안 망가져요. 그냥 좀, 피곤했던 것뿐이에요."

뺨을 부풀리며 항의하자 그가 내 뺨을 쿡 찌르며 말했다.

"보통이면서."

"보통이지만 그래도 튼튼하다고요? 아, 맞다. 할 이야기가 있어요."

"뭔데?"

"아이리스 쪽에도 마법사가 붙어 있대요, 그래서―"

"알아."

"네?"

"아이리스가 눈 뜨게 된 거, 알지?"

원래 장님이었잖아, 하는 말에 난 고개를 끄덕였다.

"네."

"그러면서 그쪽과 가까워진 마법사가 있다더군. 하지만 어느 순간 종적이 보이지 않아서 놓쳤다고 생각하기는 했었어."

"지금도 친하게 지내는 것 같아요."

"그렇군."

"왜 그런 이야기는 저에게 안 하셨어요?"

"해 주면 얌전하게 앉아 있을까? 그 정보는 또 어디서 듣고 온 거고?"

"몰라요."

입을 꾹 다물자 카를은 그런 날 내려다보다가 조심스럽게 뺨을 쓸어주며 말했다.

"하나 더 이야기할까?"

"뭔데요?"

"오늘 아이리스가 임신 발표를 할 거야."

순간 말이 막혔다. 숨이 턱 막혀서 아무런 말도 나오지 않았다. 눈앞이 깜깜해진다는 게 이런 거구나. 빙글빙글 시야가 돌았다.

"약혼자와 서둘러서 결혼하게 되겠지. 그 전에 태후가 축하연을 열 모양이고."

난 카를의 말에 집중하려고 애썼다. 그렇구나. 축하연을 여는구나.

"거기에 우리 모두가 초대받았어. 하지만 넌 몸이 안 좋으니까—"

"가겠어요."

"정말로?"

"네."

난 고개를 끄덕였다. 카를은 뭔가 더 이야기하려는 듯했지만, 그냥 내 이마를 눌러서 침대에 털썩 눕혔다.

"그럼 자고, 쉬어. 그런 창백한 얼굴로는 안 보내니까."

난 고개를 끄덕였다.

카를은 서툴게 이불을 끌어올려서 날 덮어주고 방을 나갔다. 그가 방을 나가자마자 난 숨을 내쉬었다.

생각하지 않으려고 해도, 아이리스와 에멜이 잠자리를 하는 광경이 떠올랐다.

아니면, 아니면 그냥 거짓 발표일 수도 있어. 안 그래?

난 몸을 웅크렸다.

하지만, 만약 사실이라면.

그것까지는 용납이 되지 않았다.

용납할 수가 없었다.

*　　*　　*

황궁은 벌써 조기와 검은 커튼을 다 걷어내고 산뜻하게 새로 단장을 하고 있었다.

태후의 문장인 벌새와 왕관이 여기저기에 보였다.

로이가 마차에서 내리는 날 에스코트하며 속삭였다.

"괜찮으세요?"

"괜찮아."

미소 지어 보이자 로이가 싱긋 마주 웃어 주며 내 손등에 키스하고 말했다.

"오늘 가장 아름다운 사람은 제 주군일 겁니다."

"아, 당연하지."

오만하게 고개를 치켜들며 말하자 로이가 다시 웃었다.

"토끼."

그때 저 앞에서 카를이 비딱하게 서 있다가 손을 내밀었다. 로이가 나에게 속삭였다.

"정강이를 걷어차이기 전에 넘겨 드려야겠네요."

우리는 현관으로 올라갔고, 로이가 내 손을 카를에게 넘겨주었다. 카를이 내 팔을 가볍게 두들기며 물었다.

"괜찮아?"

"괜찮아요."

똑같은 질문이다, 하고 난 살며시 웃으며 대답했다.

카를은 한 번 고개를 짧게 끄덕이고 걷기 시작했다.

황제가 죽고 나서 처음으로 열리는 연회다. 태후가 황궁에 자리를 잡았음을 알리는 이 연회는 다른 때보다 각별하게 신경 써서 준비된 것이 보였다. 연회장 안으로 들어서니, 모두가 이쪽으로 시선을 보내는 게 느껴졌다. 카를이 보란 듯이 내 이마에 키스해 주고 말했다.

"뭐 마실래?"

"알코올 없는 걸로요."

"좋아."

그는 고개를 끄덕이고 내 손을 놓아주었다. 그러자 한 걸음, 로이와 엘런이 내 뒤로 가까이 다가와 붙었다.

엘런이 "굉장하네요." 하고 중얼거렸다. 로이가 히죽 웃었다.

"아주 그냥 돈을 바른 연회로군. 제길, 공짜 샴페인이 눈앞에 있는데 근무 중이라니."

로이의 말에 엘런이 한숨을 내쉬며 말했다.

"로이 딜런."

"알아. 그러니까 분해하고만 있잖아."

난 주변을 둘러보았다. 곧 저쪽 끝에서 에멜을 발견했다. 사람들 사이에 둘러싸여서 웃고 있는 모습이었다. 난 반사적으로 몸을 돌리려다가 멈췄다.

왜 내가 피해야 해?

잠시 후 카를이 다가와 나에게 아이스티를 건네주었다. 본인은 샴페인 잔이었다.

그냥 알코올을 달라고 할 걸 그랬나, 하다가 말았다.

내가 웃으며 카를에게 속삭였다.

"여기에 오라버니에게 말 걸고 싶어서 죽을 것 같은 얼굴을 한 사람들이 잔뜩 있네요."

카를이 비딱하게 웃었다. 그가 샴페인 잔을 가볍게 내 아이스티 잔에 부딪치고 말했다.

"그럼 와서 걷든가."

"무서워서 못 하죠."

로이가 등 뒤에서 작게 중얼거려서 엘런이 팔꿈치로 그의 옆구리를 푹 찔렀다.

엘런이 그때 나에게 속삭였다.

"리리아 님이 와 계시는데요."

"어? 그래?"

살펴보니 멀찍이 떨어진 곳에서 리리아가 날 바라보는 게 보였다.

"왜 말을 안 걸고?"

"내가 무서워서."

카를이 그렇게 말해서 난 그제야 리리아가 아빠를 보고 엉엉 울었던 걸 떠올렸다.

"그, 그렇군요. 잠깐 만나고 올게요."

"그래."

난 얼른 리리아에게 발걸음 했고 그제야 그녀의 얼굴이 밝아지며 내 쪽으로 빠르게 다가왔다.

"솔라드 백작님."

그녀가 치마를 잡으며 인사해서 난 웃었다.

"뭐야 갑자기."

"그냥, 이런 자리인 데다가, 네가 너무 예뻐서. 무슨 빛이 뿜어져 나오는 것 같다라니까. 다들 눈 봤어? 내일이면 줄무늬 옷이 불티나게 팔릴 것 같아. 나도 하나 마련할까."

리리아가 내 드레스를 힐끗 보며 말해서 난 다시 웃었다.

리리아가 그런 날 보다가 가슴을 쓸어내리며 말했다.

"다행이다. 괜찮아 보여서."

"당연히 괜찮지."

내 말에 리리아는 "그렇다니 다행이고." 하며 고개를 끄덕였다.

그때 팡파르가 울리는 소리가 나고 황실 식구들의 입장을 알리는 알림이 크게 울려 퍼졌다.

모두가 단상을 향해 돌아섰다. 태후가 선두에 서고, 그 뒤에 리들이, 마지막으로 아이리스가 따라오고 있었다.

리리아가 아이리스를 보더니 말했다.

"배가 벌써 나왔네?"

"그러게."

높은 하이라인 드레스를 입었는데도, 둥그스름하게 배가 나온 게 보였다.

흠. 얼마 전에 봤을 때는 잘 몰랐는데…….

"흐응."

리리아가 묘한 소리를 흘렸다.

"왜?"

"저렇게 배가 나오려면 적어도—"

그녀가 눈을 찌푸리며 이야기하는데 팡파르가 끝났다.

연회장은 완전히 조용해졌고 태후가 미소를 지으며 한 발 앞으로 나왔다.

"아이리스 황녀의 축하연에 와 주셔서 감사합니다. 혼란스러운 시국일수록, 하나가 되는 것이 중요하다고 생각합니다. 저는 어머니의 마음으로 전력을 다해 제국을 이끌어 나갈 생각입니다."

그녀가 싱긋 미소를 짓고 이어 짧게 말했다.

"그럼 이제 연회를 즐겨주십시오."

모두가 일사불란하게 가볍게 절을 했다.

"영광을 누리십시오."

태후가 손을 들어 리들에게 내밀었고, 모자는 첫 번째로 춤을 추기 시작했다. 아니 보통 이런 연회라면, 아이리스 황녀와 레이몬드 후작이 첫 춤을 춰야 하는 거 아닌가?

게다가 축하연의 주역인 아이리스는 한 마디도 하지 못했다. 심지어 약혼자인 후작을 단상 위로 불러 소개하지도 않았고.

정말로 변하지 않는 사람이다.

그렇게 생각하는데 리리아가 빠르게 말했다.

"나 가 볼게."

"어?"

당황해 그녀를 돌아보는데 리리아가 빠르게 멀어졌다. 뭐지? 하는데 카를이 내 팔을 잡아당겼다.

"춤추자."

아.

미안하다. 리리아.

난 속으로 사과하고 웃으며 카를의 손을 잡았다.

"기꺼이요."

연회장 가운데 플로어로 나가 우리는 춤을 추기 시작했다. 카를이 묘한 얼굴로 날 보더니 말했다.

"토끼가 언제 커서 데리고 춤을 추나 했는데."

"금방 컸지요."

"그러게."

그가 숨을 가볍게 들이마시고 이어 말했다.

"너무 짧다."

"뭐가요?"

"앞으로 한 십 년은 더 있어. 하는 이야기."

"뭐가요?"

"카스티엘로로 십 년은 더 있으라고."

카를의 말에 난 눈을 동그랗게 떴다가 가볍게 웃었다.

"그럴까요?"

"그래."

"남의 혼삿길을 막으시려고."

"그런 거지."

난 다시 배시시 웃고 말했다.

"카스티엘로는 아니어도, 전 계속 토끼예요."

내 입으로 말하니 어쩐지 쑥스럽다. 카를이 내 말에 미소 지으며 허리를 숙여 이마를 맞대었다.

"맞아. 내 토끼지."

"그렇죠."

곡이 끝나 카를이 플로어 밖으로 나가서 내 손을 언제 왔는지 모를 제온에게 넘겼다. 제온이 히죽 웃으며 "출까?" 하고 물어 난 고개를 끄덕였다.

플로어로 나와 내가 의아해져서 물었다.

"웬일이에요?"

"나? 당연히 와야지. 여기 지금 올 수 있는 귀족들은 다 와 있다고. 황궁 사정을 살필 기회니까."

"아뇨. 그게 아니라 왜 오라버니가 순순히 제 손을 제온에게 넘긴 걸까요."

"저거 하려고?"

제온이 턱짓으로 한쪽을 가리켰고 난 한 바퀴 돌면서야 그 광경을 볼 수 있었다.

"지금 제 오라버니가 에멜에게 다가가는 거예요?"

"응."

"절 여기에 묶어 두고요."

"응."

"뭘 하려고—"

제온이 그때 재빠르게 반대쪽으로 날 돌렸고, 난 에멜을 등지고 서게 되었다.

그리고 동시에 비명 소리가 들렸다.

"카스티엘로 공자!!"

"후작님!"

"세상에! 겨, 경비를 불러!"

난 당황해 고개를 돌리려고 했지만, 제온이 날 붙잡고 놔주지 않았다. 플로어의 다른 사람들도 몇몇은 벌써 춤을 멈추고 사태를 지켜보고 있었다.

"뭐 하는 거예요!"

난 소리를 질렀고 그제야 제온이 내 허리를 붙잡은 한 손을 놔주어서 난 돌 수 있었다.

카를이 에멜을 두들겨 패고 있었다. 에멜은 반격은커녕 기본적인 방어조차도 하지 않고 있고—

내가 멍하니 그 광경을 보다가 튀어 나가려는 걸 제온이 다시 붙잡으며 말했다.

"다들 보고 있어."

그 말에 난 이를 갈며 제온을 돌아보고 말했다.

"알아요."

"그렇다면."

제온이 그제야 내 남은 팔도 놓아주어서 난 후다닥 싸움판으로 달려들었다. 사람들이 당황하며 날 막아야 할지 아니면 놔둬야 할지 모르는 사이 난 몸을 던졌다.

"오라버니!"

난 소리를 지르며 카를의 허리를 안았다. 그러자 카를이 동작을 딱 멈췄다. 에멜 역시 마찬가지였다.

카를이 내 등을 가볍게 두들기며 말했다.

"괜찮아."

"아, 안 괜찮아요!"

빽 소리를 지르며 고개를 들자 카를이 히죽 웃었다.

어쩜, 이 사람은 그렇게 싸우고도 방금까지 휴가를 즐기다 온 사람처럼…….

그에 비해 에멜은 무방비로 얻어맞아 엉망이었다.

잠시 후 비틀비틀 아이리스가 달려왔다. 그녀가 에멜에게 매달렸다.

"에멜!"

아이리스가 이쪽을 휙 돌아보았다. 그녀의 눈에서 증오의 불길이 이글거렸다.

"어떻게 이런 짓을! 내 약혼자에게! 황실이 그렇게 우스워?!"

카를은 흐트러진 옷깃을 툭툭 쳐서 정리했다. 그리고 아이리스를 무시하며 내 쪽으로 몸을 숙이고 말했다.

"아이스티 더 마실래?"

"카를 카스티엘로!"

비명처럼 아이리스가 악을 썼다. 전혀 귀족다운 모습이 아니었다. 그때 태후가 스르르 사람들 사이를 가르고 나타났다.

"이게 무슨 일이지요?"

"어마마마, 카스티엘로 공작가에서 감히, 감히, 제 에멜을!"

"체통을 지키세요, 황녀. 레이몬드 후작, 괜찮습니까?"

"괜찮습니다."

에멜이 대답하자 태후가 싱긋 웃고 카를을 돌아보았다.

"그대는 어떤가요?"

"저 역시 괜찮습니다."

"그렇군요. 하지만 제 연회에서 더 소동은 없었으면 합니다."

"없을 겁니다. 태후마마."

의외로 카를이 깍듯하게 인사하자 태후의 얼굴에 환한 미소가 그려졌다.

"그래요. 그럼 이걸로 끝내지요."

"어마마마!!"

아이리스가 소리를 지르자 태후가 눈을 찌푸리며 말했다.

"아이리스를 방으로 안내해라. 아무래도 임신해서 히스테리가 심해진 것 같구나."

난 순간 아이리스가 아아악! 하는 비명을 지르거나 태후에게 달려들 거라고 생각했다. 하지만 아이리스는 그렇게 하지 않았다. 그녀의 얼굴은 무시무시하게 창백해지고, 눈에서는 불길이 타올랐지만, 곧 그건 미소의 베일 아래로 사라졌다.

아이리스가 방그레 웃으며 말했다.

"아무래도 제가 좀 감정적으로 되었던 것 같습니다."

그녀의 갑작스러운 변화는 진정되었다기보다는 소름 끼치는 것이어서, 태후 역시 움찔했다.

"그렇지요. 제가 괜히 그렇게 날뛰었지요. 죄송합니다."

아이리스는 그렇게 중얼거리고 날 돌아보았다.

"미안해요, 카스티엘로 공녀. 하지만 에멜이 날 사랑하는 걸 어쩌겠어요. 그렇죠, 에멜?"

"네."

에멜은 내 쪽을 바라보지 않았다. 하지만 그의 대답은 간결하고 뚜렷했다.

"괜찮습니다. 황녀님. 축하드립니다."

나도 그녀와 마찬가지로 미소 지으며 인사했다. 아이리스가 그런 날 빤히 바라보았다. 마치 짐승의 눈동자 같은 느낌이었다.

"그럼 저와 제 약혼자는 먼저 퇴장하겠습니다."

아이리스는 그렇게 말하고 에멜의 부축을 받으며 연회장을 나갔다. 태후가 부채로 입가를 가리며 한숨을 내쉬었다.

"안 좋은 꼴을 보였군. 그럼 다음 곡은 좀 더 밝은 걸로 할까요? 폴카를 연주해 줘요."

황후의 말에 연주자들은 얼른 밝은 곡을 연주하기 시작했고, 다들 삼삼오오 이야기를 나눌지는 몰라도, 하여간 분위기는 전환되었다.

그때, 아빠가 도착했다.

아빠는 태후에게 춤을 청했고, 난 태후가 그렇게까지 환하게 웃는 것은 처음 보았다.

"침대까지 끌고 갈 기세로군."

카를이 중얼거려서 난 눈을 찌푸리며 그의 옆구리를 때렸다.

"오라버니."

"맞잖아. 여우가 신났는데."

난 다시 그의 옆구리를 때렸고 카를은 어깨만 으쓱했다.

카스티엘로 공작이 태후와 가깝다는 걸 보이자마자 사람들의 머릿속 계산이 빠르게 굴러가는 게 보였다. 몇몇 용기를 내서 우리 쪽으로 다가온 사람들은, 마치 아빠가 벌써 황제가 되고 카를이 황태자가 된 것처럼 이야기를 늘어놓았다.

그렇군.

태후가 아빠와 재혼할 거라고 생각한 건가.

카를은 냉랭한 얼굴로 그들을 내려다보며 파리 쫓듯 쫓아냈다. 그리고 리들은 연회장 한쪽 구석에 남겨졌다.

그를 무시하려고 해도, 어쩐지 잘 되지 않았다.

'아아, 내가 미친년이지, 진짜.'

난 카를에게 리들에게 간다고 작게 말했다. 그가 눈을 푹 찡그리며 뭐라고 하려는데 재빠르게 뺨에 키스해 줬다.

"갔다 올게요."

카를은 끙 하는 소리를 내며 로이와 엘런에게 눈짓했고 둘은 내 뒤에 바싹 붙었다.

"안녕하세요, 리들."

"저주라도 하러 왔어?"

리들이 희미하게 미소 지으며 물어서 난 한숨을 내쉬었다.

"그건 어젯밤 12시에 이미 다 끝냈어요. 저주에 적합한 시간이죠."

"그랬군."

그의 부상은 아직 흔적이 남아 있었다. 우리는 아무 말도 하지 않고 서 있었다. 그러다 그가 툭 내뱉었다.

"아이리스가 임신했대."

"그렇다더군요."

리들이 킥킥 웃기 시작했다.

"그리고 네 아버지와 우리 어머니는 춤추고 말야."

"그러네요."

리들이 작고 낮게 말했다.

"난 권력 투쟁 같은 건 하지 않을 줄 알았지."

"그래요?"

"그래. 형님이 계시니까. 그리고, 이제 난 무서워."

그 말에 난 리들을 올려다보았다. 그가 내 쪽으로 고개를 돌렸다. 백금색 머리카락과 연청색 눈동자가 아름답게 반짝였다. 그가 체념한 듯 미소 지으며 말했다.

"고통 없이 빨리 끝나기를 바랄 뿐이야."

"……."

난 뭐가요, 하고 묻지 않았고, 리들 역시 이어 설명하지 않았다. 그랬구나. 리들은 자신이 죽을 거라는 거 아는구나. 그래서 나를 찾아와서……

그게 자신의 목숨 역시 살리려는 다급한 몸짓이었다고 하니 왜 그가 그런 식으로 나왔는지 이제야 이해가 되었다.

그때 저쪽에서 황급하게 시종이 다가오는 게 보였다.

아빠와의 춤을 연속으로 추며 푹 빠져 있는 태후에게 시종이 다가가 뭔가 낮게 속삭이자, 태후의 분위기가 일변했다. 그녀가 "잠시 전 쉬어야 겠네요." 하고는 시종을 따라 나가 버리자 사람들은 작게 웅성거렸다.

아빠는 플로어를 빠져나와 카를에게 뭔가 이야기했다. 카를이 팔짱을 끼고 비딱하게 서며 뭐라고 하자 아빠는 피식 웃었다. 그리고 카를이 내 쪽으로 턱짓해서 아빠가 날 돌아보았다.

난 어색하게 손을 흔들었고 아빠의 눈이 가늘어졌다. 리들이 내 옆에서 말했다.

"그렇다고 지금 죽고 싶다는 건 아닌데."

로이가 뒤에서 작게 웃다가 엘런에게 다시 얻어맞는 소리가 났다.

난 "설마요." 하고 리들에게 대답하고는 아빠에게 다가갔다.

"무슨 일이에요?"

내가 작게 묻자 아빠도 작게 대답했다.

"태자궁에 문제가 생긴 것 같다."

"뭐라고요?"

난 놀라 목소리를 더 낮췄다.

"설마, 태자가 죽은 건가요?"

"아니. 그랬다면 그 자리에서 발표했겠지."

아빠는 그렇게 답했다. 난 설마 하고 물었다.

"그럼 태자가 깨어난 걸까요?"

"그럴 수도."

"답답하네요."

한숨을 내쉬며 말하자 아빠가 카를에게 말했다.

"카를, 에스텔을 데리고 돌아가라."

"아버님은요?"

카를이 눈썹 하나 까닥하지 않고 묻자 아빠는 "좀 더 들어 보고." 하고 말해서 카를은 고개를 끄덕였다.

"알겠습니다. 가자, 에스텔."

난 망설이다가 고개를 끄덕였다. 아빠를 한 번 꼭 안아주고, 난 카를의 뒤를 따라 나왔다. 연회장을 거의 다 나왔는데, 샴페인을 들고 다니는 시종 중 한 명이 다가와 말했다.

"샴페인 하시겠습니까?"

난 됐다고 말하려다가, 샴페인 잔 중 하나에 리본이 매여 있는 걸 보고 잔을 들었다. 그리고 리본을 풀며 원샷하고 잔을 도로 내려놓았다.

"고마워요."

연회장 밖으로 나오자 카를이 손을 내밀었다. 난 리본을 그에게 건넸다. 카를은 리본을 열어보더니 다시 나에게 주었다.

작은 리본에는 글자가 수놓아져 있었다.

안뜰, 일라 나무 아래.

"뭘까요?"

"가 보면 알겠지."

"우리 둘 다 움직이면 너무 눈에 띄어요."

난 그렇게 말하며 손안의 리본을 태웠다. 손등의 붉은 문양이 빛났다가 사라졌다.

"그럼 내가 가지."

난 고개를 끄덕였다가 물었다.

"그런데 왜 에멜은 때리셨어요?"

"나는 코피 날 정도로 널 아프게 한 게 누군지 모를 정도로 바보가 아니야."

그렇게 말한 카를이 내 이마를 가볍게 툭 치고는 가 버렸다.

난 입을 내밀었다.

정말로 그것 때문인 건지, 아니면 뭔가 계획이 있었던 건지, 그리고.

'에멜 괜찮은가.'

그것과 동시에 아이리스의 임신에 대한 의문이 다시 튀어나왔다.

그때 로이가 내 손목을 살짝 잡더니 방향을 틀었다.

"잠깐만요."

"왜?"

엘런이 한숨을 내쉬었다.

"로이, 일단 아가씨에게 말씀드려야지."

"뭔데?"

내가 의아해져서 묻자 엘런이 말했다.

"아까 그 리본이요."

"응."

"저희끼리의 암호예요."

"?!"

놀라 그녀를 돌아보자 엘런이 말했다.

"그러니까 발신인은 에멜이겠죠. 만나러 가시겠어요?"

"오라버니는 그럼 허탕 치는 건가?"

"그렇겠죠?"

엘런이 무척이나 찔린다는 얼굴로 대답했다.

엘런, 로이를 닮아가고 있는 거 아냐? 하지만 이 말을 하면 화를 낼 것 같으니 말자.

난 망설이다가 고개를 끄덕였다.

"가자."

"그러실 줄 알았다니까요."

로이가 씩 웃고 앞장섰다. 연회가 열리는 중앙궁을 나와서 우리는 바깥 뜰, 미로처럼 관목이 높게 자란 곳을 빙 돌아서 분수 앞에 도착했다.

언제 왔는지 에멜이 분수대에 앉아 있다가 자리에서 일어났다.

난 그의 앞에 서서 말했다.

"말해 봐요."

"동침하지 않았습니다."

에멜의 대답에 난 안도의 한숨이 나오는 걸 삼키며 팔짱을 꼈다.

"그런가요?"

"네."

"그럼 에멜 말고 누가 있어요?"

"에스텔!"

에멜이 나에게 소리쳤다. 그것도 화난 얼굴로.

"왜 화를 내요?"

"화를 내는 게 아닙니다."

"그럼요?"

에멜은 잠시 날 보다가 한숨을 내쉬고 말했다.

"네, 화가 났습니다."

"화를 낼 건 저예요."

"그렇지요."

"에멜은 아이리스랑 키스했잖아요."

"그렇지요."

"그 이상의 것도 할지 누가 알아요? 그것도 날 위해서, 라는 말도 안 되는 명목으로 말이에요."

"안 합니다."

"안 해요?"

"네. 당신에게 정말로 미움받는 건 싫으니까요."

에멜이 그렇게 말하고 한숨을 내쉬었다.

"카를 님에게 언어맞을 때 반격을 못 한 것도 순전히 에스텔 때문이라고요."

그 말에 난 멍하니 그를 바라보다가 픽 웃고 말했다.

"그런데 이렇게 나와 있어도 되는 거예요? 아이리스의 곁에 있어야 하는 거 아닌가요?"

"그녀는 지금 그녀의 마법사와 함께 있습니다."

웃음이 순식간에 사라졌다.

"아이리스의 마법사요?"

"네, 눈을 뜨게 해 준 그 마법사 말입니다. 아무래도 마탑 소속은 아닌 것 같더군요."

"그렇군요. 그럼 아이리스가 임신한 건 뭐죠?"

"저도 모르겠습니다. 그 배도 갑자기 부풀어 오른 거니까요."

으.

뭔가 끔찍한 기분이었다.

그걸 태연하게 말하는 에멜이 대단해 보였다.

─에스텔.

그때 갑자기 그림자 속에서 알파가 날 불렀다.

'응? 왜?'

놀라 머릿속으로 대답하니 알파가 말했다.

─저 남자 뭔가 걸려 있는데.

─맞아. 마법인데.

그 말에 난 눈을 찡그리고 휙 에멜을 붙잡으며 물었다.

"에멜, 뭐 걸려 있어요?"

"네?"

"마법이요."

순간 에멜이 짧게 숨을 들이켰다가 웃었다.

"아니요."

"아니기는요! 알파. 엔드."

─파괴는 내가 아니라 엔드의 몫이지.

—그런데 하면, 괜찮으려나?

"해요."

내 말에 뭔가 깨닫고 에멜이 내 팔을 떼어 내려고 했다.

하지만 손등에서 붉은 문양이 확 빛나고 내 몸에서 다시 힘이 쫙 빠져 나갔다. 이번에는 신기하게도, 그 힘이 에멜에게로 흘러들어 가서 뭔가를 부수는 것까지 느껴졌다.

그리고 동시에 그 반동이 날 때렸다.

"컥—"

명치를 얻어맞은 것 같은 충격이 몰려와 난 비틀거리며 물러섰다. 목구멍 안쪽에서 피가 왈칵 넘쳐 올라왔다.

"에스텔!!"

"주군!"

"아가씨!"

로이와 엘런이 달려와 날 부축했다. 손으로 입을 눌렀지만, 피가 계속 넘어와 삼킬 수가 없었다. 피가 손가락 사이로 뚝뚝 떨어졌다.

속이 불타는 것처럼 아팠다.

"에스텔, 에스텔."

에멜은 크게 날 부르면 내가 산산조각 나는 건가 싶게, 작은 목소리로 날 불렀다.

그가 나보다 더 창백해서 난 웃으려다가 실패했다.

로이가 날 번쩍 안아 들었다.

"공작가로 돌아가죠."

로이가 걸어가다가 허둥지둥 쫓아오는 에멜을 돌아보며 말했다.

"할 거면 끝까지 해."

그 말에 에멜은 붙박인 듯 멈춰 섰다. 엘런이 로이와 에멜 사이에서 멈칫거리다가 내가 다시 피를 토하자 외쳤다.

"가서 마차를 대기시킬게! 로이, 빨리!"

로이는 날 안고 달리기 시작했다.

'이렇게 아플 거라고는 말 안 했잖아!'

내가 항의하자 알파와 엔드 역시 놀란 듯 말했다.

—이렇게 될 줄은 몰랐는데.

—그러고 보니 정령의 힘으로 마법을 부숴 본 적이 없어서.

—보통 마법은 아니군.

—사악한 것이야. 저주 같은 거라 반동이 있었던 거야.

—서약과 비슷한 거로군. 반동이면.

—저 자식이 어떤 마법으로 서약했는지는 모르지만.

—그 여자의 배 속에도 비슷한 게 있었지?

—확신은 안 서지만. 일단 우리 계약자부터 정화해야겠군.

엔드가 그렇게 말하고 내 안에 자신의 힘을 돌렸다. 따뜻한 기운이 몸 안에 가득 차면서 뭔가가 울컥하고 흘러넘쳤다.

아까와 달리, 새까만 피가 왈칵 다시 넘어왔다. 로이의 얼굴이 창백해 졌다.

"주군, 죽지 마세요. 저 실업자 되기 싫다고요."

"안, 죽어."

간신히 한마디 할 수 있었다. 아까보다 좀 더 속이 편해졌다.

'보통 마법이 이 정도 반동이면, 서약은 대체……'

—보통 마법이 아냐, 서약과 저주가 섞여 있는 거였다. 게다가 우리도 대비를 못 했고.

알파가 자신의 의견을 말했다. 거기에 약간 마음이 놓였다. 그렇다면 다행이다. 그리고 정화 덕분인지, 이제 피도 더는 나오지 않았고 고통도 사그라들기 시작했다.

'이게 서약이라고?'

이 정도면 할 만한데?

게다가 아이리스의 배 속에도 사악한 게 있다고?

'그게 대체 뭐지?'

—우리도 모르겠어.

—아직 작아서 기운만 느껴지니까.

알파와 엔드가 갸웃하며 대답했다.

'그 마법사가 무슨 마법을 에멜에게 걸었던 걸까? 그리고 아이리스는 어떻게 되는 걸까?'

난 그런 생각을 하며 눈을 감았다.

*　　*　　*

허탕을 친 뒤 돌아와 무슨 일이 일어났는지를 알아낸 카를은 로이와 엘런을 상당히 굴린 모양이었다.

그 둘 대신에 진이 당분간 내 호위가 될 정도였다.

진은 질린 얼굴로 "도련님은 봐주시지 않는 분이지요." 하고 말했을 뿐이었다.

카를은 나도 똑같이 굴려주고 싶다는 얼굴로 문병을 왔다. 그러나 그는 팔짱을 끼고 한마디 말없이 날 물끄러미 내려다보다가 가 버렸다.

아빠는 와서 내게 자초지종을 전부 털어놓게 했다.

카를에게 못 하는 이야기도 아빠에게는 할 수 있어서 전부 털어놓으니, 아빠는 생각에 잠긴 얼굴로 다리를 꼬았다.

나 역시 궁금한 걸 물었다.

"태후가 왜 그렇게 허둥지둥 연회장을 떠났던 거예요? 태자궁에 무슨 문제가 생긴 건데요?"

아빠가 손가락으로 허벅지를 가볍게 두들기다가 말했다.

"태자가 실종된 것 같더구나."

"뭐라고요? 실종이요?"

"그래."

"그럼 깨어난 건가요?"

"모르지."

"대체 누가……? 거기 알람 마법 같은 것도 있던데요."

"알람 마법?"

"태자 침대에 접근하려고 했다가 울렸거든요. 저번에 몰래 황궁에 들어갔을 때요. 그래서 도망쳐 나왔어요."

"그랬구나."

"네. 그리고 아이리스 말이에요."

아빠가 말을 이으라는 듯 물끄러미 날 봐서, 어깨를 으쓱하며 최대한 태연하게 말했다.

"에멜이 아니래요."

"그래."

아빠는 그게 별로 중요한 문제가 아니라는 듯 답했고, 난 어색해져서 얼른 덧붙였다.

"어, 음, 그리고 정령들이 그러는데 아이리스의 배 속에 뭔가 안 좋은 게 있다고 하던걸요? 에멜 말로도 갑자기 부풀었다고 하고요. 그것도 제물 의식의 하나일까요?"

"그건 아닌 것 같은데."

아빠는 그렇게 말하고 의자에서 몸을 일으켰다.

"그리고 좀 우스운 일이 일어났지."

"뭔가요?"

"왕홀이 없어졌거든."

"—!!"

난 깜짝 놀라 앉은 자리에서 움찔했다.

"왕홀이요? 없어져요? 어떻게요? 황태자가 가져간 건가요?"

"그럴 가능성도 있어."

"그럼, 그럼, 어떻게 되는 거죠?"

아빠는 그다지, 흥미 없다는 듯이, 제삼자의 이야기를 하듯 말했다.

"서약석을 가지고 우리에게 먼저 명령하는 쪽이 승리하겠지."

"네?"

"상대방을 쓸어버리라고."

"아."

나는 입을 헤 벌리고 아빠를 올려다보았다.

하긴, 다들 황실 식구니까. 물론 태후에게 명령할 수 있는 능력이 있는지는 모르겠다.

그녀는 결혼을 통해서 황실에 합류한 거니까.

그래서 새 서약을 하자고 한 것이기도 하겠지.

그렇다면 명령할 수 있는 게 확실한 사람은 현재 셋.

황태자, 리들 그리고 아이리스.

홀이 있는 곳의 열쇠를 가지고 있는 것이 황태자였으니, 그가 깨어나서 홀을 가지고 갔을 가능성이 크다.

'그러면 태후가 이렇게까지 한 일들이 소용없어지겠지.'

황태자는 정당한 후계자고, 그가 홀을 들고 아빠에게 명령하면 카스티엘로 공작가는 태후와 그 세력의 뼛조각 하나 남기지 않고 바스러트릴 테니까.

또는 태후가 태자가 일어난 걸 깨닫자마자 홀을 훔쳤다면?

'하지만 마법사와 이야기할 때는 방법이 없다고 그랬잖아. 서약의 신전을 털 수도 없고.'

리들이나 아이리스도 아닐 테고.

"만약 제가 태후라면."

난 아빠를 올려다보았다.

"당장이라도 저주를 완성시키겠어요. 황태자가 명령을 내리기 전에요. 그를 죽이겠어요."

"그게 합리적인 생각이지."

아빠는 고개를 끄덕이고 가볍게 내 어깨를 토닥이고 말했다.

"하지만 지금은 아무런 이야기도 없어."

"폭풍 전야군요."

내 말에 아빠가 가볍게 눈썹을 치켜올리더니 "재미있는 말이구나." 하고는 덧붙였다.

"넌 좀 더 쉬어야 해."

"네. 푹 쉬고 있어요."

"하델에게서 온 보고서가 저쪽에 보이는데?"

아빠가 침대 사이드테이블에 놓인 서류를 가리키며 말해서 난 어색하게 웃었다.

"몸은 푹 쉬고 있어요. 그냥 누워 있으려니 심심해서요. 솔라드 백작령에 밀린 일도 있고. 끝내기는 해야죠."

아빠는 아무 말도 하지 않고 서류를 몽땅 챙겨 들더니 그대로 방을 나가 버렸다.

이럴 수가—!

난 "안 돼요" 하는 미약한 반항을 하며 손을 뻗었지만 소용없었다. 나는 할 수 없이 침대에 누워서 뒹굴거리며 천장 무늬를 보다가, 다시 잠이 드는 수밖에 없었다.

고요하게 시간은 흘러갔다.

아무 일도 벌어지지 않았다는 듯이 겉으로는 평온해 보였지만, 그 아래에는 팽팽한 긴장감이 감돌고 있었다.

"로이, 따라다니지 않아도 괜찮아."

"제 다리를 생각해서 주군께서 천천히 다니면 안 될까요?"

"그냥 목발을 짚지 않을 때까지 쉬는 게 어때?"

"그럴 수는 없죠."

로이의 말에 난 "왜 그럴 수 없어?" 하고 입을 내밀었다.

"엘런은 쉬고 있잖아."

"엘런은 저보다 더 심하거든요. 양팔이 다 부러졌으니까요."

"알아."

난 길게 한숨을 내쉬었다.

여자라고 봐준다면 카를이 아니지.

묘하게도 엘런은 그 점을 기뻐하고 있는 것 같았지만 말이다. 난 로이에게 근처 벤치에 앉을 것을 명령했다.

로이는 사양하지 않고 얼른 자리에 앉았다.

"전 다리 하나로 끝났으니 다행이죠. 진짜로 죽는가 했는데 말이에요."

"허벅지 뼈가 부러졌잖아."

"네, 하지만 죽지 않을 만큼 조절하셨으니까요."

"안 그래도 그것 때문에 오라버니랑 실컷 싸웠어."

"정령사와 마스터의 싸움은 볼만했지요."

로이가 손가락을 흔들며 말해 난 다시 한숨을 내쉬었다.

"다들 우리가 어떻게 하려나 지켜보고 있어."

"카스티엘로 공작가가 누구에게 붙느냐에 따라서 승패가 갈리니까요. 그 콧대 높은 후작들도 그걸 알고 있죠."

"그렇지."

황실에서 온 태후의 사자가 현관이 닳도록 드나들고 있었다. 하지만 아직 황태자에게서 연락은 없었고, 난 점점 의구심이 생기는 참이었다.

정말로 황태자가 깨어난 걸까?

그때 저쪽에서 앤이 빠르게 뛰어오는 게 보였다.

"에스텔 님!"

"앤? 무슨 일이야?"

"응접실로, 빨리 와 주세요."

앤이 헐떡이며 말해 난 몸을 돌려 뛰듯이 걸으며 물었다.

"뭐야? 무슨 일인데? 로이! 천천히 따라와."

"아이리스 님이 사신을 보냈습니다."

"사신?"

"네, 마법사예요."

앤의 얼굴이 어두웠다.

"마법사? 누구?"

"레프턴, 기억하시죠?"

"당연하지."

내 몸을 톱으로 자르려고 했던 상대를 잊을 수는 없지.

"그에게 동료가 있었다고는 이야기하지 않았죠."

"그랬지."

그녀의 말에 나 역시 표정이 굳었다.

"에스텔 님에게는 알리지 말라고 하셔서 말할 수가 없었어요. 죄송합니다."

난 뒤통수를 맞은 듯한 기분이었지만, 한순간 이해했다.

그래. 그때 내가 아직 남은 패거리가 있다는 걸 알았다면, 회복에 더 시간이 걸렸겠지.

'생각해 보면 정령과 계약을 권하신 것도⋯⋯.'

이해가 되었다.

잠깐, 그런데 동료가 있다면?

"설마?"

"네, 그 동료입니다."

"말도 안 돼."

"저도 그렇게 생각해요. 사실 그 후로 공작님이 처리하셨다고 알고 있거든요. 그런데 모습을 드러내다니. 죽었다가 살아난 것도 아니고 말이에요."

난 깊게 숨을 들이켰다.

인제 와서 그 기억 때문에 무섭지는 않았다.

단지, 짜증과 분노가 섞여서 조금씩 치밀어 오르고 있었다.

응접실로 들어가자, 한눈에 상대를 알아볼 수 있었다. 제법 화려한 마법사 로브를 입고 서 있었으니까 말이다.

나이는 한 오십 대쯤 되었을까? 딱딱하고 주름진 얼굴에, 미간에 세로 주름까지 있어서 절대로 웃지 않는 사람이라는 걸 알 수 있었다. 이미 아빠와 카를이 응접실에 와 있어서 난 둘에게 눈인사하고 얼른 둘 사이로 가서 섰다.

"만나서 영광입니다. 공녀."

마법사는 최소한의 예의를 지켜 인사하고 말했다.

"제가 여기 온 이유는, 아이리스 황녀님께서 모두를 초대했기 때문입니다."

"초대?"

아빠가 되묻자 마법사는 고개를 끄덕이고 이어 말했다.

"여러분만 초대한 것은 아닙니다. 태후마마도 함께 초대했지요. 마탑분들도 함께 말입니다."

마법사가 힐끗 날 보았다가 다시 아빠에게 시선을 돌리며 말했다.

"황태자 전하 역시 말이지요."

"부르는 이유는?"

"예의범절상의 이유를 제쳐 두고 말하자면, 왕홀을 아이리스 황녀님이 가지고 계시기 때문이지요."

응접실이 고요해졌다.

핀 떨어지는 소리마저 들릴 것 같은 침묵 속에서 마법사는 태연하게 자신의 허리띠 장식을 만지작거리며 말했다.

"그걸 누구에게 건네실지 정하는 자리입니다."

"그런가."

"네. 그러니, 부디 와 주시길 부탁드립니다."

"장소와 날짜는?"

"내일모레, 밤 아홉 시입니다."

"저녁 만찬을 즐기기에 좋은 시간이군."

아빠의 말에 마법사는 눈썹 하나 까닥하지 않고 말했다.

"그러기에는 늦은 시간이지요. 장소는 황녀궁입니다."

"가지."

"부디, 세 분 모두 참석하시길."

마법사는 그렇게 말하고 우리를 쭉 돌아보다가 앤에게 시선을 고정했다.

"드래곤의 마법을 배웠다지?"

"약간."

앤은 턱을 들며 오만하게 대답했다. 마법사는 여전히 길게 늘어진 허리띠 장식을 만지작거리며 물었다.

"마법은 드래곤만의 것인가?"

앤은 대답하지 않고 그를 똑바로 마주 보기만 했다.

마법사는 묘하게 얼굴을 일그러트렸고, 난 그게 웃는 얼굴이라는 걸 뒤늦게 알았다.

"그럼 전 이만."

마법사가 결코 빠르지도 느리지도 않은 걸음으로 응접실을 나서자마자 내 그림자 안에서 알파가 튀어나왔다.

그가 몸을 낮추고 으르렁거리며 말했다.

"저것에서 너와 같은 냄새가 난다."

"알파? 나? 나 같은 냄새?"

당황해서 난 내 팔의 냄새를 맡았고 엔드가 내 어깨에 앉으며 말했다.

"마족의 냄새."

난 숨을 삼켰다. 알파가 초조한 듯 내 다리에 몸을 밀착시키며 말했다.

"저것도 우리를 알아봤겠지."

"정령의 냄새가 났을 테니까."

"마족이 이쪽에 관여하는 건가?"

"삼백 년 전으로 끝났을 텐데?"

"그래, 하지만 저놈에게서는 분명히 마족 냄새가 났지. 그렇군, 그 여자에게서 나던 냄새도 같은 부류였어.”

“썩어가는 시체와 부패의 악취.”

엔드가 쉿쉿거리는 소리로 불꽃을 튀기며 말했다.

앤이 창백해져서 말했다.

“마족이라고요? 지금 저 마법사에게서 말입니까? 저 마법사가 마족이라는 건가요?”

알파가 고개를 저었다.

“아니, 마족은 아냐. 마족이 육체를 가지고 여기에 현신하려면 어마어마한 힘이 필요해.”

“우리도 이렇게 현신하는 데에는 계약자의 힘을 빌리고 있는 거니까.”

엔드가 그렇게 말하며 내 뺨에 자신의 뺨을 비볐다. 작은 드래곤은 놀랍도록 매끄러운 비늘을 가지고 있었는데, 따뜻한 도자기에 뺨을 대는 기분이었다.

“그러니까 내 조상은 굉장한 마족이라는 거네.”

내가 중얼거리자 알파가 “그래.” 하고 가볍게 대답했다. 아빠가 알파에게 물었다.

“그래서? 마족과 관련이 있다면 어떻게 하면 되는 거지?”

“글쎄. 한 번도 마족을 퇴치해 본 적은 없어서.”

“이 세계에 마족이 나타났던 건 삼백 년 전이니까. 그리고 그들은 퇴치되는 존재도 아니야.”

앤이 자신의 이마를 문지르며 말했다.

“마법은 드래곤만의 것인가? 당연히 아니죠. 마족의 마법은 드래곤의 것과는 전혀 다른 방식이에요. 아마 마족과 직접 소통하거나, 마족이 여기에 있는 건 아닐 거예요. 혹은 계약을 맺은 것도 아니겠죠.”

그렇게 말하며 앤은 확인을 구하듯 엔드와 알파를 번갈아 바라보았다. 내 정령들은 잠시 고개를 갸웃거리며 자신들끼리 의견을 교환하더니 고개를 끄덕였다.

"그래, 현신은 아냐."

"계약도 아냐. 계약하면 지금과는 전혀 다른 냄새가 났을 테니까."

"그러면 소환은요?"

앤이 그렇게 말하며 손가락을 빙글빙글 돌렸다.

"그, 마족을 소환해서 마법을 배우는 거죠. 그렇다면 그들이 왜 그렇게 카스티엘로에 집착했는지도 알 수 있어요. 마족의 힘이 카스티엘로에 흐르니까요."

그녀는 결론을 내리고 신음을 내뱉었다.

"그렇다면 제가 상대하는 건 전혀 다른 종류의 마법사군요."

아빠가 응접실에 놓인 커다란 시계를 힐끗 바라보고 말했다.

"내일모레 아홉 시라고 했지."

"대충 정리해 두고 쉬죠."

카를이 어깨를 으쓱하며 말했다. 난 기가 차서 "가려고요?" 하고 물었고 부자는 고개를 끄덕였다.

"그래."

"가지 않으면 어쩌려고?"

"하지만—"

난 뭐라고 말하려고 했지만, 정말로 가지 않으면 할 수 있는 일이 없었다.

"하지만, 준비도 없고……."

카를이 자신의 검을 툭 두들겼다.

"이게 있으면 되지."

"그걸로 감당되지 않으면 어떻게 하려고요?"

"그럼 뭐로 감당하면 돼?"

그가 되물었지만, 난 대답할 수 없었다.

마스터의 능력으로 승리할 수 없는 전투는 무얼로 감당할 수 있을까?

이건 공성전도 아니며, 영지를 관리하는 일도 아니다.

우리는 모레 그 자리에 모이게 될 것이고, 싸운다면 그 안에서 싸울 것이다. 그렇다면 마스터의 힘으로 해결하지 못하는 일은 고민해 봐야 소용없다.

"실패하면 끝이야."

카를이 그렇게 말하고 피식 웃었다.

"그러니 실패한 후를 생각할 필요가 있어? 그보다는 성공한 후를 생각하는 게 더 중요하지."

난 양손으로 얼굴을 가리며 말했다.

"어째서 아빠와 오라버니가 그렇게 태연했는지 알겠어요. 전 두 사람이 문제를 모른다고 생각했는데 그게 아니었군요."

아빠가 "우리가 바보는 아닌데." 하고 중얼거렸다.

나는 항상 걱정에 가득 차 있었다.

실패하면 어쩌지?

넘어지면 어쩌지?

누가 죽으면 어떻게 하지?

다치면 어쩌지?

하지만 두 사람은 그런 생각은 전혀 하지 않았던 거다.

실패를 생각하지 않는다.

그건 실패한다는 생각을 안 한다는 낙관적인 이야기가 아니었다.

"실패하면 끝이니까 말이죠."

"그래. 그러니까 지금에 집중해서, 할 수 있는 일을 하는 거지. 그 외의 문제는 현재에 집중도 못 하게 만들어."

"적극적이고, 진취적이고, 뒤를 전혀 돌아보지 않는 게 카스티엘로답군요."

"실패할 걸 곱씹으면 답이 나와? 앞이 아니라 뒤를 보며 달릴 수 있어?"

카를이 물어서 난 숨을 삼켰다.

그래, 돌아보면 뭐가 있나?

달릴 때는 앞을 보며 집중할 것.

길게 한숨을 내쉬고 말했다.

"저도 함께 가는 거예요."

"그래."

아빠는 고개를 끄덕였고 카를은 눈을 찡그렸지만 아무런 말도 하지 않았다.

＊　　＊　　＊

앤은 울상이 되어 비명을 지르듯이 소리쳤다.

"아직 서약에 관해선 연구 중이라고요! 제대로 나온 것도 없는데! 갑자기 마족이라뇨!"

"앤, 준비가 완벽하게 되는 때란 없어."

난 그렇게 말하며 차를 마셨다. 오히려 눈앞에 일이 닥치니 차분해지는 기분이었다. 그동안 혼자서 상상 속의 적과 괴물과 불안과 싸우며 섀도복싱을 했었던 게 더 힘들었다.

그런 걸 걷어내고 현재에 집중하니, 카를의 말대로 훨씬 쉬웠다.

"마족의 마법에 대해서 아는 건 거의 없어요. 하지만 그게 사람을, 땅을 오염시키는 건 알죠."

"그리고 정령의 힘으로 정화할 수 있지. 그러니까, 알파와 엔드의 힘으로 맞설 수 있어. 걱정하지 마. 둘은 나름대로 정령왕이니까."

―나름대로 정령왕이라니.

엔드가 사과 타르트 위의 구운 사과를 집어 들며 말했다. 알파가 고개를 저으며 내 옆의 의자에 올라가 점잖게 앉으며 말했다.

―우리의 가치를 너무 모르는군.

"둘이 대단하다는 건 알아. 하지만 정령왕이라고 해도 감이 잘 안 오는걸."

내 말에 엔드가 가볍게 웃었다. 그의 불꽃이 구운 사과를 그을러서 달콤한 향기가 났다.

―사실 그 정도가 딱 좋아.

알파가 앞발로 조심스럽게 접시를 앞으로 당기며 말했다.

―거기에는 동감이야.

"아마 난 홍수를 일으켜 이 수도를 전부 물에 잠기게 할 수도 있겠지."

―그래.

알파가 고개를 끄덕였다.

"아니면 불로 태워 버리거나."

―그렇지.

"하지만 내가 원하는 건 그런 게 아닌걸."

날 지키고, 내 소중한 사람들을 지키는 것.

그 정도면 충분하다.

엔드와 알파가 미소 지었다.

―그래야 우리 계약자지.

난 빙긋 웃고 내 앞의 양피지를 당기며 말했다.

"로이, 잠깐 이리 와 봐."

내 앞에 앉아 있던 로이가 말했다.

"바로 앞에 있는데 그냥 저에게 주시면 안 될까요?"

"하긴."

그는 자신을 두고 간다고 내가 말한 후로 아주 뚱해져 있었다. 난 종이를 그에게 밀었다.

로이가 그걸 읽더니 으르렁거리며 날 바라보았다.

"이게 뭡니까?"

"내가 죽으면, 솔라드 백작은 로이가 되는 거야."

"주군!"

"에스텔 님!"

"대신 앤을 수석 마법사로 데려가 줘야 해. 일정한 연금도 보장해 줘야 하고. 하델의 직책 역시 보장해 주는 게 조건이야."

"필요 없습니다!"

로이가 내 눈앞에서 양피지를 쫙쫙 찢었다. 아니, 그거 내가 열심히 수기로 적은 건데.

내 황망한 얼굴을 똑바로 바라보며 로이가 말했다.

"돌아오시면 되죠."

"응, 그럴 거야."

난 고개를 끄덕였다.

"실패는 생각하지 않는다고 하지만, 그래도 적어 두는 게 나을 것 같아서. 그건 사본이고 이미 유언장은 만들어서 공증도 받아 뒀어."

왜인지 로이가 그럴 것 같았거든.

로이가 이를 갈며 날 노려보다가 말했다.

"돌아오시면 제가 직접 찢어서 벽난로에 넣겠습니다."

"그거 좋네."

난 웃으며 고개를 끄덕였다. 로이는 기가 차서 날 바라보다가 외쳤다.

"그렇게 태연하실 수 있는 이유를 저에게도 좀 알려 주시죠?!"

"음, 진취적이고 전향적이고, 카스티엘로적이 되는 거?"

"맙소사."

로이는 양손에 얼굴을 묻었다.

"서약석이 문제가 되겠지만, 잘 끝날지도 모르잖아?"

그리고, 난 그걸 부술 수 있을지도 모른다.

앤이 그런 내 생각을 읽은 것처럼 말했다.

"절대로, 절대로 서약석을 부수지 마세요. 작은 마법 하나 부순 걸로도 이미 그렇게 되셨잖아요."

"살아서 돌아오시겠다고, 약속하세요."

로이의 말에 난 두 사람에게 오른손을 들고 진지하게 말했다.

"맹세할게."

그제야 둘의 표정이 조금 풀렸다.

난 앤에게 앉으라고 권하고는 찻잔을 채워 주었다.

"하델에게도 직접 이야기하면 좋을 텐데. 솔라드 백작령에서 이틀 만에 올라오게 하는 건 무리라서."

하지만 편지는 보내 뒀다.

"그럼 대충 맞는 시간이네."

난 그렇게 말하고 자리에서 일어났다. 옷은 움직이기 편하게, 바지 차림이었다. 목에는 정령석 목걸이를 하고 있었다. 난 바닷빛 정령석을 만지작거렸다.

맥길런이 얼마 전에 돌려주러 왔었지. 그는 하고 싶은 말이 가득한 것 같았지만 말없이 정령석만 돌려주었다. 이 정령석은 만약 내게 무슨 일이 생기면 맥에게 가도록 적어 뒀다.

'자, 그럼.'

난 앤과 로이를 한 번씩 안아주고 얼른 거실로 나갔다.

아빠와 카를은 제복을 입고 있었다.

검은빛의, 늑대기사단 제복.

준비된 마차를 타러 나가니, 저택의 모든 고용인이 나와서 줄을 서 있었다. 마차에 올라타며 아빠가 짧게 말했다.

"다녀오지."

"다녀오십시오."

네반이 깍듯이 고개를 숙였고, 고용인들이 메아리처럼 "다녀오십시오!" 하고 외쳤다. 무거운 분위기에 비해, 마차는 경쾌한 소리를 내며 출발했다.

황궁까지는 그렇게 멀지 않았다.

하지만 황녀궁에 들어선 순간, 마치 발목에 물이 감기는 듯한 묘한 끈적거림과 저항감이 느껴졌다.

그리고 아무도 없었다.

안내를 위한 시종도, 하인도, 아무도 보이지 않아서 불길함을 더욱 강조하고 있었다.

"들어가지."

아빠가 그렇게 말하고 안으로 성큼 걸어 들어가서서 나도 얼른 그 뒤를 따랐다. 내 뒤에는 카를이 섰다. 넓은 홀에도 아무도 없었다.

"방에 있는 걸까요?"

내가 갸웃하며 말하자 아빠는 잠시 주변을 둘러보더니 거침없이 발걸음을 옮겼다. 2층에 있는 두 번째로 거대한 홀이었다. 문을 열자 뜨겁고 비릿한 냄새가 훅 풍겨왔다.

난 눈을 찌푸렸다.

안은 다행히도 밝았다. 홀 안에는 우리 말고 나머지 사람들이 전부 와 있었다.

다들 빠르기도 하셔라.

태후가 아빠를 보고 반가운 얼굴을 했다.

난 이제 배가 만삭의 임산부처럼 부푼 아이리스를 보았고, 그 뒤에 서 있는 마법사를 보았다.

그리고 태후의 맞은편에 마탑장이 거무죽죽한 표정이 되어 서 있었고, 그의 앞에 황태자가 서 있었는데 아무래도 제정신은 아닌 것처럼 보였다.

제정신인 사람은 눈이 저렇게 돌아가 있지 않을 테니까.

"먼저 이야기를 나누고 계셨던 모양이군요."

아빠가 그렇게 말하며 태연하게 사람들이 모여 있는 원탁을 향해 다가갔다.

의자는 없었고, 모두가 원탁을 중심으로 서 있었다.

이제 초겨울에 가까운 날씨인데도 안은 후끈했고, 역시 짙게 피비린내가 풍겼지만, 어디에서도 피나 시체는 찾아볼 수가 없었다.

난 눈으로 에멜을 찾아냈다. 그는 후드를 쓰고, 아이리스의 뒤에 마법사와 함께 서 있었다.

"마탑장, 부끄러운지 아세요. 감히 황태자를 마법으로 조종하다니!!"

태후가 느닷없이 소리치며 마탑장을 비난했다. 그 말에 마탑장이 코웃음을 치며 말했다.

"조종이라니 당치도 않은 말을. 그러는 당신은 자신의 아이들을 죽이려 하지 않았소! 자, 아이리스 황녀, 왕홀을 넘겨주시오. 당신이 원하는 건 뭐든지 드리지요."

아이리스의 얼굴은 창백했고, 푸른 핏줄이 도드라져 보였다. 어쩌된 일인지 바싹 말라있었던 그때에 비하면 좀 더 살이 붙어 있었다. 그 짧은 사이에. 방법은 모르겠지만.

그보다 에멜이 신경 쓰였다.

"원하는 건 뭐든지요?"

"아이리스! 설마 저 사악한 마법사에게 왕홀을 넘길 생각은 아니겠지. 네 어미가 여기에 있는데 말이다."

그 말에 아이리스가 미소를 지었다.

"그렇죠. 어머니가 계시는데 말이에요."

그리고 그녀는 시선을 우리에게로 돌렸다.

"원하는 게 없나요? 카스티엘로 공작?"

"홀은 황실의 것이지."

아빠의 말에 아이리스가 쿡쿡거리며 웃었다.

"그래, 그렇군요."

그녀가 마법사에게 눈짓하자 마법사가 홀을 들어 올렸다.

'저게 서약석이구나!'

난 주먹을 꽉 쥐었다. 홀의 가장 위에 붙어 있는 핏빛 다이아몬드가 찬란하게 빛났다.

아이리스가 홀을 그에게서 받아 들고 천천히 태후에게로 걸어갔다. 태후의 얼굴이 단숨에 바뀌었다. 그에 비해 마탑장의 표정은 완전히 일그러졌다.

"말도 안 돼! 그걸 태후에게 넘긴다고 해도 소용없어! 정당한 후계자는 황태자다! 황태자! 공작에게 명령하시오!"

"며, 명령……."

황태자가 중얼거리는 걸 보자 끔찍한 기분이 들어, 난 아빠의 옷소매를 잡았다.

그때 아이리스의 뒤에 있던 마법사가 킬킬거리며 말했다.

"과연 카스티엘로가 죽은 사람의 명령을 받을까?"

그 말에 마탑장이 펄쩍 뛰었다.

"뭐, 뭐라고?"

"시체를 조종하고 있는 것 아닌가?"

"그, 그런 말도 안 되는 소리를! 안 된다면 무력행사라도 하겠ㅡ"

"닥쳐요! 품위를 지키시죠. 아이리스는 나에게ㅡ"

태후가 코웃음 치며 아이리스에게서 홀을 받아 들려는 찰나, 아이리스가 홀로 태후의 가슴을 꿰뚫었다.

모두가 상상하지도 못한 광경에 할 말을 잃었다.

물론 가장 당혹한 건 태후였을 거다. 아이리스가 환하게 웃으며 홀을 더 밀어 넣었다.

우드득하고 뼈가 부러지는 소리가 났다.

어떻게 저게 가능하지?

어떻게 사람에게 홀을, 아무리 막대 부분이라고 해도 찔러 넣는 게 가능하지?

물론 엄청난 힘이라면 가능하겠지만……. 아이리스에게 그런 초인적인 힘이 있다고는 아무도 생각 못 할 거다.

태후는 비명도 지르지 못했다. 그녀는 꺽꺽거리는 소리만 냈다. 양손으로 홀을 매만지며 뽑으려고 애쓰는 듯했지만, 곧 피를 뿜어내며 축 늘어졌다. 아이리스는 그녀의 몸에서 홀을 뽑아냈다. 피가 솟구쳐서 아이리스를 적셨다. 아이리스가 흰 이를 드러내며 웃었다.

"사랑스러운 어머니. 저에게 해 주신 대로, 가르침받은 대로, 저도 해 드렸어요."

그녀는 혀로 살짝 입술을 핥아 피를 맛보고 말했다.

"딱히 특별한 맛은 아니네요."

난 전신이 부들부들 떨리는 걸 느꼈다. 한 걸음 물러서려는 걸 간신히 참아낸 건 아빠가 내 팔을 잡았기 때문이었다.

그제야, 움직이면 안 된다고 깨달았다.

하지만 마탑장은 나와 달리 잡아줄 사람이 없었기에, 괴물을 본 사람답게 소리를 지르며 아이리스에게 마법을 썼다.

화살 모양의 빛이 아이리스에게 쏟아졌지만 그건 다른 마법사에 의해서 전부 막혔다.

"무례하군요."

아이리스는 그렇게 말하고 명령했다.

"에멜, 처리해요."

'에멜!'

난 비명이 나오려는 걸 삼켰다.

마탑장은 계속 마법을 쓰며 에멜을 공격하려 했지만, 다른 마법사가 그걸 용서치 않았다. 격의 차이가 너무 선명하게 보였다. 그리고 에멜의 검이 도망치는 마탑장을 베었고, 그가 쓰러지자 황태자도 함께 쓰러졌다.

에멜은 후드를 쓰고 있어서, 난 그의 상태를 확인할 수가 없었다.

'괜찮은 거지? 무사한 거지?'

하지만 그 질문은 사실 스스로를 향한 위안이었다.

아이리스가 웃으며 우리를 보았다.

"손님 대접이 형편없네요. 그죠?"

"아니."

아빠는 그렇게 말하며 아이리스를 보았다.

아이리스가 자신의 배를 어루만지며 말했다.

"이 안에 뭐가 있는지 아나요?"

"사악한 것이지."

아빠의 대답에 아이리스가 씩 웃었다. 피투성이 얼굴에 새하얀 이가 대비되어 웃음이 더욱 선명해 보였다.

"카스티엘로가 우리를 망쳤어요."

아이리스가 속삭이듯 말했다.

"그래서 난 새 카스티엘로를 만들기로 한 거예요. 여기, 내 배 안에. 새로운 카스티엘로가 있어요."

"마족인가?"

아이리스가 배시시 웃었다.

"마족과 나의 아이죠. 마치 당신들처럼요."

아이리스의 말에 등줄기부터 전신으로 오소소 소름이 돋았다. 솜털이 곤두섰다.

"그러니 이제 카스티엘로는 필요 없어요."

아이리스가 그렇게 말하며 왕홀을 꽉 쥐었다.

피에 절은 홀에, 새빨간 다이아몬드에 키스하듯 입술을 대며 그녀가 속삭였다.

"명령한다. 아인 카스티엘로, 모든 카스티엘로를 죽여."

흠칫하며 아빠가 내 팔을 놓았다. 카를이 검 손잡이에 손을 얹었다. 난 그 자리에 붙박인 듯 서서 아빠를 돌아보았다.

아빠가 힐끗 날 돌아보더니 다시 아이리스를 보고 말했다.

"아무래도 그건 진짜 서약석이 아닌 것 같은데."

"뭐?"

아이리스가 당황해 자신의 홀을 살피기 시작했다.

다음 순간 아빠가 마법사를 향해 검을 휘둘렀다. 마법사가 팟 하고 사라졌다가, 홀의 반대쪽에 나타났다.

"엔드!"

내가 소리치자 엔드가 몸집을 불려 나타나 마법사를 향해 불을 뿜기 시작했다. 아이리스가 홀을 내동댕이치고 자신의 얼굴을 할퀴며 소리질렀다.

"아아아악!! 에멜 레이몬드!!"

그녀가 씩씩거리며 날 가리켰다.

"죽여! 에스텔 카스티엘로를 죽여!!"

에멜이 날 향해 검을 휘두르는 걸 카를이 막았다.

"에멜!"

내가 놀라 소리쳤다. 카를이 쯧 하고 혀를 차며 에멜의 검을 흘리고 그를 걷어찼다. 후드가 벗겨지고 그의 얼굴이 드러나자 난 비명을 지르고 싶어졌다.

상처, 끔찍한 상처투성이였다.

"에멜에게 무슨 짓을 했어!"

내가 소리 지르자 아이리스가 소리 내어 웃었다.

"뭘 했냐고? 상냥한 에스텔. 네가 에멜을 여기에 들여보낼 때 생각했던 걸 했지. 칼로 천천히 포를 뜨고, 상처를 불로 지져줬지. 내 아이는 고통과 증오를 먹고 자라니까. 아버지로서 당연히 해야 할 일이지. 먹을 걸 주는 거 말야."

그제야 그 짧은 사이에 아이리스가 살이 찐 이유를 알았다. 구역질이 났다. 아이리스가 홀을 발로 밟았다. 상아로 만든 홀이 그녀의 발아래서 부서졌다.

"그래, 하지만 한 방 먹었어. 나에게 한 방 먹였네, 에멜 레이몬드."

"오라버니, 에멜을 붙잡아요!"

아이리스가 발끝으로 붉은 보석을 짓이기며 말했다.

"어떻게 하려고? 이미 네 에멜은 없어, 에스텔 카스티엘로. 저건 내 에멜이지."

난 그 말을 듣지 않으며 카를과 에멜의 싸움을 지켜보았다.

─무리하는 거다.

알파가 말했지만, 상관없었다.

이럴 때 무리하지 않으면 언제 하겠어?

카를이 한순간 에멜을 붙잡아 팔을 꺾었다. 우드득하는 요란한 소리가 나며 그가 멈췄고, 난 망설임 없이 뛰어들어 에멜을 잡았다.

푸른 문양이 빛났고 내 안에서 엄청난 힘이 흘러나갔다.

그리고, 에멜의 안에 있는 단단한 뭔가를 부쉈다.

순간, 시야가 새하얗게 변했다.

설원.

난 새하얀 설원에 서 있었다.

그 설원 가운데 소년 한 명의 뒷모습이 보였다.

"에멜!!!"

내가 소리 지르자 그가 놀란 얼굴로 날 돌아보았고, 다시 충격이 덮쳐왔다.

"에스텔!"

카를이 날 붙잡으며 뺨을 철썩 때려서 눈에서 불똥이 튀는 것 같았다.

"컥, 흑, 윽."

숨과 피를 내뱉으며 버둥거리자 카를이 안도한 얼굴을 했다. 난 가슴을 움켜쥐었다.

진짜, 진짜 숨을 못 쉴 정도로 아팠다.

"에스텔."

그때 내 시야가 밝아졌다.

에멜이 일그러진 얼굴로 날 내려다보고 있었다. 그의 얼굴에 아까 그 끔찍한 상처는 없어서, 난 웃었다.

에멜에게서 빛이 나는 건가? 아니면 지금 내 시야가 좀 이상한 건가?

"어떻게? 어떻게 그럴 수 있지? 안도르! 말해 봐! 어떻게 마족의 힘이 이렇게 쉽게 뚫리냐고!"

아이리스가 소리 질렀다.

저 마법사의 이름이 안도르인가 보다. 그는 엔드와 아빠의 공격을 아슬아슬하게 피해 내고 있었다.

'서약석, 서약석은?'

머릿속으로 생각은 했지만, 말로 나오지는 않았다.

그때 알파가 대신 대답했다.

—저 인간 안에.

난 고통에 헐떡거리면서도 "뭐?" 하고 되물었다. 다시 피가 왈칵 넘어왔다.

"에스텔!"

에멜이 날 붙잡았다. 내가 그의 앞섶을 당기며 간신히 말했다.

"서약석, 에멜, 안에?"

"삼켰습니다."

에멜의 대답에 난 기가 차서 그를 바라보았다.

서약석은 상당히 크고, 잘못하면 죽을 가능성이 높다.

아니, 죽을 거다. 장폐색 같은 게 생길 테니까.

카를 역시도 기가 막힌 얼굴로 에멜을 보았다. 카를이 말했다.

"서약석을 네가 처리할 거라고 생각하긴 했는데, 삼킬 줄은 몰랐는데.”

“바꿔치기할 보석을 준비해 주신 게 공작전하죠.”

에멜이 숨을 길게 내쉬며 이어 말했다.

“체내에서 오러로 부숴 보려고 했는데, 잘 안 되는군요. 제가 타격을 주고 있는 건지도 모르겠고요.”

“넌 미친놈이야.”

카를이 내가 할 말을 대신해 주었고, 에멜은 미소를 지었다.

‘내가, 부술 수 있을까?’

—부술 수는 있어. 하지만 네 몸이 버틸까? 그건 모르겠군.

알파가 초조한 음성으로 말했다.

그때 마법사가 비명을 질렀다. 시선이 동시에 그쪽으로 향했다.

난 흔들리는 시야로 마법사의 목이 바닥으로 굴러떨어진 걸 볼 수 있었다. 하지만, 이상하게도 피는 거의 나지 않았다. 엔드가 푸른빛 불꽃을 내뿜어 단숨에 시체를 태웠다.

아빠는 해치웠다는 표정이 아닌, 뭔가 미심쩍은 듯한 얼굴로 자신의 검을 바라보았다.

검은색 피가 칼날을 따라 흐르고 있었다.

아빠가 우리 쪽으로 돌아서는데 카를이 소리 질렀다.

“뒤!”

반사적으로 아빠가 돌아서며 옆으로 피했다. 하지만 날카로운 검은색 송곳이 아빠의 옆구리를 꿰뚫었다. 엔드가 다시 불꽃을 내뿜었다.

“아, 빠!”

난 피와 함께 소리 질렀다. 아빠는 혀를 차고 그림자 속에서 날아오는 검은색 발톱들을 잘라 냈다.

카를이 에멜의 멱살을 잡으며 말했다.

"딱 붙어 있어."

그리고 몸을 일으켜 그 정체 모를 검은색 그림자를 향해 쏘아져 나갔다.

'어떻게, 어떻게 도울 수 있지?'

난 숨을 헐떡이며 집중하려 애썼다.

'알파. 아빠 상처를 고쳐 줘.'

—네가 닿을 수 있으면.

'그냥은 안 돼?'

—할 수는 있지만, 더 힘이 빠져나가는데. 지금 상태에서는 권하지 않아.

'안 하고 있다가 아빠를 잃고, 내 목이 날아가는 것보다는 낫지.'

알파는 신음을 흘리고 내 그림자에서 튀어나왔다.

동시에 내 몸에서 다시 정령의 힘이 파도처럼 쏟아져 나갔고, 아빠가 소리쳤다.

"에스텔!"

"고맙다는 말은 필요 없어요."

다행히도 이제 더 이상 피가 넘어오지는 않아, 난 힘없이 헐떡이며 말했다.

"저게, 죽은 마법사인가?"

그림자 속에서 솟구치는 발톱들은 사라지지 않는 것처럼 보였다.

에멜이 내 상체를 받쳐서 세우며 말했다.

"모르겠습니다."

말하던 그가 날 놓고 자신의 뒤로 날 감쌌다.

상체가 뒤로 넘어갈 뻔한 걸 간신히 면하고 겨우 돌아보니 아이리스가 바로 앞까지 와 있었다.

소름이 쫙 돋았다.

그녀의 눈은 새빨간 색이었다.

"서약석이 어디 있나 했더니만."

아이리스가 웃었다. 그녀의 얼굴의 핏줄은 이제 검게 도드라져서 얼굴에 금이 간 것처럼 보였다.

에멜이 검을 휘둘렀지만, 한순간 그의 움직임이 멈췄다. 아이리스가 킥킥 웃으며 말했다.

"서약은 너에게도 영향을 미치지. 안 그래? 카스티엘로는 누구를 시켜서도 황실을 해칠 수 없거든."

에멜의 팔이 부들부들 떨리는 게 보였다. 전력을 다하고 있는데도 움직이지 않는 거다. 에멜이 카스티엘로와, 나와 관계되어 있는 이상, 내가 아이리스를 해치겠다는 의지를 가지고 있는 이상, 그가 아이리스를 해칠 수는 없었다.

난 서약의 엄청남에 할 말을 잃었다. 그때 천천히 에멜의 팔이 앞으로 움직이기 시작했다.

뭔가가 찢어지는 소리가 들렸다.

에멜이 서약석과 정면으로 싸우고 있었다. 서약이 삼백 년이나 되었기에 가능한 일이겠지.

하지만 그가 그걸 부수는 것은 무리다.

내 안의 본능이 그렇게 말하고 있었다. 에멜은 아이리스를 해칠 수 없다. 아이리스가 웃으며 에멜의 떨리는 검날을 손가락으로 가볍게 붙잡았다.

"너희 중 누구도 날 죽일 수 없어. 난 새로운 카스티엘로의 어머니야."

그녀가 에멜에게 속삭이듯 말했다.

아니, 에멜 안의 서약석에게.

"명령한다. 에스텔 카스티엘로."

그렇게 불린 순간 전신의 세포가 그녀에게 굴종했다.

뭐든 아이리스가 원하는 대로 따르고 싶어. 따를 거야. 따르게 될 거라고, 알 수 있었다.

"알파, 엔드."

난 내 정령을 불렀다. 아이리스가 갸웃하며 날 보았다.

난 아스의 예언을 떠올렸다.

─넌 네가 사랑하는 사람 때문에 죽을 거야.

'거짓말쟁이.'

어쩐지 웃음이 나왔다.

그녀의 입에서 명령이 끝나기 전에 난 명령했다.

"분홍눈으로서 명령한다. 서약석을 부숴."

난 내가 사랑하는 사람을 위해서 죽는 거야.

지금까지와는 비교도 되지 않는 힘이 전신을 가득 채우고 흘러나갔다. 그 순간 나는 내 눈앞에 떠 있는 것처럼 붉은 보석이 보였다.

반짝반짝하고 예쁘고, 꼭 카스티엘로의 피로 이루어진 것 같은 보석.

'아, 금이─'

가운데를 가로지르며 실금이 가 있는 게 보였다. 거기에 새로 생긴 깊은 상처도 있었다. 난 그걸 누가 만들었는지 알았다. 금빛 오러가 희미하게 일렁인다.

내 에멜이지.

'그렇다면, 나도.'

내 힘이 정확히 그 부분을 타격했다.

파직─

금이 가고,

쩍―!

선명한 소리를 내며 서약석이 산산이 부서졌다.

사슬이 요란한 소리를 내며 끊어졌다. 몸이 순식간에 가벼워진 것 같았다. 아주 긴 시간 같았지만, 찰나였다. 그리고 곧, 반대로 몰아친 역폭풍이 내 안으로 역류해 들어왔다.

그 순간 에멜의 검이 아이리스의 목을 잘라 내는 게 선명하게 보였다. 그녀의 경악한 눈동자, 살짝 벌어진 입술.

아주 느리게 그 모든 광경이 보였다. 그리고 에멜이 날 향해 돌아섰다. 천천히, 느리게, 슬로모션으로.

그가 나에게 손을 뻗었다. 나도 그 손을 잡으려고 했지만, 모든 게 너무 느려서 난 그 손에 닿을 수가 없었다.

그때,

―내 이름이 뭐지?

불꽃을 머금은 청동 같은 목소리가 뚜렷하게 들렸다. 난 불 숨을 내뱉는 것처럼 말했다.

"아스라우드데롤."

혈관 안에서 드래곤의 피가 확 불타올랐다.

그리고 모든 세계가 새하얀 색으로 변했다.

난 새하얀 공간에 서 있었다. 하지만, 에멜의 설원은 아니다.

그냥 새하얀 공간.

거기에 흑백이 대비되어 선명하게, 검은색 드래곤이 느긋하게 꼬리를 말고 누워 있었다.

"아스."

"지독한 이기주의자."

아스가 그렇게 말하며 불꽃을 살며시 내뱉었다.

"어쩔 수 없었어."

"그런가?"

아스가 몸을 굴려 상체를 일으켰다. 드래곤이 상체만 일으킨 모습은 좀 우습기도 했다.

"그래서 여기는 어디야?"

내 물음에 아스가 간단하게 말했다.

"시간과 공간의 틈새."

"아하."

"아는 것처럼 말하지 마. 나 같은 드래곤이 아니면 만들 수 없는 곳이니까. 난 굉장하다고."

"그래, 드래곤이니까. 그래서, 나 살려 줄 거야?"

내 물음에 아스는 가볍게 웃었다.

"뭐 때문에 내 피를 먹였다고 생각하는 거야? 이럴 줄 알았어. 게다가 마족이라니."

"아스."

"왜?"

"네 예언은 틀렸어."

아스가 눈을 깜박였다.

"뭐?"

"사랑하는 사람 때문에 죽는다고 했잖아."

"맞잖아?"

드래곤은 심기가 상한 듯, 꼬리로 탁 바닥을 쳤다. 난 웃으며 말했다.

"아냐. 난 사랑하는 사람을 위해서 죽은 거야."

난 어깨를 으쓱했다.

"그 둘은 아주 달라."

아스는 말없이 날 바라보다가 웃었다.

"그래, 매우 다르지."

아스가 입을 벌리고 나에게 불을 내뿜었다. 깜짝 놀라 팔로 앞을 가렸지만 불꽃은 날 감쌌고, 하나도 뜨겁지 않았다. 오히려 기분 좋은 따듯함이 세포 하나하나를 감싸며 타올랐다.

"드래곤의 피가 널 한 번 살려 준 거야. 잊지 말라고. 하지만 수명은 엄청나게 깎였어. 네가 얼마나 살지는 아무도 몰라."

"다들 자기가 얼마나 살지 모르고 살아."

내 말에 아스는 다시 웃었다.

"반쪽짜리 카스티엘로의 튼튼함은커녕, 일반 사람만큼도 튼튼하지 않을 테고."

"원래 미소녀는 병약한 거야."

드래곤이 금색 눈을 크게 떴다가 입을 벌리고 박장대소했다.

그가 한참 웃더니 나에게 말했다.

"심장을 찔러야 해."

"뭐?"

"죽이려면 심장이야. 그게 핵심이거든."

"무슨 말이야?"

"아직 싸움이 끝나지 않았다는 이야기."

아스가 그렇게 말하고 나에게 다시 훅 숨을 불어넣었다.

눈을 감았다가 뜨니 에멜이 내 팔을 붙잡아 넘어지려는 걸 막았다.

"에스텔!!"

그가 공포가 섞인 목소리로 날 불러서 난 숨을 크게 삼켰다.

"괜찮아."

"정말로 괜찮습니까?"

"응, 괜찮아."

하지만 손이 벌벌 떨리고 있었다. 온몸에 힘이 하나도 없었다.

"그때 그 약속, 지키겠습니다. 그러니까―"

애원하는 그 말에 나는 미소 지었다.

서로가 서로를 위해서 살자.

"응. 나도 지킬게."

약속할게. 정말로. 당신을 위해서 살게.

에멜의 눈에 옅은 안도가 스쳤다.

키익― 키익―

그때 묘한 소리가 들렸다. 돌아보니 카를이 그림자에 마지막 일격을 가하고 있었다. 검은색 오러로 감싼 검을 그림자에 깊숙이 찔러 넣었다. 아빠가 내 쪽으로 빠르게 다가왔다.

"에스텔, 몸은?"

"괜찮아요. 살아 있어요."

아빠가 이를 악물었다가, 내 어깨를 꽉 잡았다.

"키에에엑!!"

그때 뭔가가 울부짖었다. 아빠와 에멜이 재빠르게 내 앞을 가로막았다. 그 틈 사이로 난 끔찍한 걸 보고 말았다.

아이리스의 배를 뚫고 인간처럼 사지를 갖췄지만, 절대로 인간은 아닌 것이 나왔다.

"저게 뭐야……."

나도 모르게 입에서 흘러나온 말에 에멜이 답했다.

"사람은 아닌 것 같군요."

"마족의 일종 같군."

아빠나 그렇게 말하며 검에 검은색 오러를 둘렀다.

"어째 괴물이 끝도 없는 거죠?"

카를이 짜증 난 목소리로 말하고 날 힐끗 돌아보았다. 그가 말했다.

"토끼, 너 돌아가면 혼날 줄 알아."

나도 모르게 웃음이 나왔다. 그러나 얼른 웃음을 지우고 말했다.

"심장이요."

"뭐?"

"네?"

"심장을 찔러야지 죽는다고 했어요."

"그렇군."

"알겠습니다."

둘은 내가 누구에게 들었는지, 어떻게 아는지는 물어보지도 않았다.

처음에 작았던 그것은 점점 더 부풀어 올랐다. 병적으로 비만인 사람처럼, 온몸의 살이 흘러내리는 것처럼 보이기도 하고, 부풀어 오른 부패한 시체처럼 보이기도 했다.

어마어마한 악취와 함께 부풀어 오른 그것의 눈은 새빨간 색이었다. 빨간 눈에 혐오감을 느낀 건 처음이었다.

"저거랑 우리가 사촌은 아니겠죠."

내 말에 아빠가 "설마." 하고 내 허리를 안고는 훌쩍 뒤로 피했다.

동시에 그것이 문어 다리처럼 생긴 팔을 휘둘러 공격했다.

사정거리를 완벽하게 벗어나며 아빠가 말했다.

"젊은 사람이 일하게 두고 노약자는 쉴까."

에멜이 그 말에 어색하게 웃으며 자신의 검에 황금색 오러를 두르고 말했다.

"노약자요?"

"그래."

카를이 혀를 차고 에멜에게 말했다.

"뒤쪽으로 돌아."

그것뿐인데도, 에멜은 알아들은 듯 고개를 끄덕였다.

그때 소란스러운 발소리가 들려왔다. 놀라 돌아보니 이 소동에 본궁에 있던 근위대장과 병사들이 몰려온 듯했다. 근위대장은 상대를 보고 입을 떡 벌렸다.

"이게, 무슨……?"

병사들은 벌써부터 공포에 질려 물러서기도 했고, 심하게는 주저앉는 사람도 있었다.

근위대장 역시 홀 안으로 발걸음을 내딛지도 못했다.

어, 물론 끔찍하게 생기기는 했지만, 그래도 그렇게 무섭나?

"일종의 마족이니까."

내 마음을 읽은 듯 아빠가 설명했다.

아!

카스티엘로에게도 본능적인 두려움을 느낀다고 했었지.

그렇다면 저 마족 비슷한 놈에게 느끼는 두려움은 더욱더 어마어마할 것이다.

아빠가 말했다.

"나가. 집중에 방해된다."

"고, 공작 전하. 이게, 무슨."

"태후와 황녀가 만들어 낸 괴물이다."

아빠의 말에 근위대장은 입을 떡 벌렸다.

"나가."

아빠가 다시 말했고 근위대장이 작게 다시 말했다.

"성 밖을 카스티엘로의 사병이 둘러싸고 있습니다."

난 놀라 아빠를 바라보았다. 아빠는 차갑게 말했다.

"알아."

근위대장은 침을 삼켰다. 그가 무슨 생각을 하는지 나도 훤히 알 것 같았다.

쿠데타.

그래, 나도 지금 그 생각 했어.

"전하―"

"나가."

아빠는 한 번 더 말했고 하얗게 질린 근위대장은 군말하지 않고 허둥지둥 병사들을 추슬러서 밖으로 나갔다.

'오, 시류에 편승하는 길을 선택했군.'

아빠가 혀를 차고 내 뺨을 손등으로 누르더니 말했다.

"차가워."

"그런가요?"

"그래."

"멍청아, 저쪽 말고 이쪽에 집중해!"

카를의 외침에 고개를 돌리니 에멜과 시선이 마주쳤다.

아빠가 날 안아 들며 말했다.

"아무래도 우리는 방해가 되는 모양인데. 나가지."

"네? 아빠!! 하지만!!!"

지금 엄청 중요한 장면이잖아요? 보스와 싸우는 중이라고요!

버둥거리자 아빠가 눈을 찌푸리며 말했다.

"둘이서 충분해. 여기서 가장 짐이 되는 건 지금 너야."

사정없는 말에 난 입을 벌렸다. 아빠가 차갑게 이어 말했다.

"싸움이 끝날 때까지 손 모아서 지켜보고 위기의 순간에 이름이라도 부르려고? 그런 장면은 안 나올걸. 게다가 일이 끝나면 행정적인 일도 해야 하는데—"

아빠가 가볍게 덧붙였다.

"귀찮아."

이럴 수가.

이럴 수가 있나? 이래도 되는 건가? 아무리 그래도 그렇지 이건 좀 너무하지 않아?

내가 다시 항의하려는데 비릿한 맛이 느껴졌다.

"어?"

당황해 코밑을 훔치니 피가 묻어났다. 동시에 입안에서도 피가 흘렀다. 목 안쪽에서 피가 올라오는 게 아니라, 혀에서 피가 배어나는 것처럼…….

"에스텔!"

아빠가 소리치자 팍 하는 작은 소리와 함께 소리가 들리지 않고 귀가 축축해졌다. 놀라 귀를 만지니 귀에서도 끈적한 피가…….

눈가도 축축하고?

어? 어어?

눈에서도 피?

—빨리, 깊은 물로!

알파가 외치는 소리가 마지막이었다.

Chapter 2.

밤의 숲.

어두운 숲 속에 서 있었다. 달은 없지만, 나뭇잎들은 달빛을 받은 것처럼 희미한 빛을 띠었다.

난 내 손을 한 번 내려다보고 한숨을 내쉬었다.

이 꿈인데 꿈 아닌 건 이제 좀 그만 꾸면 안 될까?

"드디어 일어났네."

부드러운 목소리에 난 뒤를 돌아보았다. 렝이 숲 속에 서 있었다.

"여기는 또 정령계와 어딘가의 사이인가요?"

내 물음에 렝이 고개를 끄덕였다.

"지금 네 몸이 많이 아파서 회복하는 중이거든. 깨어날 수 있을까 걱정했는데 다행히도 일어났네."

"제 몸이 많이 아프다고요?"

대답은 다른 곳에서 들려왔다.

"그래."

다른 정령사인가 하고 돌아보니 검은 머리의 남자가 서 있었다. 우아하게 구부러진 두 개의 뿔이 왕관처럼 머리 위에 솟아 있었고, 새빨간 눈동자를 가지고 있었다.

난 멍하니 그를 보다가 물었다.

"조상님?"

내 말에 그가 큰 소리로 웃었다.

"너희 인간들은 시간이 너무 빨리 흘러. 내가 조상님이라니. 뭐, 그래. 내가 네 선조이기는 하지."

"제 조상님은 흑표범이라고 들었는데요?"

얼빠진 질문을 던지자 그가 한 발 앞으로 내디디며 모습을 바꾸었다. 크고 늘씬한 흑표범이었다. 거대한 날개를 접으며 표범이 말했다.

"이 모습 말이지."

"네……"

뭐라고 말해야 할지 몰라 난 고개를 끄덕였다. 힐끗 렝을 바라보니 그는 혐오감을 드러내지 않으려고 애쓰는 모습이었다.

정령과 마족은 상극이었지.

흑표범은 몸을 쭉 펴는 듯하더니 다시 본래 사람(?)의 모습으로 돌아왔다.

"설마 정령왕들이 날 찾을 줄은 몰랐지. 하긴, 그들은 계약자에게 극진하니까."

그는 그렇게 말하고 빙긋 웃었다.

"죽은 몸에 간신히 생명을 붙여 놓으니까 약해지는 수밖에. 드래곤이 그 정도지, 뭐."

조상님? 선조?

하여간 그 남자는 그렇게 말하며 둥근 유리공을 나에게 보여 주었다. 안에는 찰랑찰랑 푸른색 물이 가득 차 있었다.

"이게 보통 인간의 몸이야. 하지만 넌 이미 한 번."

그가 유리공을 부수자 산산조각이 나면서 물과 조각이 아주 느리게, 슬로모션을 틀어놓은 것처럼 떨어지기 시작했다.

"이렇게 부서졌지. 하지만 드래곤이 널 다시 이었어."

천천히 조각난 유리공이 다시 원형으로 합쳐졌다. 조각조각 난 건 그 대로였고, 물은 상당히 흘러나갔지만 말이다.

"하지만 부서진 조각을 맞춘 거지, 붙여 준 건 아니거든. 그래서 작은 충격에도 다시 몸이 산산조각 나는 거지. 게다가 물도 계속 새고."

그가 금을 따라 뚝뚝 흐르는 물을 가리키며 말했다.

"이게 지금 네 몸이야."

난 빠르게 물이 줄어드는 유리공을 바라보다가 한숨을 내쉬었다.

"친절하신 설명 감사하네요."

그가 싱긋 웃으며 자신의 손가락으로 툭 유리공을 건드리자 안의 푸른 물에 붉은색 잉크를 떨어트린 듯 붉은 물이 생겨났다.

"그리고 정령들이 날 불러서, 네 안에 활성화되어 있지 않은 마족의 힘을 활성화시켰지."

붉은 물이 금이 난 곳 틈새로 스며들자 더는 물이 새지 않았다.

"하지만 이 푸른 물이 다 붉은색이 되면, 이 유리공이 깨지거든. 그래서."

안의 푸른 물이 짙은 빛을 띠고 빙글빙글 돌며, 붉은 물을 유리공 표면으로 밀어내어 자신의 안으로 들어오지 않게 하고 있었다.

"정령력은 마족의 힘과 상극이니까. 마족의 힘이 널 부수지 않게 지켜 주는 거지. 그리고 둘 사이를 드래곤의 피가 중재하고 있고."

렝이 고개를 끄덕이며 덧붙였다.

"균형을 잡고 있지만, 외부의 충격에는 약하니까. 몸조심하는 게 좋아."

"그럼 전 살아 있는 거죠?"

렝이 미소 지었다.

"그래."

마족이, 그러니까 조상님이 고개를 끄덕이고 말했다.

"그러니까 적당히 요양하면서 몸 잘 보전하고 살아. 이제 카스티엘로의 순혈성도 점점 흐려질 테니까."

"순혈성이요?"

"서약석이 순수성을 유지시키고 있었던 것도 있으니까. 이제 인간이 그렇게 싫지도 않을 거고, 점점 피도 섞이겠지. 한 이삼백 년은 걸리겠지만."

그거 엄청 긴 시간 아닌가……. 하지만 그에게는 그렇게 긴 시간도 아니겠지.

"그렇군요."

인간이 싫지 않게 된다는 부분이 마음에 들었다. 카를이 그것 때문에 힘들어하는 걸 아니까.

내가 그에게 진지하게 물었다.

"그런데, 이렇게 만났는데 뭔가 보너스는 없나요?"

"보너스?"

"제 몸을 다시 튼튼하게 해 준다든가…… 아스가 절 살려줬잖아요? 그럼 조상님을 만났으면 또 뭐 얻는 게 있지 않을까요?"

"네 목숨을 붙여 놓고 있는 게 누구라고 생각하는 거야?"

"에이."

아쉬워하자 그가 웃었다. 웃고 내 뺨을 부드럽게 어루만졌다.

"하나도 카스티엘로를 닮지 않았네."

"삼백 년이나 흘렀는걸요."

말하고 난 문득 궁금해져서 물었다.

"그녀를 사랑했나요?"

"왜? 마족은 사랑할 줄 모르니까? 인간이 생각하는 그런 애정은 아냐. 우리의 시간과 마음과 영혼과 육신은 인간과는 다르니까."

"그거 완전히 다르네요……."

내가 중얼거리자 그는 눈을 가늘게 떴다.

"그리고, 넌 정말로 독특해. 인간은 참 놀랍지. 카스티엘로와 인간이 섞이게 될 줄은 몰랐거든."

조상님은 그렇게 말하고 덧붙였다.

"너에게 선물을 줄 수는 없어. 마족의 힘을 더해봐야 지금 정령의 힘과의 균형을 깨트릴 뿐이야. 그러니 이제 돌아가."

그가 그렇게 말하며 내 이마를 가볍게 툭 쳤다.

아야, 하고 눈을 감았다가 뜨니 푸른 하늘이 보였다.

"어?"

새파란 하늘, 울창한 숲. 귓가를 간지럽히는 물소리.

난 멍하니 하늘을 보다가 주변을 둘러보았다. 숲 속에 난 누워 있었다. 내 몸을 간질이는…… 물?!

깜짝 놀라 난 첨벙거리며 상체를 세웠다.

내 몸의 반 정도가 흐르는 물속에 잠겨 있었다.

"어어?"

바닥은 온통 정령석투성이였다. 오색으로 빛나는 정령석들이 내 아래 침상처럼 잔뜩 깔려서 햇빛을 받아 빛나고 있었다. 넋을 잃을 만큼 아름다운 광경이기는 했지만, 뭐가 뭔지 알 수가 없었다.

"대체 뭐야……?"

"아가씨!"

뒤쪽에서 누가 소리를 질러 돌아보니 로라가 수건을 들고 달려오고 있었다.

"깨어나셨군요. 다행이에요."

그녀가 비틀거리는 날 일어날 수 있게 부축해 주고 수건으로 감싸 주었다.

"왜 내가 저기에 들어가 있는 거야?"

"정령이 그렇게 하라고 했어요."

"정령이?"

"아가씨의 몸을 고치려고요. 괜찮으세요?"

"응, 괜찮아."

─깨어나서 다행이군.

알파가 말을 걸어서 난 반가운 마음이 들었다.

어?

그런데 엔드가 느껴지지 않잖아?

─그는 계약을 파기했어.

난 깜짝 놀랐다.

'일방적으로 그래도 되는 거야?'

─우리 둘과 다 계약하고 있는 건 네 몸에 좋지 않으니까. 하지만 둘다 파기해서도 안 되고.

'설명은 들었어.'

―그래.

로라는 근처의 천막으로 날 데려가서 젖은 옷을 갈아입혔다. 천막 안에 있던 서너 명쯤 되는 시종들이 부산하게 움직였다. 난 그녀의 단발머리가 좀 길었다고 생각하다가, 덜컥 심장이 내려앉는 기분을 느꼈다.

"로라."

"네."

"내가 얼마나 정신을 잃고 있었어?"

"이번 달로 칠 개월째입니다."

난 입을 떡 벌렸다.

"칠 개월? 일곱 달?"

"네. 깨어나셔서 정말 다행이에요. 이대로 일어나지 않으시면 어쩌나 걱정했답니다."

실감이 나지 않았다.

잠깐 눈을 감았다가 뜬 것 같은데 칠 개월이라고?

준비된 마차에 올라타면서도 실감이 나지 않았다.

하지만 확실히 나무들이 초록색이다. 내가 기억할 때는 초겨울이었으니까, 정말로 시간이 그렇게 지난 거다.

'세상에.'

카스티엘로 영지에 있는 본가였는데, 상당히 깊은 숲 속까지 왔는지 저택까지 시간이 걸렸다.

그사이 로라는 내 몸 상태를 이것저것 물어 왔다.

나도 그녀의 말을 들으며 이리저리 손끝부터 발끝까지 움직이고 체크해 보았다.

"음, 아니 딱히 아픈 곳은 없어."

"다행이에요."

로리가 가슴을 쓸어내렸다.

마차가 저택에 채 도착하기도 전에 멈춰 섰다.

로라가 획 하고, 어디서 났는지 모를 자신의 단검을 꺼내 들고 마차 문을 바라보는데 문이 덜컹 열리고 아빠가 모습을 드러냈다.

"에스텔."

"아빠!"

난 웃으며 팔을 벌려 아빠를 안았다. 아빠는 숨을 삼키고 한참 날 안지 못하다가 조심스럽게 손을 올렸다.

그는 마치 내 몸을 살피듯 끌어안은 팔에 점차 힘을 주었다. 그래도 아주 살짝 안은 거였기에, 내가 아빠를 안은 팔에 힘을 더욱 꽉 주었다.

"전 모르겠지만, 오랜만이에요."

"그래."

아빠가 길게 숨을 내쉬고 날 놓아주었다.

"오랜만이구나."

"오라버니는요? 에멜은요? 그리고 어떻게 됐어요?"

"다 잘 있지. 리들이 황제가 됐고."

아빠가 냉소를 지으며 말했다.

"우리는 여전히 우리답게 살고 있지."

"계속이요?"

"그래."

"아이리스랑 태후는요?"

"사악한 마법사 이야기와 함께 적당히 마무리했어. 아무리 그래도 마족과 황실을 결부시키는 건 타격이 크니까. 대신 앤이 마법사들을 데리고 편하게 마탑을 나왔지."

"데리고 나왔어요?"

"그래. 솔라드 영지에 드래곤 학회를 세웠지."

"정말요?"

내 물음에 아빠는 고개를 끄덕였다. 난 아빠의 소맷자락을 잡으며 작게 물었다.

"에멜은요?"

내 물음에 아빠가 "에멜은……." 하고 뒷말을 흐렸다. 난 저절로 몸이 떨려왔다.

설마 그 전투에서 무슨 일이 생긴 건가? 부상을 심하게 당했다거나?

아니면—

아니면—

떨리는 입술로 간신히 되물었다.

"무슨 일 있나요?"

"무사해."

대답은 간단하게 돌아왔고 난 다리에서 힘이 쭉 빠지는 걸 느꼈다. 휘청하는 걸 아빠가 단단히 붙잡아 주었다. 난 화가 나서 말했다.

"무사한데 왜 뜸을 들이신 거예요? 걱정했잖아요!"

말하다가 난 콜록콜록 기침을 했다. 갑자기 소리쳐서 사레들렸나?

아빠가 황급히 내 등을 쓸어주며 말했다.

"괜찮니?"

"네, 괜찮, 콜록, 아요. 그런 농담 하지 마세요."

"그래."

난 목을 가다듬고 말했다.

"그래서요? 에멜은요?"

"후작가로 돌아갔지."

"그렇군요."

난 가슴을 쓸어내리고 물었다.

"오라버니도 잘 지내죠?"

"카를은 언제나 카를이지."

아빠의 말에 난 씩 웃었다.

그렇다면 멀쩡하다는 말이겠구나.

저택에 도착하니, 고용인 전부가 마중 나와 있었다.

난 마차에서 뛰어내리듯 내리며 기다리고 있던 카를을 끌어안았다.

"오라버니!"

카를은 말없이 날 꽉 안았다. 숨을 죽인, 낮은 숨소리와 떨리는 팔에 나는 카를이 얼마나 걱정했는지 알 수 있었다. 나는 카를을 힘껏 안았다. 고용인들이 밝은 목소리로 외쳤다.

"어서 오세요, 아가씨!"

그러자 정말로 멀리 돌아왔다는 생각이 들어, 난 웃으며 답례했다.

"다녀왔습니다!"

*　　*　　*

시녀들은 내가 돌아오니 그제야 살 것 같다고 환하게 웃었다.

저택에 드디어 빛이 들어온다고도 말했다.

잘은 모르겠지만, 내가 깨어나고 있지 않은 동안은 어지간히 칙칙했던 모양이었다. 그러고 보니 저택의 침구나 커튼도 겨울 것 그대로여서 정말로 신경 쓰지 않았다는 것이 고스란히 느껴졌다.

난 내가 몸이 약한 것을 벼슬처럼 휘둘러서 저택의 분위기를 일신했다. 뭐, 내가 병약한 걸 내세우지 않아도 아빠나 카를이나 내가 안주인 노릇을 하는 걸 뭐라고 하지는 않겠지만, 그것과 그 두 사람에게 자발적으로 움직이게 하는 건 다르니까.

카를은 인테리어를 정하는 게 귀찮다고 하다가 내가 기침을 하니 자신이 직접 인테리어를 살피겠다고 말했고, 아빠는 일감을 미루다가 내가 일하겠다고 말하며 비틀거리니 알아서 처리하겠다고 했다.

켈슨은 웃어야 할지 울어야 할지 알 수 없다는 얼굴로 내게 말했다.

"아가씨께서 돌아오셔서 기쁩니다."

에멜은 내가 일어난 이튿날 황망한 얼굴로 찾아왔다.

현관에 들어서자마자 "숲에 에스텔이 없다." 하고 사방에 멱살을 잡을 것 같던 그는, 내가 응접실에 등장하자 마치 내가 환상인 것처럼 바라보았다.

"안녕, 에멜."

인사하자 그제야 에멜은 천천히 날 향해 다가와, 큰 소리로 말하면 내가 꺼지기라도 할 것처럼 속삭였다.

"에스텔?"

"네. 에스텔입니다. 어제 눈 떴어요. 연락을 안 했나 보군요."

"숲에 갔는데, 당신도 없고 아무도 없어서……."

"왜 연락을 안 했을까요."

한숨을 내쉬며 말하자 에멜은 머뭇머뭇 날 만지려 손을 들었다가, 만지지는 못하고 한참 허공에 손이 머물러 있기만 했다. 결국 참지 못하고 내가 직접 그의 손에 뺨을 밀어붙이고 비비자, 에멜은 꿈에서 깨어난 사람처럼 날 와락 끌어안았다.

"에스텔. 난, 당신이, 그러니까."

"이제 멀쩡해졌어요."

난 웃으며 그를 마주 끌어안았다.

생각해 보면 좀 트라우마가 될 만한 꼴이었던 것 같다.

눈, 코, 입, 귀에서 다 피가 줄줄 흘렀던 것 같으니까 말이지.

그는 더는 아무런 말도 하지 않고 날 꽉 안고만 있었다. 천천히 내 존재를 확인하려는 듯 그의 손이 내 뒷목부터 어깨, 팔, 등, 허리를 쓸어내렸다.

난 그의 등을 가볍게 툭툭 위로하듯 두들기며 말했다.

"정말로 괜찮아요. 살아 있다고요?"

그랬다가 난 움찔했다. 그는 숨을 헐떡이며 낮게 낮게 흐느끼고 있었다.

나도 어쩐지 눈물이 나왔다.

그를 최대한 안아주려고 애쓰며 난 말했다.

"에멜이 살아있는 한 나도 살아있을 거예요. 그렇게 약속했잖아요."

한참 후에 그가 젖은 눈동자로 날 내려다보며 탁해진 목소리로 속삭였다.

"그게 절 살아 있게 하는 유일한 약속이었습니다."

에멜이 잠시 후 웃으며 물었다.

"눈동자 색이 바뀐 건 알고 계십니까?"

난 눈을 깜박였다.

내 눈동자는 이제 붉은빛을 띠고 있었다. 카를이나 아빠처럼 말이다. 머리카락은 여전히 금색이었지만.

아마 마족의 피가 활성화된 영향이겠지.

"싫어요?"

에멜이 내 분홍색 눈동자를 찬양했던 게 생각나서 조심스럽게 묻자, 에멜이 내 눈꺼풀에 키스해 주며 말했다.

"아뇨, 아주 아름다워요."

나도 모르게 웃음이 나왔다.

"마음에 든다니 다행이네요."

"마음에 드는 것, 그 이상입니다."

"음, 이런 질문을 하는 건 좀 이상한 것 같기는 한데. 잘 지냈어요?"

내 물음에 에멜이 "전혀요." 하고 말했다.

"좋아요, 그럼 질문을 바꾸죠. 뭐 하고 지냈어요?"

"후작가 내부를 단속했지요."

"아, 맞아. 잘 끝났나요?"

"네. 이 칠 개월 간 아주 깔끔하게 잘 끝냈지요."

에멜이 싱긋 웃으며 말해서 난 그가 정말로 깔끔하게 끝내 버렸다는 걸 알 수 있었다.

"그랬군요."

"그리고 매일매일 아가씨를 보러 왔었지요. 카스티엘로 영지와 레이몬드 영지가 붙어 있어서 다행이에요."

"뭐하러 자는 사람을 매일 보러 와요?"

에멜이 내 손을 잡으며 느리게 말했다.

"없어질까 봐."

난 눈을 들어 에멜을 보았다. 그가 흐릿한 미소를 지으며 말했다.

"당신이 없어지는 꿈을 꿨어요."

"안 없어져요."

"그런가요?"

"네. 약속했잖아요."

에멜이 깍지 낀 손을 들어 내 손등에 입 맞추며 말했다.

"에스텔은 약속을 지키죠."

그가 그리고 가볍게 웃었다.

"가끔 당신이 전부 내 꿈이 아닐까 생각할 때가 있어요."

"무슨 소리예요?"

"그러면 내 손을 한 번 보죠. 음, 이런 흉터가 있으니까, 에스텔은 꿈이 아니야. 하고 깨닫는 거예요."

"내 잇자국을 보고 말이죠."

민망해져서 말하니 에멜이 자신의 흉터에 키스하고 말했다.

"내게는 중요한 거예요."

"에멜, 변태 같아요."

더 이상 민망함을 참지 못하고 말하자 에멜은 고개를 끄덕였다.

"제가 생각해도 좀 그렇군요."

"몸은 괜찮아요?"

내 물음에 에멜이 의아한 얼굴을 했다.

"제 몸 말입니까?"

"그때, 엄청, 끔찍했잖아요. 아이리스가 에멜을 고문해서……."

에멜이 눈을 찌푸리더니 내 뺨을 아주 살살 잡아당겼다.

"누가 고쳐준 덕분에 멀쩡하죠."

"에멜이 마법에 걸리지만 않았으면 괜찮았잖아요."

"그건, 죄송하군요."

그가 길게 한숨을 내쉬어 난 고개를 저었다.

"아니에요. 서약석에 대해서는 빚을 졌어요."

"그렇게 생각하시면 싫습니다."

"네?"

"제가 당신을 위해 한 일에 대해서, 빚졌다고 말입니다."

"그렇군요. 알았어요. 대신 고맙다고 말할게요."

"그건 좋지요."

싱긋 에멜이 웃었다.

"사실은 부수려고 했는데, 오러로도 부서지지 않더군요."

"그래도 도움이 된 것 같아요."

그가 씁쓸하게 웃었다.

"그런가요?"

"그래요."

난 힘주어 말하고 물었다.

"차 한잔 같이 하시겠어요?"

"물론이죠."

초여름의 햇빛이 들어오는 선룸에 차를 준비하게 하고 난 자리에 앉았다.

약해진 몸은 추위를 잘 타서 이 정도가 딱 좋았다.

"리들이 황제가 되었다고 들었어요."

"그렇지요. 지금 남아 있는 사람은 그뿐이니까요."

"기분이 이상하네요."

리들은 자신이 죽을 거라고 생각하고 있었는데, 결국 자기들끼리 서로 죽이고 승자는 리들이 되었다.

"카스티엘로 공작가가 뒷배로 있어주니까 아무래도 빠르게 안정이 되더군요."

"우리가요?"

난 깜짝 놀라 물었다.

서약석도 없는데?

왜?

에멜이 다리를 쭉 뻗어 꼬며 말했다.

"그걸 뒷배라고 해야 할까요? 아니면 꼭두각시라고 해야 할까요? 아무 것도 없는 황제가, 카스티엘로의 사병에 둘러싸여서 즉위식을 하는 광경이라니."

"어—"

나는 말을 골랐다.

"답지 않으시네요."

카스티엘로라면 하지 않을 상당히 정치적인 방식이다. 아니, 쿠데타가 정치적인 방식은 아니지만 카스티엘로치고는 정치적이라는 거다.

아닌가? 쿠데타는 정치적인가?

고민하는데 에멜이 말을 이었다.

"제국은 이제 카스티엘로 손 안에 있는 것과 마찬가지입니다. 황제의 목숨이 공작의 손에 달렸다는 걸 모르는 귀족은 없죠."

"직접 통치자만 아닐 뿐이라는 거군요."

"아무래도 공작 전하는 귀찮으신 것 같아서 말이지요."

"아하."

난 납득해서 고개를 끄덕였다. 그건 카스티엘로답다.

"예전보다 더 적당히 상대하고, 자치는 보장받겠다는 거군요."

"그렇지요. 이제 서약석도 없으니 황실에서 명령을 내릴 수도 없고요. 하지만 그렇다고 반역을 하신다거나, 공국으로 독립하실 정도로 권력욕이 있는 것도 아니고—"

"귀찮겠죠."

내가 딱 잘라 말하자 에멜이 씩 웃었다.

"그렇겠지요. 하지만."

에멜이 낮게 말했다.

"알키나 가문에 반대로 목줄을 채우신 것 같더군요."

난 눈을 크게 떴다. 마른침을 삼키고 내가 속삭였다.

"서약을……?"

에멜이 가볍게 고개를 끄덕였다.

'카를이랑 아빠랑 정말 화났었구나.'

난 숨을 길게 내쉬었다.

에멜은 티타임을 가지고, 예의가 허락하는 한에서 최대한 머물다가 자신의 영지로 돌아갔다.

'아무리 레이몬드 영지랑 가깝다고 해도 매일 오는 건 힘들지 않을까?'

난 그렇게 생각하며 애니가 내미는 약을 받았다.

"으—"

약을 보고 울상을 짓자 애니가 눈을 부릅뜨고 말했다.

"남기지 말고 전부 다 드셔야 해요. 다 마시고 나면 푸딩 드릴게요."

그녀의 회유에 난 코를 막고 컵에 담긴 약을 벌컥벌컥 들이켰다. 참을 수 없는 쓴맛과 뭔가 비릿한 향이 올라왔다. 재빠르게 코를 막고 넘기고 나서, 물을 삼키고 푸딩을 한 숟가락 입안에 넣자 그제야 좀 살 것 같았다. 몸을 튼튼하게 해 주는 약이라니, 그래도 꾸준히 먹는 게 좋겠지.

푸딩을 느긋하게 먹으며 난 한숨을 삼켰다.

일주일 후에는 솔라드 영지에 내려가 있었던 로이, 앤, 하델 셋 모두가 올라왔다.

앤은 내 손을 잡고 흐느끼며 펑펑 울었고, 로이는 다시 내게 충성을 맹세했다. 그리고 하델은 날 빤히 보다가 "다행입니다." 하고 한마디 했을 뿐이었다.

난 웃으며 "네, 다행이지요." 하고 대답해 주었다.

솔라드 백작령의 오염 정화는 완전히 끝났지만, 알파는 더 이상 정화를 하지 않겠다고 밝힌 상태였다.

사실, 알파와 대화도 거의 하지 않고 있었다. 정령의 힘을 약간 쓰는 것만으로도 지금 내 몸에 부하가 걸리기 때문에 최대한 절전 모드로 지내고 있었다.

앤은 치료사와 이야기해서 내 약의 처방전을 바꾸었다.

맛이 더 끔찍해져서, 대체 뭘 넣으면 이렇게 되는지 궁금할 정도였다.

로이는 내 눈앞에서 공중되었던 유언장을 쫙쫙 찢어서 화로에 넣고 속이 후련한 얼굴을 했다.

"이제 다시는 이런 일이 없었으면 좋겠네요."

"없을 거야."

난 고개를 끄덕이고 덧붙였다.

"아마도."

"주군."

로이가 눈을 찌푸렸다가 평소처럼 명랑한 웃음을 띠며 말했다.

"하지만 뭐, 그런 일은 없을 것 같네요, 이제."

"내가 생각해도 그래."

난 고개를 끄덕였다.

앤의 학회에 대해서 물어보니 그녀는 상당히 고무적이라고 대답했다.

"마탑과는 전혀 다른 형태의 마법들이 되어 가고 있어요. 마법사들은 더 많이 양산될 테고, 마법은 이제 사람들 사이에 완전히 녹아들게 될 겁니다. 그 중심은 물론 솔라드 백작령이 될 거고요."

야심찬 발언이었다.

난 갑자기 앤이 눈부셔 보여서 눈을 가늘게 뜨며 말했다.

"굉장해, 앤."

"이게 다 에스텔 님 덕분이에요."

"내가 한 게 뭐가 있다고?"

"절 구해 주셨지요. 말을 걸어 주시고, 과자를 주셨잖아요. 모든 건 거기에서 시작된 거예요."

그녀의 극찬에 난 부끄러워져서 고개를 저었다.

"아냐, 물론 그게 계기였을 수도 있지만, 여기까지 이룬 건 네 몫이잖아. 정말로 굉장해, 앤."

"에스텔 님의 칭찬은 항상 기쁘게 받지요."

앤의 회녹색 눈이 반짝거렸다.

앤과 고생했던 일이 머릿속을 스쳐 지나갔다.

그건 분명히 끔찍한 일이었지만, 그래도 그 일로 앤을 얻었다고 생각하면 끔찍하기만 한 건 아니었다.

어렵게 얻은 것은 더 가치 있기 마련이지.

하델과도 길고 긴 이야기를 했다.

그는 내가 잠든 사이에 있었던 일을 간결하게 설명해 주었다.

역시 내 선생님이라니까.

부서진 홀은 새로 제작해서, 그 일이 있고 한 달 후에 대관식을 열었다고 한다. 재미있게도 모두 내가 황제가 될 거라고 생각했다. 또는 아빠가 리들을 황위에 올리고서는 내가 황후가 될 거라고 예상했고.

"하지만 그렇게 되지 않았지요."

"그럼 지금 황후 자리는 비어 있는 건가요?"

"그렇습니다."

하델이 고개를 끄덕였다. 그리고 황실 내 마탑 위상의 추락, 황녀궁의 폐쇄, 후작가의 분열에 대해서도 이야기했다.

"하나의 공작가와 네 개의 후작가가 균형을 이룬다고 말씀드렸었죠. 하지만 레이몬드 후작가는 이제 공작가로 돌아섰습니다. 그러니 균형이 깨진 거지요. 게다가 카스티엘로 공작가의 그 무력시위."

나는 미소 지었다.

"전 안 봐서 몰라요."

"들어서는 아시겠죠."

하델의 말에 난 고개를 끄덕였다.

"만약 카스티엘로 공작가 혼자만이었다면, 후작가 넷과 다른 황제파 귀족들이 힘을 합쳤을지도 모릅니다만―"

"에멜이 있죠."

내 말에 하델이 고개를 끄덕였다.

"레이몬드 후작가와 카스티엘로 공작가가 현재 같은 관계를 유지하는 한, 다른 후작가가 감히 시비를 걸지 못할 겁니다. 평화로운 시대가 되겠죠."

"그거 좋네요."

난 고개를 끄덕였다.

후작가에서 우리를 건들지 않는 이상, 우리가 그쪽을 먼저 건들지는 않으니까.

마음이 편해졌다.

"새 황제의 치세는 아직 불안정하지만, 카스티엘로의 충성심이 재확인된 이상, 황제에게 반심을 품는 사람은 없겠지요."

그 충성심이라는 단어가 그야말로 수상쩍기 그지없지만, 하여간 표면적으로는 말이다. 표면적으로.

"리들은 그래도 안정적으로 시작하겠군요. 다행이에요."

카스티엘로 외에 그에게 토를 다는 사람은 없을 테고, 아빠와 카를이 이래라저래라 할 것 같지는 않았다.

하여간 위가 평화로워야 우리도 평화로우니까.

'정말로 다 끝난 거구나.'

이제 정치 문제로 골치 아플 일은 없는 거지.

솔라드 백작령의 행정적인 문제야 여전하겠지만 말이다.

그건 어쩔 수 없는 거고.

"그래서 백작님께 하나 말씀드리고 싶은 게 있습니다."

"말하세요."

"솔라드 백작령을 자치령으로 만들어 자유 무역 도시로 만들고 싶습니다."

"하긴, 교통이 좋으니까요……. 그거야 좋지만, 황실에서 허락해 줄까요?"

내가 고양이 같은 미소를 지으며 말하자, 하델이 느긋하게 말했다.

"카스티엘로 공작에게 아직 치하하는 상을 내리지 않았습니다. 그걸 이용하면 되지 않을까요?"

"우와, 기회주의자."

"어차피 공작가는 더 원하는 것도 없지 않습니까?"

"그건 그렇지만요."

난 고개를 끄덕였다.

"알겠어요. 하지만 일이 더 늘어날 거라는 건 미리 말해 두겠어요."

하델이 싱긋 웃었다.

"그건 각오하고 있는 바이지요."

"나도 예전처럼 밤새워서 일하는 건 무리고요."

내 말에 하델의 표정이 딱딱하게 변했다.

"그렇게 일하시는 건 바라지 않습니다. 어째서 그 많은 돈을 주고 행정관을 고용하는 거라고 생각하시는 겁니까?"

"그, 그런 건가요?"

"그런 거지요."

하델의 답에 난 마음이 편해졌다. 이어 하델이 물었다.

"그리고 하나 여쭈고 싶은 게 있습니다."

"네."

"레이몬드 후작과 혼인하실 겁니까?"

"네?"

난 눈을 동그랗게 떴다가 더듬더듬 말했다.

"겨, 결혼이요? 어, 음. 글쎄요. 아직 사귄 지 얼마 되지도 않았고? 모르겠어요. 음—"

"두 분은 더 이상 약혼 관계도 아니시지요. 연인 관계라는 건 귀족 사회에서는 묘한 일이기는 하나, 카스티엘로 공녀라는 건 그 일을 가능하게 하는 직위니까요."

약혼.

결혼.

연인.

세 단어가 머릿속을 빙글빙글 돌았다.

그런가?

그렇구나. 공식적으로 나와 에멜은 아무런 관계도 아니구나. 하지만 에멜과 헤어지고 다른 누군가와 사귀고 결혼한다는 건 상상도 되지 않았다.

그러고 보니, 에멜 요즘 키스도 안 해 주고.

미심쩍은 생각이 들었다.

내 손등이나 뺨에 키스는 해 주지만 예전 같은 느낌은 아니고, 나누는 대화 내용도 호위기사 때랑 별반 다를 게 없는 기분이었다.

'이걸로 괜찮은 건가?'

그동안은 별생각 없이 지내 왔는데 이제 돌이켜보니 이게 아니라는 생각이 들었다.

'아냐. 나도 오래 아팠고, 아무래도 좀 더 시간을 두는 게 좋겠지.'

냉정하게 마음을 가라앉히려고 노력하며 난 숨을 내쉬었다.

"일단 아직은 모르겠어요."

솔직하게 대답하니 하델은 "그렇군요." 하는 짧은 대답만 할 뿐이었다.

정말이지.

하델이 질문할 때마다 큰 파장이 일어나는 기분이네.

*　　*　　*

깨어난 지 두 달쯤 되었을까?

놀랍게도 리들이 직접 카스티엘로 저택으로 찾아왔다.

황자 때와 별로 다를 것이 없어 보였지만, 그때는 혼자 왔다면 지금은 최소한의 수행원이 붙어 있는 게 달랐다.

남은 황실 직계는 이제 리들밖에 없으니까.

물론 우리 둘만 남겨 두고 방을 비우는 일도 일어나지 않았다. 로이는 그야말로 매서운 눈으로 나에게 딱 붙어 있었고, 리들에게도 호위가 붙어 있었다.

난 가볍게 무릎을 굽혀 인사하고 말했다.

"황제가 되신 걸 축하드려요."

내 말에 리들이 피식 웃었다.

"생일을 축하한다는 말처럼 가볍게 하네."

"마음에 안 드시면 다시 할까요?"

"아니, 그 정도가 딱 좋아."

리들은 그렇게 말하고 머리를 쓸어 올렸다.

"이렇게 될 줄은 몰랐는데."

"저도 몰랐지요."

그가 날 가만히 바라보다가 말했다.

"무사해서 다행이야."

"맞아요. 다행이죠."

고개를 깊게 끄덕이니 리들 역시 마주 고개를 끄덕였다.

"그래서, 문병 온 건가요?"

"사과하려고."

"아."

"그때는, 내가 제정신이 아니었어. 정말로 미안해. 원하는 보상이 있다면 뭐든 해 줄게."

리들이 그렇게 말하며 한쪽 무릎을 꿇자 그의 수행원이 비명처럼 소리 질렀다.

"폐하!!"

난 당황해 허리를 숙여 그를 일으키려고 했다.

아무리 그래도 리들은 제국의 황제고, 그 황제가 공녀 앞에 무릎을 꿇는 건 말도 안 되는 일이다.

"일어나세요."

하지만 리들은 꼼짝도 하지 않았고 난 눈을 치켜올리며 말했다.

"용서해 주지 않을 거예요. 그러니까 일어나세요."

"그렇다면 뭔가 보상이라도 하게 해 줘. 원하는 게 있다면—"

"원하는 게 생기면 말할게요. 이제 그만 일어나요."

리들이 날 올려다보며 말했다.

"이 자세에서 할 이야기가 더 있어."

"이 자세에서 할 이야기가 대체 뭔데요?"

"나와 결혼해 주지 않겠어?"

난 불에 덴 듯, 리들을 일으키려던 손을 놓으며 움츠렸다.

"뭐라고요?"

"청혼하고 있는 겁니다. 에스텔 카스티엘로 공녀."

난 말을 잃고 리들을 바라보았다. 한참 그렇게 침묵하고 있자 그가 미소 지으며 말했다.

"계속 무릎을 꿇리고 싶으면, 그것 역시 레이디 카스티엘로의 권리지만."

그제야 난 숨을 내쉬고 말했다.

"거절하겠어요."

"그런가."

"하지만 잠시만요."

난 지그시 그를 내려다보았고, 리들은 그런 날 올려다보았다.

'그래, 이 각도 딱 좋아.'

난 그렇게 생각하며 있는 힘껏, 풀 스윙으로 리들의 뺨을 후려쳤다. 아, 물론 주먹 쥔 손으로.

퍽—!

리들의 목이 휙 하고 돌아갔고, 황제의 호위가 "폐하!" 하고 비명을 지르듯 외치며 검을 뽑아 들었다.

휙, 휘파람을 불고 로이가 검을 마주 뽑아 들며 말했다.

"역시 제 주군이시죠."

"이, 무례한—! 카스티엘로는 반심이라도 품은 건가?"

"품었으면 어쩔 건데?"

내가 그를 노려보며 말하자 "뭣?!"하며 호위의 얼굴이 불그죽죽하게 변했다. 리들은 터진 입술을 엄지로 쓸어내고 쓰게 웃었다.

"생각보다 손이 맵네."

"카스티엘로니까요."

"이게 끝인가?"

"이 한 방으로 당신이 어떻게 황제 위를 유지하고 있는 건지, 기억해 두는 게 좋겠죠."

"기억하지."

리들은 그렇게 말하고 몸을 일으켰다. 난 어깨를 으쓱하며 말했다.

"청혼. 내가 수락할 거라고 생각했던 건 아니죠?"

"하지만 하지도 않고 나중에 후회하는 건 바보짓이니까."

그렇게 말하는 리들은 어쩐지 예전과 좀 달라 보였다. 꼭두각시든 뭐든, 역시 자리가 사람을 만든다는 걸까?

쾅—!

그때 요란한 소리와 함께 문이 부서져 나가 난 깜짝 놀랐다.

로이가 얼른 날 자신의 뒤로 숨겼다. 부서진 문 사이로 성큼성큼 들어오는 카를이 보였다.

"오라버니? 오라버니!"

난 가타부타 말도 없이 리들에게 주먹부터 휘두르려고 하는 카를의 앞을 잽싸게 막아섰다.

로이가 뒤에서 '이럴 때 끼어들 수 있는 건 주군뿐이지요.' 하고 비꼬는 건지 칭찬인지 모를 말을 속닥였다.

"비켜."

카를이 눈을 찌푸리며 말했고 난 리들의 앞에 서서 말했다.

"안 돼요. 아무리 그래도 오라버니가 황제에게 폭력을 휘두르면 안 된다고요?"

"뻔뻔하게 무슨 낯짝으로 기어들어 온 건지 모르겠네."

카를의 붉은 눈이 번득였다.

"리들, 가요."

내가 문을 가리키며 말하자 리들은 현명하게도, 아무런 말도 하지 않고 빠른 걸음으로 문틀만 남은 문으로 빠져나갔다.

"다시 한 번 내 앞에 나타나면 그때는 죽어 버릴 줄 알아."

카를은 흥분하지도, 화나지도 않은 어조로, 차갑고 담담하게 그 뒷모습에 말을 던졌다.

카를이 휙 날 돌아보고 말했다.

"왜 저 새끼를 만나?"

"그래도 이야기는 들어 봐야죠?"

"무슨 이야기? 자기─ 걸 자르겠다는 이야기?"

카를이 날 생각해서 단어를 순화해 준 건 알겠다.

"사과했어요. 보상해 준다고 했고."

"헛소리."

"그리고 청혼했어요. 아, 잠깐, 오라버니! 잠깐만요!!"

난 당장 몸을 돌려 나가려는 카를의 팔을 붙잡았다.

"제가 한 대 때려줬어요. 그리고 거절했고, 끝났어요."

"뭐가 끝나? 청혼? 머릿속이 어떻게 생겼는지 확인해 봐야겠어."

"아뇨, 확인 안 해도 괜찮아요. 정말로요. 전 아무렇지도 않아요."

"아, 그래. 또 용서해 주겠다느니 그랬겠지."

"안 그랬어요."

내 말에 카를이 멈칫하고 날 돌아보았다. 어깨를 으쓱하고 미소 지으며 다시 말했다.

"용서 못 한다고 그랬어요."

"그래……."

카를은 어딘지 안도한 얼굴이 되어 힘을 뺐다.

그가 손을 들어 내 머리를 스윽스윽 쓰다듬었다.

로이가 중얼거렸다.

"문 완전히 산산조각 났네요. 새로 만들어서 달아야겠어요. 아까워라."

그때 시종들이 문을 정리하기 위해 왔다. 나무로 만든 상당히 두꺼운 문이라 무게에 끙끙거리는데, 카를이 다가가더니 완전히 문을 조각조각 내 버렸다.

"이제 더 쉽지?"

시종들은 창백해진 게 분명한 얼굴로 열심히 고개를 끄덕이고, 부지런히 손을 놀리기 시작했다. 그걸 바라보며 난 가볍게 주먹을 털었다.

'아파라.'

사람을 때리는 데에도 작용과 반작용이 있을 줄이야. 카를이 내 손을 잡아보며 말했다.

"앤에게 연고 달라고 해. 너에겐 주먹 쥐는 법부터 가르쳐야겠다."

난 픽 웃고 카를을 잡아끌었다.

"이 정도는 괜찮아요. 우리가 여기 있으면 청소하는 데 방해되겠어요. 나가죠."

시종들은 나가는 우리를 보고 안심한 얼굴이 되어 미소를 띠었다.

나는 등나무 꽃과 비슷한, 색은 분홍, 노랑, 연하늘색의 포도송이 같은 꽃이 잔뜩 늘어진 정자 아래에 앉아서, 카를의 잔에 아이스티를 따라주며 말했다.

"그래도 황제잖아요. 반역하고 싶으신 게 아니면 자중하셔야죠."

"……."

카를은 뚱한 얼굴로 비딱하게 의자에 기대어 턱을 괴고 있었다.

"하여간 신하로 있기로 한 거니까요. 게다가 이제 반대로 서약까지 시켰잖아요. 너무 누르면 튀어 오르는 법이에요."

우리도 그랬잖아요?

솔직히 말해서 서약이 아니라도 현재 카스티엘로가 명령하면 리들은 들을 수밖에 없는 허수아비 황제였다. 하지만 우리가 딱히 명령할 것도 없고, 카스티엘로 영지 안에서는 어차피 왕이나 다름없고.

"물론 황제 폐하가 되고 싶으신 거라면ㅡ"

"귀찮아."

카를의 대답에 난 웃음이 나와 미소를 머금으며 대답했다.

"그러시겠죠."

카를이 투명한 유리컵을 들어 올리며 자세를 바로 했다.

"어디로 갈까?"

"네?"

"여기도 귀찮고, 사람이 없는 데로. 너랑 나랑."

카를이 잠시 생각하다가 덧붙였다.

"아버지도."

셋이서?

'앗, 가족 여행인 건가?'

그러고 보니 가족 여행은 한 번도 가 본 적 없어.

"가족 여행이요?"

혹시나 해서 되물으니 카를이 잠깐 눈을 크게 떴다가 고개를 끄덕였다.

"그래. 가족 여행."

"우와."

양손을 꽉 맞잡자 카를이 피식 웃었다.

"아빠가 시간 되실지 모르겠네요. 요즘 일이 많으신 것 같던데."

"일 없는 공작은 없어."

"그건 그렇지만요."

갸웃하는데 가벼운 부츠굽 소리가 들려왔다.

돌아보니 에멜이 서 있었다.

"에멜!"

난 의자에서 일어나서 통통 달려가 그를 꽉 끌어안았다.

"열렬한 환영은 기쁜데요."

에멜이 그렇게 말하고 날 한 번 안았다가 놓아주었다.

난 그의 얼굴을 보다가 눈을 찌푸리고 말했다.

"요즘 잠 못 자는 거 아니에요?"

"그런 거 아닌데요."

"하지만 좀 거칠어진 것 같은걸요. 눈 밑에 그늘도 생겼고."

"조금, 일이 바빠서요."

에멜이 얼굴을 만지작거리며 말했다. 문득 에멜이 매일매일 날 만나러 오고 있다는 사실이 떠올랐다. 아무리 레이몬드 영지와 우리 영지가 붙어 있다고 해도, 저택 간의 거리는 꽤 멀다.

그러면 매일 여기를 오는 건 아무래도 무리하는 일 아닌가.

그것도 내가 깨어나고 나서 두 달째 매일매일.

'아무래도 이건 아니지.'

후작가를 깨끗하게 했다고 해도 아직 1년이 지나지 않았고, 어떤 조직이든 자리 잡는 데 1년 이상의 시간이 걸리는 법.

생각하면 지금이 가장 바쁠 때였다. 그런데 왕복 두세 시간은 될 거리를 말을 타고 달려오니, 당연히 수면 시간도 부족해지는 거겠지.

난 에멜에게 자리를 권했다.

먼저 앉아 있던 카를은 미동도 하지 않고 마치 고양이처럼 에멜을 뚫어져라 바라보고 있었다.

눈도 깜박하지 않고 말이다.

에멜은 카를에게 가볍게 끄덕 인사를 하고 자리에 앉았다.

카를은 꼼짝도 하지 않고 눈동자만 스르륵 굴려서 에멜의 움직임을 좇았다.

내가 입을 내밀며 말했다.

"오라버니, 에멜을 겁주지 마세요."

"이 정도에 겁을 먹으면 아가씨 곁에 못 있죠."

에멜이 그렇게 말하며 다리를 꼬았다. 카를이 그 말에 깜박, 눈을 깜박이더니 말했다.

"너 냄새 나."

"깨끗하게 씻었는데요."

이 말에는 적잖이 당황한 듯 에멜이 킁킁 자신의 팔 냄새를 맡으며 말하자 카를이 자리에서 벌떡 일어나며 말했다.

"구려서 같이 못 있겠네."

"오라버니!"

내 얼굴이 다 빨개졌다. 카를은 손만 흔들고 가 버렸고 난 에멜에게 대신 사과했다.

"미안해요, 에멜."

"아닙니다."

에멜이 씩 웃었다.

"카를 도련님에 대해서야 익히 알고 있지요."

난 시종에게 얼음 채운 새 잔을 가져오게 한 뒤에 아이스티를 채워주며 말했다.

　"그래도 미안한 건 미안한 거죠."

　자리에 앉은 나는 그에게 과자를 권하며 물었다.

　"후작가 내부는 어때요?"

　"그럭저럭 굴러가고 있습니다."

　에멜이 빙긋 미소 지으며 대답했다. 난 "으음—" 하고 잠시 그를 보았고 에멜이 내 쪽으로 완전히 돌아앉으며 물었다.

　"왜 그러십니까?"

　"에멜, 여기에 오는 거 매일 안 와도 돼요."

　에멜의 얼굴에서 미소가 사라졌다. 그렇다고 화난 것도 아니고, 뭐라고 해야 할까.

　나는 처음 보는 얼굴이었다.

　그래서 당황해 손을 저으며 말했다.

　"오지 말라는 이야기가 아니에요. 그게 아니라, 매일 여기 오려면 힘들잖아요? 그쪽 일도 많은데. 그러니까 일주일에 한두 번쯤? 그렇게 와도 되고요."

　에멜은 대답하지 않았다. 아까 카를의 자리를 에멜이 차지한 것 같다. 깜박임 한 번 없이 에멜의 짙은 호박색 눈동자가 날 지그시 바라만 보고 있었다.

　"어, 아니면, 맞다! 내가 찾아갈게요! 그러면 되겠네요. 서로 번갈아 가면서—"

　"아뇨."

　에멜이 그제야 입을 열었다.

　아주 단호한 거절이었다.

"오지 마십시오."

"네? 어, 하지만……."

"안 오셔도 됩니다."

"하지만 에멜만 혼자 오면 힘들잖아요? 나도 한 번쯤은―"

"아뇨."

그의 말에 난 눈을 찌푸렸다.

"왜요?"

"아직 몸도 회복 덜 되셨는데, 먼 길을 오실 필요가 없지요."

"몸은 다 회복됐어요. 얼마 전부터는 조금씩 승마도 시작했다고 말했잖아요."

"그래도 먼 길입니다."

"하지만 에멜이 힘들잖아요."

"그것보다 에스텔을 보지 않는 게 더 힘듭니다."

에멜의 말에 난 피식 웃으며 턱을 괴었다.

"그거 엄청 로맨틱한 말이라서 기분 좋기는 하지만, 그래도 에멜 몸 상하는 건 싫어요. 주에 한두 번, 어때요?"

에멜은 한참 아무 말도 없었다. 간신히 그는 긴 숨을 토해 내며 말했다.

"적어도 이틀에 한 번은 뵙죠."

"그보다 더 적어도 상관없어요."

"제가 상관있습니다."

에멜은 그렇게 말하며 날 물끄러미 바라보았다.

또 아까 같은, 이해 못 할 얼굴.

"에멜."

"네."

"내가 뭔가 말 잘못한 거예요?"

"아뇨."

"아닌 게 아닌 것 같은데요. 내가 에멜을 보기 싫다거나, 그래서 그런 거 아니에요."

생각해 보니 그렇게 비춰질 수도 있겠다 싶어서 난 부연 설명을 덧붙였다.

"나도 에멜 매일 보면 좋죠. 하지만 여기까지 왕복하는 게 쉬운 일도 아니잖아요. 그리고 지금 후작가 내에 한창 일이 많을 때일 테고요."

에멜의 한쪽 입꼬리가 올라갔다.

"일하는 걸 이해해 주는 현명한 약혼녀인가요."

"약혼은 아니죠."

나도 모르게 지적하니 에멜이 눈을 깜박였다.

"어, 아니, 그게, 우리 공식적으로는 파혼했잖아요? 에멜은 다시 아이리스와 약혼했고. 그러니까 지금 우리는 공식적으로 아무런 사이도 아니다 이거죠."

"……그렇군요."

에멜은 그렇게 대답하기만 하고 더는 아무 말도 없었다.

음, 저기요?

다시 약혼을 하자든가……?

당연히 깜짝 놀라며 다시 약혼해야겠네요, 같은 반응이 나올 거라고 생각하고 있던 나는 에멜의 미적지근한 반응에 당혹했다.

"어, 음. 아, 맞다. 아까 리들이 왔었어요. 아마 지금도 아빠와 이야기하고 있는 것 같네요."

목을 슥 빼서 본저 쪽을 힐끗 바라본 후 에멜을 보자, 그가 이를 악물고 물었다.

"황제가 말입니까?"

난 놀라 고개를 끄덕이고 말했다.

"네. 그리고 아무 일도 없었어요."

"만났습니까?"

에멜의 목소리가 더 낮아졌다.

"왜 만나셨습니까?"

"네?"

"아무 일도 없으셨다고 했죠. 그 말은 만나셨다는 거 아닙니까?"

"그게, 잠깐 이야기를 하자고 해서. 이번에는 제대로 호위를 대동하고 만났어요."

"뭐라고 지껄이던가요?"

에멜도 카를만큼이나 화가 났구나. 난 어깨를 움츠리며 웅얼거렸다.

"그냥, 이런저런 이야기요."

"에스텔 카스티엘로."

"정말 진짜로 별거 아닌 이야기였어요."

"그럼 저에게 이야기하지 않을 이유도 없죠. 그 말은 별거 아닌 이야기가 아니라 절 화나게 할 이야기라는 거군요."

"뭐죠? 에멜, 언제부터 그렇게 날카로웠죠?"

"아가씨는 어디로 튈 줄 모르시는 분이라 말입니다. 그래서 말씀해 보시죠?"

"말하면 화낼 거잖아요."

"아가씨에게 화내지 않습니다."

"좋아요."

난 숨을 삼키고 말했다.

"미안하다고 사과했어요."

"그랬군요."

"그래서 용서는 못 해 준다고 대답했고요."

내 말에 그의 얼굴이 좀 풀렸다.

"그랬습니까?"

"네. 음, 그리고."

"그리고?"

"나에게 청혼했어요."

에멜이 자리에서 벌떡 일어났다. 의자가 요란한 소리를 내며 넘어졌다.

"에멜?! 어디 가요!"

난 당황해 자리에서 일어나 종종걸음으로 달려 에멜의 앞을 가로막았다.

"지금 들어가서 리들과 대면하려고 하는 거면 화를 내겠어요."

"하지만 그 자식이 감히!"

"네, 저도 어이가 없었지만, 이미 오라버니가 충분히 화를 냈어요. 저도 한 방 때려줬고요. 후작이 황제 폐하와 다투고 싶지는 않겠죠?"

내 말에 에멜은 주먹을 꽉 쥐었다가 "때리셨다고요?" 하며 내 손을 살폈다.

"있는 힘껏 때리면 내 손도 아프다는 걸 몰랐어요. 하지만 지금은 괜찮아요."

"걱정이 되어서."

그는 그렇게 말하며 내 손 마디마디에 키스했고 난 간지러움에 웃으며 이어 말했다.

"그리고 정말로, 이걸로 끝이에요. 그런 생각이 들어요. 정말로 다 끝났다는 생각이요. 리들이랑, 저랑. 알키나와 카스티엘로랑요."

내가 원한다면 리들을 죽일 수 있을 거다. 하지만 이런 위치가 되니 그를 죽이고 싶은 마음이 들지 않았다. 그냥 다 마무리가 되었다는, 그런 생각이 들었을 뿐이었다.

에멜은 잠시 허공을 쏘아보더니 어깨를 늘어트렸다.

"알겠습니다."

"좋아요."

고개를 끄덕이고 재빨리 덧붙였다.

"그리고 고마워요. 화내줘서."

난 싱긋 웃으며 말했고 에멜이 그런 날 바라보다가 허리를 숙여서 내 뺨에 가볍게 키스했다.

난 고개를 갸웃하고 양팔을 벌려 그에게 뻗으며 말했다.

"입술에다가는 키스해 주지 않을 거예요?"

에멜이 머뭇거리다가 아주 살며시, 느리게, 비눗방울에 키스하는 것처럼 조심스럽게 키스했다.

감질날 정도였다.

'어라?'

에멜에게서 어디서 맡아 본 냄새가 살짝 났다.

달짝지근한 냄새인데, 뭐지?

그가 고개를 갸웃하고 희미하게 웃어 보였다.

"먼저 키스해 달라니, 이거 괜찮은데요?"

난 상념에서 깨어나 눈썹을 슥 치켜올리며 말했다.

"다음에는 제가 키스해야겠어요, 에멜 레이몬드. 이렇게 키스해서는 닿은지도 모를 테니까요."

"그거 기대하고 있죠."

"해도 좋아요."

거만하게 고개를 끄덕하며 답하고 난 다시 의자를 가리켰다. 에멜은 얌전히 의자를 도로 세우고 자리에 앉았다.

난 웃으며 다가가 그의 머리카락을 쓰다듬었다. 와, 머릿결 좋고.

"참 잘했어요."

"마음에 와 닿는 칭찬이로군요."

그가 만족스러운 듯 눈을 가늘게 뜨고 웃으며 말해서 난 슥슥 머리를 더 쓰다듬어 주었다.

왜 카를이나 아빠가 내 머리를 쓰다듬는지 알겠다.

"에멜 머리 색도 예쁘네요."

"그냥 갈색인데요."

"햇빛에 비추면 반짝반짝해요."

에멜이 내 말에 웃었다.

"반짝반짝한 건 아가씨 머리카락이지요."

에멜이 손을 뻗어 내 머리카락을 살며시 붙잡아 올렸다가 스르륵 손가락 사이로 미끄러지게 하며 말했다.

"순금으로 뽑아낸 것 같으니까요."

난 어쩐지 얼굴이 붉어져서 그의 머리카락에서 손을 떼며 말했다.

"그런가요?"

"네."

그가 싱긋 웃었다.

난 살며시 몸을 떼어 내고 내 자리로 돌아왔다.

리들 일행은 얼마 지나지 않아서 떠났고, 그가 완전히 돌아간 걸 확인하고 나서 난 에멜을 보내주었다.

그는 "쫓아가서 공격하지는 않습니다." 하고 말했지만, 그래도 얼굴은 마주치지 않는 게 나으니까.

그 후 그는 내 부탁대로, 일주일에 두세 번 찾아왔다.

계절은 초여름을 지나 여름으로 무르익어 가고 있었고, 그 증거로 비가 또 오고 있었다. 이 비가 끝나고 나면 쨍한 햇살과 함께 더위가 밀어닥칠 것임을 예고하는 비였다. 하지만 그렇다고 비가 좋아지는 것은 아니라서 난 난로 앞에 발을 뻗으며 한숨을 내쉬었다.

"진짜 눈앞이 새까맣게 될 정도로 쏟아붓네요."

로이가 창문 밖을 힐끗 보며 말했다. 연이은 비로 집안은 쌀쌀하고 눅눅했다. 습기를 머금은 차가운 공기 덕분에 난 초여름에 벽난로를 떼고 있었다.

"잠깐이라도 그쳐주면 좋겠어. 햇빛이 잠깐이라도 나면 좋겠어."

내가 중얼거리자 로이가 "조금만 참으세요." 하고 웃으며 말했다.

"그래, 조금만."

로이가 대답이 없어서 힐끗 보니 그가 눈을 가늘게 뜨고 밖을 바라보고 있었다.

"로이? 밖에 뭐 있어?"

"어, 잠깐만요."

"왜?"

"앉아서 기다리세요."

그렇게 말하고 로이는 돌아서 베란다 쪽 창을 열더니 퍼붓는 비 사이로 나가 버렸다.

"로이?"

놀라 자리에서 일어나 창문으로 다가가니, 후다닥 정원으로 달려가는 로이의 모습이 보였다. 그는 이내 비와 정원수에 가려 사라졌다.

'대체 뭐람?'

애니가 말했다.

"수건을 준비해 둬야겠네요."

"아, 그래야겠네. 아, 참. 제인."

"네, 아가씨."

그녀가 갸웃하며 물어서 난 흐흐 하고 웃고 말했다.

"엘런에게 내가 부탁을 좀 했거든."

"엘런 님에게요?"

"괜찮은 기사가 있다면 소개해 달라고."

"네?"

"음, 제인만 괜찮으면 만나보지 않을래?"

그 말에 제인의 얼굴이 발그레해지면서 눈이 반짝거리기 시작했다.

"정말요?"

"정말이지, 그럼."

"네, 만날래요. 만나고말고요! 언제요?"

"제인이 편한 날짜로 하면 될 것 같은데. 물론 그쪽도 훈련 날짜가 있기는 하겠지만, 하루 정도는 여유를 낼 수 있겠지."

로라가 고개를 갸웃하고 물었다.

"어떤 분이신데요?"

"같은 늑대기사단 동료인데, 엘런이 소개해 주는 거니까 괜찮은 사람일 거라고 생각해."

"그렇겠네요."

로라가 싱긋 웃으면서 말해 난 그녀에게도 물었다.

"로라도 소개시켜 줄까?"

"전 결혼에는 뜻이 없어서."

그녀가 자신의 칼 단발처럼 칼같이 대답하자 제인이 눈을 동그랗게 떴다.

"정말요?"

"네."

"그럼 계속 시녀로?"

"할 수 있다면, 시녀장까지 올라가 보고 싶기는 하네요."

"로라, 야심 넘치는 사람이었구나."

"후후."

로라는 가볍게 웃었다. 새삼 생각하니 로라는 아서가 소개시켜 준 거니까 그림자 소속 아닌가?

언제까지 내 시녀로 있는 걸까?

갸웃거리는데 흠뻑 젖은 로이가 다시 베란다 창으로 들어왔다.

"거기서 꼼짝하지 마세요."

애니가 날카로운 목소리로 말하고 두툼한 수건을 그에게 건넸다. 로이는 물을 뚝뚝 흘리며 얌전히 수건을 받아 들어 물을 닦아 내고, 젖은 망토와 겉옷을 벗었다.

로이가 힐끗 우리를 보더니 물었다.

"저 여기서 벗어도 되죠?"

"휘파람 불고 손뼉 쳐도 돼?"

내 물음에 로이가 히죽 웃고는 젖은 상의를 벗기 시작해서 내가 휘익하고 휘파람을 불었더니 애니가 "아가씨!" 하고 소리쳤다.

"대체 뭐 하시는 거예요?"

"어, 마땅히 경의를 바쳐야 할 것에 경의를 보내고 있는 중?"

로이 몸매 끝내주니까.

"아가씨!!"

다시 애니가 소리치고 로이에게 말했다.

"썩 욕실로 들어가세요!"

"넵."

로이가 나에게 눈을 찡긋하고 수건으로 대충 머리를 털며 후다닥 욕실로 들어갔다. 애니는 시종을 불러 바닥의 물기를 닦게 하며 나에게 잔소리했다.

"아가씨, 대체 그게 무슨 짓이세요? 아니, 그런 건 또 어디서 배우셨어요? 이제 아가씨도 다 자라셨으니 아시겠지만, 그런 건 숙녀답지 않은 일이니 부디 자제해 주세요. 아시겠어요?"

"몸이 좋지 않은 사람이면 안 했을 거야."

"아가씨!"

애니가 눈을 부릅뜨며 말해서 난 얌전히 손을 모으며 대답했다.

"네, 다음부터는 남자가 옷 벗는 거 보고 휘파람 불지 않겠습니다."

애니가 한숨을 내쉬었다.

"좋아요."

그때 로이가 욕실에서 조심스럽게 말했다.

"죄송한데 마른 옷 좀 부탁드려도 될까요?"

애니는 다시 한숨을 내쉬었다.

잠시 후, 옷을 갈아입고 나온 로이에게 내가 물었다.

"대체 뭘 보고 뛰쳐나간 거야?"

내 질문에 로이가 눈을 찡그렸다. 그가 내 쪽으로 몸을 숙이더니 작게 말했다.

"에멜이요."

"뭐?!"

깜짝 놀라 자리에서 벌떡 일어날 뻔했다. 로이가 내 어깨를 붙잡아 자리에 앉아 있게 했다.

"제가 돌려보냈어요."

"비가 이렇게 오는데? 왜? 대체 여기는 어떻게 들어온 거야?"

로이가 내 말에 곤란한 얼굴을 해서 난 고개를 돌려 말했다.

"미안한데 잠깐 자리 좀 비켜 주겠어?"

세 사람은 대답하고 방을 비웠고 난 스툴을 가리키며 말했다.

"이제 말할 수 있어?"

로이가 한숨을 내쉬고 스툴을 가지고 와서 앉았다.

"벽난로에 가깝게 앉아. 젖었으니까."

내가 그의 스툴을 발끝으로 밀며 말하자 로이가 픽 웃으며 벽난로 쪽으로 좀 더 가까이 가며 말했다.

"사실 오늘이 처음이 아니에요."

"뭐?"

"아가씨랑 그렇게 얘기하고도 매일 찾아왔거든요."

"뭐?"

"와서 그냥 아가씨 모습만 확인하고 돌아갔지요."

"대체 왜??"

난 기가 차서 양손을 들어 올렸다가 털썩 떨궜다.

"아니, 에멜은 대체 뭐하는 거래? 스토커도 아니고, 나 안 보면 안 되는 병이라도 걸렸대? 아무리 생각해도 좀 이상하잖아?"

"음, 그렇죠."

"그렇지? 아니, 그렇게 걱정이 되는 거면 약혼이라도 하자고 하든가, 아무것도 안 하면서."

난 자리에서 벌떡 일어났다.

"정말로 어처구니가 없네."

나는 벽난로 앞을 서성거리다가 마음을 정했다.

휙 몸을 돌려서 방을 나섰다. 로이가 머리를 닦던 수건을 던지고 뒤따라오며 물었다.

"어디 가세요?"

"아빠한테."

"어— 왜인지 물어봐도 되나요?"

난 눈동자만 굴려서 로이를 보았다가 다시 정면을 보며 말했다.

"에멜이 저택에 안 와도 되게 하려고."

집무실에 도착할 때까지 로이는 좀 당황한 듯 "경비에게 말해서 쫓아내시거나 할 거 아니죠?" 하고 물었다.

"그런 거 아니야."

난 그렇게 말하고 집무실 문을 열었다.

드물게도, 아빠와 카를 모두 집무실에서 일하고 있었다.

켈슨이 날 보고 싱긋 웃었다.

"오셨습니까, 아가씨."

"네. 두 사람 다 여기에 있다니, 무슨 문제라도 생긴 거예요? 보나 저수지라도 터졌어요?"

아빠가 고개를 저었다.

"아니, 딱히 문제는 없어. 그보다 무슨 일이지?"

"내일부터 같이 가족 여행 가시지 않겠어요?"

아빠가 창밖을 한 번 보았다. 여전히 장대비가 쏟아지고 있었다.

"내일부터?"

"네."

고개를 끄덕이며 대답하자 켈슨이 당혹스러운 얼굴로 말했다.

"하지만 비가 이렇게 오니까 길도 진창이라서 마차가 잘 갈 수 있을지 모르겠는데요."

"우천용 마차를 쓰면 되지. 괜히 엄청난 돈을 들여서 따로 주문한 게 아니니까."

카를이 그렇게 말하며 아빠를 보았고 아빠는 툭툭 서류를 두들기다가 물었다.

"얼마나?"

"이 주? 삼 주? 한 달? 편한 만큼이요."

켈슨이 우리 눈치를 보더니 슬그머니 말했다.

"삼 주 이상은 가지 말아 주세요."

아빠가 날 보고는 고개를 끄덕였다.

"좋아."

"좋아요!"

난 씩 웃었다. 아빠가 켈슨에게 말했다.

"우천용 마차에 일주일 정도 품목만 싣고, 나머지 물품은 비가 잦아들면 같이 보내."

"그럼 세 분만 가시려고요?"

켈슨이 그렇게 중얼거리고는 "말도 안 됩니다!" 하고 소리쳤지만, 아빠는 반박을 허용하지 않으며 말했다.

"나머지를 비 맞고 따라오게 할 마음은 없어. 그리고 엘 크리그로 갈 거니까."

"엘 크리그로요?!"

켈슨이 뒤로 넘어갈 듯한 목소리로 말했고 난 의아해져서 물었다.

"엘 크리그요?"

처음 들어보는 이름인데?

카를이 씩 웃고 말했다.

"가 보면 알아."

엘 크리그에 도착한 나는 왜 켈슨이 뒤로 넘어갔는지 깨달았다.

"트리하우스잖아요?!"

거대한 나무 위에 마찬가지로 커다란 집이 지어져 있었다.

덕분에 숲 가운데까지 들어와야 했고, 비 때문에 생긴 구멍에 바퀴가 빠지는 일도 자주 생겼다.

아빠와 카를이 이 무거운 우천용 마차를 들 수 있는 마스터가 아니었다면, 우리 여행은 진즉에 길에서 끝났겠지.

"아니, 어떻게 여기에 집을 지을 생각을 했던 거예요?"

"사람이 싫어서."

카를이 그렇게 말하며 날 돌아보았다.

"그래서 지은 거라고 알고 있어."

"과, 과연."

여기에 있으면 어지간한 사람은 접근하지 못하겠다.

두 사람은 나무 사다리를 오르락내리락하며 부지런히 식량을 옮겼다.

살그머니 나무 사다리를 타고 위로 올라가 보니, 이 트리하우스는 복층으로 지어져 있었다. 이 층 베란다로 나가면, 숲이 한눈에 내려다보였다. 그만큼 큰 나무였다.

하지만 아무리 크다고 해도 나무고, 오는 길을 생각하면 자재를 옮기는 데에도 고생했을 거고.

짓는 데에도 엄청난 수고가 들어갔을 것 같다.

'심지어 부엌도 있어. 제대로 굴뚝도 있고.'

벽난로에다가 빗물을 받아서 쓰는 물탱크까지.

생활에 전혀 불편함이 없게 만들어져 있었다.

그만큼 이 나무가 거대하다는 이야기다.

가지가 어찌나 굵던지, 약간의 균형 감각으로 가지 위를 걸어 다닐 수 있을 정도였다.

"그런데 어째서 이름이 엘 크리그예요?"

"나무 종류가 그거거든. 잘은 모르지만, 정령의 나무라고 하던데."

"정령의 나무?"

"오염된 땅을 몰아낼 때 정령이 축복을 걸어준 나무들이 있었거든. 그 중의 하나야."

"그랬군요."

그래서 이렇게 거대한 거구나.

그 때문인지 몸도 훨씬 더 가볍게 느껴졌다. 그런데 정령이 축복해 준 나무 위에다가 집을 짓다니.

카스티엘로답다, 정말.

난 웃음을 머금었다.

"그럼 침대는 어디를 쓰실 거예요?"

내 물음에 아빠가 말했다.

"네가 먼저 골라."

"그래도 괜찮아요?"

"당연히."

"그러면 위층으로 고르겠어요."

카를이 픽 웃었다.

"그럴 줄 알았다."

짐을 정리하고, 장작까지 구비하고 나서 난 깨달았다.

"그런데요."

두 사람이 날 돌아보았다. 난 검은색 무쇠 오븐 겸 화덕을 바라보며 물었다.

"둘 중에 오븐을 다룰 수 있으신 분이 있나요?"

침묵이 우리 사이를 맴돌았다. 서로가 서로의 눈을 바라본다. 난 한 번 더 물었다.

"아니면 요리에 경험이 있으신 분?"

역시 침묵.

물어본 내가 잘못이다.

저 둘, 아니 우리 셋 중에 아무도 요리를 해 본 적 있는 사람이 없다.

'이거 좀 큰일 아닌가.'

난 어색하게 화덕을 어루만지고 둘을 돌아보며 말했다.

"뭐, 일주일 동안이니까요."

일주일 후면 짐을 날라줄 하인들이 더 올 테고…….

그러나 아빠가 고개를 저었다.

"엘 크리그에 하인을 둘 수는 없어. 집이 작으니까."

하긴, 하인방도 없고…….

난 화덕을 물끄러미 바라보다가 팔을 걷어붙였다.

"어떻게든 되겠죠!"

*　　*　　*

사람은 적응의 동물이라고 하던가?

아무래도 불 조절이 섬세하게 필요한 오븐은 무리지만, 그래도 화덕은 그럭저럭 다룰 수 있었다.

밑에 장작불을 때고, 위에 화덕이 달궈지면 거기에 프라이팬을 올리고, 만들어 준 팬케이크 반죽을 부어서 구우면 끝.

들여다보니 옆의 화덕 구멍을 여닫아 화력을 조절할 수도 있었다.

몇 번 새까만 팬케이크를 만들고 나서 그럴 듯하게 만들 수 있게 되었다. 관건은 화력 조절.

'그나마 팬케이크 가루는 믹스라서 다행이야.'

우리가 이럴 것을 미리 알았는지, 아니면 원래 이렇게 쓰는 건지는 모르겠지만 팬케이크 가루는 따로 섞어서 완성되어 있었다. 여기에 설탕을 넣으면 달달한 팬케이크고, 아니면 그냥 짭짤한 팬케이크였다.

'그래도 계속 팬케이크만 먹으니 질릴 만도 한데.'

아빠와 카를은 한마디 불평도 하지 않았다.

'사실 먹을 걸로 불평할 타입은 아니지.'

다행이네.

그렇게 생각하며 난 얍 하고 케이크를 뒤집었다.

"내가 해 줄까?"

언제 왔는지 카를이 와서 말하며 슬그머니 날 밀어냈다.

"괜찮아요."

"손목 아파."

내가 어제 프라이팬이 무겁다고 말한 게 카를에게 엄청난 충격이었던 모양이었다.

근데 정말로 무쇠 프라이팬은 좀 무겁다고요.

날 밀어낸 카를이 프라이팬을 들어서 접시로 팬케이크를 미끄러트리며 말했다.

"단단히 준비했네."

"나무 열매 따러 간다면서요."

난 씩 웃었다. 긴팔, 긴바지에, 롱부츠까지.

산속을 헤매기에 완벽한 차림이지요.

거짓말처럼, 우리가 오고 나서부터는 비가 그쳐서 하늘은 푸르고 숲은 반짝거렸다.

"슬슬 팬케이크만 먹는 것도 지겹단 말이지요."

"베이컨도 있잖아."

"그것도 지겨워요. 신선한 게 필요해요."

신선한 거.

상큼한 거.

아빠가 어제 빨간 열매를 한 줌 따왔는데, 앵두와 비슷하게 생긴 열매였지만 맛은 훨씬 달콤하고 약간 산미가 있는 게 딱 취향이었다.

그래서 아침 일찍부터 들떠서 일어난 것이었다.

식사를 끝내자마자 난 아빠를 채근해서 바로 밖으로 나왔다.

"비 때문에 낙엽이나 돌은 미끄러우니까 조심해라."

"네."

말하고도 불안했는지 아빠가 손을 내밀었고, 나는 헤헤 웃으며 아빠의 손을 잡았다.

숲에서 보내는 시간은 금방 지나갔다.

손에 든 작은 양동이는 금방 열매로 가득 찼다.

빨간 열매와 약간 덜 익은 노란 열매 양쪽이 섞여서 구슬처럼 반짝거렸다.

먹으면서 따는데도, 어깨높이까지 오는 관목 가득 빽빽하게 열매가 달려있어서 금방 양동이를 채울 수 있었다.

우리 말고도 새가 선객으로 와 있었고, 별로 우리를 무서워하지도 않았다. 새들은 자기들끼리 큰 소리로 다투다가도 곧 열매 먹기에 바빴다. 내가 그 옆에서 열매를 따도 신경 쓰지 않을 정도였다.

이렇게 따온 열매는 생으로도 먹었지만, 팬케이크에도 넣어 먹었다.

이튿날은 아빠와 카를이 사슴을 잡아 왔다.

죽은 사슴의 모습에 기겁하자 카를은 "들어가 있어." 하고 말했다. 둘이 사슴을 가지고 냇가로 가는 것 같더니 정육점에서 파는 것처럼 깔끔하게 손질된 고기를 들고 돌아왔다.

'어쩐지 내가 먹는 게 진짜 살아 있던 동물의 고기라는 게 실감이 나네.'

향신료를 뿌렸다가 구워낸 사슴 고기는 기가 막혔다.

새도 종종 잡아 왔는데, 카를이 예쁜 새 깃털은 나에게 주어서 난 그날 식탁에 오른 새가 무슨 색이었는지 알 수 있었다.

알락달락한 새 깃은 아름다워서 나중에 예쁜 보석과 색을 맞춰서 장신구를 만들 생각을 하며 차곡차곡 모아뒀다.

그리고 맑은 날이 좀 더 흐르자 우리 셋은 물고기를 잡으러 강가로 나갔다.

당연히,

카스티엘로는 낚시를 하지 않습니다.

잡히길 기다리는 게 아니라 잡으러 가는 게 카스티엘로의 미덕.

둘은 작살로 푹푹 물고기를 찔러 잡았다. 그러나 난 아무리 해도 물고기가 잡히지 않았다.

아니, 어떻게 찌르면 잡히지?

아빠와 오빠는 각각 두 마리씩 잡고는 강가에서 포도주를 마시며 혼자 작살을 들고 끙끙거리는 날 응원(?)했다.

"지금 보이는 곳을 찌르면 안 돼."

"움직이는 곳을 예측해야지."

"그러면 다 도망간다?"

난 어깨를 늘어트리고 투덜거리며 커다란 밀짚모자의 챙을 양손으로 꾹 누르고 걸어 나왔다.

"이미 다 도망간 것 같아요."

"좀 있다가 떡밥 다시 뿌려봐."

그렇게 말하며 아빠가 자신의 옆자리를 가볍게 두들겼다. 난 젖은 맨발로 햇빛에 데워진 납작한 돌에 발자국을 남기며 걸어가 앉았다. 발은 금방 데워졌고, 돌 위의 내 발자국도 금세 사라졌다.

카를이 나에게 소다 잔을 건네주어, 난 천천히 음료를 마셨다. 술은 몸이 약해진 이후 금물이었다.

우리는 가만히 앉아서 작은 강줄기가 햇빛에 반짝이는 걸 바라보았다.

"여행 오길 잘했어요."

내 말에 카를이 "그지?" 하고 가볍게 내 어깨를 자신의 어깨로 툭 쳤다. 난 웃으며 다시 카를의 어깨를 내 어깨로 밀쳤다.

그리고 후회했다.

아니 무슨 벽에 부딪힌 거 같네.

"에스텔."

그때 아빠가 조용히 날 불러서 난 고개를 돌렸다.

붉은 눈이 날 바라보다가 물었다.

"계속 에스텔로 있고 싶니?"

네?

갑작스러운 말에 난 의아해졌다. 질문의 요지를 모르겠다. 에스텔로 계속 있고 싶으냐고?

"그야, 당연하죠?"

조심스럽게 답하니 아빠가 "그래." 하고 희미하게 미소 짓고는 이어 말했다.

"네가 서약석을 깰 때. 그리고 나중에 정령과 두 가지 이름으로 계약 했다는 걸 알았을 때."

아빠는 드물게 한숨을 내쉬고 말을 고르듯이 망설였다.

"어쩌면 네가 에스텔이 되고 싶지 않았을지도 모른다고, 생각해서."

"네에?"

난 화들짝 놀라 외치고는 고개를 저었다.

"아니에요. 그렇지 않아요. 어떻게 하면 그런 생각을 하실 수 있는 거예요?"

난 황망해서 말이 나오지 않았다. 아빠가 흐릿하게 웃었다. 어, 음, 그러니까…….

뭐라고 설명을 해야 할까. 잠시 강을 바라보다가 입을 열었다.

"나 말이에요. 열한 살까지 분홍눈으로 살았던 거요. 이상한 이야기일지도 모르겠지만, 어쩌면 다 운명이었던 게 아닌가 하는 생각도 들어요."

분홍눈이었던 내가 있었기에 서약석을 부술 수 있었던 거니까.

"그렇게 생각하니까 과거가 나쁘지 않게 느껴지더라고요."

난 양 무릎을 찰싹 내리치며 허리를 폈다.

"그러니까, 분홍눈으로 돌아가고 싶으냐고 하면 정답은 '아니오'예요. 에스텔이 아니라 다른 무언가가 되고 싶으냐고 해도 그것 역시 아니에요. 저는 이 집 아이인 게 좋아요. 그리고 계속 그렇게 있고 싶고요. 그리고 예전에는 내쫓으시려고 했다면 알겠다고 했겠지만, 지금은─"

난 씩 웃으며 말했다.

"쫓아내시려고 해도 절대로, 절대, 절대 안 나갈 거예요."

뭐라고 해야 하나?

이제 진짜 카스티엘로가 된 기분?

물론 그 전에도 카스티엘로였지만, 항상 받기만 하는 입장이었다. 그래도 내가 자라면서 점점 더 주는 사람이 되고, 마지막으로 서약석을 깨는 데 큰 역할을 했잖아?

사람은 받는 게 아니라 줄 때에 자존감이 자란다는 걸 알겠다.

이제 당당히 카스티엘로로서 지분을 요구할 수 있다.

물론 예전에도 요구하면 주셨겠지만, 요구하기에는 내가 부족한 것 같고 그랬는데, 지금은 그런 게 전혀 없었다.

"그렇다면 고맙구나."

아빠는 그렇게 말하고 싱긋 웃으며 말했다.

"그럼 다시 잡아볼래?"

난 잠시 바닥에 던져 놓은 작살을 바라보다가 고개를 저었다.

"아뇨. 전 절대로 못 잡을 거예요."

"아냐, 할 수 있어. 도와줄게."

카를이 그렇게 말하며 자리에서 일어났다.

난 한숨을 내쉬고 작살을 챙겨들어 자리에서 일어났다.

조심스럽게 다시 강으로 들어가서, 떡밥을 솔솔 뿌리고 물고기가 오기를 기다렸다.

그때 커다란 물고기가 슬렁슬렁 나타났다.

'크다!'

깜짝 놀라 바라보는데 카를이 속삭였다.

"오른쪽 위에 노란 돌 있지? 신호하면 그걸 찔러."

노란 돌?

물고기랑 한참 멀리 떨어져 있는데?

갸웃하며 고개를 끄덕이자 카를이 다시 말했다.

"지금."

그 말에 난 에잇! 하고 있는 힘껏 노란 돌을 찔렀다. 동시에 카를이 가볍게 발을 들었고 물고기가 기척에 쏜살같이 도망치다가 내 작살에 희생당하고 말았다.

"우와!!"

난 환호성을 지르며 작살을 들었다.

"잡았어요!!"

"잡았네."

"우와, 우와. 아빠! 잡았어요! 엄청 커요!"

아빠가 가볍게 손을 들었다. 난 첨벙첨벙 물 밖으로 걸어 나갔다. 그리고 자랑스럽게 작살을 살살 흔들어서 물고기를 빼냈다.

"그럼 먹고 갈까?"

카를이 말해서 "지금요?" 하고 되묻자 그가 고개를 끄덕였다.

아빠와 카를은 순식간에 모닥불을 만들었다.

"어떻게 이렇게 잘해요?"

"훈련 때 늘 하니까. 기사단만 따로 움직일 때는 스스로 하는 게 원칙이지."

아빠가 그렇게 말하고는 물고기를 손질했다. 난 물고기 손질은 멀리서 지켜보았다.

머리와 내장을 싹 정리하고 향신료와 소금을 팍팍 뿌린 다음, 생나무 가지에 꿰어서 모닥불 주변에 나란히 놓인 물고기들은 맛있는 냄새와 함께 구워지기 시작했다.

껍질의 기름이 지글지글 끓어오르며 바닥으로 툭툭 떨어졌다.

카를이 다 구워진 생선꼬치 하나를 나에게 건넸다.

"뜨거워."

"보면 알아요."

아직도 기름이 끓는 게 보였다. 후후 불어서 식히고 조심스럽게 한입 깨물었다.

"맛있어요!"

민물생선이라 비릴 거라고 생각했는데, 전혀 비리지 않고 적당히 기름지면서도 담백했다. 짭짤하면서 향신료 향이 솔솔 나는 게 계속 넘어가는 맛이었다.

굳이 말하자면 술을 부르는 맛.

하지만 난 소다수로 참았다.

내가 잡은 생선은 커서 그런지 살도 쫀득쫀득했다. 그렇게 큰 생선을 다 먹자 배가 불렀다.

식사를 끝내고, 가져온 주석 주전자를 모닥불 위에 올려서 차도 한 잔씩 마셨다.

해가 지는 강가는 붉은 노을빛을 반사하며 너울거렸다. 작은 물살들은 무수한 빛으로 황홀하게 반짝였고, 모닥불 타는 소리는 물소리와 합쳐져서 낮은 화음을 이뤘다.

해가 지고 나서야 우리는 자리를 치웠다.

그리고 손을 잡고 어두운 숲길을 씩씩하게 걸었다. 밤길도 하나도 무섭지 않았다.

마스터를 양옆에 끼고 걷는데 뭐가 무섭지요?

"달무리가 졌네요."

하늘을 바라보며 중얼거리자 아빠가 힐끗 하늘을 보았다가 말했다.

"새벽에 비가 올 것 같은데."

"또요?"

한숨을 푹 내쉬자 카를이 피식 웃었다.

"금방 그치길 바라야지."

"그래야죠."

그리고 아빠의 예언은 맞아떨어져서 정말로 새벽부터 비가 오기 시작했다.

쿠르릉—!

"흐악."

난 이상한 소리를 내며 몸을 움츠렸다.

물론, 이제 천둥이랑 번개가, 그렇게 무섭지는 않다.

봐? 이건 나무집이고, 높은 데 있으니까 물에 잠길 일은 없다고?

난 이성적인 사람이니까, 이제 무서워하지 않아요.

난 자리에서 일어나 베개를 챙겨 들었다.

저택은 저택이다.

단단하고, 돌로 되어 있고, 내 침대도 아주 안쪽에 있고, 무너지지도 않지.

하지만 여기는 나무집이잖아? 나무 위에 만들어져 있잖아?

번개라도 치면 어떻게 하지?

굴뚝에 벼락 맞는 거 아냐? 피뢰침이 있던가?

난 그렇게 생각하며 베개를 끌어안고 아래층으로 내려갔다.

살그머니 아빠와 카를이 함께 쓰는 방으로 들어가니, 밖이 저렇게 시끄러운데도 두 사람은 아주 잘 자고 있었다.

난 살그머니 아빠 침대로 다가갔다. 음, 침대가 작아서 들어갈 구석이 있는지 모르겠는데.

그때 거짓말처럼 아빠가 눈을 떴다. 그리고 말없이 이불을 들어서 난 히힛 웃고는 얼른 이불 속으로 들어갔다.

"근데 침대 작아서 불편하지 않으세요? 떨어지지 않을까요?"

"난 괜찮아."

아빠가 그렇게 말하는데 언제 일어났는지 카를이 물었다.

"침대 붙이지?"

"네? 오라버니 깨셨어요?"

"쿵쿵거리며 들어오는데 깨지."

"안 그랬는데요."

"그랬어."

그렇게 말하고 카를은 자신의 침대를 가볍게 밀어서 이쪽으로 이어 붙였다.

"이러면 안 떨어지겠지. 네가."

그리고 카를은 중간 틈새에 이불을 가져다가 잘 다독여 주기까지 했다.

난 키득거리며 카를을 놀렸다.

"나랑 같이 자고 싶었죠?"

"떨어지면 더 시끄러우니까."

카를은 그렇게 말하고 침대에 누웠다. 난 웃으며 얼른 두 사람의 가운데에 누웠다. 불편함은 없었다.

천둥이 친다는 불안감도 멀리 사라진 지 오래였다.

맞아.

다람쥐도 이런 기분일 거야.

나무 구멍 속에서 사는 다람쥐 가족이 떠올랐다.

구멍 밖에는 비가 붇고, 바람도 강해서 나무가 흔들릴지도 모른다. 하지만 집이 흔들려도, 온 가족이 다들 모여 있으니까, 아늑하고 무섭지 않을 거야.

눈을 감고 숨을 길게 내쉬는데 카를이 한탄하듯 말했다.

"아직도 우리 토끼는 천둥이 무서워서 어쩌냐."

"안 무서워요."

"그래서 베개 들고 내려온 거야?"

"그냥 같이 자고 싶어서 그런 거거든요? 천둥 안 무섭거든요?"

"비가 올 때만 같이 자고 싶어지나 봐요?"

이익, 하고 입을 내미는데 아빠가 "쉿." 하고 작게 말해서 우리는 얼른 입을 다물었다.

밖에서 잎사귀 위에 빗방울이 떨어지는 소리가 들렸다.

그건 창문이나, 지붕 위에 떨어지는 빗소리와는 완전히 달렸다. 그리고 그 소리는 머리 위에서만 들리는 게 아니라 창밖에서, 심지어 아래에서도 들리고 있었다.

우리는 나무 속에 집을 짓고 있는 거니까.

아빠가 내 배 위에 손을 올리고 가볍게 토닥여 주기 시작했다.

'난 다 컸는데…….'

어쩐지 낯간지럽기도 했지만, 기분은 좋았다.

그리고 곧 나는 깊은 잠으로 빠져들었다.

공교롭게도 비 온 이튿날 하인들이 도착했다. 새벽에만 폭우가 쏟아지고 아침에는 부슬비로 변한 게 다행이었다.

"에스텔 님!"

"앤!"

우리는 양손으로 서로 꽉 마주 잡으며 콩콩 뛰었다.

앤이 반짝거리는 회녹색 눈으로 날 바라보며 말했다.

"엄청 좋아 보여요. 게다가 그사이에 타셨잖아요?"

"나가 놀다 보니."

"허여멀건 것보다 좋지요. 요즘 너무 창백해 보이셨거든요."

"건강해 보인다니 좋네. 다들 잘 지내?"

"네, 애니 님이 따라오신다는 걸, 켈슨 님이 말렸어요. 아무래도 비도 오고 길도 험하니까요. 마법사 자격으로 제가 오게 되었지요. 그리고—"

앤이 짐을 나르고 있는 로이 쪽으로 머릿짓을 했다.

"짐꾼으로 로이 님도요."

난 씩 웃으며 로이에게 손을 흔들었고 무거운 짐을 옮기던 로이가 "여기서 절 빼주시면 안 되나요?" 하고 물었지만, 열심히 일해라 하는 손짓—파이팅 포즈—를 돌려주었다.

앤은 집으로 올라와서 꼼꼼히 돌아보고는 이불 갈며 청소를 지시했다. 그녀는 화덕을 보고 웃으며 물었다.

"요리는 누가 하세요?"

"내가? 오븐은 아빠랑 카를이. 새를 몇 번 까맣게 태우거나, 덜 익히고 나서는 조금 요령이 생겼어."

슬쩍 팬케이크를 태워먹은 건 뺐다.

"세 분이 요리라니."

앤이 고개를 절레절레 저었다.

그녀가 2층 베란다로 나가서 주변을 둘러보고 깊게 숨을 들이마시고 말했다.

"왜 에스텔 님이 건강해지셨는지 알 것 같네요. 이 나무에서 정령의 힘이 느껴져요. 숲 냄새도 짙고요."

"그래? 하긴, 정령의 힘에 많이 의지하고 있는 부분이 있으니까."

정령력이 내 몸을 지키고 있는 거니까. 알파가 내 몸의 통로를 통해서 힘을 가져 오는 게 아니라, 밖에서 힘을 보충하면 내 몸의 부담도 훨씬 적고.

'괜히 물속에 반쯤 잠겨서 정령석 침대에서 자고 있던 게 아니란 말이지.'

"그래도 한여름에는 여기서 못 살 거야. 분명히 쪄 죽을걸."

내 말에 앤이 가볍게 웃었다.

"그렇겠죠."

"솔라드는? 어때?"

"생각보다 사람 수가 조금씩이지만 꽤 늘고 있어요. 예상보다 너무 인원이 많아지면 어쩌나 걱정이에요. 행복한 비명이긴 하지만요."

"그렇구나. 하델이 알아서 어련히 잘하겠지만."

"하델 님은 얼른 에스텔 님이 왔으면 하던 것 같던걸요. 에스텔 님 상태를 아니까 말을 못 꺼내지만요."

"정말?"

"정치는 행정으로만 되는 게 아니라고 하더군요."

앤이 어깨를 으쓱하며 하는 말에 난 갸웃했다.

'내 권력이 필요하단 말인가? 하지만 이미 하델에게 많은 부분을 이양했으니까. 아, 하지만 역시 책임자가 있는 건 다르지.'

진짜로 솔라드도 내려가 봐야 하는데.

한숨을 내쉬고 난 앤에게 말했다.

"곧 내려갈게."

"여름이 지나면요. 여름의 여행은 몸에도 좋을 게 없지요."

"하긴."

난 고개를 끄덕였다.

앤이 재미있다는 얼굴로 말했다.

"예전 같으면 그래도, 라고 말씀하시면서 바로 내려가시려고 했을 것 같은데. 어쩐 일로 고분고분하시네요?"

"내 몸도 소중하게 여기기로 했어. 이미 험하게 다룰 대로 다뤘으니까, 지금부터라도 소중하게 해 줘야지."

"그거 옳으신 말씀입니다."

언제 왔는지 로이가 대화에 끼어들었다. 그가 휘파람을 불고 베란다 난간을 조심스럽게 살핀 후 기대며 말했다.

"경치 좋네요."

"그지? 여기서 보는 노을도 끝내줘. 나뭇잎들이 노을을 반사해서 반짝반짝하거든."

로이가 난간을 팔로 밀어 몸을 세우며 "그렇겠네요." 하고 나서 슬쩍 날 보며 물었다.

"언제 돌아올 예정이세요?"

"한 주 더 있다가 갈 예정인데. 왜? 무슨 일 있어?"

"한 주 더 말이죠."

로이는 그렇게 말하고 고개를 끄덕였다.

"아뇨, 그냥 물어본 거예요. 절 얼마나 버려두실까 하고."

"버려두기는."

난 웃으며 가볍게 로이를 쳤고, 그가 "아얏." 하고 엄살을 떤 후에 말했다.

"제인 양은 잘 풀리고 있는 것 같더군요."

"정말?"

난 눈을 깜박이며 되물었고 로이가 고개를 끄덕였다.

"이러다가 조만간 결혼할지도 모르겠어요."

"진짜? 그 정도야?"

함박웃음이 흘러나왔다. 제인이 행복해진다면 기쁘지.

하지만.

"그래도 바로 결혼은 안 돼. 최소한 일 년은 사귀어 봐야 해."

엄격하게 말하자 앤이 피식 웃었다.

"어떤 분인지 궁금하네요."

"그러게. 로이도 아는 사람이야?"

"네, 제임스라고. 늑대기사단이라도 출신은 제각각이잖아요? 그럭저럭 점잖은 출신의 사람이에요."

제임스.

난 그 이름을 마음속에 새겼다.

"로이랑 엘런은? 두 사람은 잘되어 가고 있어?"

"크, 주군께서 관심을 가져주시는 제 연애사. 네, 엘런과는 나쁘지 않아요."

"하지만?"

내가 갸웃하며 묻자 로이는 묘한 미소를 머금으며 푸른 눈을 가늘게 떴다.

"이상하게 주군은 이상한 곳에서 촉이 좋으시단 말이죠."

"말하기 싫으면 하지 않아도 돼."

"음, 하지만. 정체된 기분이에요."

"정체?"

"네. 관계가 멈춰 있는 그런 느낌. 보통 이런 정체기를 느끼면 결혼이라는 새로운 자극을 주겠지만. 아시다시피 그 선택지는 없죠."

"결혼이 새로운 자극인 거야?"

한숨을 내쉬며 말하자 로이가 가볍게 웃으며 어깨를 으쓱했다.

"사람들이 말하는 걸 이야기하는 것뿐이에요."

"로이는 결혼하고 싶어?"

"음, 글쎄요."

로이가 어깨를 움츠렸다가 펴며 말했다.

"저도 잘 모르겠네요."

"그런가. 사실 나도 잘 모르겠어."

"네?"

"결혼 말야."

"어, 제 연애사에서 주군의 연애사로 언제 넘어간 거죠?"

"지금."

"그렇군요."

앤이 내 쪽으로 몸을 기울이며 물었다.

"그러면 에멜과 결혼하고 싶지 않으시다는 말이에요?"

"으음, 그게. 에멜이 일단 나랑 결혼하고 싶은지도 모르겠어. 그리고 결혼하면 집을 떠나야 하잖아. 난 열한 살 때 여기에 왔고, 가족이랑 시간을 보낸 게 아직 10년도 안 됐단 말야? 어쩐지 아쉬워서."

내 말에 두 사람은 고개를 끄덕였다. 로이가 한숨을 내쉬며 말했다.

"게다가 주군은 그동안 너무 고생하셨잖아요? 좀 더 여유를 가져도 된다고 생각해요."

"맞아요."

앤이 고개를 끄덕이며 맞장구를 쳐서 난 웃으며 말했다.

"이제는 큰 위험 없이 여유 있는 삶을 보내게 되지 않을까 하고 있지만 말야."

"그거 기대되네요."

로이가 그렇게 말하고 씩 웃었다.

하룻밤 머물 수 없기 때문에, 해가 지기 전에 일행은 서둘러 떠났다. 숲을 빠져나가 해가 지면 근처의 마을에서 머물고 다시 공작가로 돌아갈 거라고 했다.

난 앤이 주고 떠난 마법 등불에 푹 빠졌다.

아기 머리만큼 커다란 호박 모양 유리 안에 작은 불꽃들이 춤을 추듯 반짝이는 것이었다.

모양이 시시각각 변하며 편안하고 부드러운 주황색 불빛을 던져서, 난 한참을 눈을 떼지 못했다.

일부러 책을 펼쳐서 불빛 아래서 읽었다.

한밤중에는 완전히 비가 그치고 구름 사이로 달이 모습을 드러냈다. 난 한참 달을 올려다보았다.

'에멜은 잘 지내고 있으려나?'

아까 로이랑 앤에게 결혼에 관해서 이야기한 게 갑자기 죄책감이 들었다. 음, 그러니까 에멜에게는 먼저 말을 꺼내지 않고 제삼자들에게 먼저 이야기한 게?

'아냐, 에멜이 나에게 청혼한 것도 아닌데, 벌써 죄책감이 들 필요는 없지.'

그래도 이건 중요한 문제니까, 에멜과 먼저 이야기하는 게 좋았을까?

'하지만 묻지도 않았는데, 결혼은 아직이라고 하는 것도 좀 그렇지.'

난 여러 생각을 하며 책을 탁 덮었다. 활자가 눈에 들어오지 않았다.

"뭐해?"

카를이 불쑥 내 방문을 열며 물어서 난 "여기예요." 하고 하늘을 가리켰다.

"달이 예뻐서요."

카를이 얇은 담요를 나에게 둘러 주며 말했다.

"밤이면 추워."

난 피식 웃었다. 담요를 가져왔다는 건 내가 이미 베란다에 나와 있다는 걸 알고 있었다는 이야기렷다?

그런데 '뭐해?' 라니.

"오라버니."

"왜?"

"사랑해요."

카를은 눈을 크게 떴다. 그가 한참을 날 바라보다가 손을 뻗어 내 양 뺨을 꾹 누르더니 다시 잡아당기고 소년처럼 씩 웃었다.

"나도."

난 울상이 되어 말했다.

"잡아당기면 아프다고요."

"약하긴."

"약한 게 아니라 진짜 아프거든요? 오라버니도 한번 당겨져 보실래 요?"

씩씩거리며 항의하자 카를이 내 머리를 슥슥 쓰다듬어 주었다.

"그래, 그래."

"아이, 참."

내가 투덜거리자 카를이 말했다.

"대신 내일 새 둥지 보여 줄게."

"새 둥지요?"

"그런 거 좋아할 것 같아서."

"전 이미 다 자란 어른이에요."

"그럼 말래?"

"그건 아니죠."

어른이라고 모험을 싫어하지는 않아요.

카를이 눈을 살짝 찌푸렸다.

"그래서 어느 쪽이야?"

"좋아요. 약속이에요. 그리고 전 어른이에요. 아시죠?"

"그래. 그리고 내 여동생이고."

"그렇다면 마음껏 쓰다듬으셔도 돼요."

난 그렇게 말하며 얌전히 두 손을 모았다.

이튿날, 카를은 약속대로 새 둥지를 보여주었는데, 모양이 상당히 근사했고 안에 든 알도 아름다운 빛을 띠고 있었다.

잠시 후 어미 새의 공격을 받아 우리는 빠르게 도망쳤지만 말이다.

*　　　*　　　*

난 모닥불 피우는 법도 익혔다. 부싯돌로 어떻게 불을 피우는지 아는가?

부싯돌만 있으면 안 되고 부싯깃이라는 게 필요하다.

부싯돌을 부딪치면 불꽃이 통 하고 튀는데, 그 불꽃이 떨어지자마자 불이 붙을 만한 물건 말이다. 가늘게 찢은 섬유가 필요했는데, 밖에서는 마른 풀을 가늘게 해서 만들면 된다. 그리고 나서는 그 불을 바로 옮길 수 있는 성냥 비슷한 굵기의 막대.

부싯돌을 부딪쳐서 부싯깃에 불꽃이 떨어지면 재빠르게 훅 하고 숨을 불어 넣는다. 그러면 불꽃이 커지면서 화르륵 타오르는데 이때 가느다란 막대에 불을 옮기고, 이걸로 모닥불에 불을 붙이는 거다.

잘 마른 장작과 그렇지 않은 걸 구별하는 법도 알게 되었고.

하지만 여전히 산 동물을 손질하는 건 어려웠다.

아빠와 카를이 커다란 민물 가재를 잔뜩 잡은 건 좋았는데, 손질은 전혀 할 수 없어서 난 멀리서 지켜보기만 했다.

버터에 지글지글 구워진 손질된 가재는 정말로 맛있었지만, 나에게 가재를 다듬으라고 한다면 사양하겠다.

이불을 터는 것도, 힘 있는 사람이 터는 편이 나으니까 나는 패스.

빈둥빈둥하면서 숲 안에서 열매를 따거나, 망원경으로 새를 관찰하거나, 냇가에서 첨벙거리거나, 고둥을 모으거나 하며 시간을 보냈다.

커다란 벌집을 발견해서 깜짝 놀라 알린 적도 있었다.

그러자 아빠가 가서 꿀이 뚝뚝 흐르는 벌집을 약간 얻어왔다.

아니, 약탈해 왔다고 해야 하나.

'어떻게 전혀 쏘이지 않고 벌집을 약탈해 왔는지는 모르겠지만.'

난 신기해하며 접시에 담긴 벌집을 바라보았다.

꿀이 꽉 들어차서 이미 접시에 꿀이 가득했고, 살짝 벌집을 누르기만 해도 왈칵 꿀이 흘러나왔다.

꿀은 짙은 황금빛이었고, 꽃향기가 진했다. 그날 팬케이크는 꿀이 줄줄 흐르는 호사스러운 거였다.

다 먹지 못한 꿀은 작은 유리병에 잘 담아두었다.

남은 일주일도 눈 깜박하는 사이에 지나가 버렸다.

이대로 집에 돌아가는 게 아쉬울 정도였지만, 아쉬울 때 돌아가는 게 딱 좋은 것 아니던가.

다음에 또 오자고 하고 우리 셋은 마차에 몸을 실었다.

집으로 올라온 나는 가지고 돌아온 새 깃털에 맞춰서 보석을 골랐다. 그걸 세공해서 만든 장신구를 애니와 앤, 로라와 제인 그리고 엘런에게 선물했다.

푸른 사슴 방에 들어가서, 보석들을 잔뜩 꺼내 두고 깃털과 색을 맞추는 건 즐거운 작업이었다.

다들 비싼 거라 받을 수 없다고 입을 모았지만, 난 각각 머리카락 색에 맞춰서 만든 거라 내가 쓸 수 없다고 하며 억지로 선물했다.

그런데 에멜이 오지 않았다.

에멜에게 돌아왔다는 편지를 올라오자마자 써서 보냈는데, 답장도 없었고 날 보러 오지도 않았다. 만나러 갈까 했지만, 에멜이 단호하게 안 된다고 했던 게 생각나서 눌러 참았다.

일주일이나 말이다.

켈슨이나 아서에게 후작가에 무슨 일이 있냐고 물어봐도 레이몬드 후작가에 딱히 큰 문제가 생긴 것도 없다고 하고.

'대체 뭐지?'

아니, 폭우가 쏟아지던 날에도 나를 보겠다고 왔던 사람이?

걱정되기 시작했다.

이제 비는 완전히 그쳤고, 본격적으로 온도가 올라가기 시작했다. 그래서 카를은 웃옷을 벗고 검을 휘두르고 있었고, 난 그 희미한 정령의 노래를 들으며 투덜거렸다.

"대체 왜 연락이 없는 걸까요? 오지도 않고. 너무하다고 생각하지 않아요?"

검 연습할 때의 카를은 집중하느라 대답하지 않고 조용하기 때문에, 좋은 투덜거림 상대였다.

내가 그렇게 이야기하면 로이는 창백한 얼굴로 '그렇게 말씀하시는 건 주군뿐이죠.' 하고 대꾸하고는 했지만 말이다.

"아무래도 무슨 일이 있나 걱정돼요. 레이몬드 후작가에 일이 없다면 오지 못할 이유가 없잖아요?"

카를이 검을 휘두르다 멈추고 푹— 검을 바닥에 꽂아 넣었다.

어쩜 저렇게 칼날이 부드럽게 바닥에 박힐까.

그가 내가 앉아 있는 벤치 쪽으로 다가와서 수건을 휙 들며 말했다.

"약 먹고 쓰러져 있나 보지."

"네?"

난 깜짝 놀라 카를을 올려다보았다. 카를이 어깨를 으쓱하고 입을 열었다.

"전에 구린 냄새 난다고 했잖아. 완전히 약 냄새 풀풀 나더구만."

"그게 무슨─"

소리냐고 하려고 하다가, 퍼뜩 떠오른 생각이 있었다.

에멜에게서 맡았던 달콤한 냄새.

어디서 맡은 적이 있다고 생각했었지.

아이리스의 방에서.

난 자리에서 벌떡 일어났다.

"왜 그때 이야기를 안 하셨어요?!"

"뭘?"

"에멜이 약 쓰는 것 같다고요!"

"그런 거 다 이야기해야 하는 건가?"

"당연히 해야죠!"

"그럼 지금 이야기하지. 수면제, 진정제를 섞어서 쓰는 냄새가 확 나더라."

"카를 카스티엘로!"

다시 소리를 지르자 카를이 붉은 눈으로 날 바라보며 매정하게 말했다.

"눈치 못 챈 건 너잖아."

그 말에 난 이를 악물었다가 내뱉었다.

"오라버니, 진짜 나빴어요."

그렇게 말하고 난 휙 돌아서 성큼성큼 걷기 시작했다.

카를의 연무장에서 멀찍이 떨어져서 날 기다리던 로이가 물었다.

"싸우셨어요?"

"로이 딜런."

"네."

"그 비 오던 날, 에멜의 상태를 서술해 봐."

로이는 당황한 듯하더니 작게 말했다.

"어ㅡ 안 좋은 상태였지요. 그래서 제가 돌아가서 자라고 했고요."

"왜 나에게 말 안 했어?"

"주군에게는 비밀로 해 달라고 해서요. 금방 정신 차릴 거라고."

"상태가 안 좋았다는 것의 구체적인 의미는?"

"술 냄새가 나던데요."

난 끙 하고 한숨을 내쉬며 이마를 눌렀다.

"로이……."

"그냥 술 취한 줄 알았죠."

로이가 어깨를 으쓱했다. 내가 그를 빤히 보자 로이가 덧붙였다.

"에멜이 괜찮아질 거라고 약속했습니다. 그리고 실제로도 괜찮아지고 있었고요."

난 그의 가슴께를 쿡 찌르며 말했다.

"마차 준비해. 당장. 레이몬드 후작가로 쳐들어갈 거니까."

로이가 조심스럽게 물었다.

"병력을 준비할까요?"

"진이랑 엘런 두 사람 다 데리고 갈 거야. 앤에게도 이야기해 줘."

아무리 레이몬드가 우리 쪽으로 돌아섰다고 해도, 로이만 데리고 갈 수는 없지.

진과 엘런이 오더니 병사도 몇 명 차출하는 게 어떠냐며 조심스럽게 의견을 제시했다.

"하지만 병사들을 데리고 가는 것도 그렇게 좋아 보이지는 않을 것 같은데?"

"그건 그렇지만, 그럼 최소한의 숫자 정도는 데리고 가죠. 아가씨는 어쨌든 솔라드 백작이며 카스티엘로 공녀님이니까요."

신분 수준에 맞는 호위병을 데리고 가라는 말이다.

난 고개를 끄덕였고, 그래서 약 열둘 정도의 인원을 데리고 가게 되었다. 레이몬드 후작가에 먼저 내가 간다는 편지를 보내고, 이튿날 바로 출발했다.

카를은 한숨을 내쉬었고 아빠는 잘 다녀오라고 해 주셨다.

위풍당당하게 카스티엘로와 솔라드의 문장을 건 깃발을 세우고 마차는 출발했다.

레이몬드가의 저택까지는 사흘이나 걸렸다.

"이 거리를 어떻게 매일매일 온 거야?"

경악하며 외치는 내 말에 엘런이 부연 설명을 했다.

"아마 저택에서 바로 온 게 아니라, 근처 별장에서 왔을 거예요."

"근처?"

"별장이라기보다는, 공작가를 감시하기 위한 곳이라고 봐야겠지만요."

로이가 덧붙여서 난 그런 곳이 있었나, 하고 고개를 갸웃했다.

아니 그보다 그러면 거기서 계속 머물고 있었단 말이야?

저택은 비워두고?

세상에.

머릿속이 아찔해졌다.

레이몬드 후작가는 기억과 똑같았다. 대신 문을 열고 맞이해 주는 집사의 얼굴은 바뀌어 있었다.

"카스티엘로 공녀님."

그가 정중하게 허리를 숙였지만, 난 화를 억누르고 있는 상태였기 때문에 빠르게 용건으로 넘어갔다.

"레이몬드 후작은요?"

"후작님께서는……."

그가 머뭇거리며 내 눈치를 봐서 난 성큼성큼 안으로 빠르게 들어갔다.

"예전 후작의 방에 있나요? 아니면 어디에 있어요?"

"공녀님!"

당황한 집사가 날 따라잡았지만 로이가 손을 뻗어 우리 사이를 가로막았다.

"우리가 다 방문을 열어보는 수도 있지만, 귀찮잖아요? 그리고 후작님께 해를 끼치러 온 게 아니라는 것도 아시겠지요."

로이의 말에 집사는 한숨을 내쉬고 말했다.

"손님방에 계십니다."

"손님방이요?"

"다른 방에는 머물기 싫으시다며─ 이 층 가장 끝 방입니다."

"고마워요."

난 까딱 인사를 하고 계단을 뛰듯이 올라갔다.

마지막 방, 마지막 방, 마지막 방.

복도를 휙휙 걸어서 난 마지막 방문 앞에 도착하자마자 거침없이 문을 열어젖혔다.

열자마자 확 냄새가 몰려들었다.

달콤한 향냄새와 알코올 냄새.

순간 어질할 정도였다.

방 안은 두꺼운 커튼을 다 내려서 어두웠다. 눈을 깜박여 어둠에 적응하길 바라며 거침없이 안으로 들어가며 말했다.

"로이. 커튼이랑 창문 다 열어. 엘런과 진은 입구에 있어 주겠어? 앤은 나 따라오고."

최소한 동료에게 더 험한 꼴은 보이지 않게 하려는 배려였다.

엘런과 진은 고개를 끄덕였고 로이는 저쪽 끝부터 커튼을 열기 시작했다. 빛이 찌르듯 안으로 밀려들어 왔다.

난 금방 침실 문을 확인하고 열었고, 거실에 가득한 냄새보다 더 심한 냄새의 진원지를 찾아냈다.

"에멜 레이몬드!"

난 소리를 지르며 안으로 들어갔다. 앤이 근처의 향로를 찾아내서 뚜껑을 딱 덮고, 커튼을 열었다. 햇빛이 바닥에 굴러다니는 술병을 비췄다. 난 침대로 다가가서 멈춰 섰다.

"에멜⋯⋯."

한숨과 함께 그의 이름이 흘러나왔다.

에멜은 수염도 자란 거칠거칠한 얼굴로 술주정뱅이처럼 잠들어 있었다.

난 길게 숨을 내쉬었다.

물론 화가 났다.

하지만 그렇다고 지금 에멜을 두들겨 패서 깨워서 이게 무슨 짓이냐고 하지는 않을 거다.

설렁줄을 잡아당기자 창백한 얼굴의 시종이 달려왔다.

"청소하고, 후작님의 옷을 갈아입히세요."

"하지만 아무도 들어오지 말라고 주인님께서⋯⋯."

내가 눈썹을 추켜올리자 시종은 얼른 고개를 푹 숙여 보였다.

눈을 찡그리며 뭔가 중얼거리는 에멜의 부츠를 벗기고, 술병을 치우고, 향을 내가고, 환기를 시키고, 모든 건 침묵 속에서 조용히 이뤄졌다.

한바탕 일이 다 끝나고 나서, 난 에멜이 일어날 때까지 옆에서 기다리기로 했다.

나는 앤에게서 받은 등불을 걸어 두고 흔들의자에 앉아 읽던 책을 펼쳤다.

반쯤 열어둔 창문으로 서늘한 여름 밤공기가 흘러들어 왔다.

'내일은 저택 분위기를 좀 바꿔 볼까. 너무 화려하고 칙칙하지.'

어떻게 화려함과 칙칙함이 공존할 수 있는지는 모르겠지만.

아니, 화려하고 고루하다고 하는 편이 더 나으려나?

저택 자체가 그동안 쌓아 온 레이몬드 가문의 업적을 뿜어내고 있으니 말이다.

책장을 넘기다가 문득 시선이 느껴져 고개를 들었더니 에멜이 깨어서 날 바라보고 있었다.

난 입을 열지 않았고, 그도 그저 날 바라보기만 했다.

그렇게 우리는 서로 빤히, 아주 오랜 시간 바라보았고, 결국 지친 내가 먼저 입을 열었다.

"왜 아무 말도 안 해요?"

내가 입을 열자 그가 놀란 듯 눈을 빠르게 깜박였다. 그리고 한참 망설이다가 입을 열었다.

"네가 사라져 버리니까."

"말 좀 한다고 안 사라져요."

"그래?"

에멜은 그렇게 대꾸하고 희미한 미소를 지으며 날 바라보았다.

난 느리게 책을 덮고 자리에서 일어나 에멜 쪽으로 다가갔다. 책을 협탁 위에 올리고 난 침대에 앉아서 그를 빤히 보았다.

"봐요. 안 사라지죠?"

에멜이 힐끗 시선을 옆으로 돌리고 중얼거렸다.

"환각제를 섞은 적은 없는 것 같은데."

"수면향은 썼고 말이지요."

"잠이 안 와서."

"왜요?"

"네가 없어."

"여기 있어요."

하하 하고 에멜이 흘리듯 소리 내어 웃었다. 지친 기색이 역력했다.

"정말로 있나?"

"있지요."

"빨강색."

그가 중얼거려서 난 눈 쪽을 어루만지며 물었다.

"역시 마음에 안 들어요?"

"너에게 아름답지 않은 곳은 없어."

에멜의 말에 난 픽 웃었다. 그가 눈가를 문지르며 말했다.

"이건 진짜 같은데."

"진짜가 아니면요?"

"내 꿈이지."

"그렇게 생각해요?"

갸웃하자 에멜이 숨을 길게 들이마시고 말했다.

"그러면 언제 죽어?"

"네?"

"이렇게, 설레게 하고, 다가오고. 그렇군. 그다음은 항상 네가 죽잖아. 네가 없잖아."

"그런 꿈을 항상 꿔요?"

"이것처럼?"

난 눈을 찌푸렸다.

에멜이 천천히 손을 뻗었다가, 닿지는 못하고 한 겹 떨어져 날 어루만 지듯 내 얼굴 윤곽을 따라 덧그리며 말했다.

"이러고 나서 항상, 난 널 못 구해. 언제나 그랬지. 항상. 항상. 난 혼 자 남겨지고 넌 차가운 시체가 되고. 그럼 난 어떻게 해야 해? 난 널 볼 수가 없어. 지금 넌 살아 있는 걸까? 아니면 난 꿈을 꾸고 있나?"

그가 끊임없이 중얼거렸다.

"어쩌면 넌 처음에 마법사에게 잡혀가서 죽은 걸지도 몰라. 아니면 그 후에 그 강물 속에서, 아니면 황궁에서. 넌 죽었고 난 그저 환상을 쫓고 있는 걸지도 몰라."

난 숨을 삼켰다.

에멜이 계속 이렇게 괴로워하고 있는지는 몰랐다.

난 살아 있고, 다 잘 끝났으니까 당연히 괜찮을 거라고 생각했다. 내 모습을 보면서 그가 받았을 상처나 괴로움은 생각하지 못했다.

끝이 좋으니까, 다 좋은 거라고.

이제 된 거라 생각했다.

에멜이 손을 말아 쥐며 이마에 가져다 대고 말했다.

"잠을 잘 수가 없어."

그러다 그가 웃었다.

"아니, 지금 자고 있나? 말해 봐. 에스텔 카스티엘로."

난 손을 뻗어 에멜의 얼굴을 확 잡아당겼다.

그의 눈이 휘둥그레졌다.

캐러멜 색 눈 안에서 그의 동공이 훅 커지는 걸 바라보며 난 단호하게 말했다.

"지금 우리는 깨어 있고, 난 여기 있고, 당신도 여기 있어요. 그러니까 안심하고 도로 자요. 에멜. 그리고 내일 아침에 이야기해요."

그의 표정에 얼떨떨함이 가득해졌다.

"에스텔? 정말로?"

"네, 진짜로 에스텔이지요. 당신의 에스텔이에요."

"이것도 꿈일까?"

그가 속삭이듯 물어서 난 피식 웃었다.

"그럼 좋은 꿈이네요."

에멜이 날 안을 듯이 양손을 뻗었지만, 그는 결국 날 건들지 못하고 손을 떨어트렸다. 난 그를 놓아주고 물러나며 말했다.

"도로 자요."

"눈을 감기는 아까워."

그가 중얼거렸지만 내가 눈을 찌푸리는 걸 보고 순순히 눈을 감았다. 그러나 곧 다시 떴다.

"아직 있네."

"있어요."

난 그렇게 말하고 그의 손을 잡았다.

"이러면 계속 있는 걸 알 수 있겠죠?"

그는 숨을 내쉬고 눈을 감았다. 난 한참 손을 잡고 서 있다가 다리가 아프기 시작하자 슬그머니 무릎을 꿇었다.

'음, 카펫이 푹신해서 다행이야.'

저쪽에 있는 스툴을 가지고 올걸.

후회하며 침대에 반쯤 기대듯 엎드렸다.

"……에스텔?"

속삭이는 목소리에 난 선잠에서 퍼뜩 깨어났다.

햇빛이 눈을 가볍게 찔러 난 눈을 찌푸렸다가 똑바로 떴다. 에멜이 눈 앞에 있는 걸 도저히 믿을 수 없다는 눈으로 날 바라보고 있었다.

난 하품하고 그와 아직도 맞잡고 있는 손을 흔들며 침대에 다시 푹 엎드리며 웃었다.

"안녕, 에멜. 좋은 아침이에요."

그는 한참을 날 멍하니 바라보다가 퍼뜩 손을 놓았다.

난 그제야 굳은 어깨를 이리저리 돌렸다. 관절에서 소리가 난다. 으, 안 좋은 자세로 계속 있었더니 여기저기가 벌써부터 소리를 지르고 있었다.

"그럼, 어제―"

"꿈이 아니었지요."

난 자리에서 일어나 쭉 기지개를 켰다. 두둑두둑 몸에서 소리가 났다. 이게 소녀의 몸에서 날 소리입니까?

도대체 언제쯤 튼튼해질지 모르겠다. 계속 이렇게 연약해서는 에멜에게 괜찮다는 말도 할 수가 없잖아.

하지만 문제는 내 몸이 약한 게 아니다.

난 한숨을 삼키고 재빠르게 표정을 바꿨다.

"우리 이제 할 이야기 있지 않아요?"

내가 그의 앞에 다리를 딱 벌리고, 양손을 허리에 얹고 서서 말하자 에멜이 눈을 가리고 한참 침대에 앉아 있다가 말했다.

"적어도 제가 좀 씻고, 제대로 된 모습으로 돌아와도 될까요."

"기꺼이요."

잠시 후 에멜은 옷을 갈아입고, 씻고, 면도하고 깔끔한 모습이 되어 돌아왔다. 그래도 눈은 아직 충혈되어 있었고 피로한 기색이 역력했지만 말이다.

"그럼 말씀하시죠."

그가 의자에 앉아서 말했다.

"사실은 엄청 화가 났거든요?"

에멜은 말없이 날 바라보았다. 한숨을 내쉬고 난 그의 무릎 위에 털썩 앉았고 에멜은 움찔했다.

"아가씨?"

"하지만 어제 에멜의 이야기를 듣고 나서, 화가 살짝 멈춘 상태예요. 왜 이야기하지 않았어요?"

"뭘 말입니까?"

"악몽을 꾼다는 거나, 나에 대해서 불안하다거나. 그래서 날 매일 찾아온다는 것 같은 거요."

에멜은 멋쩍은 얼굴로 말했다.

"나아지고 있습니다."

"지금 내가 본 건 그런 게 아닌데요. 대체 언제부터 이랬던 거예요?"

에멜은 입을 꾹 다물었고 나는 눈을 가늘게 떴다.

"좋아요. 그럼 내가 맞춰 볼 테니까."

난 잠시 생각하다가 물었다.

"내가 잠들었을 때부터죠?"

에멜은 대답하지 않았고, 않은 게 정답이라서 나는 입술을 꾹 깨물었다. 그런 내 입술을 부드럽게 엄지로 쓸며 에멜이 고백했다.

"그렇지 않으면 견딜 수가 없었습니다."

약을 먹고 술을 마시지 않으면 불안해서.

난 한숨을 내쉬었다.

"하지만 약과 술을 마시고 악몽을 꿔대면 소용이 없잖아요?"

"요즘은 괜찮았어요."

그가 다시 변명했고 난 눈을 찡그렸다가 깨달았다.

"아, 제길."

"음, 그거 무슨 뜻인지는 알고 쓰시는 말인가요?"

"에멜에게서 계속 달콤한 냄새가 났었다면 저도 알았을 거예요. 하지만 그렇지 않았다는 건 드문드문 썼다는 거고, 나아가고 있었군요. 정말로."

내가 있는 걸 확인하면서 불안에서 벗어나고 있었던 거겠지. 그런데 내가 그에게 오지 말라고 했고, 종국에는 멀리 여행까지 가버렸다.

그래서 나아가고 있었던 게 반동이 와서 폭발한 거다. 다이어트로 치면 요요 현상이 온 거나 마찬가지지.

"에멜, 말해줬다면—"

"할 법한 이야기가 아니지요."

"아니에요!"

난 목소리를 높이며 그의 다리 위에서 휙 일어나 똑바로 그를 바라보았다.

"에멜은 아직도 날 못 믿고 있군요."

"저는—"

"에멜이 어떻든지 나는 에멜을 사랑해요."

에멜은 말없이 날 보았다. 그의 고요한, 아름다운 호박색 눈을 들여다보며 내 진심이 전해지길 바랐다.

"가끔 나는 에멜이 불행으로 달려간다는 생각이 들어요."

그의 어깨가 흠칫했다. 나는 미소 지었다.

"내가 사랑하는 에멜을 에멜도 사랑해줘요. 에멜이 에멜의 자격을 정하지 말고요. 그 자격은 내가 정해요. 내가 지금 당신으로 충분하다는데, 왜 당신은 스스로를 몰아세우죠?"

나는 애썼다. 약과 술을 하는 건 현상이고 결과일 뿐이지, 그의 안에 있는 건 다른 일들이니까.

나에 대한 불안, 내가 없어지면 무너지게 될 것에 대한 경계. 하지만 그것만이 전부가 아닌 거라는 생각이 들었다.

에멜은 항상 나에게 날 소중히 하라고 말했지.

그 말을 돌려주고 싶어.

"전―"

그가 입술을 열었다가 다물었다. 나는 살며시 그의 양 뺨을 붙잡고 부드럽게 눈가에, 뺨에 입 맞췄다.

"에멜을 이제 용서해줘요."

나를 지키지 못했던 것, 부하들을 지키지 못했던 것, 그 모든 후회에서.

에멜이 손을 뻗어 내 등을 붙잡았다. 그의 머리가 기울어져 내 어깨에 닿았다. 한참 후에 나는 그의 부드러운 갈색 머리카락에 뺨을 대고 속삭였다.

"나도 도와줄게요. 일단, 에멜은 좀 제대로 회복해야 해요."

그가 작게 웃고 내게서 몸을 떼었다. 반짝이는 호박색 눈동자가 내 마음에 쿡 와서 박혔다.

평소에 그에게서는 잘 볼 수 없는, 상처받기 쉬운 듯한, 부드럽고 연약한 얼굴.

내게만 보여주는 표정.

키스하고 싶은 걸 꾹 눌러 참고 나는 고개를 들고 선언했다.

"이 저택의 분위기도 싹 바꾸고요."

앤은 정체불명의 걸쭉한 녹색 액체를 에멜에게 내밀었다.

"이게 대체 뭡니까?"

에멜은 컵을 받아 들고 경악하며 말했다.

음, 꼭 녹조 같네.

한눈에도 절대로 맛있어 보이지 않는 액체는 나에게까지 이상한 냄새를 풍겼다.

"약을 몸에서 빼는 거죠."

앤이 차갑게 말했다. 에멜이 진지하게 컵을 들여다보며 말했다.

"토해서 빼는 건 아니겠죠."

"설마요. 자, 마시세요."

에멜은 날 바라보았고 난 앤을 바라보았으며 앤은 에멜을 바라보았다. 내가 레몬 사탕을 내밀며 말했다.

"줄 수 있는 게 이것뿐이네요."

"마시지 않게 해 주실 수는 없는 거군요."

"에멜이 흡입하던 그거 중독성 있는 약이라고 들었어요."

그래서 단숨에 반동이 왔던 것일 터.

마약! 중독!

이 얼마나 무서운 말인가?

내 진지한 얼굴에 에멜은 한숨을 내쉬고 숨을 멈추고는 단숨에 액체를 꿀꺽꿀꺽 삼켰다.

다 마신 에멜의 얼굴은 푸르죽죽했다. 그는 빠르게 맹물을 마시고 나서 사탕을 입안에 던져 넣어 와작 깨물었다.

"진짜 토할 것 같아요."

앤이 컵을 도로 쟁반에 담으며 말했다.

"하루 세 번 마셔야 하니까 토하지 않는 게 좋겠죠. 또 마시는 건 싫잖아요?"

그녀의 말에 에멜이 씁쓸하게 웃으며 말했다.

"그러네요."

앤은 그의 반응에 잠시 멈칫했다가 쟁반을 들고 쌩하니 나가 버렸다.
로이가 어깨를 으쓱했다.

"앤 님은 너 안 좋아하니까."

"로이!"

내가 놀라 외치자 에멜이 한숨을 내쉬었다.

"보면 알아."

난 에멜을 보며 말했다.

"앤이 나쁜 애는 아니라—"

"압니다."

에멜이 내 말을 가로막으며 가볍게 고개를 끄덕였다.

"제가 잘못한 부분도 있으니까요."

"미안해요."

"에스텔이 미안해할 일은 아니죠."

그리고 그가 머뭇거리며 날 보다가 물었다.

"언제까지 저택에 계실 겁니까?"

"당연히 에멜이 나을 때까지요."

당당히 말하니 에멜이 가볍게 웃고 말했다.

"그러면 당장 방을 준비하라고 해야겠군요. 묵고 가실 거라고는 생각
도 못 했습니다."

"이미 하룻밤 묵었잖아요."

내 말에 에멜은 당황한 듯 "그건." 하고 더듬거리더니 간신히 문장을
완성했다.

"그건 묵은 게 아니라고 해야 하나. 한 방에서 지내기는 했지만, 그건
치지 않는 거지요."

난 피식 웃으며 다리를 꼬았다.

"그래요. 치지 않는 거지요. 일단 저택에 편지를 써야겠네요. 당분간 머물겠다고."

내 말에 그의 얼굴에 화색이 돌았다.

"저도 당장 방을 준비하라고 하겠습니다. 아니, 원하시는 방을 골라주세요."

"그럼 전에 묵었던 방을 쓸래요. 쓰던 곳이 편하니까요."

"원하시는 대로."

"그리고 방 분위기 내 마음대로 바꿔도 괜찮아요?"

"편하신 대로."

"좋아요."

난 고개를 끄덕였다.

"그럼 커튼부터 일단 다 걷으라고 해야겠네요. 당분간은 시녀들을 바쁘게 부릴 테니까 그런 줄 알아요."

내 말에 에멜은 고개를 끄덕였다. 내가 뭐라고 하든 에멜은 고개를 끄덕일 것 같다.

다들 너무 무르다니까.

"그리고 오늘 일정은 어떻게 돼요?"

"일정이요?"

"네, 뭔지는 모르겠지만 취소하는 게 좋을 것 같아요."

"딱히 일정은 없는 것 같은데요."

"다행이네요."

"그런데 취소하는 게 좋다고 하시면?"

에멜의 물음에 난 고개를 갸웃하고 중요한 정보를 실토했다.

"아까 그 약 말이지요."

"네."

"그거 먹으면 금단 현상이나 이런 것 때문에 많이 아프다고 하더라고요."

에멜이 눈을 찡그렸다.

"그런가요?"

"앤이 그랬으니까 틀림없지 않을까요? 그러니까, 오늘부터 전 간병인이에요. 동시에 레이몬드 저택에도 손을 좀 댈 거고요."

"반가워해야 할지, 아니라고 해야 할지……."

그가 중얼거려 난 킥킥 웃고 물었다.

"혹시 저택에 남겨 두고 싶은 부분이 있어요?"

"있다면, 손님방에서 묵고 있지 않겠죠."

그의 말에 난 고개를 끄덕였다.

"알겠어요, 그럼, 좋아하는 색이나 분위기는요?"

"글쎄요? 노란색?"

그가 날 바라보며 말해서 난 "노란색……." 하고 중얼거렸다.

"노란색 위주로 꾸미는 건 좀 어려우니 포인트로 둘까요."

"분홍색도, 붉은색도 좋아요."

그가 턱을 괴고 웃으며 말했다.

그제야 나는 에멜이 무슨 이야기를 하는지 깨달아 미소 지으며 말했다.

"그리고 금색도 당연히 좋겠죠?"

"금색이 노란색이죠."

에멜이 그렇게 말해서 난 다시 웃고 말했다.

"나도 갈색과 호박색이 가장 좋아요. 하지만 그렇게 저택을 꾸미면 어떨지 모르겠네요."

포인트 색으로 놔둘까?

'그런데 레이몬드 후작가는 돈을 얼마나 가지고 있을까?'

카스티엘로 공작가의 재력과 비교하면 안 되겠지.

사 분의 일쯤 되려나?

인테리어 비용을 아껴야겠다고 생각하며, 난 예전에 레트가 보여 줬던 창고를 떠올렸다.

그가 곳곳을 돌아다니며 예술품이며 창고며 구경시켜 줬었는데, 잘 뒤지면 쓸 만한 게 나올지도 모른다.

난 자리에서 일어나며 말했다.

"정원 산책할까요?"

"기꺼이."

에멜과 나는 레이몬드 저택의 정원으로 나왔다.

레이몬드 후작가의 취향에 맞게, 정원은 화려한 화목으로 꾸며져 있었다.

카스티엘로가의 정원이 광대함으로 승부한다고 하면, 후작가는 빈틈없이 꽉 채우는 그런 화려함이 있었다.

에멜이 잠시 정원을 바라보다가 말했다.

"한 가지 바꾸고 싶지 않은 게 있네요. 정원."

"정원은 어지간해서는 건들지 않을 거예요. 정원에 손댔다가 제대로 자리 잡으려면 십 년 이상 시간이 걸리기도 하고요."

난 근처 벤치에 앉아서 물었다.

"몸은 괜찮아요?"

"아직까지는요."

에멜은 자리에 앉지 않고 날 가만히 내려다보기만 했다.

아침에 일어나서 그렇게 난리를 쳤다는 게 믿어지지 않을 정도로 그는 평온해 보였다.

'조금은 내 말이 먹힌 걸까?'

에멜 마음 속 깊은 문제야 내가 해결할 수 없는 거지만, 불안은 해소해 줄 수 있다.

'말로만 안 죽는다고 하는 게 아니라 진짜 내가 튼튼하게 오래 버텨야지.'

물론 몸이 약해져서 얼마나 더 버틸 수 있을지는 모른다는 게 문제였다.

'게다가 괜찮다고 해 두고서도 일이 터졌으니. 신뢰도도 없지.'

"그러고 보니 그날 일을 에멜에게 들어 본 적이 없네요."

"무슨 일이요?"

"음, 나랑 아빠랑 나가고 나서 황궁에서요. 그냥 오라버니랑 에멜이 해치웠다는 것만 듣고, 자세히는 못 들었어요."

"제 인생에서 가장 끔찍한 전투였습니다."

에멜은 빠르게 내뱉듯 말하고 나에게 계속 시선을 고정한 채로 이어 말했다.

"당신이 죽었을지도 모른다고 생각했어요. 그러면 싸울 이유가 없으니까."

"에멜……."

"카를 님이 그런 절 칼등으로 후려쳤죠. 아직 살아 있으니까 정신 차리라고."

"다행이네요."

에멜이 픽 웃었다.

"그 후 깨어나지 않는 당신을 보는 건 더 지옥 같았고요. 몸이 반쯤 투명해져 있어서, 정말로 그대로 없어져 버릴 거라고 생각했죠."

"그랬어요?"

난 깜짝 놀라 물었다.

"네."

에멜이 고개를 끄덕였다.

"예전에 정령과 계약을 하러 갈 때, 투명해져서 잡을 수 없었던 것처럼 되는 거 아닌가, 항상 이튿날 그대로 사라져 버리는 게 아닐까 걱정했죠. 그래서."

그의 목소리가 끊겼다.

그래서 약을 시작했다는 거겠지. 문득 나는 에멜에게는 아무도 없다는 걸 깨달았다.

그는 더는 늑대도 아니며, 레이몬드 후작가의 가족은 그를 적대시하고 있다. 로이도 그와 절교했다고 했고.

'정말로 아무도 없어.'

만약 내가 에멜 같은 상황이라면? 내 주변에 아무도 없고 에멜만 남아 있는데, 그가 사라질 상황이라면?

눈앞이 새까맣게 되는 기분이었다.

"에스텔이 만나러 오지 않아도 된다고 할 때, 정말로 할 말이 없더군요."

그래서 그런 얼굴을 했구나.

"그건 사정을 몰랐으니까요."

나도 모르게 변명했지만 에멜은 이어 말했다.

"난 하루라도 에스텔을 확인하지 않으면 불안해서 잠도 잘 수가 없는데, 정작 본인은 내가 힘들 테니까 오지 말라니."

날 타박하는 것 같지만 그렇지 않다. 그저 그의 마음속을 토로하는 거라는 걸 알 수 있었다. 난 그의 손을 잡으며 말했다.

"그야 매일 오려면 힘드니까 그렇죠. 그러니까 이제 마음껏 확인해요. 계속 곁에 있을 테니까요."

난 씩 웃으며 말했다.

에멜은 내 말에 대답하지 않았다. 그는 그냥 내 손을 잡았다. 나는 그의 손가락에 깍지를 끼며 그의 손을 마주 잡았다.

에멜이 대답하지 않는 이유는 안다.

'믿지 않는구나.'

하지만 손을 잡은 이유도 안다.

'믿고 싶다고 생각은 해주고 있고.'

지금까지 내 행보를 생각하면 그렇게 생각해주는 것만 해도 고맙다.

서로를 위해서 살자고 이야기해놓고서, 서약석을 부술 때는 생각이 없었다. 그것만 해도 내가 얼마나 무심한 인간인가?

물론 약속은 그 뒤에 한 거라고 변명의 말을 할 수 있지만 그건 안 하는 것만 못한 변명이다. 나는 몸을 숙여 에멜의 손등에 키스했다. 흠칫, 그의 전신이 떨리는 게 느껴졌다.

"사랑해요, 에멜."

그가 내가 입 맞춘, 제 손등을 들어 입 맞추고 말했다.

"저도 사랑합니다."

앤의 처방은 맞아떨어졌다.

낮 동안 멀쩡해 보이던 에멜은 저녁이 되자 조금씩 열이 오르더니, 한밤이 되자 완전히 앓아누웠다.

"열이 나는 건 해독되고 있다는 뜻이니까 좋은 징조예요. 독소가 빠져나가는 거죠."

앤이 그렇게 말하며 얼음물을 내려놓았다.

난 수건을 얼음물에 적시며 물었다.

"하지만 그래도 힘든 건 힘든 거잖아? 나도 열에 시달려봐서 알아. 언제쯤 괜찮아질까?"

"사나흘을 앓아누울 거예요."

"그렇게나 오래? 그러고 보니 약은 계속 안 먹여도 되는 거야?"

"오늘 세 번 다 먹었으니까요. 일단 한 번 이렇게 하고 나서, 그리고 좀 더 약한 약으로 한 번 더 하면 깔끔해질 거예요."

난 한숨을 내쉬며 말했다.

"앤, 좀 더 에멜을 좋아해 주면 안 돼? 원래 앤도 에멜을 좋아했잖아?"

앤이 눈을 찌푸렸다가 말했다.

"싫어하지 않아요. 그랬다면 약을 만들어 주지도 않았겠죠."

"그럼 왜 그렇게 쌀쌀맞게 구는 거야?"

"⋯⋯저보다 에스텔 님과 가까운 게 싫어요."

생각지도 못한 말에 난 눈을 크게 떴다가 웃음을 터트렸다. 환자 앞이라 얼른 그쳤지만 말이다.

물수건을 짜서 에멜의 얼굴을 한 번 닦은 후에, 다시 적셔서 이마에 올려주고 난 앤에게 말했다.

"에멜은 연인이잖아. 앤은 친구고. 친구로서는 앤이 내 최고의 친구야."

"하지만, 곧 에멜 님이 최고의 친구가 되겠지요."

"아니, 에멜은 연인이라고. 연인."

난 앤의 손을 잡으며 말했다.

"친구 중에 최고는 계속 앤이야."

앤이 가만히 날 바라보다가 웃으며 말했다.

"그러면 좀 더 마음을 풀도록 할까요. 에스텔 님은 가서 주무세요. 제가 지켜볼게요."

"아니, 계속 있어 준다고 했으니까, 내가 계속 있어 줄 거야."

앤은 잠시 망설이다가 "정령은—" 하고 입을 뗐고, 난 오른손을 들며 말했다.

"절대로 정령력으로 치료하거나 하지 않을게. 나도 아프고 싶지는 않아."

"좋아요."

앤은 내 확답을 받고서 방 밖으로 나가며 침실 문을 닫지 않고, 열어 두고 나갔다. 열이 높아 금방 수건이 미지근해져서, 수시로 수건을 갈아야 했다.

'계속 이렇게 열이 나는데 정말 괜찮은 건가? 고열이 계속되면 안 좋다고 그랬는데.'

물론 나보다야 앤이 더 잘 알기는 하겠지만, 그래도 걱정이 되는 건 어쩔 수 없었다.

그는 악몽을 꾸는 듯 몇 번이나 몸서리치면서 내 이름을 불렀다.

"여기 있어요."

난 그의 손을 꽉 잡아주며 귓가에 속삭여 주었다.

밤에는 간병을 하고, 낮에는 침대에서 함께 잤다.

엘런과 진은 질색하며 "절대로 안 됩니다!" 하고 소리쳤지만 난 고집을 부렸다.

"두 사람도 함께 있으면 되잖아? 어차피 에멜은 아파서 아무것도 못한다고. 정말로 손만 잡고 자는 거라니까?"

"하지만, 아가씨!"

엘런은 할 말을 잃었다는 듯이 소리쳤고 진은 결혼하지 않은 여성이 가져야 할 몸가짐에 대해서 긴 충고를 늘어놓았지만, 날 꺾을 수는 없었다.

그렇게 이틀을 보내고 나니, 오히려 내가 체력이 달렸다.

앤은 에멜의 상태를 보고 "회복이 엄청 빠르네요." 하고 혀를 내둘렀다.

난 상인이 가져온 커튼 천 샘플을 넘기며, 한 손으로 빠르게 샌드위치를 집어 먹었다.

"내가 오히려 쓰러지겠어. 커튼 천은 이걸로 할게. 그리고 미술품은 싹 다 치웠어?"

"네, 다 치웠어요. 지금 복도는 텅텅 빈 상태랍니다."

"후작의 방은?"

"거기는 침대부터 싹 다 뜯어내서 바꿨어요. 카펫은 원하시는 대로 크림색으로 깔았고, 벽에 걸린 그림도 다 떼어 내고 새로운 그림을 걸었지요."

"역시 돈이면 안 되는 일이 없네."

난 고개를 끄덕였다.

이틀 만에 이렇게 할 수 있는 건 사람의 손이 그만큼 많다는 이야기고, 사람 손을 가져다 쓴다는 말은 인건비를 그만큼 지불한다는 거다.

'사실은 골동품을 전부 팔고 싶은데. 이런 물품은 현금화하려면 시간이 걸리는 거니까.'

그래도 꽤 많이 경매에 내놓았고, 상인과 물물교환으로 교환한 것도 상당량 되었다.

'어차피 에멜은 딱히 좋아하는 것 같지도 않고, 내 취향의 미술품도 아니니까.'

처분하고 내 취향대로 바꿔야지.

집사와 시녀들은 내가 상상도 못 한 명령을 내리자 처음에는 당황하는 듯했다. 처음에 내가 미술품 목록을 건네며 경매에 내놓으라고 할 때만 해도 집사는,

"하, 하지만 이것들은……."

하고 더듬거렸다.

난 카스티엘로다운 오만한 미소를 지으며 소파에 몸을 기대며,

"그래서 안 하겠다는 건가?"

하고 되물었을 뿐이었는데, 어째서인지 소문은 꽤 무시무시하게 퍼져 나간 듯 보였다.

'새삼 카스티엘로의 명성을 실감하게 되는군.'

카스티엘로 공작가 안에만 있을 때는 자꾸 잊게 되는데, 보통의 사람들에게 카스티엘로는 가히 악마와 다름없는 존재로, 두려움의 대상이다. 게다가 내 눈동자 색은 더 이상 분홍이 아니라 빨강이었으니 아마 더더욱 무서웠겠지.

덕분에 상인들도 감히 날 속여먹을 생각을 하지 못했고, 거래는 공정하게 이루어졌다.

오늘은 커튼을 싹 바꾸는 날이었다.

원래는 짙은 포도주색에 두툼한 호사스러운 커튼이었는데, 그건 걷어서 겨울용으로 따로 치워두고 부드러운 크림색에 금사로 수가 놓아진 것으로 바꾸기로 했다.

그리고 복도는 더 이상 조각상이 아니라 생화와 도자기로 장식된 공간으로 바뀌었다.

당연히 그림도 싹 바꿨고.

전혀 변하지 않은 것은, 에멜이 머물고 있는 이 방뿐이었다. 아무래도 환자가 있는데 공사를 할 수는 없으니까 말이다.

삼 일째가 되자 낮에 에멜은 깨어났다. 하지만 아직 몽롱한 듯이 보여서 난 그의 이마에 손을 올리며 말했다.

"아직 미열은 남아 있네요."

"에스텔이 있네요."

"있지요. 있겠다고 했잖아요. 뭐라도 먹을래요?"

그의 이마에서 손을 떼며 묻는데, 에멜이 내 손을 붙잡아 누르며 말했다.

"가지 말고 있어."

"내쫓지 않으면 안 가요."

"누가 쫓아내겠어?"

그가 그렇게 말하며 내 손바닥에 키스했다. 나는 간지러움에 몸을 움츠렸다가 놀리듯 말했다.

"아직도 꿈꾸는 것 같죠?"

"왜?"

"나에게 반말할 때는 꼭 그런 상태이던걸요."

꼬집어 말하자 에멜은 잠시 입을 다물었다가 물었다.

"꿈이 아닌가?"

"아니에요."

난 그렇게 말하며 손을 빼려고 했지만 그는 놔주지 않았다. 그러더니 내 손가락을 깨무는 게 아닌가.

"아야! 에멜?!"

"아, 진짜군요."

"진짜라니까요!"

난 투덜거리며 에멜에게 손을 붙잡힌 채로 반대 손을 들어서 침실 밖에 있는 엘런을 불렀다.

"엘런, 앤 좀 불러와 줘."

"네, 아가씨."

그리고 난 에멜을 내려다보며 물었다.

"정말로 안 놓을 거예요?"

"안 놔요."

그가 그렇게 말하며 내 손에 깍지를 끼웠다.

안 하던 어리광이라니.

그게 귀여워서 나는 씩 웃으며 그의 손을 마주 잡아주고 속삭였다.

"아무 곳에도 안 갈 거예요."

"그거 가장 행복한 말이네요."

"그래요?"

"에스텔을 가두지 않아도, 내 곁에 있어 준다는 말이잖아요."

"날 가두고 싶어요?"

그가 반대쪽 손을 들어 내 입술을 살짝 눌렀다.

"전부 가지고 싶습니다. 하나도 남김없이, 당신의 전부를 원해. 나는—"

에멜이 희미하게 웃었다.

"다른 방법은 모르니까. 원하는 걸 가지는 방법은 그것밖에 모릅니다. 하지만 애정에 대한 건 당신에게 다 배웠지요. 아낌없이 준다는 것. 그러니 가두지 않을 겁니다."

"에멜."

나는 작게 속삭였다.

"난 애정에 이미 사로잡혀 있어요. 당신의 사랑에 구속되어 있어요."

애정보다 더 확실한 속박은 없죠.

에멜이 눈을 깜박였다. 난 피식 웃고 말했다.

"그러면 일단 손을 놔줄래요?"

"싫어요."

난 풀썩 침대에 앉으며 말했다.

"놔줘도 아무 데도 안 가요."

그는 한참을 말이 없다가 내 손을 잡은 손에서 힘을 풀었다. 때마침 앤이 나무 쟁반을 들고 들어왔다.

"깨어났다는 이야기를 듣고 얼른 만들어 왔어요."

에멜이 신음을 흘리며 상체를 세우려고 애썼다. 팔이 후들후들 떨리는 걸 보고 내가 그가 일어나는 걸 도와주며 등 아래 베개를 바로 세웠다.

"또 이상한 그 약이라고는 하지 말아 주세요."

"아니에요. 자요."

앤이 컵을 건네주는데 힐끗 바라보니 황금색 액체가 출렁이고 있었다. 에멜은 망설임 없이 컵을 들어 액체를 전부 마셨다. 그가 한숨을 내쉬자 짙은 꽃향기가 확 풍겼다.

"이거 향수 마시는 거 같은 맛이에요."

난 에멜에게서 컵을 받아 들어 킁킁 냄새를 맡아 보았다. 정말로 엄청 짙은 꽃향기가 났다.

"몸에 체력을 보충해 주는 거예요. 에스텔 님도 많이 마셨죠."

"내가?"

이런 걸 마신 적이 있었나?

"에스텔 님은 이렇게 진한 건 못 드세요. 다른 방식으로 약하게 만든 걸 드셨죠."

"아, 그 이상한 맛의……."

"네, 그거예요."

"그렇구나."

난 다시 킁킁 냄새를 맡았다. 향이 옅어지자 기분 좋은 향이 되어 있었다.

"꽃향기가 나는 약이라니, 왠지 좋아 보이는데."

"마음에 드시면 다음에는 그렇게 해 드릴까요? 전 개인적으로 꽃향기가 좀 그래서……."

"응, 마셔볼래."

"알겠습니다."

"그러니까 본인이 싫어하는 향을 저에게 마시게 했다는 거군요."

"다른 제조를 할 시간은 없었는걸요."

앤은 그렇게 말하고는 에멜의 눈꺼풀을 벌려보고, 열을 재보더니 고개를 끄덕였다.

"역시 마스터는 체력이 다르네요. 그래도 지금 몸이 많이 약해지셨으니까, 이틀 정도는 몸을 보하는 게 좋겠죠."

그리고 앤이 날 바라보며 말했다.

"아가씨도, 이제 제대로 주무셔야 해요."

"난 괜찮아. 환자도 아닌걸."

"언제나 환자가 될 가능성이 무궁무진한 분이라는 걸 알려드리고 싶은데요."

앤이 눈을 가늘게 뜨며 말했다.

"제대로 주무셔야 한다뇨?"

에멜이 되물었다. 앤이 팔짱을 끼고 에멜에게 말했다.

"당신이 정신이 있을 때나, 없을 때나 항상 에스텔 님이 곁에 있는 걸 알았대도 왜라고 물었을까요?"

에멜은 그 말에 멍하니 날 보다가 놀라 물었다.

"잠깐, 제가 얼마나 이러고 있었던 겁니까? 그리고 내내 제 곁에 있었고요?"

"이틀, 오늘로 삼 일째예요."

"그러니까 계속 제 옆에 있었다는 말이지요."

"그래요. 약속했잖아요."

"그럼 잠은?"

"곁잠을 잤지요."

"에스텔 카스티엘로!"

에멜은 목소리를 높였다가 한 손으로 얼굴을 가렸다. 그리고 한참 말이 없다가 내뱉었다.

"지금 엄청 기쁘다고 하면, 앤 님이 절 때릴까요?"

"그런 야만적인 짓은 안 해요."

앤이 말하자 에멜이 손을 내리고 알쏭달쏭한 얼굴로 날 바라보았다. 걱정되는 듯도 하고, 울 듯도 하고, 그런데 어쩐지 웃는 듯도 한 얼굴이었다.

"에스텔."

"네."

"좀 더 이쪽으로 와 봐요."

"……?"

갸웃하면서 난 엉덩이를 움직여 그에게로 다가갔다.

"왜요?"

에멜이 상체를 숙여 나에게 키스했다. 달콤한 향기가 확 밀려들었다. 난 얼굴이 확 빨개졌다.

아니, 앤이 보고 있다고요?

"에멜!"

"하하."

에멜은 소리 내어 웃고 속삭였다.

"이제 간호는 됐어요. 가서 쉬어요."

"싫어요."

"에스텔."

"나을 때까지 간호해 준다고 했어요. 그리고 없어지지 않겠다고 약속도 했고요."

"믿어요, 그러니까."

"거짓말은 싫어요, 에멜."

내 말에 그는 입을 다물었다. 그리고 묘한 미소를 지으며 말했다.

"이상한 데서만 눈치가 빠르죠. 아가씨는."

"아무리 나라도 이틀 곁에 있었다고 느닷없이 신뢰가 생기면서 모든 게 뾰로롱 괜찮아진다고는 생각하지 않아요. 나도 그랬고요."

"그렇다고 아예 생기지 않은 것도 아닙니다. 나아지고 있었다고 말씀드렸죠. 게다가 이러다가 아가씨께서 아프시면 그게 더 큰일입니다."

그 말에 난 갸웃하고 앤을 바라보았다. 눈치 빠른 앤은 컵을 챙겨 들고 조용히 침실을 나갔다. 살짝 침실문도 반쯤 닫아 주었다.

난 침대 위로 다리를 끌어올려 에멜을 바라보고 앉았다.

"나 계속 생각해 봤어요. 그리고, 에멜이 아프면서 하는 이야기도 들었고."

"제가 뭐라고 했습니까?"

"절 보고 거짓말쟁이라고요."

"그리고요?"

"음, '죽지 마'라든가, '안 돼!' 같은 이야기도 많았고. 제 이름도 여러 번 불렀고—"

"제가 팔을 들어 에스텔을 치지는 않았습니까?"

"그런 일은 없었어요."

"다행이네요."

"그래서."

난 그를 빤히 보며 입을 열었다.

"난 에멜에게 죽지 않겠다고 약속했죠."

"했었죠."

"그리고, 음, 결과적으로는 지킨 거지만—"

"그때는 지킬 거라고 생각하지 못하셨겠지요. 그러면서, 서약석을 부수셨고요. 가족들을 위해서. 당신은, 한 번도."

"에멜을 최우선으로 생각한 적이 없다고요."

에멜의 갈색 눈이 더 어두워져서 거의 검은색처럼 보였다.

"에스텔은 치사해요."

"……."

난 말없이 에멜을 보았다.

"난 당신밖에 없는데. 아가씨는 아니죠. 더 많은 선택지를 가지고 있고, 언제든지, 날 버리고 갈 수 있죠. 난 아닌데."

"맞아요."

난 시인했다.

에멜은 짧게 숨을 삼켰다.

난 에멜 쪽으로 좀 더 다가앉았다. 그와 나의 사이는 이제 아주 가까워졌고, 서로 숨소리도 들을 수 있을 정도였다.

"나에게는 아주 많은 선택지가 있어요. 난 에멜이 아니라 다른 누구라도 다 선택할 수 있어요. 렌이나, 맥이나, 심지어 난 로이를 선택할 수도 있죠."

에멜의 눈에 확 불꽃이 일었다.

질투는 지옥의 불꽃과 같다고 했던가?

"하지만 다 포기했어요."

난 미소 지었다.

"난 다 포기하고, 버리고, 그 수많은 가능성에서 에멜을 선택했어요."

에멜의 눈동자가 커졌다.

"내게는 에멜뿐이에요. 그럼 반대로, 에멜도 그런가요? 만약에 다른 사람의 목소리도 잘 들렸다면, 그래도 나를 선택했을까요?"

에멜의 입술과 숨결이 살며시 내 입술에 와 닿았다.

"그래도 아가씨를 택했을 겁니다."

그가 속삭이고 내게 키스했다. 부드럽게 살며시, 달콤하게 입술이 닿았다가, 한숨 같은 숨과 함께 벌어진 입술 사이로 뜨거운 혀가 들어왔다. 꽃향기가 입안과 콧속을 가득 채웠고, 열기에 온몸이 뜨거워지는 듯했다. 뒷머리를 감싸고 누르며 에멜은 점점 깊게, 깊게 내 안으로 들어왔다.

꽃향기와 열기와 저릿한 느낌에 머릿속이 어질어질했다.

간신히 에멜이 내게서 몸을 떼어 내고 숨을 몰아쉬었다.

그가 미소를 지었다.

다정하거나 상냥한 게 아니라, 에멜 특유의 비웃음 같으면서 차가운 그런 미소.

"솔직히 말하면 당신이 몸을 아끼지 않고 날 간호했다고 했을 때 기뻤습니다."

"그런 것 같았어요."

어깨를 들썩이며, 난 호흡을 고르게 하려고 하며 말했다.

제길, 체력이 떨어지니 키스하기도 힘들단 말인가?

에멜의 손이 가볍게 내 눈가를 닦아 냈다. 자극 때문에 저절로 눈물이 맺혔던 모양이다.

그가 속삭였다.

"하지만 정말로 당신이 아픈 건 원하지 않아."

"정말로 쉬어야 한다고 생각되면, 가서 쉬겠어요."

내 단호한 말에 에멜은 작게 한숨을 내쉬었다. 그는 느리게 상체를 뒤로 눕혀 쿠션에 기대며 말했다.

"뭐든 내 아가씨가 원하시는 대로."

"아, 맞다. 원하시는 대로라고 해서 말인데요, 에멜 혹시 후작가 장부를 볼 수 있을까요?"

"네?"

여기서는 에멜도 정말 놀란 듯 눈을 크게 떴다.

"음, 아뇨. 저택을 다시 꾸미고 있다고 했잖아요? 그래서 쓸 수 있는 금액이 어느 정도 될까 궁금해서요."

이미 닥치는 대로 처분하고 있지만.

내 질문에 에멜의 얼굴이 살짝 붉어졌다.

"물론, 보여 드릴 수는 있지만……. 카스티엘로 공작가에 비하면, 음. 좀 적을 겁니다. 그래도 아가씨께서 원하시는 만큼 쓰실 수는 있을 거예요. 그러니까, 아가씨 한 사람이 원하시는 거라면 뭐든지요."

난 그의 말에 웃음을 터트렸다.

"에멜, 카스티엘로 공작가의 푸른 사슴 방에 들어와 봤죠?"

그는 고개를 끄덕였다.

"난 진주로 공기놀이를 하고, 사파이어와 루비를 가지고 놀다가 지친 사람이에요. 그런 거에는 그렇게 관심 없어요."

부라면 정말로 물릴 만큼 맛봤다. 난 아마 온통 다이아몬드로 되어 있는 드레스도 만들 수 있을 거야.

그냥 무겁고, 만들기 귀찮으니까 안 하는 것뿐이지.

난 장난스럽게 말했다.

"에멜을 파산시킬 생각이 아니에요. 그럴 마음도 없고요. 에멜도 날 잘 알잖아요?"

"알지요. 그래도."

에멜이 한숨을 내쉬었다.

"당신에게 조금의 부족함도 느끼게 해 주고 싶지 않거든요."

"에멜 하나로 내게는 충분해요."

"가끔 에스텔은 날 바보로 만들어요."

"걱정 말아요, 에멜도 가끔 그러니까."

난 그렇게 대답했고 에멜은 자신의 손에서 인장 반지를 빼서 나에게 건네주었다.

"하고 싶은 게 있다면, 다 해요."

"이거의 무게감은 잘 알죠."

난 백금으로 만든 묵직한 반지를 꽉 쥐고 에멜의 뺨에 키스했다.

"고마워요. 그리고 좀 더 자요."

에멜이 이상한 얼굴로 날 보고 속삭였다.

"나 지금 좀 화가 나요."

"뭐가요?"

"맥길런을 당신이 이렇게 돌봐줬을 거라고 생각하면."

"이렇게 안 돌봐줬어요."

"정말요?"

"으음. 이렇게까지는요."

솔직하게 정정하고 난 말했다.

"그러고 보니 맥에게는 하고 에멜에게는 아직 하지 않은 게 있네요."

"뭘요?"

"잠옷을 벗으면, 내가 닦아 주는 거요."

일어나 있으면 더 쉽겠지.

"그 자식에게 그걸 해 줬다고요."

으르렁거리듯 말해서 난 어깨를 으쓱했다.

"열이 나서 어쩔 수 없었어요. 에멜에게도 해 줄까요?"

에멜은 눈을 내게 붙박이로 고정하고 아무런 말도 하지 않았지만, 난 손을 뻗어 그의 잠옷 단추를 풀기 시작했다.

'생각해 보니 옷도 갈아입는 게 좋겠다.'

새 옷을 가져오라고 해야겠네.

그렇게 생각하며 단추를 다 풀고 그의 옷을 벗기려고 하는데 에멜이 앞섶을 쥐며 말했다.

"지금, 정말로요?"

"네, 지금. 정말로요."

난 에잇 하고 힘을 줘서 그의 옷을 벗겼고, 에멜은 반항해야 할지 순순히 있어야 할지 모르겠는 얼굴로, 그러나 실제로 날 방해하지는 않고, 옷을 벗었다.

난 "잠시만요." 하고 잠깐 침실 밖으로 나와 시녀에게 새 옷과 따뜻한 물, 수건을 부탁했다.

거실에 앉아 있던 진이 물었다.

"에멜은 어떻습니까?"

"많이 나은 것 같아요."

"다행이군요."

"엘런과 로이는요?"

"엘런이 로이를 데리고 좀 전에 나갔으니, 어디서 싸우고 있는 게 아닐까요."

진의 태연한 말에 난 입을 떡 벌렸다.

"그 사이에 둘이 싸웠어요?"

"워낙 잘 싸우는 사람들이니까요. 곧 화해도 하겠지요. 도와 드릴 일이 있을까요?"

"아뇨, 괜찮아요. 고마워요, 진. 그리고 스테파니에게 미안하네요. 이렇게 오래 잡아두고 있어서."

"아닙니다."

진은 그렇게 대답하고 싱긋 웃었다.

"스테파니도 아가씨를 걱정하고 있으니까요."

"으음, 보고 싶네요. 다음에 한번 놀러오라고 해요."

"기꺼이 그러지요."

그사이 시녀가 옷과 세숫대야를 들고 왔다.

침실에 내려놓게 하고 난 진에게 인사한 후 다시 안으로 들어왔다. 시녀는 착실하게 일을 해서 내가 수건에 따뜻한 물을 적시는 동안, 물이 식으면 섞을 뜨거운 물이 든 주전자도 가지고 와서 내려놨다.

난 수건을 짠 후에 에멜에게 말했다.

"자, 돌아앉아요."

"정말로 하시려고요?"

"싫어요?"

에멜은 머뭇거리며 돌아앉았고 난 그의 등을 닦아주기 시작했다.

그리고 예전에 보았던 그 커다란 흉터를 금방 발견했다.

에멜을 두 동강 낼 뻔했던 그 상처. 마수의 발톱이 남긴 상처였다.

난 조심스럽게 손가락으로 그의 상처를 더듬었다.

에멜이 움찔하는 게 느껴져서 난 화들짝 손을 뗐다.

"아파요?"

바보 같은 질문이 나왔다.

"아뇨."

그가 낮은 목소리로 대답하고 이어 말했다.

"사실 상처 위는 거의 감각이 없습니다."

"그렇군요."

그리고 보니, 다른 데보다 좀 더 딱딱한? 단단한 느낌도 든다. 손가락으로 다시 그의 상처를 쓸자 에멜이 이를 악문 목소리로 말했다.

"하지만 에스텔이 건드릴 때는 불에 닿는 것 같으니, 그렇게 만지지 말아주셨으면 하는군요."

난 그 말에 얼른 다시 손을 떼고 수건으로 열심히 그의 등을 닦는 데에 집중했다. 다시 수건을 물에 넣어서 흔들어 짜고 꼼꼼하게 그의 등을 닦고, 팔도 닦았다.

"다시 돌아요."

주전자의 물을 세숫대야에 부으며 말하자 에멜은 천천히 내 쪽으로 몸을 돌렸다.

난 작게 신음을 흘렸다.

어쩐지 화가 났다.

"전보다 상처가 더 늘었잖아요."

"영광의 상처죠."

"정말이지."

난 투덜거리며 조심스럽게 에멜의 몸을 닦아 나갔다. 그런데 등을 닦을 때랑은 좀 다르다고 해야 하나…….

에멜 가슴도 단단하고, 복근도 탄탄하고.

"에멜."

"네."

"하나 부탁해도 돼요?"

"뭡니까?"

"만져 봐도 되나요?"

"이미 만지고 계신 거 아니던가요."

그런가? 그렇다면 허락 없이.

난 손으로 그의 복근을 눌러 보았다. 헉, 단단하다.

진짜로 굴곡이 있네.

손으로 쭉 훑어 올라갔다가 다시 아래로 훑어 내리는데 에멜이 확 내 손을 잡아챘다.

"여기까지 하죠."

난 멋쩍어져서 살그머니 침대 위에서 내려오며 말했다.

"음, 어, 미안해요."

그리고 얼른 새 옷을 가져다주자 에멜은 상의를 걸치고 날 돌아보며 말했다.

"잠깐 나가주시면 제가 하의도 갈아입을 수 있지 않을까요."

"알겠어요."

난 고개를 끄덕이고 후다닥 침실 밖으로 나왔다.

심장이 쿵쾅쿵쾅 뛰었다.

뭐랄까, 에멜, 옷 입고 있을 때도 태가 난다고 생각했는데, 벗겨놓으니까 진짜 끝내주는구나.

등도 넓고, 어깨도 반듯하고, 늘씬하게 내려오는 허리까지. 더해서 단단한 근육으로 전신이 꽉 차 있다.

몸무게도 상당히 나가겠지.

호랑이가 떠오르는 몸이었다. 험난한 산에서 사니까 전신이 스프링처럼 단단하게 꽉 짜여 있는 호랑이.

그냥 설렁설렁 다닐 때는 모르지만, 사냥할 때 전신의 근육이 팽팽하게 긴장하면서 하나의 무기처럼 움직이겠지.

에멜도 그럴 거라고 쉽게 상상할 수 있었다.

"아가씨?"

"어엉?"

갑자기 들린 목소리에 깜짝 놀라 움찔하니 진이 물었다.

"괜찮으십니까?"

"어? 어, 괜찮아."

그가 내 이마에 손을 얹으며 말했다.

"열이 있으신 것 같은데요. 아가씨가 아프시면 본말전도지요."

"으응, 아냐. 괜찮아."

"아가씨의 '괜찮아'는 신용도가 매우 낮다는 걸 말씀드리고 싶군요."

진의 말에 난 피식 웃었다.

"정말로 괜찮아. 아픈 것 같으면 바로 쉴게."

그때 로이와 엘런이 돌아왔다.

"어라? 주군? 왜 나와 계세요?"

"안에서 에멜이 옷을 갈아입어서."

"아하."

로이는 고개를 끄덕였다. 엘런은 못마땅한 얼굴로 로이를 보았다가 다시 날 보고 말했다.

"이제 그만 쉬세요."

"아직 아냐. 참, 혹시 내 짐에 목걸이가 있을까?"

"목걸이요?"

"이거 받았거든. 그런데 손가락에 끼기에는 헐렁해서."

에멜에게서 받은 인장 반지를 들어 보이며 말하자, 엘런은 눈을 크게 떴다가 빠르게 말했다.

"찾아보죠."

그녀가 다시 방을 나갔다. 바로 옆이 내 방이니, 짐을 찾아보려는 거 겠지. 난 그사이 로이에게 말했다.

"엘런이랑 싸웠어?"

"조금요?"

"왜 또?"

"아가씨가 에멜과 너무 가까운데 말리지 않는다고요. 신하로서 자각이 없다나요."

"아하."

난 가볍게 웃고 고개를 끄덕였다.

"그런 일이었구나."

"아가씨께서는 웃으실 일이지만, 저에게는 아니라고요? 하지만 주군께서 원하시는 걸 제가 거스를 수는 없으니까 말이지요."

로이는 뻔뻔한 얼굴로 말했다. 진은 옆에서 한숨을 내쉬었다. 난 가볍게 발뒤꿈치로 바닥을 차고 말했다.

"어차피 내 평판 같은 건 신경 안 쓰는걸. 신경 써 봐야 이미 카스티엘로라는 거에서 바닥일 거야."

카를과 내가 근친상간을 하고 있다든가 하는 소문은 이미 내가 성년이 되기 전부터 있었으니까.

물론 내 앞에서 감히 그런 말을 하는 사람은 없지만, 악의적으로 소문을 퍼트리는 사람은 어디에나 있는 법이다.

"그에 비하면 에멜과 잔다는 소문은 건전한 편이지."

내 말에 진은 창백해졌고, 로이는 "아, 맞다. 그런 소문도 돌았었죠." 하고 어깨를 으쓱했다.

"전 몰랐습니다."

진이 속삭이듯 말해서 난 그를 다독이듯 말했다.

"그야 늑대기사단 앞에서 그런 말을 하는 사람은 없겠지. 게다가 진 앞에서 그런 말을 해 봐. 바로 목이 날아갈 텐데."

"그건 그렇지만."

부정하지 않고 진은 눈을 찌푸렸다가 한숨을 내쉬었다.

"저희 기사단에게도 악의적인 소문은 돌고 있지만."

"맞아, 사실은 어린아이와 처녀를 잡아먹는다든가!"

로이가 키득거리며 말하자 진이 엄격한 얼굴로 말했다.

"그런 소문이야 적의 사기를 꺾기 위한 것이니 어쩔 수 없다고 생각했지요. 하지만 아가씨에 대한 소문은 정말로 구역질 나는군요."

"뭐, 그래 봐야 다들 내 앞에서는 허리를 깊게 숙이고 꼬리를 흔들면서 '카스티엘로 공녀님' 하는 것들이야. 신경 쓰지 마."

난 손을 흔들었다.

그새 엘런이 목걸이 줄을 가지고 돌아왔다. 난 인장 반지를 꿰어 목에 걸었다.

"저택 내에 이상한 일은 없어?"

"없습니다."

진이 고개를 끄덕였다. 로이가 히죽 웃으며 말했다.

"늑대기사단이 둘, 마스터가 하나라고요. 게다가 카스티엘로도 한 명. 이상한 짓을 하는 사람이 있다면 꼭 보고 싶네요."

"거기에 나도 들어가는 거야?"

놀라 되물으니 로이가 고개를 끄덕였다. "카스티엘로의 명성이 가장 높다고요." 그가 덧붙인 말에 난 고개를 끄덕였다. 하긴 지금 카스티엘로 가문의 성을 가진 사람을 해칠 머저리는 없지.

"든든하네."

난 웃고 다시 침실로 돌아갔다. 슬쩍 침대를 들여다보니 그사이 에멜은 잠들어 있었다.

난 살며시 그의 손을 잡아 주었다.

✳   ✳   ✳

에멜이 침대에서 지루한 요양과 씨름하는 동안, 난 옆에서 장부를 넘겼다.

'레이몬드 후작 삼대 다 죽었으면. 아니, 이미 죽었네?'

회계사를 고용하지 않고 장부를 직접 작성했다는데, 완전히 엉망이었다.

이쯤 되면 새로 회계사를 고용하는 게 낫겠다.

'사치 때문에 의외로 빚도 꽤 되는데?'

후작가에서 벌어들이는 돈은 한정적인데, 카스티엘로 공작가를 따라잡으려니 아무래도 돈이 더 필요했겠지.

'미술품을 처분하길 잘했네.'

복식 부기를 해서 정리할 필요가 강렬하게 느껴졌다.

'켈슨, 켈슨이 필요해. 빌려오고 싶다. 아니면 네반. 아, 하델? 아냐, 솔라드 영지 일로도 이미 꽉 차 있는데.'

나?

나밖에 없나?

아냐, 싫어. 절대 싫다.

'일단은 현재 자산과 부채를 정리하는 정도의 일만 해 두자.'

라고 해도, 그것만으로 상당한 일이 되었다.

특히 후작 부인들의 사치는 상상을 초월했다.

'카스티엘로 공작 부인을 이기려고 하면 안 되지······.'

안타까움에 한숨마저 나올 정도였다.

'그런데 이건 뭘까? 지속적으로 상당 금액이 계속 지출되고 있네?'

갸웃하는데 누군가가 슬그머니 장부를 잡아당겼다.

"에멜."

내가 그를 바라보자 에멜이 턱을 괴고 말했다.

“나랑 놀아줘요.”

“지금 바빠요.”

“하지만 침대 위에만 있으니까 심심한걸요.”

“그럼 이거 같이 봐요.”

난 에멜이 가져간 장부 대신 다른 장부를 펼쳤다.

“이건 나중에 하고요.”

에멜이 다시 내 손에서 장부를 가지고 갔다.

“에스텔은 내 회계사가 아니잖아요.”

“전 에멜의 아무것도 아니지요.”

난 그렇게 말하며 세 번째 장부를 펼쳤다. 에멜이 굳는 게 느껴졌다.

“그건 무슨 말입니까?”

에멜이 손을 뻗어 장부 글씨를 가리며 딱딱하게 말했다.

난 그를 바라보며 말했다.

“우리는 애인 사이도 아니고, 약혼 사이도 아니고, 아무것도 아니잖아
요?”

난 어깨를 으쓱했다.

“뭐, 좋은 친구 정도라고 해 둘까요.”

“에스텔은 친구와 키스도 하나 보지요.”

“그럼 우리 사이는 뭔가요?”

에멜이 날 바라보다가 한숨 내쉬듯 말했다.

“제가 아직 이야기를 안 한 거군요.”

“넵.”

사랑한다는 말, 어루만지는 손길, 인장 반지를 맡기는 신뢰. 모든 행
동으로 알 수 있지만, 그래도 말로 확인받고 싶다.

“나와 사귀어 주겠어요?”

에멜이 조심스럽게 물어서 난 웃으며 고개를 끄덕였다.

"기꺼이요."

에멜이 손을 뻗어 날 잡아당겨 침대 위로 올리며 뺨에 키스했다.

"그러니까 이리 와요."

"잠깐만요. 에멜, 그런데 이 지출은 뭐예요?"

"뭐가요?"

"매달 꼬박꼬박 나가는 이 금액이요."

장부를 가리키며 말하자, 에멜이 힐끗 장부를 보았다가 얼굴을 굳혔다.

"에멜?"

그가 내 손에서 장부를 빼앗아 들며 말했다.

"에스텔이 신경 쓸 일은 아니에요."

"좋아요. 그럼 내가 맞춰 볼까요."

에멜은 대답하지 않았지만 난 손가락 두 개를 꼽았다.

"하나는 숨겨 둔 애인."

"에스텔."

"아니면 사생아."

"에스텔 카스티엘로!"

에멜이 날 밀어내며 말해서 난 그에게로 돌아앉으며 말했다.

"그 두 개가 아니라면 나에게 숨길 만한 일이면서, 매달 돈이 꼬박꼬박 나갈 일은 없잖아요?"

에멜은 신음을 내뱉고 얼굴을 문질렀다.

"아니에요?"

"둘 다 아닙니다. 세상에."

그는 길게 한숨을 내쉬고 말했다.

"전 레이몬드 후작 부인입니다."

난 눈을 크게 떴다.

전 레이몬드 후작 부인.

"에멜을 찌른 그 사람이요?!"

"네."

"왜 그 사람에게 돈, 을 주고 있겠군요."

친어머니니까.

죽일 수도 없겠지.

저택 내에서 본 적이 없으니 어디에 있는지는 모르겠지만. 상당한 금액을 매달 부치고 있는 걸 보면 잘 살고 있는 게 틀림없었다.

"그만큼 주는 대신에, 제 눈앞에 다시는 나타나지 않기로 했지요."

에멜이 그렇게 말하며 내 허리를 잡아당겨 어깨에 머리를 기댔다.

"좋아요, 이제 욕해도 돼요."

그의 머리카락과 숨결이 내 목과 어깨를 간지럽혔다.

"욕을 해요?"

"끝내지 못해서 한심하다고요."

"어, 내가 에멜에게 친어머니를 죽이지 않아서 한심하다고 해야 한다는 말인가요?"

"그런 게 아니라……."

에멜은 다시 한숨을 내쉬었다.

"그냥 내쫓았으면 되었을 걸 말입니다."

"그거야말로 바보 같은 짓이지요."

에멜이 어깨에서 고개를 떼고 날 바라보았다. 난 그런 에멜을 보며 말했다.

"에멜이 그렇게 무르다고 생각하지도 않고요. 그냥 기다리는 거잖아요."

에멜은 낮게 신음을 내뱉었다.

"전 아가씨가 제 민낯을 읽을 때마다 무섭습니다."

"왜요?"

"그런 인간이라는 걸 알게 되면, 떠날까 봐요."

"이미 알거든요."

난 피식 웃었고 에멜이 그런 나에게 가볍게 키스했다.

"네, 기다리고 있지요."

어머니를 중심으로, 레이몬드 가문의 남은 세력들이 뭉치는 것을. 그리고 그들이 모여서 이를 드러내려는 순간, 에멜은 남김없이 마지막 이빨을 다 부러트려 버릴 것이다.

자신의 어머니도 포함해서.

"내가 내 친모에게 어떻게 했는지 생각해 봐요."

난 그녀를 떠올렸다. 친어머니로 인정하지 않으면 후작가에서 자신을 죽일 거라 말하며 바닥을 뒹굴던 모습.

'그 뒤로 굳이 물어보지는 않았지만.'

살아 있든, 죽었든 나와는 상관없는 일이니까.

"그러니까, 그런 걱정은 하지 않아도 괜찮아요. 사실 나도 좀 삐뚤어진 것 같고요."

"그럴 리가요."

에멜이 그렇게 말하며 내 뺨에 키스했다.

"그런 사람은 아무에게나 친절하지 않지요."

"그렇지도 않아요."

난 그렇게 말하며 손을 뻗어 다시 장부를 집어 들었다.

"그러니까, 놀 마음이 있다면 같이 장부나 봐 줘요. 적어도 가지고 있는 재산과 부채 정도는 구별할 수 있어야지요."

에멜이 한숨을 내쉬고 말했다.

"구별해 뒀어요."

"그래요? 하지만 이쪽 장부는—"

깜짝 놀라 되묻자 에멜이 조용히 말했다.

"그 정도로 무능한 후작은 아니에요. 그 장부는 정리 전 물건이고요."

"그런데 나에게 이야기하지 않았단 말이에요?"

"포기할 거라고 생각했거든요."

"에멜 아스트라다!"

내가 그동안 헛수고로 머리를 붙잡고 낑낑거렸다는 걸 깨닫자마자 왈칵 화가 밀려왔다.

수학 때문에 끙끙거렸던 사람이라면 모두 이것에 공감하리라.

난 그를 휙 돌아보았다가 어깨를 떨구고 말했다.

"그냥 장부를 보여 주기 싫었던 거면, 싫었던 거라고 말해요."

"사실 싫었던 이유를 방금 들켜 버려서. 그럴 이유가 없어졌네요."

그가 한숨을 내쉬며 말했고 난 그의 어깨를 가볍게 때렸다.

"그럼 그냥 보여 주기 싫다고 말해요. 그럼 안 봤을 거 아니에요."

"들키고 나니 차라리 시원하네요."

난 눈을 찡그렸다가 침대에서 내려와 의자에 앉았다. 에멜이 침대에서 날 따라 내려왔다. 내가 그에게 말했다.

"아직 화 덜 풀렸어요. 내가 헛수고를 하게 만들어요?"

"저는—"

에멜의 망설임에 나는 물끄러미 그를 보다가 말했다.

"전부터 생각했는데, 에멜 생각만큼 나는 더러움을 모르는 사람이 아니에요. 난 유곽에서 자랐고, 그게 예전 일이라고 해도 알 만큼은 알아요. 아빠도 오라버니도 날 지나치게 과보호했고 결국 일이 어떻게 됐는지 봐요. 내 승리라고요."

내 말에 에멜은 살짝 미소 지었다. 나는 그런 그의 뺨에 살짝 손을 댔다.

"그리고 에멜에 대해서는, 난 당연히 에멜이 내 것이라고 생각했어요."

그가 눈을 크게 떴다.

"한 치의 의심도 없이. 당신은 내 것이라고, 내 소유라고. 그렇게 생각할 정도의 어린아이였단 말이에요. 지금이라고 해서 달라진 것도 없고요. 에멜, 에멜의 어둠까지 포함해서 나는 에멜을 사랑해요. 에멜은요?"

이기적이고 제멋대로이고 착하지 않은 에스텔 카스티엘로는 싫어요?

"제가 그 어떤 것보다 에스텔을 사랑하는 걸, 에스텔이 가장 잘 아시겠지요."

그의 말에 나는 빙긋 웃었다.

"그럼 에멜도 알아줘요. 정말, 진짜로요."

그리고 내가 사랑하는 에멜을 에멜도 사랑해줘요.

에멜이 대답 대신 느리게 고개를 끄덕였다.

내가 길게 한숨을 내쉬는데 그가 분위기를 전환하듯 말했다.

"더 이상은 못 참겠어요."

"네?"

"이 지긋지긋한 침실에서 나가지 않으면 못 참겠단 말이지요."

"하지만 에멜, 앤이 좀 더 쉬라고ㅡ"

"일반인은 좀 더 쉬어도 되겠지만, 전 마스터니까 괜찮습니다."

에멜은 그렇게 말하며 자신의 옷을 벗어던졌다.

멀뚱히 보고 있으려니 그가 바지에 손을 올렸다가 날 보고 눈을 찡그렸고, 난 얌전히 침실 밖으로 나갔다.

잠시 후 가벼운 셔츠 차림으로 나온 에멜이 어깨를 으쓱했다.

"산책 정도는 괜찮겠죠. 나갈까요?"

난 한숨을 내쉬고 말했다.

"괜찮겠죠."

에멜은 싱긋 웃고 복도로 나갔다. 그리고 그대로 붙박인 듯 멈춰 섰다.

에멜은 한참 복도를 바라보다가 휙 몸을 돌려 다시 방으로 돌아왔다. 거실을 둘러보고 그는 다시 복도로 나갔다.

"에멜?"

약간 초조함을 느끼며 난 슬쩍 그를 불렀다.

"마음에 안 들어요?"

"여기 레이몬드 저택 맞죠?"

"네."

"제가 아픈 사이에 카스티엘로로 옮긴 거 아니죠?"

"아니에요."

난 진지하게 고개를 저었다.

"만약에 마음에 안 들면, 다시 돌려놓을 수도 있어요."

"다시 돌려놓는다고요?"

에멜이 휙 날 돌아보았다.

"절대로 싫어요."

"그럼 마음에 들어요?"

"네."

에멜이 고개를 끄덕여 난 그제야 마음이 놓였다.

"마음에 안 들면 어쩌나 했어요."

"아뇨, 정말로 마음에 들어요. 항상 레이몬드 저택에 얹혀사는 기분이었거든요."

에멜이 복도를 샅샅이 훑으며 걷기 시작했다. 난 피식 웃으며 그 뒤를 따랐다.

"하지만 이제 에멜이 레이몬드잖아요."

내 말에 에멜은 멈칫하다가 천천히 창틀을 손으로 쓸며 중얼거렸다.

"맞아요. 그렇군요."

난 그의 팔을 가볍게 잡아끌며 말했다.

"에멜 방도 구경시켜 줄게요."

"제 방이요?"

그는 의아한 듯 날 따라 걸으면서도 주변을 연신 두리번거렸다.

"완전히 새 단장을 했네요."

"에멜이 방에서 안 잔다고 해서요. 그래서, 싫은가 했어요. 레이몬드 저택이라고 딱 잘라서 이야기하는 것도 그렇고요. 그래서 바꾸면 어떨까 했지요. 조각상은 전부 치우고, 레이몬드의 업적을 찬양하는 미술품도 싹 다 치우고요. 아, 사실 좀 팔아 버린 것도 있어요. 나중에 목록을 줄게요."

"팔았다고요?"

에멜이 놀라 물었고 난 고개를 끄덕이고 말했다.

"원하면 다시 사 줄게요."

"아뇨, 그게."

에멜은 잠시 복도를 바라보다가 웃었다.

"그냥 너무 쉽네요."

"그야 저는 레이몬드가 아니고, 레이몬드의 업적 따위 알 바가 아니니까요."

말하고 아차해서 "물론 에멜의 가문을 비하하는 건 아니에요." 하고 덧붙였고 그는 픽 웃었다.

"저도 알 바 아니에요. 대체 그동안 어떻게 참으셨습니까?"

"뭘 말이에요?"

"이거요. 말하고 싶어서 입이 근질근질하셨을 것 같은데요."

"에멜의 놀라는 얼굴을 기대하면서 참았지요."

난 씩 웃었다. 그리고 지금 에멜의 모습을 보니, 그간의 고생이 싹 보상받는 기분이었다.

"여기가 후작의 방이죠."

"문은 그대로군요."

"어쩔 수 없었어요. 시간이 촉박했으니까요. 얼른 열어 봐요."

조르는 듯한 내 말에 에멜은 웃고 문을 열었다.

그는 한참을 그 입구에 서서 방 안을 바라보았다.

예전의 고압적이고 화려하며 은근히 음침했던 모습은 완전히 벗어던 지고 밝고 산뜻하며 부드러운 색조로 꾸며 놓았다. 가구들도 새로 다 배치했고.

"어때요?"

내 물음에 에멜이 내 손을 잡으며 말했다.

"이제 이 방으로 옮겨야겠네요."

그가 내 이마에 키스해 주며 속삭였다.

"고마워요."

에멜은 방 안 구석구석을 살펴보았다. 별말은 없었지만, 그의 표정만 봐도 충분히 만족스러웠다. 후작의 방을 둘러본 에멜이 안쪽 방문을 열 어보더니 물었다.

"여기 안은 그대로네요?"

"거기는 부부 공동 침실이잖아요? 미래의 후작 부인 취향에 맡겨 놨어 요."

내 말에 에멜이 날 돌아보고는 뭔가 말하려고 했다.

"에스텔, 난—"

하지만 그때 로이가 문을 벌컥 열고 들어오며 말했다.

"주군, 폭풍이 왔는데요."

"뭐?"

"어, 카를 도련님께서 오셨습니다."

"엑? 오라버니가? 지금?"

응접실에 계서? 하고 물으려고 했던 물음은 곧 로이가 재빠르게 옆으로 비키면서 사라졌다.

카를이 비딱하게 문 앞에 섰다.

"오라버니? 여기까지 어쩐 일이세요?"

"어쩐 일이겠어? 너 데리러 왔지."

"아직 신변에 어떠한 위협도 없는데요?"

"여기서 한참 머물고 있잖아. 도가 지나쳐."

"여기에 계속 머무를 거라고 편지 보냈잖아요."

난 허리에 손을 올리며 말했다.

"그래. 하지만 그것도 오늘까지야. 가자."

"말도 안 돼요."

난 눈을 부릅떴다.

"아무리 오라버니라고 해도 날 맘대로 이렇게 저렇게 할 수는 없어요."

"그래서 안 간다고?"

"안 가요."

딱 버티고 서서 말하자 카를은 눈을 가늘게 떴다.

"아, 그래."

그가 성큼 다가오더니 날 확 들어 올렸다.

"오라버니!"

난 감자 자루처럼 그의 어깨에 걸쳐져서 버둥거렸다.

아니, 이래도 되는 거야?!

"이거 안 내려놔요?!"

"버둥거리지 마."

"안 버둥거리게 생겼냐고요! 로이!!"

"어, 도련님? 주군께서 그렇게 싫어하시는데 일단 내려놓고 말로 이야기하시죠?"

난 카를의 등을 보는 거 외에는 아무것도 할 수 없지만, 로이가 앞을 가로막았는지, 카를이 멈춰 섰다.

"아니면 무슨 일이 있으신 겁니까? 그런 거라면 이야기해 주시고요."

"싫어, 라고 하면?"

"막을 수밖에요."

로이의 말에 카를이 나에게 말했다.

"정말로 검 뽑으라고 할 거야? 내가 안 봐주는 건 너도 잘 알고 있을 테고."

난 있는 힘껏 카를의 등을 주먹으로 때리며 말했다.

"로이를 해치기만 해 봐요. 가만 안 둘 테니까."

"로이, 물러나."

그때 에멜의 조용한 목소리가 들려왔다.

"뭐? 왜?"

"여기는 내 집이고, 그쪽은 손님이니까."

로이가 작게 한숨 쉬는 소리가 났다.

"그래서, 네가 상대하겠다고?"

"아무리 카를 님이라고 해도, 에스텔을 그렇게 다루는 건 안 될 일이죠."

스르렁 하고 검 뽑는 소리가 났다. 뭐야? 에멜 검 가지고 있었어? 검

없었는데?

당황해서 어떻게든 뒤를 보려고 애썼지만, 무리였다.

"그렇다면야."

탕, 가볍게 카를이 검을 튕겨 올리는 소리가 났다.

말도 안 돼!

"두 사람 다 그만해요! 오라버니! 진짜로요!"

다시 발버둥치자 카를이 가볍게 혀를 찼다.

'알파!'

난 마음속으로 내 정령을 불렀다.

―안 돼.

돌아온 그의 대답은 단호했지만 난 애원했다.

'그냥 모습만 드러내는 거면 그래도 괜찮잖아? 응? 절대로 힘은 안 쓸 테니까.'

―…….

알파의 한숨을 쉬는 듯한 기척이 느껴지더니 그가 휙 모습을 드러냈다.

"에스텔!"

"주군!"

"아가씨!"

세 사람이 동시에 소리쳤다.

와우, 효과 좋네.

카를이 허겁지겁 날 바닥에 내려놓고는 말했다.

"당장 돌려보내."

"싫어요."

"아가씨."

에멜 역시 창백했다. 그가 검을 꽂아 넣으며 말했다.

"제발요."

그의 애원에 난 한숨을 내쉬고 고개를 끄덕였다.

알파는 오랜만에 내 다리를 한 번 맴돌아 푹신한 털의 감촉을 느끼게 해 주고는 다시 내 그림자 속으로 사라졌다.

"쿨럭쿨럭."

난 일부러 기침을 몇 번 하며 비틀거리는 시늉을 했다.

카를은 그런 날 부축하려고 했고, 난 그를 밀어내며 말했다.

"오라버니 미워요."

에멜이 다가와 날 붙잡았고, 난 그에게 몸을 기댔다.

카를을 올려다보니 그는 정말로 얼굴에 '충격'이라고 써 붙여 둔 듯한 얼굴을 하고 있었다.

그러나 곧 으르렁거리듯 에멜을 노려보며 "너 정말ㅡ"이라고 잇새로 낮게 으르렁거리다가 곧 평정을 되찾았다.

그가 날 똑바로 바라보며 말했다.

"그래서 집에 안 오겠단 말이지."

"당분간은요."

"아, 그래."

카를은 바닥에 꽂아 뒀던 자신의 검을 빼 들어 다시 검집에 넣었다.

으아, 대리석 바닥에 구멍 났어.

'저건 어떻게 메워야 하지?'

그냥 위에다가 새 카펫을 깔면 모르겠지.

그런 생각을 하고 있는데 카를이 에멜에게 말했다.

"너, 이스트엔드에 사람들이 모이고 있는 거 알아?"

"이스트엔드……."

중얼거린 에멜이 가볍게 입술을 깨물더니 내 어깨를 밀었다.

"에스텔, 오라버니와 함께 돌아가십시오."

"뭐라고요? 이스트엔드는 또 뭔데요?"

"아무래도, 기다리는 게 끝난 모양입니다. 어머니를."

에멜이 무표정하게 말해서 난 흠칫했다. 내가 기가 차서 카를을 돌아 보며 말했다.

"그러면 그렇다고 진작 말해 주면 좋잖아요."

카를이 비딱하게 말했다.

"내 토끼에게 이렇게 배신을 당할 줄은 몰랐거든."

"배신은 무슨 배신이요."

나는 부루퉁하게 말한 뒤 머뭇머뭇 에멜을 돌아보며 말했다.

"정말로 내가 가면 좋겠어요?"

"네."

난 한숨을 내쉬고 내 목에서 인장 반지를 빼며 말했다.

"이거 돌려줄게요."

"가지고 있어요."

"네? 하지만."

"무슨 일이 생기면, 레이몬드 후작가는 에스텔 거예요."

난 숨을 삼켰다가 외쳤다.

"에멜에게 무슨 일이 생기면 아무것도 필요 없어요!"

"알아요. 제가 가뿐히 이기겠지만, 혹시나 하는 마음에서 해 두는 말 이지요."

"게다가 어떻게 내가 후작가를 가져요? 에멜의 사촌 중에서 하나가 가져가겠죠."

"그건 절대로 안 되죠."

에멜의 눈에 안광이 번득였다. 그렇게 말하고 에멜이 손에 들고 있던 검을 가볍게 로이에게 던졌고, 로이는 요령 좋게 검 손잡이를 낚아채서 도로 자신의 검집에 넣으며 투덜거렸다.

"정말이지, 사람 간 떨어지게 하는 데에는 일가견이 있다니까."

"로이, 아무리 그래도 마스터인데 그렇게 검을 빼앗겨도 되는 거예요?"

"빼앗긴 게 아니라 빌려준 거죠."

로이는 내 말에 히죽 웃으며 대꾸했다.

에멜이 소란에 몰려든 시종을 향해 괜찮다는 뜻으로 손을 들어 보이고 나를 향해 말했다.

"에스텔, 갑작스러운 이야기이긴 하지만, 결혼 서약서를 쓰지 않겠습니까?"

저절로 입이 헤 벌어졌다.

"무슨 헛소리야!"

버럭 소리를 지른 것은 카를이었다. 그의 붉은 눈이 지글지글 끓어올랐다.

"정말로 목과 몸이 분리되고 싶은 건가?"

난 고개를 저으며 손을 들었다.

"잠깐만요. 그게 무슨 말이에요?"

에멜은 시종에게 명해서 서약서를 가져오라고 한 뒤에 카를을 무시하고 나에게 이어 말했다.

"결혼 서약서에 서명을 하고 계약의 신전에 맡기지만, 신관의 승인은 받지 않는 겁니다. 알아보니 정혼이라고 하더군요."

"정혼이라고요?"

"완전한 결혼은 아니지만, 그와 거의 비슷한 직위를 누립니다. 예를 들면, 재산 상속에 있어서도요."

"그러니까 나랑 결혼 바로 전 단계에 들어가는 일을 하자고요?"

"네."

그의 대답은 산뜻했다.

난 눈동자를 데굴 굴렸다가 대답했다.

"좋아요."

"에스텔!"

카를이 다시 소리 질렀다.

"제 이름이 에스텔이라는 건 아주 잘 알고 있어요, 오라버니. 그렇게 알려 주지 않으셔도 돼요."

"너, 진짜—"

카를이 이를 악물더니 말했다.

"좋아, 그러면 네 마음대로 해!"

그러더니 홱 돌아서서 망토를 펄럭이며 자리를 떴다.

시종이 허둥지둥 가져온 서약서를 에멜이 받아 들며 물었다.

"괜찮아요?"

"원래 남매끼리는 싸우는 거예요."

"아뇨, 그것도 그렇지만. 서약서에 사인하는 거 말이에요."

"나 말이에요. 다른 영애들보다 적어도 최소 두 배쯤은 스펙터클하게 살아왔다고 생각해요."

"두 배는 너무 적은 것 같은데요."

"최소 말이에요. 그리고, 깨달은 게 뭔지 알아요?"

"뭔가요?"

"잴 필요 없다는 거지요."

난 에멜을 보고 싱긋 웃었다.

"원하는 게 있다면, 원한다고 말하는 거죠."

게다가—

난 한숨을 내쉬며 말했다.

"우리 사이에 밀고 당기기는 실패만 하는 것 같아서요."

내 말에 에멜이 가볍게 소리 내어 웃었다.

"그러네요. 확실히."

그는 망설임 없이 서류에 서명하고, 나에게 내밀었다. 나는 가볍게 서약서를 살피고 난 후 서명란에 사인했다.

에스텔 카스티엘로.

"자요."

그에게 서약서를 돌려주자 에멜은 한참 그걸 바라보다가 그대로 봉투에 넣었다.

"이건 제가 밀랍으로 봉해서, 서약의 신전에 맡기지요."

"맡길게요."

난 고개를 끄덕이고 이어 말했다.

"그리고 물건은 두고 갈게요. 나중에 찾으러 올 테니까요."

"알겠습니다."

에멜이 싱긋 웃고 내 입술에 가볍게 키스했다.

"맹세의 키스는 아니지만."

난 피식 웃고 까치발을 해서 그의 입술에 다시 키스하며 말했다.

"그런 걸로 쳐두지요."

로이와 엘런, 진을 데리고 현관으로 나오니, 마차가 기다리고 있었다. 카를이 짜증이 가득한 얼굴로 마차 문을 열었다.

"타."

난 마차에 가볍게 올라탔고 로이가 문을 닫아 주었다.

"먼저 가신 줄 알았는데요."

카를에게 슬쩍 운을 띄웠지만 그는 팔짱을 끼고 대답하지 않았다.

이랴— 하는 마부의 가벼운 외침과 함께 마차가 출발했다.

난 발끝으로 툭 카를의 다리를 건드리며 말했다.

"오라버니, 정말로 말씀 안 하실 거예요?"

"뭘?"

"저랑요."

"하고 있잖아."

난 카를이 화내는 모습을 바라보았다.

뭐랄까. 예전이랑 진짜 많이 바뀌었구나?

그리고 나도 바뀌었겠지.

나는 허벅지에 손바닥을 가볍게 죽 문지르고 말했다.

"음, 오라버니. 저 오라버니 좋아해요."

그 말에 카를이 그제야 시선을 돌려 날 바라보았다.

"그건 오라버니도 알잖아요."

"알아."

카를은 그렇게 대답하고 날 바라보다가 물었다.

"그래서 서명했어?"

"네."

카를은 한참 날 바라보다가 물었다.

"나랑 그 자식 중에서 누가 더 좋아?"

난 눈을 가늘게 뜨고 카를을 보았다가 고개를 끄덕였다.

"맞아요. 지금은 에멜이 없으니까 사실대로 이야기할게요."

카를이 "그래." 하고 고개를 끄덕였다.

"에멜이요."

내 대답에 카를은 입을 떡 벌렸다. 난 재빠르게 그의 옆으로 옮겨 앉아 찰싹 붙으며 말했다.

"하지만 오라버니도 좋아한다고요. 그건 알고 있잖아요?"

"나보다 그 자식이 더 좋다고?"

"에멜은 애인이고 오라버니는 가족이잖아요. 사실 비교 대상이 아니라고요?"

"나보다 그 자식이?"

"오라버니."

난 한숨을 내쉬었다.

"지금 그 질문을 똑같이 돌려드릴게요. 저랑 아버님이랑 어느 쪽이 더 좋으세요?"

"우리는 가족이잖아."

"맞아요. 가족이죠! 그러니까 비교가 안 된다니까요."

"그런데 왜 에멜이라고 대답한 거야?"

"그래야 오라버니가 에멜을 괴롭히지 않을 것 같아서요."

"안 괴롭혀."

카를이 그렇게 말하고 날 잡아 올려 자신의 무릎 위에 앉혔다.

"그 자식이 좋다고 정령까지 꺼내는데, 내가 뭘 어쩌겠어."

그리고 카를이 작게 중얼거렸다.

"그 눈밭에서 죽게 놔뒀어야 했는데."

"오라버니."

"왜 살려 데려왔을까."

"오라버니."

눈을 찡그리자 카를이 한숨을 내쉬었다.

"자라지 않고 있어주면 좋을 텐데."

"무서운 말씀을."

난 그렇게 말하고 가볍게 웃었다.

"질투하지 마세요."

"안 해."

"만약에 정말로 오라버니가 싫다고 하면 전 어쩔 수가 없어요."

카를이 빨간 눈을 깜박였다. 난 그를 보며 진지하게 말했다.

"오라버니랑 아빠랑, 제가 얼마나 두 사람을 사랑하는지 아시잖아요? 그러니까 정말로 오라버니가 에멜이 싫다고 하신다면 만나는 걸 그만둘게요."

"……그 자식 좋아한다며?"

"사랑하죠."

난 미소 지었다.

"하지만 그만큼 오라버니도 소중하다니까요."

내가 갸웃하며 말하자 그는 못마땅한 얼굴로 비딱하게 상체를 기대고 내 뺨을 가볍게 잡아당겼다.

"울보 토끼."

"울보 아니에요."

그는 한참 날 바라보다가 한숨 비슷한 걸 내쉬고 말했다.

"그만둘 필요까지는 없어. 네가 싫어하는 일을 하게 하고 싶지도 않고. 너도 그만큼 나에게 소중하니까."

"우와."

"왜?"

"오라버니 엄청 솔직해지셨다는 생각이 들어서요."

"그야 넌 직선적으로 말하지 않으면 알아들어먹지를 못하잖아. 이상하게 눈치가 빠르면서도 눈치가 없으니까."

어쩐지 웃음이 실실 나왔다.

"왜 웃어?"

"좋아서요."

"뭐가?"

"그냥, 저도, 오라버니도 많이 변했다는 생각이 들었거든요. 물론 좋은 쪽으로요. 예전이라면 어땠을까 하고 생각해 봤어요."

"너 세 번 죽을 뻔했어."

"그, 그런가요?"

"그래. 이 짧은 사이에. 세 번."

카를은 어떻게 하면 그럴 수 있냐는 듯한 얼굴로 날 바라보다가 말했다.

"그러니까 너에게 말을 아껴 봐야 소용없다는 걸 깨달았지."

"저도 그렇게 생각해요."

깊게 고개를 끄덕이자 카를이 다시 내 뺨을 잡아당기고 물었다.

"몸은 괜찮아?"

"멀쩡해요."

씩 웃어 보이자 그는 다시 한숨을 내쉬었다.

"그래."

난 얼른 그를 꽉 끌어안았다.

카를의 손이 부드럽게 등을 쓸어내렸다.

어쨌든 우리 남매는 이것으로 에멜에 대해 잠정적인 합의를 한 셈이었다.

'적어도 이제 카를이 에멜을 썰어 버리려고 하지는 않겠지.'

난 그렇게 생각하며 눈을 감았다.

'그러고 보니 요즘 통 못 잤지.'

갑자기 졸음이 밀려들기 시작했다.

카를이 박자를 맞춰 쓸어주는 손길도 기분 좋고, 마차 흔들림도 딱 일정해서⋯⋯

난 그대로 스르르 잠이 들었다.

*　　*　　*

켈슨이 미묘한 얼굴로 물었다.

"정혼하셨다고요?"

"넵."

짤막하게 답하며 고개를 끄덕이자 그가 도움을 청하듯 아빠를 바라보았다.

"공작님, 이 사태에 대해서 뭔가 하실 말씀 없으신가요?"

아빠는 날 바라보다가 켈슨에게로 시선을 돌렸다.

"에스텔이 했다면, 한 거겠지."

"그런 문제가 아니거든요!"

켈슨이 아아 하고 비극 오페라의 여주인공처럼 쓰러질 듯 구는데, 집무실 문이 벌컥 열렸다.

"공녀님."

거칠게 열린 문과 달리 목소리는 침착하고 매끄러웠다.

"하델."

놀라서 자리에서 일어나자 하델이 날 바라보며 말했다.

"잠깐 이야기 좀 할까요."

"언제 올라오신 거예요?"

"방금 전에 올라왔는데, 지금 재미있는 이야기가 저택에서 돌고 있더군요."

"어, 음. 그럼 서재로 갈까요."

"그러지요."

그렇게 말하고 하델은 그제야 아빠와 켈슨에게 가볍게 인사하고서 집무실을 나섰다.

우리는 익숙한, 내 공부방―서재로 들어섰다.

자리에 앉아, 서 있는 하델을 보니 익숙한 기시감이 들었다.

'허, 다시 학생이 된 이 기분.'

아무것도 몰랐을 때, 하델이 알려 주는 것 하나하나가 그렇게 신기했었지.

"공녀님."

"네, 선생님."

웃으며 말하니 하델은 가볍게 안경테를 밀어올리고 말했다.

"정혼을 하셨다고요."

"네."

"그 말은 솔라드 백작령에 레이몬드 후작이 손을 댈 수 있다는 말이라는 걸 아십니까?"

난 눈을 굴렸다.

어.

"그건 생각 못 했어요."

"솔라드 백작님."

"네, 하델 경."

"백작님에게 무슨 일이 생긴다면, 백작령이 어디로 상속될지도 아시겠지요."

"그렇기는 한데, 음. 그러니까."

"그러니까?"

"에멜은 그러지 않을 거라고 생각해요."

"뭘 말입니까?"

"솔라드 백작령은 아마 그냥 돌려주지 않을까요?"

"그렇게 혼전 계약을 하셨습니까?"

"그건 아니지만."

하델이 날 빤히 봐서 난 손을 들고 말했다.

"그건 생각 못 했어요. 그리고 무엇보다도 전 죽지 않을 거니까요."

"솔라드 백작님이 카스티엘로 공녀님인 게 항상 다행이라고 생각하는 부분이죠."

"그런가요."

"네, 하지만 혼인은 여러 가지로, 경제, 정치, 외교에 있어서 큰 영향을 끼치는 문제입니다. 상의 정도는 해 주셨으면 좋았을 텐데요."

"급해서 그럴 시간이 없었어요. 그리고 엄밀히 말하자면 혼인이 아니라 정혼이지요."

하델은 가볍게 한숨을 내쉬었다.

"그렇지요."

이어 그가 가볍게 허리를 숙이며 말했다.

"그리고 정혼 축하드립니다. 백작님."

그 인사에 난 가슴속에 확 하고 따끈한 게 퍼지는 기분을 느끼며 웃었다.

"고마워요. 사실 처음으로 축하받는 거예요."

"그렇군요. 사실 에멜 경과 혼인하실 거라고 생각해서 딱히 문제는 없습니다만, 그래도 혹여 앞으로 또 이런 중요한 문제가 생긴다면 미리 말씀해 주시면 좋겠군요."

"엇, 그렇게 생각하고 계셨어요?"

"네. 하지만 정혼을 하실 줄은 몰랐군요. 생각해 보니 그게 나은 것 같기도 하고요."

"나은가요?"

"안 그러십니까?"

하델이 되물어서 나는 눈을 깜박였다. 그리고 천천히 고개를 기울였다가 고개를 끄덕였다.

"그런 것 같아요."

"그렇지요."

하델이 고개를 가볍게 끄덕이고 이어 말했다.

"제가 올라온 이유는 솔라드 백작령이 생각보다도 더 빠르게 궤도에 오르고 있기 때문입니다."

"그런가요?"

"네, 정령의 힘 때문인지 땅은 비옥하고, 첫해부터 넘치는 수확물을 얻게 됐습니다. 삼 년을 생각했는데 말이죠. 수확량이 다른 영지의 스무 배쯤 됩니다. 그래서 이제 세금을 걷어도 된다고 생각합니다. 또한 땅의 거래에 대해서 제재를 가해야 하는 부분과 치안 문제에 있어서도 이야기를 나누고 싶군요."

스무 배?! 이 무슨 종자 개량도 아니고—

난 고개를 저었다.

"언제까지나 그 수확량이 나오지는 않을 테니까 그 문제도 이야기하는 게 좋겠군요. 알겠어요."

난 한숨을 내쉬었다.

"걱정되십니까?"

"네? 아뇨. 일해야지요."

"아니오. 레이몬드 후작 말입니다."

"아, 그야, 조금은요."

"걱정하실 필요는 없을 것 같습니다."

"그런가요?"

"네. 사실 팔다리를 다 잘라두고 미끼를 던져 놓은 꼴이라. 살아남은 자들은 악에 받쳐 모이지만, 결국 깨끗하게 정리될 수밖에 없는 구조지요."

"그렇군요."

"잔당을 한 명도 남기지 않는다는 점에서는 카스티엘로 같은 느낌이지만, 그 방식의 교활함은 레이몬드답다고 생각합니다."

"칭찬인가요."

"그렇게 들리십니까?"

하델은 되묻고 싱긋 웃었다.

"그러니 걱정하실 필요는 없다고 말씀드리겠습니다. 혹여, 그 걱정으로 서류 작업이 늦어질까 봐 드리는 말씀입니다."

"고마워요."

"별말씀을."

조금은 마음이 가벼워져서 난 가볍게 미소 지었다.

난 책상 위에 엎드렸다.

'지쳤다. 하루 종일 서류만 봤어. 하지만 역시 인재 문제가 가장 심각한걸. 무작정 고용하자니 질이 떨어지고, 그 전에 일단 양이 너무 문제가 되니……'

치안대 훈련소 같은 걸 세워야 하나.

'공교육의 목적은 빠른 기간에 기업에서 필요한 적정 인재를 대량 생

산하는 데 있다고 하지.'

난 새 종이에 '공교육'이라고 적어 넣었다.

'하지만 이런 것까지 할 만한 여력이 없어.'

중얼중얼거리는데 누군가가 문을 두들겼다.

"들어오세요."

허리를 펴고 자세를 바로잡으며 말하자 뜻밖에도 들어온 사람은 아빠였다.

난 놀라 자리에서 일어나며 말했다.

"어쩐 일이세요?"

"오면 안 되나?"

"그게 아니라, 부르시면 될 걸요."

"일하는 걸 방해하고 싶지는 않으니까."

말하고 아빠가 희미하게 웃으며 물었다.

"아니면 방해하는 게 좋았으려나?"

"아빠가 부르시는 건 방해가 아니지요."

난 그렇게 말하며 아빠의 손짓에 따라 자리에 앉았다. 아빠가 내 앞에 앉으시고 종이 뭉치를 보더니 말했다.

"내 딸은 성실하기도 하지."

"일이 너무 많아서 그냥 내버려 둘 수가 없는 것뿐이에요."

"그런 걸 그렇게 말하는 거란다. 성실한 카스티엘로라."

"전 변종이니까요."

아빠의 붉은 눈이 슥 날 돌아보았다. 난 미소 지어 보였고, 아빠가 가볍게 내 머리를 쓰다듬었다.

뭐랄까.

카를과 나처럼 서로 이야기를 많이 하는 것도 아니지만, 아빠는 항상 든든했다. 내 마음을 다 알아주시는 것 같고, 어떤 일에도 단단하게 계셔 주는 것 같은, 그런 느낌.

"죄송해요."

"뭐가?"

"허락도 없이 정혼해서요."

"다 큰 자식이 좋아하는 사람과 함께하고 싶다는데 막을 수는 없지."

"그래도요."

"하지만."

아빠가 부드럽게 내 머리카락을 쓸어내리며 말했다.

"너무 짧구나."

그 말에 눈을 들어 아빠를 힐끗 보았다.

"너와 함께했던 시간이."

"저도 그렇게 생각해요."

"카를은 화가 났고."

저절로 웃음이 터졌다.

"하지만 그래도 에멜에 대해서 합의한 것 같아요."

"그래?"

"네, 그럭저럭이요."

"그렇군."

아빠는 잠시 생각하시는 듯하다가 느릿하게 입을 열었다.

"너에게는 항상 부채감이 있어."

"네?"

깜짝 놀라 되묻자 아빠는 다정한 미소를 띠고 날 바라보았다.

"네 십일 년에 대해서, 그리고 네가 카스티엘로이기 때문에 겪은 일에 대해서."

"그건, 아빠 탓이 아니잖아요. 그렇게 생각하실 필요가 없어요."

"있어."

"없어요."

"아니."

아빠가 가볍게 내 뺨을 쓸었다.

"그래서 보상해 주려고 해도, 사실 내 감각으로는 어떻게 해 주는 게 좋은지 모르겠고. 최대한 하려고 노력은 했지만. 내 딸은 항상 상상 이상이라, 뭐든 내놓으라고 하는 욕심쟁이라면 차라리 편할 텐데."

"그런가요."

"그래."

아빠는 다시 가볍게 웃으셨다.

"저도 마음껏 욕심냈다고 생각하는데요."

"뭘?"

"드레스라든가…… 장신구라든가…… 한 번도 부족해 본 적 없어요."

"그건 너무 당연한 거라."

이, 이런 부르주아!

난 한숨을 내쉬고 말했다.

"그리고 단지 부의 문제라면 이미 충분히 도움 받고 있어요. 솔라드 백작령 문제에 있어서도 그렇고요. 그런 부채를 느끼실 필요 없어요. 어쩐지 납득했다고 저번에 말씀드렸잖아요. 무엇보다, 저는 충분히 행복해요."

더 이상 뭔가 바라는 것이 없을 정도로 행복하다.

"가장 감사한 건 저를 안락한 탑 안에 가둬놓지 않은 점이고요."

강조점을 찍어가며 덧붙이자 아빠가 피식 웃으셨다.

"그래. 카를과는 그 문제로 많이 부딪쳤지만."

"그러셨어요?"

아빠는 가볍게 고개를 끄덕였다.

그랬구나.

"제 편을 들어주셔서 감사하다고 해야겠네요."

"만약에 가뒀어도 너는 탑 창문에서 탈출하겠다고 뛰어내릴 아이라서 그런 것도 있고."

그 말에 난 어색하게 웃었다.

부정할 수가 없다.

"그런 점은 카스티엘로답지요."

슬그머니 하는 말에 "그렇지." 하고 아빠는 미소 짓고 자리에서 일어나셨다.

"그럼 이만 들어가서 쉬어라."

"어? 가시려고요?"

아빠가 고개를 끄덕여서 난 아쉬운 생각에 말했다.

"차라도 같이 하고 가세요. 네?"

"그럴까."

난 얼른 자리에서 일어나 설렁줄을 당겨 시종을 불렀다.

차와 가벼운 간식을 주문하고 난 서류를 대강 정리해서 테이블을 비웠다. 시종이 곧 다과를 가지고 왔다. 난 얼른 아빠의 찻잔을 채워드리고 내 찻잔을 채웠다.

그리고 우리는 한참 옛날이야기를 했다. 아빠의 입에서 듣는 내 이야기는 엄청 신기하고, 또 부끄럽고 민망하기까지 했다. 내가 처음에 나랑 카를이랑 결혼시키려는 건 줄 알았다고 이야기하니, 아빠는 눈을 크게 떴다가 가볍게 소리 내어 웃으셨다.

그래요, 그런 때가 있었다니까요?

벌써 까마득한 옛날 일처럼 느껴진다. 그 사이 정말로 많은 일이 있었구나, 하고 새삼 느끼는데 아빠가 말했다.

"카를이 나와 단둘이 남자마자 그러더구나, '이만 골드요?' 하고."

난 눈을 동그랗게 떴다. 둘 사이의 이야기는 처음 듣는다.

"그리고요?"

뒷말을 재촉하니 아빠가 빙그레 웃고 덧붙였다.

"그러고서는 '싸네요.' 하더구나."

난 입을 살짝 벌렸다가 웃었다.

"오라버니다워요."

정말로 카를다운 말이다. 문득 나는 턱을 괴고 느리게 말했다.

"카를도 찾을 수 있겠죠?"

내가 무슨 말을 하는지 아빠는 주어가 없어도 알아들으셨다. 내가 에멜을 찾았듯이, 카를도 마음에 드는 사람을 만났으면.

"그럼."

아빠가 고개를 끄덕였다. 아빠의 확신에 나는 조심스럽게 물었다.

"아빠는요?"

"나도 이미 만났지."

아빠가 그렇게 말하며 부드럽게 내 뺨을 감쌌다. 그 말에 나는 어떻게 할까, 하고 고민했다.

물어보고 싶었다. 카를의 어머니, 그러니까 공작 부인과의 이야기를. 하지만 그게 사랑 이야기가 아니라면, 묻는 게 상처가 되지 않을까?

머뭇거리고 있는 나에게 아빠가 말했다.

"나중에 이야기해주마."

"정말요?"

"그래."

아빠는 고개를 끄덕였고 나는 미소 지었다.

"그렇다면 오늘은 다른 이야기를 실컷 해요."

그리고 우리는 동트는 줄도 모르고 이야기를 나눴다. 대부분은 내 이야기인 것 같았지만.

며칠 앓았다.

미열이 있는 정도였지만, 지끈거리는 두통과 기침은 확실히 몸 상태를 다운시켰다.

'이게 다 서류 때문이다.'

살아남은 거로도 감사해야겠지만, 역시 약골이 된 건 좀 불편한 일이었다.

"이 약 너무 많이 먹어서 이제 온몸에서 꽃향기가 나는 기분이야."

앤에게 컵을 돌려주며 말하자 앤이 "역시." 하고 물었다.

"그럼 원래대로 다른 향으로 할까요? 제 생각에도 이 향기는 너무 역한 것 같아요."

그녀가 컵에 남은 향을 킁킁거리고 눈을 찡그렸다.

"아냐. 앤은 풀 향기, 이런 거 좋아하잖아. 몸에서 풍기는 거라면 풀보다는 꽃이 좋지."

"전 풀이 더 좋은데요."

"사람의 취향은 각색이니까."

"그렇지요."

앤이 고개를 끄덕였다.

"들어온 소식은 없어?"

내 물음에 앤이 갸웃하며 물었다.

"어떤 소식이요?"

"알면서."

투덜거리자 앤이 가볍게 웃고 대꾸했다.

"레이몬드 후작에 대한 일이라면 저보다는 다른 분에게 물어보는 게 더 낫지 않을까요."

"아니, 어쩐지 이런 일로 정보기관을 쓰는 건 옳지 않게 느껴진다고 해야 하나."

"어차피 눈여겨 지켜보고 있을걸요."

"하긴, 그것도 그래."

나중에 로라에게 슬쩍 물어볼까 하며 난 의자에서 일어났다.

"아직 좀 더 쉬셔야 해요."

"계속 누워만 있으니까 더 안 좋아지는 것 같아. 햇빛도 쐬고, 산책도 좀 하려고."

날씨도 좋은데 틀어박혀 있는 건 아깝잖아?

내 말에 앤이 고개를 끄덕였다.

산책을 간다는 말에 로라와 제인이 함께 가겠다고 나섰다. 로이는 오늘 쉬는 날이다.

'쉬는 날이라고 해도 훈련하는 것 같지만.'

마스터가 된 후로 아스터 경에게 더욱 가열하게 훈련받고 있는 것 같다. 본인도 은근 즐기는 것 같단 말야?

'이런 얘기를 로이에게 하면 그런 거 절대 아니라고 하겠지만.'

하지만 입으로 죽는다 소리를 하면서도 입꼬리가 슬쩍 올라가 있는 게 보이니까.

'검에 대한 미련이 아주 쬐끔 남아 있지만…….'

아무래도 이 몸으로 검은 무리겠지.

난 활을 떠올렸다.

그러고 보니 활을 쏘지 않은 지도 좀 됐네.

'오랜만에 쏠까? 아냐. 몸도 안 좋은데.'

활시위를 당기는 것도 상당한 힘과 집중력이 필요한 일이라서, 괜히 회복 중에 일을 벌일 필요는 없을 것 같다.

"그나저나 햇빛이 엄청 나네요."

제인이 내 보닛을 한번 정돈해 주며 말했다.

"그러네. 여름이라는 게 피부로 느껴져."

공기가 열기를 가득 머금고 있었다.

비가 오는 초여름이 끝나고 지금은 습기가 거의 없는, 건조한 열기가 정원을 가득 채우고 있었다.

여름의 장미 정원은 무성하게 자라서 무서울 정도로 짙은 향기와 색을 뿜어내고 있었다. 초여름의 분홍 장미가 지고, 지금 피어 있는 것은 루비만큼 새빨간 붉은 장미였다.

'난 파스텔 톤의 장미를 더 좋아하지만.'

그렇다고 빨간 장미가 싫은 것도 아니지.

"그러고 보니 제인은 잘되어 가고 있어?"

은근슬쩍 물으니 제인의 뺨이 눈에 띄게 붉어졌다.

"네."

"뭐야? 왜 그것뿐이야. 좀 더 이야기해 봐."

좀 더 자랑할 줄 알았는데?

제인이 자신의 양 뺨을 감싸며 수줍은 목소리로 말했다.

"그게, 너무 잘해 주셔서. 제가 이렇게 멋진 분이랑 사귀는 건가 싶고—"

"으아아~"

난 팔을 문지르며 웃었다.

"뭐야, 좋잖아? 잘됐네."

"네, 그게, 저보다 아가씨는요? 에멜 경이랑 정혼까지 하셨잖아요?"

"그랬지."

"에멜 경의 어디가 그렇게 좋으세요?"

"어? 음—"

에멜의 좋은 점이라.

"상냥한 게 좋아. 다정하면서도 은근히 엄격한 게 좋고, 그런데도 사실 슬쩍 나에게 전부 져 주는 게 좋아. 사실은 성격이 나쁘다는 것까지 어쩐지 귀여워. 이상한가? 손이 큰 게 좋아, 굳은살이 박여 있는 부분도 좋고—"

"그 정도만 하세요, 제가 다 부끄러울 지경이에요."

로라가 그렇게 말하고는 헛기침을 하고 말했다.

"안 그런가요? 레이몬드 후작님?"

"엑?!"

깜짝 놀라 주변을 둘러보자 저쪽에서 에멜이 슬그머니 자리에서 일어 났다.

얼굴이 확 타올랐다.

"에멜 레이몬드! 왔으면 왔다고 이야기를 해요!"

"아뇨, 너무 즐거운 이야기를 하고 계시길래. 조금 놀라게 해 드릴까 하다가……."

에멜은 말하며 한 손으로 슬쩍 입가를 가렸다.

멀리 떨어져 있는데도 그의 얼굴 역시 붉어졌다는 걸 알 수 있었다. 제인이 킥킥 웃으며 로라에게 말했다.

"우리는 저쪽으로 갈까요? 장미 바구니 만들까 하는데요."

"어머? 그거 좋네요. 그럼 정원사에게 도구를 빌려요."

태연하다면 태연한 연기와 함께 두 사람이 재빠르게 퇴장을 하고 나서도 우리는 한참 거리를 좁히지 못했다.

에멜이 헛기침을 하고 말했다.

"오랜만입니다. 아가씨."

"오랜만이에요."

난 대답하고 난 후 머뭇머뭇 팔을 내밀었다.

"오랜만이니까 가까이 와서 얼굴 보여 줘요."

작게 말했지만, 그 거리에서도 에멜은 순식간에 다가와서 날 꽉 안았다.

"다녀왔어요."

"어서 와요."

내가 웃으며 에멜을 마주 안았다. 그가 몸을 떼더니 허리를 숙여 내 이마에 자신의 이마를 가볍게 대며 물었다.

"열이 있는 것 같은데요?"

"조금요. 지금은 거의 다 나았어요."

"그런데 밖에 있어도 되는 거예요?"

"여름인걸요. 안에만 있는 것보다 햇빛이랑 바람 쐬는 게 더 나을 것 같아서요."

에멜은 내 말에 허리를 펴며 고개를 끄덕였다.

그가 내 손을 잡으며 말했다.

"피곤하면 이야기하세요."

"알았어요. 그런데 에멜 얼굴 봐서 피곤한 거 다 날아갔어요."

에멜이 웃고 다시 허리를 숙여 내 입술에 가볍게 키스했다.

"꽃향기가 나네요."

그가 작게 속삭였다.

"약을 마시고 왔거든요."

"어쩐지 익숙하다고 생각했어요."

그러며 다시 키스.

"설마 에멜이 약이 필요한 상황인 건 아니겠죠?"

걱정되어 슬쩍 몸을 쓸어보며 묻자 그가 간지러운 듯 웃고 내 손을 떼어 내며 말했다.

"긁힌 곳도 없습니다. 마스터를 너무 가볍게 보시는군요."

"그럼 다행이고요. 일은 벌써 다 끝난 거예요?"

사로잡힌 사람들을 재판하고 처벌하려면 그것도 한 세월 걸리지 않나?

갸웃하며 묻자 에멜이 눈을 날카롭게 빛내고 웃었다.

"뒤처리할 일이 없어서요. 다 끝났답니다."

그가 내 표정을 살피듯 바라보았다. 그러니까, 전원 즉결 처분했다는 이야기다.

난 양손을 뻗어 가볍게 그의 양 뺨을 찰싹 눌렀다.

"떠보듯 하는 건 그만둬요."

그가 픽 웃고 내 손을 잡은 후 손바닥에 입 맞추며 말했다.

"그만두지요. 그 점을 귀엽다고 하시니까."

순간 무슨 말인가 했다가, 아까 내가 했던 말이라는 걸 깨닫자 다시 얼굴이 달아올랐다.

"정말 나빴어요. 그걸 다 듣고 있고 말이에요!"

"중간에 나가는 게 더 이상할 것 같아서……."

"그럼 에멜도 말해 봐요."

"네?"

"나만 말하는 건 억울하잖아요. 에멜은 내 어디가 좋아요?"

"전부요."

망설임도 없는 즉답이다.

"으, 아니, 그런 거 말고요."

화끈거리는 얼굴로 그의 팔을 잡아당기며 다시 재촉하니 에멜이 웃고 말했다.

"목소리가 좋습니다. 화낼 때 눈초리가 올라가는 게 좋아요. 다정하고 이타적인 것도 좋고요, 그러면서도 절대로 굽히지 않는 고집스러운 면이 사랑스럽죠. 굉장한 미인이지만 사실은 엄청난 말괄량이인 것도 좋고ー"

"거기까지만 들을게요."

몸 둘 바를 모르겠다.

몸 앞으로 팔을 교차해 X자를 그리며 그의 말을 멈추자 에멜이 씩 웃었다. 난 한숨을 내쉬며 키스하느라 흐트러진 보닛을 바로 했다.

에멜이 내 머리카락을 살며시 정리해서 넘겨주었다.

"분수대까지 걸을까요?"

내 말에 그가 고개를 끄덕였다. 장미 정원의 분수대는 여기서 멀지 않았고, 가제보 밑에 있어서 그늘이었다.

푸르스름한 마블링이 들어간 흰 대리석 기둥이 8개 서 있었는데, 그 위에 화려한 대리석 돔이 올려진 가제보 밑으로 들어가니 공기가 서늘했다. 햇빛은 타오를 듯 뜨거워도, 대기는 건조해서 그늘에만 들어오면 덥지 않다.

에멜이 자신의 재킷을 벗어 나에게 둘러 주었다. 따뜻하고,

'에멜 냄새 나.'

푹 파묻힌 기분으로 있는데 에멜이 입을 열었다.

"에스텔, 정혼에 대해서 할 이야기가 있습니다."

그 말에 난 퍼뜩 고개를 들었다. 에멜의 얼굴이 진지했다.

난 벤치에 앉으며 고개를 끄덕였다.

"저도 사실 할 이야기가 있어요."

"그럼 먼저―"

"아뇨, 에멜이 먼저 해요."

고개를 저으며 말하자 그가 짧게 숨을 들이마시고 말했다.

"아가씨께서 하신 이야기를 생각했습니다."

"제 이야기요?"

"제가 불행을 향해 간다는 말 말입니다."

"아."

짧게 소리를 내고 나는 그를 뚫어져라 바라보았다. 에멜의 얼굴은 어딘지 안정되어 보였고 부드러웠다.

"에스텔의 말은 사실이었습니다. 저는, 저 자신을 용서할 수가 없었고 그래서 행복하면 안 된다고 생각했었어요."

"과거형이네요."

내가 지적하자 그가 웃었다.

"저는 무력한 저를 용서할 수가 없었습니다."

마수에게서 부하들을 지키지 못한 자신을.

모든 불행에서 에스텔을 구하지 못한 자신을.

"그건 아무도 할 수 없는 일이에요."

나는 눈을 찡그렸다. 어린아이가 강대한 마수 앞에서 뭘 할 수 있겠는가?

그리고 나에 대해서라면 같은 카스티엘로도 어쩌지 못했는걸.

"네."

그의 대답에 나는 눈을 크게 떴다. 에멜이 희미하게 웃었다.

"간신히 용서했고, 행복해져도 된다고 생각하게 되었습니다. 에스텔, 당신과 행복해지고 싶어."

난 왈칵 눈물이 나올 것 같았다.

"그래서 정혼 기간을 좀 더 늘리고 싶습니다."

내가 눈을 크게 뜨자 그가 내 앞에 한쪽 무릎을 꿇어 눈높이를 맞추고 말했다.

"레이몬드 후작가 내부의 일도 좀 더 단속해 두고 싶고, 에스텔도 백작령 일이 바쁘겠죠. 그리고 무엇보다도, 음—"

에멜이 약간 쑥스러운 얼굴을 하며 말했다.

"평범한 연인다운 기간을 가져보지 못했다고 생각해서 말입니다."

"그건, 확실히 그러네요."

한숨을 느리게 내쉬며 말하자 그가 내 손을 잡으며 물었다.

"그래서, 에스텔이 하고 싶은 이야기는 뭔가요?"

"저도 비슷한 이야기였어요."

"비슷하다면—?"

"결혼은 너무 이른 게 아닐까 하는, 이야기요."

뒤로 갈수록 목소리가 작아졌다. 에멜이 내 손을 만지작거리며 물었다.

"혹시 싫으신 겁니까?"

"네?"

"정혼을 유지하는 것 말입니다."

"그렇게 보여요?"

내 말에 그가 다시 고개를 들어 내 얼굴을 보더니 미소 지었다.

"아니요."

"물론 아니에요. 에멜과 헤어지고 싶지 않아요. 언젠가 결혼하면 그건 에멜이라고 생각해요."

"그리고 우리는 약간 유예하며 시간을 가지는 거죠."

"바로 그거예요."

고개를 끄덕이니 그가 자리에서 일어나며 "알겠습니다." 하고 미소 지었다.

"그럼 저희 둘 다 생각은 같은 거군요. 하지만 이렇게 하면 너무 기약이 없으니— 일 년이라고 잡아둘까요?"

"일 년이요?"

"네."

일 년.

길다면 길고 짧다면 짧은 기간이다. 난 곰곰이 생각하다가 한마디를 덧붙였다.

"최대 일 년이라고 해 두죠."

내 말에 에멜이 씩 웃었다.

"알겠습니다. 최대 일 년이요."

그러던 그가 "잠시 실례." 하고 나에게 걸쳐 준 재킷의 안주머니를 뒤져 상자를 꺼냈다.

"정혼 선물입니다. 그때 못 드렸었지요."

"이런 것도 있어요?"

"있지요."

난 설레며 상자를 열어 보았다.

"우와."

작게 탄성이 흘러나왔다. 커다란 별 모양의 참이 달린 팔찌였다.

귀여워! 화려해! 커!

"마음에 드십니까?"

"네, 엄청 예뻐요!"

"다행입니다."

에멜이 상자 안에서 팔찌를 빼낸 뒤 내 손목에 걸어주었다. 그가 못마땅한 얼굴이 되어 말했다.

"그사이 더 마른 건 아니시겠죠?"

"아니에요."

"아가씨는 좀 더 통통해지실 필요가 있어요."

"지금으로도 충분해요."

"체력도 약하신 분이."

"괜찮다니까요."

난 그렇게 말하고 웃으며 손목을 가볍게 흔들었다. 참이 이리저리 흔들리며 햇빛에 반짝거렸다.

"아, 맞다. 그런데 이런 건 세트로 해야 하는 거 아닌가요?"

내 말에 에멜이 슬쩍 자신의 셔츠 소매를 걷어 보였다. 거기에도 나와 똑같은 팔찌가 있었다.

'우와, 커플 팔찌!'

"그런데 남자가 참 팔찌 해도 괜찮은 건가요?"

"괜찮습니다. 카를 님이 하시고 유행했거든요."

'오라버니가?'

"아!"

설마 내가 그때 생일 선물로 준 거? 그거 유행한 거야?

어쩐지 웃음이 나왔다. 양손으로 입을 가리고 킥킥 웃으니 에멜이 내 보닛을 살짝 잡아당겨 뒤로 넘겼다.

"에멜?"

"저와 있는데 다른 남자를 생각하면서 웃는 건 싫습니다."

"으음—"

하지만 카를인데?

당황하는데 그가 부드럽게 키스해 왔다.

아, 역시 키스 잘해.

원래 키스가 이렇게 좋은 건지, 아니면 에멜이 키스를 잘하는 건지 구별할 방법은 없지만—

심장이 쿵쿵 뛰고 손끝이 저릿저릿할 정도로 황홀한 키스가 많지 않다는 건 알아.

입맞춤을 끝내고 숨을 토해 내자 에멜이 빙긋 웃었다.

"그럼 같이 목록이라도 작성할까요?"

"목록이요?"

"음, 뭐 하고 싶은 게 있으시다면 말입니다. 이제 연인인 걸 즐기기로 했으니까요."

그가 멋쩍게 말하고는 덧붙였다.

"좀 더 능숙하게 이것저것 할 수 있으면 좋겠지만 말이죠. 그보다 아가씨께서 좋아하는 걸 잔뜩 하고 싶다고 생각하니까요."

그 말에 난 눈을 동그랗게 떴다가 웃었다.

"좋아요."

웃으며 자리에서 일어나 나 역시 덧붙였다.

"나도 에멜이 좋아하는 일을 잔뜩 하고 싶다고 생각해요."

내 말에 에멜은 눈을 굴리고는 대답했다.

"제가 좋아하는 일을 잔뜩 하는 건 결혼 이후로 미뤄도 될 것 같은데요."

"네?"

반문했다가 난 입술을 깨물고 주먹을 들어 에멜을 때렸다.

"에멜!"

"뭘 생각하신 거예요? 전 아무런 말도 안 했습니다만?"

에멜은 놀리듯 말했지만 난 씩씩거리며 그의 팔을 계속해서 때렸다.

정말이지.

그러고 나서 그와 나는 상당히 긴 목록을 작성했다.

나는 목록을 바라보며 말했다.

"계속 이럴 수 있으면 좋겠어요."

"계속이요?"

그가 날 바라보아서 웃으며 대답했다.

"목록이요. 지금은 이렇지만, 시간이 지나면 점점 내용도 길이도 늘어나겠죠? 아직은 우리 둘만이지만, 나중에는 더 인원이 늘어날 수도 있고."

슬쩍 흘린 말에 에멜은 눈을 크게 떴다가 사르르 웃었다.

"물론 그렇게 될 겁니다. 계속이요."

"평생. 나중에 할아버지랑 할머니 되어서 산책하기도 적어요."

"네, 평생."

속삭이고 그가 다정하게 입맞춰주었다.

평생 이렇게 마주 앉아서 이야기하고, 미래를 계획하고, 모든 걸 이뤄나갈 거라고.

계속.

평생.

영원히.

Epilogue

"솔라드 백작령은 굉장하군요."

에멜이 감탄하며 하는 말에 난 씩 웃었다.

"그렇죠?"

"네, 확실히 자유 도시라 그런지 느낌이 완전히 다르네요."

거리의 건물은 대부분 이 층 건물이었고, 바닥은 깔끔하게 포석이 깔려 있었다. 계획도시인 만큼 모든 구획이 딱딱 나뉘어 있어서 마차나 수레를 모는 교통에도 문제가 없었다.

토지는 비옥하고, 커다란 강이 영지를 가로질러 물자의 유통도 원활하다. 돈과 물건이 같이 회전하니 당연히 잘살게 될 수밖에 없는 구조였다.

'여기까지 오느라 고생도 많았지만.'

그 과정을 생각하면 눈물이 날 지경이었지만, 지금 자리 잡은 활기찬

도시를 보면 뿌듯하기만 한 이야기였다.

"도시 지도도 나눠주고 있네요."

에멜이 근처 안내판에서 지도를 가져오며 말했다.

평범한 평민 같은 복장을 하고, 갈색 머리카락을 흐트러뜨린 그의 모습은 어쩐지 소년 같은 느낌마저 들었다.

"왜인지, 나만 나이 먹는 기분이란 말이에요?"

내가 투덜거리자 에멜이 웃고 말했다.

"무슨 말씀을. 요정 같으신 분이."

"우와ㅡ"

방금 발언 오글거려요. 하지만 기분 좋은 것도 사실이라 난 괜히 입을 비죽거리며 그의 손에서 지도를 빼앗아 들어 펼쳤다.

에멜이 슬쩍 내 색안경을 밀어 올리며 물었다.

"안경 쓴 채로 봐도 괜찮아요?"

"괜찮아요. 색이 진하게 들어간 것도 아니고요."

"어디 가 보고 싶은 곳이 있으신가요? 아가씨."

"글쎄요. 어디로 갈까요?"

난 안경을 다시 눌러쓰며 중얼거렸다. 아무래도 빨간 눈동자는 눈에 띄어서 불편해도 쓰지 않으면 안 된다.

나는 현재 위치를 가리키며 말했다.

"여기서부터 그냥 이쪽으로 쭉, 도시를 도는 걸로 하죠."

"좋습니다."

에멜은 고개를 끄덕였다. 그는 지도를 가져가 접어서 주머니에 넣고 손을 내밀었다. 난 웃으며 그의 손을 잡았다.

보고서로 보던 것과 내가 직접 도는 것은 완전히 달랐다.

'치안대도 적정한 시간에 잘 돌고 있고, 사람들도 밝은 표정이고. 좋

아, 좋아.'

장사꾼들의 밝은 목소리가 거리 곳곳마다 울려 퍼졌다.

한참 걷고 나니 슬슬 다리가 아파 와서 우리는 적당한 노천카페에 자리를 잡았다.

"발 괜찮으세요?"

"괜찮아요. 하지만 남장할 걸 그랬어요. 드레스는 불편해요."

내 투덜거림에 에멜이 웃고 말했다.

"그 머리카락을 가지고 말이지요?"

"사실은 적당히 잘라 버리고 싶은데 비상금이라서 못 하고 있어요."

"비상금이요?"

"언젠가 도망갈 일이 생기면 머리를 잘라서 팔 거거든요."

내 말에 에멜이 진지한 얼굴로 대답했다.

"아가씨가 어디로 도망갔는지 알려면 머리카락을 팔 수 있는 곳을 뒤져 봐야겠군요."

"에멜."

"네."

"가끔 생각하는 건데, 왜 나를 아가씨라고 지칭해요? 부인 쪽이 더 편하지 않아요?"

결혼도 한 사이고.

내 말에 에멜의 얼굴이 붉어졌다.

"어, 음. 부인, 말이죠."

"네."

이게 벌써 세 번째 결혼기념일 여행이라고요?

그때 종업원이 음료를 가지고 나와 우리 사이의 대화는 잠깐 중단되었다.

길쭉한 유리병에 가득 담긴 황금빛 음료수.

조금 비싸기는 하지만, 평민도 그럭저럭 부담할 수 있는 가격.

'좋아.'

어쩐지 즐거워.

'위에서 나와 하델과 집무관들이 갈리고 있지만.'

"다른 생각 하시고 있죠."

"앗, 아니."

눈을 깜박이자 에멜은 턱을 비딱하게 괴고 날 바라보았다.

"거짓말."

"잠깐, 다른 생각을 하기는 했습니다."

순순히 자백하니 그가 가볍게 웃었다.

"부인께서는 저에게 집중해 주시면 고맙겠습니다."

"그, 그러겠습니다."

대답하고서는 어라 하고 덧붙였다.

"뭐예요. 잘 쓸 수 있잖아요."

"잘 쓸 수는 있지만, 아가씨는 아마 평생 제 아가씨일걸요. 게다가 부인이라고, 부르면 아까워요."

"네? 뭐가요?"

"그냥, 닳는 느낌이라고 해야 하나. 저 말고 다른 사람도 그렇게 부르잖아요."

"레이몬드 후작 부인, 이라고 부르기는 하죠."

"에스텔은 제 건데요. 남이 그렇게 부르면 화가 나요. 같은 호칭으로 부르고 싶지도 않고요."

"그게 뭐예요."

"독점욕."

"이미 독점했잖아요."

"그래도 안 사라져요. 어쩜 사람이 그래요? 치사하게."

느닷없는 공격에 난 당황했다.

"네?"

"아무에게나 생글생글하고, 다정하게 대하고, 나만 혼자서 괴롭고, 손에 넣었는데도 어떻게 이렇게 안달복달하게 만들어요? 사람을. 진짜 못됐어요."

"아무에게나 생글생글하지 않거든요? 다정하게도 안 해요."

"거짓말."

"진짜로 아니에요."

"하, 생각해 보면 처음부터 그랬죠. 나 필요 없다고 다른 호위를 잔뜩 고용하고 난 탁 잘라 버리고."

"그건―!"

당황해서 말이 나오지 않았다. 난 목소리가 커지려는 걸 억누르며 빠르게 말했다.

"그건 내가 어릴 때 일이잖아요? 게다가 에멜이 그렇게 잘릴 줄은 몰랐다고요? 그리고 나 나름대로 에멜을 생각해서 그랬단 말이에요."

하지만 난 에멜에게 흥 하고 고개를 돌린 채였다.

"그러는 에멜도 나를 차 버리고서 아이리스 황녀에게 가서 키스도 하고, 그것도 보게 하고― 날 위해서 그런다면서 맨날 나 울게 만들고―"

"그러는 아가씨는 죽지 않겠다고 약속하고서는 서약석을 깨 버리고 말이죠."

"―!"

난 숨을 가볍게 삼켰다가 한숨을 내쉬고 말했다.

"그건 잘못했어요."

내 말에 에멜이 슬그머니 내 눈동자를 들여다보며 말했다.

"저도 그냥 놀려본 것뿐이에요. 아이리스와의 일은 변명의 여지가 없지요. 죄송해요."

"그럼 다 괜찮은 거죠?"

"네, 아가씨가 렌에게만 미소 지어주지 않는다면요."

"렌 경이요?"

"그래요, 그 자식 머리에 꽃이 잔뜩 피어서는."

에멜이 투덜거렸다.

"그러고 보니 에멜. 전부터 궁금했는데요."

"뭐가 말이에요?"

"머리에 싹이 텄다거나, 꽃이 피었다거나 그거 무슨 뜻이에요?"

"아."

에멜은 눈을 깜박였다가 피식 웃고 말했다.

"사랑에 빠졌다는 말이에요."

"엑."

그런 뜻이었구나.

'그럼 그때 아서 경은 처음부터 직구로 나에게 알려 준 셈이네.'

렌 경의 머리에 새싹이 자랐다고 했으니까.

"귀여운 비유네요. 그럼 저도 머리에 꽃이 잔뜩 핀 거군요."

"그렇죠."

에멜이 웃으며 자신의 잔을 들었다.

"내가 에멜에게 푹 빠져다는 걸 부정하지는 않네요?"

내가 놀리듯 말하자 에멜이 고개를 끄덕이며 "저도 푹 빠졌거든요." 하고 웃었다.

우리는 음료를 마시며 느긋하게 야외 테라스에 앉아서 사람들이 지나가는 것을 바라보았다. 달고 시원한 걸 먹고, 충분히 쉬고 난 후에 힘을 얻어 다시 자리에서 일어났다.

밤이 되자 거리에 가로등이 환하게 켜졌다. 일제히 점등되기 때문에 그걸 보러 온 사람들이 여기저기서 탄성을 질렀다.

앤과 마법사들이 개발한 이 등불은 사람이 켜주지 않아도, 빛의 줄어 듦에 따라 알아서 켜지는 훌륭한 물건이었다. 가로등이 있기 때문에 밤 에도 사람들은 돌아다닐 수 있었고, 통금 시간은 매우 적어서 없어진 거 나 마찬가지였다.

"저녁이 되니까 사람이 더 많은 것 같아요."

"저녁이 시원하니까 그런 걸까요?"

에멜이 그렇게 말하며 내 허리를 감아 가까이 잡아당겼다.

"흘러가 버리겠어요."

그가 몸을 숙여 속삭이는 말에 난 가볍게 웃었다.

저녁 시간이 되자 주전부리를 파는 노점상이 많이 늘어섰다.

'음, 관리를 하고 있어도 불법 노점이 생기는 건 어쩔 수가 없나.'

노점상이 있는 구획을 만들고, 동일하게 디자인한 좌판을 허가한 사 람에게만 주고 있는데도 종종 불법 노점들이 보였다. 치안대가 멀리서 나타나면 후다닥 좌판을 접고 도망을 갔다가 다시 슬그머니 나타나고는 했다.

'확실히 저런 것까지는 어쩔 수가 없네.'

난 한숨을 삼켰다.

"이런 데 와서 한숨까지 쉬고. 또 일 생각하고 있죠?"

에멜이 그렇게 말하며 내 코끝을 꾹 눌렀다.

"솔라드 영지로 놀러오는 건 좋지만, 일 생각은 안 하기로 저와 약속 하지 않았나요?"

"약속했습니다."

"그럼 지키셔야죠?"

"그래야지요."

나는 작게 중얼거리며 근처 좌판을 보다가, 귀여운 유리 세공품을 발견했다.

"별 모양이네요."

"그러네요. 백작가 문장과 비슷한데요?"

그러자 상인이 웃으며 말했다.

"백작가 문장 맞아요. 본뜬 상품이지요."

"그래요?"

내가 놀라 묻자 상인이 싱글벙글 웃으며 이어 말했다.

"그럼요, 다들 엄청나게 팔고 있잖아요? 백작 문장이 들어간 깃발이나 컵 같은 것도 많아요. 자자, 이쪽도 한번 보세요."

"백작님이 인기가 좋네요."

옆에서 에멜이 말하자 어쩐지 얼굴이 달아올랐다.

'밤이라 다행이야.'

"어휴, 그럼요. 우리 백작님이 얼마나 인기가 좋은데요. 백작님 초상화도 잘 팔리는 상품이라고요."

"그거 꼭 하나 사고 싶군요."

에멜의 말에 난 더 얼굴이 타오를 것 같아서 얼른 유리 장식품의 값을 지불하고 에멜을 끌어당겼다.

"아, 초상화 보려고 했는데요."

"에멜!"

"아하, 저쪽에도 있네요."

"꺄약."

작게 난 소리쳤다. 내 초상화만 전문으로 파는 곳 같았다.

아니, 아냐. 나 저렇게 성스러운 미녀가 아니에요.

초상화는 대부분 내 옆모습이었는데, 별과 함께 그려진 내 모습은 금발과 붉은 눈이라는 것 외에는 딱히 닮은 점이 없어 보였다. 지나친 신성화가 돋보이는 그림이었다. 아니…… 저런 식으로 사람을 그려놓으면 보는 사람들이 오해하지 않겠습니까.

"하나 꼭 사고 싶은데요."

"안 돼요. 그만둬요."

난 그렇게 말하며 아쉬워하는 에멜을 질질 끌고 그 앞을 지나갔다.

"정말이지. 저런 걸 팔고 있을 거라고는 생각도 못 했어요."

"전 좋은데요."

에멜은 중얼거렸다가 "아니, 안 좋은 걸까요." 하고 고개를 갸웃했다.

"사람들이 매일 에스텔 얼굴을 보고 있다고 하면 묘한걸요. 내가 좋아하는 걸 좋아해 주니 좋기는 한데, 내가 독점하고 싶은 그런 느낌?"

"에멜!"

멈춰 서서 휙 돌아서는데 어떤 남자가 날 어깨로 퍽 치고 지나갔다. 아야, 하고 비틀거리는 날 에멜이 끌어안고는 그 남자의 팔을 붙잡았다.

"뭐야!"

남자가 당황해 팔을 빼려고 했지만 에멜은 꼼짝도 하지 않고 말했다.

"사과해."

"뭐?"

"에멜—"

난 괜찮아요, 하려는데 에멜이 이어 말했다.

"그리고 지갑도 내놔."

"어?"

놀라 난 내 가방을 바라보았다.

헉? 열려 있어?!

"무슨 소리야! 누굴 도둑으로 모는 거야?"

"그래, 그러니까 지갑 내놔."

에멜이 꿈쩍도 하지 않고 말하니 소매치기는 당황한 듯 몇 번 더 팔을 빼려고 하다가 "이게!" 하고는 주먹질을 해 왔다.

"에멜!"

깜짝 놀라 소리 지르는데 에멜은 가볍게 그 주먹을 피하고 남자의 팔을 잡아당겨 꺾었다.

"아아악!!"

남자는 팔이 뒤로 꺾여 비명을 질렀다.

"엄살은."

에멜이 그렇게 중얼거리는데 저쪽에서 치안대 두 사람이 달려왔다.

"무슨 일입니까!"

"이 사람이 우리 지갑을 훔쳤어요."

내가 말하자 치안대원은 날 힐끗 보았다가 에멜에게 말했다.

"팔을 놓아주시지요."

에멜이 그제야 팔을 놓아주었고 소매치기는 씩씩거리며 어깨를 문질렀다.

"지갑이라고요?"

"네."

내가 고개를 끄덕이자 치안대원이 소매치기의 몸을 뒤지기 시작했다. 그의 품 안에서 곧 내 지갑이 나왔고, 확인을 받아서 돌려받을 수 있었다.

"죄송합니다."

치안대원은 우리에게 인사를 하고 소매치기를 끌고 사라졌다. 난 한숨을 내쉬었다. 우리 주변에서 구경하던 사람들도 흩어지기 시작해서 얼른 우리는 인파 속으로 들어갔다.

"소매치기라니."

"사람이 붐비고 있으니까요."

"안 잃어버려서 다행이에요."

"그러게요."

에멜이 고개를 끄덕였다.

"어쩐지 기운이 빠졌어요. 돌아갈까요?"

"그래요."

에멜이 고개를 끄덕였다.

우리는 숙소로 돌아왔다.

원래대로라면 영주의 저택이 따로 있지만, 모처럼 여행이므로 관광객의 느낌을 내보자는 의미에서 숙소를 빌린 것이었다. 고급 숙소는 가격이 비쌌지만, 그만큼 시설도 좋아서 대만족이었다.

난 빛에 이리저리 유리별을 비춰보았다. 그 가격치고는 제법 잘 만들어진 작품이었다.

뒤에서 에멜이 날 끌어안으며 속삭였다.

"그게 마음에 들어요?"

"네, 귀여워요."

그가 쪽 하고 내 목덜미에 키스했다.

"에스텔이 더 귀여워요."

막 씻고 나온 에멜에게는 기분 좋은 비누 냄새가 났다.

촉촉한 머리카락이 귓가에 와 닿아서 난 몸을 움츠렸다가 돌아보며 말했다.

"머리 말려 줄까요?"

"좋지요."

에멜이 웃으며 내게서 떨어졌다.

머리가 긴 나는 에멜보다 먼저 씻고 나온 터였다. 머리카락이 길어서 말리는 데 한참 걸리기 때문이다.

'긴 머리가 좋기는 하지만 말리기가 귀찮단 말야.'

난 의자에 에멜을 앉게 하고 수건으로 머리를 털어주기 시작했다.

'드라이기 같은 거 만들 수 없나? 생각해 보니까 바람의 정령석이랑 불의 정령석을 이용하면 어떻게 되지 않을까.'

다음에 만들어 봐야겠다, 하는데 에멜이 내 손을 잡았다.

"에멜?"

"이만큼 하면 충분해요."

"하지만—"

아직 물기가 덜 말랐는데?

에멜이 내 손가락 끝에 키스하더니 손끝을 핥았다.

"에멜."

"오늘 참았거든요."

"뭘 참아요. 어제도 했으면서."

"그러니까 어젯밤부터 지금까지 하루 종일 참았죠."

그가 그렇게 말하고 의자에서 일어나 날 안아 들었다.

조심스럽게 침대에 눕혀져 에멜이 내 가운의 끈을 푸는데, 내가 그 손을 붙잡고 말했다.

"에멜, 나 할 이야기가 있어요."

"꼭 지금 해야 하는 이야기예요?"

"네."

난 깊게 숨을 들이켜고 말했다.

"나 아이가 가지고 싶어요."

에멜이 탁 하고 나에게서 손을 뗐다. 난 몸을 벌떡 일으켰다.

"에멜."

"여기에 대해서 우리가 이야기할 여지가 있던가요?"

"있죠, 그럼!"

"의사가 분명히 말했잖아요. 아이를 낳으면 죽을 거라고."

"안 그랬거든요? 반반이라고 했잖아요."

"그거랑 그게 뭐가 다른지 모르겠네요."

"완전히 달라요."

에멜은 대답하지 않고 침대에서 일어났다.

"잠깐, 정말로 얘기 안 할 거예요?"

"어차피 평행선을 달릴 이야기일 텐데요?"

"하지만—"

난 뭔가 이야기하려다 입을 다물었다. 에멜은 날 돌아보았다가 말했다.

"더 이야기할 게 없으면 그만 주무시죠."

그러고는 획 하니 침실을 나가는 거 아닌가?

'으으.'

그냥 속이고 임신할 걸 그랬나. 하지만 아무래도 그러고 싶지는 않단 말이지.

'내 수명은 확실히 짧아졌어.'

그건 내가 가장 잘 안다.

그리고 에멜이 내가 죽고 나서 날 따라죽을 거라는 이야기를 한 게 진심이라는 것도 알아. 그러니까, 그러지 않았으면 좋겠고 내가 존재했다는 걸 뭔가 형태로 남기고 싶었다.

'그게 핏줄이라는 걸 생각하면 결국 나도 엄청 본능적이라고 생각되

지만 말야.'

내 유전자를 남기고 싶다는 건 어쩔 수 없는 것인지도 모른다. 에멜도 분명히 예뻐할 것 같은데. 물론 리스크는 있지만, 리스크를 감당할 만한 가치가 있지 않을까.

'하지만 이야기를 꺼낼 시도도 못 하겠으니⋯⋯.'

어떻게 한다?

난 베개를 끌어안고 뒹굴거리기 시작했다.

'육탄전?'

몸으로 꼬셔야 하는 걸까?

'아니면 술을 잔뜩 먹여서— 아냐, 이건 좀 아니지.'

천장으로 손을 뻗었다가 난 내 손으로 동그란 공을 그려 보았다.

그때 내 조상님—이라는 작자가 그렸던 공.

그 안의 생명력이 엄청 빠져나갔지. 조각조각 났고, 그걸 마족의 힘으로 유지하고 있는 건 알아. 그 마족의 힘이 날 삼키지 않게 알파와 아스의 힘이 도와주고 있다는 것도 알고 있어.

'어떻게 똑바로 이어 붙일 수는 없을까?'

안에 생명력을 채우는 것까지는 바라지도 않으니까, 제대로 이어 붙일 수 있으면 좋을 텐데.

'방법이 없을까? 응? 알파.'

팔을 바닥으로 툭 떨구고, 난 그대로 스르륵 잠이 들었다.

'그리고 이건 설마⋯⋯.'

이 리얼한 광경. 꿈인데도 현실 같은 이 광경은 어디서 본 것 같은데 말이죠.

"안녕."

그때 누군가가 말을 걸어왔다.

"아스?!"

깜짝 놀라 부르니 아스가 씩 웃으며 손을 흔들었다.

"엄청 오랜만이네."

"오랜만이야, 게다가 여기는……."

새파란 초원이었다.

끝도 없이 펼쳐진 초원, 대비되는 터키석 같은 무시무시할 정도로 푸른 하늘.

실존하는 풍경이라기보다는 그림 같은 느낌이었다.

"서쪽."

아스의 말에 난 깜짝 놀라 그를 바라보았다.

"여기가?"

"응, 어차피 머릿속이지만."

"그, 그렇구나. 여기가……."

난 멍하니 지평선을 바라보다가 중얼거렸다.

"날아다니기 편하겠네."

장애물이 없으니까.

아스가 그 말에 푸핫 하고 웃고 고개를 끄덕였다.

"그건 그렇지."

"잘 지내고 있어?"

내 물음에 아스는 고개를 끄덕였다. 바람이 그의 검은 머리카락을 흔들고 지나갔다.

"그리고 구해 줘서 고맙습니다."

정중하게 고개를 숙이니 그가 히죽 웃고 말했다.

"넌 그럴 줄 알았어."

"어?"

"분명히 한 번 죽을 거라고 생각했거든. 그래서 보험을 들어놓은 건데. 설마 그렇게 금방 죽을 줄은 몰랐지. 상대는 괜찮아?"

그 말에 난 고개를 들고 머뭇거리며 말했다.

상대라고 하면 에멜을 묻는 이야기겠지.

"처음에는 힘들었지만, 지금은 괜찮아진 것 같아."

"그렇군."

"아스……."

"응?"

그가 싱긋 웃으며 되물었다.

어라?

"뭐야, 왠지 다정하네. 잠깐, 나 설마 죽은 거야? 죽어서 온 거야? 서쪽?"

내 말에 아스가 아하하 하고 웃었다. 아니 지금 웃음이 나오는 상황입니까?

죽었어? 이렇게 끝난 거야?

말도 안 돼. 마지막이 에멜이랑 싸우는 거였다니.

에멜 엄청 화내는 거 아냐?

아니, 그전에 울겠지.

헉? 안 돼. 이대로 두면 자살한다거나?

"아스!"

"왜?"

"에멜을 도와줘."

"어떻게?"

"자, 잘은 모르지만. 가서 죽지 말라고 말해 준다거나? 내 유언을 전해 준다거나? 응?"

필사적이 되어 난 아스에게 매달렸다.

"무릎 꿇고 빌면?"

그의 말에 털썩 바로 무릎을 꿇으려는 걸 누군가가 붙잡았다.

"내 아이를 놀리지 마."

놀라 돌아보니 불쾌한 표정의—

"조상님?"

순식간에 배경이 변했다. 썰물이 빠지듯 푸른 초원은 사라지고 어두운 밤바다가 되었다.

'새빨간 달……'

오싹할 정도도 크고 붉은 달이 낮게 허공에 걸려 있었다.

놀라 아스를 돌아보니 그는 완전히 무표정해져 있었다.

아니, 그보다는 경멸? 혐오? 분노? 그런 걸 누르기 위한 무표정으로 보였다.

"어떻게 두 사람이……?"

중얼거리는데 알파가 나타나 내 다리에 가볍게 몸을 기댔다.

"알파!"

이 상황에서 너무 반가운 상대라 난 붙잡힌 팔을 빼내며 알파를 끌어안았다.

"둘 다 싸움은 그만둬. 그러려고 일부러 만난 건 아니니까."

알파가 낮게 말했다.

"안 싸워."

"잠깐이면."

두 사람이 번갈아 대답했다. 아아, 맞아. 마족과 드래곤은 사이가 매우 좋지 않다고 했지. 도대체 마족과 사이좋은 쪽은 어디야? 존재하기나 하는 건가.

"그런데 왜 다들 모인 거예요?"

내 질문에 침묵이 이어졌다.

아, 역시 이거.

나 죽은 거구나.

난 알파의 목을 안은 팔에 힘을 줬다.

"알파……."

"그래."

"나, 나 죽고 싶지 않아."

목소리가 떨려서 흘러나왔다.

"에멜이랑 같이 살고 싶어. 나, 싫어. 죽기 싫어."

따뜻한 목덜미에 얼굴을 묻고 난 흐느꼈다. 알파가 몸을 돌려 내 얼굴을 다정하게 핥아주고 말했다.

"그래서 오늘 모인 거야."

"어?"

깜짝 놀라 알파를 보니 다정한 금색 눈이 날 보고 웃었다.

"오늘이 마지막이겠네."

아스가 히죽 웃으며 말했다.

"그쪽이 평범하고 좋은 거지."

뜻밖의 말을 조상님이 하셨다.

"하, 하지만 어떻게?"

"마족의 피가 널 붙여놓고 있다고 했었지?"

알파의 말에 난 고개를 끄덕였다.

"그리고 놀랍게도, 인간인 부분이 그 붙여놓은 걸 회복시켰어."

이어진 말에 난 눈을 크게 떴다.

"하여간 인간의 질김은 알아줘야 한다니까. 그래서 마음에 들지만."

조상님이 히죽 웃고 이어 말했다.

"물론 완전히 회복된 건 아니야. 하지만 다시 마족의 힘을 봉인해도 될 만큼은 회복됐지."

"그러고 나면 내가 완전히 회복시킬 거고."

알파가 이어 말했다.

"내가 빠져나간 생명력을 좀 더 보충할 거야."

아스가 마무리했다.

"……정말로……?"

나도 모르게 되물으니 알파가 고개를 끄덕였다.

"물론, 예상할 수 없는 부작용은 존재해."

조상님이 말했다.

"정령의 힘으로 육체를 회복하는 게 아니라, 생명핵을 회복하는 거니까 어떻게 될지 모르고, 또 드래곤의 생명력은 인간의 것과는 달라서 어떻게 될지 몰라. 즉, 어디로 튈지 전혀 예측할 수가 없다는 거야."

"그래도 괜찮아요."

난 고개를 끄덕이고 자리에서 일어났다.

"꼭 부탁드립니다."

*　　*　　*

"……스텔, 에스텔!"

에멜의 목소리에 눈이 번쩍 떠졌다. 순간 시야에 들어온 것은 에멜의 필사적인 얼굴.

"에멜……?"

그가 얼굴을 일그러트리더니 날 와락 끌어안았다.

"깨어나지 않아서……."

그가 숨 막힌 목소리로 간신히 대꾸했다.

"어, 아니, 좀 꿈을 꿔서……."

대답하고 난 에멜의 등을 토닥토닥거렸다.

'이상하다. 뭔가 대기가 반짝반짝하네……?'

공기의 흐름이 보인다고 해야 할까? 허공의 수분이 반짝인다고 해야

하나?

멍하니 그 흐름을 보고 있는데 에멜이 몸을 떼며 물었다.

"정말로 괜찮은 겁니까?"

"어? 응, 진짜로 괜찮아. 에멜?"

에멜이 휘둥그레진 눈으로 날 내려다보고 있었다.

"에스텔……?"

"어? 왜? 무슨 일 있어요?"

"눈동자가……."

눈동자?

내가 내 눈을 볼 수는 없는지라 눈을 비벼보지만 역시 딱히 다른 점은

없었다. 시야에.

에멜이 말없이 일어나 손거울을 가져다주었다.

"분홍색이네요."

눈동자 색이 분홍색으로 돌아와 있었다.

'그렇구나.'

그 꿈.

난 내 가슴께를 꽉 쥐었다.

마족의 힘은 봉인한다고 했지. 그래서 다시 분홍색으로 돌아온 거구나.

어쩐지 시야도 좀 더 밝아진 것 같고.

'변한 게 눈동자뿐이라니 다행이지만…….'

그럼 이제 튼튼한 건가?

"에멜……."

내가 중얼거리며 그를 부르자 에멜이 재빨리 내 옆에 앉으며 물었다.

"역시 어디 안 좋은 곳이 생긴 건가요? 대체―"

확 난 그를 밀어 넘어트렸다.

"에스텔?"

당황한 그의 위에 올라타서 난 활짝 웃으며 말했다.

"이제 아이 가져요."

"?!"

그가 눈을 휘둥그레 떠서 나도 모르게 웃음이 터져 나왔다. 소리 내어 웃으니 에멜이 안절부절못하는 얼굴이 되어 내 팔을 붙잡았다.

"에스텔, 정말로 괜찮은 겁니까? 의사라도 당장 찾아가 봐야 하는 거 아닌가요?"

"정말로 괜찮아요. 이제."

그는 대답 없이 날 지그시 바라보았다. 그제야 지나치게 올라갔던 기분이 서서히 가라앉기 시작했다. 난 살그머니 에멜의 배 위에서 내려왔다.

"죄송합니다."

에멜이 상체를 일으키고 물었다.

"어떻게 된 겁니까?"

"그러니까―"

난 꿈에서 겪었던 걸 간단히 설명했다. 그리고 내 눈을 가리키며 말했다.

"그래서 이렇게 색이 돌아온 거죠. 마족의 피가 봉인되었으니까요."

"그럼 아직 확실하지는 않다는 거네요."

"99% 확실이라고요."

"하지만 아직 1%가 남아 있잖아요? 확실히 하기 전까지는 안 됩니다."

그가 단호하게 말했다.

"에이."

입을 내밀고 난 털썩 침대 위에 누웠다.

"그럼 그냥 자요."

에멜이 그런 날 바라보다가 한숨을 내쉬고 옆에 누웠다.

"나 만약에 그대로 죽었으면, 에멜이랑 싸운 게 마지막이라고 생각하니까 엄청 억울해서……."

난 그를 끌어안으며 품으로 파고들었다.

"화해해야지, 하고 생각했어요."

에멜이 날 꽉 끌어안으며 속삭였다.

"동감입니다."

*　　*　　*

"카를 오라버니!"

달려가서 그대로 푹 안기니 카를이 날 그대로 안아 들며 말했다.

"오랜만이네. 그리고 눈이 돌아왔네?"

"어때요?"

"시력이 나빠지거나?"

"그런 건 아닙니다."

"그럼 괜찮아."

카를이 그렇게 말하고 날 내려주었다. 그리고 한참을 지그시 내 눈을 바라보더니 물었다.

"그래서?"

그래서 어떻게 된 거야? 라는 거겠지, 이건.

"긴 내용과 짧은 내용이 있어요."

"일단은 짧은 걸로."

"저 이제 튼튼하대요."

환하게 웃으며 말하자 카를이 날 끌어안았다. 그는 나를 한참 안고 있다가 이내 놓아주며 말했다.

"그래."

그리고 가볍게 내 뺨을 잡아당겼다.

"그래서 동글동글해졌나."

"아니거든요?"

눈을 찡그리니 그가 피식 웃으며 내 뺨을 놓아주었다.

카스티엘로 저택에 돌아온 것은 오랜만이라 어쩐지 잔뜩 어리광을 부리고 싶은 기분이었다. 이 나이 들어서도 어리광이라니, 싫겠지만. 평생 나는 이 집 아이인걸! 어쩔 수 없잖아? 난 다시 카를의 품에 폭 안겼다. 그가 내 머리를 쓰다듬었다가 놓아주었다.

"오랜만입니다."

에멜이 정중하게 인사하자 카를 역시 가볍게 마주 인사했다.

"오랜만."

좀 더 제대로 정중하게 대해 달라니까.

난 한숨을 삼켰다.

물론 카를이 아빠를 빼고는 누구에게 정중하게 대하는 건 상상이 되지 않지만 말이다.

'인사를 하는 것만으로도 큰 진전이기는 한데.'

힐끗 에멜을 돌아보니, 그는 전혀 기분 나쁘지 않은 얼굴로 나에게 빙긋 웃어 보였다.

"그래서? 그거 보고하러 온 건가?"

카를이 슥 내 얼굴을 문지르며 말했고 난 고개를 저었다.

"아니요. 치료사를 만나서 확인받으려고 온 거예요."

카를의 손이 아래로 떨어졌다. 그가 눈을 찌푸렸다.

"그럼 튼튼해졌다는 건 뭔데?"

"내 감."

카를은 쯧 하고 혀를 차더니 내 이마를 툭 치고 말했다.

"들어가."

"네."

"그쪽은 잠깐 나랑 이야기 좀 하고."

카를이 에멜을 붙잡았다. 내가 눈을 찌푸리며 "왜요?" 하고 되물으니, 에멜이 손을 들어 괜찮다는 표시를 했다.

"먼저 들어가세요."

"알았어요."

난 고개를 끄덕였다.

아빠를 만나고 싶었는데 공교롭게도 수도에 올라가 계시다고 해서 실패했다. 대신 치료사에게 이런저런 테스트를 받았고, 결과가 나올 때쯤 에멜이 카를과 함께 나타났다.

"무슨 이야기 했어요?"

물으니 에멜이 어깨를 으쓱했다.

"별 이야기 아니었어요."

"맞아. 그보다 결과는?"

뭘까? 수상쩍어.

하지만 무슨 일이 있다면 에멜이 이야기해 줄 테고, 캐묻지는 말자.

치료사가 밝은 얼굴로 나에게 말했다.

"정말로 몸이 좋아지셨습니다. 이제 꾸준히 운동하셔서 체력을 더 붙이셔도 되겠어요."

"역시 그렇죠? 그럼 아이는요?"

눈을 반짝이며 되묻자 치료사는 미소를 지으며 말했다.

"이 정도라면 괜찮으실 것 같습니다."

난 속으로 만세를 불렀다.

자리에서 벌떡 일어나 난 에멜을 꽉 끌어안았다.

"내가 말했잖아요, 튼튼해졌다고요!"

"네."

에멜이 작게 대답하고 날 마주 안았다.

"떨어져."

카를이 휙 날 잡아당겨서 어어 하며 끌려나오는 걸 에멜이 붙잡으며 말했다.

"제 아내입니다."

"내 동생이거든."

"에스텔 레이몬드라고요, 이제?"

"그래 봐야 이혼하면 끝이지."

"안 할 겁니다."

"흐응."

"두 사람 다 그만해요."

난 양팔로 두 사람 다 밀어내며 말했다. 카를이 내 뺨을 다시 쭉 당겼다가 놓아주며 말했다.

"건강해졌다니 다행이네."

"네."

벌써부터 두근두근하다. 오는 길도 그랬다.

뛰어도 숨이 차지 않고, 어질어질하거나 쓰러질 것 같지도 않았다. 조금만 춥거나 더운 곳에 있어도 찾아오던 오한이나 두통도 사라져서 그야말로 상쾌한 하루하루였다.

'역시 건강이 최고야.'

난 깊이 고개를 끄덕였다.

"모두에게 이야기하고 올게요."

난 웃으며 얼른 가볍게 달려서 방을 나갔다.

가장 먼저 소식을 알릴 사람은 역시 애니지.

결혼하면 당연히 나와 함께 올 줄 알았던 애니는 카스티엘로 저택에 남았다.

'엄마는 본가에 남는 거지요.'

하고 작게 속삭여 주며 말이다.

"애니."

"아가씨, 오셨어요?"

활짝 웃으며 애니가 날 맞이해 주었다.

"잘 지내셨나요? 어머? 아가씨, 눈동자가⋯⋯."

"응, 원래대로 돌아왔어요. 그리고 방금 예전처럼 튼튼해졌다고 치료사가 확인해 줬답니다."

"어머나."

애니의 눈에 금방 눈물이 글썽 차올랐다.

"다행이에요, 정말로 잘됐어요, 잘됐어요."

그녀가 날 꼭 끌어안으며 말해 주었다. 한참 후에 애니가 앞치마로 눈가를 닦고 말했다.

"그럼 오늘 식사는 드시고 싶으신 걸로 준비해야겠네요. 어쩜 이렇게 마르셨을까요?"

"전혀 안 말랐어요."

난 웃으며 그렇게 대답했다.

어쩐지 이곳에 올 때마다 애니는 나에게 홀쭉해졌다고 말하며, 배가 터질 때까지 먹을 것을 내놓고는 했다. 역시나 애니는 곧 다과를 가지고 돌아왔고, 난 앉아서 차를 마시면서 밀린 이야기를 나눴다.

제인은 내가 결혼하기 전에 먼저 소개받은 분과 결혼했고, 로라가 오히려 날 따라왔다. 엘런은 정중히 내 스카우트를 거부해서 로이와 엘런은 장거리 연애를 했었다.

'하지만 다행히도 치안대 교관을 엘런이 맡아줘서.'

작년부터 엘런은 내 영지에 소속되어 교관으로 일하는 중이었다.

"애니는? 잘 지내고 있어요?"

내 물음에 애니가 "그럼요." 하고 대답하고는 미소 지었다.

"그럼 다행이에요. 아, 아빠도 뵙고 싶었는데, 아쉬운걸요."

"며칠이나 있다가 가실 건가요?"

"글쎄요."

난 히죽 웃었다.

애니가 눈을 깜박였다. 난 헛기침을 하고 말했다.

"에멜이 돌아가자고 조를 때까지일까요."

그때 내가 아이를 가지자고 선언하고 나서부터 오늘까지 에멜과 나는 손만 잡고 자는 사이였다. 오늘 괜찮다고 확인받았으니 해금이지만, 여기는 카스티엘로 저택이니까.

'아무리 그래도 친정에서 잠자리를 같이하는 건, 좀 그러니까.'

그러니까 에멜을 좀 골려준다는 느낌이랄까요.

'얼마나 있다가 가자고 하려나?'

"오늘 저녁에 출발하죠."
"네?"
"집에 돌아가고 싶으니까요."
"하지만 오늘 왔는데요?"
"싫으신가요?"
에멜이 빤히 날 보며 물어서 난 고개를 기울이며 말했다.
"글쎄요. 어떨까요. 오랜만에 왔기도 하고, 흐음."
"에스텔."
에멜이 초조한 듯한 얼굴로 날 불렀다.
'어쩌지. 귀여워.'
나는 헛기침을 하고 말했다.
"그럼 돌아갈까요?"
"그러죠."
키득키득 웃고 난 고개를 끄덕였다.
"오라버니에게 이야기할게요."
에멜은 고개를 끄덕였다.
카를을 만나서 돌아가겠다고 이야기하니, 벌써 가냐고 할 줄 알았던 카를은 "알겠어." 하고 순순히 고개를 끄덕였다.
뭐지?
미심쩍다는 얼굴로 그를 바라보니 카를이 "왜?" 하고 물었다.
"아뇨, 너무 순순하셔서."
내 말에 카를은 묘한 얼굴로 날 보다가 고개를 저었다.
"또 보러 오면 되잖아."

"그건 그렇지만요."

내가 웃으며 카를의 뺨에 가볍게 키스했다.

"그럼 다음에 봐요, 오라버니."

"그래."

카를이 내 이마에 입 맞춰 주었다.

공작령에서 후작령까지 닷새는 짧고도 길었다.

난 건강해진 몸으로 말을 타는 걸 즐겼다. 오랜만의 승마였다. 전력으로 말을 달리는 기쁨은 어디에도 비할 바가 못 되었다.

"내 공주님, 제발 천천히 달리세요."

에멜이 걱정스럽게 말했지만 난 끝까지 승마를 고집했다. 그는 한숨을 내쉬며 말했다.

"정말로 눈을 못 떼겠군요."

그렇게 달려서 집에 돌아왔다.

'음, 집이라.'

레이몬드 후작가는 완전히 내 취향으로 싹 바뀌어 있었다.

'집이라니, 정말로. 묘한 기분.'

여기서는 사 년을 살았을 뿐인데, 이제 여기가 내 집이라는 생각이 든다.

"어서 오십시오."

집사와 고용인들이 나와 인사를 했다.

내 수석 시녀인 로라가 다가와 웃으며 내 겉옷을 받아 들었다.

"어서 오세요, 후작 마님."

"응, 다녀왔어."

"목욕물 준비하겠습니다."

"부탁할게."

"식사는 어떻게 하시겠어요?"

로라의 질문에 난 에멜에게 시선을 돌렸다.

"먹고 씻을까요? 아니면?"

"씻고 먹지요."

"알겠어요."

고개를 끄덕이자 "그럼 그렇게 준비하겠습니다." 하고 로라가 물러났다. 에멜은 집사에게 그동안의 밀린 보고를 듣고 있었다.

'나도 백작령 이야기를 들어야 하는데.'

난 위층으로 올라와 밀린 편지를 받았다.

'편지도 엄청 와 있네.'

느긋한 기분으로 하나씩 뜯어보다가 목욕물이 준비되었다는 말에 씻고 나오니 거실에 에멜이 앉아서 서류를 들여다보고 있었다.

그 앞에 가벼운 저녁거리가 차려져 있었다.

"에멜, 내 거실에서 뭐 하는 거예요?"

"안 되나요?"

"안 될 건 없지만요."

난 그렇게 말하며 맞은편에 앉았다. 파우더룸에서 시녀들이 머리를 말려 주었기 때문에 물을 떨어트리고 다니는 일은 없었다.

난 힐끗 서류를 보는 에멜을 보았다가 나 역시 편지를 마저 펼쳐 보며 샌드위치를 집어 들었다. 한참 편지를 정리하고 드디어 마지막 편지를 접자 에멜이 물었다.

"끝났어요?"

"네? 네. 에멜, 끝났으면 말하지 그랬어요?"

"아뇨, 마지막까지 다 봐야 한다고 생각했거든요."

"왜요?"

갸웃하며 묻자 에멜이 싱긋 웃으며 대답했다.

"그래야 봐야 할 편지가 있다고 말하고 침대에서 도망치지 않을 테니까요."

"엇."

"튼튼해져서 다행이에요. 저도 그동안 계속 참아왔고."

"엣."

"요즘 계속 금욕이었으니까요."

"음, 어."

난 슬그머니 자리에서 일어나며 말했다.

"오늘은 그냥 각자 잘까요?"

"싫은데요."

"하루 정도 따로 자도 괜찮지 않을까요?"

"더는 싫어요."

에멜이 자리에서 벌떡 일어나더니 성큼 다가왔다.

그가 내 턱을 가볍게 들어 올리더니 엄지로 살짝 입술을 눌러 열었다. 그가 고개를 숙여 달콤하게 입 맞추며 속삭였다.

"원하시는 대로, 임신이 확실하게 될 때까지는 침대에서 내보내지 않아 드릴 테니까요."

"—!"

어쩐지 내 무덤을 판 것 같은 기분이다. 하지만 왜인지 두근거리는 것도 사실이라 난 에멜의 목에 팔을 두르며 작게 속삭였다.

"해 봐요."

*　　*　　*

"애니, 내려와."

"하, 하지만—"

나무 위에서 홀짝이는 자신의 사촌을 보며 아인은 눈을 찡그렸다.

"빨리, 혼자 못 내려온다며."

나뭇가지에 매달려 있던 애니가 중얼거렸다.

"나, 나 무거운데."

"아, 진짜. 얼른."

짜증이 나서 목소리를 높이자 애니는 손을 놓았다. 아인은 쉽게 제 사촌동생을 받아 들었다. 눈을 질끈 감고 있던 애니가 살그머니 눈을 떴다. 화려한 금색 눈동자가 동그래졌다.

"아인, 괜찮아?"

"괜찮아."

그렇게 말하며 아인은 애니를 내려놓았다. 애니는 힐끗 자신보다 두 살 위인 사촌을 올려다보았다. 붉은 눈동자가 "왜?" 하고 그녀를 바라보아 애니는 얼른 고개를 저었다.

"아니, 고마워."

"왜 나무에는 올라간 거야?"

"그냥 나무 위에서 보는 풍경이 궁금해서……."

중얼거리는 사촌을 보고 아인은 다시 화가 살짝 올라, 그녀의 금색 머리카락을 잡아당겼다.

"튼튼하지도 않은 게. 조심해."

아인의 말에 애니는 입을 비죽였다.

"어라? 도련님, 아가씨. 두 분 다 여기 계셨군요?"

로이를 본 애니가 활짝 웃으며 달려갔다.

"로이!"

"네, 네. 아니, 어쩌다가 긁히신 거예요?"

로이가 갸웃하며 애니의 팔을 뒤집었다.

"나무에 올라갔다가……."

애니가 작게 중얼거리는 말에 로이는 "저런." 하고 한숨을 내쉬었다. 주군의 뜻대로 그녀의 유모의 이름을 딴 첫째 딸은 아무래도 주군을 쏙 닮은 모양이었다.

'그래, 그 둘 사이에서 태어난 아이가 얌전할 리가 없지.'

"약 발라드리라고 하지요. 아인 도련님은 괜찮으신가요?"

"멀쩡해."

할아버지의 이름을 딴 아인은 고개만 까닥해 보였다.

"알겠습니다."

로이가 애니를 안고 저택으로 돌아가자 에스텔이 눈을 동그랗게 뜨며 마중 나왔다.

"애니, 괜찮아?"

"엄마─"

저절로 어리광부리는 목소리가 나왔다. 에스텔이 팔을 뻗는 애니를 안아 들며 "왜 그래?" 하고 물으니 로이가 대신 대답했다.

"나무 위에 올라가셨다가 긁히셨다고 하네요."

"아하."

에스텔은 가볍게 웃었다.

"약 발라 줄게."

"응."

애니가 그녀에게 찰싹 달라붙으며 말했다. 뒤따라온 아인이 한숨을 내쉬었다.

"완전 애네."

그 말에 애니는 뺨을 부풀렸고 에스텔은 웃음을 터트렸다. 고작 일곱 살인 남자아이가 저렇게 말하니 웃음이 나오지 않을 수가 없었다.

"고마워. 아인이 애니를 도와준 거지?"

싱긋 웃으며 하는 말에 아인은 고개를 끄덕였다. 그는 이 상냥한 고모가 좋았다.

"오늘 돌아가서 아쉽네. 다음에는 좀 더 길게 놀러오렴."

에스텔의 말에 애니가 눈을 크게 떴다.

"아인, 오늘 가는 거야?"

"그래."

"그럼 나 아인이랑 좀 더 놀래."

"약은 바르고."

그 말에 애니는 얌전히 고개를 끄덕였다.

잠시 후 약을 바르고 나온 애니가 얼른 아인의 손을 잡아끌며 자신의 비밀 장소를 소개해 준다고 가 버렸다.

"비밀 장소?"

언제 왔는지 에멜이 뒤에서 에스텔을 끌어안으며 물었다.

"물어봐도 안 가르쳐 주기는 하는데, 내 생각에는 장미 덩굴 사이에 있는 공간을 말하는 것 같아요. 거기에서 애니 인형이랑 찻잔을 봤거든요."

"아하."

에멜은 고개를 끄덕이고 에스텔의 목덜미에 가볍게 키스했다. 로이가 "아아, 정말이지." 하고 소리 내어 투덜거리고는 물러났다. 에스텔은 어쩐지 부끄러워져서 에멜을 살짝 밀어냈다. 에멜은 그녀의 허리를 꼭 안으며 물었다.

"제드는?"

"유모가 데리고 낮잠 자는 중이에요."

"음, 그럼 우리 아이들은 다 무사하게 있고, 나와 내 아가씨에게는 자유로운 시간이 있군요."

쪽쪽 가볍게 소리를 내며 목덜미와 정수리에 이어 키스하는 에멜을 에스텔이 밀어냈다.

"그만해요. 애들이 보겠어요."

에멜이 킥킥 웃으며 그녀의 정수리에 턱을 얹고 말했다.

"그나저나 앤이 내 아주머니가 될 줄은 몰랐는데요."

"저도요."

낌새를 전혀 못 챘는데.

에스텔은 이제 카스티엘로 공작 부인이 된 앤을 떠올렸다.

'그러고 보면 종종 앤과 카를이 따로 이야기하는 모습을 보기도 했고, 카를이 앤은 불쾌하지 않다고 그러기도 했었고.'

"전 가족이 돼서 좋기는 하지만요."

에스텔의 말에 에멜이 웃으며 "그런 것 같았어요." 하고 속삭이고 그녀를 번쩍 안아 들었다.

"에멜!"

깜짝 놀라 에스텔이 그의 어깨를 짚으며 소리 지르자 에멜이 걸음을 옮기며 말했다.

"아무래도 요즘 부인께서 바쁘시니 자유 시간을 알뜰하게 써야 할 것 같아서 말이죠."

"에멜."

한숨 섞인 목소리로 중얼거리자 에멜이 힐끗 그녀를 돌아보며 물었다.

"싫어요?"

"그건…… 아니지만요."

붉어진 얼굴로 에스텔이 중얼거렸다.

'확실히 요즘 바빴던 것도 사실이고…….'

"정말이지."

에스텔이 고개를 숙여 그에게 키스하며 말했다.

"매일 날 휘두른다니까요."

에멜은 억울해져서 반박했다.

"절 항상 휘두르는 건 에스텔이죠. 솔직히 말하자면 절 어디까지 휘둘러야 직성이 풀릴 참이야? 하고 말하고 싶을 정도라고요."

"말해 봐요."

에스텔의 말에 에멜은 씩 웃고 물었다.

"도대체 날 어디까지 휘둘러야 직성이 풀릴 참이야?"

"에멜이 날 사랑하는 만큼."

"이런."

에멜이 한숨을 쉬고 대답했다.

"그럼 평생 휘둘리겠네요."

에스텔은 명랑하게 웃고 다시 그에게 키스하며 속삭였다.

"평생 지루하지 않게 해 줄게요."

그리고 조용히 덧붙였다.

"사랑해요, 에멜."

"나도 사랑해요. 내 아가씨."

에멜은 속삭이고 에스텔에게 키스하며 방문을 닫았다.

평생 단 한 순간도 지루하지 않을 거라고 생각하면서.

〈완결〉

외전 1
그 후

"무슨 생각을 그렇게 해?"

엘런이 힐끗 에멜을 돌아보며 말했다. 둘은 말머리를 나란히 하고 걷는 중이었다. 가장 앞쪽에는 아인과 아스터가 나란히 걷고 있었고 그 뒤를 기사단이 진군하고 있었다.

드래곤 퇴치 원정대.

가끔 그 단어를 생각할 때마다 엘런은 자신이 옛날이야기 책에 들어왔다는 기분이었다.

실감이 나지 않는 이야기.

엘런의 말에 에멜은 날카로운 눈을 들어 엘런을 보고 말했다.

"아가씨 생각."

"아, 진짜 좀."

엘런이 한숨을 내쉬며 고개를 흔들자 그가 희미하게 웃었다. 출발하고 나서 처음으로 웃는 걸 본다, 하고 엘런이 이어 말했다.

"아가씨는 괜찮으실 거야."

"나도 알아."

카스티엘로 저택보다 안전한 곳은 없다. 황궁이라 해도 말이다.

에멜은 그래도 아가씨 걱정을 지울 수가 없었다.

"그분은 눈을 떼면 어떻게 될지 모르니까 말야."

"맞아. 모르지."

엘런도 거기에는 동의했다. 카스티엘로치고 얌전하다, 하고 생각하면 눈 깜박할 사이에 놓치고 만다.

엘런이 그런 그를 놀리듯이 말했다.

"그러다가 아가씨가 결혼하시면 어떻게 하려고 그래?"

"따라가야지."

"뭐?"

"늑대기사단 그만두고, 따라갈 건데. 난 아가씨 호위잖아? 그리고 아가씨가 행복한지 지켜볼 거야. 그리고 아가씨의 아이들도 보겠지?"

어쩌면 공작 전하께서 지참금 조로 날 아가씨에게 하사할지도 몰라. 히죽히죽 웃으며 하는 말에 엘런은 기가 막히면서도 웃음이 나왔다.

그 에멜 아스트라다가 이렇게 될 줄이야.

"아가씨가 결혼할 상대를 노려보는 게 아니고?"

"그건, 카스티엘로의 몫이지. 난 아가씨 편을 들어줄 거야. 분명 아가씨 편이 필요할 테니까."

에멜이 눈을 찡그렸다가 진지하게 말했다. 머릿속에서 아무리 상대를 상상해 봐도, 카를과 아인의 마음에 차는 상대가 있을 것 같지 않았다.

에스텔이 천사를 데리고 와도 "뒤에 후광이 눈부신 게 마음에 안 들어." 하고 엄포를 놓을 게 카를이다. 엘런이 그 말에 눈을 크게 떴다가 진지하게 고개를 끄덕였다.

"그거 좋은 생각이네. 목숨이 위험할 것 같기는 하지만."

"마스터니까."

에멜이 그렇게 말하고는 미소를 지었고 엘런이 감탄하며 대꾸했다.

"내가 너랑 이렇게 평범하게 대화를 할 수 있을 거라고는 생각 못 했는데."

"나도 못 했어."

"물론 아가씨가 주제일 때 한정이지만."

"그 외에 너랑 할 이야기가 있나?"

그의 말에 엘런은 할 말이 없었다.

동료로서의 기본적인 대화는?

우정은?

하는 변론이 잠깐 스치고 지나갔지만 무시하기로 했다.

엘런은 고개를 들어서 멀리 보이는 산맥을 바라보았다. 쭉 펼쳐진 지평선의 끝에 높게 솟은 산맥이 눈에 보였다.

이스트리아 산맥.

그녀는 길게 숨을 내쉬었다.

드래곤이라.

두고 온 로이 생각이 잠깐 났다.

'죽으면 울어줄까?'

로이라면, 화를 낼지도 모르지.

엘런은 그렇게 생각하며 조금 더 말의 속도를 높였다.

에멜은 눈을 깜박였다.

'어라?'

방금까지만 해도 자신들은 드래곤과 격렬한 전투를 펼치고 있었다.

'진짜로 불을 뿜다니 좀 놀랐네. 동화책에나 나오는 건 줄 알았는데.'

하지만 오러를 방패에 둘러서 분산하고, 공작님의 검은 오러가 드래곤을 베는 것까지 확인했다.

그러더니 갑자기 이렇게 모든 것이 다 어둡게 변해 버렸다.

'마법인가.'

에멜은 깊게 숨을 들이마시었다가 천천히 내쉬고 검을 고쳐 잡았다. 환각 마법이 있다는 건 앤에게서 들은 적이 있다. 드래곤과 싸우러 간다고 하자 앤은 길고 긴 공격 마법 목록을 만들다가 울상이 되어 버렸다.

"에멜."

"아가씨?!"

들려온 목소리에 그는 깜짝 놀라 몸을 돌렸다가 아차 했다. 아가씨 목소리라고 완전히 평정을 잃었다.

"에멜, 도와줘. 에멜, 에멜, 에멜!"

목소리가 점점 높아져서 에멜은 환각이라고 생각하면서도 참을 수가 없어져 그쪽으로 달리기 시작했다.

"아가씨! 괜찮으십니까?"

어둠이 형체를 갖춰서 어두운 통로가 되었다. 에멜은 이 통로가 어디로 향하는 건지 알았다. 그는 이를 악물었다.

물컹.

그때 발밑에 뭔가가 밟혀 그는 아래를 내려다보았다.

새하얀 팔.

구역질이 치밀어 오르는 걸 참으며 그는 복도를 내달렸다. 그리고 끝의 문을 열자, 그가 항상 꾸던 악몽이 거기서 재현되었다.

가지런히 놓인 포르말린 병들, 그 안에 조각조각 들어 있는―

'아가씨.'

목소리는 머리만 남은 에스텔에게서 나오고 있는 거였다. 분홍색 눈은 머리 앞에 있는 유리병에 담겨 있었다.

분노와 수치와 절망이 그를 휘감아 올렸고 에멜의 검은 황금빛 오러로 휘감겼다.

그가 모든 것을 때려 부수기 시작했다. 한참 미친놈처럼 날뛰고 있으니 공간이 산산이 부서지고, 숲이 나타났다.

에멜은 숨을 몰아쉬며 눈을 가리고 한참을 서 있었다.

"에멜?"

퍼뜩 그는 고개를 들었다.

"아가씨?"

"에멜? 뭐해? 여기는 어디야?"

당황한 듯 에스텔이 주변을 둘러보며 다가왔다. 에멜은 놀라 그녀를 붙잡았다.

"아가씨, 여기는 어떻게―"

하지만 그 말은 끝까지 이어지지 않았다. 그가 잡은 팔이 툭 하고 떨어져 나왔다.

"어?"

"어?"

두 사람은 동시에 중얼거렸고 에멜이 놀라 "아가씨!" 하고 부르자 놀란 에스텔이 뒷걸음질 치는데 다리부터 다시 조각조각 나기 시작했다.

"안 돼."

에멜은 어떻게든 그 조각을 붙이려고 노력했지만 소용없었다. 그는 숨을 헐떡였다.

'환상이야. 에멜, 이게 현실일 리가 없어. 에멜 아스트라다, 정신 차려.'

하지만 눈앞에 산산이 조각난 에스텔을 보면서 평정심을 유지하기가 어려웠다. 그는 미친 사람처럼 그녀의 시체를 그러 맞추다가 이를 까득 물고는 자리에서 일어났다.

"이제 그만하지?"

대답이 돌아오지 않았다. 에멜은 후— 하고 깊게 숨을 마셨다.

"그렇다면."

그는 시선이 느껴졌던 곳을 노려보며 검에 오러를 압축했다. 정령석이 웅웅웅웅 큰 소리로 울며 공명하기 시작했다.

그리고 그는 공간을 갈랐다. 금색 빛이 허공을 가르고, 찢어졌다.

에멜은 거기로 뛰어들기 전에 한 번, 뒤를 돌아보았다. 무사한 모습의 에스텔이 서서 웃으며 손을 흔들고 있었다. 에멜은 어쩐지 안도하며 그 틈으로 나왔다.

"오, 두 번째 통과자."

손뼉을 치며 말하는 소리에 에멜은 상대를 바라보았다. 검은 머리에 금색 눈동자. 그 옆에 서 있는 공작을 보고 에멜이 물었다.

"친척입니까?"

"그럴 리가."

아인이 그렇게 말하고는 "드래곤이다." 하고 덧붙였다. 에멜은 눈을 찌푸렸다.

"드래곤이라고요?"

"그래."

드래곤은 실실 웃으며 말했다.

"너희 둘의 최악의 악몽이 엄청 비슷한데 좀 다르네. 그래서 에스텔이 도대체 몇 살인 거야? 쟤가 본 환상에서는 완전히 어린애인데, 아인 네가 본 데에서는 더 자란 것 같고?"

"잠깐."

에멜이 손을 들었다. 마음속 깊숙이에서 분노가 솟구쳐 올랐다.

"지금 환상을 보여 준 게 너라고?"

"그래. 마음을 좀 읽었지. 상대방의 마음속에 들어가는 데 가장 좋은 건 악몽이거든."

드래곤이 시건방진 미소와 함께 말했고 에멜은 짜증이 솟구쳐 올라 그대로 발검했다. 드래곤이 놀라 몸을 아인의 뒤로 피했다.

"잠깐, 협정했다고."

"협정? 네가 죽는 협정?"

에멜이 으르렁거리며 말하자 아인이 손을 들어 그의 검날을 밀어내며 말했다. 차가운 금속 건틀렛과 검날이 부딪쳐 불쾌한 소리가 났다.

"검을 넣어. 그도 같이 돌아가기로 했다."

"공작 전하!"

저절로 목소리가 높아졌다.

저 새끼가 뭘 보여 줬는지 알면―!

문득 에멜은 아까 드래곤이 했던 말을 떠올렸다.

'둘의 환상이 비슷하다고 했지.'

드물게도 주군의 눈에 피로감이 비치는 게 보였다. 어쩐지 손에서 힘이 빠졌다. 에멜은 느리게 검을 도로 검집에 넣으며 말했다.

"존의."

*　　*　　*

돌아가는 길은 수월했다.

드래곤의 환상을 빠져나오는 데에 오히려 시간이 걸렸다. 자신의 힘으로 빠져나와야 한다나 어쩌고 하는 바람에, 늑대기사단 마지막 한 명이 깰 때까지 기다렸다.

"대신 돌아가는 길은 빠르게 도와줄게."

드래곤은 그렇게 말하고 히죽히죽 웃으며 마법을 걸었고, 뭔가 어지럽다 싶었다가 보니, 카스티엘로 영지 앞이었다.

모두가 당황하며 웅성거렸고, 말들이 흠칫거리는 걸 기사단원들은 능숙하게 달랬다.

"봐, 일찍 왔지?"

"그렇군."

아인은 고개를 끄덕였다. 드래곤은 그가 가지고 있는 붉은 눈을 바라보다가 씩 웃으며 말했다.

"그럼 가자고. 좋은 바람이 불 때까지는 신세를 좀 지지."

늑대기사단은 마법의 전투적 효용에 대해서 낮은 목소리로 이야기를 나누며 카스티엘로 영지를 가로지르기 시작했다. 농민들은 어리둥절한 얼굴로 이쪽을 보았다가 깊이 허리를 숙였다.

에멜은 마음이 초조해졌다.

린폴드에서 사람을 죽였다고 울던 아가씨의 얼굴이 머릿속에서 떠나질 않았다.

'빌어먹을 도마뱀 새끼.'

에멜은 속으로 드래곤을 향해 그렇게 욕을 했다. 그 뒤에도 몇 번 속 뒤집히는 악몽을 보여 줘서 에멜은 트라우마가 생길 지경이었다.

린폴드에서 아가씨가 무사히 이겼을지, 제대로 돌아왔을지, 그 이후로는 아무 일도 없는지, 매일매일 그 생각뿐이었다. 진이 바싹 신경이 곤두선 그에게 달래는 말을 건네 보았지만, 소용없었다.

갑작스럽게 공작과 기사단이 저택에 들이닥치자 켈슨은 입을 떡 벌렸다.

"공작 전하? 아니? 이게 무슨? 어떻게 소식도 없이 오신 겁니까?"

"마법으로."

"네?"

켈슨은 공작이 자신을 놀리는 건지 아닌지 가늠하려는 듯 아인을 보았다가, 농담이 아니라는 걸 깨달았다.

"마법이요. 허, 참."

투덜투덜하는데 저쪽이 소란스러워졌다. 뭔가 하고 돌아보니, 반짝이는 금발이 눈에 확 들어왔다.

'아.'

아인은 속으로 혀를 찼다.

아이는 원래 쑥쑥 자란다고 하지만, 그렇다고 자신의 딸이 저렇게 단숨에 자라길 바란 건 아닌데.

"에스텔."

부르자 그녀가 천천히 이쪽을 돌아보았다. 동그랗게 커진 분홍색 눈동자에 떨리는 입술.

아인은 부드럽게 물었다.

"다녀왔니?"

*   *   *

에멜은 충격을 받았다.

공작님에게 안겨서 우는 모습이 충격적인 게 아니라,

'아가씨가……?'

달라졌다.

고작 두 달이 지났을 뿐인데, 에멜은 자신의 눈을 의심했다. 어린아이 취급했던 아가씨는 이제는 어린아이 취급을 하면 안 될 만큼 자라 있었다. 엘런과 진도 입을 모아 그 이야기였다. 늑대기사단들도 놀라 말했다.

에멜은 자신만 그렇게 느끼지 않았다는 것에 안도했다.

그래, 어색해서 그런 거야.

그렇게 위안하며 에멜은 마음을 다잡으려 애썼다. 아가씨가 자라는 건 당연하다. 아가씨가 자라든 말든 에스텔 카스티엘로는 세상에서 가장 소중한 내 아가씨.

그건 변함없는 사실이다.

"에멜."

진이 에멜을 낮게 불렀다. 에멜은 검 손질을 멈추고 그를 바라보았다.

"이야기 들었나?"

"무슨?"

"올타 관문."

"아, 들었지. 참전이라도 할까?"

그는 명랑한 목소리로 말했고, 진은 아무런 말도 하지 않고 그런 에멜을 바라보았다.

"괜찮은가?"

"괜찮아."

에멜은 그렇게 말하며 다시 검 손질을 시작했다. 올타 관문에서 레이몬드 후작과 카를 도련님이 싸우고 있다는 이야기는 큰 화젯거리였다. 모두가 '제대로 드래곤과 싸우지도 않았고—' 하며 몸이 근질근질하다고, 당장에라도 전투에 참여하고 싶다고 목소리를 높이고 있었다.

레이몬드 후작.

'아버지, 인가.'

에멜은 쓸쓸하게 웃었다.

"네가 괜찮다면."

진은 그렇게만 말하고 자리를 떠났다. 에멜은 하는 둥 마는 둥 검 손질을 적당히 하고 침대에 던져뒀다.

기사단 휴게실로 나가니 큰 웃음소리가 터져 나왔다.

"이 자식! 아가씨와 첫 출전 어땠어?!"

'아.'

애송이.

에멜은 그렇게 생각하며 렌을 보았다. 주변 기사들이 그에게 헤드록을 걸며 놀려대고 있었다.

"아, 아가씨는 굉장하셨습니다."

렌의 말에 기사들은 눈을 동그랗게 떴다가 "오올" 하고 웃음을 터트렸다.

"너 아가씨에게 반했지!"

"이야, 너 모시는 아가씨에게 그런 마음 품으면 안 되는 거 알지?"

"머리에 꽃 폈네, 꽃 폈어!"

킬킬거리는 말에 렌의 얼굴이 시뻘겋게 물들었다.

"그, 그런 거 아닙니다!"

짜증.

에멜은 짜증이 났다. 애송이 따위가 에스텔의 첫 출진에 따라 나갔다는 것도 짜증이 났고, 그 위에서 울고 있는 그녀를 그렇게 둔 것도 짜증이 났다.

그리고 감히—

에멜은 관자놀이를 꾹꾹 눌렀다. 그때 에멜이 휴게실에 들어온 걸 발견한 기사들은 얼른 렌에게 장난치는 걸 그만뒀다. 에멜이 슥 그들을 훑어보자 찔끔해서는 재빠르게 얌전히 자리에 앉기 시작했다. 에멜 성격에 대해서 모르는 사람은 없었고, 그를 거스르고 싶은 기사도 없었다.

대런 때 흠씬 두들겨 맞고 싶지 않으니 말이다. 에멜의 시선을 똑바로 받은 렌은 어찌할 줄 모르며 고개를 푹 숙였고, 에멜은 그것도 마음에 안 들었다.

패기도 없는 늑대라니.

그의 눈이 점점 더 가늘어지자 렌이 허둥지둥 말했다.

"그, 저기, 전 이만 나가보겠습니다."

렌은 서둘러 휴게실을 떠났다. 에멜은 한숨을 내쉬었다.

그때 휴게실 창문으로 에스텔이 오는 게 보였다. 멀리 있어서 새끼손가락만 하지만 머리카락 때문에 단숨에 알아볼 수 있다.

나가볼까, 하는데 어쩐지 발걸음이 나가지 않았다.

엘런이 그녀를 맞이해 주는 게 보여서 에멜은 슬그머니 뒷문으로 휴게실을 나갔다. 기사단 뒤쪽에서 서성이다가 결국 에멜은 다시 기사단실로 돌아갈 수밖에 없었다.

'영원히 아가씨를 보지 않고 살 수는 없잖아? 잠깐 어색한 거뿐이야. 봐야지 익숙해지지.'

그런 마음을 가지고 대기실로 들어서는데 렌과 즐겁게 이야기하는 에스텔의 모습이 보였다.

"재미있는 이야기를 하시는 모양이네요."

목소리가 꾸며낸 듯 명랑하게 나왔지만, 에스텔은 눈치채지 못하고 그를 돌아보았다.

"에멜!"

그녀의 얼굴에 반가움이 꽉 찼다.

"오랜만이에요, 아가씨. 아니 오랜만이 아니던가요?"

하지만 오랜만인 것 같다.

에스텔의 얼굴은 젖살이 빠진 듯 갸름해졌고, 아니, 생김새가 달라진 게 아니라 풍기는 분위기가 완전히 달라졌다. 머리부터 발끝까지.

그때 에스텔이 웃으며 에멜을 덥석 안았다. 에멜은 전신에 충격을 받은 것 같았다. 에스텔의 몸이 부드럽게 느껴졌다.

'세상에, 맙소사.'

"다시 만나서 반가워요. 그때, 꿈 아니었죠? 진짜 에멜이었죠?"

"네, 진짜 저였어요."

에멜은 그렇게 말했다. 목소리가 저절로 낮아졌다. 그녀의 어깨를 잡아 떼어내자 에스텔은 의아한 얼굴로 그를 올려다보았다.

에멜은 드디어 자신이 돌았다고 생각했다.

'미쳤어. 미쳤어. 미쳤어, 에멜 아스트라다.'

자신도 어쩔 수 없이 레이몬드 후작가의 미친 피가 흐르는 건가?

새벽의 회랑에서 아가씨를 끌어안고 싶었다.

'돈 새끼.'

어릴 때부터 봐온 소중한 사람이다. 이 사람에게 인생 전부를 주는 게 당연하다고 생각했다.

그랬는데.

안고 싶고, 독점하고 싶고, 키스하고 싶다니.

자신은 분명히 돈 거다.

그렇지 않고서는 이럴 리가 없다.

그런 그의 고뇌와는 상관없이 상황은 착실하게 앞으로 나아갔다. 시간은 본디 인간을 기다려 주지 않는 법이다.

아버지와 형이 죽었다는 소식이 차례로 들려왔다.

'카를 도련님이 한 번에 목을 팍! 날리셨다니까!'

전령으로 온 기사가 신나게 무용담을 늘어놓는 걸 들으면서도 에멜의 머릿속은 에스텔 생각뿐이었다.

카를이 무사히 돌아와서 기쁘겠구나.

그리고 두 번째로 고개를 든 생각이 작게 그에게 속삭였다.

'이제 레이몬드 후작은 너야.'

그 생각을 에멜은 밀어 버렸다. 어차피 자신이 돌아간다고 해도 반길 사람은 아무도 없었다.

자신을 죽이려고 들지 않으면 다행이지.

'아니, 분명히 죽이려고 하겠지.'

생각하니 픽 웃음이 나왔다.

아버지는 모르겠다. 하지만.

'형.'

레트를 생각하면 가슴 한편이 아릿했다. 한때는 그렇게 생각한 적도 있었다.

형이 레이몬드 후작이 되고, 자신은 그 보좌로 기사단장이 되어서 형제가 같이 나란히 말머리를 하고…….

'하.'

에멜은 손으로 눈을 덮었다.

넌 쓰레기야, 에멜 레이몬드. 에멜 아스트라다.

"알아."

속삭이는 목소리에 에멜은 낮게 대답했다.

로이의 상처를 고친 에스텔은 녹초가 되어 있었다. 그녀는 괜찮다고 몇 번이나 말했지만, 에멜은 초조한 걸음을 옮겼다.

그녀에 대한 걱정과 개인 서약을 한 로이에 대한 복잡한 감정에 아무런 말도 할 수 없었다.

하지만 무엇보다.

지친 그녀를 안고 긴 나무 그늘을 지나면서 에멜은 에스텔의 눈에 담긴 애정이 바뀌었다는 걸 눈치 챘다.

어디서부터인지는 모르겠다.

하지만 눈길이, 손짓이, 웃음이.

더는 호위인 에멜을 보는 눈이 아니라 그것과 다르다는 걸, 에멜이 누구보다도 민감하게 알 수 있었다.

'제길.'

가지고 싶다.

그리고 가지기는 아주 쉽다.

그녀의 호위였던 다정한 에멜로 계속 곁에 있으면 쉽게 그녀의 연인이 될 수 있겠지.

하지만 그러면 안 된다는 걸 자신도 잘 알고 있다.

그녀는 성인식을 지난 지 얼마 되지 않았다. 이제 성인이잖아? 하는 말은 집어치웠다.

달콤하고 옅은 그녀의 풋사랑과 자신의 한밤중 폭풍 같은 감정은 밀도가 완전히 달랐다.

그래서 밀어냈다.

매정하게 밀쳐냈지만, 영원히 밀어낼 수 없다는 건 자신도 알 수 있었다.

'그리고…….'

앞으로 그의 첫 별이 겪어야 할 일들을 생각해 보았을 때 필요한 것은 호위가 아니라.

에멜은 침대에서 벌떡 일어났다. 도무지 잠이 오지 않았다.

'떠나야겠어.'

이제 와서 웃기는 일이지만, 후작 작위가 탐이 났다. 자신은 아무것도 없으니까, 적어도 에스텔에게 뭔가를 해 주려면 그 작위가 필요했다.

뱀의 생각은 뱀이 가장 잘 안다. 사자는 다니지 않는 어두운 풀숲에서 느닷없이 튀어나와 뒷꿈치를 물고 사라지는 비늘 달린 족속들.

에멜은 처음으로 그게 필요하다고 생각했다.

무엇보다도 계속 여기 있다면 유혹에 질 것 같았다.

'내일, 단장님에게 이야기하고…….'

에멜은 그렇게 생각하고 양손으로 얼굴을 쓸어내렸다.

'공작 전하께도 이야기해야겠지.'

그는 거의 뜬눈으로 밤을 새웠다. 뭐라고 이야기를 해야 할지 구실이 만들어지지 않았다.

하지만 해야 할 일은 정해졌다.

동이 트자마자 에멜은 제복을 단정히 입었다. 거울 속의 자신은 놀랍도록 말쑥해서, 밤을 새우거나 고뇌한 사람처럼 보이지 않았다.

'뭐, 마스터가 이런 거지.'

사흘 밤낮을 새워도 멀쩡해 보이고, 실제로도 멀쩡한 게 마스터니까.

'마스터라 다행이야.'

그렇게 생각하며 에멜은 습관대로 연무장으로 향했다.

매일 새벽 연습이 일과라 자연스러운 발걸음이었다. 이 연무장도 마지막인가, 하고 생각하니 만감이 교차했다.

하지만 오늘은 머물지 않았다.

그는 연무장을 지나쳐서 기사단장실로 향했다.

"기사단을?"

"네."

아스터는 의아해져서 에멜을 바라보았다가 물었다.

"작위를 이을 생각인가?"

"그렇습니다."

아스터가 쓰게 웃었다.

"굳이 가시밭길을 맨발로 걷겠다면야."

"마스터니, 맨발은 아니죠."

에멜의 말에 아스터는 "그렇군." 하고 빤히 에멜을 바라보았다.

"마스터가 한갓 기사로 머무는 건 이상한 일이지."

아스터의 말에 에멜은 희미하게 미소 지으며 대답했다.

"늑대기사단이라면 이야기가 달라지죠."

"너에게는 좀 더 다르겠지만."

아스터는 에멜을 구했을 때부터 그를 봐왔다. 중상으로 창백하게 질린 소년에게 레이몬드 후작이 '죽었어야 했다.' 하고 말하던 장면도 보았고 그 말에 소년이 이를 드러내고 웃으며 '늑대기사단에 들어가겠습니다.' 하고 말하던 장면도 보았다.

어린 그가 부하들을 구하지 못했다는 죄책감에 악몽을 꾸는 것도, 필사적인 검술 연습도, 오러를 모으던 순간도, 전부.

그래서 아스터는 말했다.

"아가씨가 슬퍼하실 텐데."

에멜이 눈을 깜박였다가 희미한 미소를 지었다. 아스터는 안타까운 기분을 느꼈다.

그는 재능도 있었고, 노력도 했다. 그러니 에멜 아스트라다는 객관적으로 봐서 상당한 인재였다. 어디에 가도 빠지지 않을.

하지만 그는 자기 파괴적인 면이 있었다.

스스로를 결코 용서하지 않는 사람이, 자신을 증오하는 사람이 무엇을 할 수 있을까?

스스로 행복해지는 걸 용납하지 않겠지.

에멜은 조용히 대답했다.

"그건 제가 감수할 일이죠."

아스터는 자신이 어떻게 해도 그를 설득할 수 없다는 걸 알았다.

"공작님께는 내가 보고할까? 아니면—"

에멜은 고개를 저었다.

"제가 직접 말씀드리겠습니다."

"알았네."

아스터는 고개를 끄덕이고 덧붙였다.

"행운을 빌지."

에멜은 그의 말을 마음속 깊이 받으며 말했다.

"저 역시 그러길 바랍니다."

에멜은 알현을 기다리면서 이런저런 상상을 했다. 하지만 상상의 귀결은 항상 아인이 자신의 목을 날려 버리는 장면으로 끝났다.

'그럴 수도 있겠지.'

자신이 생각해도 자신이 쓰레기 같은데, 아인이 보자면 얼마나 분노하겠는가?

하지만 에멜이 떠나겠다는 말에 아인은 분노하거나 동요를 보이지 않았다. 대신 그는 아스터처럼 천천히 그를 살피듯이 바라보았다.

"레이몬드 후작가를?"

"네."

"그러다가 죽으면 에스텔이 슬퍼할 텐데."

그 반응에 에멜은 약간 놀랐다.

'어디 가서 죽어 버려, 하실 줄 알았는데.'

생각보다 에스텔이 훨씬 더 많이, 빠르게 아인을 바꿨을지도 모르겠다고 에멜은 생각했다.

"아가씨에게는 밝히지 않을 겁니다."

에멜은 솔직하게 말했다. 그리고 그게 옳은 일이라고 생각했다. 에스텔은 불같은 곳이 있으니까, 이렇게 떠나고 나면 자신을 절대로 용서하지 않을지도 모른다.

그렇다면 그걸로 됐다.

그녀에게 사랑받을 만한 가치가 없다는 건 자신도 잘 아니까.

대신, 그래도, 조금이라도.

레이몬드 후작이 된다면 에스텔을 보호해 줄 수 있을 거다. 카스티엘로라는 거대한 방패가 있어도, 허점이 분명히 있었다. 다시는 그 허점 때문에 에스텔을 다치게 하고 싶지 않았다. 그렇다면 기꺼이 뱀의 소굴로 들어가리라.

"아무래도 상관없지."

딱 잘라 말하며 아인은 고개를 끄덕였다.

"종신 계약을 한 것도 아니니까."

"기사의 서약은요?"

"거기서는 자유롭게 해 주지."

"감사합니다."

에멜은 깊게 고개를 숙이고 알현실을 나왔다. 그러자 뜻밖에도 카를이 기다리고 서 있었다.

"아스터에게 들었어."

"그러셨습니까?"

붉은 눈이 똑바로 자신을 보아 에멜은 그 눈을 정면으로 마주 보았다. 아버지와 형을 죽인 원수.

'같은 생각은 안 드네.'

에멜은 싱긋 웃었다. 우스운 이야기지만 카를보다 딱 세 살 위인 그는 처음에는 카를의 재능을 질투했고, 어느 순간부터는 큰 형이 된 듯한 기분이 들 때도 있었다.

어쨌든 동계 훈련에서도 뻔뻔하게 도련님에게 농담을 던지는 건 에멜 아스트라다밖에 없었다.

'뭐, 도련님이 들으면 날 잡으려고 하겠지만.'

어쩐지 웃음이 나와 가볍게 웃으니 카를이 인상을 팍 썼다.

"너 진짜—"

"사과하러 오신 건가요?"

이런 식으로 푹, 카스티엘로에게 말을 던지는 건 에멜뿐이다. 카를은 기가 찼다.

"돌았어?"

"그러실 거라고 생각했죠."

"전부터 생각했는데, 에멜 아스트라다. 넌 목숨이 여러 개 같다?"

"그야 도련님이 관대하시니까."

히죽 웃으며 말하자 카를은 눈을 가늘게 뜨고 말했다.

"에스텔이 도대체 왜 널 골랐을까?"

"저도 의문입니다."

에멜도 그게 궁금했다. 한 번도 묻지는 않았지만 말이다.

하지만 그때부터 에스텔은 그의 세상의 중심이었다. 지금은 그 마음이 좀 바뀌기는 했어도 마찬가지였고.

그래서 그는 모든 걸 감수하고 떠나겠다고 결심했다.

"─라는 기특한 생각이었다니까요?"

에멜의 말에 에스텔은 기가 차서 입을 떡 벌렸다.

"그게 뭐가 기특해요? 자랑이에요?"

그녀와 그는 나란히 자리에 앉아서 성좌제 장식을 만들고 있었다. 둘이 교제하기로 한 후 첫 번째 성좌제였다.

"하지만 그때 아가씨는 너무 어렸고요."

"그게 무슨 상관이에요. 그리고 그때 나는 성인식이 지난, 당당한 성인이었다고요."

"그래도 잘못된 판단을 하실 수도 있었다는 거죠. 솔직히 말하면."

에멜은 눈을 찌푸렸다.

"지금도 왜 저를 선택하셨는지─"

말하는 에멜의 입에 에스텔은 철썩 금종이를 붙였다. 그녀의 붉은색 눈동자가 불타오르듯 빛나고 있었다.

"자꾸 그딴 소리 할 거예요? 남들이 뭐라고 떠들든 무슨 상관이에요? 내가 좋다는데!"

에멜은 대꾸하고 싶었지만, 종이 때문에 할 수가 없었다. 에스텔이 씩씩거리며 말했다.

"왜 에멜을 선택했냐고요? 내가 에멜을 좋아하니까! 내가 집이 없어요, 돈이 없어요, 마차가 없어요? 그런 것과 상관없이 그냥 내가 좋아하는 사람을 고른 것뿐이에요."

에멜은 대답할 수 없었으므로 눈을 살짝 내리깔았다. 물론 그러시겠지요, 하는 대답 대신이라 에스텔은 그제야 손을 떼며 이어 말했다.

"아니, 그렇게 절절한데 왜 첫 만남부터 내 속을 긁고 그랬대요?"

"황녀의 살롱 외에는 절 초대해 주는 곳이 없었거든요."

에스텔은 눈을 깜박였다.

"그건…… 몰랐네요."

"카스티엘로 공작이나 다른 후작가들의 눈치 때문에 아무도 절 초대하지 않았습니다. 황녀님이 절 초대하는 이유가 뻔히 보였지만, 그래도 만나고 싶었어요."

에스텔은 턱을 괴고 에멜을 바라보았다.

"그걸 이제 말해요?"

"그때는 저도 자존심이라는 게─ 게다가 그런 말을 뭐하러 합니까?"

"제 동정을 얻는다든가?"

"그건 말도 안 되죠. 그런 방식은 안 됩니다. 동정을 얻어서 할 거였으면 진즉에 아가씨 발밑에서 빌었겠죠."

"그냥 빌지 그랬어요?"

"무릎은 꿇었잖아요?"

"그건 무릎 꿇었다고 말하는 게 아니에요."

에스텔이 투덜거리며 종이별을 다시 접기 시작했다. 에멜이 힐끗 에스텔을 보았다가 제 몫의 종이를 손끝으로 누르며 말했다.

"아가씨께서 동정이나, 다른 것 때문이 아니라 제가 마음에 드셔서 절 선택해 주길 바랐습니다."

"그래서 그렇게 태연한 척했어요?"

에멜이 슥 눈썹을 치켜 올리며 말했다.

"아가씨와 맥에 대해서 소문을 들을 때마다, 무도회에서 다른 남자와 춤춘다는 소문이 들려올 때마다 전부 결투를 걸어서 살아남게 하고 싶지 않았습니다만─"

"다만?"

"아가씨가 절 싫어하시는데 제가 그럴 자격이 없죠. '난 에멜이 싫어요.' 한마디 할 때마다 제가 멀쩡한 얼굴을 유지하려고 얼마나 애썼는데요."

"유지 못 했어요."

그럴 때마다 그의 눈에 고통이 스미는 걸, 에스텔은 봤다. 에스텔의 말에 에멜은 멋쩍어졌다.

"그랬나요? 태연한 척했다고 생각했는데요."

"저도 깜박 속을 뻔했지만ㅡ"

에스텔은 고개를 갸웃했다.

"금방 알아봤지요."

"역시, 아가씨 눈은 속이지 못한다니까요."

에멜은 씩 웃고 마지막 종이별을 완성했다.

"이제 끝났군요."

"나도 이게 마지막이에요."

에스텔이 그렇게 말하며 속도를 올리는데 앤이 다과를 들고 들어왔다.

"어머? 두 분 벌써 끝내셨어요?"

에멜이 자리에서 일어나 앤에게 쟁반을 받으며 말했다.

"시녀를 시키시지."

"우리끼린데요, 뭐."

그렇게 말하며 앤은 에스텔의 옆에 찰싹 붙어 앉았다.

"나도 이제ㅡ 끝!"

에스텔이 종이 끝을 접어 넣고 고개를 들었다. 에멜이 쟁반에서 다과를 차례로 내려놓았다. 티코지에 싸인 뜨거운 찻주전자와 데워진 찻잔을 놓고 이어 과자가 착착 놓인다. 책상 위에 잔뜩 쌓인 반짝이는 종이별을 밀어놓고 셋은 잔을 하나씩 들어 차를 따랐다.

차가운 겨울바람이 가끔 창문을 덜컹덜컹 흔드는 소리가 들려왔지만 커다란 벽난로 덕분에 방 안은 따뜻했다.

에멜이 손을 뻗어서 그녀의 모피 담요를 단단히 여며주었다. 모피 안쪽에 울로 짠 담요를 앞뒤로 붙인 사치스럽고 따끈따끈한 물건이었다. 에스텔의 건강이 안 좋아진 후에 에멜과 가족들은 이것저것 몸에 좋다는 걸 잔뜩 가져다가 날랐고, 이 모피 담요도 그 수많은 진상품 중 하나였다.

"이거 좀 더운데."

"안 돼요. 몸을 따뜻하게 하셔야 해요."

엄한 얼굴로 앤이 말해서 에스텔은 한숨을 내쉬었다. 에멜이 희미하게 미소 지었다.

"나중에 건강해지시면 그때 감사하실 겁니다."

"빨리 건강해져야겠네요."

에스텔은 그렇게 대답하며 빙긋 웃었다. 사실 건강해질 날은 오지 않는다. 그걸 가장 잘 아는 건 에스텔 자신이었지만 굳이 그런 이야기를 할 필요는 없었다.

"그런데 무슨 이야기를 그렇게 열심히 하고 계셨어요?"

앤의 물음에 에스텔이 히죽 웃으며 잔 너머로 에멜을 보았다.

"에멜이 삽질한 이야기."

"아. 그거라면 이야기할 게 가득 나오기는 하죠."

앤이 고개를 끄덕였다. 에멜이 어깨를 움츠리며 말했다.

"앤 님을 이길 수는 없죠."

"한 게 맞기는 하잖아요?"

앤이 웃으며 말해서 에멜은 조그맣게 변명했다.

"그때는 정말로 에스텔 님이 절 증오하신다고 생각했습니다. 어차피 선택받지 않을 거라고 생각했고요."

"그게 에스텔 님을 잘 모른다는 말이에요."

앤은 그렇게 말하며 설탕이 솔솔 뿌려진 사블레를 하나 집어 들어 둘로 뚝 나누었다.

"하지만 봐 드릴까요. 정말로 사랑에 목숨을 거는 사람은 드물지요."

앤은 그걸 높게 평가했다.

"그건 감사하군요."

에멜이 씩 웃으며 정중하게, 한 손에 컵을 든 채 다른 한 손을 가슴에 대고 인사했다.

"별말씀을."

앤은 새침하게 대답했다.

"올해 성좌제는 진짜 마음 편하게 지나가겠다."

에스텔이 한숨처럼 중얼거렸고 에멜이 고개를 끄덕였다.

"심지어 레이몬드 후작령과 합동으로 열린다고요."

"뭐, 덕분에 예전보다 더 상인들도 많고 화려하기는 해요."

"솔라드 백작령을 통해서 수로도 열렸으니까."

에스텔의 말에 앤과 에멜이 고개를 끄덕였다.

에스텔이 장난스러운 미소를 지으며 앤에게 말했다.

"올해 성좌제 선물은 기대해도 좋아."

"어머? 뭘 해 주시려나요? 그런데 그건 저도 마찬가지예요."

"이잉, 앤이 그렇게 말하면 내 선물이 빛을 바래는데."

"네?"

"앤은 마법사니까, 진짜 마법 도구 같은 걸 주면— 나는 그냥 평범한 선물인데.”

“에스텔 님이 주시는 선물이면 어떤 선물이라도 저에게는 마법 같아
요.”

“앤, 진짜 좋아.”

에스텔이 손을 뻗어 앤을 꽉 끌어안았다. 그 모습을 바라보며 에멜은
정말로, 정말로 이 모습이 꿈같다고 생각했다.

웃는 에스텔, 이야기하는 에스텔, 그녀가 손짓하기만 해도 가슴이 간
질간질하게 좋아졌다. 눈이 마주치며 웃음이 저절로 흘러나왔다.

스스로 생각해도 부끄러울 정도로, 그녀에게 푹 빠져 있다.

그리고 그런 자신을 연인이라고 해주는 에스텔.

“에멜은 뭐 받고 싶은 거 없어요?”

문득 돌아온 질문에 에멜은 씩 웃으며 말했다.

“전 이미 최고의 선물을 받았습니다.”

“바로 나?”

“네.”

“아, 에멜. 이럴 때는 좀 오글거린다거나 부끄러운 시늉을 하는 거라
고요.”

“사실인걸요.”

“으―”

어째서 에멜이 뻔뻔한데 내가 민망스러워지는 거죠?

에스텔은 그렇게 생각하며 시선을 떨궜다.

그때, 똑똑 노크 소리가 들리고 이어 문이 열렸다.

빼꼼, 상체를 기울여 안을 들여다보며 로이가 말했다.

“경계경보요.”

“아, 로이. 안으로 들어와.”

에스텔이 손짓했고 로이가 슬쩍 복도를 둘러보고 얼른 안으로 들어왔다. 그래도 복도보다는 안이 훨씬 더 따뜻하다.

"카를 님이 오시나요?"

"넵."

앤의 질문에 재빠르게 대답하고 로이가 슬쩍 테이블 위를 바라보았다. 에멜이 픽 웃으며 말했다.

"과자 먹을래?"

"사양하지 않고."

"차도 한잔해. 손 시리지?"

에스텔이 찻주전자를 들었다가 "어라? 잔이 없네?" 하는데 로이가 접시에서 과자를 집어 들며 말했다.

"차는 괜찮습니다. 그리고 손 안 시려요."

로이의 말에 에스텔이 "진짜?" 하고 되물었고 로이가 히죽 웃으며 대꾸했다.

"저도 마스터라고요?"

"그럼 손도 안 시린 거야?"

"어지간한 추위와 더위에 강합니다. 사막이나 북극해라면 모르겠지만 말이죠."

에멜이 그렇게 말해서 에스텔은 감탄했다.

"마스터는 진짜 대단하구나."

"인간의 힘으로 불가능한 걸 가능하게 하는 힘이니까요."

로이가 명랑하게 말했고, 에스텔의 얼굴이 문득 어두워졌다. 그걸 본 로이가 "아하!" 하고 그녀를 가리키며 말했다.

"지금 '으음, 로이는 대단한 마스터인데 내 개인 기사로 괜찮은 걸까?' 같은 생각을 하셨죠!"

"어떻게 알았어?"

놀란 에스텔이 되묻자 앤과 에멜은 한숨을 내쉬었고 로이는 의기양양해졌다.

"주군의 생각이야 이제 손바닥 안이지요. 그런 생각은 하지 마세요. 제가 하고 싶어서 한 서약인걸요. 게다가 지금까지 봐온 바, 여기를 나가봐야 황실인데 황실에 충성하기보다는 비선 실세인 카스티엘로 공작가에 있는 게 더 낫겠습니다."

"그건― 그렇군."

"게다가 제 주인은 원하면 작위 정도는 주겠다는 호쾌한 주군이시니까요."

"그것도 그래."

에스텔은 납득해 고개를 끄덕였다.

그때 문이 쾅! 요란한 소리를 내며 열렸다. 하지만 아까 로이가 경계 경보를 한 덕분에 아무도 놀라지는 않았다.

"오라버니."

에스텔이 싱긋 웃으며 손을 들었고 카를은 짜증 나는 얼굴로 머리의 눈을 털어내며 말했다.

"너, 나가서 눈 치워."

"전 손님인데요."

에멜이 작게 항의해 보았지만, 카를은 꿈쩍도 하지 않았다.

"손님 좋아하시네."

"오라버니, 에멜은 제 정혼자라고요. 손님 맞단 말이에요. 그보다 이쪽으로 와서 앉으세요."

에스텔이 자리에서 벌떡 일어나 난롯가로 의자를 끙끙 밀기 시작하자 에멜이 그녀를 살짝 밀어냈다.

"제가 해 드릴게요."

'난 끄는 것도 힘들었는데.'

에멜은 등받이를 잡아 가볍게 들더니 벽난로 옆으로 의자를 옮겨 주었다. 카를은 그 의자에 망토와 건틀렛을 차례로 벗어서 던지고 방 안의 사람들을 쭉 훑어보았다.

에멜은 싱긋 웃어 보였고, 로이는 슬쩍 자세를 바로 했다. 앤은 가볍게 고개를 숙여 보였고 에스텔은 여전히 생글생글이다. 어쩐지 기운이 빠져 카를은 한숨을 내쉬며 에멜의 자리에 앉았다. 졸지에 자리를 빼앗긴 에멜은 에스텔을 본래 자리인 긴 소파에 앉게 하고 그 옆에 붙어 앉았다. 앤도 본디 자기 자리에 앉았다.

삼인용 소파가 꽉 찼다.

카를이 눈썹을 추어올렸다.

"너 왜?"

'거기 앉아?' 하는 생략된 뒷말을 에멜은 쉽게 알아들었다.

"그야 카를 님이 제 자리에 앉았으니까요."

에멜은 어쩔 수 없다, 하고 고개를 저었고 카를은 기가 차서 잠시 그를 노려보았다.

"에멜 레이몬드."

"네."

"대련이라도 한 판 하지."

*　　*　　*

에멜은 어깨까지 올라오는 숨을 내리누르며 길게 호흡했다. 추운 날인데도 땀이 턱을 타고 흘러 떨어졌다.

그가 씩 웃었다.

"이런 대련 진짜 오랜만이네요."

카를이 코웃음을 쳤다.

"팔다리 하나는 분질러야 하는데."

"저도 이제 당하고만 있지는 않아서."

"언제는 순순히 당했나 보지?"

"그건 아니지만요."

에멜은 가볍게 웃었다. 에스텔도 꼭 참관하겠다는 걸 에멜과 앤이 말렸다. 이런 추운 날 나와 있다는 건 말도 안 된다.

눈송이가 에멜의 속눈썹 위로 떨어져 그는 가볍게 눈을 깜박였다. 마스터인 그의 눈에는 서로 다른 모양을 한 눈이 회전하며 떨어지는 게 보였다.

노을이 지면서 새하얀 눈이 온통 주홍빛으로 물들어 반짝였다.

"죽을 거라고 생각했어."

카를의 말에 에멜은 눈을 깜박였다. 그가 되묻기도 전에 카를이 이어 말하며 검을 도로 자신의 검집에 넣었다.

"에스텔과 파혼한 날."

"아."

에멜은 깨달아 고개를 주억였다.

"저도 그렇게 생각했습니다."

리들에게 에스텔이 무력하게 당하는 걸 보고서, 그는 서약석을 당장 어떻게든 해야 한다고 생각했다. 그러려면 황궁으로 들어가야 하고 그러기 위해서는 아이리스와 다시 접촉해야 했다. 그래서 아인과 카를에게는 솔직하게 털어놓고 파혼하겠다고 말했다.

"에스텔에게는 말하지 않고?"

아인이 되물었을 때 에멜은 웃으며 대답했다.

"저에게 화내시는 편이, 제게 무슨 일이 생겼을 때 넘기시기 더 편할 테니까요."

서약석을 부수는 자는 죽는다.

앤에게 그 이야기도 익히 들은 바였다.

카스티엘로와 연이 있는 자는 안 된다고 했지만, 자신은 분명히 아이리스를 공격했었다.

리들 역시 마찬가지다.

그때는 모르고 지나갔다가, 나중에 앤에게 상담을 했을 때 앤이 진지한 얼굴로 말했었다.

"오래된 마법이라 구멍이 나고 있는 거겠죠. 그리고 아마도—"

앤이 물끄러미 에멜을 보며 말했다.

"당신은 에스텔 님과 연관이 있으니까요. 그 순간에, 에스텔 님은 아이리스나 리들을 해치려고 하지 않았을 겁니다."

"그러니 나에게 명령한 것도 아니다?"

"그런 거겠죠. 사실 서약이라는 마법은 복잡한 데다가, 이렇게 오래 유지된 적도 없어서……."

앤이 눈썹을 모았다.

"드래곤을 붙잡아서 물어볼 걸 그랬군."

에멜이 중얼거린 말에 앤이 이를 악물고 "진짜로요." 하고 대답해서 에멜은 농담으로 한 말이라는 걸 차마 덧붙이지 못했다.

"그랬는데 서약석도 못 부수냐? 할 거면 제대로 해야지."

카를의 목소리에 에멜은 상념을 깨고 그를 보았다.

"그러게 말입니다."

그가 순순히 시인해서 카를은 더욱 기분이 나빠졌다. 도련님도 부수지 못했잖아요? 아니면 그래도 제가 없었으면 아이리스 황녀가 명령했을 때 큰일 났을걸요?

이런 식으로 대꾸해 올 줄 알았는데.

미안한 듯한 표정을 보니 어째 더 짜증이 치밀었다.

"너 진짜 짜증나."

카를이 투덜거리고 한숨을 내쉬었다. 에멜이 웃었다.

"그리고 이건 너무 제 중심적인 생각일지도 모르지만, 아가씨의 불행은 저 때문에 생긴 걸지도 모른다는 생각도 듭니다."

카를은 그 말에 붉은 눈동자를 돌렸다. 에멜은 시원하게 웃으며 그를 보고 있었고 카를은 기묘한 기분을 느꼈다.

그건 세상에서 가장 바보 같은 말이다.

게다가 아무리 생각해도 남에게 할 이야기는 아니다.

그걸 자신에게 뱉어내는 직설적인 면이 카를이 에멜을 대할 때에 항상 기묘한 기분이 들게 하는 부분이었다.

저택에서 기사들을 상대하면 대부분은 경외와 존경을 보인다. 종종 두려움을 보이는 자도 있다. 하지만 에멜처럼 자신을 대하는 자는 아무도 없었다.

팔다리를 부러트려 놓으면, 다음에는 누구라도 수그러드는데 그는 태연하게 목발을 짚고 와서 그런 적 없다는 듯 어제와 같은 농담을 던지고는 했다.

낮잡아 보는 것도 아니고, 깍듯한 것도 아니다.

"넌 이상한 놈이야."

에멜이 히죽 웃었다.

그래서 카를도 솔직하게, 아무에게도 못 한 이야기를 했다.

"토끼의 불행이 카스티엘로이기 때문이라는 생각은 해."

에멜은 눈을 크게 떴다.

"그건—"

"말도 안 되는 소리라고? 네가 방금 한 말보다는 일리 있는 소리인데?"

"만약 그렇다고 해도 에스텔은 그걸 불행이라고 생각하지 않을 겁니다."

에멜의 말에 카를은 입을 다물었다. 그가 툭툭 칼등으로 제 어깨를 두들기다가 말했다.

"그럼 너에 대해서도 토끼 역시 마찬가지겠지."

에멜은 놀란 듯 눈을 깜박였고, 카를은 눈을 찌푸렸다.

"제길, 에스텔 주변에 너보다 괜찮은 인간이 있어야 하는데."

왜 없는 거야?

카를다운 칭찬이라 에멜은 소리 높여 명랑하게 웃었다.

"무엇보다 에스텔이 좋다고 하니까."

카를은 한숨을 내쉬었다.

그게 가장 중요한 거 아니겠는가?

'그리고 말해주고 싶지는 않은데.'

에멜이 에스텔을 사랑하는 게 자신보다 좀 덜하기는 하지만 그래도 비슷하게 에스텔을 사랑한다는 것 역시 알았다.

주둥이만 나불나불하는 새끼들은 많고, 목숨은 버려도 자존심은 버리지 못한다든가, 명예는 버려도 권력은 못 놓겠다는 인간은 많다.

게다가 에멜은 후작이었고, 그가 어떻게 그 자리를 차지했는지도 안다. 하지만 에멜은 쉽게, 모든 걸 낙엽 쪼가리라도 되는 것처럼 버렸다. 인간은 굉장히 불쾌하지만, 에멜은 그 인간 중에서는 상당히 나은 축이다.

"아이리스가 널 다시 받을 줄은 몰랐는데."

카를이 중얼거린 말에 에멜이 고개를 흔들었다.

"전 받아줄 거라고 백 퍼센트 확신했는데요."

"왜? 적인 게 뻔히 보이는데?"

"제가 에스텔 님의 약혼자였으니까요."

"그게 뭔 상관이야?"

"아이리스는 에스텔 님이 되고 싶고, 에스텔 님이 밉고, 그녀가 가진 걸 가지고 싶어서 어쩔 줄 몰랐으니까요."

"모르겠어."

카를이 눈을 찌푸리며 말하자 에멜이 고개를 끄덕였다.

"열등감, 혹은 음습이나 꼬였다, 하는 말을 카스티엘로는 이해하지 못하죠. 한 번도 강자가 아니었던 적이 없으니까."

하지만 전 아주 잘 알거든요.

에멜은 그렇게 생각하며 어깨를 으쓱했다.

200년의 열등감을 가지고 있던 가문에서 자랐으니, 음습에 대해서라면 일가견이 있다.

그래서 아이리스나, 황후의 속내가 훤히 들여다보였다.

'카스티엘로로서는 도무지 이해할 수 없겠지.'

생각하니 왜인지 우스워 에멜은 웃음을 눌러 참으며 덧붙였다.

"그리고 모르신다는 게 부럽습니다."

약자의 마음 따위는 모르는,

절대적 강자.

'뭐 에스텔이 있어서 그나마 달라지기는 했지만.'

"그런 거 따위 모르는 게 당연하지. 이해도 안 돼."

카를이 투덜거리며 하는 말에 에멜은 고개를 끄덕였다.

물론 아이리스가 그냥 자신을 받아주진 않았다. 끊임없이 고통을 주는 마법을 걸었지.

'화풀이 같은 거지, 뭐.'

그런데 에스텔이 그걸 깨 버려서 정말로 깜짝 놀랐었다.

그때 휙 카를이 발검해서 에멜은 놀라 반사적으로 검을 마주 뽑았다.

"뭔가 문제라도?"

"아니, 그냥 좀 짜증이 나서."

네 면상이.

카를은 그렇게 말하며 검을 휘둘렀다. 오러를 쓰지 않는 순전한 힘과 힘, 기술과 기술의 대결. 에멜은 속으로 혀를 내둘렀다. 항상 카스티엘로와 대련할 때마다 느끼는 무서울 정도로 순수한 재능.

노력과는 상관없는 그 벽에 정면으로 마주하게 된다.

'하지만.'

에멜은 크게 검을 틀어서 카를의 검을 튕겨냈다. 카를의 눈에 이채가 서렸다.

'거기에 눌렸던 어린 시절은 이미 지나서 말이죠.'

이제는 불타오르지.

씩 웃는 에멜의 눈을 마주 보며 카를 역시 웃었다. 그가 검을 고쳐 잡으며 말했다.

"그럼 진짜로 해보지."

앤은 한숨을 내쉬며 바늘을 내려놓고 붕대를 들었다.

"아니 대체 두 분 뭘 하신 겁니까?"

"어, 대련?"

에멜은 어색하게 대답하며 눈이 빨개진 에스텔을 힐끗 바라보았다. 카를 역시 죄를 지은 사람처럼 에스텔의 눈치를 살피고 있었다.

앤은 에멜의 상처를 꿰맨 부분 위에 약을 바르고 붕대로 감았다. 팔을 상당히 깊게 베어서 봉합하지 않으면 안 됐다. 카를은 멍든 손목 위에 약초를 붙인 후였다.

둘의 부상을 본 에스텔은 말없이 눈물만 글썽글썽해졌고 오히려 거기에 두 남자는 더욱 당황하며 연신 그녀에게 괜찮다고, 미안하다고, 잘못했다고 영문 모를 사과를 해댔다.

붕대를 다 감고 나서 앤은 카를의 팔을 붙잡고 일어났다. 카를은 당황한 듯 앤을 보았다.

"잠깐 나가보죠."

"왜?"

"나가면 말씀드리죠."

앤의 말에 카를은 에스텔을 보며 "하지만……." 하고 중얼거리다가 고개를 끄덕였다.

"알았어."

그리고 두 사람이 방을 나가자 고요한 가운데 벽난로에서 나무가 터지는 소리만 탁탁 들려왔다.

그사이 종이별 장식을 달아놔서 사방에 금색 별들이 실에 매달려 느리게 빙글빙글 회전하며 반짝였다.

에멜이 조심스럽게 손을 내밀며 말했다.

"정말로 괜찮아요."

에스텔이 그 손을 노려보듯 바라보다가 손을 뻗어 그의 손 위에 얹자 에멜이 꽉 그녀의 손을 쥐며 당겼다.

에스텔이 살짝 당겨져 와서 그의 품에 안기듯 그의 다리 위에 푹 앉았다.

"왜 다치고 그래요?"

작게 칭얼거리는 소리에 에멜이 그녀의 정수리에 키스해 주며 속삭였다.

"대련하다 보면 가끔 이래요. 하지만 심한 부상은 아니라고요."

"그래도 다치는 거 싫은걸."

에스텔이 눈썹을 모았다. 그러면 카를과 표정이 똑같다고 말해주고 싶었지만, 에멜은 꾹 눌러 참았다.

에스텔이 눌린 목소리로 말했다.

"다치는 건 충분히 다쳤어. 아플 만큼 아팠잖아. 그러니까 더 이상은 그런 일이 없었으면 좋겠어."

에멜이 "네, 조심할게요." 하고 대답하며 그녀를 살며시 끌어안았다. 에스텔은 숨을 내쉬고 몸에 힘을 빼며 그에게 푹 기댔다. 에멜의 체온이 기분 좋았다. 그에게 푹 안겨 있는 게 너무 행복해서 그녀는 왜 고양이가 갸릉갸릉 소리를 내는지 알 것 같았다.

'지금 나도 그러고 싶은 기분이야.'

대신 그녀는 에멜의 가슴에 뺨을 비비며 몸을 틀어 그의 허리를 꼭 안았다.

"에멜."

"네."

"다치지 말아요."

"에스텔도요."

"이제 정말, 정말로 안 다쳐요."

에스텔이 굳게 말했다.

'여기서 더 다쳤다가는 이제 진짜 죽을 거야.'

이 나이에 벌써 이런 생각을 하기에는 이른가도 싶지만, 남은 생을 평화롭게 보내고 싶다! 그게 에스텔의 목표였다.

"스펙터클하고 흥미진진한 삶은 별로예요."

중얼거린 말에 에멜이 진지하게 "정말 그렇습니다." 하고 답했다.

덜컹덜컹.

창문이 몇 번 더 흔들렸다. 시선을 돌려보니 변덕스럽게도 눈발이 강해지면서 눈 폭풍이 시작되고 있었다. 에멜이 장난스럽게 말했다.

"레이몬드 후작이 되어서 가장 좋은 점이 뭔지 아세요?"

"뭔데요?"

"동계 훈련을 하지 않는다는 점이랍니다."

에스텔은 가볍게 웃었다.

"그거 정말로 좋네요."

"좋지요."

에스텔이 고개를 들어 에멜의 입가에 가볍게 입 맞췄다. 그의 캐러멜색 눈이 따뜻한 빛으로 가득 차고, 슬쩍 어두운―위험한 욕망의 빛이 스쳤다.

그가 그녀의 입술에 살며시 마주 키스해 주고 말했다.

"어쩐지 두근두근하는데요?"

"난 에멜이랑 있으면 항상 두근두근하는데?"

에스텔의 말에 에멜이 "아뇨, 그게 아니라." 하고 힐끗 문 쪽을 본 뒤에 속닥거렸다.

"카스티엘로 저택에서 에스텔과 이러고 있다는 게요."

나쁜 짓 하는 기분이라니까요, 하고 에멜이 미소 지어서 에스텔이 키득거렸다.

"그럼 더 해요. 나쁜 짓."

"제 아가씨가 원한다면 기꺼이."

에멜이 고개를 숙이며 작게 답했다.

카를은 길게 숨을 내쉬었다. 그리고 힐끗 앤을 바라보았다.

불쾌하지 않은 여자.

카스티엘로를 재료로 해서 실험을 했기 때문인지 앤은 보통 인간처럼 불쾌하지 않았다.

그것만으로도 카를은 그녀에게 가산점을 주었다.

'거기다가.'

에스텔 일로 앤이 자신에게 잔소리했을 때 충격을 받았다. 지금 앤에게 순순히 끌려 나온 것도, 자신은 모르는 뭔가가 있다고 생각했기 때문이었다.

하지만 누군가가 자기를 잡아끄는 상황, 그것도 상대방이 마법사라는 점은 상당히 흥미로웠다.

에멜은 카스티엘로가 약자를 이해하지 못한다고 했다. 카를은 인정했다. 더불어서 그는 약자를 경멸했다.

제 안색을 살피며 표정을 바꾸는 것들.

그것은 그의 이해 밖이었고 그를 짜증나게 만드는 요소였다.

"마법사."

그녀를 부르자 앤이 눈을 찌푸렸다.

"저에게는 앤이라는 이름이 있습니다."

에스텔이 지어준 이름이다. 앤이 덧붙였다.

"게다가 제가 이걸 몇 번째 말하고 있는 건지 아세요?"

"존재감이 없어서."

카를의 말에 앤이 눈을 가늘게 떴다.

"에스텔 님만 아니라면 그 머릿속에 제 존재를 박아 넣었을 텐데요."

"붙자고?"

카를의 말에 앤이 "네." 하고 웃었다. 그녀가 가볍게 손가락을 움직이자 카를은 저릿하고 마력이 움직이는 걸 느꼈다. 반사적으로 손을 뻗어 앤의 목을 붙잡으려는데 손이 퉁겨져 나왔다.

"안 싸워요. 에스텔 님이 싫어하시니까."

앤은 그렇게 말하고 한숨을 내쉬었다. 할 수 있다면 이 빌어먹을 도련님의 엉덩이를 때려주고 싶다. 에멜과 다른 의미로 카를 카스티엘로는 앤의 골칫거리였다.

에멜은 들을 자세라도 되어 있지, 이 오만하기 짝이 없는 카스티엘로는 자신이 잘못했다고는 생각도 안 할 거다.

"철없는 애송이."

앤의 차가운 말에 카를은 눈을 크게 떴다.

"뭐?"

"에스텔 님 앞에서 에멜을 그렇게 대하지 마세요. 그게 에스텔 님을 불안하게 하는 일이라는 걸 모르나요?"

"왜?"

카를은 물었고 앤이 가볍게 대답했다.

"에스텔 님이 그분을 사랑하고 있으니까요."

카를은 잠시 침묵했다. 그가 제 손을 내려다보았다가 말했다.

"마법사와 정식으로 싸운 적은 없는데. 게다가 너 드래곤에게서 전수받았다고 했지? 지금 거, 다른 마력과는 달랐어."

엉뚱한 말이었지만 의외의 말이었다.

"기억하고 계실 줄은 몰랐는데요."

내 이름도 모르면서, 하고 앤은 고개를 갸웃했다. 카를이 이제 약간의 저릿함이 가신 손가락을 가볍게 퉁기며 말했다.

"이름, 기억하게 하고 싶으면 한판 붙어 보지."

"싫다고 말했을 텐데요."

"토끼 때문에?"

"네."

"그건 아쉽군. 재미있을 텐데."

그의 붉은 눈이 가늘어졌고, 앤은 저도 모르게 미소가 흘러나왔다. 그래, 그건 나름대로 재미있겠지. 카스티엘로의 호승심이 자신에게도 약간쯤은 흐르는 걸지도 모른다.

"그래서, 왜 날 데리고 나온 거지?"

다시 궤도로 돌아온 질문에 앤이 충실하게 답했다.

"두 분만의 시간이 필요하니까요."

"왜?"

"두 분은 정혼자니까요."

"다 같이 있어도 상관없잖아?"

"그럴 리가요."

앤은 어깨를 으쓱했다. 그녀가 회녹색 눈을 돌려 카를을 올려다보았다.

"두 사람 사이를 방해하시면 안 돼요."

그녀의 말에 끙 하고 카를은 신음을 흘렸다.

"계속 방해하면 에스텔 님에게 미움받을지도 몰라요?"

"설마."

카를은 눈을 찡그리며 답했지만, 슬쩍 불안함이 올라오는 것도 사실이었다.

"물론 진짜로 미워하지는 않겠죠. 하지만 성가시다고 생각될 가능성은 농후해요."

성가신 오라버니가 되고 싶지는 않겠지요.

앤은 그렇게 말하며 싱긋 웃었다. 카를은 한숨을 내쉬었다.

"어렸을 때가 좋았어."

그의 말에 앤은 가볍게 웃음을 터트렸다.

성좌제는 언제나처럼 커다란 나무를 세우면서 본격적으로 시작되었다. 동계 훈련을 마치고 돌아온 늑대기사단은 왁자하게 성좌제를 즐겼다. 금색별과 은가시 나무로 장식된 연회장은 매년 보아도 매년 설레었다.

연회장으로 나갈 준비를 하며 에스텔이 앤에게 말했다.

"역시 키가 크니까 좋다."

앤이 입고 있는 옷은 에스텔이 강요해서 굳이 굳이 만든 드레스였다. 흰 바탕에 짙푸른 스프라이트, 잔뜩 부풀린 버슬에 길게 끌리는 뒷자락. 꽉 조인 가느다란 허리에 꼬아 올린 검은 머리카락.

에스텔은 만족스럽게 자신의 작품을 바라보았다.

"진짜 예쁘다. 앤."

에스텔의 칭찬에 앤의 뺨이 발그레해졌다. 그녀가 웃으며 말했다.

"에스텔 님이 더 예뻐요."

에스텔은 진녹색에 커다란 리본 꼬리를 몇 겹이나 흘러내리게 하고 모아서 부풀린 버슬 아래로 층층 레이스가 화려하게 달린 드레스를 입고 있었다.

에스텔이 로라에게 눈짓하자 로라가 얼른 벨벳 상자를 들고 나왔다.

"성좌제 선물이야. 소박하지만."

그녀의 말에 로라가 상자를 열며 미소를 지었다.

"소박은 아닌 것 같은데요."

"그런가."

하긴, 하고 에스텔은 고개를 끄덕였다. 상자 안에는 백금과 다이아몬드로 만든, 흔들리는 갈레트 양식 장식이 달린 아름다운 초승달 모양의 머리 장식이 들어 있었다.

"세상에―"

앤은 눈을 크게 떴고 로라가 물었다.

"달아 드릴까요?"

"네."

앤은 고개를 끄덕였다. 그녀의 새까만 머리카락에 우아한 다이아몬드 장식이 드리워지자 저절로 만족스러운 미소가 흘러나왔다.

"정말 잘 어울려."

에스텔이 고개를 끄덕이며 말했다. 장식을 단 로라도 만족스러운 얼굴이었다.

"자, 그러면 가볼까요?"

에스텔이 짝짝 손뼉을 쳤고 제인이 웃으며 마지막으로 에스텔의 어깨에 숄을 둘러주었다.

"신사분들을 충분히 기다리게 했으니까요."

"기다리고 있었어?"

놀라 에스텔이 묻자 제인이 고개를 끄덕였다.

"그야 당연하죠."

"말하지."

에스텔은 그렇게 말하며 허둥지둥 응접실로 통하는 문을 열었다.

서 있던 사람이 슬쩍 에스텔을 돌아보았고 그녀는 웃었다.

"아빠!"

종종걸음으로 다가가 에스텔은 아빠의 손을 꼭 잡았다. 아인이 그녀를 위아래로 훑어보며 말했다.

"새 옷이 잘 어울리는구나."

"그럼요."

에스텔이 씩 웃었다. 뒤따라 나온 앤이 가볍게 무릎을 굽혔다가 펴며 인사했다.

"공작 전하."

아인이 앤을 훑어보고 에스텔에게 말했다.

"네 취향이군."

"어떻게 아셨어요?"

"어쩐지."

"여자 옷에는 관심이 없으신 줄 알았는데!"

"없었지."

네가 생기기 전에는.

아인이 그렇게 말하며 그녀의 턱을 붙잡고 눈가에 가볍게 키스해 주었다. 간지러움에 웃고 에스텔이 말했다.

"전 에멜이 기다리고 있을 줄 알았어요."

"에스코트는 내가 하겠다고 했거든."

"그랬군요."

"그래."

아인이 고개를 끄덕였다. 이제 앞으로 딸의 손을 잡고 무도회장으로 인도하는 것도 몇 번 남지 않았다. 물론 그것이 자신과 에스텔 관계의 전부는 아니다. 앞으로 부녀가 아니게 되는 것도 아니고.

하지만 남은 기회는 하나도 놓치고 싶지 않았다.

붉은색으로 반짝반짝 빛나는 눈으로 에스텔이 아빠를 올려다보자 그는 마음이 아릿해졌다.

서약석을 부수기 위해서 그녀가 치렀던 희생을 생각하면, 참을 수 없이 후회가 될 때가 있었다. 역시 아무것도 알려주지 않고, 존재를 알리지도 않고, 영지 안에서만 소중히 길렀어야 한다는, 그런 생각. 하지만 그래 주지 않으셔서 고맙다고 말하는 딸을 보면 '좋은 부모'에 대한 복잡한 생각이 드는 것이었다.

응접실을 나서니 카를과 에멜이 기다리고 서 있었다.

"두 분 다 여기 있었군요."

에스텔이 '쫓겨났네요.' 하며 웃자 에멜은 희미한 미소를 띤 선량한 얼굴을 하며 답했다.

"공작님께는 당연한 일이지요."

카를은 왜 나가지, 하고 투덜거리며 앤에게 손을 내밀었다. 앤의 눈이 살짝 이채를 띠었다가 가볍게 그의 에스코트를 받았다.

아인은 에스텔이 에멜을 보는 걸 바라보다가 말했다.

"그대가 하겠나?"

에스코트하고 있는 팔을 뻗으며 묻자 에멜은 눈을 동그랗게 떴고 에스텔도 약간 놀라 아빠를 돌아보았다. 그러나 에멜은 곧 씩 웃고 부츠 뒤꿈치를 딱 붙이며 말했다.

"오늘은 전하와 에스텔의 날이죠. 전 다음으로 하겠습니다."

"맞아요."

에스텔이 고개를 끄덕이며 꾸욱 힘주어 아빠의 팔을 잡았고 아인은 희미하게 웃었다.

"그렇다면."

좋은 부모가 되기는 어렵다, 하며 아인은 기꺼이 에스텔을 에스코트했다. 무도회장으로 입장을 알리는 소리가 나고, 사람들이 좌우로 갈라지며 허리를 숙였다.

거대한 삼단 크리스털 샹들리에가 눈부신 빛의 파편을 반사하고, 매끄러운 대리석들이 환하게 빛났다.

오케스트라의 연주를 따라 에스텔과 아인은 첫 춤을 추기 시작했다. 춤을 추며 아인은 미소 지었다.

"정말로 다 컸구나."

"그렇죠?"

이제 춤도 잘 춘다고요? 스텝도 틀리지 않는다고요?

아인은 아직 어린 에스텔과 춤을 추기 위해서 허리를 숙였던 일을 떠올렸다. 그런 시절은 정말로 너무나 빠르게 가 버리고 이제 눈앞의 에스텔은 나무랄 곳 없는 멋진 숙녀였다.

"아빠."

"음?"

"아빠는 아빠예요."

에스텔의 말에 아인이 눈썹을 슥 추켜올리자 에스텔은 '정말로 오라버니 표정이랑 똑같아.' 하고 생각하며 말했다.

"전 계속 아빠를 존경하고, 사랑하고 그럴 거란 말이에요. 어디로 가 버리지 않는다고요."

그녀의 말에 아인은 가볍게 웃었다. 그가 그녀의 이마에 키스해 주며 말했다.

"그래. 그렇지."

"그렇죠?"

에스텔은 그렇게 말하며 씩 웃었다.

춤이 끝나자 아인은 플로어 밖으로 나가 에멜에게 에스텔의 손을 넘기며 말했다.

"그쪽 차례군."

"감사합니다. 전하."

에멜은 그렇게 말하고 에스텔의 손을 잡으며 물었다.

"연속해서 춰도 괜찮겠어요?"

"이 정도는 괜찮아요."

에스텔의 말에 찬찬히 그녀를 살피고 에멜은 고개를 끄덕였다. 두 번째 춤을 추며 에스텔이 작게 속닥였다.

"아까 고마워요."

"뭐가요?"

"아빠에게 에스코트 양보해 줘서요."

"양보한 게 아니라, 그건 공작님의 권리죠."

에스텔을 두고 아인이나 카를과 경쟁할 생각은 조금도 없었다. 그녀의 가족이 그녀에게 소중한 만큼, 자신에게도 소중하니까.

"그래도 고마워요."

에스텔이 다시 강조점을 찍자 에멜은 씩 웃었다. 그녀가 숨이 차서 가볍게 숨을 내쉬는 걸 그가 알아채고 얼른 플로어에서 내려왔다.

"왜요?"

"숨차죠?"

"이 정도는 괜찮아요."

"내가 안 괜찮아요."

에멜이 그렇게 말하는데 저쪽에서 웃음소리가 터졌다.

두 사람이 의아해져 고개를 돌리자 거기에는 로이와 엘런이 춤을 추고 있는 게 보였다. 엘런은 언제나처럼 드레스가 아닌 제복 차림이었다.

둘의 춤을 지켜보다가 에스텔이 물었다.

"음, 지금 엘런이 남자 쪽 스텝인 거 맞죠?"

"넵. 로이가 여자 파트네요. 아이고, 발 밟았네."

로이가 어색하게 스텝을 잘못 밟을 때마다 기사단원들이 웃는 거였다.

"레이디 로이, 좀 더 잘 해보라고."

간간이 야유가 터져 나왔다.

"엘런, 잘 추네."

에스텔은 감탄했다. 자신보다 키가 큰 로이를 엘런은 훌륭하게 리드하고 있었다.

로이가 잘 따라오지 못하는 게 문제지.

그때 에멜이 쿡쿡 에스텔의 팔을 잡아당겼다. 의아해하며 그를 보자 에멜이 슬쩍 뒤쪽으로 턱짓했다.

금방 무슨 뜻인지 깨달아서 두 사람은 시선이 엘런과 로이에게 쏠린 틈을 타서 살그머니 무도회장을 빠져나왔다.

아무도 없는 복도를 둘은 키득거리며 살그머니 지나갔다. 종종 시녀나 기사가 지나가면 웃음을 참으며 몰래 숨고는 했다. 어차피 둘이 없어졌다는 건 곧 들킬 일이지만, 뭐가 그렇게 재미있는지 웃음을 참을 수가 없었다.

에멜은 근처 방으로 에스텔을 끌어들였다. 방문을 닫고서야 둘은 마음껏 웃었다.

"춥지는 않으십니까?"

에멜은 그렇게 말하며 제 망토를 벗어 에스텔의 어깨에 둘러주었다. 그녀의 숄은 무도회장에 들어가면서 벗어 맡긴 후였다.

"그래서, 왜 나오자고 한 거예요?"

뺨은 장밋빛으로 발그레 물들어 있고, 붉은색 눈동자는 잘 익은 오월의 산딸기처럼 투명하다. 그런 에스텔을 보며 에멜은 허리를 숙여 가볍게 입 맞췄다. 희미한 홍차 향이 났다.

"이러고 싶어서요."

"에멜 레이몬드!"

킥킥 웃으며 에스텔은 가볍게 그의 어깨를 때리고, 팔을 펴서 그의 목을 감쌌다.

"정말이지."

그녀가 분홍색 입술을 삐죽이는 게 귀여워 에멜은 다시 키스했다. 웃으며 에스텔은 키스를 받았다. 에멜이 쪽 그녀의 뺨에 키스해 주고 말했다.

"그리고 선물도 주려고요."

"선물!"

에스텔이 홱 몸을 떼며 목소리를 높였다. 에멜이 히죽 웃으며 "저보다 선물이 더 좋은 게 아니에요?" 하고 물었고 에스텔이 새침하게 대답했다.

"그건 선물이 뭐냐에 달려 있죠."

"이런."

에멜은 그렇게 말하고 방 안으로 들어가더니 주머니를 들고 나왔다. 그렇게 크지 않은 데다가 주머니라니?

의아해하며 에스텔은 주머니를 받아 입구를 열었다. 에멜이 긴장한 얼굴로 에스텔의 반응을 살폈다.

안의 물건을 꺼내고 에스텔은 웃음을 터트렸다.

"에멜!"

"괜찮아요?"

에멜이 가지고 온 것은 손바닥만 한 토끼 한 쌍이었다.

한 마리는 새하얀 공단으로 만들어져 있고, 한 마리는 옅은 갈색으로 만들어져 있었다. 흰색 토끼의 눈은 루비였고, 갈색 토끼는 호박이었다. 둘 다 아주 멋스럽게 작은 옷을 갖춰 입고 있었는데 그 정교함이 실제 옷과 똑같았다. 단추와 장신구 역시 마찬가지였다.

"너무 예뻐요!"

"어른이라도 필요한 인형이라고 하시기에."

"그걸 기억하고 있었어요?"

"에스텔이 한 말이면 뭐든 기억해요."

에스텔은 양손에 한 마리씩 토끼 인형을 올려놓고 보면서 물었다.

"이거 차고 있는 칼도 혹시?"

에멜이 다른 손의 인형을 들어주며 "네, 진짜예요." 하고 말해서 얼른 에스텔은 검집의 칼을 꺼내보았다.

이쑤시개만 한 검날이 제법 시퍼렇게 반짝였다. 검 손잡이며 검집의 세공도 미세하게 들어가 있었다.

"진짜 마음에 들어요."

에스텔은 검을 다시 꽂아 넣으며 깊이 고개를 끄덕였다.

그녀가 한숨을 내쉬고 슬그머니 주머니에 손을 넣으며 말했다.

"내 선물은 그에 비하면 평범한걸요."

그러며 납작한 상자를 꺼냈다. 에멜은 "그걸 가지고 있었어요?" 하고 되물었고 에스텔은 고개를 끄덕였다.

"언제 줄 타이밍이 될지 몰라서요."

에멜은 웃고 상자를 열었다.

커프스였다.

짙은 캐러멜 빛에 내포물 한 점 없는 투명하고 깨끗한 호박(ember)으로 만들어진 깔끔한 디자인이었다.

힐끗 에스텔이 에멜의 얼굴을 살폈다.

"괜찮아요?"

에멜이 씩 웃었다.

"마음에 꼭 들어요. 이런 호박은 어떻게 구한 거예요?"

"구하는 데 꼬박 일 년은 걸린 것 같아요. 거기다가 경매하면 그대로 넘어갈 것 같아서 은근히 카스티엘로 공작가의 압박을 넣어줬지요."

덧붙인 말에 에멜은 다시 웃었다.

"승리의 상징이군요. 소중하게 간직할게요, 에스텔."

"나도요."

그러며 그녀가 가볍게 까치발을 해서 에멜은 허리를 숙여 부드럽게 키스했다. 에스텔은 손안에 인형을 꽉 쥐었다가 놓아주었다. 까치발을 내려놓으며 그녀가 말했다.

"그럼 제 방에 들러서 인형을 두고 와도 될까요?"

"얼마든지요."

두 사람은 다시 복도를 지나 그녀의 방에 들렀다가 다시 무도회장으로 돌아왔다.

"아, 드디어 주인공이 돌아왔네요."

앤이 살그머니 나타난 에스텔을 보고 말했다. 에스텔은 약간 당황해 물었다.

"무슨 일 있었어?"

"일단, 에멜 님 것이 확실한 그 망토를 벗을까요?"

앤이 팔을 뻗으며 말해서 에스텔은 뺨을 붉히며 망토를 벗어주었다. 일부러 따로따로 들어왔는데, 민망하다.

"지금 막 내가 성좌제 선물 겸 생일 선물을 발표하려던 참이었거든."

아인이 다가오며 말해 에스텔은 고개를 갸웃했다.

"제 생일 선물을 벌써요?"

"사실 생일 선물과 성좌제 선물을 따로 준비했는데 같이 주고 싶어서."

"대체 뭔데요?"

궁금해져서 에스텔이 묻자 주변의 사람들이 다들 히죽히죽하는 얼굴을 했다. 에스텔이 당황해 말했다.

"나 말고는 다 아는 거야?"

획 앤을 돌아보니 앤이 손으로 입가를 가리고 웃으며 말했다.

"조금 전에 알려주셨거든요."

"대체 뭔데?"

당황하며 돌아보자 아인이 들고 있던 양피지를 내밀었다. 에스텔은 의아해하며 양피지를 받아 들어서 살펴보고 눈을 휘둥그레 떴다.

그 순간 홀에 있던 모든 사람이 입을 모아 외쳤다.

"프린세스 에스텔, 만세!"

양피지에는 그녀가 프린세스의 직위를 가졌음을 알리는 문구가 쓰여 있었다. 그러니까, 공작 영애를 프린세스라고 부르도록 법률을 뜯어고치고, 더해서 그녀가 결혼한 후에도 프린세스 호칭을 허용한다는 내용이었다.

'세상에.'

에스텔은 당황해서 주변을 둘러보았고 모두가 싱글벙글한 얼굴로 자신을 보고 있었다.

"그, 저기. 감사합니다."

어색하게 치맛자락을 붙잡고 인사하자 아인이 물었다.

"마음에 안 드니?"

"네? 아뇨! 그게 아니라……."

좋고 나쁨을 생각할 수조차 없는 선물이었다.

프린세스라니.

공주님이라니.

황가를 압박할 수 있는 능력을 이런 데에 써먹다니!

어쩐지 웃음이 나와서 에스텔은 결국 환하게 웃으며 말했다.

"마음에 들어요. 고맙습니다."

그제야 아인은 안도하는 미소를 짓고 딸의 둥근 이마에 키스했다.

"그렇다니 다행이구나."

"이거라면 둘을 합한 선물이라고 할 만해요."

에스텔이 고개를 끄덕이자 아인은 "그것만은 아닌데?" 하고 테이블 쪽을 가리켰다. 언제 왔는지 거기에는 둥근 은 뚜껑이 씌워진 녹색 벨벳 방석이 놓여 있었다.

에스텔은 "또 있어요?" 하며 아인에게 밀려 테이블 쪽으로 다가갔다. 테이블 근처에 서 있던 카를이 덧붙였다.

"나와 아버님이 같이 한 거야."

"그럼 두 배로 좋아요."

에스텔의 말에 카를이 픽 웃었다.

"따로따로 두 가지인 게 더 좋은 게 아니라?"

"절 위해서 두 분이 같이 의논하셨다는 게 더 좋아요."

에스텔의 말에 카를은 어깨를 으쓱하고 은 뚜껑을 가리켰다.

"열어봐."

"안에 맛있는 거라도 들어 있을 것 같은 느낌인데요."

그렇게 말하며 에스텔은 손잡이를 잡고 열었다. 그리고 눈만 깜박였다.

"별로야?"

카를이 물어 에스텔은 고개를 휙휙 저었다. 거기에는 티아라가 들어 있었다. 물론 공녀에게도 티아라는 허용된다. 그렇지만 그 크기와 디자인에 엄격한 규칙이 있었다.

지금 이 티아라는 황후의 것 못지않게 호화롭게 만들어진 티아라였다. 다이아몬드 수천 개가 반짝이며 빛나고, 그 가운데에 짙은 금빛 다이아몬드로 팔각 별 모양을 만들어 두고 있었다.

"너무 예뻐요."

간신히 한마디 내뱉자 카를이 만족스럽게 미소 짓고 말했다.

"써 봐."

"지금요?"

"그래."

카를의 말에 근처에 서 있던 로라와 애니가 재빠르게 다가왔다. 로라와 애니가 에스텔 머리의 기존 장신구를 떼어주고 티아라를 씌워 고정해 주었다. 그걸 파티장 가운데서 하고 있으려니 에스텔은 어쩐지 부끄러워졌다.

생일잔치에서 혼자 고깔모자를 쓴 그런 기분?

고정 후 손을 떼고 애니는 흐뭇한 미소를 지으며 에스텔의 손을 꼭 쥐었다가 놓아주었다.

"너무 잘 어울리세요."

"정말로요."

로라가 고개를 깊이 끄덕이고 살포시 웃으며 무릎을 굽혀 보였다.

"에스텔 공주님."

에스텔의 뺨이 붉어졌다. 거울이 없으니 확인은 하지 못하지만, 애니와 로라가 괜찮다고 하면 괜찮은 거다.

"나쁘지 않네."

카를이 동의했다. 에스텔이 입술을 내밀며 말했다.

"나쁘지 않은 게 뭐에요? 예쁘다고 해야죠. 두 분 다 너무 고마워요. 정말로 마음에 들어요."

에스텔이 환하게 웃고 한 바퀴 빙글 돌아 보이며 말하자 아인도 카를도 저도 모르게 웃었다.

에스텔이 눈으로 얼른 에멜을 찾았다. 그녀와 눈이 마주치자 에멜은 재빠르게 걸어왔다.

"프린세스 에스텔."

그가 격식을 갖춰 인사하자 에스텔은 진짜로 심장이 쿵쿵 뛰는 기분이었다.

뭐라고 해야 하나?

아빠와 오빠에게 '공주님'이라고 불리는 것과 연인에게 '공주님'이라고 불리는 건 완전히 달랐다.

얌전히 손을 내밀자 에멜이 손등에 키스하고 물었다.

"한 곡 추시겠습니까?"

"물론이에요."

힘주어 대답하자 에멜은 가볍게 그녀를 플로어로 인도했다.

그 모습을 바라보며 카를이 투덜거렸다.

"아니, 선물한 건 우린데 왜 저놈이 토끼를 데려가는 거죠?"

아버지 앞에서 드문 불평인지라 아인은 성실하게 대답했다.

"하지만 에스텔이 행복해 보이니 됐지."

"그거야."

거기에 대해서는 카를도 뭐라고 할 수가 없었다. 사람들이 좌우로 물러선 가운데, 에멜과 함께 춤을 추는 에스텔은 스쳐보기만 해도 행복해 보였다.

붉은색 눈은 빛나는 것처럼 반짝이고, 양 뺨은 장밋빛으로 발그레하게 물들어 있고, 표정 자체가 환했다.

그리고 그 애정 어린 눈길이 에멜을 바라보고 있다―

'―는 게 마음에 안 들지만.'

하지만 아무리 선물을 해도 우리 선물에는 못 이기지.

그런 승리감에 카를은 만족하며 고개를 끄덕였다.

성좌제는 밤을 새워가며 이어졌지만, 에스텔은 가장 먼저 무도회장을 나간 사람 중 하나였다. 그러고서 카를과 아인도 빠졌다.

상사가 없는 무도회는 더욱 타올랐다. 켈슨이 약간 불안한 얼굴로 남은 포도주 병의 개수를 체크해야 할 정도로 말이다.

그리고 그런 성좌제의 여운이 채 가시기도 전에, 에스텔의 생일이 다가왔다. 이미 가장 좋은 선물은 받았던 터라 에스텔은 가벼운 마음이었다.

"올해는 그냥 작게 해요."

크게 할 필요가 없죠.

에스텔이 강한 어조로 말해서 그녀의 생일파티는 온실 안에서 소박하게 준비되었다.

"공주님의 명령을 누가 거역하겠습니까?"

켈슨이 그렇게 말해서 에스텔은 저도 모르게 웃었다. 그리고 진지하게 말했다.

"켈슨."

"네."

"아직도 절 어린아이라고 생각하죠?"

에스텔의 말에 켈슨은 약간 당황한 듯한 얼굴을 했다가 작게 속삭였다.

"불쾌하신가요?"

"아뇨, 그건 아니지만. 얼마 전에 부엌에서 자넷을 만났는데요. 저에게 너무 말랐다고 도넛을 주더라고요."

꼭 처음 만났을 때처럼 말이죠.

켈슨이 웃으며 대답했다.

"그야 어쩔 수 없죠. 뭐랄까요, 제가 키우지는 않았지만 키운 것 같은 그런 느낌……. 물론 아가씨가 훌륭하게 자라셨고 성인이시라는 건 압니다."

켈슨의 말에 에스텔이 고개를 끄덕이고 말했다.

"저도 무슨 말인지 알아요. 싫은 게 아니라 그냥 확인하고 싶었어요."

씩 웃으며 에스텔이 하는 말에 켈슨이 "그렇다면 다행이네요." 하고 경쾌하게 대답했다.

그녀는 온실 쪽으로 가볍게 통통 튀듯이 걸어가다가 에멜을 만났다. 에스텔의 뒤에 서 있던 로이가 속삭였다.

"비켜 드릴까요?"

"아니, 괜찮아."

에스텔이 고개를 저었고 에멜이 다가왔다.

"아가씨."

"푹 쉬었나요?"

에스텔의 말에 에멜은 고개를 끄덕였다. 그는 전날 미리 와 있었다. 겨울철 날씨가 어떻게 변할지 모르니 말이다.

에스텔은 성좌제와 자신의 생일이 얼마 차이 나지 않으니 쭉 묵으라고 하고 싶었지만, 후작에게는 후작의 사정이 있으리라.

"생일 축하드립니다."

에멜이 가볍게 인사해서 에스텔은 "고마워요." 하고 대답했다. 그가 이어 말했다.

"생일 선물 보러 가지 않으시겠어요?"

"보러 가야 하는 선물이에요?"

"네."

"그럼 기꺼이."

"옷을 따뜻하게 입고 오시는 게 좋겠어요. 현관에서 기다리죠."

에멜의 말에 에스텔은 고개를 끄덕였다.

"얼른 갔다 올게요."

"천천히 다녀오세요."

에멜은 그렇게 말했지만, 복도를 돌자마자 그녀는 걸음을 빠르게 했다. 에스텔의 걸음이 빨라지며 그녀의 숨도 가빠져서 로이가 물었다.

"제가 안아다 드릴까요?"

"세상에, 그렇게 약하지는 않거든?"

"하긴 그렇죠."

로이가 고개를 끄덕였다.

몸이 약한 그녀는 방도 일 층에 새로 배정받았다. 순식간에 단단하게 옷을 갈아입고 에스텔은 현관으로 나갔다.

나가자마자 그녀는 웃음을 터트리며 계단을 내려왔다.

"에멜 레이몬드!"

"마음에 드시나요?"

에멜이 웃으며 말했다. 그가 끌고 온 것은 경마차(gig)였다. 여성 혼자서도 끌기 편한 가벼운 마차는 새하얀 색으로 만들어져 있었고, 옆에는 솔라드 백작의 문장인 별과 카스티엘로 공작가의 문장인 날개 달린 흑표범이 함께 새겨져 있었다.

그리고 무엇보다도, 그 마차에 메여져 있는 조랑말 한 쌍에 에스텔은 푹 빠졌다. 부드러운 크림색 조랑말들은 보통 조랑말처럼 짧지 않고 순종 혈통 망아지들처럼 쭉 뻗은 다리를 가지고 있었다. 그 네 굽은 모두 흰색 양말을 신고 있는 듯이 털이 하얀색이었다.

"한배에서 난 녀석들이죠. 한 쌍이지만 아가씨 혼자서도 한 마리처럼 가볍게 몰 수 있으실 거예요."

에멜의 말에 에스텔은 말의 앞머리를 조심스럽게 쓸었다.

"에멜, 너무 멋져요. 이건, 진짜— 세상에."

"말을 좋아하시죠."

"엄청요!"

에스텔은 그렇게 말하고 환하게 웃었다. 하지만 몸이 약해진 이후로 승마를 거의 하지 못해서 쌓여 있는 상태였다. 하지만 이 경마차라면 가뿐하게 어디든 갈 수 있으리라.

"당장 타보고 싶어요."

날이 따뜻해질 때까지 못 기다리겠어! 하고 에스텔은 발을 동동 굴렀다.

"타시면 되지요."

대답은 뒤에서 들려왔다. 돌아보니 앤이 사뿐히 현관을 걸어 내려오고 있었다. 에멜이 말했다.

"앤 님이 마법 도구를 설치해 주셨어요. 온도 조절 장치라던가?"

앤이 웃으며 에스텔에게 올라타라고 손짓했고 그녀는 조심스럽게 마차에 올라탔다. 앤이 그녀에게 레버를 하나 가리키며 말했다.

"이걸 돌려 보세요."

에스텔이 상아로 만든 듯 매끄러운 흰색 레버를 돌리자 발아래서 뜨거운 바람이 나오기 시작했다. 동시에 주변의 공기가 멈춘 것 같았다. 꼭 차단벽이 내려온 것처럼 말이다. 순식간에 손끝까지 따끈따끈하게 안이 더워졌다. 에스텔은 입고 있는 옷이 너무 두껍다는 생각이 들었다.

"앤 이거 진짜 굉장하다. 어떻게 사방이 다 뚫려 있는데 따뜻해지지?"

"그러니까 마법이죠."

앤의 말에 에스텔은 "그런가!" 하고 다시 감탄했고 앤은 웃었다.

어느 사이엔가 에멜이 말구종을 불러서 자신의 말을 가져오게 했다. 그가 말했다.

"그럼 산책 가볼까요?"

"응, 갈래."

에스텔이 고개를 끄덕이고 앤에게 말했다.

"앤, 정말 고마워. 다녀올게."

"아가씨의 그 얼굴로도 충분해요. 다녀오세요."

일인용 마차여서 앤을 태울 공간이 없다는 것만 아쉬웠다.

에스텔은 가볍게 고삐를 흔들었고 조랑말들은 즉각 걷기 시작했다. 둘은 말머리를 나란히 하고 저택을 빠져나왔다. 땀이 나기 시작해서 에스텔은 두꺼운 망토를 벗었다.

마차가 가벼워서인지, 말이 훌륭해서인지 마차를 다루는 건 쉬웠고 금방 익숙해졌다.

"에멜."

"네."

"정말 고마워요. 진짜로 마음에 쏙! 들어요."

"프린세스 호칭보다요?"

에멜의 말에 에스텔은 힐끗 그를 보았다.

"그건 비교할 수 없는데요."

"저도 알아요."

가볍게 에멜이 웃었다.

"비교할 생각도 없고요."

"그런데 왜 물어봐요?"

"가끔 그렇게 에스텔의 곤란한 얼굴이 참을 수 없게 귀여워서요."

"심술쟁이."

"그런 건 아닌데요."

에멜이 그렇게 말하고 미소 지었다.

"에멜."

"네."

"저 생각해 봤는데요."

그의 갈색 눈이 힐끗 에스텔을 바라보았다. 그는 겨울바람에 고스란히 노출되어 있었기 때문에 연갈색 머리카락과 망토가 바람에 가볍게 나부꼈다.

"에멜이 날 좋아하지 않았어도 말이죠."

"네."

"전 에멜을 좋아했을 것 같아요."

"정말이요?"

에멜이 놀란 듯 물어서 에스텔은 고개를 끄덕였다. 에멜이 먼저 그렇게 다가오긴 했다.

하지만, 만약에 그 뒤의 행동이 하델과 똑같았다면.

그렇게 한 뒤 한 걸음 물러서면서 태연하게 '남자 조심하세요.'라고 했다면.

그래도 자신은 에멜이 좋았을 거다. 어느 순간부터 좋아하고 있었다. 그걸 깨닫고 있지 못했을 뿐이지.

"아이리스가 왜 에멜에게 목을 맸는지도 이해가 돼요."

"그야 제가 아가씨와 연관이 있으니까요."

"물론 그것도 그렇지만, 그건 그냥 계기 중에 하나였을 거예요. 그게 아니라—"

에스텔은 에멜을 힐끗 보았다.

내 남자라서 하는 말이 아니라 객관적으로 잘생겼다. 갈색 머리카락이 평범하다고?

천만에.

하지만 그것만이 아니다. 물론 외모 점수도 매우매우 중요하다. 그러니까 그건 기본으로 깔고 들어가는 거고, 그게 아니라 에멜이 정중하게 대해줄 때는 뭔가 다른 날카로운 분위기가 있었다.

'물론 나에게야 항상 부드러운 분위기이기는 한데…….'

공식 석상이나, 에스텔이 없을 때의 에멜에게는 날 선 분위기가, 나쁜 남자 같은 느낌이 났다.

피로 작위를 차지한 냉혹한 젊은 후작.

카스티엘로를 제외한다면 최연소로 마스터가 된 오만한 천재.

딱, 그런 느낌 말이다.

'역시 나랑 있을 때는 모르겠지만.'

에스텔의 눈이 가늘어지자 에멜이 어쩐지 안절부절못하는 게 보였다.

"제가 뭔가 잘못한 겁니까?"

"으음, 그건 아니에요."

에스텔은 고개를 저었다.

"에멜이 악당이라는 사실을 생각해 보고 있었어요."

"악당, 까지는 아니라고 생각하는데요."

에멜이 작게 변명하듯 말했다.

"조금은 그럴지도 모르지만요."

그리고 에스텔의 눈치를 보며 슬쩍 덧붙이는 말에 그녀는 웃었다.

"그렇게 생각하지는 않아요."

에멜은 안도한 듯 웃어 보였다. 문득 에스텔은 생각난 걸 물었다.

"그러고 보니 에멜."

"네."

"에멜은 마스터잖아요?"

"그렇지요."

"그런데 늑대기사단을 나갈 생각은 안 해 봤어요?"

내 호위나 하고…….

"늑대기사단에 있어야 레이몬드 후작 ─ 아버님이 화를 내실 테니까 요."

느긋한 그의 말에 에스텔은 '그, 그렇군요.' 하고 입을 다물었다가 물었다.

"그럼 로이는 어떻게 해야 한다고 생각해요?"

"로이는 왜요?"

"로이도 마스터잖아요. 그런데 내 개인 기사고─"

"그건 로이의 선택이죠. 아무리 생각해 봐도 그 자식이 억지로 뭔가를 하는 건 상상이 되지 않네요."

"하긴 그것도 그래요."

하지만 마스터에게 작위도 주지 않고 개인 기사로, 호위로 부려먹고 있는데 왜인지 죄책감이…….

본인이 괜찮다고 하고 있기는 하지만.

"지나친 배려는 좋지 않아요. 그럼 속도를 좀 더 높여 볼까요?"

넓은 길이 나오자 에멜이 그렇게 말하고는 에스텔의 조랑말을 향해서 가볍게 "헛" 하는 소리를 내고 자신의 말의 속도를 올렸다. 그러자 조랑 말 역시 보조를 맞춰서 속도를 올리기 시작했다. 에스텔은 고삐를 꽉 붙 잡았지만, 마차는 큰 흔들림이 없었다. 풍경이 지나가는 속도가 휙 빨라졌다.

에스텔이 몇 번 더 재촉하자 두 마리의 조랑말은 서로 코끝을 마주했다가 귀를 쫑긋하더니 완벽하게 보조를 맞춰서 속도를 더 높였다.

에스텔은 웃음을 터트렸다.

이렇게 신나게 달려보는 건 정말로 오랜만이었다.

'어디까지 속도가 올라가려나?'

시험해 보고 싶었지만, 겨울이고 미끄러운 길이니 그만두기로 했다. 살며시 고삐를 잡아당겨 신호를 주니 즉각적으로 속도가 떨어졌다. 에멜 역시 보조를 맞췄다.

"잘하시는군요."

그의 칭찬에 에스텔은 우쭐해졌다.

"말은 좋아하거든요."

"알고 있습니다. 처음으로 공작님께 조르신 게 말이었잖습니까?"

에멜의 말에 에스텔은 "아, 그러네요." 하고 고개를 끄덕였다.

"이제 돌아갈까요?"

"네."

다음에 또 타러 나올 날이 있겠지.

그렇게 생각하며 에스텔은 말머리를 돌렸다. 작은 마차라 그렇게 큰 반경으로 돌지 않아도 된다는 것도 마음에 들었다.

"참."

에멜이 마차 가까이 말을 붙이고 주머니에 손을 넣었다.

"이건 덤입니다."

의아해하며 에스텔은 작은 주머니를 받았다. 입구를 여는데 에멜이 변명했다.

"시간이 촉박해서……. 그리고 기억만으로 디자인을 생각해 내려니 어렵더군요. 다음에 제대로 해서 드릴게요."

나온 것은 에스텔이 선물 받은 티아라의 작은 복제품이었다.

그가 선물해 준 토끼 인형에게 크기가 딱 맞는.

에스텔은 그 작은 티아라를 보자 웃음이 터져 나왔다.

"너무 귀여워요! 아니, 그 짧은 시간에 어떻게 만든 거예요?"

"좀 닦달했죠."

"이거면 충분해요. 진짜 예뻐요. 마음에 들어요."

이리저리 반짝이는 미니어처 티아라를 손가락으로 굴려 보다가 다시 소중하게 주머니에 넣었다.

"에멜."

"네."

"왜 이렇게 귀여워요?"

에스텔의 말에 에멜은 당황해 대꾸했다.

"귀여운 건 아가씨죠."

"하지만─"

에스텔은 킥킥 웃었다. 자신을 위해서 토끼 인형을 주문하고, 거기 맞춘 옷이며 장신구까지 주문한 에멜을 생각하니 엄청 귀엽게 느껴졌다.

그런가, 이런 게 콩깍지인가?

하지만 사랑에 이런 재미가 없으면 무슨 재미가 있단 말인가.

"사랑해요, 에멜."

"저도 사랑합니다."

진지하게 대답하고 에멜은 아쉬운 표정을 했다.

"키스하기에는 너무 머네요."

"내려서 하면 되잖아요?"

새침하게 대꾸하자 에멜은 얼른 말에서 내려왔다. 마차 위에서 에스텔은 고개를 숙여 에멜과 키스했다.

*　　*　　*

온실 안은 무성하게 초록이 우거져 있었고 훈훈한 온기가 흘렀다. 천
장이 높아서 개방감 덕분에 답답하지도 않았다.

생일파티라기보다는 티파티에 가까운 분위기였다. 모인 사람의 수도
적었다.

에스텔이 느끼기에 가장 곤혹스러운 순간―생일 축하 인사 받을 때와
스피치―이 끝나고 그녀는 일일이 모두의 잔을 채워주었다. 그러고 나
서야 슬그머니 자리에 앉아 케이크와 차를 즐기기 시작했다.

로이는 "와, 여기서 먹다가는 저 체해요, 주군." 하고는 다른 테이블로
가 버려서 지금 모여 있는 사람들은 아인, 카를, 에스텔, 에멜 그리고 앤
이었다. 둥근 테이블에 다섯 명이 둘러앉아서 화기애애한 분위기―면 좋
을 텐데.

에스텔은 그렇게 생각하며 케이크를 크게 한입, 포크로 잘라 먹었다.

'맛있어.'

온실에서 나온 커다란 딸기를 사용한 케이크였다. 에멜이 자신 몫의
장식용 커다란 딸기를 에스텔의 접시에 올려주었다.

"제 딸기도 드세요."

"딸기 못 먹을 정도로 가난하지 않거든? 여기, 딸기 한 접시 가져와."

카를이 뾰족하게 말했다. 에스텔은 얼른 붉고 윤기가 자르르 흐르는
커다란 딸기를 포크로 찍으며 말했다.

"고마워요, 에멜. 나 딸기 좋아해요."

"별말씀을."

카를을 눈앞에서 깨끗하게 무시하는 두 사람이었다. 카를의 눈썹이 쓱 치켜 올라갔지만, 에멜은 아무렇지도 않은 얼굴이었다.

따뜻한 홍차 한 모금, 달달한 딸기 케이크 한 입.

완벽한 조화였다.

"아, 진짜 구하는 게 아니었어."

투덜거리는 카를의 말에 에스텔은 눈을 찌푸리며 "오라버니." 하고 말했고 에멜은 씩 웃으며 대꾸했다.

"구해주셔서 감사하죠."

그 뻔뻔함에 카를은 다시 에멜을 노려보았지만, 에멜 역시 공으로 카스티엘로 저택에서 5년간 버틴 게 아니다.

"오라버니 자꾸 그러시면 저 슬퍼할 거예요."

에스텔이 단단히 눈썹을 치켜들며 말했다. 카를은 끙 하고 신음을 내뱉고 "알았어." 짧게 대꾸했다.

앤이 느긋하게 차를 마시며 말했다.

"학습을 하시는 게 좋겠네요, 카를 님은."

"뭐―"

카를이 눈을 찌푸렸고, 에스텔과 에멜이 눈을 동그랗게 뜨는데 앤이 다음 반응이 나오기도 전에 재빠르게 이어 말했다.

"그러고 보니 궁금하기는 하네요. 그때 상황이요."

에멜이 쓰게 웃었다.

"이야기할 것도 없는걸요? 전 제 부하를 전부 잃었고, 저도 죽을 날만 기다리고 있었는데요."

"그것만은 아니잖아?"

의외의 대답을 한 건 카를이었다. 에멜은 호박색 눈을 들어 그를 보았다. 약간 차갑고 무감정한 눈이었다.

"그런가요?"

그의 대답도 어딘지 딱딱했다. 카를이 툭툭 옆구리를 두들기며 말했다.

"이거 발톱에 걸려서 찢어진 거 아냐?"

"오라버니."

에스텔은 뭐하러 그런 이야기를 하냐며 카를의 옷을 잡아당겼다.

"무력한 것도 아니고, 바보도 아니고. 그래도 부하를 지키려고 아등바등했던 것도 알아. 그러니까 그 마수의 발톱에 걸렸지."

카를의 말에 에멜은 눈을 크게 떴다. 에스텔은 그의 옷을 잡아당기던 손을 슬그머니 놓았다.

"그러니까 구했지, 아니었으면 레이몬드 후작의 차남 따위 그냥 눈밭에 처박아 뒀을걸."

카를의 말에 에멜은 입꼬리를 올려 웃으려고 했지만 실패했다.

"응당 그러셨겠죠."

그래도 목소리는 부드럽게 나왔다. 아인이 입을 열었다.

"레이몬드 후작가는 대대로 멍청이였지만, 이번은 나쁘지 않아."

"그건 감사하군요."

에멜은 픽 웃으며 말했고 아인이 매끄럽게 답했다.

"그렇지 않았다면 내 딸의 정혼자로 놔두지 않았을 테니까."

에멜은 고개를 끄덕였다. 그보다 확실한 보증은 없으리라.

오랜만에 에멜은 그 설원을 다시 떠올렸다.

에스텔과 함께 있어서 잊고 있었던 그 춥고, 새하얀 땅.

어리석게도 어린 자신은 검에 자신이 있었고, 마수를 만났을 때 힘껏 싸웠다. 그러다가 멍청하게 발톱에 옆구리가 걸려 찢겨 나갔고, 그런 자신을 지키다가, 아니면 도망치다가 부하들은 전부 죽었다.

내 책임인 사람들.

도망치라고 외치는 소리는 피리 소리처럼 힉힉거리며 나왔다. 차라리 자신을 버리고 도망치는 쪽이 달가웠다. 그들도 얼마 못 가서 전부 잡혀 죽었지만.

어째서 자신을 먼저 먹지 않는 건가? 그런 생각도 들었다.

도련님, 도련님, 에멜 도련님.

그렇게 불렸던 때가 있었다.

그래서 아버지가 "명예롭게 죽는 게 나았다." 하고 했을 때 참을 수가 없었다.

죽는 게 나았다고?

그래, 자신은 죽었어야 했는지도 모른다. 하지만 다른 기사들은 아니었다. 그들의 죽음이 당연한 거로 생각되는 게 참을 수가 없었다. 차라리 그들의 비명이 원망이나, 살려주세요! 였다면 좀 달랐을지도 모른다. 하지만 그들은 그에게 '도망치세요.'라고 했고, 에멜은 그걸 참을 수가 없었다.

그렇게 살아난 자신에게 죽었어야 했다고 말하는 것 역시 참을 수가 없었다.

"에멜?"

생각에 잠긴 그를 에스텔이 조심스럽게 불렀고 에멜은 미소 지었다.

"네."

"괜찮아요?"

"괜찮습니다."

그 뒤 티타임은 뾰족한 구석 없이 부드럽게 이어졌다.

생일파티가 끝나고 나서 에스텔은 에멜에게 슬쩍 남으라고 신호했고 그는 충실하게 신호를 지켜서 눈총을 받으면서도 온실에 남았다. 에스

텔이 샐쭉하게 눈을 뜨자 마지막으로 남았던 로이까지 온실에서 빠져나
가고, 아까까지 시끄러웠던 온실은 이제 고요했다.

에스텔은 새로 차를 우렸다.

그러며 힐끗 에스텔이 에멜을 바라보았다.

"괜찮아요?"

"뭐가 말입니까?"

"오라버니가 그런 말 해서요."

"괜찮습니다. 지나간 일인걸요."

에스텔의 붉은 눈이 그를 살폈다. 에멜은 그 눈을 마주 보며 신기하다
고 생각했다. 카를이나 아인과 같은 빛깔의 눈인데도, 에스텔의 눈은 따
뜻하고 부드러운 온기가 있었다. 아무도 없다는 걸 알지만 한 번 더 주위
를 확인하고 에스텔은 얼른 에멜의 무릎 위에 앉았다. 그가 가볍게 웃었
다.

"에멜."

"네."

"난 에멜이 날 지켜줘서 안전하다고 생각해요."

그는 짧게 숨을 삼켰다. 에스텔이 웃고 그의 입술에 키스한 후 속삭였
다.

"정말로요. 내가 그랬잖아요? 다시 지켜달라고."

"그러셨죠."

두 번째 기회를 주었다.

다시는 얻지 못할 줄 알았던 두 번째 기회.

에스텔이 숨을 내쉬며 그와 살짝 이마를 맞댔다.

"거기에는 조금도 거짓이 없었어요. 물론 에멜이 먼저 토끼처럼 도망
쳐 버리기는 했지만."

에멜이 미소를 지으며 말했다.

"안 그랬으면 아가씨를 건드릴 것 같았다고요. 무서운 일이죠."

"사실, 그것도 이젠 고마워요."

"그건 의외인걸요."

에멜이 놀라 눈을 깜박였다. 코끝이 서로 닿아 에스텔은 킥킥 웃으며 고개를 들었다. 그의 긴 속눈썹과 황금빛 도는 캐러멜 빛 눈동자를 느긋하게 내려다보며 에스텔은 입을 열었다.

"물론 그 방식이 좀 더 정중했다면 좋았겠지만요."

"그때는 저도 제정신이 아니었던지라."

에멜이 변명했다. 그리고 에스텔은 거기에 대해서 수긍했다.

뭐, 아무리 상관하지 않는다고 해도 아버지와 형이 죽었다는데 아무렇지 않을 수는 없지.

"물론 그랬겠지요. 덕분에 우리 관계는 먼 길을 돌아왔지만 돌아온 가치가 있었어요."

"그렇게 생각해 주시니 감사하군요."

에스텔은 싱긋 웃고 양손을 뻗어 에멜의 뺨을 감쌌다. 그녀의 손가락이 그의 뺨에서부터 시작해 목덜미를 지나 어깨를 쓸고 그의 가슴에 안착했다.

에멜은 크게 숨을 들이마셨고 그의 가슴이 세차게 뛰는 걸 에스텔은 옷 위로도 충분히 알 수 있었다.

킥킥 웃고 에스텔이 그의 눈가에 입 맞췄다.

"에멜 레이몬드."

"네, 공주님."

"사랑해요."

"저도요."

에멜은 진중하게 말했고 에스텔은 너무나도 쉽게 그게 사실이라는 걸 마음속 깊숙이 알았다.

서약하지 않아도 되는 그런 마음.

찰싹.

에스텔은 양손으로 따끔하게 에멜의 양 뺨을 감싸며 말했다.

"그러니까 또 다치면 가만히 안 둘 거예요?"

"그건—"

언제 일인가요?

대련은 어쩔 수 없습니다.

하는 말을 꿀꺽 삼키고 에멜은 고개를 끄덕였다.

"알겠습니다. 대신 공주님도 마찬가지예요?"

"물론이죠. 이제 전 제 몸을 애지중지할 거라고요."

"그거 듣던 중 반가운 소식이군요."

에멜의 말에 에스텔은 명랑하게 웃었다.

* * *

로이는 마지막 휘두르기를 끝내고 검 끝을 내렸다. 모든 동작 천 번 휘두르기라는 무식하고도 길고 긴 훈련을 끝내고 나니 그대로 주저앉고 싶었다. 하지만 그걸 참고 그는 검에 집중했다. 정령석이 희미하게 떨려 오며 오러가 맺히기 시작했다.

검날을 타고 은은한 은빛이 고였다.

'좀 더.'

로이는 검을 느리게 휘두르며 오러를 일정하게 유지했다.

그렇게 마지막으로 모든 동작을 오러와 함께 끝내고 나서야 그는 땅

바닥에 털썩 누워 버렸다. 어찌나 더운지 차가운 바닥이 시원하게 느껴졌다.

"죽겠네."

"정말로?"

들려온 목소리에 로이는 눈을 뜨고 웃었다.

"엘런? 웬일이야?"

"훈련하는 거 보고 있었는데."

"정말?"

로이는 휙 상체를 일으켰다.

"왜 몰랐지?"

그가 갸웃하는데 엘런이 "그야 숨어 있었으니까." 하고 답했다.

'그리고 네가 너무 열중해 있어서.'

엘런은 그렇게 생각하며 어깨에 걸치고 있던 수건을 로이의 얼굴로 던졌다.

로이는 대충 땀을 닦아냈다.

그는 자리에서 일어나며 물었다.

"무슨 일이야?"

"이유 없이 보러 오면 안 돼?"

엘런의 말에 로이가 푸른색 눈을 깜박였다.

"그야 안 되는 건 아니지만, 엘런이 찾아와 주는 건 드문 일이니까. 좋아서 그렇지."

히죽 웃고 그는 젖은 금발을 쓸어 올렸다. 엘런이 가만히 그를 보다가 말했다.

"개인 서약 기사로 계속 있을 거지?"

그 말에 데굴 로이가 눈을 굴리고 그녀를 보았다.

"응."

한 치의 망설임도 없는 대답.

"아가씨가 에멜과 결혼하게 되면, 레이몬드 저택으로 가게 될 것도 알고 있지?"

그 말에 로이가 엘런을 보다가 물었다.

"그럼 우리도 결혼할래?"

순간 엘런의 보라색 눈에서 불똥이 튀었다. 그녀가 "쯧!" 하고 짧게 혀를 차곤 말했다.

"로이 딜런, 꺼져 버려."

"—라고 혼났단 말이지요."

로이의 한숨 섞인 말에 에스텔이 손가락을 흔들었다.

"그거야 로이가 잘못했네."

"하지만, 그런 분위기 아닌가요? 우리 이대로 떨어지게 될지도 몰라. 그러면 함께할 수 있게 결혼할래? 같은 거요."

"완전히 헛짚으셨는데요."

앤이 그렇게 말하며 약초를 갈고 있는 로이에게 "좀 더 잘게 갈아주세요." 하고 말했고 그는 열심히 앞뒤로 목제약연을 밀었다.

셋은 지금 앤의 연구실에 앉아서 그녀의 일을 이것저것 돕고 있었다. 에스텔을 백작령 일에서 떼어놓기 위한 앤의 조치였다. 에스텔은 대신 옆에서 자신이 먹을 환약을 환약 제조기로 만드는 작업을 했다. 약재와 꿀을 섞은 반죽을 틀에 넣었다가 빼는 단순 작업이었다.

"엘런이 불안한 걸 모르는 건 아니에요."

로이는 그렇게 말하며 완전히 가루가 된 약재를 한쪽 통에 조심스럽게 담았다.

"하지만 불안함이 있다면, 같이 가기가 어렵죠."

앤이 놀라워하며 말했다.

"은근히 냉정하네요, 로이."

"맞아. 그러면 불안함을 없애주는 게 로이가 할 일이잖아."

"그러니까 결혼하자고 했잖아요."

"아니, 그건 아니지."

에스텔은 한숨을 내쉬었다. 그리고 슬쩍 로이를 보고 전부터 염두에 됐던 말을 꺼냈다.

"로이, 혹시 일 그만두고 싶어?"

"네?"

"아니, 그러니까 내 개인 서약 기사 말이야. 그때는 마스터도 되기 전이었고……."

"절 쫓아내시려고요?"

"아냐! 로이가 있어 주면 나야 좋지."

"그렇다면 주군께서 좋으신 대로."

"로이."

"네."

"난 로이를 좋아해."

에스텔의 말에 로이의 얼굴에 슬쩍 미소가 번졌다.

"하지만, 하고 이어 나올 차례인가요?"

그의 질문에 에스텔이 피식 웃고 말했다.

"그러니까 로이가 행복해지면 좋겠어. 거기에 내가 방해되고 싶지는 않고."

"그런 거라면."

로이는 고개를 저었다.

"무슨 말을 하시는지 알겠습니다. 하지만 정말로 괜찮아요. 문제는 환경이 아니라 마음인 거니까요."

환경이 아닌 마음의 문제.

에스텔은 이해해 고개를 끄덕였다.

"알았어. 하지만 정말로 도움이 필요하면 이야기해."

"넵."

"그리고 엘런이 화낸 건 '결혼하자' 하는 말 때문이 아니라, 문제의 해결책으로 중요하게 생각하지 않고 적당히 '결혼하자'는 말을 내뱉은 것 같기 때문이야."

에스텔은 길게 말하고 "아마." 하는 미심쩍은 말을 덧붙이며 환약을 틀에서 빼냈다.

"결혼을 중요하게 생각하지 않은 건 아닌데요."

로이가 변명하듯 말하자 앤이 코웃음을 치고 말했다.

"평소의 행실 때문이지요."

"이크."

그건 좀 아프네요. 하고 로이는 어깨를 움츠렸다가 다시 폈다.

"알겠습니다. 하여간 엘런과 다시 이야기해 볼게요."

"날 봐."

에스텔이 한숨을 내쉬었다.

"대화가 중요하다니까, 대화가."

그녀의 말에 로이는 큰 소리로 웃어 버렸다.

"그래도 주군과 에멜은 잘되고 있잖아요?"

"그렇지만, 빙빙 돌았잖아."

결국, 그 돌아오는 길이 최선이 되기는 했지만, 또 다른 길도 있지 않았을까 하는 게 사람의 마음이라고 해야 하나.

에스텔이 그렇게 말하고 로이를 집게손가락으로 척 가리키며 말했다.

"그러니까 지금 당장 엘런을 찾아가서 제대로 이야기해."

로이는 얌전히 약연에서 손을 떼고 말했다.

"분부하신 대로."

로이가 방을 나가자 앤이 에스텔 앞에 약탕을 내려놓았다. 꽃향기가
훅 번져왔다.

"윽……."

에스텔의 미간이 구겨졌지만 불평하지 않고 그녀는 잔을 들어 약을
마셨다. 적당히 따뜻한 약이 향긋한 냄새와 함께 식도를 타고 내려갔다.

'향은 괜찮은데 이거 맛이 진짜…….'

이러다가 꽃향기까지 싫어질지도 모르겠다.

약을 다 마시고 에스텔은 앤이 건네는 레몬 사탕을 얼른 입안에 넣었
다. 앤이 "불평 없이 마시시네요."라고 칭찬하자 에스텔은 한숨과 함께
대답했다.

"그야 앤이 힘들게 만들어 준 건데."

거기에 불평하면 안 되지.

약을 가져온 사람의 정성을 생각해서라도!

꽃향기 약을 마시니 문득 에멜이 아팠던 것이 생각나서 에스텔은 앤
에게 물었다.

"그러고 보니 이제 에멜은 완전히 괜찮은 거지?"

"보고도 모르시겠어요? 가능하면 그 쌩쌩함을 뽑아내서 에스텔 님에
게 주입하고 싶을 정도예요."

앤이 눈을 찌푸리며 말해서 에스텔은 웃으며 턱을 괴었다.

"그건 안 되지. 내 앤이 사악한 마법사가 되게 두지는 않을 거야."

에스텔의 말에 앤은 얼굴이 붉어지는 걸 느끼며 말했다.

"정말이지, 에스텔 님이 남자였으면 전 홀딱 넘어갔을 거예요."

"그거 아쉽네."

하며 에스텔이 슬쩍 앤을 보고 물었다.

"그런데 난 지금도 앤에게 홀딱 빠져 있는데?"

'내 베프죠.' 하는 에스텔의 말에 앤이 환하게 웃으며 두 번째 약을 내려놓았다.

"맞아요. 그런 의미에서 한 잔 더."

에스텔은 "사랑의 보답이 이거야?" 하며 슬프게 한 잔 더 마시고 다시 레몬 사탕을 먹었다.

그리고 중얼거렸다.

"에멜 보고 싶다."

"어머나? 방금 저에게 사랑을 속삭이신 분이."

"보러 갈까?"

에멜이 선물해 준 마차도 있고.

앤이 갸우뚱하며 에스텔의 마차를 떠올렸다. 확실히 그거라면 기동성이 좋기는 하다.

이제 3월.

질척질척하게 땅이 녹기 시작하는 봄이지만 에스텔의 마차는 워낙 가벼운 데다가, 보통이면 한 마리가 가뿐하게 끌 수 있는 본체를 두 마리가 동시에 끌고 있어서 진흙탕에 빠질 일도 없을 터였다.

"좋아. 갈래."

그렇게 말하며 에스텔이 자리에서 일어나자 앤은 고개를 끄덕였다.

"네, 그리고 카를 님은 저에게 맡기세요."

"아, 진짜. 오라버니는 과보호야."

에스텔은 투덜거리고 앤을 바라보며 미소 지었다.

"어쩐지 요즘 앤이 오라버니를 잘 막기는 한단 말야? 요령이 있어?"

"에스텔 님에게 미움 받을 거예요. 라고 하는 게 요령이죠."

앤의 말에 에스텔은 "그게 뭐야." 하고 웃고는 다가와 가볍게 앤의 뺨에 키스해 주고 말했다.

"다녀올게."

"네."

앤은 웃으며 고개를 끄덕였다.

*　　*　　*

에멜 레이몬드 후작은 약간의 짜증을 머금고 서류를 보고 있었다. 후작가는 카스티엘로 공작가만큼은 아니더라도 그만큼 오래되었고, 오래 묵은 가신과 함께 가고 있었다.

그걸 전부 다 쳐내고 나서 새로 인물을 투입하고 새로운 바람으로 묵은 때를 벗겨내려고 하지만 적체가 상당했다.

특히, 소작농들에게 권력을 휘두르고 있던 마름들은 교묘하게 새로운 상사의 눈을 피하거나 아니면 흐리려고 애썼다.

'본보기를 보여 준 후에는 적어졌지만.'

에멜은 날카로운 펜촉으로 빠르게 서명을 했다. 그리고 잠시 뻐근한 목을 뒤로 꺾어 천장을 보았다가 서재를 둘러보았다.

'에스텔이 꾸민 서재.'

그것만으로도 장소는 단숨에 특별해졌다.

에스텔이 고른 소파.

에스텔이 고른 의자.

에스텔이 고른 카펫.

하나하나 나열하자면 끝이 없다. 그것도 단순히 그냥 에스텔이 고른 게 아니라 에스텔이 자신을 위해 골라준 거라 생각하면 북앤드 하나도 허투루 할 수 없었다.

에멜의 입가에 저절로 미소가 새겨졌다.

물론 아직 바뀌지 않은 부분이 더 많았다. 그 짧은 사이에 레이몬드 저택을 전부 바꾸었다면 그게 마법이었을 거다. 그리고 에스텔이 바꾼 그 장소들이 에멜의 주 활동 무대가 되었다.

그는 길게 숨을 내쉬고 다시 서류를 훑었다. 그때 문 두드리는 소리가 나서 에멜은 대충 대답했다.

"들어와."

차라도 가져온 건지 트롤리를 미는 바퀴 소리가 났다. 에멜은 고개도 들지 않고 서류에 열중했다.

빨리 끝내야, 빨리 에스텔을 보러 간다. 그때 찻잔이 불쑥 눈앞으로 들어와 에멜은 짜증을 내며 고개를 들었다.

"뭐 하는― 에스텔?!"

깜짝 놀라 에멜이 외치자 에스텔은 웃었다.

"아니, 어떻게 마스터가 내가 온지도 몰라요?"

"누가 온 줄은 알았지만, 그게 에스텔일 줄은― 아니 여기까지는 어떻게 오신 겁니까?"

"마차를 타고 왔지요. 루이와 루비는 엄청 빨라요."

조랑말 이름을 자랑스럽게 말하며 에스텔이 다시 찻잔을 내밀어서 에멜은 얼떨떨하게 잔을 받았다. 그러자 에스텔이 찻주전자를 들어 잔을 채워주었다.

높은 곳에서 쪼르륵 물 따르는 소리가 경쾌했다.

"집사가 그러는데 요즘 일하느라 바쁘다고요?"

"조금이요."

에멜은 슬쩍 서류를 밀어 치웠다. 에스텔의 붉은 눈동자가 그의 손을 따라 서류를 보았다가 다시 에멜에게로 돌아왔다. 에멜은 정말로, 에스텔이 자신을 바라보고 있으면—

이걸 뭐라고 표현해야 할까?

그녀의 눈동자에 폭풍을 일으키고 싶었다.

깨물 듯 키스하고, 잡아먹을 듯 애무하고 으르렁거리며 밀고 들어가서, 헐떡이며 흐트러지고 그 눈동자에 자신만이 꽉 차도록.

그렇게 해 주고 싶다는 충동이 일었다.

하지만 그런 에멜의 충동과는 전혀 상관없는 에스텔은 자신의 잔에도 차를 따르며 물었다.

"내가 도와줄까요?"

"크로이츠 경이 절 잡으려고 할걸요."

에스텔은 그 말에 눈을 크게 떴다가 웃었다.

"확실히 그럴지도 몰라요. 안 그래도 요즘 일을 조금씩밖에 주지 않거든요."

몸이 약해진 에스텔을 배려해서 하델은 최소한의 일만 에스텔에게 보내고 있었다. 그런데 그렇게 생긴 시간에 에멜의 일을 돕는 걸 들켰다가는 어떻게 될지 모른다.

"하지만 들키지 않으면 괜찮지 않을까요?"

에스텔의 말에 에멜이 살며시 그녀의 팔을 잡아당겨 손에서 찻잔을 빼앗아 들었다.

"그래도 안 돼요. 제 정혼자가 아픈 건 싫습니다."

"그런가요?"

에스텔은 순순히 에멜이 당기는 대로 끌려가서 입을 맞췄다. 키스하고 에멜이 웃었다.

"언제 푸딩 먹었어요?"

"어떻게 알았어요?"

"캐러멜 냄새가 나요."

"차를 가지러 갔는데, 푸딩이 있더라고. 그래서, 참지 못하고 그 만……!"

"잘했어요. 에스텔 먹으라고 만들어 둔 거니까요."

에스텔의 고개가 갸웃 기울어졌다.

"어떻게 제가 올 줄 알고요?"

"언제 올지 모르니까 항상 만들라고 하거든요."

"세상에. 제가 모르는 사이에 아까운 푸딩이 매일 후작가에서 만들어졌다가 버려지고 있었다는 건가요."

"버려지지는 않지만―"

에멜이 그렇게 말하고 다시 에스텔의 팔을 당겨 키스하고 가볍게 혀로 입술을 핥았다.

"좋네요. 푸딩 맛이 나는 정혼자."

에스텔의 얼굴이 붉어졌다. 그녀가 책상 위에 놓인 찻잔을 밀어붙이듯 에멜에게 다시 들려주었다.

"홍차나 마셔요."

"기꺼이요."

"그리고 일해요."

"에스텔은요?"

"난 일하는 에멜을 볼 거예요."

"감시하시려고요?"

"아뇨, 감상하는 거죠."

그렇게 말한 후 에스텔은 사뿐히 자신 몫의 찻잔과 함께 근처 카우치에 비스듬히 기대앉았다.

"정말로 일하라고요?"

그가 어색하게 의자에 등을 붙이며 말하자 에스텔은 '그럼요' 하는 의미로 손바닥을 위로 해서 살짝 들어 보였다.

에멜은 힐끗힐끗 에스텔을 보며 다시 서류를 앞으로 당겼다.

"빨리 끝내면 저녁 먹고 갈 거고, 아니면 그냥 가야겠네요."

"에스텔."

"진담이랍니다."

"정말요?"

"네."

에멜은 끙 하고 입술을 꾹 다물고는 다시 펜을 들었다. 그리고 서류를 빠르게 읽기 시작했다.

에스텔은 느긋하게 홍차를 마시며 그 모습을 보았다.

한 오 분쯤 지나자 에멜은 에스텔이 있다는 것도 잊은 듯이 보였다. 그래서 에스텔은 편하게 에멜을 관찰했다.

'내 남자 잘생겼다.'

그런 생각을 하며 에스텔은 카우치 팔걸이에 푹 기댔다.

일에 집중한 표정은 약간 느슨해진 듯하면서도 날카로웠다. 그 갈색 눈은 자신을 볼 때와 완전히 다른 빛을 띠고 있었다. 펜 잉크 때문에 검은 소매 아래로 보이는 쭉 뻗은 손목과 가지런한 손가락도 예뻤다. 앞머리가 살짝 흐트러져 있는데 그것도 모른 채로 집중하고 있었다.

에스텔은 다 마신 홍차를 접시와 함께 살며시 바닥에 내려놓았다. 그리고 이제 카우치에 엎드려서 다리를 까닥거리며 에멜을 바라보았다.

'아.'

제길.

머리가 아프기 시작해서 에스텔은 살짝 이마에 손을 올렸다.

'열난다.'

높은 열은 아니고 미열이었지만 약간의 두통과 함께 오는 이 미열은 성가셨다.

'아니 무리하지 않았는데도 왜…….'

하긴, 무리하지 않아도 아프니까 몸이 약한 거겠지.

그냥 가만히 있어도 느닷없이 열이 오르거나 혼자서 감기에 걸리기도 했다. 진짜 뜬금없게도 빈혈 때문에 비틀거린 적도, 일어나다가 순간 눈앞이 깜깜해지며 쓰러진 적도 있었다.

'진짜 불편하다.'

약한 몸 정말로 불편하네.

하지만 대가를 치를 만한 일이었다. 그리고 죽는 것보다는 불편한 게 낫지.

에스텔은 그렇게 생각하며 에멜을 바라보았다.

내가 오래 살아야 하는데.

하지만 얼마나 더 살 수 있을까?

걱정이 그녀의 마음속을 스쳤다. 깨진 유리공.

약간 남아 있는 생명.

그건 얼마나 되는 시간일까?

'치사한 조상님 같으니.'

에스텔은 그렇게 생각하며 손끝으로 부드러운 카우치 팔걸이를 문질렀다. 그녀는 고개를 손등 위에 얹었다. 이런저런 생각을 하면서도 그녀의 시선은 에멜에게 고정되어 있었다.

'그게 누구 말이었더라?'

죽는 건 두렵지 않지만, 내 사랑. 그대를 홀로 두고 가는 것만 마음에 걸려서.

어디선가 들은 문구를 생각하며 에스텔은 미소 지었다.

한참 뒤 마지막 서류를 보고 에멜은 고개를 돌렸다.

"이제 다 끝났습니다."

"끝났어요?"

에스텔이 미소 지으며 말했는데, 에멜은 눈을 찌푸리며 자리에서 벌떡 일어났다. 묘하게 그녀의 말에 기운이 없다.

"에스텔?"

에스텔이 한숨을 내쉬며 천천히 카우치에서 몸을 일으켜 그에게 양손을 뻗었다.

"조금 열나나 봐요."

그의 얼굴이 창백해졌다. 에멜은 허둥지둥 다가와 그녀의 손을 잡았다. 확실히 손이 뜨거웠다. 이마에 손을 올려보니 이마에서도 열이 나고 있었다.

"조금 나는 게 아닙니다."

"그래요?"

"말씀하시죠."

심장이 세차게 뛰기 시작했다. 에멜은 단숨에 그녀를 안아 올렸다.

"방에 가서 눕죠."

에스텔은 별말 없이 양팔로 그의 목을 끌어안고 어깨에 뺨을 묻었다. 그녀의 팔과 뺨이 뜨거워서 에멜은 속이 타들어 가는 듯한 고통을 느꼈다.

그녀의 몸이 약하다는 건 그도 익히 알고 있었다. 더는 말을 타는 일도 없고, 뛰는 일도 없다.

문득문득.

그녀를 잃을지도 모른다는 예감이 그를 덮칠 때마다 새까만 암흑이 사방을 삼켜왔다.

"에멜."

조용한 목소리에 그 역시 낮게 대답했다.

"네."

"괜찮아요."

하나도 안 괜찮아!

조금도! 조금도 괜찮지 않아!

비명이 터져 나올 것 같은 걸 눌러 참으며 에멜은 대답을 삼켰다.

에멜은 새로 꾸민 자신의 침실에 에스텔을 눕혔다. 아직 바뀌지 않은 공작 부인의 침실이나, 손님방에 에스텔을 두고 싶지는 않았다.

"엉큼해."

에스텔의 말에 에멜은 간신히 미소를 되찾았다.

"그런 거 아닙니다."

에멜은 그렇게 말하고 시녀에게 눈짓했다. 시녀는 재빠르게 커튼을 치고 조명을 어둡게 했다.

에스텔이 눈을 찡그리고 말했다.

"밝은 게 좋아요."

"알았어요."

"이렇게 어둡게 해 두면 진짜로 중환자 같잖아요."

"초를 더 켜죠. 하지만 눈부실 텐데요. 앤 님을 불렀어요. 우리도 의사가 있기는 하지만……."

그래도 앤이 더 잘 알지 않을까?

그녀는 마법사니까 다르지 않을까?

내 에스텔을 제발, 누가 좀 구해줬으면 좋겠어.

그런 생각으로 에멜은 그녀의 손을 꼭 잡았다. 잠시 후 허겁지겁 불려 온 의사가 에스텔을 진찰하고 단순한 열이라고 진단을 내렸다.

에스텔 역시 동의했다.

시녀가 얼음물과 수건을 가져왔고 에멜이 그걸 받아 들었다. 에멜이 적신 수건을 짜서 에스텔의 이마에 얹자 에스텔이 웃었다.

"에멜은 적절하네요?"

"적절하다고요?"

"수건의 물기요. 아빠는 너무 짜서 뽀송뽀송한 수건을 이마에 올려주셨거든요."

"저런."

에스텔은 키득키득 웃었다. 눈까지 수건으로 덮었으므로 앞이 보이지 않아 에스텔은 침대가를 더듬었고 에멜이 얼른 그 손을 잡았다.

"에멜, 괜찮아요. 이 정도 열은 자주 나는걸요. 금방 또 떨어질 거예요. 앤을 부를 정도도 아닌데."

"자주 이런다고요."

그의 목소리가 더 어두워져서 에스텔은 약간 당황해 그의 손을 잡은 손에 힘을 주었다.

"음, 그러니까 일상적인? 이 정도는 아무렇지도 않아요."

열심히 말을 하지만 그런 위로는 에멜의 귀에 하나도 들어오지 않았다.

이런 열이 자주 나는구나. 일상이구나. 계속 이렇게—

에스텔이 손을 들어 수건을 거두고 끙끙거리며 상체를 일으키려고 해서 에멜은 재빠르게 그녀의 상체를 베개로 받쳐주며 말했다.

"어디 불편한 곳 있으세요? 수건은 계속 올려놓고 계시지요."

"에멜, 내 사랑."

에스텔이 손을 뻗어 그의 군은 입가를 매만졌다. 그녀의 붉은색 눈동자가 촛불 빛에 일렁이듯 루비 같은 광채를 뿜어냈다.

"난 괜찮아요. 그냥 하는 말이 아니고요. 언젠가는 모르겠지만, 지금은 아니에요. 그러니까 걱정하지― 아니, 아예 걱정하지 않는 건 힘드니까 그냥 너무 걱정하지 말아요."

에멜이 호박색 눈을 내리깔며 말했다.

"전 그 언젠가가 항상 두렵습니다."

"나도 무서워요."

퍼뜩 그가 눈동자를 들어 올렸다. 에스텔이 미소 짓고 이어 말했다.

"죽는 게 아니라, 에멜 레이몬드. 에멜 아스트라다. 하여간 내 에멜을 두고 가는 게―"

"그런 말은 하지도 마십시오."

호박색 눈에 고통이 들어차는 걸 느끼며 에스텔은 약간의 초조함을 느꼈다. 그녀가 살짝 그를 당겨서 입 맞춰주며 말했다.

"난 행복해요. 지금의 행복을 미래에 대한 두려움으로 놓치지 말아요. 지금을 즐기자고요. 네?"

에멜은 간신히 고개를 끄덕였다. 그걸 보고 에스텔은 키득거리며 말했다.

"어떻게 해야 에멜 마음이 좀 풀릴까요? 에멜, 아픈 건 난데 왜 내가 에멜 걱정을 해야 하는 거예요? 게다가 나이도 내가 한참 어린데!"

"그건 제가 에스텔의 사랑으로만 살아가기 때문이죠."

에멜이 그렇게 말하며 다시 입을 맞췄다. 아까보다 좀 더 긴 키스. 에스텔의 뜨거운 혀에 에멜은 가슴이 찔리는 듯한 고통과 저릿함을 동시에 맛보며 그녀의 가느다란 어깨를 붙잡았다.

잠시 후 에스텔이 후— 하고 숨을 내쉬며 말했다.

"이거 열이 더 오르는 것 같으니까 자제해야겠어요."

"그래야죠."

에멜은 그렇게 말하고 에스텔을 도로 자리에 눕히고 새로 수건을 짜서 올려주었다.

잠시 후 앤이 도착했다.

그녀가 가볍게 에스텔의 상태를 살피고 말했다.

"열 말고 다른 데 안 좋은 곳이 또 있으세요?"

"아니, 없어. 괜찮아."

"알겠습니다. 뭐, 금방 나아지실 거예요. 밤에는 좀 더 주의하시는 게 좋겠지만요."

"응."

에스텔은 고개를 끄덕였다. 앤이 준 약을 먹고 에스텔은 자리에서 일어났다. 좀 더 누워 있으라는 에멜의 말에 그녀는 고개를 저었다.

"그렇게 열이 높지도 않은걸요. 누워 있으면 오히려 더 피로해지는 것 같아요."

에멜이 도움을 청하듯 앤을 보았지만, 앤은 산뜻하게 에스텔의 말에 찬동했다.

"조금씩 움직이는 것도 괜찮지요. 너무 무리는 마시고요."

"알고 있어. 에멜, 같이 좀 걸을까요?"

"정말로 괜찮으신 겁니까?"

"그렇다니까요."

에스텔은 그렇게 말하고 앤에게 씩 웃으며 손을 흔들어 보이고 에멜을 끌고 침실을 나왔다.

밖은 이미 어두워져 있었다. 복도 창문 커튼을 살짝 열어보고 에스텔은 한숨을 내쉬었다.

"시간이 벌써 이렇게 되어 버렸네요. 나 배고픈데."

"그럼 뭔가 만들라고―"

"그럼 오래 걸리잖아요? 같이 부엌에 가요. 내가 부엌을 털어줄게요."

에멜은 그녀에게 반쯤 끌려 부엌으로 내려갔다. 그가 부엌에 들어온 것은 처음 있는 일이었다.

부엌에 남아 있던 요리사가 자리에서 벌떡 일어났다.

"에스텔 아가씨, 오셨― 주인님."

재빠르게 고개를 숙이는 요리사를 보고 에멜은 눈을 찌푸리며 물었다.

"왜 요리사가 에스텔을 알아요?"

"그야 내가 자주 왔으니까요. 내가 어디서 푸딩을 먹었다고 생각하는 거예요?"

허? 부엌에 갔다는 게 정말로 부엌에 갔다는 말이었단 말인가?

나도 모르는 저택 부엌을 에스텔이?

의아해하고 있는데 에스텔이 요리사에게 웃으며 인사하고 말했다.

"요리할 건 없고, 그냥 불이랑 빵 좀 빌릴게요."

"네, 알겠습니다. 부엌이야 제 성역이지만 아가씨에게는 특별히."

보통이라면 부엌에 들어오는 사람에게 번득이는 식칼을 보여줄 요리사도 에스텔 앞에서는 허허 웃으며 물러났다.

그 모습을 눈을 가늘게 뜨고 지켜보던 에멜은 에스텔이 빵을 잘라 오븐 안에 넣는 걸 보고 물었다.

"또 누구 있습니까?"

"뭐가요?"

"저 몰래 만나는 남자요."

"에멜!"

에스텔은 목소리를 높이고 킥킥 웃었다. 그녀가 찬장에서 햄을 꺼내려는 걸 에멜이 저지하고 대신 햄과 치즈를 꺼내서 썰며 말했다.

"어디선가 제가 모르는 사람을 만났는데 제 정혼자가 친근하게 말을 건네는 상황을 또 보고 싶지는 않거든요."

"말도 안 돼요."

"그런가요?"

"그래요."

에스텔은 오븐에서 노릇하게 구워진 빵을 꺼냈다. 거기에 두툼하게 썰린 햄과 치즈, 후추를 약간 뿌리고 끝.

에멜이 만들어진 샌드위치를 보고 물었다.

"아프신데 이걸로 괜찮은 겁니까? 수프라든가, 다른 게 필요하지 않나요?"

"이거면 충분해요."

에스텔은 그렇게 말하고 부엌의 높은 의자에 앉아서 샌드위치를 한입 크게 베어 물었다.

'음, 맛있다.'

에멜은 식탁에 기대서서 샌드위치를 먹기 시작했다. 오랜만에 먹어서 그런지 같이 먹는 사람 때문인지 순식간에 샌드위치는 배 속으로 들어갔다.

"하나 더 만들까요?"

에스텔의 물음에 에멜은 고개를 저었다.

"괜찮습니다."

"그러면 지하 저장고로 갈까요."

"네?"

"거기 아직 사과가 남아 있을 거예요. 푸석푸석해지지 않았다면 좋을 텐데."

"대체—"

에멜은 기가 막혔다.

"언제부터 저택을 그렇게 샅샅이 알게 되신 겁니까?"

"저번에요. 그리고 여기 사람들이 다들 친절하던걸요?"

에스텔의 말에 에멜은 기가 찼다. 고용인들은 대부분 에멜과 눈도 마주치지 못했다. 자신의 주인을 뚜렷하게 두려워하는 기색이 역력했다. 그런데 카스티엘로 공녀인 그녀에게는 친절하다고?

뭔가 잘못 안 게 아닌가.

그녀 특유의 낙천성으로 좋게 해석하는 게 아닐까.

'아니, 하지만 요리사는 실제로 친절했잖아?'

대체 뭐지?

에멜은 고개를 갸웃했다.

그가 아플 때 에스텔은 카스티엘로 공녀로서의 위엄(?)을 충분히 보여주고, 그 후로는 저택에 올 때마다 적극적으로 사람을 칭찬했다. 그냥 칭찬할 때보다 '무서운 사람에게 인정받았다!' 하는 건 더욱 점수가 높아서 금방 에스텔은 '상냥한 아가씨'가 되었고 에멜이 에스텔을 애지중지하는 것도 더해져서 '소중한 아가씨'가 되었다.

그리고 에스텔은 놀랍게도 친근했다.

귀족임을 자부심으로 여기는 레이몬드 후작가는 감히 고용인들이 자신과 눈을 마주치는 것뿐 아니라 눈에 보이는 것조차 질색했다.

그랬던 것에 비해 에스텔은 눈을 마주쳤고, 말을 걸었다. 높으신 분이 황송하게도 말을 걸어주시고 친근하게 대해주시니 금방 에스텔은 레이몬드 저택에서도 인기가 높아졌다. 하지만 그 과정에서 에멜은 없었기에 그는 지금 이 모든 게 당황스러울 뿐이었다.

그에 비해 태연한 에스텔은 샌드위치를 다 먹고 손을 털고서는 에멜을 데리고 지하 저장고로 향했다. 거기서 아직 단단한 사과를 발견하고 뿌듯해하며 에멜과 하나씩 나눠 가졌다.

사과를 들고 벽난로가 가장 큰 집무실로 돌아와서 에멜은 에스텔의 이마를 다시 짚어 보았다.

확실히 열이 떨어진 것 같다.

"미열에는 찬바람이 기분 좋더라고요."

만져지는 고양이처럼 눈을 가늘게 뜨고 에스텔이 하는 말에 에멜은 안도하며 '그렇군요.' 하고 대답했다.

앞으로는 의학서도 몇 개 읽어 봐야겠다고 결심하며 말이다.

아삭아삭한 사과도 이게 마지막이 아닐까, 하며 에스텔은 사과를 야금야금 먹었다.

"레이몬드 후작령은 과일이 잘되어서 좋아요."

그 말에 에멜은 미소 지었다. 후작령은 카스티엘로 공작가보다 아래쪽에 위치해서 날씨가 따뜻했고, 햇빛도 좋아 과수원이 풍부했다.

"실컷 먹게 해드리죠."

"그거 좋네요."

에스텔은 씩 웃었다. 푸딩도 좋아하지만, 그녀가 과일을 좋아한다는 건 에멜도 익히 아는 일이었다.

어렸을 때 많이 못 먹었으니까, 하며 에스텔은 신선한 제철 과일을 꼭꼭 찾았다.

앤이 두 번째 약을 가지고 들어와서 에스텔의 상태를 살폈다가 묘한 얼굴로 고개를 갸웃했다.

"왜? 어디가 안 좋아?"

이제 열도 다 내린 것 같은데…….

조심스러운 에스텔의 물음에 에멜 역시 초조해져서 앤을 보았고 앤이 가볍게 말했다.

"이제 좀 쉬시는 게 좋겠어요."

앤의 단호한 말에 에스텔은 별다른 반항을 하지 않고 시녀의 시중을 받아 옷을 갈아입고 침대로 들어갔다.

에멜이 앤에게 작게 물었다.

"뭔가 문제라도 있는 겁니까?"

"열이 갑자기 떨어져서요. 좀 더 가야 하는데……. 오히려 저렇게 괜찮아졌나? 할 때 더 열이 확 오르더군요."

앤이 그렇게 말하고 눈을 찌푸렸다. 덜컥 심장이 가라앉는 기분에 에멜이 물었다.

"더 안 좋아진다는 말입니까?"

"열나던 상태가 좋을 리는 없죠. 어쩌면 오늘 밤은 각오해야 할지도 모르겠네요."

중얼거렸다가 앤은 에멜을 돌아보고 화들짝 놀라 말했다.

"아니에요!"

에멜은 그녀의 말이 귀에도 들어오지 않는 얼굴이었고 앤이 그의 팔을 가볍게 치고 말했다.

"돌아가신다는 게 아니라, 밤샘 각오를 해야 할지도 모른다고요."

그제야 에멜의 얼굴에 표정이 돌아왔다. 멈추었던 숨을 길게 토해내며 에멜이 양손으로 얼굴을 문지르고 말했다.

"한심하죠."

허탈한 웃음이 섞인 목소리였다. 그가 손을 내리고 앤에게 무섭도록 진지하게 말했다.

"어떻게, 어떻게 마법으로 에스텔을 고칠 수는 없습니까? 제 생명을 가져가도 상관없으니까—"

숫제 애원에 가까운 말이었지만 앤은 고개를 저었다.

"그런 건 없어요."

그랬다가 가볍게 입술을 깨물고 그녀가 속삭였다.

"정령사라면 가능할 거예요. 생명력을 보충하는 것도 가능하겠죠. 하지만—"

"남은 정령사는 오로지 에스텔 한 명이죠."

긁힌 듯한 목소리에 앤은 고개를 끄덕였다.

"그게 문제예요."

앤이 그렇게 말하고 굳건한 의지를 다지듯 고개를 치켜들었다.

"그래도 저는 제가 할 수 있는 일을 해야지요. 그쪽도 그쪽이 할 수 있는 일을 해요."

"뭐든지 하겠습니다."

"그러면 가서 에스텔 님의 손이나 잡아줘요. 가장 힘든 건 그분이니까."

에멜은 이를 악물고 고개를 끄덕였다.

에스텔은 숨을 몰아쉬며 눈을 떴다. 열 때문에 정신이 몽롱한 데다가 온몸이 욱신거렸다.

'왜 열이 나면 온몸이 아플까.'

그냥 이마만 뜨거운 거면 좋을 텐데. 아니, 몸만 뜨거운 거면.

'아, 세상에. 몸에 힘이 안 들어가네.'

전신의 근육이 존재를 호소하고 있다. 눈까지 덮인 수건은 아직 미지근해지지 않았다. 추위에 그녀는 몸을 파르르 떨었다.

'목말라……'

그렇게 생각하며 수건을 치우려 손을 있는 힘껏 드는데 부드러운 목소리가 들려왔다.

"괜찮으십니까?"

"……에멜?"

"네. 물 드릴까요?"

에스텔은 고개를 끄덕였다. 에멜은 물수건을 치우고, 그녀를 일으킨 다음 조심스럽게 물 잔을 건네주었다. 에스텔은 몇 번 기침하고 잔을 들었다.

'빨대를 만들어야지 원.'

에스텔은 그렇게 생각하며 물을 마셨다. 목이 말랐는데 막상 물을 먹으니 한두 모금밖에 들어가지 않았다. 에멜이 격려했다.

"좀 더 드셔야 합니다. 땀을 많이 흘리셨어요."

에스텔은 억지로 물을 마셨다. 반 컵 정도 마시니 더는 마실 수 없어 물 컵을 돌려줬다.

"눕기 싫어."

칭얼거리자 에멜은 고개를 끄덕이고 베개를 좀 더 가져다가 편하게 자세를 잡게 도와줬다.

에스텔은 속이 울렁거리는 걸 느꼈다. 물만 마신 건데도 토기가 올라왔다.

"토할 것 같아……."

에스텔의 말에 에멜이 허리를 숙이며 물었다.

"토할 걸 가져올까요?"

그의 손이 등을 부드럽게 쓰다듬었다. 에스텔은 고개를 저었다.

"아니, 물밖에 안 마셨는데, 토하면—"

토하는 것 역시 체력을 소비한다. 에스텔은 그러고 싶지 않았다. 물론 그런다고 토하지 않을 수 있으면 토하는 사람은 없겠지만.

짤막하게 내뱉고 그녀는 몸을 푹 기댔다. 에멜이 조심스럽게 그녀의 흐트러진 금빛 머리카락을 정돈했다. 에스텔이 가느다란 손가락을 뻗어서 에멜이 그 손을 꽉 마주 쥐었다. 울렁거리는 속이 좀 진정되어 그녀가 방긋 웃어 보였다.

"에멜, 안 자?"

"아가씨 곁에 계속 있을 겁니다."

에멜이 그렇게 말하며 그녀의 손등에 가볍게 입술을 댔다. 열로 상기된 그녀의 얼굴을 보니 안쓰러워서 참을 수가 없었지만, 그는 애써 미소지었다.

"마스터는 사흘 밤을 새도 멀쩡하거든요. 그러니 걱정하지 마세요."

"마스터는 굉장하네, 나도 그랬으면 좋았을걸."

"아가씬 검에 재능이 없지요."

단정적인 말에 에스텔은 희미하게 웃었다.

"너무해."

"아가씨가 검까지 잘 쓰시면 저는 뭘 합니까?"

"맞아. 그건 그래."

에스텔은 그렇게 말하고 고개를 끄덕였다. 그녀의 가슴이 가파르게 오르내리는 게 보였다.

에멜이 그녀의 손을 쥐었다가 놓아주며 말했다.

"물수건 새로 올리죠."

"응."

에멜은 물수건을 짜서 그녀의 이마에 올리다가 땀에 달라붙은 머리카락을 보았다.

"아가씨."

"응?"

"찜찜하지 않으십니까? 몸 닦아드릴까요?"

에스텔의 붉은 눈이 두어 번 깜박였다. 그녀가 느리게 말했다.

"아픈 나를 이렇게 저렇게ㅡ"

에멜이 눈을 찌푸리며 말했다.

"그런 의미로만 아가씨를 사랑하는 게 아닙니다. 아니면 시녀를 시키도록 하죠."

"으음."

"불편하시면 말고요."

그가 수건을 그녀의 이마에 올려주며 말했다. 에멜의 말을 듣자 에스텔은 자신의 등이며 목 주변이 땀에 젖었다는 걸 자각했다. 그리고 한번느끼자 매우 찜찜해졌다.

"닦아줘."

그녀의 말에 에멜은 태연하게 "알겠습니다." 하고 대답하곤 새 물과수건을 준비했다.

에스텔은 파르르 숨을 내쉬고 다시 웃었다.

"왜, 에멜이 꿈꿀 때 반말하는지 알겠어."

에멜이 어색한 얼굴로 수건을 적시며 말했다.

"어째서요?"

"편해서?"

열 때문에 몽롱해진 눈으로 히히 웃으며 하는 말에 에멜은 픽 웃었다.

"그럼 나도 말 놓을까?"

"내가 놓을 때는, 에멜도 놔아ㅡ"

에스텔이 말꼬리를 끌며 말해 에멜은 고개를 끄덕였다.

에멜은 조심조심 에스텔의 원피스 자락을 들어 올렸다. 안쪽에는 어차피 속바지를 입고 있으니 괜찮았다. 에스텔이 끙끙거리다가 말했다.

"그냥 벗기는 게 서로 편할 것 같은데."

"그렇다면."

에멜은 커다란 담요 하나를 들고 와서 에스텔을 살짝 가리고 슥 원피스를 벗겨냈다. 땀에 젖은 옷에서 벗어나자 상쾌한 기분이었다.

차갑지도 뜨겁지도 않은 딱 좋은 온도로 적셔진 수건이 손가락부터 꼼꼼하게 닦아나가기 시작했다. 양팔을 닦고서 에멜은 작게 "한 바퀴 구를래?" 하고 물었고 에스텔은 기꺼이 몸을 뒤집었다. 에멜은 그녀의 담요를 아래로 내리고 등을 닦기 시작했다. 새하얀 등도 열로 뜨거웠다.

에멜의 손이 부드럽게 그녀의 등을 쓸었다. 그가 허리를 숙여 촉 하고 가볍게 등에 입 맞추자 에스텔이 항의했다.

"아무 짓도 안 한다고 해놓고."

"에스텔이 너무 사랑스러워서 그만."

에멜의 말에 그녀는 가볍게 웃었다. 그의 키스가 눅진한, 성적 욕망이 가득한 키스가 아니라는 건 키스를 받은 에스텔이 가장 잘 알았다.

달콤하고 부드러운, 친애의 키스. 아름다운 조각에 경의를 바치는 듯한 정중함.

가슴속을 저릿하게 채워지게 하는 그런 손놀림.

목덜미까지 닦아주고 에멜이 에스텔에게 다시 뒤집으라고 말했다. 그리고 담요 안으로 수건과 손을 넣어 앞쪽도 살살 닦아주었다.

에스텔이 물었다.

"어떻게 보지도 않으면서 잘 닦는 거야?"

"마스터니까?"

그 대답에 에스텔은 웃음을 지었다. 웃음을 터트릴 만한 체력은 없었다.

"그런 게 어디 있어?"

"여기 있지."

달콤하게 말하고 에멜은 새 옷을 가져다가 에스텔에게 입혀주고 담요를 치운 후에 시녀를 불러 시트를 새로 갈게 했다. 그러는 사이 그의 품에서 에스텔은 쌔근쌔근 반쯤 졸기 시작했다. 에멜은 그 이마에 가볍게 키스했다.

아까보다 열이 좀 더 내려간 게 느껴졌다. 안도가 가득 마음속을 채웠다.

새 시트 위에 에스텔을 눕히고 에멜은 다시 찬 수건을 그녀에게 올렸다.

"에멜……."

웅얼거리듯 잠에 취한 목소리에 에멜은 미소 지으며 "응?" 하고 작게 대답했다.

"……나로 괜찮아?"

작디작은 물음.

에멜은 숨이 꽉 막히는 것 같아서 그녀의 손을 붙잡았다. 너무 세지는 않지만 그래도 힘껏.

"무슨 말이야?"

"하지만, 나 계속 이렇게 아플 테고…… 에멜도 힘들지 않을까? 건강한 사람이 더 좋지 않을까?"

털어놓은 걱정에 그는 떨리는 목소리를 가라앉히며 말했다.

"내가 그렇게 신용이 없나? 나에게는 에스텔밖에 없어."

"하지만—"

"하지만이고 뭐고."

에멜은 말을 잘랐다. 에스텔이 머뭇머뭇 그의 손을 마주 잡았다. 에멜이 단호하게 말했다.

"실체도 없는 행복을 좇는 불행보다는 확실한 기쁨이 있는 고난 옆에 있는 게 더 나아. 이 정도는 고난도 아니고. 널 독점한다면 내가 훨씬 이득이라고."

그의 단호한 말에 에스텔은 미소 지었다.

"그래, 그럼 마음껏 어리광 부릴래."

"얼마든지."

얼마든지 어리광을 부리고 칭얼거려서 내가 네 곁에서 떨어지지 못하게 만들어줘.

네 세계를 나로 가득 채워줘.

에멜은 그렇게 속삭이며 그녀의 손등을 가볍게 두들겼다. 에스텔은 그 일정한 박자를 느끼며 스르륵 다시 잠으로 빠져들었다.

*　　*　　*

느지막이 일어난 에스텔은 산뜻한 얼굴이었고 그녀를 살펴본 앤 역시 만족스럽게 고개를 끄덕였다.

"좋아요. 열이 다 떨어졌네요. 그래도 오늘 하루는 느긋하게 보내세요."

"항상 느긋하게 보내고 있는 것 같은데."

"설마요."

들쥐처럼 부지런하게 여기저기 쪼르르 다니시면서.

앤의 말에 에멜은 고개를 끄덕여 동의를 표시했다. 에스텔이 한숨을 내쉬고 말했다.

"배고파."

"식사를 올리죠."

"너무 무거운 건 말고요. 위장이 탈 나요."

앤의 말에 에멜은 고개를 끄덕였다. 준비한 것 역시 환자식이었다.

푹 끓인 닭고기 수프가 식사로 올라와 에스텔은 얼른 스푼을 들었다. 그녀가 수프를 냠냠 먹다가 물었다.

"에멜은 안 먹어요?"

"먹었어요."

"너무 보는 것도 부담스러운데요."

에스텔이 그렇게 중얼거리자 에멜이 "왜요? 귀여운데." 하고 답했다.

이럴 수가 내 정혼자가 팔불출이라니!

에스텔은 아주 만족스럽게 고개를 끄덕이고 말했다.

"그래도 좀 부끄러우니까 에멜도 뭘 좀 먹어요."

"그러죠."

에멜은 진한 홍차를 주문해서 마시기 시작했다. 앤은 약을 만들어 오겠다고 나간 후였다. 뜨거운 수프가 몸으로 들어가자 약간 땀이 났다. 수프를 두 그릇째 먹고서야 에스텔은 스푼을 내려놨다. 그녀의 얼굴에 만족이 떠올랐다.

"맛있었어요."

"다행이네요."

때마침 앤이 약을 가지고 들어와서 에스텔은 한숨을 삼키며 약을 먹었다.

"평생 약을 먹어야겠죠."

에스텔이 중얼거리자 에멜이 경쾌하게 대답했다.

"그래도 약만 먹으면 되는 거니 낫지 않아요?"

"하긴, 그것도 그래요."

에스텔은 고개를 끄덕였고 앤이 빙긋 웃었다.

"긍정적으로 생각하시는 건 좋지요. 그럼 전 이만 가보도록 할게요."

"벌써?"

아쉬워하며 에스텔이 손을 뻗자 앤이 그 손을 마주 잡았다.

"약은 두고 갈 테니 식사하시고 꼭 챙겨 드시고요. 전 돌아오면 언제든지 보실 수 있어요, 에스텔 님."

에스텔은 씩 웃고 고개를 끄덕였다.

"금방 보자."

에멜이 그런 에스텔에게 조심스럽게 물었다.

"돌아가시는 게 낫지 않겠습니까?"

"뭐예요? 내쫓고 싶어요?"

"그게 아니라, 조금이라도 편한 곳이 나으실 것 같아서……."

"여기도 아주 편해요."

에스텔은 그렇게 말하고 그를 가리켰다.

"에멜이 있잖아요? 나랑 계속 있을 거죠?"

"물론입니다."

"그럼 됐어요."

에스텔은 고개를 끄덕였다.

에멜은 가는 앤을 배웅하며 다시 약에 대해서 자세히 물었고 앤 역시 성실하게 대답한 후 카스티엘로 저택으로 돌아갔다. 바람이 차다고 안에서 앤을 배웅한 에스텔은 들어온 에멜에게 물었다.

"잘 갔어요?"

"네."

"그럼 우리 뭐할까요?"

"뭐 하고 싶어요? 그러고 보니 연인이 되면 하고 싶은 일 목록이 아직 남아 있었죠."

"그렇죠. 그거 더 추가할 것도 있는데요."

중얼거린 말에 에멜은 얼른 목록을 가지고 돌아왔다. 위쪽에 서너 가지는 이미 클리어해서 줄이 그어져 있었다.

"음, 아, 이거 할까요?"

먹여주기.

에스텔이 손가락으로 가리킨 걸 보고 에멜은 진지하게 물었다.

"그런데 에스텔, 왜 연인끼리 하는 거에 서로 먹여주는 게 있는 거예요?"

그러고 보니 전에도 에스텔이 그런 걸 했었죠.

"글쎄요. 다들 그러지 않나요."

"그런 풍습이 있는 건 몰랐는데요."

"그러네요. 그런데 왠지 연인이면 해야 할 것 같아요."

갸우뚱했다가 에스텔이 말하자 에멜은 고개를 끄덕였다.

"그렇다면."

에스텔이 원한다면 서로 먹여주기가 아니라 핥아주기라도 할 거다.

'아.'

이건 나중에 하고 싶은 목록에 넣어둬야지. 하고 에멜은 미소 지었다.

"그럼 뭔가 가져오게 하죠."

곧 준비된 것은 매끄러운 푸딩이었다.

너무 달지 않게 조절한 부드러운 커스터드푸딩.

환자식으로도, 서로 먹여주기에도 완벽한 메뉴였다. 작은 은 스푼을 들고 에멜이 어색하게 물었다.

"그럼?"

"네."

에스텔은 에멜의 곁에 바싹 붙어 앉아 눈을 반짝이며 푸딩을 바라보았다. 그는 어쩐지 웃음이 나와 푸딩을 가볍게 떠서 그녀에게 먹여주었다.

'맛있다.'

"으─음."

한입 먹자마자 그녀의 얼굴에 행복이 피어오르는 게 보였다. 에멜은 홀린 듯한 기분으로 그녀에게 다시 푸딩을 떠먹여 주었다. 냠죽냠죽 푸딩을 받아먹는 걸 보고 있자니 어쩐지 얼굴 근육이 풀리며 웃음이 실실 흘러나왔다.

귀엽다.

슬쩍 에멜은 에스텔의 입가로 가져갔던 숟가락을 뒤로 뺐다. 에스텔의 고개가 따라오다가 휙 에멜을 노려보았다.

"에멜."

"음, 귀여워서."

에멜은 그렇게 말하고는 얼른 다시 푸딩을 먹여주었다.

반쯤 먹었을까?

에스텔이 자기 스푼을 들어 올리며 말했다.

"이제 에멜 차례예요."

"아직 반밖에 안 먹었는데요?"

"하지만 에멜 몫이 없어지잖아요?"

"전 괜찮은데─"

내가 다 먹이고 싶다.

그런 생각이 들었지만, 에스텔이 눈을 찌푸리며 은수저를 좌우로 흔들자 얼른 접었다. 그리고 얌전히 그녀가 떠주는 푸딩을 받아먹었다.

에스텔이 킥킥 웃었다.

"에멜, 귀엽네요."

"저보다야 에스텔이 훨씬 귀엽죠."

접시가 깨끗하게 비워지자 에멜이 허리를 숙여 에스텔에게 키스했다. 푸딩 맛이 나는 키스였다.

"음, 왜인지 쑥스럽고 좋은데요."

에스텔이 속삭이듯 말해 그 역시 속삭이듯 대답했다.

"왜 연인들이 서로 먹여주는지 알겠어요."

에멜이 그렇게 말하며 턱을 괴고 웃었다. 에스텔은 손을 뻗어 그의 머리카락을 가볍게 흐트러트리고 물었다.

"그러고 보니 일하지 않아도 괜찮아요? 어제도 서류 잔뜩 있던데."

"괜찮아요. 에스텔과 시간을 보낼 때는 미뤄둬도 되지요."

"궁금한 거 있으면 물어봐요. 이래 봬도 솔라드 백작이거든요."

"그러네요, 저보다도 백작 생활이 기네요."

"그렇죠?"

의기양양한 얼굴에 에멜은 고개를 끄덕였지만 역시 일을 시킬 생각은 없었다. 에스텔이 자리에서 벌떡 일어나더니 그의 무릎에 털썩 앉았다.

그리고 그를 바라보며 음흉한 미소를 지었다.

"그럼 이제 또 뭘 할까요? 사랑하는 정혼자님?"

에멜이 고개를 숙여 촉 가볍게 그녀의 목덜미에 키스하고 속삭였다.

"건전하게 카드 게임을 하죠."

"에에이—"

에스텔이 실망했다는 듯한 얼굴을 하면서도 고개를 끄덕였다.

"좋아요."

두 사람은 게임룸으로 향했다.

후작가의 게임룸은 상당히 호사스럽게 차려져 있었다. 카드 게임 전용 테이블도 있었고, 그 외에 몇 개의 보드게임들도 있었다. 칩은 전부 자개나 상아로 정교하게 만들어진 것이었고 보드게임의 말들도 하나하나 정교하게 만들어져 있었다. 게임에 훈수 두는 사람을 위한 의자도 따로 마련되어 있을 정도였다.

둘은 카드 게임용 테이블에 앉았다. 에멜이 카드 묶음을 테이블 아래서 꺼냈다.

"어떤 게임을 하시겠습니까?"

"간단한 거로 할까요?"

"시작은 간단한 게 좋지요."

그가 고개를 끄덕였다.

사실 게임 자체를 즐긴다기보다는 둘만 있는 시간에 대화가 오가는 걸 더 즐기는 느낌이었다. 에멜의 손안에서 카드가 재빠르게 섞이는 걸 보는 것도 즐거웠다.

"에멜."

"네."

"우리 진실게임 할까요?"

"진실게임이요?"

"이긴 사람이 뭐든 질문하면 진 사람은 정직하게 대답하는 거예요."

에멜이 피식 웃으며 좌르르 카드를 섞고 말했다.

"굳이 게임으로 하지 않아도 뭘 물으시든 전 정직하게 대답할 텐데요."

"그을쎄요."

의미심장하게 말을 끌자 에멜이 "뭘 물으시려고." 하며 고개를 끄덕였다.

"알겠습니다."

"좋아요."

"그럼."

에멜이 카드를 가볍게 한 장씩 돌려 총 두 장을 내려놓았다.

'흠.'

에스텔은 슬쩍 카드를 내려다보았다.

'한 장 더 받을까?'

둘이 하는 게임은 블랙잭이라는 단순한 게임이었다. 받은 카드의 숫자 합이 21에 가까운 쪽이 이기고, 21을 넘으면 자동으로 탈락.

카드는 얼마든지 더 받을 수 있다. 끙끙거리다가 에스텔은 툭 테이블을 가볍게 두들겼고 에멜은 한 장 더 카드를 던졌다.

"19!"

신나서 말하며 고개를 들자 에멜이 웃으며 자기 몫의 카드를 한 장 더 열었다.

"말도 안 돼!"

"전 20이네요."

"으―"

에스텔은 한숨을 내쉬며 턱을 괴고 제 카드를 밀었다.

"좋아요. 아무거나 하나 물어봐요."

에멜이 카드를 다시 섞으며 말했다.

"글쎄요. 으음― 뭘 물어보고 싶으셨어요?"

"그게 궁금해요?"

"네."

"에이, 미리 말하면 재미없잖아요?"

"하지만 뭐든 대답해 주기로 한 거였지요?"

에멜의 말에 에스텔은 어깨를 으쓱하고 한숨을 내쉬었다.

"그러네요. 그럼 어쩔 수 없죠. 궁금했던 건― 에멜의 과거요."

"제 과거요?"

"네. 에멜의 기록을 봤다고 했잖아요? 절 만나기 전 기록을 봤는데 엄청 화려하던데요."

"아하."

에멜은 멋쩍게 웃었다.

"별로 자랑하고 싶은 이야기는 아닌데요."

"하지만, 하지만 에멜은 나에 대해서 거의 다 알잖아요? 그러니까 나도 궁금하다고요."

에멜만 알고 있는 건 치사해요.

에스텔의 말에 그는 진지한 얼굴이 되어 카드를 탁 두들겨 모았다.

"이제 지면 안 되겠네요."

에스텔은 손을 뻗었다.

"내가 섞을 거예요."

에멜은 카드를 건넸고 에스텔은 어색하게 카드를 섞었다. 그리고 이어 카드를 돌렸다.

"블랙잭!"

에스텔이 의기양양하게 카드를 내밀었다. 에멜은 한숨을 내쉬고 물었다.

"무슨 속임수 쓴 거 아니죠?"

"아니에요. 그러니까, 자. 말해 봐요, 에멜 레이몬드."

에멜은 무슨 이야기를 해야 하나 하고 팔짱을 꼈다. 아무리 생각해 봐도 에스텔에게 할 만한 이야기는 없었다.

그가 고민하고 있으니 에스텔이 물었다.

"영창 간 이야기 해 줘요."

"네?"

"그, 즉결 처분 이야기요."

"에스텔……."

"흥미 위주로 묻는 건 아니에요. 진짜로 궁금한 거라고요."

에멜은 한숨을 내쉬었다.

잠시 그는 어디서부터 이야기해야 할까 말을 골랐다.

"그러니까, 그게 제가 열여섯 때 일입니다. 전 그때 이미 마스터였고, 성격도 음. 스털(지랄) 맞았죠."

"스털이요?"

"어, 음."

잠깐 말을 멈췄다가 에멜이 슬쩍 정정했다.

"성격도 아주 나빴지요."

스털, 나쁘다의 상스러운 말.

기억해 두고 에스텔이 말했다.

"그래서요?"

에멜은 헛기침을 하고 이어 말했다.

"그리고 늑대기사단은 실력 위주로 뽑다 보니, 저 같은 놈도 뽑히고요."

에스텔은 늑대기사단원들을 떠올렸다. 모두 다 좋은 사람들인 것 같은데?

그녀가 갸웃하는 걸 눈치챈 듯 에멜이 웃으며 말했다.

"신병 훈련은 따로 하니까요."

"그래요?"

"그럼요."

시시껄렁한 놈들까지 어떻게 공작 저택에 들여놓습니까?

'특히 아가씨가 오신 후에는 더했지요.'

에멜은 뒷말을 삼키고 말을 이었다.

"하여간 그런 놈들과 함께 동계 훈련을 갔습니다."

동계 훈련은 정말로 죽을 정도로 춥다. 카스티엘로 공작령 자체가 북부에 있는 데다가, 일부러 겨울에 하는 훈련이다. 까딱하면 동사해 버리거나, 아니면 마수에게 죽어 버리기 때문에 모두가 바싹 긴장해 있었다.

물론 몇 번 훈련을 와서 익숙해진 기사들은 시시껄렁한 농담을 하며 여유를 보였다. 너무 긴장해도 시야가 좁아져서 위험해지는 법이다. 적당한 긴장을 유지하는 게 숙련자였다. 그에 비해 신병은 바싹 긴장을 해서 얼어있거나 아니면 지나친 허세를 부리며 방만한 자세를 취했다.

늑대기사단원 중에서 에멜은 가장 나이가 어린 축에 속했다. 물론 들어온 연수로 따지면 삼 년 차니 선배지만 몇몇 멍청이들은 에멜에게 대거리를 했다가 사정없이 얻어터지곤 했다.

신병들 사이에서 에멜의 별명은 카멜이었다.

카쌍(개새끼) 에멜을 줄여서 카멜.

뒤에서 뭐라고 부르든 간에 앞에서는 고분고분했고, 에멜은 일만 잘하면 건들지 않았다. 후작가 병사들과 의례적인 충돌이 몇 번 있고, 마수를 사냥하고.

무난한 동계 훈련이었다고, 에멜은 기억했다.

동계 훈련이 끝날 무렵에 항상 들르는 시골 마을 선술집이 있는데, 그날은 거기서 또 후작가 기사들과 마주쳤다.

모처럼 기분이 괜찮아졌던 것도 다 망쳐서 패싸움을 벌였다가 군기위반으로 아스터에게 두들겨 맞고 방에 누워 있던 때였다.

작게 우는 소리가 났다.

모두가 술통을 비우며 소란을 부리고 있었고, 절반 이상이 술에 취해서 비틀거리고 있었지만, 그 소음 속에서 에멜은 확실하게 그 소리를 들었다.

'근신을 받기는 했지만.'

에멜은 절뚝이며 자리에서 일어났다. 부은 눈을 들어 그는 창가로 다가갔다. 어디서 소리가 나는지 그는 금방 알 수 있었다. 뒤쪽 헛간이다.

몰려든 기사단 때문에 마구간이 꽉 차 있을 터였다.

에멜은 손을 묶고 있던 밧줄을 가볍게 끊어냈다. 어차피 마스터인 그에게는 소용없지만, 일종의 절차였다. 창턱을 밟고 이 층 창가에서 몸을 날려 에멜은 날렵하게 고양이처럼 바닥에 착지했다. 열여섯이었을 때는 몸도 지금보다 훨씬 가벼워 소리도 내지 않고 조용히 착지했다.

그는 헛간 쪽으로 걸어갔고 얼마 가까워지지도 않아서 안에서 나는 소리를 뚜렷하게 들을 수 있었다.

"가만히 있어! 이 쌍X아."

"너네 구하느라 우리가 목숨을 거는데 말야, 이 정도도 못해? 응?"

"야, 빨리빨리 해."

에멜은 헛간 문을 걷어차지 않았다. 왜냐면 지금은 겨울이고 헛간 문이 없으면 안에 있는 동물들이 큰 어려움을 겪을 테니까.

그는 조심스럽게 문을 열고 들어가서 검을 뽑았다.

앗, 하는 순식간이었다.

하나, 둘, 셋.

세 명을 차례로 죽이고 에멜은 검에 붙은 피를 털어내려 가볍게 휘둘렀다. 인간 기름은 끈적하게 달라붙어서 기분 나쁘다. 그렇게 생각하며 에멜은 피가 튄 채로 부들부들 떨고 있는 소녀를 돌아보았다.

"괜찮아?"

피가 튀지 않게 죽였어야 했는데, 너무 가까웠지?

하는, 사과의 말로 그가 입을 떼기도 전에 그녀의 입이 벌어졌다.

"아아아아악—!!!!"

비명에 에멜은 당황했고, 이 소리는 확실하게 선술집까지 들려서 우르르 몰려온 기사들은 모두 굳어 버렸다.

옷이 찢어지고 피를 쓴 채 비명을 질러대는 여자와 검을 들고 서 있는 에멜.

그리고 아직 김이 나는 시체 세 구.

"그때 정말로 교수형당하는 줄 알았죠. 단장님이 그렇게 무서운 표정을 하신 거 처음 봤습니다."

에멜은 피식 웃었다.

"웃음이 나와요?"

"아뇨, 뭐랄까요. 그때는 '늑대기사단 안에서 교수당했다고 하면 레이몬드 후작이 화낼 테지. 이득인가?' 하고 있던 시점이라."

에멜의 말에 에스텔은 입을 떡 벌렸다.

"하지만 정상참작이 됐고, 영창으로 끝났죠. 카스티엘로 저택 지하 감옥은 썩 좋은 환경이 아니더군요."

"당연히 그렇겠죠!"

기가 차서 에스텔은 소리쳤고 에멜은 어깨를 으쓱했다.

"뭐, 그런 이야깁니다. 정말로 별 볼 일 없는 이야기지요."

"별 볼 일 없는 이야기는 아니었어요. 그래도, 다행이네요. 그 여자에게는요."

에멜이 알아볼 듯 말 듯한 미소를 띠며 물었다.

"저를 비난하지는 않으시고요?"

"왜요?"

"그야―"

그가 뒷말을 머뭇거렸다. 에스텔이 흥, 콧방귀를 뀌고 말했다.

"그런 새끼들에게는 자비가 필요 없어요."

"카스티엘로답군요."

"카스티엘로니까요."

깜박, 보란 듯이 붉은 눈을 느리게 감았다가 뜨며 하는 말에 에멜은 고개를 끄덕였다.

"하여간 그때 마스터였다니…… 저는 그때…….'

말을 꺼냈던 에스텔의 말끝이 흐려졌다.

에멜이 열여섯 때면 자신은 아홉 살 때, 아홉 살 때의 자신은.

"그때요?"

하지만 에멜은 거침없이 물어왔고 에스텔은 한숨을 내쉬었다.

"그 여자가, 그러니까, 음."

되짚어 보니 놀랍게도 기억은 선명하게 떠올라서 에스텔은 쓰게 웃었다.

"예고 없이 손님이랑 술에 취해서 들어왔었어요. 그러니까 전 상자 안에 있지 않았고요."

에스텔은 손톱을 세워 느리게 테이블을 긁었다.

"손님은 절 보고 놀라더니, 제가 여자애라는 걸 알고, 들고 있던 지팡이로 옷을 들추더군요."

슬쩍 에멜을 보고 에스텔은 웃었다.

"그렇게 화내지 말아요."

"어떻게 화를 안 냅니까."

그의 목소리는 절제되어 있지만 그래도 분노로 가득 차 있었다.

"저 진짜 더러웠거든요. 그래서 그 남자가 이렇게 더러우면 손님도 못

받는다고 그랬죠. 그 여자는 미안하다고 하면서 절 베란다로 나가라고 했고요. 그리고 일이 끝나고 나서…… 눈에 띄었다고, 엄청나게 맞았어요. 지금도 살짝 흉터가 남아 있어요."

엉덩이에 피가 터질 정도로 회초리질 당했으니까. 할 수 있는 건 잘못했다고 비는 것뿐이었다. 울며 고통에 소리를 높이면 시끄럽다고 더 혼나니까.

최대한 이를 악물고 파고드는 매질을 견뎠다. 옷은 피로 흠뻑 젖었고, 그 후로 며칠을 앓았다.

'정말로, 카스티엘로라서 튼튼하지 않았으면 죽었을 거야.'

그리고 예전 기억이 없었으면 훨씬 전에 죽었을 거고.

생각하는 와중에 언제 왔는지 에멜이 테이블을 돌아와서 그녀의 앞에 한쪽 무릎을 꿇고 시선을 맞췄다.

"그리고 또요?"

"에이, 좋지 않은 이야기들인데요."

그의 눈동자가 짙은 갈색빛을 띠었다.

"제 가장 어두운 이야기도 알고 계시잖습니까? 그럼 아가씨의 이야기도 해 주세요. 천둥과 좁은 곳을 싫어하는 거 말고도 또요?"

"또, 는 없어요. 사실 좀 뚱뚱한 남자도 무서웠지만―"

"왜요?"

"이제는 괜찮다는 말이에요. 천둥도 좁은 곳도 이제 견딜 만해요."

"왜요?"

"에멜."

"아가씨가 이런 거 잘하시죠. 왜요?"

그의 말에 에스텔은 흩어지는 가벼운 웃음을 터트리고 말했다.

"포주였어요. 절 노리는 게 보였지요. 그리고 그 여자와 달리, 한 방

맞으면 정말로 나뒹굴게 됐거든요."

"그래요."

에멜의 눈이 가늘어졌다.

"또요? 또 누가 있습니까?"

"글쎄요? 또는 없는 것 같아요. 사실 그 상자 속에서 시간을 대부분 보내서…… 지금 생각하면 진짜 미치지 않은 게 다행이에요."

그가 그녀의 손가락에 하나씩 키스하고 몸을 반쯤 일으켜 그녀의 입술에 키스하고 뺨과 이마에 키스하며 몸을 완전히 세웠다.

"정말로 다행입니다."

"아마 그래서 말 타는 걸 좋아하나 봐요."

지금은 못 타지만.

에스텔은 아쉬운 한숨을 내쉬었다가 말했다.

"아, 하지만 경마차도 탈 만하던걸요. 속도감이 있어요. 역시 두 마리라서 빠르기가 남다른 것 같아요."

"사실 덩치 좋은 말 한 마리가 끄는 것도 괜찮은데, 그런 말은 고집이 있어서, 주인을 가리거든요."

"알아요. 아빠가 타는 흑마 같은 거 말이죠."

"그렇지요."

에멜이 고개를 끄덕였다. 에스텔이 말을 잘 다루지만, 그래도 직접 기수가 되는 것과 마차는 다르다.

"그리고 그런 말에게 마차를 끌게 하면 불쌍해요."

에스텔의 말에 에멜은 미소 지었다.

"꼭 다시 말을 타게 되실 겁니다."

"네. 저도 그렇게 되면 좋겠어요."

"그런 얼굴로 말하시면 안 되죠."

"어떤 얼굴인데요?"

에스텔이 자신의 얼굴을 더듬으며 묻자 그가 양손으로 그녀의 양 뺨을 감싸며 말했다.

"안 될 거라는 걸 난 알고 있어, 하는 얼굴이요."

"아하······."

"적어도 마음만이라도 굳게 먹으세요."

"먹고 있어요."

에스텔이 그의 손 위에 자신의 손을 겹쳤다. 그리고 고개를 살짝 돌려 그의 손바닥에 키스하며 물었다.

"그런데 에멜."

"네."

"궁금하지 않아요?"

"뭐가 말입니까?"

"내 흉터가 어디 있는지요."

순간 그의 몸이 경직했다.

촉촉 그녀가 그의 손바닥과 손가락 끝에 키스하며 눈웃음을 지었다.

"어디 있을 것 같아요?"

"어, 음, 에스텔. 그러니까―"

당황한 에멜의 눈이 제대로 에스텔을 보지도 못하고 아래로 떨어졌다. 그러자 에스텔이 슬리퍼를 가볍게 벗어 던지고 발끝으로 그의 정강이를 죽 쓸어내렸다.

"에멜?"

꿀이라도 떨어지듯 그녀의 목소리가 달콤해졌다. 에멜은 불에 덴 것처럼 그녀에게서 손을 빼고 허둥지둥 던져진 슬리퍼를 주워왔다. 그가 무릎을 꿇고 그녀에게 슬리퍼를 신겨주며 말했다.

"놀리지 마시죠."

"놀리는 거 아닌데요."

에멜이 못마땅한 얼굴로 그녀를 올려다보며 말했다.

"제가 아가씨를 침대로 데려가지 않을 걸 아니까 장난을 거시는 거죠."

"에에이―"

에스텔이 재미없네요, 하는 듯 입을 비죽거리며 손을 뻗어 그의 머리카락을 쓸어 넘기고, 뒷목을 손가락으로 더듬어 내렸다.

"에멜."

"네."

그의 목소리에 잔뜩 힘이 들어갔다. 에스텔이 키득거리며 말했다.

"그럼 침대로 데려가지 않는다는 전제하에 제가 얼마나 에멜을 만져도 돼요?"

에멜이 불만스러운 듯 신음을 흘렸다. 에스텔의 손이 그의 목을 돌아내려와 셔츠 앞섶의 단추에 걸렸다.

"가슴 만져 봐도 돼요?"

"에스텔!"

그의 얼굴이 붉어졌다.

대체 무슨 말을 하는 겁니까?

무슨 말을 하는지는 아는 겁니까?

"하지만."

에스텔의 손이 재킷 안쪽으로 들어가서 그의 셔츠 위로 단단한 가슴을 쓸어내렸다.

"만지는 느낌이 좋은데요."

적당히 탄력 있으면서도 단단하다.

'내 몸이랑은 완전히 다르니까.'

그게 신기했다.

그녀의 손이 가슴에서 배로 내려왔다. 딱 벌어진 어깨와 일자 빗장뼈, 거기서 역삼각형으로 탄력 있게 내려오는 허리, 좁은 골반에서 일자로 쭉 뻗어 내려오는 튼튼한 허벅지.

"에스텔."

"네."

제법 순진한 얼굴로 에스텔이 눈을 동그랗게 뜨며 대답하자 에멜은 낮게 욕설을 내뱉고는 그녀에게 키스했다.

헉 하고 에스텔은 숨을 삼켰다.

평소보다 훨씬 더 거친 키스였다. 하지만 그녀의 뒷목을 감싸 안은 손은 여전히 부드럽고 따뜻했다.

저릿저릿해지는 쾌락을 안전한 장소에서 즐기고 에스텔은 길게 숨을 내쉬었다. 키스를 끝낸 에멜은 상기된 에스텔의 뺨에 키스하고 말했다.

"절 다 감당하지도 못하시면서."

도발하지 마시죠.

그의 말에 에스텔은 가볍게 웃었다. 그녀가 다시 카드 테이블로 시선을 돌리고 말했다.

"그럼 다시 할까요?"

"또 뭔가 물어보시려고요?"

약간 아쉬움을 느끼며 에멜이 그녀의 입술에 가볍게 거듭 키스하자 에스텔이 키득거리며 말했다.

"그럼 게임 하지 말고 뭐 할까요?"

"목록을 찾아볼까요?"

"아, 맞다. 거기에 책 읽어주는 것도 있었어요."

"좋습니다."

에멜이 고개를 끄덕이며 그녀를 의자에서 안아 들었다.

"에멜!"

"네. 공주님."

그 말에 에스텔의 뺨이 붉어졌다.

"정말이지."

투덜거리면서도 그의 목에 팔을 감자 에멜은 웃고는 자리를 도서관으로 옮겼다. 도서관으로 들어오자 에스텔이 눈을 가늘게 뜨고 말했다.

"다음에는 여기도 꼭 고쳐야겠어요."

"좀 어둡죠?"

"창이 높아서 채광은 괜찮은데, 영 관리가 안 되어 있네요."

"책을 좋아하는 사람이 없어서."

"이렇게 화려하게 해놓고서는요?"

"그야—"

"레이몬드니까요?"

"그거죠."

에멜이 그녀를 조심스럽게 바닥에 내려놓았다. 에스텔은 먼지를 터는 정도의 관리만 하는, 한 번도 펴보지 않은 태가 역력한 책등을 손으로 쭉 쓸어보았다.

"그리고 보니, 에스텔."

"네."

"후작 부인의 방도 꾸며요."

그 말에 휙 그녀가 에멜을 돌아보자 그가 책장에 기대어 팔짱을 끼고 웃으며 말했다.

"어차피 들어올 거잖아요? 다 에스텔 취향으로 바꾸고 들어와요."

"내가 들어가는 걸 기정사실로 하려고!"

"이미 기정사실인 줄 알았는데요."

에멜이 눈을 깜박이며 말하자 에스텔이 "뭐, 그렇죠." 하고 팔짱을 꼈다.

"알았어요. 다음에는 그걸 집중적으로 해야겠네요."

"네. 부디 공주님께서 원하시는 대로. 비용은 걱정하지 말고요."

"걱정 안 해요."

씩 웃으며 하는 말에 에멜이 빙긋 웃고 물었다.

"그럼 골라보시죠."

"음, 뭘로 할까요? 이쪽은 다 졸린 책인 것 같은데……. 아, 이쪽은 고전 세트네요."

"적당한 거로 하죠. 읽어드릴 테니 낮잠이나 주무세요."

"그거 괜찮은 생각이네요."

에스텔은 고개를 끄덕였다. 체력이 약해진 후로 낮잠은 거의 필수나 다름없었다.

그녀는 고전 중 하나를 골랐다. 침실로 돌아가 에멜은 스툴을 가지고 와서 침대가에 앉아 책을 읽기 시작했다.

"에멜."

"네."

"에멜 노래도 잘 부를 것 같아요. 목소리가, 낮고 그윽해서…… 좋거든요."

벌써 잠이 오는지 느릿느릿해진 에스텔의 목소리에 에멜은 픽 웃었다.

"노래에는 재능이 없네요."

"그래요? 아쉽네요……."

중얼거리며 에스텔은 천천히 숨을 쉬기 시작했다. 에멜은 좀 더 책을 읽다가 그녀가 완전히 잠든 것을 확인하고 책을 덮었다. 몇 번이나 숨을 쉬는 걸 확인하고 그는 가만히 그녀가 잠자는 걸 지켜보았다.

그녀가 깰 때까지.

*　　　*　　　*

다음 날은 일찍부터 크고 안락한 마차가 레이몬드 저택 앞에 도착했다. 마중 나온 로이가 웃으며 말했다.

"앤이 '더 이상은 카를 님을 잡아둘 수가 없었어요. 죄송해요.' 하고 전해 달라고 하던데요."

에스텔이 그 말에 킥킥거리고 고개를 저었다.

"아니, 오라버니가 아니라 로이가 데리러 온 것만 봐도 앤이 노력했다는 걸 충분히 알겠어."

"그렇죠."

로이는 고개를 끄덕이고 슥 에멜을 돌아보았다.

"후작님도 안녕하신가요?"

"그냥 에멜이라고 불러."

에멜이 한숨 섞인 목소리로 말하자 로이가 히죽 웃었다.

"감히 주군의 정혼자를 그렇게 불러도 될까요? 되겠습니까, 주군?"

"그럼 에멜 님이라고 하든가?"

전혀 말리는 기색 없는 에스텔의 말에 로이는 "한 방 먹었군요." 하고 마차 문을 열었다.

카스티엘로에서 새로 맞춘 마차는 안이 의자가 아니라 반쯤 침대로 이루어진 안락하기 그지없는 마차였다. 에스텔을 위해서 특별히 만들어진 사두마차였다. 말의 수도 많고 무거운 만큼 카스티엘로 공작가이기에 관리가 가능했다. 제국에서는 인력보다 좋은 말이 더 비싸기도 하니 말이다.

에멜이 정중하게 마차에 올라탄 에스텔의 손등에 입 맞추고 말했다.

"다음에는 오시기 전에 미리 연락해 주세요."

"좋아요."

대답은 그렇게 하면서도 에스텔은 종종 놀러 와 깜짝 놀라게 해 줘야지, 하고 생각했다. 그 생각을 꿰뚫어 본 것처럼 에멜은 콧잔등을 접었다가 그녀의 손을 놓아주었다.

로이가 마차 문을 닫고 에멜에게 말했다.

"나 약혼했다."

에멜이 놀라 눈을 크게 떴다가 되물었다.

"엘런이랑?"

"그래."

"엘런이 왜?"

뭐가 아쉬워서 너와?

그런 뜻이 역력한 되물음이었다.

"야. 그 말 너에게도 돌려준다."

로이가 투덜거려 에멜은 낮게 웃었다.

그건 대꾸할 말이 없다. 대신 그는 인사를 건넸다.

"축하해."

그의 인사에 로이가 씩 웃고 말에 올라타 마부에게 출발 신호를 보냈다. 마차가 출발하는 걸 보고 있는데 마차 창이 열리더니 에스텔이 상체를 불쑥 내밀었다.

보기에 위태위태한 행동이었다.

"아가씨!"

"주군!"

동시에 두 남자가 소리쳤지만 에스텔은 아랑곳하지 않고 손을 흔들었다.

"잘 있어요, 에멜."

에멜은 얼결에 손을 마주 흔들면서도, 웃음이 흘러나오는 걸 참으며 말했다.

"위험하니까 들어가세요!"

그의 외침에 에스텔은 몇 번 더 손을 흔들다가 로이가 말을 몰아 창가로 다가와 손으로 꾹 그녀의 머리를 밀어서 창문 안으로 넣고 나서야 사라졌다.

에스텔이 로이에게 투덜거렸다.

"와, 주군의 머리에 손을 올리는 기사가 어디 있어?"

"여기 있죠. 그러다가 마차에서 떨어지시면 어쩌려고 그러십니까?"

"안 떨어져."

"그건 모르는 거죠. 온실 속에 있으라는 말은 꺼내지도 않을 테니 부디 마차 속에라도 있어 주세요."

마지막은 거의 애원이라 에스텔은 얌전히 침대 의자에 누웠다.

'푹신푹신.'

적당히 흔들리는 마차 안에 누워 있자니 졸음이 와서 에스텔은 그대로 잠들었다.

깨어보니 공작저였다.

어쩜 일어날 때는 이렇게 딱 맞춰서 일어날까?

그래도 앤이 만들어 둔 이동 마법진 덕분에 하루 안에 레이몬드 저택과 오갈 수 있어서 편했다.

마차에서 가뿐히 내리니 카를이 기다리고 있었다.

에스텔이 내리자 그가 물었다.

"몸은? 괜찮아?"

"멀쩡해요. 그보다 오라버니, 질투는 그만하세요."

"질투?"

"자꾸 이렇게 절 일부러 빨리 부르시는 거 말이에요."

그녀가 양 옆구리에 손을 올리고 말하자 카를은 한숨을 내쉬고 말했다.

"그런 거 아냐."

"아니에요?"

"그래. 몸이 안 좋으니까 일찍 돌아오라고 한 것뿐이야. 그래도 여기가 더 낫잖아."

그 말에 에스텔은 살피듯 그를 바라보았다가 웃었다.

"그런 거라면, 알겠어요."

그녀가 고개를 끄덕이고 팔을 뻗어 카를의 목을 끌어안고 뺨에 키스했다.

"다녀왔습니다."

"어서 와."

그가 마주 뺨에 키스해 주고 말했다.

"아버님도 계셔."

"정말요?"

와, 하고 웃고 에스텔은 얼른 옷자락을 붙잡고 가볍게 뛰듯이 걸었다. 카를이 그 뒤에 대고 말했다.

"천천히 가."

"네."

에스텔은 웃으며 대답하고 걸음을 늦췄다. 카를은 가볍게 뺨을 만졌다. 그리고 보니 에스텔에게 키스받은 것도 오랜만이다.

카를은 앤의 충고를 떠올렸다.

레이몬드 후작가에 간 에스텔을 당장 데리러 가겠다고 하니 앤이 막아서고 나섰다. 그리고 대련을 미끼로 던졌다. 에스텔이 없을 때는 괜찮다고 하면서.

상당히 즐거웠다.

마법사와의 대결은 검사와의 대결과는 달랐다. 게다가 똑바로 자신을 바라보는, 그와 마찬가지의 호승심이 가능한 눈동자는 색다른 즐거움을 주었다.

결과는 둘째 치고, 앤은 자신의 이름을 확실하게 카를에게 각인시켰다. 그리고 제 충고도.

'정말로 통하는군.'

앤이 충고해 준 대로 말하니 에스텔의 반응은 부드러웠다.

'몇 개 더 물어볼까.'

카를은 그렇게 생각하며 만족스러운 미소를 지었다.

"아빠."

살며시 집무실 문을 열고 들어가며 에스텔이 부르자 아인은 미소 지었다.

"어서 오렴."

"다녀왔습니다."

그녀는 얼른 그의 옆으로 다가갔다.

"오시자마자 일하시는 거예요?"

책상 위 서류를 바라보며 묻자 아인은 "몇 가지만." 하고 말했고 옆에서 켈슨이 불안한 얼굴로 물었다.

"아가씨, 설마, 설마 같이 시간을 보내자고 하신다거나……."

"켈슨의 흰머리가 더 늘 만한 일은 하지 않을래요."

"감사합니다."

켈슨은 무릎 꿇고 만세 부를 기세로 말하고는 의기양양하게 공작에게 말했다.

"이제 더는 미루실 수 없습니다! 필수적인 서류를 처리해 주세요!"

아인은 한숨을 내쉬었다.

에스텔이 웃고 서류를 손끝으로 당기며 물었다.

"제가 도와드릴까요?"

"아니."

"아뇨."

두 사람이 동시에 대답해, 그녀는 멋쩍어져 손을 뗐다. 켈슨이 고개를 저었다.

"아가씨가 도와주실 정도의 일은 아닙니다. 이건 다! 공작님이 일을 미루셨기 때문이죠!"

"마탑이 스틸(지랄)해서 그렇지."

"공작님, 아가씨 앞."

생글 웃으며 켈슨이 말하자 에스텔 역시 생글 웃으며 대답했다.

"그게 무슨 뜻인지 알아요."

그러니 걱정 마세요. 저도 다 컸답니다.

그 말에 아인이 끙 하고 낮게 신음하고 말했다.

"하여간 이 기회에 마탑의 전력을 거의 깎아 버렸으니까."

"뭐, 사실 솔라드 백작령의 승리죠. 드래곤 학파에서 마탑의 주요 자금원인 마수를 막는 방어막을 거의 무상에 가깝게 공급하고 있으니까요."

"공작가의 자금이 있어서 가능한 일이죠."

"덕분에 마탑은 쫄딱 망해가고 있는 거 아닙니까."

하하 켈슨이 행복하게 웃었다. 행정적으로 상대방을 뭉갤 때 얼마나 즐거운가. 전쟁에서의 승리가 기사의 기쁨이라면 행정에서의 승리는 행정관의 기쁨이다.

"솔라드 백작령도 올해 수확량이 굉장하던걸요? 곡식 값이 폭락하는 거 아닙니까?"

"그래서 밀을 수출하려고요. 물론 관세 문제가 있기는 하지만요. 그리고 역시 특수 농작물을 키워야겠어요."

"특용 작물은 짭짤하죠."

"와인이나 만들까 봐요."

"포도밭을 하기에 땅이 괜찮죠. 올리브도 함께 키우는 게 어떻습니까? 기름도 훌륭한 자금원이니까요."

"그러네요."

"일 이야기는 그만해."

두 사람 사이를 가르며 아인이 말했고 켈슨은 아이쿠 하고 제 입을 막았다.

"아가씨와는 이야기가 너무 잘 통하다 보니……."

크흑, 아가씨 계속 카스티엘로에 계셔 주세요. 시집가는 길을 막으면 안 되겠지만.

하며 켈슨이 아쉬워하는 걸 무시하며 아인이 말했다.

"얼른 끝내고 저녁에 같이 식사하자꾸나."

"네."

"몸은 괜찮니?"

"건강해요."

씩 웃으며 말하고 에스텔은 물러났다. 자신의 방으로 돌아가니 로이가 아니라 엘런이 호위로 와 있었다.

"엘런!"

어쩐지 반가워서 에스텔은 그녀의 손을 꽉 잡았다. 그런데 뭔가가 손바닥에 걸렸다.

"어?"

그녀의 손을 펴보니 엘런의 뺨이 붉어졌다.

에스텔은 웃음을 터트렸다.

"약혼반지야?"

"네."

"약혼반지를 건틀렛 사이즈에 맞춘 거야?"

"두 개예요. 기사니 어쩔 수 없지요."

건틀렛 사이즈에 하나, 손가락 사이즈에 하나.

그녀의 말에 에스텔은 다시 명랑하게 웃었다.

"좋다. 어울려. 그럼 상대는?"

"로이 딜런이지요."

"드디어 로이가 정신 차린 거야?"

"아가씨께서 정신 차리게 해 주셨다고 하던데요?"

엘런의 보라색 눈이 반짝였다.

"그런 건 아닌데."

"부러워요, 엘런 경."

제인이 몇 번이나 반지를 훔쳐보며 말하자 엘런이 '어머나?' 하고 물었다.

"제인 양도 사귀고 있는 분이 계시잖아요."

"그렇지만 아직 그냥 사귀는 사이일 뿐인걸요."

"결혼하고 싶다고 이야기했어?"

에스텔의 말에 제인이 펄쩍 뛰었다.

"부담스러워하면 어쩌려고요? 그런 이야기는 먼저 못 하죠."

어휴, 하고 제인이 손사래를 쳐서 에스텔은 '그게 보통인가?' 하고 갸웃했다.

로라가 "어머나?" 하고 말했다.

"하지만 그러면 결혼하고 싶은지 아닌지 모르잖아요? 슬쩍 운은 떼어 보지 그래요? 마침 엘런 경이 약혼도 하셨고."

"그럴까? 그러다가 부담스럽다고 헤어지자고 하면 어떻게 하지?"

"그러면 헤어져야죠. 제인은 결혼하고 싶은 거잖아요?"

로라의 정론에 제인은 "그건 그렇지만." 하고 끙끙거렸다. 엘런이 그런 로라에게 물었다.

"로라 양은 상대가 없나요?"

"전 결혼할 마음이 없어요."

싱긋 웃으며 로라가 대답했다.

"로라는 야심가니까요."

제인의 말에 엘런이 픽 웃으며 대답했다.

"야심가인 건 저도 마찬가지인걸요."

그 말에 에스텔이 고개를 끄덕였다.

"결혼하면 기사 생활을 계속할 수 없다니. 이상해."

사랑과 커리어를 모두 이루는 게 뭐가 어떻다고 여자는 '야심가'라는 소리까지 들어야 하나.

'돈과 명예와 권력과 사랑까지 가지겠어, 정도면 야심가겠다.'

그렇게 생각하는데 엘런이 고개를 설레설레 저었다.

"아무래도, 그게 일반적이니까요. 그래도 솔라드 백작령은 관대한 편이에요."

미혼 여성에게도 능력만 되면 일을 줄뿐더러, 결혼한 여성에게도 동등한 기회를 주었다. 엘런의 말에 에스텔은 고개를 끄덕였다.

"백작령이 잘되면 다른 곳도 그렇게 해 주면 좋겠다."

에스텔의 바람에 엘런이 고개를 끄덕였다. 그러며 덧붙였다.

"그래도 결혼까지는 저도 마음이 어려워요. 하지만 약혼이라면……
그리고 로이가 진지하다는 것도 알았고요."

"엘런 행복해?"

"그럼요."

엘런이 웃고 물었다.

"아가씨는 안 그러신가요?"

"그러게, 아― 빨리 결혼하고 싶다."

"어머나? 공작님이 들으면 섭섭하실 말씀을."

"그렇지?"

"그렇지요."

"하지만 하고 싶다―"

에스텔의 말에 모두가 웃음을 터트렸다. 엘런이 미소 지으며 못 박듯이 말했다.

"저보다 먼저 결혼하시게 될 거예요."

애니가 살며시 티아라 위치를 새로 잡아주었다. 그녀의 눈가에 눈물이 글썽글썽했다.

"애니, 울면 안 돼요. 그러면 나 분명히 울 테고, 화장이 다 번질 거란 말이에요."

그렇게 말하는 에스텔의 목소리 끝도 잘게 떨렸다. 이런 떨림에 전혀 영향받지 않는 로라가 냉정하게 말했다.

"절대로 우시면 안 돼요, 아가씨. 울 것 같으시면 아래를 보세요. 눈물 방울이 뺨을 타고 흐르게 하면 안 돼요."

단호한 말에 애니와 에스텔은 저도 모르게 웃어 버렸다. 애니가 눈가를 빠르게 찍어내고 거울 속의 에스텔을 바라보았다.

"좋은 날이니까요. 우리 아가씨가 다 커서 벌써 결혼이라니……."

"날씨도 완벽해요. 온실에서 결혼하기 딱 좋은 날이에요."

로라가 한 번 더 날씨를 확인하며 말했다. 유월의 하늘은 쾌청했고, 그 흔한 구름 하나 없었다.

카스티엘로 공작령의 유월은 아직 그렇게 덥지 않아서 온실에서 식을 진행하기 딱 좋았다.

손님도 많지 않았다. 모두가 이 세기의 결혼식을 보고 싶어서 난리가 났지만, 초대장은 아주 극소수에게만 돌아갔다. 심지어 몇몇 대담하다 못해 뻔뻔한 귀족들은 '일단 가면 어떻게든 되겠지.' 하는 마음으로 카스티엘로 공작령으로 마차를 타고 무작정 들어왔다가 쫓겨나는 일도 생겼다.

그런 우여곡절 끝에, 저택은 기대감으로 가볍게 술렁이는 정도로 시끌벅적한 분위기는 아니었다.

에스텔은 자신의 웨딩드레스를 내려다보았다가 거울을 보았다. 로라가 마술처럼 솜씨를 발휘해서 에스텔은 자신의 미모에 넋을 잃을 정도였다.

'변장용으로 사용했던 화장 기술이 아닐까.'

그런 생각을 하며 그녀는 거울 속 자신을 요모조모 바라보았다. 체력이 약한 신부를 배려해서 결혼식 자체도 길지 않게 잡았다.

"준비 다 되셨나요?"

앤이 조심스럽게 문을 열었다. 에스텔이 자리에서 그녀를 돌아보았다.

"앤!"

"에스텔 님."

앤이 눈을 동그랗게 뜨고 에스텔을 보았다가 환하게 웃었다.

"정말로 아름다우세요."

"정말? 고마워. 나 완전히 떨려."

"뭐가 떨리세요?"

"그냥, 실수하면 어떻게 하지?"

"넘어지지도 않으실 거고, 비틀거리지도 않으실 거예요."

"정말? 정말?"

"정말정말이요."

"앤이 그렇게 말하면 믿을게."

단단히 결심하는 에스텔의 얼굴을 보고 앤은 미소 짓고 꽃다발을 건넸다. 색색의 여름 장미를 모아 조화롭게 만든 부케였다.

"예쁘다."

찬탄을 담아 속삭이듯 에스텔이 말해서 앤이 고개를 끄덕였다.

"저도 마음에 꼭 들었어요. 파스텔 색조가 에스텔 님과 잘 어울려요."

"응, 마음에 쏙 들어. 고마워, 앤!"

"제가 만든 것도 아닌걸요."

"그래도."

에스텔은 그렇게 말하고는 속삭였다.

"에멜은?"

"에멜 님은 식장에 가 계세요."

"벌써?"

"계속 머물러 계시다가는 카를 도련님에게 암매장당하는 게 아닐까 하고."

"정말?"

"농담이에요."

키득키득 웃으며 앤이 말해, 에스텔은 고개를 끄덕였다.

"맞아. 그래도 요즘 진짜 나아졌어."

"그렇지요?"

"응."

일방적으로 카를이 잡아먹지 못해서 안달 난 관계였는데, 요즘 카를은 노려보기는 하지만 달려들지는 않았다.

그 정도만 해도 상당한 발전이다.

똑똑.

가벼운 노크와 함께 문이 열렸다.

"에스코트하러 왔는데."

"아빠!"

에스텔이 놀라 허둥지둥 나오는 걸 아인이 손을 들어 저지하고 빠르게 걸어 그녀의 앞에 섰다.

"뛰면 안 되지. 신부가."

"아빠가 식장까지 에스코트하시려고요? 로이가 할 줄 알았는데요?"

"전 손 떼렵니다."

뒤에서 로이가 양손을 들며 말했다. 아인이 희미하게 웃으며 말했다.

"정식으로 하는 마지막 에스코트가 될 텐데."

그 말에 에스텔은 눈가가 화끈해지는 걸 느끼며 단호하게 말했다.

"아니에요."

"그러니?"

"그럼요. 에멜이 없을 때는 해 주셔야죠."

"그렇구나."

아인은 그렇게 말하며 미소 짓고 팔을 내밀었다. 에스텔은 깊이 숨을 들이마시고 손을 얹었다.

"아빠, 혹시 제가 비틀거리거나 넘어지려고 하면―"

"꽉 잡아 줄 테니 걱정하지 말렴."

"네."

싱긋 웃으며 에스텔은 안도의 얼굴을 했다. 아인은 가슴속이 꽉 조여 드는 것 같았다.

평소라면 길었을 길이 너무나도 짧게 느껴졌다.

온실은 양쪽 문을 다 개방하고 안쪽은 널찍하게 꾸며져 있었다. 둥근 테이블이 몇 개 놓여 있었고 거기에 손님들이 앉아 있었다.

그 앞에는 새로 짜 맞춘 단이 있고 그 단에 에멜이 서 있었다. 그의 표정은 바싹 긴장한 게 보이는 얼굴이었다.

'실감이 안 나.'

사람이 너무 기쁜 소식을 들으면 믿을 수가 없다고 하지 않던가?

에멜은 그렇게 생각하며 온실 끝에 등장한 에스텔을 바라보았다.

정말로?

정말로 그녀와 결혼하는 건가?

꿈인 듯 아닌 듯 둥실둥실 뜬 기분이었다. 이대로 비눗방울 터지듯 팍하고 모든 게 터져 버릴지도 모른단 두려움과 동시에 실감 나지 않는 설렘이 그를 꽉 채우고 있었다.

홀린 듯이 걸어오는 그녀를 마중 나가서 베일 너머의 에스텔과 눈이 마주치자 벼락 치는 듯한 실감이 전신을 쓸고 지나갔다.

손끝이 이제야 떨려왔다.

길 끝에 와서 아인은 부드럽게 에스텔의 면사포를 넘기고 이마에 키스해 주었다. 신부 아버지가 보통 하는 행동은 아니었지만, 아무도 이의를 제기하지 않았다. 그러고서 아인은 에스텔의 손을 에멜에게 건네주었다.

에스텔은 에멜과 손을 잡자 그의 손이 떨리는 걸 느끼고 놀라 그를 올려다보았다.

'에멜?'

눈으로 묻는 그녀에게 에멜은 미소 지어 보였다. 그가 손을 꼭 쥐고 아인을 돌아보았다. 아인이 슬쩍 한 걸음 물러나자 에멜은 깊게 그에게 인사하고 에스텔의 손을 끌고 단 앞에 섰다. 에스텔은 에멜을 힐끗 보았다. 그가 다시 태연하게 미소를 지어 보여서 에스텔은 안도했다.

'아까 그건 착각이었나?'

사실 내 손이 떨렸던 거 아니야?

그리 생각하니 어쩐지 '나만 이렇게 떠나?' 하는 불만이 슬그머니 솟구쳤다. 괜히 에스텔은 그와 붙잡은 손을 다시 꼭 쥐었고 에멜이 그녀를 달래듯 툭툭 손등을 두들기고 마주 힘을 주었다. 그러니 어째 마음이 또 풀렸다.

고대어로 된 축사는 한 귀로 들어가서 한 귀로 흘러나왔다.

해석해 볼까, 하는 노력은 빠른 속도에 질려서 사라졌다. 어째서 고대어로 축사를 하는 걸까?

사실 보통이면 서약의 신전 신관이 와서 축사하겠지만, 카스티엘로는 전통적으로 신관의 축사를 받지 않았다.

카스티엘로에게 마족의 피가 섞여서 신전 측에서 거절했다고도 하고, 아니면 카스티엘로 쪽에서 거부했다고도 한다.

어느 쪽이든 간에 신관이 주도하는 결혼식은 올리지 않았다.

그래서 라샤드 가문이 있는 동안은 정령사들이 카스티엘로의 결혼식을 집전했고, 정령사들이 없어진 후에는 적당히 행정관 중에서(!) 세웠다.

―어차피 축도만 읽으면 되잖아?

하면서 말이다.

물론, 이 결혼식은 레이몬드 후작가의 결혼식이라고 볼 수도 있었다. 하지만 에멜은 카스티엘로 쪽에게 기꺼이 순위를 양보했다. 에스텔 역시 그걸 원했고 말이다.

그래서 이번에는 마법사에게 부탁했다. 솔라드 백작령의 드래곤 학파 일원이었다. 마법사와 카스티엘로, 그리고 솔라드의 새로운 관계를 알리는 의미에서였다.

보통이면 양피지를 보고 낭독하는데, 이 마법사는 진지하게 그 모든 걸 암송해서 왔고 지금 촬촬 빠르게 그걸 외우는 중이었다.

전통적인 문구들―아내는 남편에게 복종해야 하고― 같은 내용은 전부 수정한 수정판이었다.

마법사는 마지막 순간에 다다르자 양손을 들고 주문을 외웠다.

"잉테르카!"

그러자 번쩍번쩍한 빛 가루가 허공에서 쏟아져 내렸고, 사람들은 탄성을 질렀다.

마지막으로 오케스트라가 연주를 시작하고 에스텔과 에멜은 빛가루가 흩날리는 길을 조심스럽게 돌아와 퇴장했다.

온실을 나오자 에멜이 웃으며 물었다.

"우리 저런 거 하기로 했었나요?"

"아뇨."

에스텔이 작게 중얼거렸고 "역시." 하고 그가 고개를 끄덕였다. 힐끗 돌아보니 아직 빛가루가 그녀에게 남아서 반짝반짝 빛나고 있었다.

"에스텔 반짝반짝해요."

"에멜도요."

그녀가 웃으며 말해서 에멜은 그녀의 베일을 도로 내렸다. 당황한 에스텔이 "에멜?!" 하고 그를 부르자 그가 입을 비죽였다.

"빛나는 에스텔을 다른 사람에게 보여주고 싶지 않네요."

"에멜……."

한숨을 내쉬자 에멜이 큰 소리로 웃으며 그녀를 번쩍 안아 들어 빙글 돌렸다. 에스텔이 놀라 "에멜!!" 하고 소리치자 그가 그녀를 내려놓고 속삭였다.

"내 신부님."

"정말이지."

그녀가 샐쭉하게 눈을 뜨고 부케로 그의 팔을 탁 때렸다. 저쪽에서 제인이 뛰듯이 걸어오며 말했다.

"부케로 뭐 하시는 거예요?"

"에멜 응징."

"어머?"

얼른 다가온 제인의 두 뺨은 발갛게 상기되어 있었다.

"너무 멋있었어요. 마지막에 진짜 예뻤고, 아가씨도 너무 예쁘시고! 진짜 대단해요. 안에서 아직도 마법사님이 환영 마법을 보여주고 계세요."

또 예정에 없던 일을.

에스텔은 그렇게 생각했지만, 군이 입 밖에 내지는 않았다. 게다가 좀 궁금하기도 하다.

환영 마법.

에멜이 싱긋 웃고 말했다.

"가서 베일 정돈하고 와요."

에스텔은 고개를 끄덕였다.

'뭐랄까? 벌써 끝이라니? 이런 느낌이기도 하고…….'

그렇게 생각하며 에스텔은 로라와 제인에게 에워싸여서 방으로 돌아갔다.

"야, 얼굴 펴라. 누가 보면 에스텔 납치해 가는 줄 알겠다."

제온이 카를에게 한 소리 했고 카를은 한숨을 내쉬며 잔을 내밀었다. 제온은 히죽 웃고 잔을 가득 채웠다.

"너 너무 마시는 거 아냐?"

"난동은 안 부려."

"그렇다면야."

제온은 어깨를 으쓱했다. 온실 안 분위기는 잔뜩 고조되어 있었다. 마법사가 보여준 여러 가지 아름다운 환영이 화젯거리였다. 마법사에게 집중되어 있던 시선은 신랑이 돌아오자 신랑에게로 집중되었다.

"에멜과 결혼을 할 줄이야."

제온은 그렇게 중얼거리며 참 흥미로운 일이라고 생각했다. 호위 기사가 후작이 되어 돌아오다니, 어디 소설에서나 나올 법한 이야기다.

그때 에멜이 이쪽으로 다가왔다.

"식사는 입에 맞으십니까?"

"우리 요리사니까 당연하지."

카를이 까칠하게 말했고 제온이 고개를 끄덕였다.

"메뉴는 에스텔이 정한 거겠죠. 후식에 푸딩이 들어있는 걸 보니까요.”

“그렇습니다.”

웃으며 에멜이 말하고 카를을 돌아보며 말했다.

“편하게 생각하시죠. 한 가족이 되었으니까요. 매부라고 부르셔도 되고, 음 나이가 좀 애매하네요. 제가 그냥 형님이라고 부르면 될까요?”

“뭐?”

카를의 붉은 눈이 가늘어졌고, 그 시선을 정면으로 받아치며 에멜이 씩 웃었다.

제온은 ‘과연, 과연’ 하고 고개를 끄덕였다.

저 정도의 배짱과 넉살이 없으면 에스텔과 결혼할 생각을 못 했겠지.

“너 진짜—”

카를이 으르렁거리자 에멜이 어깨를 으쓱했다.

“아니면 그냥 서로 편하게 가도 되지요.”

에멜과 카를로.

에멜은 그렇게 말하고 카를의 술잔을 보고 덧붙였다.

“너무 마시지는 마시고요.”

그리고는 가볍게 인사한 후에 테이블을 떠났다. 제온은 웃음을 터트렸고 카를이 날을 세웠다.

“왜 웃어?”

“나에게 불똥 튀는 거야? 아니, 굉장한 배짱이다 하고.”

“짜증 나, 진짜.”

카를이 그렇게 말하며 잔을 휙 비웠다. 제온은 피식 웃으며 말없이 그의 잔을 다시 채워주었다.

에멜은 마지막 테이블로 향했다.

“아버님.”

그가 슬그머니 호칭하자 아인이 눈썹을 슥 올렸다. 같은 테이블에 앉아 있던 켈슨은 기침을 시작했고 아스터는 픽 웃었다.

켈슨은 손수건으로 입가를 닦고 감탄했다.

'뻔뻔한 건 알았지만, 이 정도일 줄이야.'

"아버님?"

아인의 말에 에멜이 웃으며 대꾸했다.

"그야 에스텔의 아버님이시니까요. 제게도 그런 분이지요."

아인은 똑바로 에멜을 바라보았다. 붉은 눈과 호박색 눈이 기 싸움을 하듯이 한 치의 양보도 없이 서로를 바라보았다. 중간에 낀 켈슨은 엉덩이가 들썩거렸고 아스터는 느긋하게 그런 켈슨의 잔을 채워주었다.

"하긴 넌 처음부터 그랬지."

아인의 말에 에멜이 "뭐가 말입니까?" 하고 되물었고 아인이 의자에 몸을 기대며 말했다.

"첫 만남에서부터."

"그랬나요?"

"그래."

아인이 다리를 꼬며 말했다.

"한잔할 텐가?"

"당연하지요."

얼른 에멜은 자리에 앉았다.

"여기가 마지막이거든요."

제온이 그걸 넘겨다보고 쿡 카를의 옆구리를 찌른 후 턱짓했다. 카를은 뭐야? 하고 뒤를 돌아보았다가 그 광경을 보고 인상을 팍 썼다.

"공작 각하도 저러시는데, 너만 너무 날 세우는 거 아니냐."

"아, 진짜."

카를은 자리에서 벌떡 일어났고, 제온이 놀라 따라 일어나며 말했다.

"어쩌려고?"

"나가서 바람 쐴 거야."

"아, 그래."

제온은 다시 자리에 털썩 앉았고 카를은 찌릿 한 번 에멜을 노려봐 주고는 온실 밖으로 나갔다.

그래도 밖은 안보다는 시원해서 나오니 살 것 같았다.

그때 어디서 이상한 소리가 나서 카를은 고개를 갸웃했다.

'뭐지?'

걸음을 옮기니 금방 여자가 우는 소리란 걸 알 수 있었다.

온실 바깥, 관목 옆에 서서 앤이 울고 있었다. 그녀가 우는 건 상상도 못 했던 일이라서 카를은 놀랐다.

눈 하나 깜짝 않고 제게 달려들던 여자가 울어?

"왜 울어?"

카를의 말에 앤은 화들짝 놀라 고개를 들었다. 그녀가 눈가를 닦으며 말했다.

"에스텔 님이 결혼하시니까요."

말하고는 다시 후두두 눈물을 쏟았다가 앤은 열심히 눈가를 닦았다.

"기쁜 일인 건 알지만, 그래도, 그래도 저만의 에스텔 님이 아니게 되는걸요."

말도 안 되는 감정이라는 건 앤도 알고 있었다. 그녀가 킥킥 웃고 말했다.

"예전에 에스텔 님이 그러셨거든요. 앤이 결혼하면 난 울 거야. 하고. 그런데 제가 울게 되어 버렸네요."

후, 숨을 내쉬고 앤은 카를을 돌아보았다.

"카를 님은 괜찮으신가요?"

그녀의 질문에 카를은 길게 한숨을 내쉬었다.

"안 괜찮아."

그리고 피식 웃었다.

"주인이 울보니까 수하도 울보인 건가?"

"어머? 울 때는 우는 사람이 진짜 강한 거라고요."

빨개진 눈으로 항의하는 앤을 보니 어쩐지 카를은 안심이 됐다.

'그렇군.'

자신도 좀 울고 싶었던 걸지도 모른다.

결코, 인정하고 싶지는 않지만 말이다. 그래서 더 짜증이 나고 화가 났나 보다, 하고 그는 이해했다.

"바보같이."

"네?"

"아니, 너 말고."

앤이 눈썹을 치켜 올려 카를은 고개를 저어 정정했다.

앤이 탁탁 자신의 로브를 쳐서 펴고 말했다.

"그럼 전 이만 가보겠습니다. 에스텔 님이 기다리실 거예요."

"그 눈으로 가면 걱정할걸?"

"심한가요?"

"빨간 눈."

그의 말에 앤은 한숨을 내쉬고 눈을 감았다.

"눈에 뭐가 들어갔다고 이야기하면 되지 않을까요."

"그거랑은 좀 다르지."

앤은 피식 웃었다.

"이상하네요."

"뭐가?"

"도련님과 말이 통할 거라고는 생각 못 했는데요."

"앤."

앤은 깜짝 놀라 눈을 떴다. 그가 자신을 이름으로 부르는 건 처음 있는 일이었다.

"나도 너와 말이 통할 거라고는 생각 못 했어."

그가 그러며 가볍게 웃었다.

'아.'

앤은 깨달았다.

'인정받았구나.'

그 싸움들 때문인지 아니면 뭐 때문인지는 몰라도 지금 확실히 그의 선 안에 들어섰다.

"더해서 카를로 충분해."

그렇게 말하고 앤이 대답도 하기 전에 "먼저 간다. 넌 좀 더 있다가 들어와."하고 명령하듯 말했다.

그 말에 앤은 고개를 끄덕였다. 카를은 다시 자리로 돌아갔다.

아까만큼 화가 나지 않았다.

*　　*　　*

리리아가 "꺄악!" 하고 달려와서 에스텔의 손을 꽉 잡았다.

"진짜 예뻐! 걸어 들어오는데 진짜로 빛이 나더라."

리리아는 '공작 전하는 여전히 무섭더라.' 하는 말은 뺐다. 축하 자리에는 어울리지 않는 말이다.

"와 줘서 고마워."

"당연히 와야지. 누구 결혼식인데."

리리아가 명랑하게 웃었다.

샤샤와는 이제는 연락하고 지내지 않았고, 사교계의 인맥 중에서 초대할 만한 진짜 친구는 리리아뿐이었다.

'한 명이라도 있다면 그걸로 된 거지.'

에스텔은 그렇게 생각하고 미소 지었다. 리리아가 물었다.

"인사는 안 나가보는 거야?"

"조금 있다가 나갈 거야. 그래도 얼굴은 보여야지."

"그래, 너무 무리하지는 말고."

리리아의 말에 에스텔은 고개를 끄덕였다. 리리아는 한쪽에 정중하게 올려져 있는 티아라를 바라보며 한숨을 내쉬었다.

"프린세스라니. 프린세스 에스텔이라니!"

"멋지지?"

"응."

리리아가 고개를 깊게 끄덕였다.

"결혼식 때 정식 티아라인 게 가장 좋은 점인 것 같아."

리리아의 말에 에스텔은 "그런가?" 하고 갸웃했다. 리리아가 "그렇다니까." 하고 힘주어 말해서야 에스텔은 "그렇군." 하고 대답했다. 워낙 이런저런 일을 겪다 보니 소녀답게 결혼식에 대한 환상도 없었던 터라, 딱히 티아라에 대해서도 생각하지 못했다.

애니가 다가와서 물었다.

"머리 손질 다시 해드릴게요."

"응, 부탁할게요."

애니가 그녀의 머리핀을 전부 다 뽑았다. 베일과 티아라를 위해서 따로 장식은 하지 않고 꼼꼼하게 틀어 올렸다.

머리카락을 풀자 앉아 있는 의자 등받이 아래로 머리카락이 떨어졌다. 리리아가 감탄했다.

"에스텔 머리카락 진짜 예쁘다니까. 정말로 금으로 뽑아낸 것 같은 황금색이야."

그리고 빤히 눈을 본다.

"다행이야. 에스텔은 무섭지 않아서. 에스텔이 무서웠으면 진짜 큰일이었을 거야."

리리아의 안도 섞인 말에 에스텔은 웃었다.

"그러게, 진짜 다행이야."

"정말로. 네 눈은 붉은색이라도 예쁘거든? 그런데 공작 전하나 카를님의 눈을 보면……."

부르르 몸이 저절로 떨렸다. 리리아는 자신의 친구가 그렇지 않아서 다행이라고 생각했다.

아니, 그랬다면 처음부터 친구도 못 되었겠지만.

"그럼 신혼은 어떻게 할 거야?"

저택에서 지내나?

물으니 에스텔이 고개를 저었다.

"솔라드 백작령으로 내려갈 거야."

"멀지 않아? 여행은 괜찮은 거야?"

"응, 괜찮아. 중간까지는 순간 이동으로 이동할 거고."

"맞아. 카스티엘로 공작령에서는 상당히 상용화되었다며?"

"응."

"세르반 백작령에도 사용하고 싶네……. 설치 비용이 만만찮기는 하지만……."

"싸게 해달라고 부탁해볼게."

"그런 걸 바란 건 아니지만, 그렇게 해 준다면야 고맙지."

씩 웃으며 하는 말에 에스텔은 웃었다.

그사이 애니와 로라가 달라붙어 솜씨 좋게 에스텔의 머리카락을 다시 틀어 올렸다.

아까와 달리 장신구로 고정했다.

에스텔에게 백금과 보석이 잔뜩 달린 티아라가 상당히 무거웠기 때문이었다. 대신, 작게 만든 티아라 모양이 달린 머리빗을 위쪽에 고정했다.

"그거 귀엽다."

"귀엽지?"

"응. 나도 같은 디자인으로 만들어도 돼?"

"물론이지."

"이건 유행의 예감."

리리아가 그렇게 말하며 고개를 끄덕였다. 에스텔이 피식 웃고 그녀에게 물었다.

"리리아는? 약혼 기간이 너무 길어지고 있는데?"

"그러게. 세상에, 내가 에스텔보다 결혼을 늦게 할 줄이야."

정말이지 삶은 알 수가 없다, 하고 리리아가 가슴에 손을 얹었다가 말했다.

"올해 안에는 할 것 같아."

"정말?"

"응. 초대하면 와주기야?"

"당연하지."

에스텔이 웃으며 고개를 끄덕였다. 로라가 물었다.

"그럼 나가 보시겠어요?"

"아, 응."

에스텔이 자리에서 일어나자 제인이 재빠르게 드레스 뒤를 정리해 주었다. 이번에는 로이가 에스코트하기 위해 기다리고 있었다. 로이가 물었다.

"몸은 괜찮으세요?"

"당연히 괜찮지."

"그럼 다행이군요."

이런 큰 행사에서는 흥분하거나 긴장해서 체력이 더 빨리 떨어지니 로이는 면밀하게 주군을 살피기로 했다.

온실로 다시 돌아와 에스텔은 손님들에게 가볍게 인사를 했다. 그녀가 입구에 도착하자마자 후다닥 에멜이 마중 나왔다.

"몸은—"

"괜찮아요."

그가 말을 끝내기도 전에 에스텔이 답했다. 둘은 테이블을 돌며 인사했다. 늑대기사단원들은 에멜에게 작게 야유도 보냈다.

제온은 웃으며 "아쉽네, 꼬맹이." 하고 말했고 카를은 자리에서 일어나 에스텔의 뺨에 키스해 주었다.

마지막 테이블은 역시나 아인의 테이블이었다. 에스텔이 허리를 숙여 가볍게 아인과 포옹하고 아스터와 켈슨에게도 인사했다.

"옷은 괜찮은가?"

아인의 물음에 에스텔은 고개를 끄덕였다.

웨딩드레스는 완전 봉제다.

그러니까, 짜 맞춰서 입고, 입은 채로 바느질해 버린다.

평소에는 핀으로 연결하는 스토마커도 이번에는 전부 바느질한다.

즉 갈아입을 수가 없었다.

게다가 결혼식이니만큼 일반적으로는 있는 힘껏 조인 코르셋 위에 단단하게 입겠지만, 에스텔은 몸 상태를 고려해서 조금 느슨하게 입은 상태였다.

'그래도 너무 마르셔서─'

하고 애니가 울상이 되어 말했지만 말이다.

"바로 출발하시나요?"

켈슨의 물음에 에스텔은 고개를 끄덕였다. 보통이라면 신부와 신랑이 밤새워 연회를 즐기고 출발하겠지만, 에스텔은 인사만 하고 먼저 빠질 예정이었다.

"그럼 다녀와서 봐요, 아빠."

에스텔이 속삭인 말에 아인은 웃었다.

"그래. 다녀오렴."

*　　*　　*

솔라드 백작령의 백작 저택은 우아함을 자랑하고 있었다.

새 건물다운 깔끔함은 물론이요, 솔라드 백작이 여성이기 때문에 나오는 섬세한 디자인이 저택 디자인의 대부분을 차지하고 있었다. 그러면서도 카스티엘로다운 시원시원한 공간 활용에 화이트홀에서 따온 타일 디자인이나 촘촘한 나무 공예가 들어간 천장이 볼거리였다.

그리고 백작의 방에서 에스텔은 길게 한숨을 내쉬었다.

'드레스가 답답해.'

하지만 벗겨줄 사람이 오지 않으니 입고 기다리는 수밖에.

에스텔은 앞에 놓인 은가위를 바라보았다. 은가위로 웨딩드레스를 잘라내는 건 신랑이 하는 일이라고 한다.

'그냥 내가 직접 할까.'

에스텔이 눈을 가늘게 뜨고 그렇게 생각하는데 침실 문이 열렸다.

달칵.

그 작은 소리에 전신이 꽉 오므라들었다. 에스텔은 어쩐지 긴장되어 숨쉬기가 어려웠다. 방금까지 어떻게 태연했는지, 왜 안 오지? 하고 고민했는지 알 수가 없었다.

쭈뼛쭈뼛 에스텔은 뒤를 돌아보았다. 입구에 에멜이 서 있었다. 조명이 침대 주변에만 켜져 있어서 그가 서 있다는 것만 보이고 얼굴은 잘 보이지 않았다.

"에멜?"

"네."

부드러운 목소리에 긴장이 풀렸다. 에스텔은 '큼.' 하고 목을 가다듬고 물었다.

"왜 거기에 서 있어요?"

"보는 중이에요."

"뭘요?"

"침실에서 웨딩드레스를 입고 날 기다리고 있는 에스텔 레이몬드를."

그 말에 에스텔은 뺨이 달아오르는 걸 느끼며 말했다.

"그런 말 하면 안 부끄러워요?"

"이런 말을 안 부끄럽게 하는 게 사랑의 비결이라던데요."

에멜이 그렇게 말하며 침대가로 다가왔다. 에스텔이 자리에서 일어서며 말했다.

"뭐, 틀린 말은 아닌 것 같아요."

"그렇지요?"

에멜이 가볍게 웃고 그녀의 뺨을 쓸어내렸다. 에스텔이 파르르 숨을 내쉬어서 그가 속삭였다.

"긴장 풀어요."

"나도 안 하고 싶은데 말이죠."

"어디까지 만져 봐도 돼요? 하는 도발은 어디로 갔어요?"

"제 내면의 토끼굴 어디로 들어가 버렸어요."

에스텔의 말에 에멜은 가볍게 웃고 그녀의 입술에 입 맞췄다. 씻고 왔는지 그에게서 비누 향이 났다. 에스텔이 투덜거렸다.

"전 이 웨딩드레스를 벗지 못해서 씻지도 못했는데요."

"상관없는걸요."

거듭거듭 입술을 겹치며 에멜이 속삭였다. 에스텔은 어쩐지 뒤로 물러서고 싶은 기분이 되어서 그의 팔을 꽉 붙잡았다.

에멜이 찬찬히 그녀를 살피고 말했다.

"옷 벗겨 드릴까요?"

"네? 아니, 그게—"

답답해서 벗고 싶었는데, 막상 벗겨준다고 하니까 입안이 바싹 마르기 시작했다. 에멜이 은가위를 들며 말했다.

"겉옷만 벗길 거예요. 아무 짓도 안 해요. 답답하시지 않으세요?"

그 말에 에스텔은 고개를 끄덕였다. 에멜은 '어딜 잘라야 하나?' 고민하다가 조심스럽게 봉제선에 가위를 넣었다. 가위질한 그가 눈을 찌푸렸다.

"이런."

"왜요?"

무슨 문제가 있나? 에스텔이 그를 올려다보니 에멜이 피식 웃었다.

"가위에 날이 없어요."

"네?"

"흔한 첫날 밤 장난이죠."

"그럼 새로 가져와야 하는 거예요?"

"네, 보통은 그렇겠지만."

은가위에 금빛 오러가 맺혔다.

"전 마스터지요."

잘리는 소리조차 나지 않으며 은가위가 재봉선 위로 미끄러졌다.

새하얀 드레스가 바닥에 툭 떨어졌다. 에멜이 속삭였다.

"코르셋도 자를게요."

"네, 네."

에스텔은 저도 모르게 허리를 쭉 폈다. 에멜이 웃고 가위로 코르셋 끈도 잘라 버렸다.

코르셋도 땅에 떨어지자 그제야 몸이 가벼워지면서 살 것 같았다.

하지만 이제, 입고 있는 옷은 부드러운 슈미즈와 속옷뿐이다.

"머리도?"

에멜의 물음에 에스텔은 작게 고개를 끄덕였다. 목소리가 잘 나오지 않았다.

에멜이 에스텔의 머리에서 장식핀을 하나씩 빼기 시작했다. 그리고 그가 머리카락이 떨어지지 않게 살며시 붙잡아 내린 후 땋인 머리를 부드럽게 풀어주었다.

에스텔은 머리카락을 붙잡아 앞쪽으로 당겼다.

"아직요."

에멜이 그렇게 속삭이며 그녀의 머리카락을 손가락으로 빗어 내렸다. 에스텔은 뒷목부터 척추까지 저릿저릿해져 오는 것 같았다. 엉덩이 아래까지 내려오는 물결치는 금색 머리카락을 에멜은 하염없이 쓸어내리고 싶었다.

에스텔은 어색하게 팔짱을 껴서 앞을 가렸다.

'첫날밤은 역시 과감하게지!' 하고 슈미즈를 골랐던 게 화근이었다.

슈미즈는 가장 안쪽에 입는 원피스 형태의 속옷으로, 지금 입고 있는 상의는 슈미즈뿐이었다.

'내가 왜 그랬을까, 그냥 평범한 거로 할걸.'

지금이라도 되돌리고 싶다.

에스텔은 그렇게 생각하며 혀로 입술을 적시고 물었다.

"에멜."

"네."

"저 이불 좀 써도 될까요?"

그 말에 에멜이 멈칫하더니 낮게 웃었다.

"어디에 쓰시려고요?"

"그게, 음. 저만 벗은 건 불편해요."

에스텔이 그렇게 말하며 힐끗 에멜을 돌아보자 에멜은 고개를 끄덕이고 순순히 침대가로 가더니 이불을 들고 와 에스텔을 감싸 주었다. 에스텔은 얼른 이불을 붙잡고 침대 발치에 있는 카우치에 앉아서 말했다.

"에멜도 벗어요."

나만 벗고 있으니까 쑥스러운 거다.

에스텔은 그렇게 생각하며 말했고 에멜은 픽 웃으며 양팔을 벌리고 고개를 숙여 보였다.

"기꺼이."

에멜은 입고 있던 재킷 단추를 하나씩 풀어 바닥에 떨어트렸다. 그리고 안에 입은 조끼도 벗었다.

그의 동작은 지나치게 빠르지도 느리지도 않았다.

하지만 어쩐지 감질나서, 에스텔은 입술을 빨며 그 모습을 바라보았다. 셔츠 소매 단추를 풀고, 이어 셔츠 단추를 하나씩 풀어 내린 후 에멜은 에스텔에게 눈을 찡긋하고 셔츠를 벗었다.

적당히 햇빛에 그슬린 균형 잡힌 상체가 드러났다. 셔츠 위에서 상상만 하던 것과는 달랐다. 단단한 어깨와 날렵하게 내려오는 허리, 잘 짜인 근육이 뚜렷하게 존재를 드러내고 있었다. 그리고 옆구리의 흉터는 여전했다. 에스텔의 시선이 거기에 머물자 에멜이 머뭇거리며 말했다.

"보기 안 좋지요?"

"아뇨. 엄청 섹시하다고 생각하고 있는데요."

에스텔이 정색하며 말하자 에멜은 눈을 크게 떴다가 웃었다.

"뭐, 아가씨께서 그러시다면."

그리고 그가 허리를 숙여 부츠를 벗었다. 그 간단한 동작에서도 촛불 아래 그의 근육이 움직이는 걸 보는 건 즐거운 일이었다. 부츠를 벗고 에멜이 허리띠를 풀었다. 탁하고 버클이 땅에 떨어지는 소리가 크게 들렸다.

그가 바지허리에 손을 대자 에스텔이 "잠깐만요!" 하고 손을 들었다.

"그만할까요?"

그가 묻자 에스텔이 "그게 아니라……." 하고 작게 물었다.

"그 안에 속옷 있는 거죠?"

남자 옷은 어떻게 되어 있는지 몰라서…….

바로 나오면 마음의 준비를 하려고…….

그녀의 말에 에멜은 웃음을 터트렸다.

"네, 안에 입고 있어요."

"그럼 계속해도 좋아요."

안심하고 에스텔이 고개를 끄덕여 에멜은 픽 웃고 바지를 벗었다. 에스텔은 침을 꼴깍 삼켰다. 에멜이 "아, 참." 하고 양말을 벗어 버리고 말했다.

"음, 이제 저도 끝난 것 같네요. 물론 마지막 하나가 남아 있긴 하지만. 어떠신가요?"

"마음에 들어요."

낮게 말하고 에스텔은 이불을 꽉 쥐었다. 에멜이 그녀 쪽으로 느리게 걸어와서 물었다.

"그럼 이제 제가 스타킹을 벗겨드려도 될까요?"

그 말에 에스텔이 발을 카우치 위로 당겨 올리자 에멜이 미소 지었다.

"원하지 않으시면 손끝 하나 건들지 않아요."

그의 말에 에스텔은 손을 뻗었고, 에멜은 한쪽 무릎을 꿇어 그녀를 올려다보았다. 에스텔이 천천히 손으로 그의 얼굴을 쓸었다.

에멜.

내 에멜이다.

무서워할 건 하나도 없었다.

그녀의 손이 전과 마찬가지로 천천히 그의 입가를 만지다가 목덜미로, 어깨로 아래로 쓸어내렸다. 새하얀 손가락이 그의 그을린 피부 위를 스치는 것조차 관능적으로 느껴졌다.

에스텔은 빙긋 웃고 이불을 벗어서 떨어뜨리며 몸을 쭉 폈다. 드러난 옷차림에 에멜이 숨을 삼켰다.

그래요, 과감한 슈미즈랍니다.

에스텔이 웃으며 발을 뻗었다.

"그럼 벗겨줘요."

첫날 밤 입는 슈미즈는 애니가 골라온 것이었다.

"이런 걸 첫날밤에 입는단 말야?"

"그럼요."

애니가 그렇게 말했지만, 그녀는 믿을 수가 없었다.

그 슈미즈는 에스텔이 본 슈미즈 중에서 가장 예쁘지 않았다. 도톰한 흰색 무명천으로 만들어서 발끝까지 끌리는 길이의 원피스. 실용성을 강조한 평소에 입는 슈미즈조차도 이것보다는 화려했다. 그래서 '이건 심심하다.' 하고 선언한 에스텔은 애니가 눈을 부릅뜨는 걸 슬쩍 무시하며 로라와 함께 요즘 유행한다는 슈미즈를 골랐다.

얇고 하늘하늘한 옷감으로 만들어져서 부적절한 곳에 구멍 나 있고 아슬아슬한 곳에 레이스가 달린 슈미즈였다.

슈미즈 안에는 반바지 형태인 드로어즈와 팬티만을 입기 때문에 그녀의 상체는 슈미즈만 걸친 상태였고, 부적절한 곳에 나 있는 펀칭홀이 돋보였다.

에멜이 자신에게서 눈을 떼지 못하자 에스텔은 뺨이 붉어지는 걸 느끼면서 슬쩍 발끝으로 그의 허벅지를 쿡 찔렀다.

"안 벗겨 줄 건가요?"

에멜은 그 말에 대답하지 않고, 손을 뻗어 그녀의 실크 스타킹을 끌어 내리기 시작했다. 피부 표면을 타고 벗겨지는 그 감촉에 에스텔은 소름이 돋았다. 에멜은 그녀의 맨발을 만지작거리고 둥근 무릎에 키스해 준 다음 물었다.

"그다음은요?"

그의 목소리는 완전히 탁해져 있어서 에스텔은 침을 삼켰다.

"음, 침대로 가야겠죠?"

그녀가 속삭이듯 말하자 에멜은 자리에서 일어나며 에스텔을 가볍게 안아 들었다. 그리고 침대에, 얇은 유리판이라도 내려놓는 것처럼 조심스레 그녀를 내려놓았다.

누워서 올려다보는 에멜은 완전히 달랐다. 에스텔은 잘하면 자신의 몸이 그의 몸에 완전히 가려질 수도 있겠구나, 했다.

에멜이 그녀의 입술에 살며시 입 맞춰 주었다. 에스텔은 시트를 꽉 움켜쥐었다. 심장이 너무 세차게 뛰어서 목구멍으로 튀어나올 듯했다.

"에멜."

목소리가 이상하게 흔들려서 나왔고 에멜은 입맞춤을 멈추고 에스텔을 내려다보았다.

그녀가 머뭇머뭇하다가 속삭였다.

"그러니까, 음, 오늘은, 그게―"

하기 싫은 것도 아니지만!

하고 싶은 것도 아니야!

이 마음을 뭐라고 해야 하나.

에멜이 가볍게 웃고 다시 키스하며 말했다.

"오늘은 그냥 잘까요?"

"정말요?"

"하루 종일 피곤했지요."

에멜의 말에 에스텔은 "그야……."하고 중얼거렸다. 그러자 에멜이 휙하고 몸을 돌려서 침대에 털썩 누웠다.

'어? 정말?'

에스텔은 당황해 그를 돌아보았다. 에멜이 팔을 괴고 그녀의 시트를 끌어올려 덮어 주었다.

에스텔이 이불 속에서 몸을 돌리며 물었다.

"에멜은 괜찮아요?"

"뭐가요?"

"아니, 음, 나랑 안 하고 싶어요?"

작은 물음에 에멜의 입가에서 평소 같은 미소가 사라졌다. 그의 눈은 깊고 깊은 달콤한 캐러멜 색으로 불꽃이 튀는 듯 보였다.

"안 하고 싶으냐고요? 그런 말은 하는 게 아닙니다, 내 신부님. 제가 얼마나 하고 싶은지 온몸으로 증명해 드리고 싶어지니까."

에멜의 말에 에스텔은 침을 삼키고 스르륵 시트 아래로, 눈만 빼꼼히 내놓고는 쏙 들어갔다.

"그러니까— 에스텔!"

에멜의 얼굴이 붉어졌다. 그녀가 손을 슥 뻗어서 그의 몸을 만지기 시작해서였다.

"대체 뭘, 웃—"

짧게 신음을 내고 눈을 찡그리며 에멜이 그녀의 손을 떼어냈다.

"뭘 하시는 겁니까?"

으르렁거리는 듯한 목소리라 에스텔은 "아뇨, 그냥……." 하고 중얼거렸다가 웃었다.

"에멜."

"네."

도무지 그녀의 웃음을 이해할 수가 없어 그는 한숨을 내쉬었다. 자신을 놀리는 게 즐겁다면야, 에스텔이 즐거운 게 좋기는 하지만 그렇다고 썩 좋은 건—

"슈미즈 값은 해야겠지요."

에스텔이 그렇게 말하고 몸을 반쯤 일으켜 그의 몸 위에 올라탔다. 에멜이 한숨을 내쉬고 그녀를 위에 올린 채로 몸을 위로 끌어올려 침대 헤드에 반쯤 기댔다. 에스텔은 "어머" 하고 신기해하며 웃었다.

"슈미즈 값이라면—"

그의 손이 그녀의 허벅지 위에 올라왔다. 크고 거친 손이 그녀의 매끄러운 허벅지를 쓸어 올리며 슈미즈 안으로 들어왔다.

"일단 슈미즈만 남기고 생각해 봐요."

에스텔이 낮게 속삭였다.

＊　　　＊　　　＊

'피곤하다…….'

에스텔은 무거운 눈꺼풀을 간신히 올렸다. 눈을 비비자 에멜의 목소리가 들려왔다.

"잘 잤어요?"

에스텔은 대답하지 않고 끙끙거리기만 했다.

"어디 안 좋은가요?"

에멜의 목소리에 걱정이 담겨서 그녀는 고개를 저었다. 그냥 너무 피곤하기만 할 뿐이었다.

에멜이 그녀의 상태를 살피더니 "실례." 하고 그녀를 안아 올렸다. 그리고 그대로 욕조로 향했다.

침실 옆에 붙은 대리석 욕조는 상당히 커서 에멜과 함께 들어가도 별무리가 없을 정도였다. 그에게 안겨서 뜨거운 물속으로 들어가자 에스텔은 저절로 한숨이 나왔다.

'이거 편하다.'

몸에 힘을 빼고 축 늘어져서 그녀는 뜨거운 물이 주는 이완을 즐겼다.

에멜이 젖은 손으로 살며시 그녀의 머리를 모아 주었다. 잠시 지나니 에스텔은 기운을 회복해서 완전히 눈을 떴다.

"에멜."

"네."

"그건 상냥한 게 아니에요."

"어디 아프셨나요?"

그의 얼굴에 당황이 스쳐서 에스텔은 고개를 휙휙 저었다.

"아뇨. 조금도 아프지 않았어요."

"그럼 싫으셨습니까?"

"아뇨! 그게 아니라."

그녀는 목이 아파 몇 번 기침하고 나서 말했다.

"전체적으로 시간을 좀 줄이면 안 되었을까요."

상냥하게 한다면서 완전히 눅진눅진 흐물흐물해질 때까지 애무만 하는 사람이 어디 있나?

그녀가 그렇게 말하며 손끝으로 물을 탁 튀기자 에멜이 낮게 웃었다.

"제 능력에 대한 불만은 아니시라니 다행이네요."

"거기에…… 불만은 전혀 없어요……."

에스텔은 양 뺨이 붉어져서 속삭였고 에멜은 웃고 그녀의 이마에 키스했다. 에스텔은 하나 궁금한 점이 생겨서 물었다.

"그런데 에멜."

"네."

"에멜이 평균이에요?"

"뭐가요."

"음, 그러니까, 이게?"

"에스텔!"

그의 전신이 움찔했다. 에스텔의 팔을 붙잡은 그가 얼굴을 붉히며 말했다.

"정말이지 에스텔은 순진한 건지 아닌 건지 알 수가 없네요. 그리고 놔 주시면 감사하겠는데요."

"하지만, 앗, 이거―?"

생리적 반응에 에스텔이 당황하며 손을 뺐다.

그의 입에서 낮게 신음이 흘러나오더니 에멜은 자리에서 벌떡 일어났다. 그가 파티션에 걸려 있는 가운을 집어 들어 걸쳤다. 에스텔은 가볍게 헤엄치듯 욕조 가장자리로 다가와 붙잡고 턱을 걸쳤다.

"에멜? 벌써 가요?"

"에스텔에게 체력이 조금만 더 남아 있어도 안 갔을 겁니다."

그 말에 에스텔이 웃고 한 손을 뻗었다.

"나 아직 좀 체력 남아 있어요."

그가 어색하게 고개만 돌려 그녀를 보며 말했다.

"무리하게 하고 싶지는 않아요."

"조금도 무리가 아니에요."

와요, 와요.

그녀의 유혹에 에멜은 한숨을 내쉬며 가운 허리끈을 풀었다.

이런 싸움에서 자신은 질 수밖에 없는 위치다.

그리고 에스텔은 그가 분명 평균 이상, 그것도 상위권이 아닐까, 하는 확신을 얻었다.

＊　　＊　　＊

에멜이 쟁반을 들고 들어오다가 후다닥 움직이는 에스텔을 보고 눈을 가늘게 떴다.

"지금 쿠션 밑에 숨긴 게 뭡니까?"

"아무것도 아닌데요."

"정말인가요?"

에멜이 그렇게 말하며 쟁반을 테이블에 내려놓고 카우치로 다가가자 에스텔은 쿠션을 꽉 눌렀다.

하지만 그녀의 반항은 허무하게, 에멜은 별 힘도 들이지 않고 쿠션 밑에서 서류를 꺼냈다.

"에스텔."

"별거 아니에요. 그냥, 온 김에 보는 것뿐이라고요."

"제가 허니문 동안만은 일하지 말라고 몇 번 부탁드렸지요?"

"했습니다."

"그런데 왜 일을 하고 계신 건가요?"

"아니, 그게. 심심해서……."

"제가 심심하게 해드렸나 보군요. 심심하다는 생각이 들지 않게 해드렸어야 했는데."

에멜의 말에 에스텔은 침을 꼴깍 삼켰다.

"아뇨, 매우매우 즐거워요."

더 즐거웠다가는 체력이 남아나지 않을 거다. 에멜이 서류를 근처 벽난로 위에 올려놓고 돌아와 물었다.

"그래서, 저입니까? 일입니까?"

아니, 에멜…… 그건 부인들이 할 법한 대사…….

그렇게 생각하면서도 에스텔은 착실하게 대답했다.

"당연히 에멜이죠."

"그럼 좀 쉬어주세요."

"네."

에스텔은 얌전히 대답했고 에멜은 "아가씨는 항상 대답은 잘하지요." 하고 한숨을 내쉬었다.

그가 가져온 쟁반의 뚜껑을 열자 거기에는 간단한 다과와 그녀를 위한 물약이 함께 올라와 있었다.

에스텔은 이제 익숙하게 물약을 먼저 마셨다. 앤의 솜씨도 날로 늘어서 이제 물약 맛은 그렇게 역하지 않았다.

'이건 레몬 사탕 맛.'

한 병을 다 비우고서 에스텔은 레몬 쿠키를 집어 먹었다.

에스텔은 힐끗 달력을 바라보았다. 허니문은 일주일.

오늘로 오 일째 되는 날이니 이 시간도 얼마 남지 않았다. 그러고 나면 둘 다 바쁠 테니까.

'그래, 지금에 집중하자.'

에스텔은 그렇게 결심하고 쿠키를 들어 에멜에게 내밀었다. 에멜은 아무 말 없이 쿠키를 받아먹고 말했다.

"이런 거로 넘어가시려고 해도ㅡ"

에스텔이 몸을 쭉 뻗어 그의 입술에 키스하자 에멜은 쿠키를 꿀꺽 삼키고 다시 한숨을 내쉬었다.

"안 넘어갈 건가요?"

"좀 더 보고요?"

"음ㅡ"

에스텔이 아까보다 좀 더 길게 키스했다.

"이래도요?"

"좀 더?"

그 말에 에스텔이 웃고 그의 무릎 위로 자리를 옮긴 후에 목을 끌어안고 깊게 키스했다.

"레몬 맛."

키스를 끝낸 에멜이 가볍게 입술을 핥으며 말하자 에스텔은 웃었다.

"에멜."

"네."

"왜인지 첫째는 딸일 것 같다는 생각이 들어요."

에스텔의 속삭임에 에멜이 웃으며 그녀의 목덜미와 턱 끝에 입 맞췄다.

"그런 이야기를 하기는 너무 이르지 않아요?"

"그래요? 하지만—"

에스텔이 갸웃했다.

"우리 힘껏 노력했잖아요."

그 말에 에멜이 소리 내 웃고 "노력하긴 했죠." 하며 아무렇지도 않게 덧붙였다.

"하지만 피임했으니까요."

"피임이요?"

놀라 에스텔이 몸을 그에게서 떼어 그를 바라보며 물었다.

"언제요? 어라? 했나요? 제가 기억 못 하는 것뿐인가요? 사실 항상 어딘가쯤에서 기억이 사라지기는 해요. 그 후에?"

당황해 횡설수설하는 에스텔을 보고 에멜이 "제가 하지요." 하고 "약을 먹거든요." 하고 덧붙였다.

"약이요?"

"네."

효과가 좋답니다. 하고 에멜이 말해서 에스텔은 신기한 기분이었다.

남자가 피임약을 먹는구나.

"그럼 당분간은 신혼을 즐기는 겁니까?"

에스텔의 물음에 그가 고개를 끄덕였다.

"즐기는 거지요."

그렇게 말하면서도 실상 에멜은 아이를 가질 생각은 조금도 없었다. 임신과 출산이 여자의 몸에 어떤 영향을 미치는지, 여자가 아니니 자세히는 몰라도 결코 좋은 영향이 아니라는 건 안다. 가뜩이나 몸이 약한 에스텔에게 임신이라니, 절대로 안 될 말이었다.

지금도 에스텔의 체력이 부치는 게 보이니 더했다.

'그것도 최대한 자제하고 있는데 말이지.'

에멜은 그렇게 생각하며 그녀의 허리를 어루만졌다. 단순히 그녀 안에 들어가서 파정하는 것만이 아니라 이렇게 그녀와 장난치고, 어루만지고, 명랑한 웃음을 듣는 것 역시 어떤 것보다 그에게 만족감을 주었다.

"에스텔."

"네."

"사랑합니다."

그의 말에 에스텔은 그의 눈가에 키스하며 속삭였다.

"나도 사랑해요."

에멜은 부드럽게 다시 그녀에게 키스했다. 어째서 키스는 해도 해도 질리지 않을까?

에멜은 그녀의 등을 쓸다가 문득 흉터가 남은 곳에서 멈췄다.

새하얀 에스텔의 등허리에는 희미하게 흉터가 남아 있었다. 그걸 보는 순간 에멜은 분노가 치솟았다. 동시에 애달픈 감정이 치밀어 그는 흉터 위에 몇 번이나 키스를 퍼부었다.

'분이 안 풀려.'

에스텔이 말했던 포주 놈을 잡아다가 끝장냈지만, 그래도 분이 풀리지 않았다.

어쩌면 정말로, 에스텔의 인생이 거기서 끝날 수 있었다.

그렇게 생각하면 두려움이 밀려왔다.

'그러고 보니.'

에멜은 문득 아인이 떠올랐다.

에스텔이 마법사에게 납치되고 난 후의 그의 모습.

그녀를 되찾고 난 후의 모습.

카스티엘로 공작에게 그렇게까지 공감했던 적은 없었던 것 같다.

"에멜?"

"네."

"무슨 생각을 그렇게 해요?"

"공작 전하 생각이요?"

"갑자기요?"

에스텔이 눈을 크게 떴다. 에멜이 낮게 웃음을 터트렸다.

"에스텔, 정말로 공작 전하와 눈 색이 비슷하네요."

"예쁘죠?"

"예쁩니다."

에멜이 진심으로 인정하며 고개를 끄덕여 에스텔은 약간 멋쩍어졌다.

"그러고 보면 항상 오라버니나 아빠와 눈 색을 비교해서 콤플렉스가 있었어요."

"반쪽짜리라고 심란해하시곤 했지요."

"알았어요?"

"아가씨에 대해서 많은 걸 알고 있답니다."

전직 호위니까요.

그가 고개를 끄덕이며 하는 말에 에스텔은 눈을 가늘게 뜨고 그를 살폈다.

"나도 에멜에 대해서 많은 걸 알아요."

"그야 그러시겠지요."

에멜이 순순히 고개를 끄덕여 에스텔은 한숨을 내쉬고 그의 목을 감으며 몸을 기댔다.

에멜이 그녀의 이마에 키스했다가 눈을 찌푸렸다.

"약간 열이 나는데요?"

"그래요?"

어쩐지, 또 두통이 약간 있더라니.

"방금까진 멀쩡했는데요."

에스텔의 말에 에멜이 신중하게 제 이마와 그녀의 이마를 대서 체온을 재보고 속삭였다.

"아무래도 좀 나는 것 같아요. 쉬시는 게 좋겠어요."

에스텔은 순순히 고개를 끄덕였다. 자신의 상태에 에멜이 워낙 민감한 걸 알아서, 굳이 괜찮다고 하고 싶진 않았다.

그에게 안겨 에스텔은 침실로 옮겨졌다.

하델은 피곤한 얼굴로 복도에 서 있는 에멜을 보았다.

"후작 각하."

그의 인사에 에멜은 고개를 들었다가 설핏 웃었다.

"크로이츠 경."

"하델로 충분합니다."

"가벼운 호칭을 허락하실 줄이야."

"저희도 꽤 오래 알고 지냈으니까요."

그의 말에 에멜은 "그렇죠." 하고 고개를 끄덕였다.

"저도 에멜이면 충분합니다."

"후작 각하는 후작 각하시니까요."

자르는 말에 에멜은 가볍게 웃었다. 힘없는 웃음소리라 하델이 낮게 물었다.

"에스텔 님의 상태가 안 좋으십니까?"

"아니, 이제 열은 가라앉았어."

"다행이군요."

"응."

고개를 끄덕이고 에멜이 양손으로 얼굴을 세수하듯 문질렀다.

"각하도 쉬시지요."

"마스터니까 괜찮은데."

"육체는 괜찮겠지만, 정신적 소모는 더 하시잖습니까."

하델은 그렇게 말하며 힐끗 복도의 창문을 바라보았다. 먼동이 트는 게 보였다. 밤새도록 아픈 사람을 간호하는 건 정신적 피로도 상당하리라.

"내 마음과 싸우는 게 가장 힘들어."

에멜이 중얼거린 말에 하델은 잠시 침묵했다가 말했다.

"가끔 저도 생각할 때가 있습니다. 만약에 제가 다른 방식으로 아가씨를 가르쳤다면 어떨까 하고요."

에멜이 고개를 들어 하델과 시선을 맞췄다. 하델은 희미하게 미소 지었다.

"하지만 아가씨는 제가 어떻게 가르쳤어도 마찬가지였을 테고, 아마 제가 좀 더 심하게 다른 길을 가르쳤다면 절 해고하셨을 겁니다."

그 말에 에멜은 웃음을 터트렸다.

"맞아, 그랬을 거야."

"제가 가장 걱정했던 건, 아가씨께서 의무 때문에 목숨을 잃는 거였지요."

"비슷하네."

에멜은 그렇게 말하며 벽에 기댔다. 사실 하델과 이런 대화가 가능할 거라고 생각하지 못해서 그는 신기했다.

"의무 때문은 아니었지요."

하델의 말에 에멜은 고개를 끄덕였다.

"에스텔이 무슨 생각을 하는지, 그녀에게 뭐가 중요한지 아니까, 조금이라도 짐을 덜어주려고 했지. 성공하지는 못한 것 같지만."

"충분히 성공하셨습니다."

"그런가?"

"네. 그러니, 아가씨의 죽음을 미리 재단하면서 두려움에 떠는 건 그만두시죠."

"들켰군."

"투명하게 보이지요. 그런 감정은."

하델의 말에 에멜이 물었다.

"하델은 두렵지 않은가?"

"사람은 누구나 죽습니다."

"과연."

에멜은 킥킥 웃었다.

"목숨 아까운 줄 모르고 살았으면서, 이제 와 에스텔의 목숨만은 중요하다니."

"그걸 말하는 게 아니라."

하델이 조용히 물었다.

"제가 보기에 에스텔 님은 행복해 보이십니다. 그럼 에멜 레이몬드 후작 각하. 각하도 그러십니까?"

에멜의 호박빛 눈이 커졌다. 그는 희미하게 웃으며 말했다.

"더할 나위 없이."

"그럼 된 거지요."

"과연."

미래의 불행으로 지금의 행복을 놓치지 마라.

에멜이 씩 웃었다.

"선생님이시네요."

"제자는 에스텔 님 하나로 족합니다."

하델이 안경을 추어올리며 하는 말에 에멜은 하하 가볍게 웃고 서류를 턱짓했다

"그럼 제가 좀 볼까요?"

"솔라드 백작령의 일입니다만—"

"부부는 일심동체라지요. 제가 도울 수 있나, 한번 봐주시죠. 어차피 잠도 안 오니까요."

에멜이 씩 웃으며 하는 말에 하델은 고개를 끄덕였다.

"알겠습니다."

'—라고 생각하던 때도 있었는데 말이지요.'

에멜은 그렇게 생각하며 쿨쿨 자고 있는 에스텔을 바라보았다. 아이 같이 순진한 얼굴이었다.

에멜은 괜히 손을 뻗어 그녀의 분홍빛 입술을 지그시 눌러 보았다. 살짝 입이 벌어졌다. 충동에 끌려 에멜은 그녀의 입안으로 손가락을 살짝 넣어보았다.

촉촉한 입술이 뭉그러지고 그녀의 부드러운 혀에 손끝이 닿자 에멜은 멈췄다. 하지만 에스텔은 깨지도 않았다.

'잘 자네.'

하긴, 자신이 충분히 만족하고 있으니, 에스텔에겐 벅찼으리라. 삼 년 간의 반금욕 생활에 비하면 지금 생활은 천국이나 다름없었다.

어쩐지 죄책감이 들어 손가락을 빼자 타이밍 좋게 에스텔이 반쯤 눈을 떴다.

아름다운 분홍색 눈동자가 흐릿하게 깜박였다.

"좀 더 자요."

에멜이 그녀에게 속삭이자 에스텔은 끙끙거리며 그의 품으로 파고 들어왔다.

"에멜……?"

"네."

그의 대답에 에스텔은 그저 확인해 본 것뿐이라는 듯 미소 짓고 다시 눈을 감았다.

에멜이 그녀의 머리에 키스하며 속삭였다.

"잘 자요, 공주님."

그리고 그 역시 깊이 잠들었다.

*　　　*　　　*

에스텔은 눈을 떴다.

선명한 녹색, 쨍할 정도로 푸른 하늘. 이상할 정도로 비현실적인데 현실적인 감각.

"또?!"

에스텔이 비명을 지르듯 소리치자 명랑한 목소리가 들렸다.

"또라니, 너무하네."

에스텔이 휙 뒤를 돌자 거기에는 아스가 서 있었다.

검은 머리에 황금색 눈동자.

변한 게 하나도 없는 드래곤은 재미있다는 얼굴로 그녀를 바라보고 있었다.

"하지만, 이제 이런 꿈은 안 꾸는 거 아니었어?"

"이건 좀 예외적인 상황."

아스의 말에 에스텔은 "설마 또 내가 죽었거나 문제가 생긴 건 아니지?" 하고 되물었고 그는 고개를 끄덕였다.

"그런 건 아냐."

"맞아, 아니지."

부드러운 목소리에 옆을 보니 거기에는 녹색 머리카락의 렝 라샤드가 서 있었다.

"어? 서쪽인데 와 있는 거예요?"

"여기는 네 꿈이야. 서쪽이 아니고. 아스의 이미지가 강해서 그런 것뿐이지."

렝이 부드럽게 말했다. 에스텔은 눈을 깜박였다.

"내 꿈이라고요."

"그래."

그가 그렇게 말해 에스텔은 눈을 감고 집중했다. 그리고 눈을 떠보니 정말로 주변은 익숙한 풍경으로 바뀌어 있었다.

"처음 보는 곳인데?"

아스의 말에 에스텔은 "우리 집이에요." 하고 말했다.

"카스티엘로 저택?"

"아뇨, 솔라드 백작령이요."

그녀와 에멜은 레이몬드 후작령과 솔라드 백작령에서 각각 반년씩 돌아가며 생활하고 있었다.

지금은 솔라드 백작령에서의 반년 와중이었다.

그리고 그녀는 희미하게 웃었다.

"신기하죠. 결혼한 지 얼마 되지 않은 것 같은데, 이제 카스티엘로 저택보다는 이곳이 우리 집이라는 생각이 강하다니."

"결혼이란 게 본디 그런 거지."

렝이 웃으며 말하자 아스가 코웃음을 쳤다.

"결혼도 못 해 본 게."

"하지만 사랑하는 사람은 있었어."

"너 죽고 나자빠지니까 다른 남자랑 얼른 결혼한 그 여자?"

"그녀가 행복하기를 바란 거니까 상관없어."

렝의 말에 아스는 한숨을 내쉬었다.

"네놈도 아닌타와 똑같은 멍청이야."

"첫 번째 마법사와 같다면 그건 영광이지."

렝이 싱긋 웃자 아스는 다시 한숨을 내쉬었다. 에스텔은 그 와중에도 궁금해서 물었다.

"전부터 궁금했는데 아닌타가 도대체 어쨌길래?"

"그는 내 누나의 연인이었어."

아스는 순순히 입을 열었다.

"내 누나가 그에게 마법을 가르쳤고, 그는 그걸 인간들에게 가르쳤지. 그런데 문제가 생긴 거야."

"문제?"

"마법을 바르게 사용하지 않은 문제. 그래서 누나는 화가 나서 아닌타에게 마법을 쓰지 말고, 더는 가르치지도 말라고 했지. 그리고 자신이 화가 풀릴 때까지 부르지도 말라고 했어."

"아하."

있을 법한 이야기다, 하고 에스텔은 고개를 끄덕였다. 하지만 이어 아스의 입가에는 싸늘한 미소가 걸렸다.

"그리고 아닌타가 그렇게 선언하자, 배우고 있던 제자 중 일부는 격렬하게 반발했어. 그리고 그가 드래곤에게 배운 마법의 정수를 자신들에게 가르치지 않으려고 한다고 생각했지."

"설마……?"

"그 설마야. 그 일부 놈들은 아닌타를 잡아다가 고문하기 시작했어. 살점이 발리면서도 그는 누나와의 약속을 지켰지. 부르지도 않았고, 마법도 쓰지 않았어. 그는 그렇게 죽어 버렸습니다. 짠―"

에스텔은 숨을 삼켰다.

"그리고 그걸 발견한 내 누나는? 완전히 미쳐 버렸지. 드래곤은 강대한 힘을 가진 만큼 정신이 섬세한 생물이라……."

아스는 별일 아니라는 듯이 어깨를 으쓱했다.

"그리고 미친 누나는 내가 처리했고. 덕분에 힘을 보충하느라 오래 잤더니만. 그렇게 된 거야."

"아스……."

무슨 말을 해야 할지 알 수가 없었다. 머뭇거리는 그녀에게 아스가 고개를 저었다.

"지난 일이야. 그래서 내가 말했잖아, 자기 희생하는 놈이 싫다고."

"확실히."

'그건 그렇군.' 하고 에스텔은 고개를 끄덕였다. 아닌타는 무슨 생각이었을까?

마지막까지 연인에게 신의를 지킬 생각? 그녀가 그렇게 되어 버릴 거라고 생각하지 못했나?

'으, 나도 남 말은 못 하겠네. 에멜을 생각하면.'

더더욱 잘해주자.

그런 결심을 하는데 누군가가 슥 그녀의 엉덩이를 밀어 깜짝 놀랐다.

"누구― 알파!"

그녀가 까르륵 웃고 커다란 늑대를 끌어안았다. 엔드가 그녀의 어깨에 앉으며 "나도 있다고." 하고 말해서 에스텔은 "엔드도! 오랜만이야!" 하며 반가워했다.

"다들 대체 무슨 일이야?"

에스텔의 말에 알파가 속삭였다.

"축하하려고."

"축하?"

알파가 코끝으로 그녀의 배를 쿡 찔렀다.

"아이가 생겼군."

에스텔은 눈을 휘둥그레 떴다. 그녀가 양손을 자신의 아랫배에 올렸다.

"아이? 정말?"

"그래. 그런데 그 아이가 아무래도 특별하단 말이지."

아스의 말에 에스텔이 놀라 물었다.

"뭔가 있는 거야?"

렝이 부드럽게 대꾸했다.

"드래곤, 정령사, 마족, 인간. 넷의 피가 섞였으니까."

그 말에 에스텔의 얼굴이 약간 어두워졌다.

"무슨 문제라도 생길까?"

"아니, 그건 아니야. 인간인 부분이 가장 크고, 마족은 서약이 깨졌고, 드래곤의 피도 많은 양은 아니니까."

알파가 달래듯 부드럽게 말했다. 렝이 후후 하고 작게 웃었다.

"이 아이에게 정령사의 재능이 보이네. 하지만 너만큼 크지는 않아."

"그 정도가 좋아요."

에스텔은 한숨을 내쉬었다. 그리고 문득 떠오른 생각에 물었다.

"렝."

"응?"

"렝은, 누군가를 살린 거죠?"

그래서 대가를 지불한 거다. 그러니까, 죽은 거겠지.

그 말에 렝은 가지런한 이를 드러내고 웃었다.

"맞아."

그가 고개를 끄덕였다. 아스가 짜증난다는 어조로 말했다.

"자기가 짝사랑하는 여자의 연인을 살렸지. 그리고 자기는 그 반동으로 죽고."

"그거면 됐어."

렝은 어깨를 으쓱하고 에스텔에게 말했다.

"그러니까, 라샤드의 아이는 아니지만 그래도 네가 행복한 걸 보니 나도 기뻐. 그리고 네 아이도 분명히 행복할 거야."

"고마워요, 렝."

에스텔은 작게 인사했다.

정령을 통한 치료가 얼마나 대단한 건지는 에스텔도 잘 알고 있었다. 그리고 그 대가에 대해서도.

잠깐, 침묵이 돌았다.

"그런데 조상님은 안 오셨네?"

갸웃하자 렝이 고개를 저었다.

"마족이니까. 변덕스러워서 가늠할 수가 없어."

"그리고 임산부에게는 가까이 오지 않는 편이 좋지."

엔드의 말에 에스텔은 그렇구나 하고 고개를 끄덕였다. 그리고 웃으며 진심으로 말했다.

"다들 고마워요."

덕분에 죽지 않고, 여기까지 왔다.

"별말씀을."

아스는 그렇게 말하고 씩 웃었다.

"그럼 이만 일어나."

"아, 또!"

에스텔은 발을 구르다가 발밑이 훅 꺼지는 감각에 눈을 번쩍 떴다.

"아."

작게 입에서 소리가 흘러나왔다. 에멜이 그녀를 당겨 품에 안으며 물었다.

"떨어지는 꿈이라도 꿨어요?"

"네, 그리고―"

"그리고?"

그의 반쯤 잠에 잠긴 눈을 보다가 에스텔은 임신 소식을 나중에 전해야겠다고 결심했다. 지금 전하면 진짜로 지나친 과보호를 할지도 모른다.

"아무것도 아니에요."

에스텔은 그렇게 말하며 그의 품에 얼굴을 묻었다.

"내가 있잖아요. 괜찮아요."

에멜이 그렇게 말하며 그녀의 등을 쓸어 내렸다.

"네."

에스텔은 웃음을 삼키며 눈을 감았다.

'아, 딸인지 아들인지 물어볼걸.'

하지만 예전에도 그랬고 지금도 어쩐지 딸일 듯한 예감이 든다.

'그리고 그 예감은 딱 맞았지.'

에스텔은 정원 의자에 앉아 정원에서 한창 놀고 있는 애니를 바라보았다. 금갈색 머리카락과 한 쌍인 금색 눈동자가 정원의 녹색 사이에서 반짝거렸다.

이제 세 살인 그녀는 잘도 걸어서 에스텔의 무릎가까지 다가왔다.

"엄마, 꽃!"

애니가 꽃을 들며 말하자 에스텔은 "그래, 꽃이네." 하고 웃으며 작은 꽃을 받아 들었다. 애니는 그걸로 꽤 흥분해서 "예뻐! 꽃! 많아!" 하고 소리쳤다.

"맞아, 예쁘지. 그리고 아주 많아."

그때 에멜이 명랑하게 말하며 끼어들었다.

"그래 봐야 여기 있는 두 송이만은 못하지만."

"아바!"

흥분해서 약간 발음이 샜다. 에멜은 허리를 숙여 어린 딸을 번쩍 안아 들었다. 그녀가 꺄하하 하고 웃음을 터트렸고 에멜은 그녀와 뺨을 부볐다.

"제드는요?"

"자고 있어."

에멜이 그렇게 말하고 허리를 숙여 에스텔에게 키스했다. 아직 어린 아들은 유모가 전담하고 있었다.

에멜이 애니를 안은 채로 에스텔의 옆에 앉았다. 문득 에스텔이 말했다.

"그러고 보니 내일 아인이 온다고 했는데요."

"아인 와?"

애니가 번쩍 고개를 들었다. 그녀보다 두 살 더 많은 사촌인 아인을 애니는 매우 좋아했다.

카스티엘로답게, 아인은 또래 아이들보다 훨씬 더 성숙했지만 그래도 어찌어찌 애니와는 잘 어울려 주고 있었다.

"응, 아인 온단다."

"그 말은 앤도 온다는 말이네."

"모처럼 여자끼리의 시간이죠."

씩 웃으며 에스텔이 말해서 에멜은 '이크' 하며 장난스럽게 말했다.

"그럼 난 화살 비를 피해서 숨어 있어야겠군."

"그것도 좋겠지요."

에스텔은 그렇게 말하고 에멜의 입술에 키스했다. 그러자 애니가 "나도 할래!" 하며 쪽쪽 에멜의 뺨에 뽀뽀하고 에스텔의 뺨에도 뽀뽀했다. 부부는 웃음을 터트렸다.

그러더니 애니가 "나 아인에게 줄 꽃 만들 거야." 하고는 에멜의 무릎 위에서 내려가 버렸다. 유모와 시녀가 아이의 뒤를 따랐다.

에멜이 한탄하듯 말했다.

"나 불길한 예감이 들어."

"무슨 예감이요?"

"카스티엘로에게 우리 귀염둥이를 빼앗겨 버릴 거라는 예감이지요."

에스텔이 웃음을 터트렸다.

"고작 세 살, 다섯 살이잖아요?"

"그래도. 사촌끼리 결혼도 가능하고…… 불길해요."

"그리고 불길한 것도 아니죠. 카스티엘로가 어디가 어때서요?"

에스텔의 말에 에멜은 재빠르게 "물론 그거야 그렇지만요." 하고 고개를 저었다.

"그리고 진짜로 아주 먼 후의 일이니까요. 그런 걱정은 나중에 해요."

에스텔의 말에 에멜은 웃음을 터트렸다. 그가 그녀의 뺨과 이마에 키스하며 속삭였다.

"그럼 따님이 다른 곳에 정신이 팔린 사이에 우리는 셋째를 만들어 볼까요?"

"에멜!"

에스텔이 낮게 소리치자 에멜은 그저 웃기만 했다. 에스텔이 킥킥 웃으며 "나중에 해요." 하고는 속삭였다.

"에멜, 사랑해요."

"나도 사랑해요."

그는 그렇게 답하고 다시 부드럽게 에스텔에게 키스했다.

미래의 불행도 그의 지금 행복을 깰 수는 없었다. 그리고 날마다 이 행복은 더욱 강해져서 이제 미래의 불행이 생긴다고 해도, 이 기쁨을 빼앗지 못할 거라는 걸 그는 알았다.

그래서 에멜은 평생 동안 안심할 수 있었다.

외전 2.
졸업식

"칩거한다."

카스티엘로 공작의 한마디에 따라 카스티엘로의 모든 문은 빠르게 닫히기 시작했다. 단순히 물리적인 문만이 아니라 외부 소통 영역도 함께 말이다. 평소라면 한 소리 늘어놓을 켈슨도, 이번만은 입을 꾹 다물고 동의했다.

에스텔이 마법사에게 납치당해 고문당한 직후였으니 당연했다. 칩거하면 외부의 어떤 소식에도 반응하지 않고, 답도 하지 않았다.

물론 저택 가장 안쪽에 있는 에스텔은 그런 영향을 받지도 않았고, 알고 있다고 해도 신경 쓸 겨를도 없었다.

그녀는 고문의 후유증을 하나씩 치료하는 데만 정신을 쏟아도 부족했다. 저택 안에서도 작은 소리에 흠칫하는 에스텔을 볼 때마다 사람들은 태연하게 모른 척하곤 했다. 그녀의 가장 큰 문제 중 하나는 불면이었다.

그 날도 늦은 밤이었다.

침대에 누워 있는 에스텔은 얌전히 눈을 감고, 호흡도 일정해서 마치 잠든 것처럼 보였다.

하지만 에멜은 속지 않았다.

"잠이 오지 않으세요?"

에멜의 물음에 에스텔은 살짝 눈을 뜨고 고개를 끄덕였다.

"어떻게 할까요."

에멜은 그렇게 중얼거렸다가 침대에 누운 에스텔을 안아 들었다.

"에멜?"

"편하게 몸에 힘을 빼고 기대세요."

에멜이 그렇게 말하며 그녀가 자신의 어깨에 고개를 기대게 시켰다.

에스텔은 머뭇머뭇 몸에 힘을 빼고 그에게 기댔다. 에멜은 그녀를 안은 채로 천천히 방 안을 걷기 시작했다.

에스텔은 그의 어깨에 두른 팔에 꽉 힘을 주었다.

"나 무거운데……."

그녀가 중얼거려 에멜은 웃었다.

"조금도 안 무겁습니다. 걱정 말고 주무세요."

"하지만—"

중얼거리다가 에스텔은 작게 하품했다. 침대에 누워서는 오지 않던 잠이 어째서 에멜에게 안기자 금방 쏟아지는 걸까?

몇 번 고개가 끄덕끄덕하더니 에스텔은 곧 잠들었다. 그녀가 잠들었다는 걸 에멜은 쉽게 확인할 수 있었다.

에스텔의 잠을 도우려고 찜질팩을 만들러 갔었던 애니가 침실로 돌아와 "어머" 하고 작게 소리 냈다. 에멜이 미소 지으며 작게 말했다.

"주무세요."

"그럼 이제 내려놓으세요."

"그러시면 깰 것 같아서. 그냥 제가 밤새 안고 있지요."

에멜의 말에 애니는 입술을 벙긋거리다가 말했다.

"부탁드립니다."

차마 '안 그러서도 괜찮아요.' 하는 말은 나오지 않았다. 만약 가능하다면 자신이 밤새 업고 안고 잠재웠을 거다.

"네, 걱정하지 마세요."

에멜이 빙긋 웃었다.

이럴 때는 정말로 마스터가 되어서 다행이라고 생각한다. 그는 부드럽게 에스텔의 등을 쓸어내리며 방 안을 돌다가 새벽녘에 문이 열리는 소리에 시선을 들었다.

"공작 전하."

에멜은 눈만 내리깔아 인사했고 아인은 충분히 이해했다.

"자나?"

"네. 이대로면 오늘은 푹 주무실 것 같네요."

두 사람은 목소리를 최대한 낮춰 소곤소곤 이야기를 나눴다.

"몸은?"

"몸은 거의 다 나으셨어요. 흉터가 남을지도 모른다고는 했지만, 카스티엘로니까요. 없어지겠죠."

아인은 에스텔에게 팔을 뻗었다가 멈칫하고 손을 내렸다.

"괜히 깨우겠지."

"네. 그러니 먼저 오시지요."

의기양양한 표정으로 말하는 에멜을 보자 아인은 기가 찼다. 그때 에스텔이 신음을 흘리며 가볍게 버둥거려 에멜이 그녀의 등을 토닥이며 속삭였다.

"괜찮아요, 아가씨. 제가 옆에 있어요."

그러자 곧 에스텔의 표정이 풀리고 다시 잠이 드는 게 보였다.

아인은 그걸 묵묵히 바라보다가 말했다.

"마탑을 다 부숴버렸어야 했는데."

"그거 시도하시다가 반역죄 됩니다?"

에멜의 말에 아인은 입을 다물었다. 반역죄 같은 건 상관없었다.

하지만 서약이.

황제에게 무슨 명령을 들을지 알 수 없지만, 그게 두려워진 것은 처음
이었다.

에스텔에게 명령할까 봐.

"존재를 알리지 않는 게 좋았을까……?"

중얼거린 말에 에멜이 보란 듯이 그녀의 정수리에 키스하고 말했다.

"설마요. 그랬다가는 아가씨가 무슨 생각을 하셨을지 뻔한걸요."

"무슨 생각?"

"나는 사생아라 부끄러운 존재야. 폐를 끼치면 안 되겠다. 따위의 생
각이요."

아인은 고개를 끄덕였다.

"그랬겠지."

하지만 그녀가 자신의 딸이기에, 섞였기 때문에 얻게 된 고통을 생각
하면 괴롭고 복잡한 심경이었다.

혹시 에스텔은 후회하고 있는 게 아닐까?

카스티엘로가 아니면 좋았을 거라고 생각하지 않을까?

한 번도 해 본 적 없었고, 해 볼 거라고는 생각도 한 적 없는 질문이 그
의 머릿속을 맴돌았다.

에멜이 물었다.

"그 일리알이 말한 다른 마법사는 찾았습니까?"

"아직 찾는 중이지. 내가 그 장소를 다 부숴버려서."

후회는 하지 않지만, 아쉽기는 하다. 에멜의 얼굴이 딱딱해졌다.

그 지하 감옥을 떠올리기만 해도 저절로 화가, 아니 단순히 화라고만 할 수 없는 분노가 들끓어 올랐다.

그가 힐끗 에스텔이 잠든 걸 확인하고, 아주 작은—마스터가 아니면 알아듣지 못할 정도 낮은 소리로 말했다.

"그 새끼를 그렇게 보내주는 게 아니었습니다."

"동감이야."

좀 더 숨을 붙여놨어야 했는데.

아인이 그렇게 말하며 붉은 눈을 가늘게 떴다.

무릎이 박살 난 채 소중하게 잡혀온 레프턴은 결코 평온한 죽음을 맞이하지 못했다. 천천히, 느린 죽음을 맞이하며 그는 매일매일 죽여 달라고 애원했다.

그렇게 느리게 고사시키고도, 되짚어 생각해 보면 죽여 달라 했는데 그 뜻대로 죽은 거니 기분이 나빴다. 좀 더 오래오래 살려뒀어야 했는데.

물론 에스텔의 귀에는 절대로 들어가지 않을 이야기지만 말이다.

"한 놈 더 있지."

공작의 말에 에멜의 눈이 어둠 속 고양이의 것처럼 빛났다.

"이번에는 좀 더 오래가면 좋겠네요."

"그렇게 되겠지."

아인이 더욱 낮게 말했다.

"음—"

그때 에스텔이 작게 소리를 내서 두 사람 모두 움찔하며 그녀를 바라보았다. 침묵이 맴돌고 그녀가 완전히 잠들어 있다는 걸 확인한 에멜이 작게 한숨을 쉬고 웃어 보이며 말했다.

"그럼 공작님은 들어가서 쉬시죠. 밤늦게까지 그림자와 일하시느라 바쁘시니까요. 아가씨는 내일 넘겨드리겠습니다."

아인은 눈썹을 가볍게 들어 올렸다가 고개를 끄덕였다. 사람의 기척이 하나 더 있으면 에스텔이 자는 데 안 좋을 수도 있으리라.

아인이 나가고 나자 에멜이 에스텔에게 작게 속삭였다.

"내일은 분명, 공작 전하에게 이 자리를 빼앗기겠네요."

에스텔은 눈을 떴다.

어라? 뭔가 자세가 이상하다?

그런 생각을 하는데 에멜이 명랑하게 말했다.

"안녕히 주무셨나요, 아가씨?"

"에멜……?"

멍한 머리를 몇 번이나 굴려서 에스텔은 간신히 자신이 그에게 안겨서 잠들었었다, 하는 사실까지 기억해 냈다.

"나 잔 거야?"

"네."

에멜은 살짝 눌린 에스텔의 얼굴을 보고 웃음을 참았다.

"아가씨, 일어나셨어요?"

명랑한 제인의 목소리에 에스텔은 파득 놀라 고개를 들었다. 한쪽으로만 고개를 기대고 있었는지 목이 뻐근했다.

"에멜?!"

"네."

그녀가 당황해 버둥거리자 에멜이 "잠시만요." 하고는 그녀를 거실 소파에 조심스럽게 내려주었다. 푹신한 소파에 앉자 애니가 활짝 웃으며 세숫대야를 들고 왔다.

"푹 주무셨네요. 아주 그냥."

"에멜 경은 옷을 갈아입고 오시는 게 좋겠어요."

스테파니의 말에 에멜은 "그게 좋겠죠." 하고 고개를 끄덕인 뒤에 에스텔에게 인사했다.

"그럼 아가씨."

그가 방을 나서자 에스텔은 애니가 젖은 수건으로 얼굴을 닦아 주는 대로 있다가 '설마?' 하고 물었다.

"에멜이 나 계속 안고 있었던 거예요?"

밤새? 쭈욱?

애니가 미소 지으며 "네." 하고 고개를 끄덕였다.

그럴 수가.

미안함과 고마움이 섞여서 어쩔 줄 모르는 에스텔의 옷을 애니와 스테파니가 순식간에 갈아입혔다.

이어 제인이 아침 식사를 들고 돌아왔다. 전부 먹기 편한, 속에서 잘 받는 음식들이었다.

아침을 먹고 나자 애니가 물었다.

"오늘은 나가서 노시겠어요?"

"응."

에스텔이 고개를 끄덕였다. 아침도 든든히 먹었겠다, 조금은 몸을 움직이는 게 좋으리라.

조심조심 문을 열고 복도를 살피니 에멜이 서 있는 게 보였다.

"에멜."

"네."

"아침 먹었어요? 옷 갈아입은 거예요?"

"네, 둘 다 했어요."

"어젯밤에……."

"잘 주무셨나요?"

에멜의 말에 에스텔은 고개를 끄덕였다. 계속 누구 품에 안겨 있는 것처럼 편안하다고 생각했는데, 정말로 안겨있는 걸 줄은.

"내려놓지 그랬어요."

"깨실까 봐."

에멜은 그렇게 말하고 이어 물었다.

"나가실 건가요?"

"응."

에스텔이 고개를 끄덕여 에멜은 "좋지요." 하고 대답했다.

에스텔이 물었다.

"다른 사람은? 엘런이나, 로이나, 진……."

"저 말고 다른 사람으로 바꾸고 싶으세요? 그게 에멜이 피곤할까 봐, 하는 이유라면 싫고요."

"에멜이 피곤할까 봐……."

"역시. 안 피곤합니다. 가지요. 오늘까지는 제 차례예요."

에멜의 말에 에스텔은 웃으며 "응!" 하고 고개를 끄덕였다.

둘은 느긋하게 정원을 산책했다. 말을 타는 걸 즐기던 그녀의 모습은, 지금은 사라져서 에스텔은 저택에서 멀리 떨어지는 걸 저어했다. 물론 누군가가 말 타는 걸 권유하면 괜찮다고 타기는 했지만, 그녀가 먼저 말을 꺼내는 일은 없었다.

그리고 앤.

십삼에서 에스텔이 이름을 앤이라고 붙여준 일리알을 그녀는 자주 찾았다. 에멜은 그게 못마땅했지만, 에스텔에게는 절대로 티 내지 않았다.

"앤!"

"에, 에스텔 님. 오, 오셨나요?"

말을 더듬으며 앤은 힐끔 에멜의 눈치를 보다가 덥석 에스텔에게 손이 잡혀 깜짝 놀랐다.

이런 따뜻한 접촉은 아무래도 익숙하지가 않았다.

"오늘 나랑 놀자. 응?"

"네, 네."

앤은 고개를 끄덕였다.

에스텔은 자신이 말을 더듬는 걸 신경 쓰지 않았고, 알아듣지 못한다고 눈을 찌푸리지도 않았다. 언제나 신중한 얼굴로 에스텔은 앤의 말을 들었기 때문에 앤은 그녀 앞에서는 진정하고, 평소보다 덜 더듬으며 말할 수 있었다.

게다가 에스텔이 '넌 불쌍한 아이야.' 하고 생각하는 게 아니라 '같은 실험실 출신 동지.' 하고 불러주는 게 우습게도 다정하게 들렸다.

"마구간에 가볼래?"

"마, 마구간이요?"

"응. 말 보러 가자. 당근이랑 각설탕이랑 준비해서."

에멜이 명랑하게 웃었다.

"에스텔 님은 마구간의 말들을 다 살찌울 작정이시니까요."

에스텔은 그 말에 작게 웃었다.

말은 보는 것만으로도 좋았다. 에스텔은 부엌에서 당근과 각설탕, 그리고 과자를 잔뜩 받아서 마구간으로 향했다.

카스티엘로 공작가의 마구간 규모는 어마어마했다.

물론 말 사육장 등 본격적인 시설은 따로 만들어져 있었지만, 저택에서 사용되는 말이 모인 마구간 역시 규모가 있었다.

"안녕."

에스텔이 등장하자 각 방에 있던 말들이 어슬렁어슬렁 고개를 내밀었다. 에멜이 한숨을 내쉬었다.

"아가씨가 올 때마다 먹을 걸 주니까 다들 나오네요."

"똑똑하네."

"그, 그러네요."

앤은 가까이서 말을 보는 게 신기하기도 하고 두렵기도 해서 바싹 에스텔에게 붙었다.

에스텔이 당근을 내밀자 말은 몇 번 냄새를 맡더니 당근을 우적우적 씹어 삼켰다. 그리고 더 없냐는 듯이 그녀의 손바닥을 주둥이로 몇 번 찔렀다. 에스텔이 웃고 당근을 앤에게 내밀었다.

"앤도 줘 봐."

"제, 제, 제가요?"

"응."

앤은 조심스럽게 당근을 받아 내밀었다. 말은 역시나 덥석 당근을 받아먹었다.

"머, 머, 먹었어요!"

"당근 좋아하거든. 사실은 각설탕을 가장 좋아하지만."

"사람도 잘 못 먹는 귀한 단 거니까요."

에멜의 말에 에스텔은 "다들 단 건 좋아해." 하고 말했고 에멜이 "도련님과 주인님은 아니시지만." 하고 대꾸했다.

그런 시답잖은 대화를 나누며 세 사람은 마구간의 말들을 돌아보았다. 날쌔고 예민한 순종 혈통의 말들, 에스텔이 아끼는 명랑한 조랑말, 얼룩무늬가 멋진 말 등등.

그러고서 정원 벤치에 앉아 과자를 나눠 먹었다.

반나절쯤 에스텔은 앤과 시간을 보내다 헤어졌다.

에스텔이 힐끔 에멜을 올려다보았다가 말했다.

"에멜."

"네."

"나 이제 정령이 있으니까, 괜찮아."

"압니다."

"정말로?"

"네."

에멜은 미소 지었다. 에스텔이 그런 그를 보았다가 머뭇머뭇 덧붙였다.

"그, 그래도―"

"항상 곁에 있겠습니다."

"응."

에스텔이 작게 대답해서 에멜이 가볍게 덧붙였다.

"그건 당연한 거니까, 신경 쓰지 마세요."

그의 말에 에스텔이 고개를 저었다.

"당연한 거로 생각하지 않아요. 그러니까, 항상 고마워요."

에스텔의 말에 에멜이 찡한 얼굴을 하며 속삭였다.

"역시 사랑스러운 제 아가씨죠."

"뭐예요. 그게."

웃으며 에스텔이 말하자 에멜은 그저 명랑하게 웃었다.

밤이 되어 에스텔은 침대로 들어가며 '오늘에야말로.' 하고 굳게 결심했다.

편안한 잠자리가 건강에 무엇보다 중요한 법이다.

'그야 항상 누군가가 곁에 있기는 하지만…….'

그녀는 인형을 꼭 끌어안았다.

악몽에서 깨면 항상 누군가가 이미 손을 잡고 작게 달래주는 말을 속삭이고 있었다. 애니, 에멜, 아니면 아빠.

밤에 잠에서 깨어나 혼자 두려움에 떨지 않아도 된다는 것. 그건 무척이나 안심되는 일이다.

에스텔은 낮게 숨을 내쉬고 눈을 꼭 붙이며 잠을 청했다.

새벽녘 잠든 에스텔의 방문이 살짝 열렸다. 아인은 조용히 걸어 들어가 자는 에스텔의 얼굴을 내려다보았다.

한참을 서서 에스텔을 바라보던 그가 고개를 돌렸다.

"누군가 했습니다."

에멜이 히죽 웃으며 하는 말에 아인은 "왜?" 하고 되물었다. 이 말은 왜 여기에 왔냐는 말이다.

"잘 주무시나 확인하러 왔지요. 오늘은 고집스럽게 다 나가라고 하시기에."

에멜은 그렇게 말하고 발뒤꿈치를 들어 슬쩍 에스텔을 넘겨보았다.

"다행히도 잘 주무시는 것 같군요. 새벽녘에 꼭 악몽을 꾸셔서, 혹시나 하고 왔지요."

"내가 있는 걸 알았으면 돌아가지?"

"알지만, 그래도 제 눈으로 한번 확인하고 싶었달까요."

에멜이 팔짱을 끼며 하는 말에 아인이 낮게 말했다.

"돌아가."

"넵."

이의 제기 없이 대답하고 돌아섰다가 문득 에멜은 생각난 김에 묻자 하고 말했다.

"그런데 저에게 또 에스텔 님의 호위를 맡겨주실 줄은 몰랐습니다."

그 말에 아인이 눈을 돌려 에멜을 보고 낮게 말했다.

"실패한 건 나도 마찬가지지."

에멜은 이제 완전히 아인 쪽으로 돌아섰다.

"전하."

순간 에멜은 뭐라고 말을 해야 할지 몰라서 멈칫했다. 아인이 피식 웃으며 말했다.

"카스티엘로라고 전능한 건 아냐."

"그건 압니다."

"그런가?"

아인은 그렇게만 대꾸하고 에스텔을 내려다보았다.

손을 뻗어 머리카락이라도 정리해 주고 싶지만, 그러다가 깰까 봐 걱정되었다.

"솔직히 하나 더 궁금한 걸 물어도 됩니까?"

아인은 대답하지 않았고, 에멜은 그걸 허락이라고 생각해 물었다.

"왜 처음부터 저에게 호위를 허락하셨습니까?"

"에스텔이 널 골랐으니까."

"그거야 그렇지만. 진짜로 절 골라주실 줄은, 그리고 전하께서 아무 말도 없으실 줄은 몰랐거든요."

"실력은 확실하지."

그는 기사단원 중 유일한 마스터였다. 그렇게 생각하면 에스텔 역시 고르는 눈이 상당하다는 이야기다.

"그거 감사한 일이네요."

아가씨께.

"감사하는 게 좋겠지."

충분히.

두 사람은 그렇게 말을 주고받았다. 짧은 대화지만 함축된 내용은 많았다. 에멜이 어깨를 으쓱하고 씩 웃었다.

"뭐, 이제 아가씨께서 정령사시니 저보다 훨씬 더 강하실지도 모르죠."

아인은 붉은 눈을 돌려 에멜을 보았다.

자신의 앞에서 농담을 던지는 저 뻔뻔함.

아스터도 '어지간한 놈입니다.' 하고 말하기는 했지만, 확실히 저것도 능력이다. 농담이 통하지 않는 상대에게 끊임없이 농담을 던지는 것만큼 어려운 일도 없을 테니.

"섞인 자에 대해서 아나?"

에멜의 입가에 어두운 미소가 스쳤다.

"카스티엘로의 안 좋은 과거라면 레이몬드가 가장 잘 알지요."

두 명의 섞인 자.

그 둘의 최후가 어땠는지, 자신의 조상들은 꽤나 고소하게 생각하며 즐겁게 기록했고, 그 기록은 상세하게 남아 있었다.

"그래."

아인은 그 이상 말하지 않고 에스텔을 보다가 낮게 명령했다.

"나가."

이번엔 군말 없이 에멜은 정중히 인사하고 소리 없이 방을 나섰다. 아인은 침대가에 놓인 스툴에 앉았다.

카스티엘로 가문에는 에스텔까지 모두 셋.

그녀 전에는 두 명의 섞인 자가 있었다. 섞인 자는 반드시 첫 번째 카스티엘로가 태어나고 나서 나온다. 그러니 지금까지 형제가 있었던 카스티엘로는 모두 셋뿐이었다.

기록에 따르면 첫 번째 섞인 자는 남자아이였다. 처음으로 나온 섞인 사람인지라, 모두가 존재를 신기해하면서도 애지중지했다.

카스티엘로 공작이 그의 어머니였다. 아이가 한 명밖에 태어나지 않아서 카스티엘로 가문은 딱히 남녀 상속에 차이를 두지 않았다. 역대 공작들의 초상화를 보면 비율이 거의 반반이다.

그랬는데 처음으로 태어난 둘째, 그것도 섞인 아이.

공작은 아이를 아꼈고, 어느 날 그 남자아이는 사라졌다.

공작은 미친 듯이 아이를 찾아 헤맸고, 마법사의 소행인 걸로 밝혀져 쳐들어간 곳에서 찾아낸 건 아이의 머리뿐이었다.

그것도 대부분이 소실된 머리.

마스티인 공작은 그 순간 미친 듯 날뛰었고, 결국 그녀가 마탑을 끝장내기 전에 황제가 자살을 명령했다.

그게 첫 번째 섞인 자에 얽힌 최후였다.

그리고 두 번째는.

아인은 한숨을 삼켰다.

여자아이였다.

첫 번째의 전례가 있었기에 그녀는 애지중지 자라났다. 하지만 너무 애지중지 자라게 해서일까?

그녀는 세상이 무섭다는 걸 몰랐다.

사교계에 나간 그녀는 항상 호위를 따돌리는 것에 열중했고, 파티에서 멋진 남자를 만나는 걸 즐겼다. 그리고 그런 그녀를 노린, 카스티엘로 공녀와 결혼한다면 얻을 수 있는 어마어마한 부와 권력을 원했던 작자가 그녀를 범하고 강제로 결혼 선포를 했다.

카스티엘로 공작이 사태도 파악하지 못하고 있는 동안, 그녀는 탑에서 뛰어내렸다. 카스티엘로 가문의 이름을 자신의 실수 때문에 더럽히는 건 참을 수 없다고 하면서.

공작의 분노는 컸고, 카스티엘로 공작가는 상대방 집안에서 살아 있는 생명체라면 병아리 한 마리도 살려두지 않았다.

'이런 이야기를 어떻게 하겠어?'

아인은 그렇게 생각하며 한숨을 삼켰다.

이런 끔찍한 이야기를 어떻게 사랑스러운 딸에게 하겠는가? 그래서 가정교사에게도 입막음을 해두었다. 섞인 자에 대해서 이야기는 해줄 수 있지만, 특히 여자아이의 존재는 이야기 자체를 하지도 말라고 했다.

그래서 에스텔은 섞인 자가 모두 남자라고 알고 있었다.

그가 할 수 있는 건 호위를 붙이고, 마법사를 조심하라고 말하는 것뿐이었다. 그리고 항상 호기심에 가득 차 있으면서도 에스텔은 그의 말을 잘 따라주었다.

단지, 자신이.

제대로 지키지 못한 거지.

아인은 저도 모르게 손을 뻗어 딸의 손을 잡았다. 그러자 에스텔이 스르륵 눈을 떴다.

"깨웠니?"

저도 모르게 미안해 묻자 에스텔은 잠에 취해 배시시 웃었다.

"같이 자요……."

중얼거린 말에 아인은 그녀의 손을 꽉 잡았다. 에스텔이 잠 때문에 힘도 없는 팔로 그를 당기며 말했다.

"같이, 같이……."

그러더니 다시 스르륵 잠이 들어 버렸다. 아인은 저도 모르게 웃었다. 그는 몸을 숙여 에스텔의 이마에 키스하고 속삭였다.

"그래, 아빠는 여기 있단다."

　　　　*　　　*　　　*

에스텔은 신중하게 바느질을 했다.

―그거 재미있나요?

로이의 물음에 에스텔은 "이것도 테라피야." 하고 대답했다.

에스텔의 토끼 인형은 상당히 많은 옷을 가지고 있었지만, 전부 애니나 스테파니가 만들어 준 것이었다. 그래서 모처럼 이렇게 쉬게 되었을 때 자신도 만들어 보겠다고 하며 에스텔이 바느질을 자처한 것이다.

솔직히 말하면 바느질은 귀족 여성의 기본 소양이기 때문에 에스텔 나이에 에스텔만큼 바느질을 못 하는 사람은 드물었다. 에스텔도 그걸 모르는 건 아니어서 차근차근 기초부터 시작하기는 했지만, 하면 할수록 이건 영 자신의 길이 아니라는 생각이 들었다.

'그래도!'

아직도 아빠가 표끈을 달고 다니는 걸 보니 그걸 다른 뭔가로 대체해야겠다는 생각이 강하게 들었다.

그래서 에스텔은 끙끙거리며 손수건에 수를 놓는 중이었다.

물론 이건 손수건이라기보다는 단순한 무명천에 가까웠다. 올이 가는 고급 천을 에스텔 연습용으로 쓰기에는 아까웠던 거다.

그녀가 수놓고 있는 건 단순한 토끼 모티브였다.

"잘되고 계세요?"

제인이 자신의 수틀을 무릎으로 내리며 물었고 에스텔은 고개를 저었다.

"아니, 잘 안 되는 것 같아."

"어디 볼까요?"

애니가 허리를 기울여 에스텔은 수틀을 내밀었다. 지금 응접실 안에서는 바느질 모임이 한창이었다.

귀족 여성들도 이런 바느질 모임을 종종 가진다. 그러므로 바느질이 기본 소양인 거다. 이것 역시 한눈에 누가 잘하고 못하는지 파악이 가능하니 말이다.

"물론 요즘 젊은 아가씨들 사이에서는 구식이라고 하지만, 그래도 기혼자들 사이에서는 꾸준하지요."

라는 게 애니의 말이었다.

"잘하고 계시는데요? 이쪽을 좀 더 이런 식으로—"

애니가 몇 번 시범을 보여주고 바늘을 넘겨주었다. 에스텔은 잘한다는 칭찬에 힘을 얻어, 본 대로 몇 번 바느질해 보았다. 애니가 고개를 끄덕였다.

"성취가 빠르세요."

"그럼 다행이에요."

에스텔은 그렇게 말하며 한숨을 내쉬었다. 제인이 웃으며 말했다.

"결혼식 전에 수놓은 베갯잇이나 침대 장식을 가져가는 사람도 있대요."

"음전한 아가씨들은 그렇지요."

애니가 고개를 끄덕였다. 스테파니가 피식 웃으며 말했다.

"그럼 우리 아가씨는 우리가 만들어 드려야겠네요."

그 말에 에스텔이 "부탁합니다." 하고 정중하게 말해 모두가 가볍게 웃음을 터트렸다.

제인이 수틀에서 작은 조끼를 빼 들며 말했다.

"자아, 토끼 아가씨 조끼 완성이에요."

매끄러운 실크에 산딸기 덩굴이 수놓아져 있었다. 비단에 수를 놓는 건 복잡한 상급 기술이었다.

"너무 귀여워!"

에스텔이 눈을 휘둥그레 뜨고 조끼를 받아 들었다. 스테파니가 말했다.

"단추도 달아 드릴게요."

"응. 잠깐만. 토끼 가져올게."

그러며 허둥지둥 에스텔은 자리에서 일어났다. 그런 그녀의 뒷모습을 보고 애니가 말했다.

"건강해지셔서 다행이야."

그 말에 정 많은 제인의 눈에 금방 글썽, 눈물이 고였다.

"정말로요."

스테파니 역시 깊게 고개를 끄덕였다.

에스텔이 납치되고 나서 저택의 분위기는 공포 그 자체였다.

처음에는 내부 사람이 의심 대상이었다. 애니부터 시작해서 에스텔과 관련된 모든 사람이 조사받았다. 모두가 낮은 목소리로 이야기하고, 둘 이상 모여 있지 않으려 애썼다. 내부 고발도 몇 번 있었지만, 다행스럽게도 모두 무죄로 밝혀졌다.

서로 의심한 고통의 시간이었다.

그러고서 외부인의 일 같다고 하자 늑대기사단의 분위기가 단숨에 흉흉해졌다.

모두가 에스텔 아가씨의 무사 귀환을 기도했다.

하지만 돌아온 것은 엉망진창이 된 아가씨였다. 비쩍 말라서, 고문의 흔적이 역력하고, 인형처럼 움직이지도 말하지도 않는 아가씨.

애니는 붕대를 갈면서 몇 날 며칠을 울었는지 모른다. 그건 제인과 스테파니도 마찬가지였다.

그렇게 서서히 상처는 나아갔지만, 그녀의 정신이 돌아올 기미는 보이지 않았다.

기사단 분위기도 어두웠지만, 특히 에스텔의 호위였던 엘런, 로이, 진은 더더욱 어두운 분위기였다.

"사실 전……."

제인이 머뭇거리고 말했다.

"에멜 경이 가장 무서웠어요."

뭐가 무서웠다는 건지, 애니와 스테파티는 단박에 알아들었다.

그때 에스텔이 인형을 가지고 쪼르르 달려왔다. 셋의 얼굴에 저절로 미소가 떠올랐다.

"입혀 봐도 괜찮아?"

"물론이죠."

토끼 인형은 엠파이어 드레스를 입고 있었으므로, 제인은 그 위에 바로 조끼를 입혔다.

"진짜 예쁘다. 잘 어울려. 고마워, 제인."

에스텔이 인형을 꽉 끌어안으며 말하자 제인이 웃었다.

"자, 이리 주세요. 제가 마무리해 드릴게요."

"응."

에스텔은 조심스럽게 조끼를 도로 벗겨서 제인에게 주었다. 제인이 단추 상자를 열어서 자그마한 은단추를 조끼에 달기 시작했다.

에스텔은 그걸 바라보다가 자신의 수틀로 시선을 돌렸다.

"좋아."

오늘 안에 완성하고 말리라.

에스텔은 그렇게 생각하며 바느질에 열중하기 시작했다.

그 모습을 흐뭇하게 보았다가 애니는 문득 방금 제인이 했던 말을 떠올렸다.

'무서웠다.'

귀여운 아가씨가 어떻게 된다면, 그가 무슨 짓을 어떻게 할지 몰라서 무서웠다.

피아를 가리지 않고 끝낼 듯한, 그런 감각이었다.

'처음 아가씨 호위라고 했을 때는 못마땅했는데.'

애니 역시 늑대기사단에 대한 소문이면 익히 알았다. 그래서 에멜 아스트라다가 에스텔의 호위가 되었다고 했을 때는 놀랐는데, 그가 아가씨를 대하는 태도를 보고 가슴을 쓸어내렸다.

역시 소문은 소문일 뿐. 실제 사람은 봐야지 아는 거라고. 하지만 지금은 그 소문이 사실이었을 거라고 애니는 생각했다.

"이거 잘 안 될 것 같은데……."

에스텔이 그렇게 말하며 눈을 찌푸렸다. 어째 찌그러진 토끼가 되어가고 있다.

"망치면 에멜 줘야지."

에스텔의 중얼거림에 제인과 스테파니가 웃음을 터트렸다.

"아가씨!"

"에멜 경이 가엾어요."

"하지만 아깝잖아."

에스텔이 그렇게 말하며 한숨을 내쉬었다.

그래도 이건 개구리처럼 보이지 않으니까, 그럭저럭 성공작 아닌가?

그렇게 생각하며 에스텔은 바느질을 하는 손길을 더욱 빠르게 움직였다. 간신히 그날 해가 떨어지기 전에 에스텔은 손수건을 완성했다.

에멜에게 손수건을 건네자 그가 웃으며 말했다.

"고양이 귀엽네요."

"토끼야."

정정하니,

"알고 있었어요."

하고 에멜이 정중하게 손수건을 접어 주머니에 넣었다.

"소중하게 아끼겠습니다."

"응, 다음에 잘 만들게 되면—"

에스텔이 말꼬리를 끌었다가 팔짱을 꼈다.

"일단 먼저 아빠랑 오라버니를 만들어 주고 나서, 시간이 나면 에멜 것도 만들어 줄게."

"그럼 이건 시작품이군요."

"응."

"좋습니다."

에멜은 그렇게 대답하고 마음속으로 덧붙였다.

'아무래도 이 이상 아가씨가 수를 더 놓으실지 모르겠으니까요.'

에멜의 말에 에스텔은 고개를 끄덕이고는 얼른 오늘의 호위인 로이에게로 돌아갔다.

"돌아가자."

"정말로 그것만 전해주고 끝인가요?"

로이의 말에 에스텔은 고개를 끄덕였다.

"에멜도 에멜의 시간이 필요한데 방해하면 안 되지."

로이가 씩 웃었다.

"방해하면 좋아할 것 같은데 말이죠."

에이, 그건 아니지.

에스텔은 그렇게 답하고 깊게 숨을 들이마신 후 말했다.

"로이."

"네."

"나, 내일. 말 탈래."

로이는 그 말에 멈칫하거나, 아니면 괜찮으시겠어요? 같은 질문은 하지 않았다.

"그거 좋죠."

그는 태연하게 고개를 끄덕일 뿐이었다. 에스텔은 로이의 이런 점이 좋았다. 자신을 걱정하고 있다는 게, 속은 어떨지 몰라도 하여간 겉으로는 전혀 보이지 않는다는 점.

"하지만 오랜만이니까……."

"멀리 가지는 말죠. 아가씨의 말 타는 솜씨가 줄었을 것 같거든요."

그 말에 에스텔은 고개를 끄덕였다.

그리고 그녀의 '조랑말을 타고 가벼운 산책 계획'은 다음 날이 되자 어째서인지 '늑대기사단들과 함께 가벼운 산책'이 되어 있었다.

날씨는 상쾌했다.

소풍 가기에 완벽한 날씨.

로이는 이 날씨를 그렇게 평했다. 알파가 "바람의 정령이 즐거워하는 날씨지." 하고 평한 것처럼 바람도 적당히 살랑살랑 불었다.

피크닉 바구니를 마차에 잔뜩 싣고 아인과 아스터, 그리고 제비뽑기의 승자들이 경쾌하게 풀밭을 달렸다.

조랑말 위에 올라탄 에스텔은 일행의 선두, 약간 뒤에 자리 잡았다.

"어째서 일이 이렇게 커진 거야?"

"다들 놀고 싶었으니까요."

에스텔의 말에 로이가 명쾌하게 대답했다. 엘런이 눈을 찡그렸다.

"로이."

"왜, 맞잖아?"

엘런은 신음을 흘리고 힐끗 단장과 주군의 얼굴을 살폈다. 하지만 두 사람은 들은 건지 아닌지 신경을 쓰지 않았다.

진이 에스텔 쪽으로 말을 살짝 가까이 가져가 물었다.

"말은 괜찮으십니까? 불편하지 않으신가요?"

아무래도 조랑말을 타고 있으니, 기사단원들이 타고 있는 군마에 비하면 키가 작다. 물론 에스텔이 타고 있는 조랑말도 보통 말과 큰 차이가 없는, 포니(pony) 같은 종자와는 다른 거였지만 그래도 신경 쓰였다. 에스텔이 고개를 저었다.

"괜찮아."

"불편하면 이리로 오렴."

아인이 속도를 살짝 늦춰 에스텔과 말머리를 나란히 하며 말했다. 에스텔은 고개를 저었다.

"나중에요."

"그래."

지금은 오랜만에 타는 말이 너무 좋았다. 무서울 것 같았는데, 아빠와, 그리고 늑대기사단과 함께 달리니 무서울 게 전혀 없었다. 옆 안장이 아니라 에스텔은 승마복을 입고 앞 안장을 타고 있었다. 머리카락은 길게 땋아 내렸고 머리에는 아무것도 쓰지 않았다.

애니는 마지막까지 모자를 쓰라고 해야 할까, 고민하다가 결국 "다녀오세요." 하는 말과 함께 모자를 씌울 생각을 접었다. 햇빛이 얼굴에 와 닿는 감각이 기분 좋았다. 모두와 함께 나오니 더욱 설레었다.

처음에는 느린 속도가 마음에 들었는데 긴장이 풀리자 달리고 싶어졌다. 조랑말이 그녀의 마음을 읽은 것처럼 통통 뛰듯이 무릎을 높이 올려 속보했다.

에스텔은 소리 내어 웃었고, 그걸 본 기사단원들은 모두 미소 지었다. 로이가 경쾌하게 말했다.

"아가씨, 경주할까요?"

"경주?"

"로이!"

다시 엘런이 목소리를 높았다. 엘런이 한숨을 내쉬고 에스텔에게 말했다.

"로이를 너무 상대해 주지 마세요. 분수를 모르게 되니까요."

에스텔은 잠시 고삐를 꽉 쥐었다가 고개를 휙 치켜올렸다. 그녀가 말했다.

"할래."

"야호."

"아가씨!"

엘런이 소리치고 당황한 시선을 아인에게 보냈다. 아인이 멀리 시선을 돌렸다가 다시 에스텔에게 물었다.

"경주?"

"네, 안 될까요?"

"너에게 안 되는 일은 없어."

아인의 말에 에스텔은 "저 버릇 나빠져요!" 하고 다시 웃었다. 아스터가 피식 웃으며 옆으로 비켜났다. 로이가 정중하게 말했다.

"그럼 아가씨에게 먼저 출발할 권리를 드리지요."

진이 에스텔의 옆에 서며 말했다.

"제가 함께 가겠습니다."

에스텔은 고개를 끄덕였다. 에스텔이 휙 뒤를 돌아보고 로이에게 말했다.

"저기 저 나무까지! 셋 세고 쫓아오는 거야?"

"네."

로이가 고개를 끄덕이자마자 에스텔이 상체를 홱 숙이고 박차를 가했다. 조랑말이 쏜살처럼 달려 나갔고, 그 옆을 진이 함께 달리기 시작했다.

"하나! 둘! 세엣?!"

셋을 세고 출발하려던 로이의 목덜미가 기사단원들에게 붙잡혔다.

"켁? 잠깐! 뭐 하는 거야?"

"천천히 가자고, 응?"

"맞아, 맞아."

"아오, 진짜 이놈들이?"

로이가 버둥거렸지만, 기사단원들은 에스텔이 반쯤 목표를 향해 달려갔을 때쯤 로이를 놓아주었다.

로이가 "아, 진짜." 하고는 말의 속도를 올렸다. 엘런이 한숨을 내쉬고 고개를 저었다.

"아가씨에게 진심으로 덤비다니."

옆에 서 있던 기사가 고개를 흔들었다.

"여기 에멜이 있으면 걷어차여서 말에서 떨어졌을 텐데."

"그리고 로이 말 궁둥이를 때려서 멀리 가 버리게 했겠지."

다른 기사가 답하듯 중얼거린 말에 모두가 웃음을 터뜨렸다.

에멜은 이 소풍에 같이 오지 못했다. 공작이 '넌 집 보기다.' 하고 명령했기 때문이었다. 에멜이 '정말입니까? 전하! 치사하십니다!' 하고 항의했지만 아인은 들은 척도 하지 않고 출발했다.

엘런은 '제발 좀 지기도 하고 그래라.' 하고 손 가리개를 만들어 눈 위로 올리며 경주를 지켜보았다. 아무리 에스텔이 말을 잘 탄다고 해도, 오랜만의 승마인 데다가 조랑말이다. 로이가 타고 있는 군마와는 체급 자체가 다르니, 금방 거리가 줄어들었다. 에스텔의 옆에서 달리던 진이 속도를 늦추더니 에스텔과 로이 사이에 끼어들었다.

'진, 잘했어.'

엘런은 주먹을 불끈 쥐었다.

결국 에스텔이 나무 아래 먼저 도착했다. 휙 말머리를 돌린 에스텔이 손을 흔들었고, 기사단원들은 환호성을 질러주었다.

에스텔이 키득거리며 로이에게 말했다.

"내가 이겼어."

"방해만 아니면 제가 이겼을 거라고요."

로이가 투덜거리자 "아하." 하고 에스텔이 조랑말을 의기양양하게 신장 속보(extended trot: 말이 무릎을 치켜든 후에 앞으로 쭉 뻗은 채로 내리는 걸음)로 걷게 했다.

"그건 평소의 인덕이지."

"그건—"

로이가 한숨을 내쉬었다.

"할 말이 없네요."

"그지?"

그녀의 분홍색 눈동자가 반짝거렸고, 로이는 그거면 충분하다고 생각했다.

진이 고개를 흔들었다.

"정말이지 그렇게 아가씨를 이기고 싶나?"

"어머, 진. 그건 아냐. 난 로이가 그래서 좋은 거라고."

이겼을 때 그래서 신나는 거야.

에스텔의 말에 진이 눈을 살짝 크게 떴다가 "그러시군요." 하고 고개를 끄덕였다.

로이가 씩 웃었다.

"역시 제 아가씨라니까요."

뒤이어 차례로 일행이 도착했다.

"아빠, 보셨어요?"

"그래."

아인이 고개를 끄덕이고 물었다.

"이겼으니 뭘 줄까?"

"네?"

"승자에게는 선물이 있어야 하는 법이지."

아인의 말에 에스텔은 휙 로이를 돌아보며 말했다.

"그럼 로이 몫의 푸딩까지 내 거."

"그럴 수가."

로이의 어깨가 축 처졌다.

아인이 피식 웃고 말했다.

"내 몫도 주지."

"정말요? 하지만—"

"괜찮아."

아인은 그렇게 말했고 에스텔은 머뭇머뭇하다가 말했다.

"아빠."

"왜?"

"그쪽으로 가도 되나요?"

아인이 미소 지었다.

"물론이지."

에스텔이 아인의 앞에 올라타고, 생각보다 좀 더 길게 산책하고서 피크닉 바구니가 펼쳐졌다. 버드나무 가지를 짜서 만든 피크닉 바구니가 몇 개나 마차에서 나왔다. 푹신한 모직 돗자리를 펴고, 그 위에 유리와 도자기로 된 식기들, 그리고 식어도 맛있는 소풍 음식들이 놓였다.

평소보다 더 식욕이 돌아, 에스텔은 조그만 배가 터지겠다고 생각될 때까지 음식을 먹었다. 그녀가 마지막으로 레모네이드를 마시고 "휴" 한숨을 내쉬었다.

"더 안 먹니?"

"배가 터지겠어요."

에스텔의 말에 로이가 그녀의 배를 쿡 찔러보려고 했다가 엘런에게 손가락이 잡혀 꺾였다. 로이가 비명을 지르든 말든 상관하지 않고 엘런이 웃으며 말했다.

"많이 먹는 게 좋은 거지요."

"진짜 너무 먹은 것 같아."

토하겠어, 하고 에스텔은 다시 휴휴 한숨을 내쉬었다.

"조금 걸어도 될까요?"

아인이 고개를 끄덕이며 아스터를 보았고, 아스터가 자리에서 일어났다.

"같이 가시죠. 아가씨."

에스텔은 눈을 동그랗게 떴다. 아스터는 뭐랄까?

아빠 전용 같은 느낌?

에스텔은 평소보다 더 어른이 된 기분으로 자리에서 일어났다.

"네."

에스텔은 어디로 갈까 하다가 호숫가를 걷기로 하고 걸음을 옮겼다. 아스터가 약간 뒤에서, 그러나 거의 나란히 걷기 시작했다.

에스텔이 힐끗 아스터를 보았다가 말했다.

"음, 어. 로이를 너무 혼내지 마세요."

아스터가 미소 지었다.

"혼내지 않습니다."

"그럼 다행이고요."

아스터는 작은 아가씨를 느긋한 마음으로 바라보았다. 지금 회복하는 것처럼 보인다고 해서 마음을 놓을 생각도 없었고, 상태가 안 좋아진다고 해서 초조해질 생각도 없었다.

온갖 늑대들을 상대한 그는 그런 여유가 있었다.

에스텔은 가볍게 걷다가 "아." 하고 작게 소리를 내고 허리를 숙여 작은 돌을 주웠다가 한숨을 내쉬고 호수에 던졌다.

"물수제비라도 뜨시려고요?"

아스터의 물음에 에스텔이 고개를 저었다.

"아뇨, 그게 아니라. 에멜을 두고 와서 뭔가 선물해 주려고 했죠. 예쁜 모양인 줄 알았는데, 흙에 묻혔던 것뿐이었어요."

"에멜에게 선물이요."

"네, 아빠 때문에 못 왔으니까요."

씩 웃고 에스텔이 손가락을 들어 입가에 올리며 "아빠에겐 비밀이에요?" 하고 말해 아스터는 고개를 끄덕였다.

"무덤까지 가지고 가겠습니다."

"그렇게 심각한 건 아니에요."

에스텔의 말에 아스터는 그저 미소 지었다. 에스텔은 문득 궁금해져서 물었다.

"아스터는 언제부터 아빠와 함께 일했어요?"

"공작 전하께서 아직 카스티엘로 영식이실 때부터지요."

"우와."

에스텔은 감탄했다.

"그럼 아빠를 저보다 더 잘 아시겠네요."

"다른 부분을 알지요. 전 아버지로서의 공작님은 모르니까요."

아스터의 부드러운 말에 에스텔은 고개를 끄덕였다. 에스텔이 조심스럽게 그를 보고 물었다.

"저, 그러면 공작 부인에 대해서도 아시나요?"

카를의 어머니.

자신은 뭐라고 불러야 할지 모르는, 공작 부인.

에스텔의 말에 아스터는 잠깐 생각에 잠겼다.

갈색 머리카락에 수줍음이 가득한 갈색 눈동자.

코니아 남작 영애라는, 아스터는 이름도 들어보지 못한 시골 남작가의 셋째 딸이었다.

"그녀와 결혼할 거야."

"그러시면?"

"임신했어."

아인의 말은 간결했고 아스터는 별생각 없이 물었다.

"상대가 누굽니까?"

"르네."

아스터는 그제야 시선을 들어 자신의 주군을 보았다. 아인이 "왜?" 하고 되물어서 아스터는 "아닙니다." 하고 고개를 저었다.

'이름을 기억하고 계실 줄이야?'

르네 코니아 남작 영애는 순식간에 사교계의 떠오르는 화제가 되었다.

'그리고 무도회장에서 머리채를 잡혔지.'

현 황후인, 당시에는 툴리아 백작 영애였던 그녀의 분노는 어마어마했다. 어느 정도였냐면 무도회장에서 "이 사갈 같은 년!" 하고 소리치고

르네의 **뺨**을 때린 것도 모자라서 그녀에게 손톱을 세우고 달려들었다가 호위기사에 의해 떨어져 나갔으니까. 아인의 짜증은 극에 달해서 그 뒤로 '완전 칩거'를 선언했고 모든 활동을 접었다.

그래도 결혼식은 화려하게 치렀다. 손님은 친척뿐이었지만. 그렇게 카스티엘로 저택에 들어온 르네를 보면서 모두가 그녀가 아인을 사랑한다는 걸 알 수 있었다.

그래서 아스터는 그녀가 불행해질 거라고 생각했다.

하지만 예상과는 다르게—

"아스터?"

갸웃하고 에스텔이 그의 이름을 불러 아스터는 생각에서 깨어나 고개를 저었다.

"평범한 분이셨습니다."

"그렇군요. 그럼, 그럼—"

에스텔이 작게 물었다.

"아빠와는요?"

"그건 제가 답할 수 있는 부분이 아닌 것 같군요."

아스터의 말에 에스텔은 입을 내밀었다.

"하지만 제가 물어보기도 그렇잖아요."

"뭐가 궁금하십니까?"

"그게, 그러니까……"

에스텔은 머뭇머뭇하다가 슬쩍 아스터를 보고 말했다.

"제가 모르는 가족 이야기잖아요. 그러니까…… 저는 어머니가…… 그렇고……. 제가 끼어들 수 없는 이야기라는 건 알지만."

자신이 오기 전에 카스티엘로가 어땠는지, 궁금하기는 했다.

"지금과 별다를 바는 없었습니다."

"그런가요?"

"네. 그리고 공작 부인은 일찍 돌아가셨으니까요."

"그렇군요……."

그녀는 작게 한숨을 내쉬었다.

하긴, 과거가 무슨 상관이랴?

에스텔이 앗, 하고 바닥에서 또 뭔가를 주웠다. 그랬다가 실망하며 또 호수에 던졌다.

"예쁜 돌 찾기가 어렵네요."

"제가 도와드려도 될까요?"

"물론이죠."

아스터의 말에 에스텔이 반색하고 웃었다.

그렇게 산책을 끝내고 돌아온 에스텔은 에멜에게 몰래 손짓했다. 에멜은 기사단원들에게 실컷 놀림받고 나서─부럽지? 부럽지? 말 타는 아가씨 귀엽더라? 근처를 서성거리던 에스텔을 만나러 나갔다.

"아가씨, 무슨 일이세요?"

"이거."

에스텔이 손을 내밀었고 에멜은 양손을 벌렸다. 그의 건틀렛 위로 툭하고 갈색의 반투명한 물체가 떨어졌다.

"그게, 나뭇진이 굳은 거래요. 좋은 향이 나요."

에스텔의 말에 에멜은 엄지손톱만 한 조각을 이리저리 굴려 보았다. 달콤하고 시원한 나무 향이 났다.

"그러네요."

"아스터 경이 알려줬어요. 소풍 기념 선물이에요."

"고맙습니다."

"그런데 너무 더우면, 녹아 버릴 수도 있다고 하니까⋯⋯. 그냥 향이 날아갈 때까지만 두고 버려요."

에스텔의 말에 에멜은 "그러기에는 예쁜데요." 하고 나뭇진을 들어 살짝 해에 비춰 보았다. 불투명한 나뭇진 가장자리가 진갈색으로 비쳐 보였다.

"잘 보관하도록 하죠."

에스텔은 활짝 웃고 고개를 끄덕였다. 에멜은 손을 뻗어 쓱쓱 그런 에스텔의 머리를 쓰다듬었다.

"에멜?"

"아뇨, 저도 모르게."

그리고 슥 그녀의 뺨을 당겼다.

"에멜!"

"저 빼고 소풍 가서서 즐거우셨습니까?"

"그럼요."

에멜이 경쾌하게 웃고 허리를 숙여 시선을 맞췄다.

"아가씨께서 즐거우셨다면 됐습니다."

"에멜."

"네."

"아스터 경이요, 아빠가 공작이 아니었을 때부터 일했대요."

"그렇지요?"

"그럼 에멜도?"

나랑 같이 있을 건가요?

에스텔의 말에 그가 진지하게 말했다.

"말씀드렸지요. 계속 곁에 있겠다고."

그러며 허리를 펴고 씩 웃었다.

"결혼하시면, 아가씨의 아이를 제가 호위하게 될지도 모르겠네요."

"그건 너무 먼 이야기 같은데."

"그런가요?"

에멜이 팔짱을 끼며 '전 금방일 것 같은데요.' 하고 중얼거렸다.

에스텔이 픽 웃고 말했다.

"그럼 난 가볼게요."

"네. 잘 들어가세요."

에멜이 손을 흔들었고 에스텔은 경쾌한 걸음으로 연무장을 빠져나왔다. 그러자 기다리고 있던 로이가 길게 하품하며 물었다.

"다 끝나셨어요?"

"응."

대답하고 에스텔은 로이에게도 손을 내밀었다. 로이가 의아한 얼굴을 하며 손을 내밀었고 에스텔은 새끼손가락만 한 조약돌을 떨어트렸다.

"오늘 경주한 상으로. 오리 모양이야."

말을 듣고 보니 정말로 오리를 닮았다. 로이가 씩 웃었다.

"포상, 감사합니다. 아가씨."

"하지만 로이는 이런 건 좋아하지 않을 것 같으니까."

에스텔이 뒤꿈치를 들고 입가에 손을 가져가 속삭였다.

"요리사에게 말해서 포도주 한 병 빼놨어."

"이래서 제가 아가씨를 좋아한다니까요."

"로이는 이런 마음이 담긴 선물은 '이게 뭐야' 할 것 같았거든."

에스텔이 팔짱을 끼며 말하자 로이가 "아뇨, 괜찮은데요?" 하고 말했고 에스텔이 눈썹을 치켜 올렸다.

"그럼 와인 안 줘도 돼?"

"줬다가 뺏는 건 치사한 겁니다."

로이가 부릅떠 눈에 힘을 줬다. 에스텔은 가볍게 웃고 "거봐." 하고는 이어 말했다.

"경주해 줘서 고마워."

"별말씀을. 저도 즐거웠답니다."

깊게 인사하고 로이는 재빠르게 귀여운 아가씨를 방까지 바래다주었다. 그리고 경쾌한 걸음걸이로 부엌으로 향했다.

＊　　＊　　＊

에스텔은 저에게 온 편지를 뜯어보았다가 높은 의자에서 폴짝 뛰어내렸다.

"오라버니가 졸업한대!"

"그럴 때지요."

"안 가 봐도 되는 거야?"

에스텔의 말에 애니가 "글쎄요." 하고 고개를 갸웃했다.

"아직 칩거 중이니까요."

"으음……."

에스텔은 편지를 다시 보았다. 편지는 제온에게서 온 것으로 졸업한다는 내용을 담은 편지였다. 그에게서 편지는 많이 오지는 않지만 그래도 주요한 소식을 전하는 용도로 훌륭히 쓰였다.

카를과는 자주 편지를 주고받지만 학교 행사에 대한 이야기는 전무했다. 게다가 처음에는 답장 길이도 형편없었다. 중간에 한 번, 답장을 계속 짧게 보내면 자기도 짧게 쓰겠다고 했던 협박이 먹혀서, 카를은 적어도 반 장 이상의 답신을 보내게 되었다.

'오라버니의 학교 생활에는 참여하지 못했지만.'

그래도 졸업식만은 가야 하지 않을까?

'나 때문에……'

갑자기 마음이 무거워졌다.

자신에게 일이 생기는 바람에 공작가가 칩거에 들어가고, 그래서 카를의 졸업식에 가지 못하는 거 아닌가?

'가야 해.'

꼭 참석해야 한다.

에스텔은 그렇게 결심하고 편지를 다시 살폈다. 졸업식 날짜까지 친절하게 적혀 있었다.

'두 달 후!'

아카데미는 수도, 좀 더 정확히 말하자면 수도 외곽에 존재했다. 아카데미 한 채만 달랑 있는 게 아니라 마치 대학처럼 커다란 한 묶음으로 되어 있어서 작은 마을과 비슷하다고 하델이 설명해 주었다.

에스텔은 초조해져서 창문 밖을 내다보았다.

'갈 수 있어.'

갈 수 있어.

마차를 타고 여행을 가는 거야.

에스텔 카스티엘로.

그녀는 그렇게 생각하고 씩씩한 걸음으로 방을 나섰다. 아빠의 집무실까지 가는 길이 오늘따라 짧게 느껴졌다. 집무실 근처까지 왔다가 에스텔은 멈춰 서서 오늘의 호위인 진을 바라보았다.

"진."

"네."

"내 편 들어줘야 해?"

진이나 엘런은 보수적인 편이라, 로이나 에멜과 함께 가고 싶었지만 그렇다고 호위를 바꿔줘, 라고 하기는 그렇다.

진은 고개를 끄덕였다.

"물론입니다."

"좋아."

똑똑 문을 두들기기도 전에, 켈슨이 문을 열었다.

"역시 아가씨셨군요. 어서 오세요."

"안녕하세요."

인사하고 에스텔은 안으로 쪼르르 들어갔다. 집무실은 조용했다. 아인은 이미 책상에서 일어나 창가에 서 있었다. 에스텔이 사뿐사뿐 아인에게 다가갔다.

"일하시는데 방해한 거 아닌가요?"

"아냐."

아인은 그렇게 말하고 딸의, 폭신폭신해 보이는 풍성한 머리카락을 쓰다듬으며 물었다.

"무슨 일이지?"

"카를 오라버니가 곧 졸업한대요."

"알아."

"그, 졸업식, 가요!"

배에 힘을 딱 주고 에스텔이 말해 아인의 손이 멈칫했다.

"졸업식을?"

"네. 그게, 그래도 평생에 한 번뿐인 졸업식이잖아요."

"칩거 중이야."

"그, 그래도요. 저 때문에 못 가는 거면 더 싫어요."

"원래 안 가는데."

아인이 말했지만 고집스럽게도 에스텔은 물러나지 않았다.

"그렇다면 더욱 가야지요."

어지간해서는 딸이 물러날 것 같지 않아 아인은 잠시 생각에 잠겼다가 말했다.

"갈 수 있겠니?"

"네."

"정말로?"

"그럼요. 그죠? 진? 저 요즘 잘 다니지요?"

순간 진은 호응할 타이밍을 놓쳐 버렸다. 물론 요즘 아가씨가 잘 다니시기는 하지만 그래도 어느 정도 이상은 꺼리시는 게 보이는데?

그가 한 박자 놓치자 에스텔의 눈이 가늘어졌다. 그건 아인 역시 마찬가지라 진은 때늦은 호응을 던졌다.

"그, 그렇습니다. 잘 다니시지요."

"돌아가렴."

"아빠!"

에스텔이 말도 안 돼, 하고는 다시 아인에게 매달렸다.

"하지만, 전 괜찮아요! 정말로!"

아인이 눈을 찌푸렸다.

"에스텔 카스티엘로."

"네."

"카를도 괜찮아."

에스텔은 입을 벌렸고 아인은 다시 그녀의 머리를 쓰다듬어 준 다음 집무실에서 내보냈다. 집무실 밖으로 나오자마자 에스텔은 이를 악물고 진을 돌아봤다.

진은 당혹스러움을 감추지 못하며 고개를 숙였다. 그래 봐야 키가 작은 에스텔과 시선이 마주쳐지지만 말이다.

"진 세이건."

입이 두 개라도 할 말이 없어 진은 침묵했다.

"정말로 진은 날 너무 생각해 주죠. 날 아끼는 건 잘 알겠어요. 정말, 정말로요."

칭찬인지 아닌지 알 수 없는 말에 진은 사과했다.

"죄송합니다."

"그래도 제 편을 들어줬으면 좋았겠지요."

"하지만 아가씨—"

"어, 어? 사과하는데 '하지만'이 필요해요?"

진은 다시 낮게 신음을 흘렸다가 대답했다.

"아니요."

"사실 별로 안 미안하죠?"

"아닙니다."

진이 고개를 저었다.

아가씨의 편을 들지 못한 건 미안하다. 하지만 아가씨가 책임감 때문에 무리하는 건 보고 싶지 않다.

그게 그의 심정이었다.

"좋아요, 그럼."

에스텔은 고개를 휙 치켜들었다.

"에멜에게 갈래요."

에멜은 마침 훈련을 끝낸 후였다. 그가 훈련을 한 게 아니라, 신병들을 굴린 거지만, 하여간 훈련은 훈련이다.

"딱 맞춰서 오셨네요."

자신이 신병을 굴리는 모습을 보지 않아서 다행이라고 생각하며 에멜은 연무장 밖으로 나왔다.

"무슨 일이세요? 진은 왜 쫓아내셨고요?"

"그게 말야—"

에멜은 건틀렛 버클을 풀며, 연무장 울타리에 기대어 에스텔의 이야기를 들었다.

"도련님의 졸업식이요?"

"네."

에스텔 역시 나란히 연무장 울타리에 기댔다. 에멜은 건틀렛을 벗어 옆에 걸고, 그다음 흉갑 조임쇠를 풀며 느긋하게 말했다.

"그리고 진이 엄호 사격에 실패했군요."

"바로 그거예요."

"아가씨는 꼭 가고 싶으신 거죠."

에스텔은 고개를 끄덕였다.

"왜요?"

에멜의 물음에 그녀는 당황해 그를 올려다보았다.

"그야, 한 번뿐인 졸업식이잖아요?"

"칩거하지 않았어도, 가지 않았을 겁니다. 귀찮고 시선 끄니까."

에멜이 흉갑을 벗어 옆에 내려놓았다. 셔츠 차림의 그는 산뜻한, 땀한 방울 흘리지 않은 모양새였다.

"가지 않는 게 카스티엘로다운 걸까요?"

에스텔이 울타리에서 몸을 떼며 중얼거렸다.

"아가씨다운 게 카스티엘로다운 겁니다."

"그럼 역시, 가고 싶어요."

가서 꽃다발도 주고, 축하해 주고 싶다.

"그렇군요. 어떻게 할까요."

에멜이 중얼거렸다. 에스텔은 끙끙거리며 울타리로 올라가려고 애썼고 에멜은 그녀의 허리를 잡아 가뿐하게 울타리 위에 앉혀 주었다. 에스텔은 균형을 잡으려 자연스럽게 그의 팔을 붙잡았다.

"에멜이랑 나랑 둘이 갈까요?"

"네?"

"내 머리카락을 팔아서 자금을 마련하면 돼요."

"네에?"

"애니가 그랬는걸요. 머리카락 팔면 돈이 된다고요."

에멜이 웃음을 터트렸다.

"그야 그렇지만. 아니, 농담이신 거죠?"

"그 정도로 제가 진심이라는 말이에요."

에멜이 피식 웃었다.

"만약 제가 그렇게 한다면 공작님이 제 머리를—"

뎅강, 에멜이 손을 들어 목 주변을 슥 그었다.

"하지만……."

에스텔이 풀죽은 듯한 어조로 힐끗 에멜을 보고 중얼거렸다.

"아는 마스터는 에멜밖에 없는걸요."

그 말에 에멜은 다시 웃음을 터트렸다.

"확실히 아스터 경에게는 이런 부탁은 못 하시겠지요. 그러네요. 흠."

에멜은 턱을 어루만졌다.

"공작님과 전력으로 싸워 본 적은 없지요. 정말로 생사를 가르는 전투를 한다면……."

에멜의 얼굴에서 천천히 미소가 사라졌다. 그가 호박색 눈을 가늘게 뜨며 확률을 점쳤다.

"글쎄요. 어떨까요?"

"에멜과 아빠가 싸우는 건 싫어요."

에스텔이 그의 팔을 꽉 잡고 발을 허공에서 앞뒤로 흔들며 항의했다. 에멜이 픽 웃고 고개를 끄덕였다.

"아가씨께서 싫다고 하시면 저도 원치 않습니다. 자, 그러면 다른 방식으로 전하를 공략해야겠군요."

"어떻게 하죠?"

에스텔이 턱을 괴자 에멜이 씩 웃고 그녀의 귓가에 속삭였다.

"필살기를 쓰십시오."

"그게 뭔데요?"

"애교지요."

에멜은 그렇게 말하고 싱긋 웃었다.

*   *   *

아인은 침실 문 앞에서 들리는 발소리에 미소 지었다. 가볍고 작은 발소리. 그가 문을 열기도 전에 찰칵하는 작은 소리와 함께 에스텔이 고개를 디밀었다.

"아빠, 주무세요?"

"아니. 들어오렴."

에스텔은 그 말에 얼른 들어와 침실 문을 닫았다. 헐렁한 잠옷 위에 로브를 걸친 모습이었다.

에스텔이 슬그머니 아빠 곁으로 다가왔다. 아인은 침대에 앉으며 옆자리를 두들겼다.

"앉으렴."

에스텔은 폴짝하고 그의 옆에 앉아서 힐끔힐끔 아인을 올려다보았다.

"무슨 일로 온 거지?"

"아, 아빠."

"음?"

"저기, 에스텔, 졸업식에 가고 싶어요. 가면 안 돼요? 네에?"

흔들흔들 아인의 팔을 잡고 흔들며 에스텔이 말꼬리를 늘렸다. 아무래도 애교는 익숙하지가 않다. 에멜이 보면 배를 잡고 웃을 모습이지만 에스텔은 굳건했다. 아인이 "에스텔." 하고 부르자 에스텔이 이번에는 아빠를 꽉 끌어안았다.

"허, 허락해 주실 때까지 안 놓을 거예요!"

'그럼 좋은 거 아닌가?'

아인은 그렇게 생각하며 에스텔을 내려다보았다. 안 놓는다던 에스텔은 얼른 다시 아인을 놓더니 주섬주섬 로브 주머니에서 토끼 귀 머리띠를 꺼내서 썼다.

아인은 눈을 휘둥그레 떴다.

"부탁드릴게요!"

그녀가 허리를 숙이자 아인은 웃음을 터트렸다. 아빠가 소리 내어 웃는 건 오랜만이라, 에스텔은 어쩐지 가슴이 간질간질해졌다. 아인이 가볍게 그녀의 가짜 귀를 잡아당기더니 물었다.

"에멜 아스트라다로군."

"네?"

"이런 잔꾀는 말야."

"그게, 음. 토끼 귀를 하라고는 말하지 않았어요."

이상하게도 애교를 부려야지, 하니까 토끼 귀를 해야겠다는 생각이 들었다.

이유는 모르겠지만.

토끼 귀를 만들어 달라는 부탁에 제인은 도무지 영문을 알 수 없다는 얼굴을 했지만 그래도 만들어 주었다.

"그리고?"

에스텔이 슬쩍 아빠를 보았다가 슬그머니 몸을 기대며 말했다.

"솔직하게 다 이야기하라고요."

"애교요?!"

놀라 되묻자 에멜은 고개를 끄덕였다. 그가 가볍게 웃으며 덧붙였다.

"물론 그것만으로는 안 되겠죠. 하지만 물꼬는 틀 수 있으니까요. 그 다음은 솔직해지세요, 아가씨."

"솔직……."

에스텔이 중얼거린 말에 에멜이 고개를 끄덕였다. 그리고 그가 낮게 덧붙였다.

"그래도 안 된다고 하시면 다시 절 찾아오세요."

"어떻게 하려고요?"

"목숨을 걸고 지켜드리겠습니다."

싱긋 웃으며 한 말에 에스텔은 살짝 입을 벌렸다가 "응" 하고 작게 대답했다. 저 말은 그러니까 '에스텔이 가자고 하면 함께 가겠다.' 하는 말이다. 어딜 가든 지켜줄 테니까 걱정하지 말라는 말.

에스텔은 에멜이 자신을 위해 목숨을 걸어 줄 거라고 믿었다.

그래서 그녀는 "응" 하고 대답했고 그 대답에 에멜은 빙긋 웃었다.

그걸 회상하며 에스텔이 살며시 덧붙였다.

"지금 나가지 않으면 계속 못 나갈지도 모르겠다는 생각이 들어요."

"그러니?"

"네, 사실, 그게. 오라버니 일은 조금 핑계고⋯⋯. 아, 물론 졸업식은 가고 싶어서 가는 거예요! 하지만. 이유가 있으면 나가는 일이 좀 더 쉬워질 것 같아요."

자신이 말하면서 모순된 점을, 유연하게 연결되지 않는 논리를 느낄 수 있어서 에스텔은 한숨을 삼켰다. 하지만 나가는 일이 없으면, 영영 저택에서 나가지 않아도 될 것 같고, 카를이 졸업하면 정말로 나갈 일이 없을 것 같다. 그러니까 기회가 있을 때, 약간 두려움과 떨림이 있을지라도, 스스로 일어나고 싶었다.

에스텔의 말에 아인이 그녀의 토끼 귀를 가볍게 툭 쳤다.

어째서 자신의 딸은 이렇게 귀여운 걸까?

그런 생각을 하며 그가 조용히 말했다.

"그럼 가자꾸나."

휙, 에스텔이 고개를 들었다.

"정말요?"

"그래."

아인의 말에 에스텔이 활짝 웃으며 "와!" 작게 탄성을 질렀다. 그런 그녀의 머리에서 토끼 귀 머리띠를 벗겨내며 아인이 말했다.

"이건 압수."

"별로셨나요?"

"아니."

그게 아니라 다른 사람에게는 보여주기 싫으니까.

아인은 그 뒷말을 삼켰다. 에스텔이 빙긋 웃고 다가와 그의 뺨에 가볍게 키스하고 속삭였다.

"고마워요, 아빠."

"별말씀을."

아인은 그렇게 말하고 가볍게 딸의 등을 토닥였다.

다음날부터 조용한 파문이 저택에 일어났다.

수도로 올라가는 작은 무리를 꾸리는 데 시간이 약간 걸렸다. 일단 칩거하고 있는 이상 위풍당당하게 가는 건 아무래도 그렇다는 게 켈슨의 의견이었다.

"그리고 귀찮게 몰려드는 건 싫으시잖습니까?"

그의 말에 아인은 고개를 끄덕였다. 그래서 문장이 박히지 않은 마차를 준비하고, 호위 인원도 최소로 하기로 했다.

어차피 돌아오는 길에는 졸업할 카를도 태우고 올 테니 "호위에 마스터 넷이면 지나칠 정도죠." 하고 켈슨이 말해 에스텔은 고개를 끄덕였다.

'아빠랑 아스터 경이랑 그리고 에멜인가.'

일행이 단출하므로 잠자리는 험한 편이었지만, 에스텔은 그것조차도 설레었다. 에멜이 "간이침대 괜찮으세요?" 하고 물어와 에스텔은 고개를 깊이 끄덕였다.

"응. 어쩐지 설레."

"그렇다면 다행입니다."

에멜은 만족해 고개를 끄덕였다. 모닥불을 피우는 것도, 허리를 숙이고 텐트 밑으로 들어가는 것도 전부 새로웠다.

물론, 에스텔은 마차 안에서 잤지만 말이다.

마차의 좌석을 잡아당겨 펼치면 그럴듯한 간이침대가 되었다. 물론 마차가 크지 않아서 둘이 같이 잘 수는 없었고, 아인은 기꺼이 침대를 딸에게 양보했다. 그래서 에스텔은 마차 안에서, 그리고 나머지 일행들은 밖에서 텐트를 치고 잠을 청했다.

물론 그런 날보다는 마을에 들러서 여관을 잡거나 집을 빌리는 일이 더 많았지만 말이다. 하지만 에스텔은 농부의 집을 빌리는 것보다는 마차의 간이침대가 더 마음 편했다.

'높으신 분들에게 굽신굽신하는 나이 든 사람들 보는 거 불편해.'

물론 보수를 넉넉하게 주는 건 알고 있지만…….

'그리고 어째 농부의 침대보다 마차 간이침대가 더 나은 것 같고.'

그런 생각을 하는 동안 일행은 빠르게 이동했다.

그날은 마차에서 자는 날이었다. 에스텔은 잠에서 깨어났다. 아직 동이 트지는 않은 것 같았다.

'새벽인가……?'

멍하니 눈을 깜박이다가 그녀는 하품하고 자리에서 일어났다.

조심조심 마차 창을 여니 부드러운 목소리가 들렸다.

"왜 일어나셨어요?"

"에멜? 뭐해요?"

"호위하지요."

에스텔은 눈을 비볐다. 마차 창문으로 고개를 내미니 에멜이 마차에 기대 서 있는 게 보였다.

불침번용 모닥불 빛에 그의 얼굴이 일렁이듯 보였다.

"화장실 가고 싶으신가요?"

에멜의 물음에 에스텔의 얼굴이 붉어졌다.

"아니에요."

"생리 현상은 부끄러운 게 아닙니다. 마려우면 말하세요."

"에멜, 로이 같아."

에스텔의 투덜거림에 에멜은 충격받아 눈을 크게 떴다.

"제가? 로이요?"

에스텔은 조심스럽게 더듬어 마차 문고리를 잡아 열었다.

"왜 나오세요?"

"그냥."

에스텔의 중얼거림에 에멜은 역시 화장실이 가고 싶으셨던 게 아닌가 하고 그녀를 살폈지만, 에스텔에게 급한(?) 기색은 없었다.

"몇 시예요?"

에멜은 하늘을 올려다보아 별과 달의 위치를 가늠하고 답했다.

"글쎄요? 이제 3시, 4시쯤일까요?"

에스텔도 고개를 치켜들었다.

빽빽하게 하늘 가득히 별이 박혀 있었다. 그리고 찬란하게 빛나는 황금색 별.

에스텔.

자신의 이름과 같은 이름의 별을 바라보며 에스텔은 가볍게 손을 호하고 불었다.

초봄이라 아직 날이 추웠다.

에멜이 제 망토를 벗어서 에스텔에게 휙 둘러주었다. 아직 온기가 남아 있는 망토 앞자락을 꼭 잡으며 에스텔이 말했다.

"고마워요, 에멜."

"별말씀을."

"음, 아뇨. 그게 아니라."

에스텔이 발끝으로 가볍게 땅을 팠다. 갑자기 왜 이렇게 감성적이 되는 걸까?

새벽이라?

"그냥 나 도와준 거나, 그런 것에 대해서 전부요."

에멜이 그 말에 약간 놀라 에스텔을 내려다보았다.

모시는 아가씨는 부끄러운 듯한, 그래서인지 오히려 살짝 화난 것처럼 보이는 얼굴로 자신을 바라보고 있었다.

"저야말로 고맙습니다."

에멜이 정중하게 답하자 에스텔이 "뭐가요?" 하고 되물었다.

"절 선택해 주셔서요."

더는 그 설원에 혼자 서 있지 않아도 되었다. 그녀의 말소리가 들리자, 다른 사람의 이야기도 조금씩 들리는 듯도 했고.

'귀찮지만.'

에멜은 그렇게 생각하며 자신의 작은 아가씨를 보았다.

자신에게 여동생이 있더라도, 그녀보다 소중하게 생각하지는 않았으리라.

"그게 뭐가 고마워요?"

눈을 크게 뜨며 그녀가 항의했다. 에멜은 어쩐지 웃음이 나와서 소리 내어 웃었다.

"에멜? 에멜!"

갑자기 그가 자신을 번쩍 들어 올려 빙글빙글 돌리자 에스텔은 기가 차서 발을 버둥거렸다.

"전 이제 애가 아니라고요."

"그런가요?"

과연? 하는 얼굴로 에멜이 말하고 마차 침대 위에 그녀를 도로 앉혀 주었다.

"자, 어린이가 아닌 아가씨는 얼른 다시 주무시지요."

"아, 나빴어."

"피곤하실 거예요. 내일도 길게 가야 하니까요. 체력은 비축해 두시는 게 좋습니다."

정론이라 반박할 말도 없어 에스텔은 도로 자리에 누웠다.

"에멜."

"네."

"창문은 열어둬도 돼요?"

"추우실 거예요. 감기 걸립니다. 애니 님에게 혼나기는 싫어요."

에멜의 말에 에스텔은 낮게 웃고 토끼 인형을 찾아 끌어안았다.

"그렇죠. 애니는 무섭죠."

"네, 그렇답니다. 하지만 주무실 때까지 약간은 열어둘게요. 대신 이불 단단히 목까지 덮으세요."

"응."

대답하고 에스텔은 에멜이 마차 창―미닫이다―을 닫는 걸 지켜보았다. 열린 창틈 사이로 신선하고 차가운 공기가 흘러들었다.

"주무세요, 아가씨."

에스텔은 대답하는 둥 마는 둥 하며 눈을 감았다. 마차 밖에 에멜이 서 있는 모습을 뚜렷하게 그릴 수 있었다. 모닥불이 타는 소리와 마차를 중심으로 쳐진 텐트들.

에스텔은 조금의 두려움도 없이 깊이 잠들었다.

*　　*　　*

카를은 종이 울리자마자 자리에서 벌떡 일어났다. 교과서를 가방에 쓸어 넣듯이 담고 교실을 뜨는데 허둥지둥 그 뒤를 여학생이 따라왔다.

"저, 저기―"

카를은 들리지 않는다는 듯 무시하며 계속 걸었고 여학생은 빠른 속도로 달려와 카를의 앞을 가로막았다.

"뭐야?"

짜증 난 카를의 말에 여학생은 떨면서도 편지를 내밀었다.

"이, 이거—"

"뭔데?"

"읽어주세요!"

외치듯 필사적으로 말하는 그녀를 보면서도 카를은 짜증만 느꼈다.

마지막 학년 내내 카를은 피가 튄 옷을 입고 학교에 오거나, 다가가면 피비린내가 물씬 풍기거나 하는 일도 잦았다. 모두가 그를 피했지만, 그래도 제국 유일의 공작 부인 자리는 먹음직스러운 것이라, 여자들은 호시탐탐 그를 노렸다.

룰은 간단하지 않은가?

신분엔 상관없이, 그의 아이를 배면 공작 부인이 된다.

제국의 유일한 공작 부인이.

카스티엘로 공작 부인이 되는 거다.

물론 그런 그를 질색하며 피하는 축도 있었고, 민감한 아이들은 같은 교실에 있는 것조차 하지 못하며 반을 옮겨달라고 호소했다.

하지만 민감한 축이 있다면, 둔감한 축도 있기 마련.

카를은 그런 축들을 '인간으로서 자아가 너무 비대해서 동물의 촉이 죽어 버린 놈들'이라고 불렀다. 제온은 "와, 너 진짜 너무하다." 하고 항의했고 리들은 쓴웃음만 지었지만 말이다.

하여간 그런 여자들은 카를에게 노골적으로 들이댔고, 기숙사 침대에 알몸으로 기다리고 있다가 걸려서 카를에게 알몸인 채로 쫓겨난—룸메이트인 제온이 소리를 지르며 허둥지둥 시트로 가려줬지만— 여자도 있었다. 그리고 종종, 이렇게 뺨을 붉히며 고백을 해오는 여학생도 있었다.

어느 쪽이든 카를에게는 그저 귀찮았지만.

부들부들 떨면서 내민 손에는 새하얀 편지 봉투가 들려 있었다.

"짜증나."

카를의 중얼거림에 여학생의 어깨가 움찔했다. 고개를 든 그녀의 눈에 눈물이 글썽거리기 시작해 카를은 혀를 찼다.

"야."

언제 왔는지 제온이 끼어들어 카를의 옆구리를 팔꿈치로 치려다가 팔을 붙잡았다.

"건드리지 마."

그의 바싹 날 선 말에 제온은 양손을 들어 보이고 싱긋 웃으며 여학생에게 말했다.

"보다시피 이런 놈이라. 그 편지를 전하지 않는 게 다행이라고 생각하게 될 거야. 미안."

복도에 사람들이 늘어나 시선이 쏠리기 시작하자 그녀는 얼굴을 확 붉히더니 그대로 뛰어가 버렸다. 제온이 혀를 찼다.

"너 진짜 너무하다."

"뭐가?"

카를은 그렇게 말하고 걷기 시작했다. 제온이 투덜거렸다.

"아니, 대체 너 같은 놈의 어디가 좋다고 저렇게 고백을 해오는 걸까?"

"내가 좋은 게 아니라 카스티엘로가 좋은 거겠지."

"냉정하네."

"사실이니까."

카를은 그렇게 말하다가 문득 멈춰 서서 복도 창문 밖을 뚫어져라 바라보았다.

'잘못 봤나?'

"왜?"

제온의 물음에 카를은 고개를 저었다.

"아무것도 아냐."

에스텔이 여기 있을 리가 없다. 금발이라 착각한 거겠지.

'이 내가 착각이라니.'

카를은 한숨을 내쉬었다.

정말로, 정말로 여동생이 보고 싶었다. 그 분홍색 눈을 보고, 불쾌하지 않은 애정이 담긴 행동을 만끽하고 싶었다.

푹신한 포옹과 기분이 좋아지는 웃음소리를 듣고 싶다.

'빨리 졸업하고 싶다.'

이제 와서 공부를 좀 더 열심히 해 둘 걸 하는 후회도 들었다. 그렇다면 조기졸업용 학점을 다 채웠을 텐데.

하지만 처음에는 수업을 나가는 것조차 고역이어서, 어쩔 수 없었다.

굳이, 카스티엘로 가문의 아이를 왜 아카데미로 보내는지 카를은 뼈저리게 알았다. 이렇게 많은 인간 속에 섞여본 것이 처음이라 정말로 처음에는 살인 충동을 참는 것만으로도 힘들었다. 다 꺼지라고 말하고 제 공간을 좀 확보하고 싶었다. 하지만 그걸 꾸역꾸역 눌러 참는 것.

그 훈련을 위한 거였다.

그렇게 이삼 년 차가 되면 어느 정도 익숙해진다. 그러고 나서야 인간을 개체별로 파악하는 게 평이하게 가능해졌다.

"카를, 제온."

리들이 백금발을 가볍게 휘날리며 걸어왔다. 아카데미에서도 리들은 카를과 함께 양대 산맥으로 인기가 좋았다.

상반되는 분위기로 각각 팬층이 있다고 해야 하나?

제온은 그런 리들에게 하소연했다.

"방금도 고백받은 여자에게 '짜증 나' 하고 말했다."

"또?"

리들은 그렇게 말하고 눈을 찌푸렸다가 한숨을 내쉬었다.

"됐다. 이제 카를이 뭘 하든 익숙해."

"난 안 익숙해. 용납이 안 돼."

제온이 고개를 저었고 리들이 빙긋 미소로 대답을 대신했다.

카를은 다시 걸음을 멈추고 창문을 내다보았다.

'아무래도 진짜 에스텔 같았는데.'

그럴 리 없다는 걸 알지만, 그래도 자신이 잘못 봤다는 게 이상했다.

"아까부터 왜?"

제온의 물음에 카를은 대답 없이 창문 밖만 보았고, 리들도 창문 밖을 내다보았다. 그들이 있는 건물은 '유앙겔리온'이라고 불리는 건물로, 아카데미 중심에 있는 가장 큰 건물이었다. 이 건물을 중심으로 아카데미가 서 있었고, 아카데미 내부 어디서나 이 건물을 볼 수 있었다.

"아냐."

밖에는 그냥 왔다 갔다 하는 교복 입은 학생들만 보였다. 종종 일반인이 섞여 있기는 했지만 아는 자는 없다.

정말로 헛것을 봤나.

큰일이다.

카를은 그렇게 생각하며 걸음을 재촉했다.

에스텔은 돌벽에 딱 붙어 서서 숨도 못 쉬고 있었다. 나란히 서 있던 에멜이 쿡쿡 웃고 말했다.

"도련님, 완전히 매의 눈이네요."

"아니, 어떻게 그렇게 타이밍이 딱 맞냐고요."

에스텔은 한숨을 내쉬었다. 그녀가 속닥였다.

"오라버니 갔어요?"

"네, 이제 완전히 가셨어요. 그래도 뒤쪽으로 돌아가죠."

"네."

에스텔이 진지하게 고개를 끄덕이고 에멜의 뒤를 따라 걷다가 문득 손을 뻗어 그의 손을 잡았다.

에멜이 그녀를 돌아보고 빙긋 웃고 물었다.

"손 안 시리십니까?"

"장갑 두꺼워요. 에멜이야말로 안 추워요?"

장갑도 안 끼고, 그는 맨손이었다. 아카데미 안에서 눈에 띄지 않으려고 옷도 가벼운 사복 차림이라 에스텔은 신기했다.

'사복 차림 에멜.'

신기하다.

그러는 에스텔은 보닛을 깊게 눌러서 분홍색 눈을 가리고, 드레스 안에 옷을 여러 겹 입은 후 그 위에 다시 케이프를 걸쳤다.

아인은 너무 눈에 띄는 존재라 당당하게 아카데미를 활보할 수 없었고 그래서 에멜이 에스텔의 호위 전담으로 그녀를 따라온 거였다.

"아카데미라고 했는데, 진짜로 도시네요."

에스텔은 주변을 둘러보며 중얼거렸다. 아카데미라고 해서 회색 돌벽으로 되어 있는, 학술적인 우중충한 건물을 생각했는데, 건물들은 모두 밝은 색으로 산뜻하게 지어져 있었다.

"평범한 도시와 그렇게 다를 바가 없지요. 초대 황제가 학자들을 초청해서 만든 '유앙겔리온'이 첫 번째 아카데미라고 하지요. 그 후 귀족 교육기관으로 변한 건 시간이 좀 더 지난 후의 이야기지만요."

"에멜, 잘 아네요?"

"그야―"

귀족의 기본 소양, 이라고 말하려다가 에멜은 미소 지었다.

"저도 배운 가락은 있습니다."

"놀랐어요."

에스텔의 말에 에멜은 씩 웃었다.

"아직 저에게는 신비로운 부분이 많이 남아 있답니다. 자, 그러면 다음은 어디로 가고 싶으세요?"

"오라버니에게 뭔가 선물을 하고 싶은데요. 그런 걸 살 만한 곳이 있을까요?"

"글쎄요."

갸웃했다가 에멜은 "일단 상업지구로 가보죠." 하고 말하고 걷기 시작했다. 손은 꼭 붙잡은 채라 에스텔은 마음 든든히, 씩씩하게 걸었다.

상업지구를 여기저기 둘러보다가 에스텔은 예쁜 색의 잉크 세트를 보고 쇼윈도에 거의 달라붙다시피 했다. 에멜은 가지고 싶으면 사주겠다고 말했고 에스텔은 망설이다가 고개를 저었다.

"아니에요. 일단 오라버니 선물을 먼저 사고 나서요."

그러며 애써 창문에서 멀어져 다른 곳으로 향했다.

서점은 조용했고, 모든 책은 엄중하게 관리되고 있어서, 에스텔은 책이 고가라는 걸 실감했다.

빙글빙글 돌다가 결국 그녀가 고른 것은 책갈피였다.

금으로 만든 책갈피는 얇고 네모난 모양이 아니라 가늘고 납작한 빨대 같았다. 그 끝에 가름끈 대신에 예쁜 비즈 장식이 달려 있었다.

막대 부분에 카를 카스티엘로의 머리글자를 새겨 달라고 부탁하고 나서야 에스텔은 마음이 가벼워졌다.

"내 머리카락을 팔까 봐요."

에멜이 값을 지불하는 걸 보며 중얼거린 말에 에멜은 다시 웃었다.

"아가씨의 머리카락을 파느니 제가 서커스를 하는 편이 낫겠습니다."

그렇게 말하고 가볍게 그녀의 보닛을 튕기고 에멜이 물었다.

"그럼 다음은 어디로 갈까요?"

에스텔은 결국 아까 들렀던 잉크점으로 다시 돌아왔다. 색색의 잉크와 펜을 파는 장소는 보기만 해도 황홀했다.

날카로운 만년필촉을 보며 에스텔은 애써 말했다.

"선생님이 좋아하지 않을까요?"

"크로이츠 경이라면 꼭 필요할 선물이긴 하죠."

에멜의 말에 에스텔은 "역시 그렇지요?" 하고 웃었다. 내 걸 사달라고 조르는 건 힘들지만, 남의 선물을 사면서 슬쩍 내 것까지 끼워서 사는 건 그래도 괜찮았다. 에스텔은 이 잉크, 저 잉크를 신중하게 골라서 포장을 부탁했다. 만년필촉도 여러 개 골랐다. 항상 지급되는 대로만 쓰던 물품인지라 손으로 고르게 되자 한껏 기분이 고조되었다. 잔뜩 흥분해서 볼이 빨개진 채로 에멜이 들겠다는 것도 사양하고 에스텔은 스스로 종이 가방을 들고 씩씩하게 걸었다.

"앤도 같이 오면 좋았을걸."

"아무래도 일리알은 눈에 띄지요."

"응……. 가발이라도 사줄까?"

"그건 너무 불편하지 않을까요?"

"하긴."

염색은 안 되는 걸까? 마법으로 머리색을 바꿀 수는 없나? 그런 생각을 하며 걷는데 그때 목소리가 들렸다.

"에스텔?"

깜짝 놀라 에스텔이 돌아보니 리들이 놀라 붙박이가 된 채로 서 있었다. 에멜이 살짝 허리를 숙였다.

"저하."

에스텔 역시 깜짝 놀라 보닛을 더 꾹 눌러쓰며 물었다.

"어떻게 알았어요?"

리들이 힐끗 에멜을 보았고 에멜은 "눈썰미가 좋으시군요." 하고 미소지었다.

"그대 같은 호위는 보기 힘드니까."

리들의 말에 에스텔은 고개를 갸웃했다. 리들이 이어 에스텔을 보며 말했다.

"그래서 여기는 어쩐 일이야? 어떻게 온 거야?"

"오라버니 졸업식이라고 제온이 알려줘서요."

에스텔의 말에 리들이 눈을 깜박였다가 "그랬군." 하고 입을 다물었다. 에스텔이 이어 말했다.

"제가 왔다는 건 오라버니에게는 비밀이에요? 깜짝 놀라게 해 줄 예정이니까요."

리들은 고개를 끄덕이고 말했다.

"그럼 공작 전하도 함께 오신 건가?"

"네."

"그래……."

"그것도 비밀이에요."

에스텔이 덧붙인 말에 리들은 머뭇거리다가 한숨을 내쉬었다.

"알았어."

에스텔이 머뭇거리다가 예의상 묻는 게 틀림없는 얼굴로 물었다.

"같이 차라도 한 잔 하시겠어요?"

리들이 웃었다.

"카스티엘로에게서는 기대하기 어려운 친절인데? 하지만 다음 수업이 있어서. 권해줘서 고마워."

리들이 그렇게 말하며 가볍게 인사했고, 에스텔은 "그럼" 하고 에멜과 그 자리를 떠났다. 그 뒷모습을 바라보며 리들은 항상, 언제나, 어머니가 했던 이야기를 떠올렸다.

─만약 내가 공작과 결혼했었다면 말이야.

처음에는 그 이야기가 너무나도 어색했다. 하지만 듣다 보니 익숙해졌고, 어머니도 아버지도 서로에게 관심이 없다는 걸 알게 되니 더욱더 그 꿈같은 이야기가 달콤하게 다가왔다.

─카를이 너와 비슷한 또래란다. 그가 네 형이 될 수도 있었지.

그렇게 말하며 어머니는 미소 지었다.

카를 카스티엘로.

어떤 사람일까?

이복형과는 나이 차가 있었고, 어머니가 달라 사무적인 관계였다. 그래서 아카데미를 늦게, 카를과 입학을 맞춰서 들어왔다.

'만남은 상상하던 것과는 달랐지만.'

리들은 씁쓸하게 미소 지었다.

그 모든 것들이 어머니의 환상, 망상에 지나지 않았다. 카를을 보면 등줄기를 따라 식은땀이 흘렀고, 뒷걸음질 치고 싶었다. 하지만 그래도 가까이 다가갔다. 친해지고 싶었다. 그 장벽을 넘으면 진짜 '형제'처럼 가까워지지 않을까 하는 생각.

그러다 그에게 저 작은 여동생이 생겼다.

리들은 질투가 났다.

내가 원하던 자리를, 저 여자애는 쉽게 차지하는구나.

그리고 직접 본 에스텔 카스티엘로는…….

리들은 멀어지는 그녀의 등을 바라보다가 몸을 돌렸다.

이 복잡한 감정을 그 스스로도 이해할 수가 없었다. 어차피 가능하지도 않은 일이다.

아카데미에 와서, 어머니와 떨어져 생활하면서야 리들은 눈이 뜨이는 것 같았다. 그럼에도 아주 옛날부터 들어왔던 이야기는 그의 뇌리 깊숙이 남아 있어서…….

"야, 리들!"

자신을 저렇게 부르는 사람은 제온밖에 없다. 리들은 고개를 들었다.

"뭐야? 왜 기분이 안 좋아?"

제온이 이상하다는 듯 고개를 갸웃했다. 붉은빛이 강하게 도는 그의 적갈색 머리마저 제온에게는 딱 어울리는 것 같았다.

리들은 이 친구도 질투가 났다.

적어도 그의 가정은 화목하다. 부모님과 여동생에 대해서 투덜거리지만 그래도 그가 방학을 고대하는 걸 알 수 있다.

자신처럼 어두운 그림자를 가지고 카를에게 접근한 것도 아니다. 가끔 리들은 카를이 자신을 꿰뚫어본다는 느낌이 들었다. 그 붉은 눈동자가 짐승의 것처럼 빛나며 자신을 무심히 바라보면.

리들도 솔직해지고 싶었다. 순수하게 카를과 친구가 되고 싶었다. 그냥 어머니의 말 같은 걸 다 잊어버리고 웃으며 만났으면 좋았을 거다.

하지만 그런 걸 잊을 수 있는 사람은 없다.

"제온."

"왜?"

"나 너 질투해."

"뭐? 왜?"

놀라 제온이 물었다가 픽 웃고 어깨를 으쓱했다.

"근데 뭐, 나도 그래."

"뭐? 왜?"

"흐음. 너 지금 나랑 같은 질문을 했다는 거 아냐? 뭐, 본래 사람이란 게 그런 거 아니겠어? 자기가 가지고 있지 못한 게 더 좋아 보이고 그런 거지."

"간단하네."

"내 생각에 인생은 간단해. 근데 사람들이 원하는 게 많아지니까 점점 더 복잡해지는 거뿐이야."

"예를 들면?"

"예를 들면 그냥 복숭아가 먹고 싶거든? 근데 돈이 없어서 복숭아를 못 먹는 거야. 그러면 아, 돈이 없어서 복숭아를 못 먹네. 슬프다. 돈을 벌자. 하면 되잖아?"

제온이 그렇게 말하고 어깨를 으쓱했다.

"그런데 '아냐, 나는 복숭아가 시큼해서 먹기 싫어. 복숭아의 털도 좀 징그러워.' 이런 식으로 생각하기 시작하면 복잡해지잖아."

자기를 속이기가 가장 쉽지.

"정말 단순하네."

리들의 말에 제온이 "나야 그렇지." 하고 씩 웃었다.

리들은 마주 픽 웃고 되물었다.

"카를은?"

"제 기숙사로 돌아갔지 뭐. 진짜 최소의 졸업 학점만 듣고 있잖아."

제온은 그렇게 말하고 한숨을 삼켰다. 정말로 얼마 전의 카를은 두 번 보고 싶지 않았다.

피 냄새.

사람 피 냄새가 이런 냄새구나, 정말 질리게 맡았으니까.

질려서, 절연할까도 진지하게 생각했었지만, 이럴 때일수록 곁에 있어 주는 게 친구가 아닐까 하는 생각으로 버텼다.

"내 생각엔, 곧 상태가 좋아질 것 같아."

리들의 말에 제온이 픽 웃었다.

"졸업하면?"

"아니. 그 전에."

그렇게 말하며 리들이 의미심장한 미소를 지었고 제온이 "뭐야? 뭐 알아?" 하고 캐물었지만 리들은 "비밀이야." 하고 웃었다.

＊　　＊　　＊

카를은 한숨을 내쉬며 방으로 들어왔다. 이제 졸업식까지 일주일 남았다.

'앞으로 칠 일만 더 버티면—'

그렇게 생각하는데 불쑥 침대 이불 안에서 사람이 튀어나왔다.

"오라버니!"

튀어나온 에스텔이 깔깔 웃으며 카를을 바라보았고 생각지도 못한 상황에 카를은 에스텔을 바라보았다.

"놀랐죠? 놀랐죠?"

에스텔이 웃으며 침대에서 폴짝 뛰어 내려와 후다닥 달려들었다.

"오라버니 미리 졸업 축하드려요!"

그녀가 그렇게 외치며 그를 꼭 끌어안고 나서야, 카를은 한 박자 늦게 반응했다.

"에스텔?"

"네, 에스텔입니다."

생글생글 웃으며 그녀가 자신을 올려다보는 걸 보고 카를은 눈을 깜박였다가 그녀의 뺨을 잡아당겼다.

"오라버니!"

그녀가 뺨을 부풀리며 '무슨 짓이에요?' 하는 얼굴을 했다. 카를은 처음에는 웃었다가 그다음은 눈을 찌푸렸다.

"여기에는 왜 왔어?"

"왜 왔냐뇨!"

기가 차서 에스텔은 그에게서 떨어지려 했지만, 카를이 그녀의 팔을 잡아당긴 채 놓아주지 않았다. 결국 카를의 허리에 팔을 두른 채로 에스텔이 항의했다.

"그야 오라버니 졸업식이니까요."

"안 와도 괜찮은데."

"온 사람에게 그런 말은 너무 하지 않아요?"

"하지만."

카를은 말문이 막히는 드문 경험을 했다.

"그럼 여기는 누구랑 온 거야?"

"아빠랑, 아스터 경이랑, 에멜이랑 다 같이 왔어요. 안전하게 왔단 말이에요."

"아버님도 오셨다고?"

"네."

"맙소사."

카를은 신음을 내뱉었다. 주목받지 않고 졸업식을 치를 수는 없나 보다.

그의 반응에 에스텔은 적잖이 당황해서 머뭇머뭇 물었다.

"싫으세요……?"

아빠나 에멜이 오지 않아도 괜찮다고 했던 건, 사실은 카를이 싫어하기 때문인가.

내가 선택을 잘못한 건가?

에스텔의 눈썹이 축 처지자 카를은 그녀의 이마에 키스하고 가볍게 여동생을 안아 올렸다.

"아냐. 오느라 고생했어."

"정말요?"

살피는 눈동자를 똑바로 바라보며 카를은 고개를 끄덕였다.

"진짜, 정말로."

그제야 에스텔은 안도하며 카를의 어깨에 팔을 둘렀다.

"그래도 한 번뿐인데, 꼭 직접 축하하고 싶었어요."

"그래."

대답하고 카를은 마음속이 간질간질해지는 걸 느꼈다.

일부러 축하해 주기 위해서 에스텔이 여기까지 왔다는 게, 기분 좋았다. 귀찮기만 했던 졸업식이 그럭저럭 나쁘지 않은 행사로 그의 맘속에서 탈바꿈했다.

"우리 토끼."

그 말에 에스텔은 얼굴이 붉어졌다. 아빠에게 애교 부린답시고 썼던 토끼 머리띠가 생각나서였다.

'혹시 아빠가 이야기하셨을까?'

아냐, 안 하셨을 거야.

에스텔은 그렇게 생각하며 조심스레 항의했다.

"토끼 아니에요."

"맞는데, 뭘."

그렇게 말하고 카를은 조심스럽게 에스텔을 침대에 도로 내려놨다.

"여기는 어떻게 들어온 거야?"

"제온에게 도와달라고 했어요."

"뭐?"

그 자식이 나에게 알면서도 말을 안 했어?

"제온도 깜짝 놀랐지만, 순순히 협조해 주겠다고 했지요."

"흐음."

그럼 미리 알았던 건 아니군.

카를은 그렇게 생각하고 교복 코트를 벗었다. 코트와 재킷, 조끼까지 벗고 나서 그는 가벼워진 차림 위에 사복 코트를 걸쳤다.

"가자."

"나가려고요?"

"싫어?"

"아뇨, 그게 아니라…… 시선 끄는 거 싫어하시는 거 아닌가요?"

"푸딩 맛있는 곳이 있대."

그 말에 에스텔은 침대에서 벌떡 일어났다.

"가겠습니다."

그리고 방을 나가는데, 룸메이트인 제온이 거실에서 서성이다가 둘과 마주쳤다.

"잘 만났냐?"

제온의 말에 카를은 고개를 끄덕였고 제온은 속으로 혀를 내둘렀다.

"이 자식, 분위기 벌써 부드러워진 거 봐."

제온이 투덜거리다가 카를의 차림에 어라? 하고 말했다.

"뭐야? 둘이 어디 나가려고?"

"푸딩 맛있다는 데 간대요."

에스텔의 신나서 하는 말에 제온은 눈을 찡그렸다.

"야, 그게 내가 알려준 거잖, 아…….'

슬쩍 뒷말이 줄어든 건 카를이 눈을 찌푸렸기 때문이었다. 제온이 재빠르게 말을 이었다.

"하여간 그 차림으로 나가면 눈에 너무 띌걸? 에스텔도 교복 입어."

"교복이요?"

"그래."

제온이 그렇게 말하고 잠시 바라보다가 말했다.

"꼬맹이는 내가 1학년 때 입었던 교복 입으면 되겠다. 기다려 봐."

그러더니 그가 교복을 들고 나왔다.

"잘 보관해 뒀으니까 입는 데 지장은 없을걸? 갈아입어 봐."

카를이 팍 인상을 썼다.

"뭐하러?"

"너무 눈에 띄잖아. 너 조용히 푸딩 먹고 싶지 않아?"

그 말에 카를은 신음을 삼켰고 에스텔은 "갈아입고 올게요." 하고는 얼른 카를의 방으로 다시 들어갔다.

'기왕이면 여자 교복이면 좋았을 텐데.'

그것까지 기대하는 건 사치겠지. 게다가 여학생이 카를과 같이 푸딩 먹는 게 보이면 그 여학생이 누군지 더 확인하고 싶을 거야.

에스텔은 그렇게 생각하며 제온의 교복으로 갈아입었다. 약간 먼지 냄새가 나기는 하지만 입는 데는 문제없었다.

'좀 큰데.'

하지만 적당히 헐렁한 게 그녀의 몸매를 가려주어 훨씬 나았다.

"어때요?"

에스텔이 살며시 거실로 나와 묻자 제온이 웃었다.

"귀여워. 진짜 일 학년 같다."

몸집 작은 일 학년.

제온은 킥킥 웃고 곧 모자를 가져와서 그녀의 머리를 올린 다음 모자를 푹 눌러쓰게 해 주었다. 약간 큰 실크해트는 그녀의 머리를 잘 가려주었다.

"그리고 안경테."

"제온은 왜 이런 걸 가지고 있는 거예요?"

"아카데미 밖에 나갈 때 편해서."

에스텔은 안경까지 푹 눌러썼다.

"좋아. 이제 명실상부 촌스러운 아카데미생이네."

제온이 고개를 끄덕였다.

"그럼 재미있게 놀다 와라. 기숙사 점호 잊지 말고."

제온의 말에 카를은 대꾸 없이 에스텔의 손을 잡고 방을 나갔다.

방 밖에서 기다리던 에멜이 에스텔의 차림을 보고 웃음을 참고 손을 내밀었다.

"에스텔 도련님, 소매가 너무 기시네요. 제가 접어드릴까요?"

"부탁합니다."

에스텔이 손을 내밀자 에멜은 코트 밑으로 살짝 소매가 나올 정도로 딱 맞게 소매를 접어주었다. 카를이 그런 에멜에게 말했다.

"멀리 있어."

에멜이 미소 지으며 허리를 숙였다.

"즐거운 시간 보내십시오."

"가자."

카를이 에스텔의 손을 잡아당겼고 에스텔은 어어 하고 끌려가다가 뒤를 돌아보았다.

'어?'

에멜이 벌써 보이지 않았다. 방금까지 그가 서 있던 복도는 텅 비어 있었다.

'에멜, 굉장하다.'

그런 생각을 하며 에스텔은 카를을 따라 계단을 내려갔다. 기숙사 구역을 빠져나와 카를은 상업지구로 들어섰다. 그가 상업지구에 나오는 건 지극히 드문 일인지라, 학생들이 힐끔힐끔 그를 바라보는 게 느껴졌다.

"아카데미는 돌아봤어?"

카를의 물음에 에스텔은 고개를 끄덕였다. 그의 눈썹이 슥 위로 올라갔다.

"에멜이랑 함께 둘러봤어요."

"그랬단 말이지……."

카를이 그렇게 중얼거리고 눈을 가늘게 떴다. 모처럼 에스텔이 아카데미에 왔으니, 구경시켜 주는 건 자신이 하고 싶었―

생각하다가 그는 스스로 놀랐다.

보통이라면 잔뜩 귀찮았을 일인데, 자처하게 되다니.

그는 설핏 미소 짓고 여동생을 돌아보았다. 아무리 모자를 눌러써도, 안경으로 가려도, 그는 그녀의 표정을 확실히 알 수 있었다.

"푸딩 먼저 먹으러 갈까? 아니면 뭐 구경할래?"

에스텔이 웃으며 그의 손을 꽉 잡고 말했다.

"같이 구경해요."

카를 카스티엘로가 정체불명의 일 학년생을 데리고 상업지구를 구경하고 있다.

이 소식은 순식간에 아카데미 전체에 퍼졌다.

몇몇 호기로운 학생들은 제온과 리들에게 혹시 아는 사람이냐고 묻기도 했다.

"글쎄."

리들은 그렇게만 말하고 웃었고, 그보다는 친근감 있는 제온은 좀 더 시달렸다.

"아, 진짜. 알고 싶으면 직접 물어보면 되잖아!"

결국 제온은 그렇게 말하고 짜증을 내며 방문 앞에 '방해 금지' 푯말을 내걸었다. 그래서 그 호기로운 학생들보다 좀 더 호기로운 학생들은 직접 그 현장을 눈으로 보겠다고 말하며 마수의 굴로 걸어 들어가는 심정으로 상업지구로 향했다. 그 귀찮은 인기척이 늘어나는 것이 슬슬 거슬리기 시작했지만, 카를은 에스텔이 재잘거리며 떠드는 것에 집중하기로 했다.

"그래서 잉크 몇 병 샀어요. 오라버니도 여기서 잉크 사서 쓰셨나요?"

"아니."

귀찮아서 쇼핑 따위 나오지 않는다.

에스테은 멋쩍어서 손을 내리고 물었다.

"그럼 오라버니는 평소에 뭐 하세요?"

"평소에?"

카를은 가볍게 눈을 찡그렸다가 대답했다.

"개인 연무장에서 검 연습."

그는 마스터였고, 다른 사람의 연습을 훔쳐보는 건 금기라서 그나마 검 연습을 할 때 자유로웠다.

그 말에 에스텔이 눈을 동그랗게 뜨고 물었다.

"정말요? 여기에도 개인 연습장이 있는 건가요?"

"그래."

"그럼, 제가 구경해 봐도 괜찮아요?"

"상관없어."

흔쾌히 허락하고 카를은 시선을 들었다가 다시 내리며 말했다.

"토끼."

"네."

"이제 오라버니라고는 부르지 마."

눈치 빠르게 에스텔은 알아듣고 고개를 끄덕였다. 그녀가 속닥였다.

"아는 사람이에요?"

"아니."

카를은 그렇게 대답했다.

그의 앞에 당당히 모습을 드러낸 것은 라벨 백작 영애였다. 일 학년 때부터 꾸준히 카를에게 대시하는 여학생으로, 다른 여자들이 카를에게 접근하는 걸 두고 보지도 않아서 다른 학생들의 수군거림을 듣고 있기도 했다.

"카를 님."

라벨 백작 영애가 그를 부르며 슥 에스텔에게 시선을 내렸다. 카를이 에스텔을 끌어당겨 자신의 등 뒤에다 두자 라벨 백작 영애의 눈이 쭉 올라갔다.

에스텔은 반쯤 카를의 뒤에 숨어 힐끗힐끗 라벨 백작 영애를 보았다.

'교복 잘 어울린다. 흑발에 도도한 미인.'

그런 생각을 하는데 라벨 백작 영애가 싱긋 웃었다.

"못 보던 일 학년인 것 같은데요."

"꺼져."

그의 말에 라벨 영애의 얼굴이 붉어졌다. 분노로 미소 띤 입꼬리가 파르르 떨렸다. 카를이 자신에게 이렇게까지 나온 적은 없었다.

"아카데미 학생이 맞기는 하나요?"

그녀의 목소리가 더 높아졌다. 그 말에 에스텔은 더더욱 카를의 등에 찰싹 붙었다. 뭔지는 모르지만, 저 여학생의 심기가 불편하다는 건 알겠다.

'설마?!'

에스텔은 빼꼼히 라벨 영애를 보았다.

'날 라이벌로 생각하고 있는 건가?'

그래. 그럴 수도 있어.

카스티엘로가 남들에게는 무섭다고 하지만, 그래도 황후의 예도 있었고, 우리 오라버니가 워낙 잘났으니까!

'하지만 오라버니는 별로인 것 같은데……'

에스텔이 그의 소매를 꾸욱꾸욱 당기고 속삭였다.

"그냥 다른 데로 가요."

카를은 한숨을 내쉬었다.

"그래."

그리고 라벨 영애를 무시하며 에스텔을 끌고 걷기 시작했다. 라벨 백작 영애는 화가 치밀어 오르는 걸 눌러 참았다.

카를의 기분이 안 좋다는 건, 첫 한마디로 알았다.

괜히 지금 뭐라고 해 봐야, 불난 집에 장작 넣는 꼴이다. 라벨 영애는 물러서야 할 때를 알았다.

'하지만 저 꼬맹이는 다르지.'

라벨 영애는 눈을 가늘게 떴다.

"그 여학생분이 절 질투했나 봐요."

에스텔의 말에 카를이 그녀를 힐끗 돌아보았다.

"질투?"

"네. 그래서 화난 거 아니에요? 오라―카를에게 고백한 적 있지 않아요?"

"기억 안 나."

카를의 대답에 에스텔은 한숨을 삼켰다.

"뭐, 그러시겠죠."

"문제 있어?"

"카를의 교우 관계에 대해서?"

"그게 필요해?"

"저는 필요하다고 생각하는데요."

제법 진지한 에스텔의 말에 카를은 곰곰이 생각하다가 변명을 떠올렸다.

"리들과 제온이 있잖아."

에스텔이 킥킥 웃었다.

"그 말, 두 사람이 들으면 좋아하겠네요."

카를은 한숨을 내뱉고, 몇 번 골목을 돌아 미행자를 따돌린 다음 카페로 들어갔다. 다행히도 대로변에 있는 카페는 아니었다. 제법 아기자기하게 꾸며져 있기는 하지만 앉을 수 있는 좌석이 많지 않은 작은 가게였다.

딸랑―

문을 열고 들어가자 따뜻한 온기에 저절로 몸이 풀렸다.

"어서 오세― 히익!"

주방에서 나온 주인이 인사를 하다가 카를을 보고 숨을 삼켰다. 카를의 눈이 가늘어졌고, 에스텔은 '앗, 이건?' 하고 놀라는데 주인이 부들부들 떨기 시작했다.

"꺽, 꺼억, 윽―"

'민감한 사람이다!'

에스텔은 안절부절못하다가 카를을 밀기 시작했다.

"이, 일단 나가요. 나가."

밀려서 나온 카를은 팔짱을 꼈다.

짜증이 치밀어 올랐다.

여기가 목표 지점이었는데, 이렇게 될 줄이야.

'귀찮아.'

자신만 보면 벌벌 떠는 인간을 보는 게 카를 역시 좋을 리가 없었다. 재빠르게 도망가는 개미를 손가락으로 꾹 눌러 없애버리듯이, 그런 충동이 그를 스쳤다. 하지만 그렇게 할 수는 없다. 섞인 여동생 앞에서는 더욱 그렇다.

'어떻게 할까?'

고민하는데 에스텔이 말했다.

"제가 푸딩을 사서 나올게요."

"네가?"

"네. 그리고 다른 데서 먹어요."

카를은 고개를 끄덕였다.

그것도 나쁘지 않겠다 싶었다.

에스텔은 카를에게 금화를 하나 받아서 쪼르르 안으로 들어갔다.

"저기, 괜찮으세요?"

에스텔의 말에 덩치 큰 주인은 고개를 끄덕이며 손수건으로 눈물을 훔쳤다. 아무래도 그런 추태를 보인 게 쑥스러웠다.

"그게, 그러니까—"

"괜찮아요. 왜 그러셨는지 알아요. 이해합니다."

에스텔은 고개를 끄덕였다.

"대, 대체 어떻게 된 겁니까?"

조심스럽게 묻는 말에 에스텔이 속삭이듯 대답했다.

"카스티엘로 도련님이거든요."

그 말에 주인의 얼굴에 납득과 동시에 두려움이 서렸다.

그걸 보며 에스텔은 '우리 가족은 나쁘지 않아요!' 하고 옹호하고 싶은 충동이 들었지만, 어쩔 수 없는 건 어쩔 수 없는 것. 그녀는 그런 마음은 재빠르게 접고 진열창으로 다가갔다.

"푸딩을 사러 왔는데요."

"어, 아아. 일 학년인가?"

에스테은 대답 없이 씩 웃었다. 그녀는 신중하게 진열창 안의 푸딩을 골랐다.

모든 맛을 한 가지씩, 여섯 개 묶음.

주인이 포장하며 플레인을 하나 더 덤으로 넣어주며 속삭였다.

"학생은 괜찮아?"

"네, 전 괜찮아요."

"그렇다면 다행이지만……."

덩치도 작고 호리호리한 학생이 혹시 무서운 도련님의 심부름꾼으로 부려지는 게 아닌가 걱정하는 눈치였다.

"푸딩도 제가 먹고 싶다고 해서 온 거예요."

에스텔은 그렇게 말하고는 반짝이는 금화를 내밀었다. 주인은 금화를 받아 들고 당황했다.

"이거 거스름돈이 부족한데?"

"괜찮아요. 거스름돈은 위자료예요!"

에스텔은 그렇게 말하고 푸딩이 든 종이백을 들고 가게를 나섰다. 기다리던 카를이 에스텔의 손에 들린 종이백을 빼앗듯 들고 물었다.

"어때?"

"진정했어요."

"아니, 푸딩 말야."

"아. 그건 아직 먹지 않아서 모르겠군요."

카를이 종이백을 열어보곤 픽 웃었다.

"몇 개나 산 거야?"

"전부 맛보고 싶어서요."

"그래."

카를이 그녀의 모자를 꾹 눌러서 에스텔이 "카를!" 하고 항의하며 모자를 똑바로 썼다.

"정말이지."

입안으로 투덜거리고 콧대에서 미끄러진 안경테를 올려 쓰며 물었다.

"그럼 이제 어디로 가서 먹죠?"

"적당한 곳이 있어."

카를은 그렇게 말하고 에스텔에게 종이백을 돌려주었다. 그리고 그녀를 한쪽 팔로 안아 들었다.

"꽉 잡아."

"네? 꺅?!"

에스텔은 작게 소리를 지르며 그의 목을 꽉 끌어안았다. 카를이 우수관을 잡고 울퉁불퉁한 석벽에 발을 올리더니 그대로 슉 빠르게 올라가기 시작했다. 처음에는 깜짝 놀라서 카를의 목을 꽉 끌어안았다가, 그다음은 허둥지둥 모자를 붙잡았다.

카를은 순식간에 건물 꼭대기로 올라왔다.

"와—"

건물 지붕에서 내려다보는 아카데미 전경은 또 다른 맛이 있었다. 에스텔이 탄성을 지르는데 카를이 다시 움직이기 시작했다. 좁고 가파른 지붕 꼭대기로 올라가더니 훌쩍 뛰었다. 에스텔은 비명도 지르지 못한 채 눈만 크게 떴다. 중력을 거스르는, 속이 울렁이는 감각과 함께 카를은 다른 건물 지붕에 착지했다.

그리고 계속 달려, 결국 그가 도착한 곳은 '유앙겔리온.' 그러니까 아카데미에서 가장 높은 건물 꼭대기였다.

"다 왔다."

카를은 그렇게 말하고 에스텔을 보았다가 깜짝 놀랐다.

"괜찮아?"

에스텔은 부들부들 떨리는 손발을 어떻게든 카를에게서 떼어놓으려 했지만 잘되지 않았다.

"왜 그래? 어디 아파?"

카를이 연신 물음이 던지자 대답은 다른 곳에서 돌아왔다.

"그야 무서우시니까 그렇죠. 아가씨, 괜찮으세요?"

에멜의 목소리에 에스텔은 눈물이 비죽 솟아 나왔다.

에멜은 기가 차다는 얼굴로 한 손에 두툼한 담요를 든 채 다가왔다.

"일단 아가씨를 내려놓으세요."

카를은 그의 말에 눈을 찡그렸다가도 순순히 에스텔을 내려놓았다.

"아가씨?"

에멜이 조심스럽게 에스텔을 부르며 그녀의 어깨에 모직 담요를 덮어 주었다. 아무래도 이렇게 달리고, 높은 데 올라오기에는 추운 날씨다. 에멜이 그래서 가져온 따뜻한 물주머니까지 에스텔에게 안겨주자 그녀가 물주머니를 꽉 끌어안고 중얼거렸다.

"에멜 유능한 집사 같아."

"아가씨 전용이죠."

씩 웃고 에멜이 에스텔의 모자를 벗기고 담요를 머리까지 쓰게 했다.

"손이랑 뺨도 다 어셨네요. 도련님, 아가씨는 보통이라는 걸 좀 생각 해 주세요."

카를은 신음을 내뱉었다.

충분히, 충분히 제 여동생이 보통이라는 걸 인지하고 있다고 생각했는데.

'이 날씨가 추워?'

그에게는 재킷만 걸쳐도 될 날씨였다.

뜨끈뜨끈한 물주머니를 끌어안고 몸이 녹자 에스텔이 킥킥 웃었다.

"놀라긴 했지만, 재미도 있었던 것 같아요. 다음에는 꼭 미리 알려주고 뛰어 주세요."

에스텔의 분홍 눈이 생기를 찾아 반짝이자 카를은 그제야 안심했다.

에멜이 몸을 돌려 전경을 내려다보았다.

"그나저나 여기 올라올 생각은 하지 못했는데, 경치는 끝내주네요."

씩 웃으며 하는 말에 에스텔은 고개를 끄덕였다.

"웅, 이렇게 보니까 진짜로 큰 건물이 많구나. 이 건물을 중심으로 도시가 세워졌다는 걸 알겠어. 아! 저게 오라버니가 있는 기숙사죠?"

"그래."

카를이 고개를 끄덕이고 가만히 있자, 느긋하게 에멜이 설명을 대신했다.

"저 건물이 아까 푸딩 사셨던 곳이에요. 초록색 지붕 옆이요. 그리고 저기가―"

"내가 수업 받는 데고."

카를이 에멜의 말을 가로챘고 에멜은 미소 지으며 한 걸음 물러났다.

에스텔은 한참 카를의 설명을 들으며 신기해했다. 그리고 조심조심 안전하고 평평한 장소에 자리를 잡고 푸딩을 열었다. 유리병에 푸딩이 색색으로 담겨 있었다. 푸딩 전용의 길쭉한 스푼을 꺼내 들고 에스텔이 진지하게 말했다.

"오라버니가 먼저 고르세요."

"안 먹어."

카를의 말에 에스텔이 놀라 고개를 들었다.

"안 드세요?"

"단 거 별로야."

"하지만, 맛있다고 제온이……."

중얼거리다가 에스텔이 슬그머니 주인이 덤으로 줘서 두 개인, 플레인 맛을 카를에게 내밀었다.

"그럼 오라버니 이거 드세요."

카를은 별말 없이 푸딩을 받아 들었다. 그리고 에스텔이 머뭇머뭇 에멜을 돌아보자 에멜이 미소를 지우고 진지하게 말했다.

"호위 중에는 안 먹습니다."

"아, 응."

그녀의 얼굴이 밝아졌다.

에스텔은 행복한 얼굴로 하나씩 푸딩 병뚜껑을 열고 맛을 보기 시작했다.

"맛있어요! 오라버니도 드셔 보세요. 너무 달지도 않고, 적당해요. 아, 이거 레몬 커스터드푸딩이네요. 으— 신 거는 싫은데. 에멜 먹을래요?"

"호위 중이에요."

에멜의 경쾌한 말에 에스텔은 으으 하고 누가 새콤달콤한 푸딩 따위를 좋아하겠어? 하며 투덜거렸고 카를이 손을 뻗어 제 플레인 푸딩과 그녀의 푸딩을 바꿔 주려 하자 에스텔의 뺨이 붉어졌다.

"아니에요!"

그녀가 너무 단호하게 말하는 바람에 카를은 "어?" 하고 놀랐다.

에스텔이 진지하게 말했다.

"제가 맛없다고 오라버니를 먹이고 싶지는 않아요. 먹는 건 그러는 거 아니에요."

그러더니 와와 레몬 푸딩을 빠르게 먹어 치웠다. 에멜은 "방금 저에게
는 먹으라고 하셨으면서." 하고 중얼거렸다.

에스텔이 뺨을 붉히며 말했다.

"호위 중이라 안 먹는 거 알았으니까요."

"제가 안 먹는 걸 알면서도 권하는 아가씨는 친절하기도 하지요."

에멜이 가슴에 손을 얹자 에스텔은 그에게 혀를 내밀어 보이고는 얼
른 다른 푸딩으로 손을 뻗었다. 초콜릿, 딸기, 우유 등 각기 다른 맛의 푸
딩을 에스텔은 만족스럽게 즐겼다. 그녀가 여섯 개를 비우는 사이, 카를
은 하나를 반쯤 비우는 둥 마는 둥 했다. 그러고서 물주머니가 식기 전에
내려가자고 하며 카를이 말했다.

"에멜이랑 돌아가."

그러며 의미 있는 시선을 에멜에게 보냈고 그는 빙긋 웃었다.

"그럼 내일 다시 뵙죠."

"아, 벌써 해가 지네요. 내일 또 올게요. 그런데 이 옷 이대로 입고 가
도 될까요?"

"괜찮아."

카를은 그렇게 말하고 에스텔의 등을 떠밀었다.

'여기서 어떻게 내려가지.'

에스텔이 고민하는데 에멜이 그녀를 둘둘 담요에 만 채로 번쩍 안아
들었다. 에스텔이 놀라 작게 말했다.

"에멜, 여기서 뛰어내리지 말아요?"

"네, 천천히 갈게요."

에멜은 그렇게 말하고 가볍게 카를에게 인사한 후 아래로 내려갔다.

에멜이 가볍게 가고일을 디뎌 깡충깡충, 한 번에 뛰어내리지 않고 벽
을 타고 내려가 근처 창문으로 슥 들어간 것을 보고 카를은 옥상 가장자

리로 다가가 뛰어내렸다.

순식간에 땅이 가까워졌고, 쾅! 하는 요란한 소리와 함께 그는 착지했다. 툭툭 옷자락에 붙은 먼지를 털고 카를은 당황한 사람들의 시선을 무시하며 걷기 시작했다.

아니나 다를까, 기숙사 근처에 인간들이 서성이고 있었다.

혹시 카를이 그 학생과 같이 들어올까 하고 기다리던 인간들.

카를은 차갑게 웃었다.

＊　　＊　　＊

"이거 참, 난리 났네요."

에멜의 중얼거림에 에스텔이 "응?" 하고 고개를 들었고 에멜이 싱긋 웃으며 고개를 저었다.

"아닙니다."

귀여운 아가씨가 들을 만한 내용은 아니지요.

'그런데, 이쪽도.'

에멜은 씁쓸한 기분이 되었다.

"아가씨."

"네."

"저 믿으시죠?"

"안 믿는 사람에게 안겨 있지는 않아요."

에스텔의 투덜거림에 에멜은 킥킥 웃고 그녀를 둘둘 감싼 담요를 더 깊게 씌워 준 다음 말했다.

"그럼 착하게 눈 감고, 귀 막고 있으시겠어요?"

에스텔은 '뭘 하려고?' 하는 얼굴로 그를 보았다가 순순히 눈을 감았다.

"조금 흔들릴 테지만, 괜찮아요."

에멜은 그렇게 말하며 귀도 막으세요, 하고 속삭였고 에스텔은 얌전히 양손으로 귀도 막았다.

그러자 휙 하고 몸이 쏠렸다. 하지만 에멜의 한쪽 팔이 단단히 그녀를 붙잡고 있어서 무섭지는 않았다.

단지 뭘 하고 있을까? 하는 궁금증이 들기는 했다.

'실눈을 떠볼까?'

에스텔이 그런 고민을 하는 사이 에멜은 자신을 골목에서 기다리던 사내의 목을 검집으로 눌렀다.

"안녕."

에멜이 스산하게 웃으며 속삭였다. 그의 호박색 눈이 늑대처럼 번득였다. 검집에 목이 눌린 사내는 에멜을 걷어차려 했지만 에멜은 그의 목젖을 꾹 누르며 속삭였다.

"그쪽이 내 다리를 걷어차면 내가 무릎을 부숴버릴 거거든? 마스터랑 싸우고 싶지는 않지?"

그 말에 사내는 숨을 삼켰다. 에멜이 잡은 검 손잡이의 정령석이 희미하게 오러를 발했다. 그때부터 사내의 전신이 격렬하게 떨리기 시작했다.

마스터와 싸우고 싶은 자는 없다.

에멜이 낮게 속삭였다.

"내 주인님은 조용한 걸 좋아하시니까, 조용하게 끝냈으면 좋겠어. 알았어?"

사내는 대답하려고 했지만, 목이 눌려 대답이 나오지 않았다. 검집으로 눌린 부분의 통증 때문에 식은땀이 흘렀다.

그러나 필사적으로 고개를 끄덕였고 에멜은 그제야 누른 손을 풀었다. 캑캑거리며 사내가 제 목을 문질렀다.

"네 주인에게 가서 전해. 쓸데없는 짓 하다가는 카스티엘로 도련님에게 목이 날아갈 거라고."

지금 내가 도련님에게 이 사실을 말하지 않는 것만 해도 봐주는 거란다.

에멜은 그렇게 생각하고 골목을 빠져나왔다. 슬쩍 보니 에스텔은 여전히 눈을 꼭 감고 있었다. 하지만 슬쩍슬쩍 뜰까 말까 고민하는 게 보여 에멜은 웃음을 참고 그녀를 감싼 담요를 가볍게 벗겨냈다. 그 움직임에 에스텔이 슬쩍 눈을 떴다.

"됐어요?"

"됐습니다."

"뭐 했어요?"

"운동이요."

'내가 애예요? 그걸 믿게?' 하는 에스텔의 뚱한 표정을 보고 에멜은 웃었다.

"얼른 돌아가죠. 더 있다가는 통금에 걸리겠네요."

그는 말을 돌리며 발걸음을 빠르게 했다.

*　　*　　*

호기심을 안고 있던 사람들을 작신 끝장내고 나서, 카를은 오붓하게 에스텔과 시간을 보낼 수 있었다. 에스텔은 '아빠는 아무래도 눈에 띄어서' 하고 아인이 오지 않는 상황에 대해서 열심히 대신 변명했다.

'별로 신경 안 쓰는데.'

카를은 그렇게 생각하면서도 고개를 끄덕여 주었다.

지루할 거라고 생각했던 일주일은 날마다 기다리는 시간이 되었고, 순식간에 지나가 버렸다.

졸업식 날 카스티엘로 가족석이 비지 않을 거라는 걸 알게 된 교장은 침착하게 인사를 왔고, 카스티엘로답지 않게 정중하게 인사하는 귀엽고 깜찍한 아가씨를 보며 눈시울을 붉혔다.

예의 바른 카스티엘로라니. 하는 감격이었다.

졸업식은 꽤 길게 진행되었고, 에스텔은 자리에 앉아서 식을 신기하게 지켜보았다. 카스티엘로 가족석이 채워지고 나서야, 학생들은 '어? 그러면 설마 그 일 학년이?' 하는 추측을 했다. 그리고 아카데미 학생을 사칭하는 게 상당한 벌금을 무는 행위라는 것도 함께 떠올렸지만, 아무도 공작가에 그 항의서를 제출하지 않았다.

카스티엘로 공작가의 가족석을 힐끔힐끔 바라보기는 했지만, 아무도 찾아오지는 않았다. 기사들이 풀풀 '지금 우리는 칩거 중이고 특별히 나온 거니까 말 걸지 마.' 하는 분위기를 풍기고 있었기 때문이었다. 실제로 공작이 직접 왔음을 뜻하는 흑표범기도 걸려 있지 않았다.

그렇게 긴 졸업식이 끝나고 카를은 졸업장을 가지고 가족석으로 와서 에스텔에게 졸업장을 넘겼다.

"자."

"오라버니, 졸업 축하드려요."

환하게 웃으며 에스텔이 그를 꼭 안았다가 놓아주고, 얼른 사온 선물을 내밀었다.

"제가 직접 산 거예요."

카를은 포장을 뜯어 별과 검 모양의 참이 달린 책갈피를 보고 픽 웃었다.

"오라버니는 안 쓰실 것 같지만."

은근한 말에 카를이 그녀의 머리를 마구 헤집으며 말했다.

"써."

"오라버니!"

에스텔이 그의 손을 밀어내며 씩씩거렸고, 카를은 웃었다.

"정말이지, 너무하세요."

투덜거리며 에스텔은 완전히 헝클어진 머리를 다듬으려고 애쓰다가 포기했다. 땋아 올린 부분이 다 엉망이 되어서 이건 어떻게 할 수 없었다. 결국, 그녀는 올린 머리를 다 풀어 내린 후 가볍게 반묶음을 했다.

"이게 더 좋아."

카를이 그녀의 머리카락을 만지작거렸고 에스텔은 한숨을 내쉬었다.

"그냥 만지시기 편한 거겠죠."

아인이 자리에서 일어나며 아스터 경의 도움으로 코트를 입었다.

"끝났으면 가지."

에스텔은 "아" 하고 말했다.

"잠깐만요. 제온이랑 리들도 만나야 해요."

"그 둘은 왜?"

카를의 목소리가 뾰족해졌다.

"두 사람 선물도 준비했단 말이에요. 특히 제온이 이야기해 줘서 졸업식에 올 수 있었으니까요."

보답은 해야지요.

그녀의 말에 카를은 눈을 찌푸렸다.

"어쩐지."

졸업식이라고 알려주지도 않았는데, 어떻게 알았나 했다.

종이봉투 두 개를 챙겨 드는 모습을 보고 카를은 기분이 묘해졌다.

'내 선물만 산 게 아니란 말이지.'

그런 카를의 마음을 눈치챈 것처럼 에스텔이 속삭였다.

"비밀인데요, 오라버니 게 가장 좋은 거예요."

그 말에 저절로 미소가 나왔다. 그러고 나서 카를은 '그렇군. 이런 게 질투인가?' 하고 작은 깨달음을 얻었다.

'불편하겠네.'

제온이 '사람들이 질투한다.'라고 했었던 상황을 카를은 되짚어 보았다. 특별한 상황도 아닌데 질투한다고 했던 것 같은 걸. 모든 사람에게 이런 기분을 느낀다면 그건 상당히 불쾌한 인생인 게 아닐까.

그런 생각을 하며 카를은 총총 뛰어가는 에스텔의 뒷모습을 바라보았다.

'왜 뛰는 것도 어설프냐.'

그는 그런 생각을 하며 픽 웃었다.

가족석을 빠져나간 에스텔은 곧 제온을 찾을 수 있었다.

"제온!"

목소리를 높이자 엔카스트 백작 가족석에 서 있던 제온이 이쪽으로 시선을 돌렸다. 그러더니 곧 두 명의 여동생이 제온에게 매달렸고, 제온은 그녀들을 떼어내며 뭔가 목소리를 높였다. 그러니, 여동생 중 한 명이 제온을 걷어찼고—드레스를 입은 것치고는 깔끔한 발차기였다— 그는 깡충 거리며 "두고 보자!" 하는 소리를 외치더니만 후다닥 이쪽으로 달려왔다.

"졸업 축하해요."

에스텔이 방긋 웃으며 하는 말에 제온이 휴, 하고 한숨을 쉬고 웃었다.

"고마워."

"이건 선물입니다."

에스텔이 건네는 종이봉투를 받아 들고 제온은 놀랐다.

"선물까지 줄 줄은 몰랐는데?"

"덕분입니다."

"어? 졸업식 알려준 거 때문에? 별거 아닙니다."

제온은 그렇게 말하며 마주 인사했다. 그가 종이봉투의 무게를 가늠하며 물었다.

"그런데 뭐야?"

"별거는 아니고, 노트예요."

"그래? 잘 쓸게."

제온이 고개를 끄덕였다. 그가 힐끔 주변을 살피더니 덧붙였다.

"그리고 시선 장난 아니다. 너 이제 돌아가 보는 게 좋을 것 같아. 날 미끼로 사람들이 접근할 것 같거든."

"네, 고마워요. 참, 그런데 혹시 리들은 어디에 있는지 알아요?"

"리들?"

"그러고 보니 리들은 가족이 황실이네요……. 설마 황제 폐하가 와 계시거나……?"

아빠가 느린 엉덩이 어쩌고 하지 않은 걸 보면 없는 것 같기는 하지만.

그녀의 의문에 제온이 고개를 저었다.

"설마. 그래도 리들 쪽으로는 안 가는 게 좋겠다. 일단 그 자식도 나름대로 인기가 좋아서 둘러싸여 있을 테고."

제온의 충고에 에스텔은 "그렇군요……." 하고는 제온에게 리들의 선물까지 넘겨주었다.

"그럼 이거 부탁할게요. 리본이 파란 쪽이 제온 거예요?"

"알았어. 건강해 보여서 다행이다. 꼬맹이."

제온이 그렇게 말하곤 가볍게 툭툭 에스텔의 머리를 두들겼다. 에스텔은 희미하게 미소 지었다.

"편지 또 하고요."

"그래, 그래."

제온은 고개를 몇 번 더 끄덕하고 "가 봐." 하고 말했고 에스텔은 치맛자락을 잡고 정중하게 인사한 후에 재빠르게 카스티엘로 가족석으로 돌아왔다. 돌아와서 뒤돌아보니, 역시 제온의 말대로 제온은 사람들에게 둘러싸여 있었다. 대체 카스티엘로 공녀와 무슨 사이인지 궁금해하는 사람이 많으리라.

"제온, 인기 좋네요."

"그러게."

관심 없는 게 역력한, 심드렁한 어조로 답하고 카를이 그녀의 목도리를 꽉 조르듯 잡아당기며 씩 웃었다.

"그럼 돌아가자."

집으로.

에스텔은 그 말에 활짝 웃었다.

"네."

이어 에스텔은 덧붙였다.

"그 전에 그 푸딩 집은 다시 꼭 들르고 싶어요."

*　　*　　*

카를이 제 무릎을 베고 쌔근쌔근 잠든 에스텔을 보고 저도 모르게 미소 지었다.

"완전히 곯아떨어졌네요."

카를의 말에 맞은편에 앉아 있던 아인이 낮게 말했다.

"피곤했겠지, 그야."

카를은 아주 조심스럽게 에스텔의 머리카락을 모아 넘겼다.

"올 거라고는 정말 생각도 못 했습니다."

카를은 그렇게 말하고 고개를 들어 아버지를 보았다. 부자의 똑같은 붉은 눈동자가 서로를 마주 보았다.

"아버님이 허락하실 거라고도 생각 못 했고요."

"나도 처음에는 반대했다. 하지만 그 저택에만 있지 않겠다는 게 에스텔의 선택이니까."

"그 선택 좀 어떻게 해 주면 안 되는 겁니까?"

카를은 불만스럽게 대꾸했다.

그는 아직도 그 날을 떠올리면 심장이 떨렸다. 그래서 아인이 보물방에 에스텔을 넣어놨다고 했을 때, 안심했다.

정말로 이제 안전하다.

두 번은 잃어버릴 일이 없다.

'그랬는데.'

나중에 에스텔이 보물방을 나와 저택을 돌아다니더니, 또 말을 타고 소풍을 나갔다고 하고—

도무지 그로서는 이해가 되지 않는 일이었다.

이렇게 수도까지, 칩거 중에, 자기 졸업식이라고 달려온 것도 그랬다.

물론 기쁘다.

하지만 그것과 이것은 별개의 문제였다.

"할 수 있으면 가둬 두고?"

아인이 희미하게 웃으며 물어 카를은 고개를 끄덕였다. 정말로 사슬이라도 채워서 가두고 싶다. 아니다. 그러면 에스텔의 피부는 쓸릴 테니까, 호위를 세워서 저택 밖으로는 절대로 나오지 못하게 가둬 둘 수도 있다. 사실 저택 같은 넓은 곳을 지키는 것보다는 방 하나 정도.

새장에 새를 넣어두는 건 바보 같은 짓이라고 생각했는데, 이제는 그

주인의 생각을 알 것 같았다. 도망치지 못하게 가두는 게 아니라, 나쁜 일이 벌어지지 않게 가두는 거다.

'아니면.'

카를은 힐끗 에스텔의 다리를 바라보았다.

사고를 가장해서, 약간 다리를 못 쓰게 만들면 된다.

윙 컷(wing cut 애완용 새의 날개 끝을 잘라, 멀리 날지 못하게 하는 일) 하는 것처럼 말이다.

물론 처음에는 아프지만, 그다음은 훨씬 더 안전하고 안락할 거다.

"카를."

그 생각을 읽은 듯 아인이 제 아들을 불렀다.

"에스텔이 행복하길 바라지."

"물론이죠."

카를이 눈을 찌푸렸다.

물론 처음에 걷지 못하게 되면 괴롭겠지만, 안전할 테니까. 그리고 그녀가 누릴 수 있는 건 다 누리게 해 줄 거다. 걷지 못한다고 부자유스러운 일은 없도록.

단지, 저택 밖으로 자유롭게 나가는 일은 없겠지만.

모든 사람은 다 불편함을 감수하고 산다.

그렇지 않은가?

"너는 신이 아니야."

아인의 말에 카를은 눈을 크게 떴다. 아인이 느긋하게 이어 말했다.

"그건 나도 마찬가지고. 우리는 에스텔의 인생에서 최선이 뭔지 알 수 없어. 그러니 통제할 수도 없지."

"그러니까 그냥 놔두자고요?"

"적어도 에스텔이 원하는 대로."

카를은 낮게 신음을 흘렸다.

그가 가볍게 머리를 마차 벽에 기댔다.

"어려운 일이네요."

하지만 아인의 말은 틀린 게 아니라, 카를은 한숨을 삼켰다.

―난 네 인생에서 가장 중요한 게 뭔지 알고 있어.

'그래, 그건 신이나 하는 말이지.'

"하지만 그래도 충고는 되겠죠."

카를은 그렇게 말하며 투덜거렸다.

아인은 희미하게 미소 지었다.

그는 그런 충고도 최대한 자제하는 편이었다. 에스텔이 자신의 충고를 얼마나 깊이 받아들이는지 아니까. 그리고 몇 단계나 뛰어넘어 생각한다. 그냥 표면적인 말만 받아들이고 그렇게만 생각하면 될 텐데, 그게 아니라 그 밑에 깔린 저의까지 읽으려고 애쓰고 그대로 실행하려고 노력한다.

카를은 다시 무릎 위에서 자는 에스텔을 바라보았다. 쌕쌕 숨소리도 크게, 뺨은 붉게 물들인 채로 편안하게 자고 있다.

왠지 괴롭히고 싶어져서 카를은 그녀의 뺨을 가볍게 꼬집었다. 에스텔은 눈을 찡그리더니 분홍색 눈을 가늘게 떴다.

"오라버니……?"

잠에 취한 목소리에 카를은 한 번 더 뺨을 쿡 찔렀다.

"뭐예요―"

에스텔이 그렇게 말하며 일어나려 버둥거리는데 카를이 그녀의 이마를 꾹 눌러서 막았다.

에스텔은 팔을 버둥거리다가 "아빠!" 하고 구원을 청했다.

"오라버니가 괴롭혀요."

아인은 슬쩍 카를을 보았고 카를은 마지막으로 꾹, 에스텔을 눌러준

다음에 손을 뗐다. 에스텔은 자리에서 일어나 아인의 옆자리로 옮기며 말했다.

"아빠랑 잘 거예요."

오라버니, 미워. 그렇게 말하고 에스텔은 다시 아인의 무릎을 베고 잠들었다. 어지간히 졸린 모양인지 금방 쿨쿨 도로 잔다.

"저게, 정말."

남의 속도 모르고…….

카를은 그렇게 투덜거리고 팔짱을 꼈다.

"카를."

"네."

"졸업 축하한다."

뒤늦은 한마디에 카를은 약간 부끄러움이 밀려오는 걸 느끼며 마차 의자에 몸을 깊숙이 묻었다.

"감사합니다."

짧은 대답이었지만, 아인은 고개를 가볍게 끄덕였다. 카를은 어쩐지 낯간지러웠다. 하지만 이런 감정이 그렇게 싫은 것만은 아니었다. 아마 아버님도 마찬가지겠지.

'빨리 집에 가고 싶다.'

카를은 그렇게 생각하며 눈을 감았다.

외전 3.
이 집 아이들

에멜은 깊게 숨을 들이마셨다.

정령수 엘 크리그.

"이름은 들어봤지만, 눈으로 직접 본 건 처음이에요."

에멜의 말에 에스텔이 그 옆에 나란히 서서 난간을 잡으며 웃었다.

"멋있죠?"

"사내아이라면 다 꿈꿀 법한 완벽한 트리 하우스네요."

"어머? 여자아이들도 꿈꾼다고요?"

"그럼 아이들이라면 모두 꿈꿀, 이라고 정정하죠."

에멜은 고개를 끄덕였다. 두 사람은 결혼 십 주년 기념으로 길게 휴가를 낸 참이었다. 애니와 제드는 카스티엘로 저택에 맡겼다. 두 아이 모두 웃으며 "다녀오세요." 하고 말해서 에스텔은 어쩐지 섭섭한 기분이 되었다.

'아빠도 내가 어른스러운 모습을 보일 때마다 이런 기분이셨을까.'

에스텔은 그렇게 생각하면서도 두 아이에게서 벗어나 홀가분한 기분 역시 들었다. 그건 카스티엘로 저택에서 아이들을 잘 돌봐줄 거라는 확신 때문이기도 했다.

'애니는 아인을 졸졸 따라다닐 거고. 제드는 할아버지에게 딱 붙어 있겠지.'

안 봐도 눈에 선하다.

게다가 요즘 앤이 제드에게 눈독을 들이고 있었다. 잘은 모르겠지만 타고난 마력량이 굉장하다나?

'드래곤의 피가 섞여서 그런 걸까?'

뭐, 세 살짜리 아이에게 뭔가를 바라는 건 아직 무리인가 싶지만.

그때 에멜이 그녀의 허리를 잡아당기며 속삭였다.

"애들 생각하죠?"

"에멜은 안 해요?"

"해요. 하지만 모처럼 특별한 여성과 특별한 날인걸요. 에스텔도 오늘은 날 특별하게 생각해 주지 않으려나요."

"항상 특별하게 생각하고 있어요."

에스텔은 그렇게 말하고 가볍게 마주 키스했다.

에멜의 캐러멜 색 눈을 바라보며 에스텔이 한숨처럼 속삭였다.

"믿을 수가 없어요. 벌써 결혼 십 주년이라니?"

"그렇지요. 빠르네요."

"내가 에멜이 피임하나 안 하나 감시한 게 엊그제 같은데 말이죠."

"에스텔."

곤란한 얼굴로 에멜이 미소 지었다.

에스텔이 건강해진 후에도 에멜은 바로 아이를 가지지 않았고, 결국 에스텔이 에멜에게 피임을 그만두지 않으면 침대에서 쫓아내겠다고 말하고 나서야 그는 항복했다.

'정말이지 뭔가 바뀌었다니까.'

"정말 얄미워 죽겠어, 에멜 레이몬드."

그의 얼굴에 당혹스러움이 퍼졌다.

"제가 뭔가 잘못했습니까?"

에스텔이 그의 뺨을 가볍게 잡아당기며 한숨을 내쉬었다.

"이 팽팽함. 어쩜 그렇게 안 변해요? 마스터면 다예요? 마스터면?"

"에스텔도 그 나이로는 안 보여요. 그리고 에스텔이 호호백발이 되어도 당신은 언제나 내 첫 별이지요."

외모 같은 건 그렇게 중요한 게 아니다, 하고 에멜이 키스했다. 살짝 입술을 깨물어 입을 벌리기를 종용해 에스텔은 살그머니 입을 벌렸다. 미끄러져 들어온 혀가 엉켜, 에스텔은 눈을 꽉 감고 그의 어깨에 매달렸다.

어째서 키스는 이렇게, 해도 해도 아찔한 걸까?

감각이 고조되며 아랫배가 근질거렸다. 에멜이 마지막으로 그녀의 입안을 쓸고 나오며 제 입술을 가볍게 핥았다.

"다네요."

그가 속삭여서 에스텔은 웃었다.

"말도 안 돼요."

"진짜인걸요. 에스텔은 달지 않아요?"

"안 달아요."

그녀가 웃으며 말하자 에멜이 "그럼 한 번 더 맛봐야겠네요." 하고 웃으며 키스했다.

아인 서렌 카스티엘로는 제 뒤를 열심히 쫓아오는 애니 루루아 레이몬드를 힐끗 돌아보았다. 아인은 할아버지와 같은 이름인지라 미들네임으로 서렌이라고 흔히 불렸다. 같은 식으로 애니 역시 카스티엘로 저택에서는 '루루아'라고 불리고는 했다.

서렌은 걸음을 멈췄고 그를 열심히 따라오던 루루아 역시 멈춰 섰다.

"너 그만 따라와."

"하지만…… 서렌 혼자 가면 위험하잖아."

루루아가 하는 말에 서렌은 기가 찼다.

"누가 누굴 걱정하는 거야? 꼬맹이는 꼬맹이답게 굴어."

"나 꼬맹이 아냐."

발끈해서 루루아가 눈을 크게 떴다.

"다섯 살짜리는 꼬맹이야."

"그러는 서렌도 일곱이면서."

"난 마스터고."

서렌의 말에 루루아는 할 말이 없어져 입을 꾹 다물었다.

"그래도, 외삼촌이 여기는 혼자 가지 말라고 그랬는데."

"그건 너에게 하는 말이지."

서렌은 그렇게 말하며 카스티엘로 특유의 오만한 표정으로 손가락을 치켜들어 온 길을 가리켰다.

"돌아가."

루루아는 제 셔츠 자락을 꼭 붙잡았다. 지금 둘이 있는 곳은 카스티엘로 저택 뒤쪽에 있는 산이었다. 카를이 위험하다고 올라가지 말라고 한 곳이지만, 서렌은 자신 있었다. 자신은 마스터고 평소에도 아무 일 없었으니까.

하지만 제 뒤를 쫓아오는 사촌 누이는 다르다.

숲 사이로 비끼는 햇살에 금색 머리카락이 반짝거렸다. 제 아버지보다 훨씬 밝은 호박색 눈동자는 거의 황금색으로 보였다.

서렌이 한숨을 내쉬었다.

"데려다줄게."

"서렌도 그냥—"

같이 내려가자, 하고 말하는데 어디선가 낮게 '으르릉' 하는 소리가 났다.

루루아는 흠칫했고, 서렌은 반사적으로 검을 뽑아 들었다.

—끄르르르.

다시 수상한 소리가 들렸다. 서렌은 주변을 둘러보았다. 숲은 겉보기에는 평온해 보였다. 나뭇가지가 바람에 흔들리고, 풀들이 낮게 부딪치는 소리를 낸다. 하지만 더는 새소리도, 곤충 소리도 아무런 소리도 나지 않았다.

루루아는 깊게 숨을 삼켰다.

'위험하면, 위험하면, 어떻게 해야 한다고 했더라.'

소리를 지르면 뭔지 모를 동물이 달려들 것 같았다. 서렌이 한 곳을 응시하며 천천히 뒤로 물러서 제 누이를 등 뒤에 넣으며 말했다.

"신호하면 뛰어."

"시, 싫어."

"뭐?"

루루아의 손이 서렌의 팔을 붙잡았다. 그녀의 손이 부들부들 떨리는 게 느껴졌다.

"서, 서렌도 같이 도망쳐."

"그럼 네가 죽어."

냉정한 말에 루루아는 흠칫했다. 그때 수풀 사이에서 마수가 모습을 드러냈다. 서렌은 이를 악물었다. 기척으로 짐작은 했지만, 생각보다 훨씬 큰 마수였다.

그때 루루아가 퍼뜩 고개를 들었다.

"나 수, 숙모님이 준 거 있어."

루루아가 얼른 제 팔찌를 뺐다. 서렌의 눈이 이채를 띠었다. 섬광탄이다.

"그럼 셋에 뛰어."

루루아는 고개를 끄덕이고 팔찌를 비틀어 딱 소리를 냈다. 팔찌에 달린 장식이 가볍게 점멸하기 시작했다.

서렌이 그 팔찌를 잡아채어 던졌고 동시에 등을 돌렸다.

번쩍—!

"캥—!"

놀란 마수가 짧게 소리를 질렀다.

너무 밝아서 오히려 앞이 깜깜해지는 빛이 터져 나왔다. 루루아는 눈을 질끈 감고 서렌이 잡아끄는 대로 뛰기 시작했다.

그러나 시야를 어지럽힌 건 잠깐이었다.

늑대와 같은 커다란 마수는 금방 비탈길을 내달려 어린애 둘을 쫓아왔다. 마수가 앞발을 휘두르는 그 순간 검은색 오러가 뿜어져 나왔다.

"깽—!"

앞발에 상처를 입고 마수가 작게 소리를 질렀다. 서렌의 정령석이 웅웅 울기 시작했다. 그 소리에 루루아는 놀라 자리에 멈췄다가 손을 뻗어 서렌의 목덜미를 힘껏 잡아당겼다. 생각지도 못한 행동에 서렌은 그대로 루루아와 함께 넘어졌다.

'무슨ㅡ!'

화가 치민 그 순간 루루아가 다시 그를 꽉 눌렀고 머리 위로 뜨거운 불꽃이 지나갔다.

"야ㅡ!"

서렌이 놀라 루루아를 불렀다. 루루아의 머리카락에서 살짝 타는 냄새가 났다. 다음 순간 서렌은 루루아를 땅바닥에 밀치며 검으로 마수의 공격을 막아냈지만, 연속으로 들어오는 공격에 대응하지 못하고 옆구리를 긁혔다.

"서렌!!"

비명처럼 루루아가 소리를 지르며 자리에서 비틀거리며 일어났다. 타는 냄새도 통증도 느끼지 못했다.

그때 눈앞에 은색 호선이 그어졌다. 짧고 빠른 일격이었다.

"아가씨, 도련님!"

첫 한 방으로 마수를 쓰러트린 로이는 검을 도로 넣으며 놀라 허둥지둥 두 사람에게 다가왔다.

"로이!!"

루루아는 왈칵 눈물이 솟구치는 걸 느꼈다.

"서, 서렌이ㅡ"

서렌은 혀를 차며 옆구리를 눌렀다. 로이가 손을 뻗어 서렌을 번쩍 안아 들었다.

"걸을 수 있어."

서렌의 말에 로이가 엄한 얼굴을 하며 말했다.

"그건 부상자가 하는 말은 아닙니다."

"루루도 다쳤고."

그 말에 로이가 놀라 루루아를 돌아보았다.

"아가씨, 어디 다치셨어요?"

"아, 아니?"

아직 아프다는 감각이 없어 루루아는 고개를 저었다. 로이가 혀를 차는데 언제 왔는지 카를이 나타나 루루아를 안아 올렸다. 힐끗 마수를 보고 카를은 제 아들을 보았다. 분명히 이쪽 산으로는 오르지 말라고 말해 뒀을 텐데. 아버지의 시선에 서렌은 눈을 내리깔았다.

"내려가지."

카를은 그렇게 말하고 얼른 산에서 내려갔다. 기다리고 있던 앤은 두 아이를 보고 창백해져서 얼른 치료실로 데려갔다.

아인—서렌은 옆구리만 다친 게 아니라, 검으로 공격을 받아내느라 팔에도 금이 간 게 밝혀졌다.

애니—루루아 역시 머리카락이 타고, 등 쪽에 화상을 입었지만, 심한 건 아니었다. 하지만 바닥을 굴러서 무릎과 손바닥, 팔꿈치 등에도 찰과상을 약간 입었다.

카를은 팔짱을 끼고 아무 말도 하지 않았고 로이가 작게 웃으며 속삭였다.

"옛날 생각 나네요."

"무슨 생각?"

"예전에 카를 도련님도 그 산에 올라갔었잖아요."

로이의 말에 카를은 한숨을 삼켰다.

* * *

에스텔은 으으 하고 신음을 흘렸다. 아무리 노력해 봐도 역시 죽은 생물을 손질하는 것에는 익숙해지지 못하겠다.

'도축이라는 건 굉장히 감사해야 하는 일이야.'

에스텔은 그렇게 생각했다.

잠시 후 바깥에서 깔끔하게 손질된 토끼 고기를 들고 에멜이 돌아왔다. 에스텔이 한숨을 내쉬고 토끼 고기를 받아 들며 말했다.

"대신 요리는 제가 할게요."

"에스텔이요?"

"오늘을 위해서 연습했거든요."

고개를 치켜들고 자신만만하게 하는 말에 에멜이 물었다.

"뭐 도와줄 건 없고요?"

"고기 손질로 충분해요. 느긋하게 기다리고 있어요."

에스텔의 말에 에멜은 불안한 눈으로 화덕을 한 번 보았다가 고개를 끄덕였다.

"알겠습니다."

맡겨줘요, 하고 에스텔은 웃어 보였고 에멜은 불안한 마음에 부엌을 서성이다가 쫓겨났다. 에멜이 이 층으로 쫓겨 올라가자 에스텔은 얼른 파이 반죽을 꺼냈다.

'만들어서 온 반죽이니까 실패할 일은 없지!'

에스텔은 그렇게 속으로 말하고 반죽을 밀대로 밀어서 틀에 채우고 그 위에 과일 절임을 올린 다음, 다시 반죽을 올리고 오븐에 넣었다.

'좋아, 다음은─'

토끼 고기로 스튜다!

에스텔은 씩씩하게 팡팡 앞치마를 때려서 밀가루를 떨어내고 토끼 고기 쪽으로 다가갔다.

스튜를 위해 채소를 손질하며 에스텔은 한숨을 삼켰다. 노력해 봐도 손 밑에서 들쑥날쑥 껍질이 벗겨졌다.

도무지 매끄럽다고는 할 수 없다.

'전투용 검에 재능이 없다는 건 알겠지만, 요리용 검과는 상관없는 거 아닌가. 아니면 둘 다 검이니까 상관이 있는 건가.'

물론 평소에 전혀, 조금도, 손에 물 한 방울 묻힐 일이 없는 후작 부인이 요리한다는 발상 자체가 굉장한 거였지만 에스텔은 거기까지는 생각하지 못했다.

"껍질이 들어가도 괜찮겠지……."

에스텔은 그렇게 생각하며 적당히 채소를 잘랐다. 이러다가 자신의 손가락이 육수 재료가 될지도 모른다.

'순서가…….'

부글부글 끓기 시작한 토끼 뼈를 넣은 밑 국물에 에스텔은 허브 다발을 넣었다.

"그리고 채소였지? 아마?"

요리사가 보여줄 때는 쉬워 보였는데 막상 하려니 어려웠다. 육수가 튀지 않게 조심조심 채소를 넣고 에스텔은 한숨을 내쉬었다. 어째 채소를 자르는 데만 한 시간이 걸린 듯한―

'타는 냄새?'

"파이!!"

그녀는 비명처럼 소리를 지르며 화덕을 열었다. 탄내가 훅 풍겨 나왔다.

"아, 말도 안 돼."

발을 구르며 에스텔이 허둥지둥 오븐 장갑을 찾는데 달려온 에멜이 오븐 안에서 대신 파이를 꺼냈다.

"에멜! 손!!"

에스텔이 맨손인 그를 보며 소리를 지르자 에멜이 파이를 내려놓고 손을 들었다.

"멀쩡해요. 오러를 둘렀습니다."

그제야 에스텔은 한숨을 내쉬었다. 에멜이 파이를 내려다보고 미소 지었다.

"적당히 익었네요."

"검은 파이는 적당히 익은 게 아니에요."

"파이는 겹겹이니까, 이렇게 겉에 탄 부분을 벗겨내면—"

"에멜……."

에스텔은 한심함에 눈물이 나올 것 같았다.

아니, 이 무슨 소설책에서 나올 법한 바보 같은 실수란 말인가?

에멜은 끈질기게 탄 부분을 벗겨내고는 포크로 크게 한 입 잘라 입에 넣었다.

"에멜! 뜨거워요."

놀란 에스텔이 손을 내밀었다. 뱉으라는 뜻이다. 에멜은 씩 웃고 허리를 숙여 그녀의 손바닥에 입 맞춘 다음 말했다.

"맛있어요."

"그럴 리가 없잖아요. 혀에 오러라도 두른 거 아닌가요."

에스텔의 말에 그는 눈을 크게 떴다가 웃음을 터트렸다. 큰 소리로 마구 웃고 나서 그가 큭큭거리며 고개를 저었다.

"아뇨, 정말로 탄 맛만 빼면 완벽한 맛이에요."

말이 안 되면서도 묘하게 말이 되는 말에 에스텔은 기가 차서 웃음이 나왔다.

"사실 파이 반죽도 가져온 건데요……."

"그래요? 에스텔이 밀어서 그런가? 평소보다 더 바삭하네요."

그야 탔으니까.

에스텔은 그렇게 생각했다. 에멜이 탄 부위를 발라낸 파이를 한 입 더 먹는 걸 보고 그녀는 손을 뻗어 포크를 막았다.

"먹지 말아요. 탔잖아요."

"맛있어서 손이 가니까요."

"에멜."

"정말이라니까요?"

에멜이 그렇게 말하고 그녀에게 키스했다. 달콤한 파이 맛이 났다.

"달죠?"

그의 속삭임에 에스텔은 어쩐지 가슴속이 꽉 조이는 기분을 느끼며 말했다.

"달아요. 하지만 토끼 스튜는 실패하지 않을 거예요. 그리고 파이는 내일 다시 성공할 거고요."

에멜은 고개를 끄덕였다.

"알겠어요. 그리고 스튜가 끓어요, 아가씨."

에멜의 말에 에스텔은 어머나 하고 얼른 스튜 냄비 앞으로 다가갔다. 다행히도 토끼 스튜는 성공했고, 에스텔은 포도주와 함께 스튜를 즐길 수 있었다.

에스텔은 천천히 눈을 떴다. 온몸이 묵진했다. 조금 몸을 트니 자신을 안은 팔이 힘을 주어 그녀를 끌어안았다.

'아.'

에스텔은 그제야 정신이 또렷하게 돌아왔다. 쿨쿨 자는 에멜의 얼굴을 멍하니 보다가 그녀는 키득 웃었다.

정말로 삶은 예측할 수가 없나 보다.

'이 사람이 제 남편입니다, 라고 하게 될 줄 누가 알았겠어?'

완전히 만족한 얼굴로 자는 그 순진한 얼굴을 보니 에스텔은 간밤이 떠올랐다.

'포도주를 너무 마셨나 봐.'

에스텔은 얼굴을 붉히며 그렇게 생각하고 그의 품에서 슬쩍 빠져나왔다.

'계속 자네.'

드문 일이라 에스텔은 미소 짓고 근처의 로브를 걸친 다음 창가로 나갔다. 매끄러운 로브가 서늘해서 기분 좋았다. 맨발에도 나무로 된 바닥은 매끄럽고 걸리는 가시 하나 없었다.

그래서 그녀는 마음 놓고 슬리퍼를 신지 않은 채 베란다 문을 활짝 열었다. 나무 향이 꽉 찬 밤공기가 안으로 비단처럼 미끄러져 들어왔다. 살갗에 닿는 그 감촉을 즐기며 에스텔은 깊게 숨을 들이마셨다.

손을 뻗어 베란다 위쪽으로 늘어진 나뭇가지를 가볍게 퉁기고 에스텔은 미소 지었다.

그때 뒤에서 에멜이 시트로 그녀를 끌어안았다.

"깼어요?"

"바람이 찹니다."

"이 정도는 기분 좋게 시원하다고 하는 거예요. 안이 오히려 더워요."

"여름 감기라도 걸리면 어쩌려고 그래요?"

"어머? 칠 년 동안 감기 한 번 걸린 적 없었던 이 몸을 뭐라고 생각하는 거예요? 내가 아프다면 그건 다—"

에스텔이 뒤로 돌아서서 쿡 에멜의 가슴을 찔렀다.

"당신 때문이에요."

"나요?"

"아니, 삼 년간 어떻게 참았대요? 이렇게 될 줄 알았으면 몸이 그래도 좀 약하다고 해둘 걸 그랬어요. 아무리 그래도 그렇지……."

어느 순간부터 기억이 없는 건 너무한 거 아닌가.

에스텔의 중얼거림에 에멜이 웃으며 그녀의 뺨과 목덜미에 키스했다. 어째 커다란 늑대에게 뽀뽀 받는 기분이라 에스텔은 그의 머리를 쓰다듬어 주었다.

"정말이지."

에멜이 그녀를 시트 채로 안아 들며 말했다.

"피곤하신 분은 한숨 더 주무시죠."

에스텔이 그의 목에 팔을 감고 킥킥 웃으며 그의 뺨에 키스했다.

어쩐지 좋은 꿈을 꿀 것 같은 여름밤이다.

'물론 그렇게 생각하기는 했지만.'

에스텔은 한숨을 내쉬고 눈을 깜박였다.

꿈이다.

꿈인데 실제처럼 생생한 꿈.

'이게 얼마 만이더라?'

그렇게 생각하며 에스텔은 주변을 둘러보았다.

정령석 동굴이었다.

여전히 생생하고 아름다운 정령의 합창.

화려하고 잔잔하면서도 부드럽고 격정적인.

말도 안 되는 소리지만, 하여간 그런 음악이 이어져 들려왔다.

―이리 와.

겹쳐오는 목소리에 에스텔은 천천히 걸음을 옮겼다.

―여기야.

에스텔은 좁은 동굴 안을 간신히 빠져나가며 말했다.

"알파? 엔드? 둘이면 그냥 나와요."

그녀의 물음에 정령들이 한 번에 까르륵 웃었다.

하늘의 별이 울리는 듯한, 천 개의 수정이 부딪치는 것 같은 웃음소리였다.

'둘 다 아닌 건가?'

에스텔은 갸웃하며 비좁은 틈새에서 간신히 빠져나왔다.

"아—!"

저절로 탄성이 터져 나왔다.

어린 시절, 카스티엘로 저택에서 보았던 정령석은 푸른빛.

물의 정령석이었다.

그리고 여기에서 심장처럼 고동치고 있는 정령석은 새하얀 색이다.

달빛이 비친 진주, 아니면 햇빛이 통과되는 문스톤.

어느 쪽이든 화려하게 빛나는 새하얀 정령석이 탁 트인 높은 동굴 벽에 붙어서 빛나고 있었다.

—계약하러 와.

속삭이는 목소리에 그제야 에스텔은 바람의 정령을 기억해 냈다.

계약하지 않았던 새하얀 빛.

"계약? 하지만—"

—날 만나러 와.

단호한 목소리였다. 그리고 보니 바람의 정령은 제멋대로였던 것 같은 기억이 있다.

에스텔은 어쩐지 웃음이 나왔다.

"어떻게 만나러 가?"

에스텔의 물음에 정령석이 낮게 울었다.

—노래를 따라와.

별이 울리는 듯한 기분 좋은 목소리.

바람의 정령이 이렇게 목소리가 좋았던가?

정령석에서 밝은 빛이 터져 나왔다. 눈부시지는 않지만 모든 것을 삼키는 빛이었다.

"—!"

에스텔은 반짝 눈을 떴다.

나무로 된 천장이 눈에 들어왔다.

'이런 꿈 진짜 오랜만이야.'

정령의 꿈이라니.

그리운 마음이 울컥 치밀어 올랐다. 몸이 고쳐지고 나서 혹시나 다시 만날 수 있을까, 하고 정령석 동굴에 가봤지만 아무런 반응도 없었다.

정령석이 울리는 노랫소리는 여전히 들리는데, 불러도 돌아오는 대답은 없어서…….

'내가 정령사로서의 능력을 잃어버렸나 했었는데.'

그게 아니었구나.

정령이라.

혹시 알파나 엔드를 다시 만날 수 있을까?

그런 생각을 하며 에스텔을 슬쩍 옆을 돌아보았다가 "어?" 하고 자리에서 일어났다. 에멜이 자리에 없었다. 자리를 더듬어 보니 온기가 없었다. 이건 나간 지 꽤 되었다는 말이다.

"에멜?"

그녀가 작게 남편을 부르며 침대에서 부랴부랴 내려오자 그 작은 목소리를 듣고 에멜이 외쳤다.

"아래층에 있어요!"

에스텔은 안심하고 얼른 옷을 갈아입었다. 끙끙거리며 마지막 겉옷

단추를 잠그는데 에멜이 쟁반을 들고 올라왔다.

"왜 옷은 입고 그래요?"

에멜의 말에 에스텔이 의아해져서 물었다.

"그럼 뭐 해요?"

"침대에 앉아서 가운만 걸치고 남편이 만든 아침을 먹어주는 게 아내의 도리 아니던가요?"

모든 남자의 로망이라고요?

에스텔은 그 주장에 웃으며 돌아섰다. 목덜미 부근의 머리카락을 쓸어 모으며 그녀가 힐끗 등 쪽을 돌아보았다.

"단추 잠가줘요."

에멜은 "벗어도 되는데요." 라고 하면서도 쟁반을 베드 트레이에 올려놓고 다가와 그녀의 단추를 잠가주고 물었다.

"머리 빗어 드릴까요?"

"나 밥 먹는 동안에요?"

"그럼요."

에멜이 가볍게 미소 지었다. 그가 테이블로 쟁반을 옮겼고, 에스텔은 소파에 앉아서 한탄했다.

"아니, 파이 구웠어요?"

"네. 재료가 남아 있던걸요?"

"이렇게 바삭바삭한 황금색으로 말인가요?"

"마음에 안 드십니까?"

당황한 듯 에멜의 목소리가 정중해졌다. 에스텔이 투덜거리며 따뜻하게 데운 우유를 한 모금 마셨다.

"하지만 어제 난 실패했잖아요. 그런데 에멜은 이렇게 한 번에 성공하고. 뭔가 약 오른단 말이죠."

"약 오를 게 뭐 있어요."

에멜은 그렇게 말하고 웃고는 빗을 가져다가 조심조심 에스텔의 머리를 끝부터 빗어 올라가기 시작했다.

에스텔은 아직 따뜻한 사과 파이를 한 입 입안에 넣었다.

'맛있어.'

덜 익은 사과를 가져다가 설탕에 졸여 만든 속은 완벽했다.

"오늘 점심은 나가서 채집해 오겠어요."

에스텔의 선언에 에멜이 의아해졌다.

"채집이라뇨?"

"에멜은 사냥을 하고 저는 나무 열매를 채집하는 걸로. 그리고 산딸기를 잔뜩 딸 거예요."

에멜이 가볍게 웃었다. 이제 그녀의 머리카락은 그의 손 아래서 매끄럽게 흘러내리고 있었다. 언제나 느끼는 거지만, 그녀의 머리카락을 만질 때마다 경건한 기분이 된다.

'머리카락 패티시 같은 건 아닌데.'

에멜은 그렇게 생각하며 그녀의 머리를 땋아 내리기 시작했다.

마지막을 분홍색 리본으로 마무리하고 에멜이 말했다.

"그럼 산딸기를 먼저 딸까요?"

"그래도 괜찮아요?"

"네, 어차피 사냥은 덫만 설치하는 거니까요."

"알았어요, 그럼."

에스텔은 고개를 끄덕이며 마저 파이를 먹었다. 그리고 슬쩍 목소리를 낮추고 입가에 손을 가져갔다.

"그리고 에멜, 이리와 봐요."

속삭이는 목소리에 그가 의아해하며 귀를 가져가자 에스텔이 쪽 그의 뺨에 키스해 주었다.

"아침 고마워요, 머리도 고마워요."

웃음과 함께 하는 인사에 에멜이 웃으며 그녀의 뺨에 마주 키스해 주고 속삭였다.

"태어나 주셔서 고맙습니다."

"그게 뭐예요."

에스텔은 그렇게 말하고 씩 웃었다.

설거지를 하려는 에멜에게 "됐어요!"라고 단호하게 말하고 에스텔은 얼른 설거지를 끝냈다.

그리고 활동하기 편한 복장으로 갈아입었다. 바지에, 셔츠와 조끼. 그리고 단단한 소가죽 부츠와 부드러운 사슴 가죽 장갑. 양동이를 하나씩 들고, 에스텔은 예전에 봐둔 산딸기 덤불이 있는 곳으로 향했다.

"굉장한데요?"

에멜은 감탄했다. 산딸기가 어마어마한 군락을 이루고 있었다. 여기에 온 것은 두 사람만은 아니었다.

"곰이에요."

놀라 에스텔이 자리에서 멈춰 섰다. 곰은 두 사람이 온 것도 모르고 자리에 주저앉아서 산딸기 먹기에 열중하고 있었다. 약간 멍청하게까지 보이는 모습이었다.

"어쩌죠?"

"쫓아내지요."

에멜이 살기를 보내 위협하자 곰은 혼비백산해서 사라져 버렸다.

"불쌍해라."

저도 모르게 에스텔은 중얼거렸다. 두 사람이 가까이 온 것도 모르고 사람처럼 앉아서 산딸기를 와구와구 먹던 모습이 귀여웠는데.

"나중에 저희가 가면 와서 먹겠죠."

에멜이 그렇게 말했고 에스텔이 그에게 양동이를 하나 밀어붙이며 말했다.

"먼저 다 채우는 쪽이 이기는 거예요?"

"이렇게 많이 따려고요?"

"잼을 만들까 하거든요."

"장대한 계획을 세워오셨군요."

에멜은 그렇게 말하고 고개를 끄덕인 후에 물었다.

"그럼 이긴 사람에게는 무슨 포상이 있는 겁니까?"

"뭐든 소원 하나 들어주기. 어때요?"

"그거 좋습니다."

에멜이 캐러멜 색 눈을 반짝이며 씩 웃었고 에스텔도 진지하게 말했다.

"안 질 거예요. 그리고 작은 거 말고 큰 것만 인정할 거예요? 잼용이라고 해도 좋은 거로 만들고 싶어요."

"알겠습니다. 하지만 너무 멀리 가지 마십시오."

에멜은 그렇게 말했고 에스텔은 고개를 끄덕였다.

"그럼 저기 오른쪽 언덕의 산딸기는 다 내 것!"

그렇게 외치고는 그녀가 후다닥 달려갔고 에멜은 웃음을 터트렸다. 그는 오러를 넓게 퍼트려서 주변의 기척을 살폈다.

곰은 완전히 사라졌고, 작은 동물들은 위협이 되지 않는 크기였다. 안전하다고 판단되자 에멜은 얼른 양동이를 들고 덤불 가까이 다가갔다.

'뭐든 소원 한 가지라면 놓칠 수 없지.'

그는 신중하게 산딸기를 골라 양동이 안으로 던져 넣기 시작했다. 새빨갛게 익은 딸기들이 유월의 햇살 아래 보석처럼 반짝였다.

에멜이 그렇게 열중하고 있는 사이, 에스텔은 고개를 들었다.

'어라?'

노랫소리가 들린다.

달콤한 화음.

정령의 노래.

'이 근처였어?'

그녀는 놀라며 주변을 두리번두리번 살폈다. 슬쩍 보니 저 아래쪽에서 에멜이 열심히 딸기를 따는 모습이 손가락만 하게 보였다.

'잠깐 위치만 확인하는 건 괜찮겠지.'

그녀는 그렇게 생각하고 양동이를 든 채 노래를 따라 걷기 시작했다. 입구만 확인하면 에멜과 함께 들어가 볼 요량이었다. 그렇게 숲 속으로 걸어 들어간 그녀는 당황했다.

'이상하다?'

노랫소리는 분명히 크게 들린다. 근처를 빙글빙글 돌면서 귀를 기울이면 여기서 노래가 들리는 게 틀림없는데?

'그런데 왜 아무것도 없어?'

뭐지?

당황하며 그녀는 바닥을 내려다보았다. 정령석이라도 떨어져 있는 걸까? 하는데 정말로 아래쪽에서 노래가 들리는 듯했다.

"진짜?"

그녀는 깜짝 놀라 바닥에 엎드렸다. 소리가 더 커졌다.

귀를 대자 정말로 땅 밑에서 노래가 들리고 있었다.

'여기서 노래가 들리는 거면 대체 입구가 어디야?'

그렇게 중얼거리는데 돌멩이 하나가 비죽 솟아 있는 게 보였다. 표면이 반짝거리는 게 눈에 들어왔다.

"정령석 찌꺼기인가?"

그녀는 그렇게 생각하며 돌멩이를 잡아 들었는데, 생각보다 깊이 박혀 있는지 힘이 들었다.

'안 빠지겠다.'

그러며 힘을 빼는데 순간 안에서 누가 미는 것처럼 쑥 빠져나왔다.

'깜짝이야.'

그녀는 돌멩이를 살폈다.

'정령석 찌꺼기가 맞아.'

이 반짝임은 확실했다.

"어??"

그리고 돌멩이를 뽑은 곳에서 노래가 선명하게 들리기 시작해서 에스텔은 돌멩이를 뽑은 자리를 바라보았다. 밝은 빛이 스며 나오고 있었다.

'말도 안 돼.'

정말로 이 아래 동굴이 있단 말야?

"에멜에게 물어봐야—"

자리에서 벌떡 일어나는 순간, 거짓말처럼 땅 밑이 꺼져 버렸다.

"—!!"

비명도 나오지 않았다. 그녀는 높은 꼭대기에서 동굴 바닥으로 추락했다. 시야에 얼핏, 꿈에서 보았던 새하얀 정령석이 보였다.

그리고 다시 모든 게 빛에 휩싸였다.

언덕 위쪽에서 뭔가가 반짝하고 빛나서 에멜은 고개를 들었다.

순간 심장이 덜컥 내려앉았다.

"에스텔!"

그가 목소리를 높였지만, 대답이 돌아오지 않았다. 에멜은 떨리는 숨을 삼키며 오러를 퍼트렸다. 안개처럼 퍼지는 오러가 사방을 더듬어 살폈다. 크고 작은 생물들, 풀대를 기어오르는 개미부터 낮은 풀을 흔드는 바람까지 에멜은 전부 느낄 수 있었다.

그런데—

'없어.'

심장이 크게 뛰기 시작했다.

'어디로 갔지?'

"에스텔!!"

그게 다시 소리 질렀지만, 놀란 새들만 나무에서 푸드득 날아올랐다. 에멜은 양동이를 내동댕이치고 언덕 위쪽으로 달려 올라갔다.

"이게 뭐야……?"

커다란 구덩이를 보고 에멜은 저도 모르게 중얼거렸다. 분명히 아까까지만 해도 이런 구멍은 없었다.

에멜은 구덩이를 내려다보았다. 바닥이 없는 것처럼 뻥 뚫린 새까만 공동이 보였다. 가장자리가 아직도 조금씩 무너져 내리고 있었다.

"에스텔?"

크게 부르려고 했는데 목소리가 작게 나왔다. 이래서는 저 안쪽에 들리지도 않을 거다.

"에스텔."

그가 이번에는 좀 더 힘줘서 외쳤지만 역시 대답은 돌아오지 않았다. 그는 이를 악물고 아래로 뛰어내렸다.

'깊어.'

그는 눈에 집중했다. 새까만 어둠 속에서 어렴풋이 바닥이 보였다.

쿵—!

무거운 소리를 내며 에멜은 착지했다. 그가 올려다보니 그가 들어온 구멍에서 작게 빛이 비쳐 들어왔다. 높이가 적어도 백여 미터 이상은 되어 보였다.

"에스텔?"

그가 다시 이름을 불렀다. 물론 에스텔이 무방비하게 저 위에서 떨어졌다면—

'아냐.'

그렇다면 이 근처에서 에스텔을 발견했을 거다. 하지만 피비린내도 나지 않고, 아무런 기척도 없다.

'대체……?'

에멜은 동굴을 둘러보았다.

그 언덕 밑에 이런 곳이? 할 정도로 커다란 공동이었다.

'여기에 떨어진 게 아니라면.'

다른 곳으로 간 걸까?

에멜은 동굴 입구를 찾는 걸 포기했다. 그 시간에 다른 데서 에스텔을 찾는 게 나으리라.

'하지만.'

여기가 아니면 갑자기 어디로 사라졌단 말인가?

그 빛은 또 뭐고?

초조함을 억누르며 에멜은 입술을 깨물었다.

* * *

서렌은 훌쩍훌쩍 우는 루루아를 보며 한숨을 내쉬었다.

"이 정도는 괜찮다니까."

"하지만, 하지만, 나 때문에."

서렌이 손을 뻗어 꾸욱 루루아의 머리를 눌렀다.

676 나는 이 집 아이

"너 때문이 아니야. 내가 약한 탓이지. 그리고 나도 덕분에 살았고."

그렇게 말하고 그는 그 나이 소년답잖게 혀를 찼다. 자신이 아버지만큼만 강했어도 이렇게 다치는 일은 없었을 거다.

'방심했어.'

오러 좀 사용할 줄 안다고 우쭐거린 마음이 있었다.

'게다가.'

서렌은 루루아를 우울하게 바라보았다. 그녀의 무릎에도 붕대가 감겨 있었고, 얼굴에도 긁힌 상처가 남아 있었다.

'제대로 지키지도 못했잖아.'

"짜증 나."

그 말에 히끅 하고 루루아가 숨을 삼켰다. 재빠르게 양 손등으로 쓱쓱 눈을 비비고 그녀가 금색 눈을 부릅떴다.

"아, 안 울게."

"아니, 딱히."

너에게 짜증난 것도 아니고.

그렇게 중얼거렸더니 더더욱 루루아는 눈에 힘을 주며 입술을 깨물어서 눈물을 참는 이상한 얼굴이 되었다.

"애니, 안 귀찮게 굴게."

"괜찮다니까."

서렌은 그렇게 말하고 손을 뻗어 툭 루루아의 이마를 쳤다.

"못생겼어."

그러니까 그냥 울어.

그런 말이지만, 아직 카스티엘로 번역기가 장착되어 있지 않은 루루아는 얼굴을 양손으로 푹 가렸다.

"그게, 그러니까—"

더듬더듬거리다 루루아는 자리에서 일어났다.

"나 나가서 약 받아올게."

그리고는 후다닥 걸어 나갔다.

"야!"

뒤에서 소리쳤지만, 루루아는 들리지도 않는 듯했다. 그는 푹 한숨을 내쉬고 베개에 기댔다.

'바보같이.'

서렌은 그렇게 생각하며 자신의 말에 뭔가 문제가 있나, 고민하기 시작했다.

*　　*　　*

에스텔은 숨을 삼켰다.

"말도 안 돼!"

그녀는 빽 소리 질렀다.

그녀가 서 있는 곳은, 투명한 바다 밑이었다.

머리 위를 올려다보면 수면에 햇살이 춤추는 게 보였다.

사방은 산호와 화려한 열대어로 빼곡했다.

"일방적으로 이러는 게 어디 있어? 난 돌아갈 거야! 에멜이 걱정한단 말야!"

그녀가 발을 굴렀지만, 물속에서의 움직임은 둔했고, 소리도 잘 나지 않아서 발밑에서 새하얀 모래만이 안개처럼 흩날릴 뿐이었다.

입에서도 방울방울 공기만이 흘러나왔다.

빠득 이를 깨무는데 까르르 웃음소리가 나며 수면을 춤추던 빛 그림자가 그녀의 앞으로 내려왔다.

그건 기묘하고도 아름다운 광경이었다.

─왜 화가 나 있는 거야?

"왜냐니─"

─내가 목숨도 구해줬는걸, 거기서 떨어지면 인간은 납작해지잖아?

"네가 부르지 않았으면 이런 일도 없었어."

에스텔이 으르렁거리자 빛 그림자는 몸을 움츠렸다.

─하지만 오랜만의 정령사인걸, 달콤한 냄새가 나. 부드러운 목소리가 들려, 내 이야기를 들어주는 존재니까.

'바람의 정령이 아니야. 아니, 그게 아니라─'

갑자기 에스텔은 등에 소름이 돋았다. 무의식적으로 뒷걸음질 치려는 걸, 단단히 다리에 힘을 주고 참아냈다.

"너 뭐야? 정령 아니지?"

빛 그림자가 우아하게 에스텔 주변으로 한 바퀴 호선을 그렸다.

─아냐, 나도 정령이야. 단지 조금 다른 정령이지.

"다른 정령?"

─빛.

─어둠.

두 목소리가 동시에 겹쳐졌다.

빛 그림자가 키득키득 웃었다.

─잊힌 정령, 오래된 정령, 우리는 빛 어둠의 정령이야.

에스텔은 깊게 숨을 들이마셨다.

"그렇군. 알았어. 그럼 이제 날 돌려보내 주지 않겠어? 내 남편이 걱정할 거야."

─계약하자.

속삭이는 말에 에스텔은 팔짱을 꼈다.

"싫어."

―어째서?

―왜?

―우리는 싫어?

―빛과 어둠, 빛과 어둠.

"이렇게 강압적으로 계약하자는 게 싫어. 게다가―"

그때 크게 해류가 몰려와 그녀를 둥실 띄우며 감싸 안았다. 에스텔은 소리쳤다.

"알파!"

그리운 웃음소리가 다정하게 들려왔다.

―정령왕.

―그렇군. 정령왕의 흔적이었나?

알파가 빛 그림자를 향해서 말했다.

―오래된 권속, 흐려진 그림자여, 그녀에게서 떠나라.

―어째서? 우리도 정령이야.

―요구는 정당해.

―사라지는 건 싫어.

에스텔이 눈을 찌푸렸다.

"알파."

에스텔의 부름에 알파의 몸이 커다란 늑대의 모습으로 변했다. 이름에는 힘이 있고, 에스텔이 지어준 이름에는 그 모습이 함께 따라온다. 알파는 오랜만에 만난 옛 계약자에게 가볍게 머리를 비볐다.

"이 둘은 정령이야? 아니야?"

―이기도 하고, 아니기도 하고.

"무슨 말이야?"

—정령은 신인가?

알파의 말에 에스텔은 당황했다.

"그건 아니지."

물론 과거에 애니미즘으로 자연을 숭배했다고는 하지만, 현재 정령
은…….

—그건 어떻게 구별하지?

"그야, 그야 알파는 자기가 신이라고 생각해?"

알파가 이를 드러내고 웃었다. 늑대인데도 온화해 보이는 게 신기하다.

—그래, 자아의 문제. 우리는 그걸 정령사와 계약함으로써 해결했지.

"아—!"

에스텔은 작게 탄성을 터트렸다. 정령사와 계약하기 때문에 정령이
다. 정령이기 때문에 정령사과 계약할 수 있으니까. 닭과 달걀의 문제 같
기도 하지만, 관념의 세계에서 그건 확실한 경계선이 되어 주겠지.

"그럼 저 둘은 아직 계약한 적이 없는 거네."

에스텔의 말에 알파가 고개를 끄덕였다.

'그렇구나. 그래서 빛과 어둠의 정령이라는 개념도 없는 거야. 아직 계
약한 적이 없으니까.'

어째서 저렇게 강압적이었는지도 이해가 간다.

'내가 마지막 정령사니까.'

그만큼 필사적이었겠지.

에스텔은 곰곰이 생각에 잠겼다가 물었다.

"알파, 어째서 내가 불러도 응해 주지 않았던 거야?"

—네 몸이 많이 약해져 있었으니까. 계약을 추천하고 싶지는 않아.

"그런가."

—우리가 도와줄 수 있어.

―맞아!

빛 그림자가 빠른 어조로 말했고 에스텔은 의아해졌다.

"정말?"

―치료해 줄 수 있어.

빛 그림자가 다시 한 번 말하며 애원했다.

―계약해 줘요.

―이름을 붙여줘요.

에스텔은 끙 하고 한숨을 내쉰 다음 말했다.

"그럼 할까."

튼튼하게 해 준다는 게 매우 끌리는 조건인지라 에스텔은 그렇게 중얼거렸다.

어두운 공동 안에 작은 빛이 반짝이다가 확 하고 안이 빛으로 가득 찼다. 그리고 에스텔은 빛에서 가볍게 튀어나왔다.

"여기가 어디야? 왜 이렇게 어두워?"

그녀가 당황했다.

"룩스!"

그러자 반딧불 같은 빛무리가 여기저기 생겨났다.

동시에,

"에스텔 카스티엘로!!"

비명 같은, 고함에 에스텔은 놀라 그 자리에서 폴짝 뛰었다. 돌아보니 무시무시한 얼굴로 에멜이 서 있었다.

"에멜!"

반가운 마음에 소리치자, 에멜의 얼굴이 더욱 굳어졌다.

"대체 이게 무슨 짓입니까?"

"아니, 그게—"

당황해 에스텔은 주변을 둘러보았지만 도움이 될 만한 것은 조금도 보이지 않았다.

"고의가 아니라—"

"고의가 아니라고요?"

에멜이 성큼성큼 다가올수록 에스텔은 뒤로, 뒤로 물러나게 되었다.

"거기 가만히 서 있으시죠."

에멜의 말에 그녀의 발바닥이 땅에 딱 달라붙은 듯이 멈춰 섰다. 바싹 다가온 에멜의 캐러멜 색 눈이 분노로 거의 검게 보였다.

"그래서 고의가 아니라고요?"

"에, 에멜에게 말하려고 했어요."

변명이라고 내뱉고 나니 한심하기 그지없었다.

아니, 근데 사실인걸!

거기가 그렇게 무너질 줄 누가 알았겠어!

"전 하루 종일 에스텔이 사라져서 미친 듯이 찾아다녔습니다."

이건 입이 두 개라도 할 말이 없다. 이렇게 깜깜한 건 밤이기 때문인가. 그때 에멜이 에스텔을 번쩍 안아 들어서 어깨에 짐짝처럼 걸쳤다.

"꺅!"

작게 소리를 질렀지만 에멜은 대꾸도 않고 그대로 위로 뛰어올랐다. 가속도와 중력을 거스르는 감각에 에스텔은 숨을 삼켰다.

순식간에 공동을 빠져나와 에멜은 가볍게 땅에 착지했다.

'진짜 깜깜해.'

달의 위치로 보아하니 한밤중임이 틀림없었다.

에스텔은 끙끙거리며 어떻게 이야기를 해야 할까 고민했다. 이렇게 자신을 안은 걸 보니 에멜이 화가 나기는 단단히 난 것 같아 그녀는 반항

없이 얌전히 있기로 했다.

'처음부터 그냥 에멜을 부를걸.'

뒤늦은 후회를 하며 에스텔은 한숨을 삼켰다.

순식간에 나무집으로 돌아온 에멜이 소파에 에스텔을 털썩 내려놓았다. 에스텔은 얼른 자세를 바로 해 앉으며 그의 눈치를 살폈다.

"설명해 보시죠?"

그가 팔짱을 끼고 비딱하게 서서 하는 말에 에스텔은 솔직하게 모든 이야기를 털어놓았다.

"그래서, 계약했고…… 돌아오니까 시간이 너무 흘러 있었어요."

"정령과 계약했다고요?"

"네. 아, 하지만 예전처럼 힘을 막 쓰거나 하지는 않을 거예요. 그리고 여전히 모두에게 비밀로 할 거고요."

"대체 왜 한 겁니까?"

"날 튼튼하게 해 준다기에요."

그 말에 살짝 에멜이 입을 벌렸다.

"물론, 이미 튼튼하기는 하지. 그래도…… 예전만큼은 튼튼하지 않거든요."

하지만 지금은 예전만큼 튼튼해요. 보통이 아니라 섞인 카스티엘로만큼.

그렇게 말하며 에스텔은 미소 지었다.

그러니까 봐주면 안 될까요?

하는 그런 미소.

하지만 여전히 그의 얼굴이 풀리지 않아서 에스텔은 살짝 초조해졌다.

"그럼 왜 처음부터 그런 꿈을 꿨다고, 그런 소리가 들린다고 저에게 말하지 않았습니까?"

"확인하고 나서 같이 가려고 했어요……."

"그러니까 왜—"

말하다가 에멜은 입술을 질끈 깨물었다.

"제가 그만큼 신용이 없습니까?"

"에멜."

"네."

"우리 결혼 십 주년이거든요?"

"시간과 신뢰는 상관없지요."

"아니에요. 에멜을 믿지 않을 리가 없잖아요. 그게 아니라, 그냥 이렇게 될 줄 몰랐어요. 아니 거기서 땅이 푹 꺼지고 그럴 줄 누가 알았겠어요? 무슨 일만 있다면 에멜을 불러야 하는 그런 존재가 아니에요, 저는."

"이런 일에는 불러주십시오."

"그리고 사실 에멜과 함께 있었어도 결과는 똑같았을 거예요."

"그게 문제가 아니라요."

"알았어요."

에스텔이 양손을 들고 말했다.

"정령과 관련된 중요한 일에 에멜을 부르지 않아서 미안해요. 에멜이 화가 난 것도 이해해요. 그러면 내가 어떻게 해 주면 좋겠어요?"

에멜은 그 말에 에스텔을 뚫어져라 바라보았다.

정말로 미치는 줄 알았다. 만약 이대로 하루가 지났다면, 반대쪽 끝에서부터 숲을 전부 밀어붙이기 시작했을 거다.

'그래도 한 번 봤으니 망정이지.'

그 새까만 공동이 어두운 게 검은색의 빛나는 수정 같은 것 때문이라는 걸 나중에야 깨달았다. 빛을 반사시키는 게 아니라 전부 흡수하는 수정이어서 그 안이 그렇게 어두웠던 거였다. 정령석인지 아닌지 모를, 처음 보는 종류였지만 이렇게 에스텔이 갑작스럽게 사라지는 걸 에멜은 두 번이나 본 적 있었다.

첫 번째는 정령과 계약할 때.

두 번째는 마법사에게 납치당했을 때.

첫 번째의 경우, 시간이 한참 걸린 후에 에스텔이 계약했다며 돌아왔던 걸 떠올렸다. 그러나 두 번째가 자꾸 그를 괴롭혔다. 그래서 미친 듯이 주변을 탐색했지만, 마법의 흔적은 없었다.

그래도, 혹시.

마탑의 미친놈들이.

아냐, 정령일 거다. 저 이상한 광물을 보면.

두 가지 사이에서 그는 신경이 쥐어뜯기는 듯한 느낌을 받았고, 그녀가 빛에서 나왔을 때는 분노라기보다는 안도가, 끝없는 안도가 솟구쳤다.

물론, 곧 화도 났지만 말이다.

빤히 자신을 올려다보는 에스텔의 얼굴을 보니, 그 화도 곧 스르륵 사라져 버렸다.

'하지만.'

그렇다고 해서 굳이 '뭘 해 줄까요?' 하는 기회를 놓칠 필요는 없지 않은가?

온종일 자신을 영문도 모른 채 가슴 조이게 했으니 말이다.

에멜이 손을 뻗어 그녀의 뺨을 부드럽게 쓸며 말했다.

"글쎄요. 뭘 시켜볼까요?"

*　　　*　　　*

루루아의 머리가 아래로 툭 떨어졌다가 다시 올라왔다. 서렌은 그걸 빤히 지켜보았다.

"아, 안 자요."

루루아가 변명하듯 말했지만, 다섯 살짜리 꼬맹이에게는 이미 너무 늦은 밤이었다. 몇 번 더 고개를 끄덕이던 루루아의 고개가 완전히 떨궈졌다.

서렌은 그걸 보고 피식 웃었다.

열이 나는 것도 아니고, 그냥 부상당한 것뿐인데 이렇게 정성스럽게 간호 받는 건 처음이었다.

그때 문이 열리고 카를이 들어왔다.

"아버지."

작게 말하는 아들의 머리를 카를은 가볍게 쓰다듬었다.

"몸은?"

"괜찮습니다."

드문 접촉에 서렌은 몸을 살짝 움츠렸다가 대답했다. 카를은 고개를 끄덕하고 손을 뻗어 조심스럽게 루루아를 안아 올렸다. 어찌나 쿨쿨 자고 있는지 카를이 안아도 그녀는 여전히 잠들어 있었다. 어지간히 피곤한 모양이었다.

"……데리고 가시나요?"

드문 아들의 물음에 카를은 그를 보았다가 살짝 미소 지었다.

"잠은 침대에서 재워야지."

'그건 그렇지만.'

서렌은 그렇게 생각하면서도 고개를 끄덕였다.

저렇게 약할 줄은 누가 알았겠나?

"아버지."

서렌이 그를 불러 카를은 아들을 내려다보았다.

왜? 하고 되묻지 않아도 시선을 보면 알 수 있다. 서렌이 침을 삼키고 머뭇머뭇 물었다.

"제가 더 강해지면 루루가 다치지 않게 지킬 수 있을까요?"

그 물음에 카를은 잠시 생각에 잠겼다.

글쎄?

자신이 강해서 한 번이라도 에스텔을 지킨 적이 있었던가?

생각해 보면 한 번도 그런 적은 없었다.

"마스터가 셋이라도, 본인이 그럴 마음이 없다면 소용없지."

카를은 한숨 섞인 목소리로 그렇게 말하고 방을 나섰다. 서렌은 당혹스러움에 붉은 눈을 깜박거렸다.

'그러니까 지켜주기 전에 지켜주겠다고 말하고 허락을 받아야 한다는 건가?'

서렌이 의아해하는 동안 카를은 가볍게 손님방으로 향했다.

카를은 쌔쌔 씩씩한 숨소리와 자고 있는 루루아를 내려다보고 픽 웃었다. 어째 자는 모습은 엄마와 똑같다.

'강하면 지킬 수 있냐, 라.'

아들의 말을 곱씹으며 카를은 눈을 살짝 찡그렸다.

'본인이 지켜질 마음이 없으면, 조금도 소용없지.'

물론, 처음은 아니었다.

그 개 같은 마법사에게 납치당한 건 지금 생각해도 이가 갈린다. 하지만 그 후 그녀의 행보는?

카를은 한숨을 삼켰다.

본인이 자기 몸을 아끼지 않는 걸 어쩌란 말인가?

서약이니 서약석이니 상관하지 않고 그냥 가만히 있어 줬다면 다치는 일도 없었을 거고, 그렇게 고생할 일도 없었을 테고, 삼 년간 아플 일도 없었겠지.

'하지만.'

카를은 서렌을 생각했다.

'서약에서 벗어나지도 못했겠지.'

희생으로 얻어낸 평화.

그런 희생을 할 만한 가치가 있는 일이었냐고 화를 냈었지만, 서렌이 생기고, 루루아가 생기는 걸 보니 그럴 만한 가치가 있었다는 에스텔의 말이 조금은 이해되었다.

카를은 루루아를 손님용 침실 침대 위에 조심스럽게 올려놓았다. 애니가 방긋 웃으며 카를에게 인사했고 카를은 고개를 까닥해 보였다. 애니는 제 이름을 딴, 피는 섞이지 않은 손녀를 내려다보며 속삭였다.

"잘 자네요."

"제 엄마를 닮았지."

그 말에 애니가 픽 웃었다가 깊이 고개를 끄덕였다.

"동감입니다."

*　　*　　*

"에멜……."

에스텔이 끙끙거리며 그의 이름을 불러서 에멜이 그녀의 턱에 가볍게 키스하고 답했다.

"네?"

그 태연한 대답에 에스텔은 기가 찼다. 그녀가 손목을 어루만지자 에멜이 조심스럽게 그녀의 손목을 살피고 물었다.

"아픕니까?"

"아프지는 않지만."

아프기는커녕 조금은 흔적도 남아 있지 않았다. 에스텔은 뭔가 항의를 하려다가 생각난 질문을 던졌다.

"그러고 보니."

"네."

"아까 화낼 때요. 날 에스텔 카스티엘로라고 부른 거 알아요?"

"압니다."

"왜 그렇게 불렀어요?"

"카스티엘로 같은 일을 했으니까요."

"카스티엘로 같은 일이라니."

에스텔은 중얼거렸다가 픽 웃었다. 그녀가 상체를 일으켰다. 에멜이 약간 놀란 얼굴로 말했다.

"정말로 튼튼해졌네요."

"그렇죠. 보통은 이렇게까지 괴롭힘을 당하고 나면 기절해 버리는데 말이죠."

"괴롭힘이라니, 싫으셨습니까?"

에멜이 그녀를 올려다보며, 순진한 얼굴로 눈을 크게 뜨며 말하자 에스텔은 괜히 얼굴이 붉어져서 그의 어깨를 찰싹 때렸다. 힘이 들어가지 않은 한 대였지만 에멜은 몸을 움츠리며 씩 웃었고, 에스텔은 더욱 그가 얄미워져서 찰싹찰싹 몇 대 더 때리고 나서 투덜거렸다.

"정말이지, 자기가 잘하는 거 아는 남자는 싫다니까요."

"주의하지요."

그건 마음에 드신다는 말이네요, 하는 말을 잽싸게 접어두고 에멜은 정중하게 답했다. 에스텔이 털썩 다시 몸을 침대에 떨궜다. 아직도 아랫배가, 몸 안쪽이 울리는 기분이었다.

호으, 숨을 토해내며 그녀는 몸을 웅크렸고 에멜이 놀라 어깨를 살며시 붙잡으며 물었다.

"에스텔? 괜찮습니까?"

"……씻고 싶어요."

에스텔의 투덜거림에 에멜은 살피듯 그녀를 보다가 고개를 끄덕였다.

"준비하죠."

"다 되면 불러요."

"네, 네."

경쾌하게 대답하고 에멜은 이불을 잘 끌어올려 준 다음 침대에서 일어났다. 이제 물 뜨러 갔다가 와서 물을 끓이고, 욕조를 채우고.

'한참 걸리겠군.'

그사이에 잠이나 한숨 자 두는 게 좋겠다 하고 에스텔은 베개를 끌어당겼다.

"눅스(nux)."

그녀가 작게 말하자 빛이 싹 사라지고 어둠이 방에 자리 잡았다. 에스텔은 베개에 얼굴을 비비며 길게 하품했다.

그래, 밤새 시달리고 아직까지 자지 않고 있으니 체력이 놀랍게 향상된 게 맞다.

―거짓말하지 않아.

―맞아.

두 정령이 번갈아 말해서 에스텔은 "그래." 하고 웅얼거리듯 말했다.

빛 그림자를 각각 빛과 어둠으로 나눠서 계약하고 룩스(lux)와 눅스(nux)라는, 상당히 뻔한 이름을 붙이자 둘의 자아도 완전히 분리되고 선명해진 듯했다.

'사실은 알파와도 하고 싶었는데.'

셋은 부담스러울 거라며 알파는 정중하게 거절했다. 그러지 않아도 항상 지켜보고 있다면서. 정령사로서 정령들에게 사랑받고 있으니, 정령사로의 책임을 다하는 것 역시 그녀의 의무라는 생각이었다.

그리고 그들과 계약했고, 결과는 썩 나쁘지 않았다.

몸은 튼튼해졌고…… 여차할 때면…… 도망갈…… 수……단…….

점점 의식이 띄엄띄엄해지더니 에스텔은 완전히 잠들었다.

잠깐 잤나 싶은데 어깨를 부드럽게 흔드는 손에 에스텔은 눈을 떴다. 에멜이 말했다.

"이 정령부터 치우죠."

"아……."

에스텔은 고개를 끄덕였고 동시에 어둠이 싹 걷혀 나갔다.

"푹 주무신 얼굴이네요."

"푹 잤어요."

중얼거리고 에스텔은 헤헤 웃었다. 그녀의 부은 얼굴이 상당히 귀여워서 에멜은 미소 짓고 그녀를 안아 올렸다.

"그럼 욕실로 갈까요?"

"네."

욕조에 들어가면 잠도 좀 깨겠지, 하고 에스텔이 고개를 끄덕였다. 침대에서 욕조까지 안겨서 이동하다니 호사였다.

나무집 안에 있는 욕조는 역시 나무로 만든 거였다. 도자기로 되어서 물을 끓일 수 있는 난로가 한쪽에 놓여 있었고 거기서 수도관을 연결해서 욕조에서 꼭지를 열면 끓인 물이 나왔다. 물론 물을 넣고 끓이는 건 전부 수동이지만.

혼자서는 넉넉하고 둘이서는 아슬아슬한 크기여서 에멜은 먼저 에스텔을 넣고 조심스럽게 탕으로 들어갔다. 탕에서 물이 넘쳤지만, 그건 뚫린 구멍을 통해서 나무집 아래로 배출되게 되어 있었다.

에멜의 다리 사이에 에스텔이 앉은 구도가 되어, 에스텔은 느긋하게 몸을 그에게 기댔다.

"물 온도가 딱 좋은데요."

"마음에 드신다니 다행이군요, 공주님."

그녀의 젖은 손등을 들어 올려 에멜이 키스했다.

에스텔은 키득키득 웃으며 손끝으로 가볍게 그에게 물을 뿌렸다.

"애니와 제드는 잘 있을까요?"

"그럼요."

에멜의 장담에 에스텔은 고개를 끄덕였다. 하긴 카스티엘로 공작가 사람들은 전부 그 둘을 애지중지했다. 두 사람의 유모도 딱 붙어 있으니까, 괜찮겠지.

문제가 있었으면 앤에게서 진즉에 연락이 왔을 거다.

"좀 덥네요."

에스텔은 붉게 상기된 얼굴로 중얼거렸다.

"난로도 있고, 뜨거운 물 안이기도 하니까요."

"배경만이라도 좀 바꿔볼까요?"

"네?"

에멜이 의아해하는데 순식간에 주변 풍경이 바뀌었다.

새하얀 설원.

커다란 눈송이가 펑펑 떨어지고 있었다. 에멜은 순간 당황했다가 깨달았다.

"환영이군요."

"네. 빛의 정령은 이런 게 가능한 모양이에요."

에스텔은 그렇게 말하며 손을 가볍게 휘저었다. 그러자 저쪽에서 눈

사람 두 개가 나란히 솟아났다.

에멜이 웃었다.

"그렇다고 더운 게 나아지지는 않지만 말입니다."

"시각을 속이는 건 가능한데, 감각을 속이는 건 안 되거든요. 그건 마법에서나 가능하죠."

"이 정도가 딱 좋습니다."

에멜은 그렇게 말하고 숨을 내쉬었다. 제법 섬세하게 구현된 환영 덕에 그가 내쉬는 숨이 새하얀 연기가 되어 날리는 게 보였다. 에멜은 젖은 머리카락을 쓸어 넘기고 고개를 들어 하늘을 보았다.

뿌연 하늘에서 눈송이가 계속 떨어지고 있었다.

"맞아, 혹시 싫어요?"

에스텔이 그제야 깨달아 약간 몸을 틀어 에멜을 돌아보았다. 에멜이 갸웃하며 빙긋 웃었다.

"뭐가요?"

"설원이요."

"아."

작게 소리를 내고 에멜은 설원을 바라보았다. 모든 것을 삼켜버리는 지옥 같은 눈더미들.

줄어드는 목소리.

떨어지는 눈송이.

침묵이 모든 걸 삼키는 그곳.

슬쩍 내려다보니 에스텔이 불안한 얼굴을 한 채로 그를 올려다보고 있었다.

"아뇨, 괜찮습니다."

에멜이 미소 짓고 그녀의 눈가에 키스했다. 욕조 턱에 손을 올리고 기대었던 에스텔은 그제야 안도하는 얼굴을 했다. 하지만 그래도 여전히 좀 찜찜했는지 그녀는 손을 저어 환영을 바꾸었다.

이번에는 깊은 숲 속이었다.

널찍하게 자리 잡은 자작나무 사이로 햇빛이 레이스 커튼처럼 늘어지고 고요한 가운데 새소리가 멀리서 들려왔다.

"이건 어딘가요?"

에멜의 물음에 에스텔은 웃었다.

"그냥 상상해 본 곳이에요."

"좋군요."

에멜이 그렇게 말하며 싱긋 웃어 에스텔은 그제야 마음 놓고 그에게 기댔다. 에멜이 그녀의 둥그런 어깨에, 새하얀 목덜미에 키스했다.

정말로 괜찮다.

그걸 깨닫자 신기한 기분마저 들었다. 몇 년을 시달렸던 악몽이 이제 희미한 그림자가 된, 아니 완전히 잊힌 걸 깨달았을 때의 기분이라니.

"내 소중한 공주님."

속삭인 말에 에스텔은 작게 웃고 몸을 돌려 그의 입술에 키스했다.

"내 기사님."

그 응답에 에멜은 웃음이 터지는 걸 느끼며 그녀를 꽉 끌어안았다.

일주일은 금방 지나갔다.

결국, 두 사람은 양동이 가득 산딸기를 따서 잼도 유리병 그득그득 담아 완성했다. 에멜은 '마차 가득 실려 있던 짐이 이거였습니까.' 하고 피식 웃었다.

빛과 어둠의 정령석이 있는 공간은 그다지 고민할 것도 없이 그대로 막아 버렸다. 에멜은 커다란 바위를 가져다가 공동 입구를 딱 막았다.

'정령석 광산이 또 발견되었다고 해 봐야 골치만 아프니까.'

카스티엘로 공작가 기록에만 남겨두면 되겠지. 나중에 필요할 때 쓰라고. 그렇게 느긋하게 특별한 날을 보내고 두 사람은 공작가로 향했다.

"엄마! 아빠!"

쏜살처럼 튀어나와 루루아는 덥석 엄마를 끌어안았다. 유모에게서 제드를 받아 든 에멜은 웃는 제드의 뺨에 뽀뽀해 주었다가 문득 딸의 다리를 보고 눈을 찌푸리고 물었다.

"무릎은 어쩌다가 그런 거야?"

"나 검술 연습했어요!"

루루아가 눈을 부릅뜨며 말했다.

"검술?"

에스텔과 에멜이 놀라 동시에 되묻자 뒤에 서 있던 아인이 대신 대답했다.

"재능이 있더구나."

"정말요?"

에스텔은 신기해하다가 하긴 하고 고개를 끄덕였다.

"에멜의 딸이니까."

"그렇다고 검이라니―"

에멜이 중얼거리자 루루아가 에스텔을 안은 팔을 풀고 씩씩하게 말했다.

"나 강해져서 서렌을 지켜줄 거야."

"서렌을?"

"응, 그리고 엄마랑 아빠랑 제드도 지켜줄게요."

애니의 말에 에스텔은 "어머? 그거 굉장하네." 하고 말했고 에멜은 "서렌이 먼저란 말이지." 하고 작게 꿍얼거렸다. 앤이 사뿐하게 현관을 내려와서 에스텔의 손을 꽉 잡았다.

"다녀오셨어요?"

"응, 다녀왔어."

에스텔은 씩 웃었다. 앤이 이제 손윗사람이니 말을 놓아도 된다고 말했지만, 앤은 아직은 그러고 싶지 않다고 말했다.

그리고 그대로 시간이 쭉 흐른 거였다.

그래서 에스텔도 같이 존댓말을 썼더니 앤이 굉장히 섭섭해했다. 이러니저러니 해도 앤에게는 약한지라 에스텔은 결국 그녀가 편한 대로 하게 놔둘 수밖에 없었다.

차례로 가족들과 인사하고 에스텔은 손을 뻗어 제드를 안아 들었다. 제드만 안아 들면 루루아가 은근 샘을 내서 이번에는 에멜이 루루아를 안아 들었다.

"제드도 잘 있었어?"

엄마의 물음에 제드는 고개를 끄덕였다. 어린데도 말수가 적은 그는 애늙은이라고, 로이가 에스텔에게 쓰던 별명을 고스란히 물려받았다.

가끔 말을 할 때도 혀짤배기소리하지 않으려고 애쓰며 또박또박 말하는 게 보였고, 모두가 그 모습을 귀여워했다.

제드의 유모가 얼른 팔을 뻗으며 말했다.

"마님, 힘드실 거예요. 이리 오세요, 도련님."

제드가 그 말에 머뭇머뭇 목에 둘렀던 팔을 빼자 에스텔이 웃으며 통통한 아들의 뺨에 키스해 주고 말했다.

"괜찮아. 튼튼해졌으니까. 유모도 오늘은 쉬어요. 두 사람 다. 휴일도 필요하죠."

그 말에 유모들은 서로 마주 보았다가 알겠다며 가볍게 인사해 보였다.

앤이 의아해져서 물었다.

"튼튼해졌다니요? 그게 무슨 말이에요?"

"이번 여행 중에 무슨 일이 있었는지 못 믿을걸?"

에스텔은 그렇게 말하며 경쾌하게 웃었다.

"무슨 일인데?"

카를이 묻자 에스텔이 고개를 갸웃했다가 답했다.

"배고프니까 저녁 먹으면서 이야기해요."

에스텔이 제 방에서 여행 복장을 갈아입고 가볍게 씻는 동안 루루아는 졸졸 에스텔을 따라다니며 무슨 일이 있었는지 늘어놓았다.

"마수라니."

에스텔은 깜짝 놀라 루루아를 돌아보았다가 한숨을 내쉬고 딸의 코끝을 가볍게 퉁겼다.

"애니 루루아 레이몬드."

그리고 그녀의 앞에 몸을 숙여 앉으며 물었다.

"아픈 곳은? 다친 곳은?"

애니가 휙휙 고개를 저었다.

"서렌이 지켜줘서 괜찮았어요. 그런데, 서렌이 다쳐서."

금방 애니의 금색 눈동자에 눈물이 차올랐다.

"그래서 검술을 배운 거야?"

"네."

애니가 고개를 끄덕였다.

강해져서 서렌을 지켜주리라!

일곱 살 나이에 벌써 마스터인 서렌이 들으면 기가 찰 내용이지만, 루루아는 야심만만했다.

"그러네. 검에 재능이 있다니, 굉장하네. 엄마는 검에는 영 재능이 없었거든. 애니는 아빠 닮았나 보다."

그렇게 말하며 에스텔은 루루아의 얼굴에 뽀뽀를 해 주었다. 루루아는 얼굴을 살짝 붉혔다. 그녀는 아름다운 엄마가 자랑스러웠다. 엄마에게서는 항상 좋은 냄새가 났고, 아빠가 엄마를 바라보는 시선만 봐도 왜인지 심장이 두근거렸다.

'나도 분홍색 눈이면 좋았을 텐데.'

엄마는 아빠를 닮은 황금색 눈동자라고 좋아하지만, 그래도 분홍색이 훨씬 더 예뻐 보였다.

'그리고 아빠는 호박색이잖아.'

자신과는 다르다.

고양이 같은 눈이라고, 서렌은 그렇게 말했다.

로라가 후후 웃었다.

"그러고 보니 공주님도 예전에 검술을 배우겠다고 하신 적이 있었죠."

"있었지. 모두에게 거절당했지만."

"정말이요?"

놀라 루루아가 묻자 에스텔이 웃으며 고개를 끄덕였다.

"그러니까 엄마는 루루아가 대단한 것 같은데. 할아버지가 직접 가르쳐 주신 거야?"

"네."

할아버지에게 검을 가르쳐 달라고 하자, 할아버지가 뜻밖에 쉽게 승낙했다는 이야기도 들려주었다. 마수 이야기에서는 심장이 다 꽉 죄어드는 기분이어서 에스텔은 정령과 다시 계약하길 잘했다고 생각했다.

적어도 자기 딸에게 감시자를 하나 붙여 놓을 수 있으니까.

"힘들지는 않았고?"

엄마의 물음에 루루아는 얼른 고개를 저었다.

"힘들지 않았어요. 재미있었어요."

"그렇구나."

에스텔은 고개를 끄덕였다. 그래, 아무리 그래도 손녀에게까지 엄격하게 검을 가르치지는 않으시겠지.

'집에 가면 에멜이 가르쳐 주려나?

아니면 딸에게 검을 잡게 하지는 못한다고 하려나?

고민하는 사이 로라가 솜씨 좋게 에스텔의 머리를 말아 올렸다.

"엄마, 너무 예뻐요."

루루아의 말에 에스텔이 "루루도 예뻐." 하고 답해주었다.

모녀는 나란히 손을 잡고 방을 나섰다. 기다리고 있던 에멜이 두 사람에게 정중하게 인사했다.

루루아는 이렇게 아빠가 레이디처럼 대해줄 때가 너무 좋았다.

"제드는?"

에스텔이 가볍게 에멜의 뺨 키스를 받으며 물었다.

"자고 있어요."

"벌써요?"

"세 살배기에게는 늦은 저녁이죠."

"밥은?"

"아까 먹였다던걸요."

"그럼 식당 가기 전에 잠깐 보고 갈게요."

에스텔은 그렇게 말했고 에멜이 고개를 끄덕였다.

"난 아까 보고 왔어요."

"그럼 루루랑 먼저 식당에 가줘요."

에스텔의 말에 에멜이 고개를 끄덕이고 루루아에게 팔을 벌렸다.

"그럼 아가씨는 저와 함께 갈까요?"

"네!"

얼른 루루아가 그의 팔에 매달려서 에멜이 딸을 안아 들었다. 에스텔이 웃고 루루아의 뺨에 키스해 주었다.

제드의 방으로 향하던 에스텔이 "아." 하고 뒤를 돌며 말했다.

"먼저 말하면 안 돼요?"

"안 해요."

그 말에 에스텔이 씩 웃고 발걸음을 빨리했다. 에멜은 한숨을 내쉬었다.

"정말로 엄마는 카스티엘로다운 얼굴을 잘한단다."

딸에게 소곤거리자 루루아가 눈을 동그랗게 뜨고 말했다.

"그야 엄마는 카스티엘로니까 그런 거 아니에요?"

"그렇지."

에멜이 그렇게 말하고 씩 웃었다. 딸은 그런 아빠를 바라보다가 속닥속닥 물었다.

"그런데 아빠, 말하면 안 되는 게 뭐예요?"

"말하면 안 되는 거."

"?"

순간 논리가 이해되지 않아서 멍한 표정을 짓는 다섯 살짜리 딸의 뺨에 뽀뽀해 주고 에멜이 웃었다.

"내려가자. 다들 기다리겠다."

식당으로 내려가니 모처럼 긴 테이블이 복작복작했다.

"에스텔은?"

카를의 물음에 에멜이 위쪽을 가리키며 답했다.

"제드 자는 거 보고 온대요."

앤이 피식 웃었다.

"애는 애네요."

벌써 자다니.

에멜이 루루아를 내려놓으며 말했다.

"서렌, 루루 때문에 다쳤다면서?"

"이제 다 나았습니다."

에멜의 물음에 서렌은 고개를 저으며 대답했다.

"그리고 제 잘못이에요."

덧붙인 말에 루루아가 고개를 저었다.

"아냐. 내가 조금 더 강했으면 도망치지 않고."

"그건 문제가 아냐. 내가 오만했던 게 문제였어."

서렌이 제법 엄격하게 말했다. 그는 카스티엘로 특유의 튼튼함으로 순식간에 다 나아 버렸다. 오히려 루루의 상처 쪽이 더 늦게 나아서 서렌의 죄책감을 자극했다.

"하여간 고맙구나. 루루를 지켜줘서."

에멜의 말에 서렌은 쑥스러운 기분이었다. 제대로 지켜준 것도 아니고…….

다음에는 꼭.

그렇게 생각하며 서렌은 고개를 저었다.

"아닙니다."

"아니긴."

에멜은 씩 웃었고 앤이 아들의 등을 가볍게 두들겼다.

그때 가장 상석에 앉아 있던 아인이 물었다.

"그래서 무슨 일이 있었던 거지?"

"그게, 아내에게 함구를 명받아서 말이지요. 에스텔이 오면 말할 겁니다. 아, 딱 때마침 오네요."

에스텔이 막 식당 문을 들어오며 가볍게 인사했다.

"설마 이야기한 건 아니겠죠?"

그녀의 물음에 에멜이 "설마요." 하고 눈을 내리깔며 그녀가 앉을 수 있게 의자를 빼주었다.

카를이 심드렁하니 물었다.

"그래서 무슨 일인데. 설마 셋째라든가 그런 거야?"

"오라버니!"

에스텔이 목소리를 높이고 웃음을 터트렸다.

"그런 거 아니에요. 그게 아니라—"

그녀가 손등을 들어 보였다.

선명하게 빛나는 문장.

아인과 카를, 앤의 얼굴이 모두 굳었다. 에스텔이 그 셋을 향해 웃어 보이며 말했다.

"정령과 계약했어요."

식탁 위에 침묵이 흘렀다.

에스텔이 계약이 거의 부담되지 않는다는 것과 오히려 몸이 튼튼해졌다는 걸 설명하고 나서야 굳은 분위기가 풀렸다.

"그나저나 빛과 어둠의 정령이라니 들어본 적도 없어요."

앤이 눈을 찌푸렸다.

"나와 계약하기 전에는 아직 존재하지 않았던 모양이야."

"관념에 이름을 줘서 실체화시켰다는 거군요."

"음, 비슷한 거지."

에스텔이 고개를 끄덕였다.

"그래도 다행이에요. 정말로 튼튼해지신 거죠?"

앤의 확인에 에스텔이 고개를 끄덕였다.

"정말로. 오히려 예전보다 더 좋아진 것 같아."

에스텔의 말에 모두가 안도하며 고개를 끄덕였다.

아인이 한숨을 내쉬었다.

"네 깜짝 상자는 끝날 일이 없구나."

아빠의 말에 에스텔은 헤헤 웃었다. 애 둘의 엄마인데도, 이렇게 아빠 앞에만 서면 다시 어린 에스텔이 된 기분이었다.

그리고 그게 싫지도 않고.

식사는 부드러운 분위기에서 이어졌고, 여전히 요리장의 솜씨는 훌륭했다. 식사가 끝나고 루루아와 서렌은 시녀에게 맡기고, 어른들은 게임룸에서 가볍게 카드 게임을 즐겼다.

약간의 술이 오가는 시간이었다.

에스텔이 가장 먼저 카드를 털고 일어나며 말했다.

"아무래도 취했나 봐요. 술 좀 깨고 올게요."

"차가운 음료를 가져오라고 할까요?"

앤의 말에 에스텔은 고개를 저었다.

"아니, 괜찮아."

에스텔은 살그머니 뒤쪽 테라스로 나갔다. 신선한 공기를 깊게 들이마시는데 테라스 문이 열리며 아인이 나왔다.

"아빠, 설마 지신 건 아니겠죠?"

에스텔이 웃으며 하는 말에 아인이 희미하게 미소 지었다.

"나도 바람 좀 쐬러 나왔지."

에스텔이 옆 난간을 가볍게 두들겼다.

"여기에 기대면 편해요."

그러며 그녀는 신기하다고 생각했다.

'어렸을 때는 이렇게 편하게 아빠를 대하지도 못했는데.'

분명히 지금도 쭈뼛거리면서 치마를 붙잡고, 정중하게 인사하면서 "나오셨어요?" 하고 올려다봤겠지.

만약 지금 애나나 제드가 자신에게 그런다면 어떤 기분일까.

"아빠."

"음?"

아인이 그녀의 옆에 나란히 서며 가볍게 고개를 기울였다.

"정말로 감사해요."

에스텔은 힘주어 말했다.

십 대의 자신은 지금 생각해도 무모하기 짝이 없었다. 그런데도 아빠는 계속 지켜봐 주었고, 서포트해줬다.

자신에게 그렇게 하라고 하면 할 수 있을까?

"감사해야 하는 건 나 아닌가?"

아인의 말에 에스텔은 눈을 크게 떴다.

아니 지금 무슨 말씀을 하시는 거예요?

아인이 가볍게 에스텔의 손을 쥐며 말했다.

"여전히 손은 작네."

"아무래도 손은 크지 않나 봐요."

에스텔이 씩 웃었다.

"손만 보면 아직 아기 같은데."

그렇게 중얼거리고 아인이 이어 말했다.

"처음부터 손이 가지 않는 아이였지. 공부도 알아서 하고. 정령사의 재능이 있다고 하지 않나. 나야말로 아버지 노릇을 잘했는지 항상 되짚어 보는걸."

"아니에요. 최고의 아빠였어요! 지금도요!"

에스텔이 마주 꽉 아인의 손을 잡으며 말하자 아인이 웃었다.

"너 역시 최고의 딸이란다."

칭찬을 들으니 그녀는 어쩐지 부끄러워져서 살며시 손부채를 파닥였다.

"예전에도 그랬지만, 지금도 생각은 변함없어요."

에스텔은 그렇게 말하고 난간에 기대어 하늘을 보았다.

아빠, 오라버니, 로이, 엘런, 진, 애니, 앤, 그리고 에멜.

어느 한 조각이 빠졌어도 지금처럼 되지는 못했을 거다.

"저는 운이 좋아요."

에스텔은 그렇게 말하고 방긋 웃었다. 아인은 그 말에 잠시 생각에 잠겼다. 그리고 그 역시 힘주어 말했다.

"나 역시 그렇구나."

에스텔이 팔을 걷어붙이는 시늉을 하며 말했다.

"그럼 돌아가서 오라버니와 앤의 칩을 따내 볼까요? 아빠와 제가 한 팀을 하는 거죠."

그 말에 아인이 심각하게 말했다.

"둘이 상대가 안 될 텐데."

그 말에 에스텔이 웃음을 터트렸다. 그런 딸의 모습을 보며 아인이 중얼거렸다.

"언제 이렇게 컸을까."

그 말을 들은 에스텔이 얌전히 두 손을 모으며 말했다.

"이제 다 컸지요."

"그래."

아인이 손을 뻗어 에스텔의 어깨를 감싸고 이마에 부드럽게 키스해 주었다.

*　　*　　*

레이몬드 후작가 앞에 마차가 멈춰서고 후작 부처가 내리자마자 도열해 있던 고용인들이 한목소리로 인사했다.

"어서 오십시오!"

에멜이 망토를 벗는 걸 옆에서 집사가 받아 들며 말했다.

"편지가 와 있습니다."

에스텔에게도 역시 여집사가 사뿐히 따라붙었다.

"솔라드 백작령에서 사람이 와 있습니다."

"사람이?"

"네."

에스텔의 뒤를 따라오던 로이가 한숨을 내쉬었다.

"어째 쉴 날이 없네요."

"그러게. 누가 와 있는 거지?"

에스텔의 말에 여집사가 공손히 대답했다.

"엘런 피즈 님이십니다."

"엘런이?!"

로이가 펄쩍 뛰어 에스텔이 씩 웃었다.

"가 봐."

"그럼 전 이만."

로이가 쌩하니 응접실로 향하는 걸 보고 에스텔은 피식 웃었다.

일은 반쯤 핑계고 사실 엘런도 로이가 보고 싶어서 올라왔겠지.

솔라드 백작령은 이제 궤도에 올라서 그렇게 바쁘지 않았다.

십수 년이 지나니 뿌렸던 씨앗들이 열매를 맺어서 밑에서 부지런히 일하기 때문이었다. 하델도 이제 예전처럼 일하지 않고, 총관으로서 감독 역할에 충실했다. 덕분에 요즘 다시 연구 쪽에도 손을 댈까 하는 중이라고 해서 에스텔은 적극적으로 지원하겠다고 응원했다.

"엄마, 엄마."

애니가 에스텔을 불러 에스텔은 응? 하고 그녀를 돌아보았다.

"나 엘런에게 검 배워도 되나요?"

"엘런에게?"

"네."

"그거 괜찮겠네. 엘런에게 한번 물어보렴. 엘런이 괜찮다고 하면 좋아."

애니는 그 말에 "와─" 하고 짧게 환호성을 지르고 안으로 통통 뛰어들어갔다.

에멜이 딸의 뒷모습을 보며 물었다.

"저거 말려야 하는 거 아냐?"

"검을?"

"아니, 응접실에서 만나고 있을 로이와 엘런 사이에 뛰어드는 걸."

"아."

짧게 에스텔이 아차, 하자 에멜이 히죽거리며 말했다.

"뭐, 내가 당한 걸 생각하면 저 정도야. 우리 애니가 효녀네. 그지?"

제드를 가볍게 꽉 끌어안았다가 에멜이 아들을 유모에게 건넸다.

"그럼 밀린 일을 해치울까요? 아가씨."

에멜의 말에 에스텔이 고개를 끄덕였다. 그녀의 분홍 눈이 반짝였다.

"해치워 버리자고요."

두 부부는 옷을 갈아입자마자 서재에 딱 붙어서 밀린 일거리를 휘리릭 처리했다.

에스텔은 이게 좋았다.

평범한 후작 부인으로 사는 게 아니라, 에멜과 대등하게 지휘하고 계확하고 실현시키는 것. 사교계의 부인들이 바느질을 하고 수를 놓고 파티를 여는 걸 뭐라고 하는 게 아니라, 그게 보편적인 삶이지만 다르게 사는 자신을 인정해 주는 것.

그게 좋았다.

에스텔은 살그머니 자리에서 일어나 에멜의 뒤로 돌아가 그의 목을 끌어안았다.

"잠깐만요. 이쪽 장부만 정리하면 끝나요."

집중하느라 그의 말이 웅얼거리듯 나왔다. 에스텔이 그의 귓바퀴를 가볍게 깨물었고 에멜이 놀라 휙 뒤를 돌아보았다.

"에스텔?!"

"빨리, 집중해서 끝내세요. 레이몬드 후작님."

그렇게 말하며 에스텔은 그의 목덜미에 키스하고 어깨에 이를 세웠다.

에멜은 신음을 내뱉으며 펜을 멈췄다가 썼다가를 반복했다.

"이거 무슨 고문입니까?"

"고문이에요?"

순진한 어조로 말하며 에스텔의 손이 그의 셔츠 단추를 풀기 시작했다.

"에스텔."

"네."

"사람 있어요."

당황한 에멜의 목소리에 에스텔이 고개를 들자 서 있던 행정관들은 모두 얼굴이 붉어져서 썰물 빠지듯이 빠져나갔다. 어차피 서류는 다 챙겼고, 에멜의 손 밑에 남아 있는 한 장이야 나중에 챙기면 그만이다.

"에멜."

"네."

"계산 틀렸어요."

"그건, 에스텔이—"

당황하며 에멜이 필사적으로 바르게 장부를 쓰려고 노력하는 걸 보니 더더욱 괴롭히고 싶어졌다.

'그렇군. 이래서 악당들이 순진한 처녀를 괴롭히는 건가?'

기묘한 깨달음을 얻으며 에스텔의 손가락이 셔츠 안으로 미끄러져 들어갔다.

"에스텔."

에멜이 짧게 헐떡였다.

"빨리 장부 끝내지 않으면 안 놀아줘요? 못 놀아줘요?"

그렇게 말하고 에스텔이 빙글 돌아서 책상에 엉덩이를 올렸다.

셔츠 자락이 반쯤 풀어 헤쳐진 채 상기된 얼굴을 한 에멜의 모습은 먹음직스러워 보였다.

그녀가 슬리퍼를 벗어 던지고 발을 그의 허벅지에 올려 쓸어내리자 그의 펜이 크게 엇나갔다.

"아, 그러면 안 되죠."

에스텔이 눈을 찌푸리며 턱을 괴고 미소 지었다.

"전 준비가 다 끝났는데요? 그러니 얼른 장부를 끝내지 않으시겠어요, 후작님?"

에멜은 이를 악물고 서류를 바라보았다. 그녀가 슬슬 발끝을 움직이는 사이에 간신히 마지막 계산을 끝낸 에멜은 자리에서 벌떡 일어나 에스텔의 허리를 잡고 제 다리 위로 끌어내렸다.

에스텔이 웃고 그의 난폭한 키스를 삼키듯 받으며 속삭였다.

"저 이제 정말로 튼튼하거든요."

응접실에 앉아 있던 엘런은 뛰듯이 들어온 상대방을 보고 웃으며 자리에서 일어났다.

"저택에서 뛰면 안 된다는 이야기는 못 들었나요? 로이 딜런?"

"내 사랑하는 정혼자님을 만날 때는 제외야."

로이는 그렇게 말하고 엘런을 꽉 끌어안았다.

"아, 젠장. 진짜 보고 싶었어. 얼마 만이야, 이게. 두 달만 아냐?"

"두 달까지는 아니고, 45일쯤?"

"그게 그거지."

그렇게 말하며 로이가 엘런의 허리를 쓸었다.

"너 더 마른 거 아냐? 신병들이 아직도 병신 짓 하냐?"

험악해진 말에 엘런이 픽 웃고 손가락을 모아 로이의 입술에 대며 말했다.

"그런 거 아니야. 요즘 좀 훈련 강도를 올려서 그렇지."

로이는 엘런의 보랏빛 눈을 들여다보다가 한숨을 내쉬었다.

"밥은 먹어 가면서 해."

"그야 물론이지."

그녀의 하늘색 머리카락에 가볍게 입 맞췄다가 허리를 펴며 로이가 물었다.

"그래서? 여기까지는 무슨 일이야?"

"아, 새로 조직도를 바꿔볼까 하는 이야기가 나와서. 백작님과 의논해 보려고."

"조직도를?"

"응."

"그런데 어쩌냐. 아마 오늘 주군은 시간 없을걸."

"왜?"

"이런 기 하느라."

로이가 엘런에게 키스하자 엘런은 웃음을 터트렸다. 맞닿은 입술 사이로 간지러운 웃음이 흘러나왔다.

"로이, 정말이지."

"정말이지가 아니라— 나 진짜 굶주렸다고."

오랜만에 카스티엘로 저택에서 머무는 동안 애니와 제드의 호위 역할에 충실했다. 예전 기사단 동료들이 춘화집 같은 걸 권하기도 했지만 거절했다.

그런 걸 보고 빼다니, 엘런에게 실례잖아?

엘런이 다른 남자 그림을 보고 그런다고 생각만 해도 기분 나빴다. 그러니 당연히 자신도 그렇게 하지 않는다.

기사단원들은 놀려댔지만, 로이는 꿈쩍도 하지 않았다.

그러다 보니 한창 나이의 마스터에게는 꾹 참는 시간이었다.

"잠깐, 그래서 정말로 백작님에게 보고도 하지 않고 이대로 네 방으로 가자고?"

엘런은 슬슬 허리를 밀착시키며 몸을 쓰다듬는 로이의 행동에 당황해 길게 되물었다.

"응."

로이가 단호하게 대답하는 순간, 응접실로 루루아가 달려 들어왔다.

"엘런!"

엘런이 확 로이를 밀치는 손에 로이는 거의 반쯤 나동그라질 뻔했다.

"아가씨!"

이제 루루아에게 그 호칭은 넘어가 있었다.

"엘런, 오랜만이야!"

루루아가 환하게 웃으며 엘런에게 안겨 와서 그녀 역시 마주 웃었다.

"네, 오랜만이에요."

로이는 신음을 뱉으며 중얼거렸다.

"어쩜 아가씨는 주군과 그렇게 똑같습니까, 정말이지."

타이밍의 귀재죠.

"엘런, 나 검 가르쳐 주세요."

루루아가 로이를 무시하며 한 걸음 뒤로 물러나더니 정중하게 말했다.

"검이요?"

엘런이 놀라며 한쪽 무릎을 꿇어 루루아와 시선을 맞췄다.

"나, 할아버지에게 검 배웠는데, 잘한대. 그래서 검 배우고 싶어. 엘런이 가르쳐 주면 안 될까?"

"하지만, 저는……."

솔라드 백작령에서 신병 훈련을 맡고 있다.

"엄마가 엘런이 좋다고 하면 그래도 된다고 했어."

루루아가 재빠르게 '백작의 허락'을 꺼내들었다. 순간, 로이의 푸른 눈이 번쩍했다. 한마디로 엘런이 마음만 먹으면 루루아의 검술 교사가 될 수 있다는 거다.

그렇다면 이 저택에서 머물게 되겠지?

그러면 언제든지 엘런과 만날 수 있다.

'주군 만세.'

로이는 속으로 그렇게 생각하며 짐짓 진지하게 고개를 끄덕였다.

"나도 수업 받는 거 봤는데, 주군과 달리 아가씨는 재능이 있는 것 같더라고."

엘런의 눈이 살짝 이채를 띠었다. 로이가 저렇게까지 말한다는 건 확실히 루루아에게 소질이 보인다는 말이다.

"나에게 맡기기도 그럴 거고, 후삭 나리도 그럴 시간이 없는 데다가 신병 가르치던 걸 보면—"

로이가 운을 떼자 엘런은 한숨을 내쉬었다.

"가르치는 데 재능이 있는 건 아니지."

"그러니까."

로이가 히죽히죽 웃기 시작했다. 루루아가 고개를 갸웃하고는 엘런에게 매달렸다.

"엘런, 가르쳐 주면 안 돼?"

"글쎄요—"

엘런이 잠시 어린 아가씨를 보았다가 미소 지었다.

"저도 생각을 좀 해 봐도 될까요?"

그 말에 루루아는 물러서서 양손을 꼭 잡고 고개를 끄덕였다.

"응."

그렇게 말하고 그녀가 가볍게 뒷걸음쳤다.

"그럼 계속해요."

"아가씨!"

엘런이 얼굴을 붉히며 소리쳤고 루루아가 고개를 갸웃했다.

"이렇게 말하는 거 아니던가요?"

"대체 누가 그런 말을— 로이!"

너지! 너밖에 없어!

엘런의 말투에 로이가 양손을 들며 말했다.

"나 아니야."

억울하다는 표정을 지으며 로이가 루루아를 보자 금색 눈이 고양이처럼 씩 웃음 짓더니 재빠르게 응접실을 빠져나갔다.

'와, 진짜.'

보통이 아닌 아가씨다.

장래가 두렵다.

어지간한 남자라면 다 손바닥에 두고 굴리게 되는 게 아닐까. 그런 생각을 하며 로이는 슬쩍 연인의 눈치를 살폈다.

"정말이지, 어디서 저런 걸 배우셔서는……."

중얼거리는 그녀를 로이는 폭 끌어안았다.

"그럼 정말로 계속해도 돼?"

엘런이 차갑게 말했다.

"안 돼."

로이는 끙 신음을 내뱉고 시무룩해져서 팔을 풀었다. 엘런이 망설이다가 말했다.

"큰일이다."

"뭐가?"

"아가씨가 말한 거 있잖아."

"검술 교관?"

"응."

해, 얼른 해 버려.

하지만 그런 말이 역효과가 날 걸 알아서 로이는 문구를 골랐다.

"왜? 아직도 백작령에 사람이 부족해?"

"그런 건 아닌데……."

엘런이 그렇게 중얼거리고 힐끔 로이를 보았다. 로이가 진지한 얼굴이 되었다.

"무슨 일 있는 거야?"

"아니. 그게 아니라. 순수한 마음으로 아가씨의 검술 교관이 되려는 게 아니라, 교관이 되면 이 저택에서 묵겠지. 그럼 너랑 같이 있겠구나,

하는 계산을 먼저 하고 있어."

그러며 한숨을 쉬는 그녀를 보며 로이는 웃음을 터트렸다.

"나도 똑같은 생각을 하는걸?"

그의 말에 엘런이 "정말?" 하고 되물었고 로이는 웃으며 그녀를 끌어 안고 가볍게 키스했다.

"그러니까 얼른 허락해 버려요, 정혼자님."

＊　　　＊　　　＊

엘런이 루루아를 가르치겠다고 허락한 후, 루루아는 만세를 불렀다. 에스텔은 웃으며 로이에게 "좋겠네?" 하고 말했고 로이는 고개를 크게 끄덕였다.

"좋습니다."

"그러면 어떻게 할까?"

고민하는 에스텔을 보고 로이가 의아한 얼굴을 했다.

"뭘 말인가요?"

"아, 그래."

에스텔이 씩 웃고 서랍에서 양피지를 꺼냈다. 이미 만들어 둔 서류면 서 괜히 한 번 끌어본 거였다.

에스텔이 양피지를 내밀며 말했다.

"내 개인 기사에게 별저를 하사하노라."

로이가 눈을 크게 뜨고 양피지를 받아 들었다.

"진짜요?"

"그럼 진짜지. 그렇게 멀지도 않고, 걸어서 십오 분이면 오가는 거리 고, 저택도 괜찮아."

로이가 양피지를 펴보았다. 거기에는 뚜렷하게 저택 주소지와 함께 소유자가 '로이 딜런'으로 적혀 있었다.

"저 역시 아가씨를 섬기길 잘했어요."

로이의 말에 에스텔이 웃었다.

"나야말로 로이가 항상 과분한데. 언제나 고마워, 로이."

"별말씀을."

로이가 그렇게 말하며 정중하게 인사를 했다.

그렇게 대대적인 이사가 시작되었다. 엘런은 처음에는 로이의 집에서 동거하는 거에 대해서 난색을 보였지만, 로이의 설득에 지고 말았다. 어차피 정혼한 사이이니, 하는 말이 틀린 것도 아니었고 말이다.

엘런은 금방 로이의 말이 틀린 게 아니라는 걸 알게 되었다.

루루아는 확실하게 검에 재능이 있었다.

'하긴, 부친 쪽도 마스터고, 카스티엘로 핏줄이니까.'

엘런은 힘든 훈련에도 아무런 말 없이 꾹 참고 따라오는 루루아가 대견하기까지 했다.

"내가 서렌을 지켜줄 거니까요."

애니가 힘주어 하는 말에 '서렌 도련님이라면 벌써 마스터 아닌가요.' 하는 말은 접고 "그러면 더 힘내셔야겠네요." 하고 격려했다.

그리고 한 계절이 지나, 하델이 사직서를 들고 찾아왔다.

"내가 뭐 잘못했어요?!"

기겁하며 에스텔이 말하자 하델은 낮게 웃고 말했다.

"이제 솔라드 백작령도 손 뗄 만큼 자리 잡았으니, 전에 말씀드렸던 연구를 계속하고 싶습니다."

"그렇군요……."

에스텔은 자리에 털썩 주저앉았다.

"선생님이 가신다니 섭섭한걸요."

"직책이 사라진다고 관계도 사라지는 건 아니지요."

하델의 말에 에스텔은 웃으며 고개를 끄덕였다.

교사와 학생, 백작과 총관.

그런 직분이 없어져도 관계는 계속된다.

"그래도 떠나는 건 섭섭해요."

"그래야 새로운 만남도 있지요. 저 대신 총관으로 추천한 파르테 양처럼 말입니다."

"아, 유능한 사람이죠."

에스텔의 말에 하델이 고개를 끄덕이고 말했다.

"그리고 평민에 여자이니, 솔라드 백작령이 아니라면 어딜 가든 힘들 겁니다."

에스텔이 피식 웃었다.

"우리는 그런 거 따지지 않으니까요."

그게 솔라드 백작령이 여기까지 발전한 이유였다. 이제 솔라드 령은 제국에서 가장 번성한 영지 중 세 손가락 안에 꼽히고 있었다.

"하여간 그동안 감사했어요. 퇴직금은 기대하셔도 좋습니다."

그 말에 하델이 웃으며 다리를 꼬았다.

"그거 기대하고 있지요. 백작님."

"그리고 연구에 필요한 비용이 있다면 제가 대고 싶어요. 후원자로 꼭 받아주셨으면 좋겠어요."

"저도 그렇게 해 주시면 좋지요."

하델의 말에 에스텔은 싱긋 웃었다.

"그래서 이번에는 뭘 연구하시는 거예요?"

"으음, 제 후원자가 되실 분에게 간단하게 설명하자면 정령석을 다른 방식으로 이용하는 방법에 관한 연구입니다."

"다른 방식이요?"

"마법과 융화해 보려고요."

"어 − 수학을 연구하시는 게 아니라요?"

"이것도 수학적인 일이랍니다."

"그, 그렇군요."

전문적인 내용으로 들어가지 않아서 다행이라고 생각하며 에스텔이 힘껏 말했다.

"좋은 연구 같아요."

"이해하지 못하셔도 주시는 응원의 말씀, 감사합니다."

하델의 말에 에스텔은 입을 내밀었다가 웃음을 터트렸다.

생각해 보면 뭔지는 몰라도 그 사람이 하는 일이라면! 하고 응원하는 쪽이 더 굉장한 것 같다.

"그래도 좀 아쉽네요. 루루아에게 좋은 선생님이 있으면 좋았을 텐데요."

"아가씨께선 아카데미를 가셔야지요. 레이몬드는 그게 전통 아닙니까."

카스티엘로를 따라.

그 말에 에스텔은 눈을 깜박였다.

"그러네요."

자신이 하지 못했던 것들을 딸아이가 하는 걸 볼 때면 어쩐지 뿌듯했다.

"아카데미라, 제가 다 기대되는걸요."

에스텔은 그렇게 중얼거리며 미소 지었다. 하델이 자리에서 일어나 에스텔도 얼른 일어났다.

"그럼."

에스텔이 손을 내밀어 하델이 가볍게 악수하고 말했다.

"또 뵙지요, 백작님."

다시 보자는 인사에 에스텔은 씩 웃었다.

"네, 또 뵈어요."

*　　*　　*

에멜은 빛 때문에 눈을 떴다.

"어, 미안. 나 때문에 깼어요?"

에스텔이 얼른 빛나는 구체를 손으로 슬쩍 밀어서 멀리 떨어트렸다. 에멜이 팔을 뻗어 그녀의 손을 잡아 손등에 키스하며 물었다.

"뭐 해요? 잠도 안 자고."

"리들에게 받은 못 쓰는 땅을 정화할까 하는 중이에요."

그 말에 에멜이 눈을 찌푸리며 상체를 일으켜 세웠다.

"왜요?"

"음, 볼래요? 여기 볼레로 남작령과 시더 남작령 두 곳을 정화하면요. 면적이 상당하단 말이죠. 거기에 솔라드 백작령과 레이몬드 후작령을 합쳐 봐요."

"그야 크기가 커지기는 하지만―"

말하다가 에멜은 멈췄다.

그의 눈이 가늘어졌다.

"제 아내가 야심만만하다는 건 알았지만, 지금 공작령을 만들려고 하는 거군요."

"그거예요."

제국 유일의 공작가인 카스티엘로 공작가.

제국의 공작가는 지금 하나지만, 둘이 되어도 상관은 없지 않은가?

게다가 차기 공작이 둘 중 누가 되든 간에 카스티엘로와 한 핏줄.

시간이 흐른 뒤에도 큰 문제는 없을 터였다.

에멜이 한숨을 내쉬고 그녀 손에서 서류를 빼앗아서 협탁에 내려놓고 그녀를 이불 속으로 끌어당겼다.

"역시 후작가로는 부족해요?"

"그건 아니지만, 해 둘 수 있으면 해 두려고요."

에스텔은 잠시 생각에 잠겼다가 말했다.

"얼마 전에 리들과 만났어요."

에멜이 으르렁거렸다.

"그 새끼랑은 왜요?"

"황제에게 그 새끼라니, 제 에멜은 불경하기도 하죠."

그렇게 말하고 에스텔이 에멜을 끌어안고 화내지 말라는 듯 가볍게 미소 지었다.

"리들에게는 아직도 황후가 없죠."

"……설마……?"

"리들이 저에게 그랬어요. 자기는 후사를 남기지 않을 거라고. 그러면, 차기 황제가 누가 될지는 뻔하지 않나요."

"에스텔 카스티엘로."

그가 낮게 대답했다.

프린세스의 칭호를 가지고 있으며, 황가의 방계이기도 한 카스티엘로 공녀.

이 이상 완벽한 차기 황제는 없다.

에스텔이 곤란한 얼굴로 미소 지으며 말했다.

"전 안 되지요. 결혼했는걸요. 그리고 제 아이들은 레이몬드 성을 이미 가졌고—"

에멜의 얼굴에 안도의 표정이 스쳤다. 그걸 보며 에스텔은 '역시 황제 작위가 돌아온다는 건 귀찮아, 로 치부할 줄 알았어.' 하고 생각했다.

밝아진 목소리로 에멜이 말했다.

"그럼 아인 서렌 카스티엘로겠군요. 괜찮을까요?"

"지금 같은 상황에서 반대할 사람은 아무도 없을걸요. 물론 아인이 그 자리를 걷어찬다면야 달라지겠지만."

에멜은 생각에 잠겼다.

리들이 이대로 후사가 없이 죽는다면.

'리들의 사촌이라든가.'

누가 있던가? 생각해 보았지만 전멸이다. 알키나 왕조도 손이 적은 편 이었다.

'게다가 전에 싸그리 죽어 버려서.'

황후의 계략 아래서.

그리고 리들이 황제가 된 후에 리들과의 싸움에서 계승권을 주장할 만한 자들은 다 쓸려나간 듯했다.

카스티엘로 공작 손에 의해 싹둑싹둑 말이다.

'정말로 이대로 리들의 후계가 없으면 카스티엘로 공작가에 황제 자 리가 돌아오겠군.'

물론 예전이라면 마족의 핏줄 운운하며 절대 받아들여지지 않았을 거 다. 하지만 지금 카스티엘로 공작가의 위세는 황제보다도 더 위에 있었다.

'게다가 에스텔이 있으니까.'

그녀는 카스티엘로 공작가가 인간이라는 뚜렷한 증거다. 섞인 자 중 에서 유일하게 살아남아서 아이까지 낳았으니 더더욱.

"황제라니."

갑자기 규모가 커지는군요, 하고 에멜은 한숨을 내쉬었다.

"하지만 아인이 하려고 할까요?"

카스티엘로의 '귀찮아'는 황제 자리조차도 차 버릴 정도의 '귀찮아.'니까, 막상 양위하겠다거나 후계 지정을 하겠다고 해도 사뿐히 거절해 버릴지도 모른다.

"그럴지도요."

"그냥 아이를 낳으라고 압박을 줄지도 모르겠군요."

리들이 아이를 낳지 못할 정도로 나이 든 것도 아니고, 황후가 되고 싶어 하는 젊은 귀족 여자라고 하면 열 손이 넘을 정도로 있다.

에스텔이 쓰게 웃었다.

"거기까지 강요하고 싶지는 않은데요."

"원래 그런 자리 아닌가요?"

자르는 에멜의 말에 에스텔은 하긴 하고 고개를 끄덕였다.

황제의 후사 문제는 언제나 궁중의 중점이니까.

"나름대로 사과가 아닐까요."

에스텔의 중얼거림에 에멜은 기가 차서 대답했다.

"민폐 아니고요?"

황제 자리를 주겠다는 게 민폐라니.

"에멜, 꼭 카스티엘로처럼 말하네요."

"이리 보여도 늑대 출신이라서요."

에스텔은 가볍게 웃었다.

"리들 생각에는……."

그게 자기가 가진 최고의 것이 아닐까.

"그 자식 생각 따위 알 게 뭐죠? 그리고 아인이 거절하면 이쪽으로 공이 넘어올지도 모릅니다."

"으음―"

에스텔은 끙끙거리다가 말했다.

"애니가 알아서 결정하겠지요."

마치 장래희망은 딸이 알아서 할 거라는 말투였다.

에멜은 신음을 흘렸다.

"그래서 그거랑 공작가로 만드는 거랑은 무슨 상관이에요?"

"만약의 사태가 오면, 거절할 힘 정도는 만들어 두려고요."

에멜이 에스텔의 이마와 뺨에 키스하며 속삭였다.

"그건 확실히 그러네요."

"그럼, 잠깐, 또요?"

당황하며 에스텔이 옷 속으로 파고드는 그의 손목을 붙잡자 에멜이 씩 웃었다.

"일어나서 서류까지 보시는 게 아직 힘이 남아 있으신 것 같아서."

"하지만……."

중얼거리면서도 에스텔은 슬쩍 빛을 꼈다. 에멜이 큰 소리로 웃음을 터트렸다.

*　　*　　*

제국 아카데미.

초대 황제가 모은 학자들의 모임에서 시작된 이 도시는 이제 학생들로 분주했다.

3월 초.

아직 겨울의 냉기가 채 가시지 않은 채로 새 학기가 시작된다.

즉, 입학식이 있는 달이었다.

물론 매해마다 입학식이 있는 거지만 올해는 달랐다.

레이스텔 공작가.

제국에서 두 번째로 생겨난 공작가의 위세 역시 모든 사람이 인정하고 있는 바였다.

레이몬드 후작령, 솔라드 백작령, 볼레로와 시더 남작령까지 합쳐진 크기는 카스티엘로 공작가에 비하면 그렇게 큰 편은 아니었지만 내실은 비슷했다. 게다가 하델 크로이츠가 개발한 크로이츠 시스템ㅡ정령석을 동력으로 해서 움직이는ㅡ을 처음 도입한 것 역시 레이스텔 공작가였다. 이 새로운 문물 덕분에 공작령은 교통에 혁신을 일으키며 영지 전체를 골고루 발전시켰고, 타 영지에서 온 사람들은 레이스텔 공작령에 발을 들이자마자 자신이 촌사람이 된 기분을 느끼게 됐다.

그런 공작가의 공작 영애.

애니 루루아 레이스텔.

그녀의 입학이 바로 오늘이었다.

물론 전에도 비슷한 일이 있었다. 카스티엘로 공작가의 아인 서렌 카스티엘로가 입학할 때도 비슷하게 사람들의 관심이 몰렸지만 그래도 카스티엘로 공작가는 익숙하지 않은가?

새로운 공작가의 새로운 공녀에 관한 관심에는 비할 바가 못 됐다.

루루아는 제 교복 재킷 깃을 다시 다듬고 빙글 한 바퀴 돌았다. 일 학년이지만 일부러 교복을 크게 맞추지 않았다. 딱 맞게 맞추는 것이 맞춤 교복의 기본 아니던가?

"예뻐, 예뻐."

뒤에서 에스텔이 가볍게 말해서 루루아는 씩 웃으며 뒤를 돌아보았다.

"어울려요?"

"응."

에스텔은 살짝 웃었다.

자신은 결국 아카데미를 가지 못했지만 딸아이가 가는 걸 보니 만족스러웠다.

로라가 목도리와 코트를 들고 들어오며 말했다.

"자, 늦게 전에 얼른 겉옷도 입어요, 아가씨."

"네."

얌전하게 대답하고 루루아는 코트를 입은 후 둘둘 목도리를 둘러맸다.

옷을 입고 여관 문을 나서니 에멜과 제드가 기다리고 있었다. 제드가 열한 살짜리 답지 않은 한숨을 내쉬며 말했다.

"아니, 교복 입는 데 뭐가 그렇게 오래 걸리는 겁니까?"

"어머? 교복이라도 정성스럽게 입는 게 중요한 거야."

애니가 고양이 같은 눈을 새침하게 뜨며 말했고 에멜이 고개를 끄덕였다.

"그래, 기다리는 동안 기대하는 것도 신사의 미덕이지."

"기대할 만한 가치가 있으셨나요?"

애니의 물음에 에멜이 웃고 허리를 숙여 딸의 뺨에 키스해 주었다.

"충분하구나. 그리고, 내 사랑."

허리를 펴며 하는 말에 에스텔이 웃음을 터트리고 가볍게 그의 키스를 받으며 말했다.

"오늘 주인공은 루루인 거 아닌가요?"

"에스텔이 항상 제 인생의 주인공이지요."

아내와 자식은 엄연히 다르단다.

그 이야기는 익히 들은 거라 애니와 제드는 한숨을 내쉬며 부모님의 애정 행각을 지켜보았다.

애니와 제드는 두 살 터울인데 나란히 두면 금빛 눈이 똑같아서 남매인 걸 금방 알아볼 수 있었다.

루루아는 에스텔과 에멜 머리색의 중간쯤 되는 금발이었고, 제드는 흑발이라는 게 가장 큰 차이였다. 그리고 열한 살인데 이미 제 누나만큼 크고 골격도 훨씬 더 굵고 단단해서 앞으로 얼마나 더 자랄지 짐작하게 해 주었다. 그래서 루루아는 두 살이나 어리면서도 오빠처럼 굴려는 제드에게 몇 번이나 입을 비죽이곤 했다.

로이가 가볍게 뒤꿈치로 바닥을 차고 말했다.

"복도에서 이러지 말고 얼른 이동하죠."

여관의 한 층을 전부 빌렸기 때문에 다른 사람의 시선은 없었지만, 로이의 말이 틀린 건 아니라 가족은 고개를 끄덕였다.

여관에서 입학식장까지 마차를 타고 이동하는 동안 루루아가 크게 숨을 들이마시며 말했다.

"제가 잘할 수 있을까요?"

"잘할 거야."

에스텔이 웃으며 "적어도 카를 오라버니보다는 낫겠지." 하고 말했고 루루아가 "아" 하고 고개를 끄덕였다.

"카스티엘로보다는 레이스텔이 더 낫겠지요."

루루아 역시 카스티엘로 특유의 습성에 대해서 잘 알고 있었다. 서렌이 그것 때문에 짜증 내는 모습을 자주 보았기 때문이었다.

특히 아카데미를 들어간 첫해는 어마어마했다.

루루아가 면회를 가니 그는 말없이 한참 나란히 앉아 있다가 '다 없애 버리고 싶다.' 하고 짤막하게 말했었다.

'그래도 요즘은 나아진 것 같아.'

애니는 그렇게 생각하며 고개를 끄덕였다.

입학식장으로 들어가는 길은 마차들로 막혀 있었다. 마차는 나란히 서서 순서를 기다리고 있었지만 레이스텔 가문의 문장이 보이자 곧장 앞쪽으로 이동시켜 주었다.

마차에서 내리기 전 에멜이 한숨을 삼키며 말했다.

"그럼 갈까요."

에스텔 역시 전투용 미소를 띠며 말했다.

"가죠."

차례로 가족들이 내리자마자 무수한 시선이 꽂혔다.

에멜, 에스텔, 루루아, 제드.

4명이 모두 모여 있는 모습은 진귀한 광경이었기 때문에 더욱 그러했다.

제드가 묘한 얼굴로 말했다.

"왜인지 서렌의 마음이 이해 가는데요."

이런 시선이라니.

에스텔이 가볍게 웃었다.

"남을 진심으로 이해할 수 있는 건 좋은 일이지."

입학식장 입구에서 루루아는 가족과 헤어졌다. 끝나면 가족석으로 가겠다고 약속하고 그녀는 입학식장 안으로 들어가 자기 자리를 찾기 시작했다. 모든 학생이 자기 자리 번호를 들고 제 자리를 찾고 있었다.

그 사이에서도 루루아는 단연 눈에 띄는 존재였다. 입학생들의 수군거림을 한 귀로 흘리며 루루아는 제 자리를 찾았다. 그녀가 자리에 앉는 걸 가족석에 앉은 식구들이 바라보고 있었다.

"아, 벌써."

에멜이 투덜거려 에스텔이 보니 남학생 두세 명이 말을 걸고 있었다. 왜 혼자서는 말을 걸지 못하는 걸까.

에스텔이 그런 생각을 하는데 루루아가 뭐라고 거절했는지 남학생들은 크게 낙담하는 얼굴이 되어 물러갔다.

제드가 약간 질린 얼굴로 중얼거렸다.

"누나 진짜 저런 표정 잘한다니까요."

"어떤 얼굴?"

"새침한 얼굴이라고 해야 하나? 냉정한 얼굴이라고 해야 하나. 선을 긋는 표정이요."

그 말에 에멜이 "으음" 하고 작게 말했다.

"너무 외가에서 자랐나."

에스텔이 웃었다.

"확실히 아빠가 너무 오냐오냐하기는 했지요."

루루아는 할아버지인 아인을 졸라서 검술 연습을 꼬박꼬박하고는 했다. 손녀 애교에 넘어가는 카스티엘로라니.

그 누가 상상했을까?

에멜이 턱을 괴고 루루아를 바라보다가 말했다.

"가끔 그런 생각해요. 에스텔이 처음부터 카스티엘로에서 자랐으면 어땠을까, 하고요."

딸을 볼 때마다, 저런 모습이 아니었을까— 에멜은 생각했다.

에스텔이 고개를 갸웃했다.

"음, 그러게요. 어땠으려나요?"

"그런 생각 해 본 적 없어요?"

에멜의 물음에 에스텔은 고개를 끄덕였다.

"네. 그리고 그렇게 자랐다면, 이렇게 되지도 않았겠지요."

제드가 귀를 쫑긋 세웠다.

부모님의 과거 이야기는 항상 궁금한 법이었다.

"전부터 생각한 건데 말이에요, 에스텔만큼 강한 사람은 없을 겁니다.

장담하죠."

정신력이라고 해야 하나?

그 어떤 일도 그녀의 의지를 꺾거나 부러트리는 일은 없었다.

남들이 보면 "어머, 그런 고생을—" 할 법한 일도 그녀는 대수롭지 않게 넘겨버린다. 그것이 자신의 마음에, 생각에, 흠집을 내게 내버려 두지 않는다.

에스텔이 웃었다.

"단 하나도 제 의지로 하지 않은 일은 없는걸요. 그리고—"

어려운 일도 있다. 힘들 일도 있다. 괴로운 일도 있고, 고통스러운 일도 있지.

그러나 그게 날 무너트리게 하지는 않을 거야.

"전 카스티엘로니까요."

고개를 들며 오만하게 하는 말에 에멜이 그녀의 뺨에 키스해 주고 말했다.

"이제 레이스텔이지요."

"그러네요."

제드가 슬쩍 눈치를 보다가 물었다.

"대체 어머니는 예전에 뭘 하셨던 거예요? 할아버님이나 외삼촌이나 전부 '그래도 에스텔에 비하면' 하고 누나를 봐주고요."

불만 섞인 말이었다.

에멜은 크게 웃음을 터트리고 아들의 머리를 흐트러트렸다.

"언젠가 이야기해 줄게."

아버지의 말에 제드는 "저 이제 안 어린데." 하고 중얼거렸다.

에스텔이 에멜의 귓가에 속삭였다.

"이제 왜 제가 어렸을 때 아빠가 그렇게 이야기하지 않았는지 알 것 같다니까요."

"그거 다행이네요."

에멜도 마주 속삭였다.

그때 애니가 고개를 들어 가족석을 둘러보기에 에멜과 에스텔은 열심히 손을 흔들었고, 가족을 발견한 애니가 웃으며 마주 손을 흔들었다.

"저기—"

작게 웅얼거린 목소리에 애니가 고개를 돌렸다. 갈색 머리의 몸집이 작은 소녀가 더듬거리며 물었다.

"여, 옆자리에 앉아도 되나요?"

"본인이면 앉아도 되지요."

애니의 말에 소녀는 머뭇거리다가 자리에 앉았다.

힐끗 보니 교복을 크게 맞췄는지 헐렁하게 보였다. 소녀는 몇 번 무릎가를 문지르다가 고개를 번쩍 들었다.

"저, 저는 파실 퍼스라고해요."

"애니 R 레이스텔이라고 합니다."

인사하고 루루아는 잠시 귀족의 계보를 기억하려고 애썼다.

퍼스, 퍼스, 있었던 것 같기는 한데.

소녀는 놀란 듯 눈을 크게 떴다.

"그럼 레이스텔 공작가분이세요?"

"그렇지요."

루루아―애니는 약간 유쾌한 기분을 느끼며 답했다. 자신이 누군지 몰랐다는 게 호감으로 다가왔다.

"죄송합니다, 저는 그것도 모르고 먼저 말을 걸고……."

사교계에서는 작위가 높은 사람이 아랫사람에게 먼저 말을 거는 게 예의다. 낮은 작위를 가진 사람은 높은 사람에게 말을 걸지 못하게 되어 있었다.

'모두가 말 거는 게 귀찮기 때문이겠지.'

그렇게 생각하며 애니가 명랑하게 답했다.

"어차피 제가 공작인 것도 아닌걸요. 게다가 아카데미에서 신분은 상관없잖아요?"

답하고 나서 애니는 떠올랐다.

퍼스 자작가.

땅의 삼 분지 일이 오염된 땅이라고 알고 있었다.

'게다가 제국 수도에서 정말 멀리 떨어져 있지.'

애니는 왜 파실이 자신을 알아보지 못했는지 깨달았다. 사교계의 중심과 비교하자면 아주 멀—리 떨어져 있기 때문이리라.

"그렇죠."

파실은 그렇게 말하며 얼굴을 살짝 붉혔다. 자신이 지나치게 저자세로 나온 게 부끄러운 모양이었다.

애니는 싱긋 웃었고 파실은 감탄했다.

'화려한 외모라는 문구를 책에서 읽기는 했지만, 진짜로 그런 사람이 있구나.'

뚜렷한 이목구비에 금빛 머리와 눈 때문에 애니는 반짝반짝 빛나는 것처럼 보였다.

자신도 조금 더 미인으로 태어났으면 좋았을걸.

하지만 그런 한탄을 해 봐야 소용없다. 파실은 얼른 마음을 지워 버리고 살며시 마주 미소 지었다. 그녀와 애니가 대화하는 걸 본 몇몇 학생들이 다시 용기를 내서 애니에게 말을 걸었고, 애니는 흔쾌히 인사를 받았다.

아까 남학생들은 자신의 가문을 내밀며 소개했던 게 문제였다.

그렇게 자리가 다 차자, 곧 입학식이 시작되었다.

입학식 진행 중 입학생 대표로 애니가 불리자 파실은 눈을 깜박였다.

입학생 대표란, 입학시험 수석자를 말한다.

'예쁜 사람이 공부까지 잘하다니.'

파실은 주먹을 불끈 쥐었다. 세계는 넓고, 자신도 노력해야겠다는 생각이 들었다.

순조롭게 입학식이 끝나자 애니는 파실을 자신의 가족에게 소개했고, 공작 부부를 만난 파실은 자신이 횡설수설하는 게 느껴져 부끄러웠다.

'하지만 다들 좋으신 분이었어.'

기숙사로 돌아와 파실은 그렇게 생각하며 한숨을 내쉬었다.

그때 복도에서 소란이 일어 파실은 조심스럽게 문을 열고 주변을 살폈다.

'아.'

곧, 왜 소요가 일어났는지 알 수 있었다.

키가 크고 잘생긴 남학생이 복도에 서 있었다. 넥타이 색을 보니 상급생이다.

'그런데.'

무섭다.

파실은 등줄기가 간질간질해지는 걸 느꼈다. 상급생에 대한 신입생의 전통적인 두려움인 걸까?

고민하는데 복도 저 끝에서 경쾌한 목소리가 울렸다.

"서렌?"

애니였다.

애니는 놀란 듯 걸음을 빨리했다.

"여기에는 어쩐 일이에요?"

"너 늦어."

서렌이 짜증 섞인 목소리로 말해 애니는 허리에 손을 얹었다.

"그야 부모님과 기나긴 작별 인사를 하고 왔으니까요. 이것도 빨리 온 거란 말이에요. 그런데 여기는 무슨 일이에요?"

"학교 소개."

서렌의 말에 애니는 한쪽 눈썹만 슥 치켜 올렸다가, 금방 그의 말을 해석해냈다. 그녀에게도 이제 카스티엘로 번역기라는 기능이 생긴 거다.

"엄마의 부탁 때문에 굳이 여기까지 오지 않아도 됐는데요."

한숨을 내쉬었다가 애니는 씩 웃었다.

"그럼 부탁할게요. 잠깐만요. 제 룸미(룸메이트를 줄여서 이르는 말)만 확인하고요."

애니는 방 번호를 확인하다가 나와 있는 파실을 보고 활짝 웃었다.

"304호?"

"어? 응."

"같은 방이네. 그래도 아는 사람이라 다행이다. 나 잠깐 나갔다 올게."

파실은 얼결에 고개를 끄덕였고 애니는 얼른 서렌과 함께 복도를 빠져나갔다. 그러자 곧 시선은 파실에게 쏠렸다.

'네가 뭔데 친한 거야?'

하는 눈초리라 파실은 얼른 방문을 닫았다.

'이런 건 상상도 못 했는데.'

가슴이 두근거린다.

어쩌면 생각보다 더 즐거운 아카데미 생활이 되는 게 아닐까? 하는 희미한 생각과 동시에 아냐, 나 같은 거랑 공작가라니 금방 질릴 거야, 하는 생각이 공존했다.

파실은 한숨을 내쉬었다.

애니는 서렌과 함께 꼭대기 층에 서서 아카데미를 내려다보았다. 걸어 다니면서 설명하는 게 아니라, 내려다보면서 위치를 설명하는 게 서렌다웠다.

'그러니까 사람 만나기가 귀찮다는 거지.'

애니는 그렇게 생각하며 그의 설명을 한 귀로 흘렸다. 서렌도 설명에 그다지 열정을 가진 게 아니었으므로 대충 설명했다.

그가 기숙사로 직접 애니를 데리러 온 것 자체가 파격이어서 애니는 힐끗 서렌을 보았다.

"아빠에게 무슨 이야기 들으셨어요?"

서렌이 붉은 눈동자만 움직여 애니를 보았다가 다시 정면으로 돌아갔다. 애니가 난간에 기대며 말했다.

"헤어지기 전에 남자를 조심해야 한다고 하도 신신당부하셔서."

아카데미 학생의 70%가 남학생이었다. 여자에게까지 고등교육을 할 필요가 없다고 생각하는 풍조가 있을뿐더러, 아카데미 등록금이 만만치 않기 때문이기도 했다.

"딱히."

그의 말에 애니는 픽 웃었다.

"그렇게 신경 안 쓰셔도 되는데요."

그 말에 서렌이 난간에서 몸을 떼며 허리를 폈다. 그리고 가볍게 애니의 머리를 툭툭 두들겼다.

"들어가자."

"네."

애니는 씩 웃고 그의 뒤를 따라 건물 안으로 들어갔다. 아카데미 생활이 즐거울 거라는 확신이 다시 한 번 들었다.

에스텔은 볕이 드는 선룸에서 차를 마시며 말했다.

"루루는 사교 생활을 즐기고 있는 모양이야."

앤이 살짝 미소 지었다.

"다행이네요. 하지만 어쩐지 루루는 그럴 것 같았어요. 어디에 둬도 중심이 된다고 해야 하나요?"

같은 테이블에 앉아 있는 엘런이 고개를 끄덕이며 동감했다.

자신이 검술을 가르치면서 깨달은 건데 루루아에게는 사람을 끌어들이고 호의적으로 만드는 뭔가가 있었다. 엘런이 고개를 갸웃했다.

"에스텔 님과는 비슷하면서도 다른 느낌이에요."

에스텔 역시 사람에게 호의를 가지게 하는 무언가가 있었다. 앤이 픽 웃었다.

"뭐, 에스텔 님의 딸이니까요."

"하긴 그렇지요."

엘런이 고개를 끄덕였다. 앤이 느긋한 어조로 말했다.

"서렌도 덕분에 많이 풀어진 것 같아요. 아카데미 초반에는 좀 걱정했었거든요."

"카스티엘로니까."

에스텔이 놀리듯 말해서 앤 역시 웃었다.

"카스티엘로니까요."

서약석이 없어지니 점점 그런 것도 약해질 거라 들었는데, 아직 일 세대라 그런 것인지 서렌에게는 여전히 그 힘이 작동하는 모양이었다.

"그래도 점점 약해지겠지요."

에스텔의 마음을 눈치챈 듯 앤이 말했다. 에스텔은 고개를 끄덕였다.

"그렇겠지."

여자끼리 모임이라 남자는 몽땅 내쫓아서 선룸에는 세 사람뿐이었다.

에스텔은 시원한 냉차를 한 잔 더 따랐다. 이제 가을로 접어드는 계절이었지만 선룸 안은 따뜻했다.

"카스티엘로에 새로 설치한 정령석 가로등은 어때?"

"반응이 좋아요. 대량 생산이 가능하니 마법사도 한시름 덜었고요. 그리고 기차도 곧 개통하잖아요? 기대가 커요."

"레이스텔 공작령에서도 잘 먹히고 있기는 한데, 아무래도 정령석이 한정된 자원이라는 게 걸리기는 해."

"그래도 확실히 편해지기는 하니까요. 이번에 드래곤 학회에서는 비행선을 만들어 내놓겠다고 하던걸요."

앤의 말에 엘런이 눈을 크게 떴다.

"비행선이요? 하늘을 난다고요?"

"네."

"그거, 위험하지 않을까요."

"몇 번 시험 비행을 하기는 해 봐야겠지요."

앤이 그렇게 말하고 미소 지었다. 엘런이 고개를 저었다.

"정말로 빠르게 변하네요."

"그렇죠."

앤 역시 고개를 끄덕였다. 자신 역시 마법이 정령석 때문에 이렇게 빠르게 대중화가 될 거라곤 생각지도 못했다.

에스텔이 슬쩍 그런 앤을 넘겨다보며 물었다.

"그런데 그 소문은 들었어?"

"무슨 소문이요?"

"서렌이 황제가 될지도 모른다는 소문."

"아."

앤은 고개를 끄덕였다.

"들었지요."

"내가 그 이야기를 들을 때만 해도 실감이 없었는데 말야."

그런데 아직도 리들은 아이가 없었고, 서렌이 강력한 황제 후보로 주목받고 있었다.

"저는 아직도 실감이 없는걸요."

앤이 그렇게 말하며 엘런의 잔을 채워주었다. 엘런 역시 고개를 끄덕였다.

"그럼 아직 아무런 예정도 없는 건가?"

에스텔의 물음에 앤은 고개를 끄덕였다.

"서렌이 알아서 하겠지요. 그 애도 제 아버지를 닮아서 고집이 세거든요."

엘런이 픽 웃었다.

"카스티엘로에게 뭘 강제할 수 있는 사람이 있나요?"

"없죠."

"없지."

두 사람은 동시에 대답하고 밝게 웃었다.

아인은 커다란 얼음이 들어 있는 잔에 조금씩 술을 따랐다. 에멜이 안주인 치즈를 집어 먹으며 말했다.

"어쩐지 귀가 간지럽지 않아요?"

로이가 그 말에 피식 웃었다.

"주군께서 할 말이 많으신가 보군요. 전 안 가려운데요."

"나도."

카를이 거든 말에 에멜은 눈을 가늘게 떴다. 아인이 마개를 닫으며 느긋한 어조로 말했다.

"그런 일이 있었다면 자네가 여기에 없을 테니, 간지러운 건 그냥 착각 아닐까."

"물론 그렇겠지요."

에멜은 자세를 바로 하며 말했다. 그러자 로이가 특유의 장난스러운 미소를 띠며 물었다.

"그런데 아인 님은 결혼하지 않으십니까?"

현재 아인은 카를에게 공작위를 물려주고 여유 있는 생활을 즐기고 있었다. 혼자 있는 게 더 편하다고 하며 곳곳을 돌아다녀서 오히려 얼굴을 보기 힘든 축이었다.

"내 인생에 특별한 여성은 이미 존재하는데, 왜?"

아인이 그렇게 답했고 로이는 눈을 깜박이다가 미소 지었다.

"그렇군요."

"그렇지."

로이는 다리를 쭉 뻗으며, 테이블에 모인 사람들의 면면을 살펴보았다. 여기에 자신이 끼게 될 거라고는 생각도 못 했고, 지금도 신기한 기분이었다. 물론 그 역시 마스터였으니, 어디 가서도 꿀릴 신분은 아니었지만 그래도 이쪽에 비할 바는 아니다.

'그리고 아가씨가 오기 전의 카스티엘로였다면 상상도 못 했지.'

역시 내 주군이 최고라니까.

로이는 그렇게 생각하며 술을 한 모금 마시고 눈을 둥그렇게 떴다. 평소에 맛보기 힘든 고급주였다. 그가 당당히 말했다.

"전 오늘 취해야겠습니다."

아인이 병을 테이블에 내려놓았다.

"그것도 좋지."

＊　　＊　　＊

돌아오는 마차 안에서 에스텔은 에멜의 양 뺨을 가볍게 잡아당겼다.

"뭐 하느라 이렇게 마셨어요?"

"마셨지만, 취하지는 않았습니다."

"그 말은 술 냄새가 나지 않는 사람이 하는 거예요."

"마스터는 취하지 않습니다."

"아까부터 그 말을 반복하고 있다는 거 알아요?"

"에스텔."

"네."

"죽지 말아요."

"안 죽어요."

또 뭐람? 하고 에스텔이 눈을 크게 뜨자 에멜이 웃으며 그녀를 끌어안 았다.

"어휴, 정말."

에스텔은 투덜거리면서도 그가 끄는 대로 끌려갔다.

"아버님에게 재혼하지 않으시냐고 로이가 물어봤어요."

"그런 질문을 아빠에게 하는 사람은 로이밖에 없을 거예요."

에스텔의 말에 에멜이 명랑하게 웃고 아내의 뺨에 입 맞췄다.

"그런데 이미 인생에 특별한 여성이 존재하니까 그럴 필요가 없다고 하시더군요."

그 말에 에스텔이 눈을 크게 떴다가 약간 뺨이 붉어졌다.

"아빠도 참."

"그리고 제가 생각해 봤는데 말이죠."

"뭘 말이에요?"

"만약 에스텔이 없다면요."

에스텔은 그 말에 귀를 기울였다.

"애나나 제드가 있어도 그걸 채울 수는 없을 거예요. 당신의 빈자리는요. 다른 누가 와도 채우지 못하겠지요."

에멜의 호박색 눈이 부드럽게 빛났다.

"그러니까 특별한 사람을 이미 만났으니."

그가 다시 그녀의 정수리에 키스하고 속삭였다.

"그걸로 된 거지요."

어차피 대체할 수도 없다. 누군가가 그 자리를 대신해 줄 수도 없다. 그리고 그런 사람을 만났다는 게 큰 행운이라서, 그 이상은 바라지 않는다.

에스텔은 그 말에 곰곰이 생각하다가 말했다.

"아빠의 특별한 사람이요, 나도 좋겠지만. 음, 카를의 어머니였으면 좋겠어요. 전 공작 부인이요."

"그렇군요."

에멜은 고개를 끄덕이고 에스텔을 다시 꽉 끌어안았다.

에스텔이 그의 팔을 툭툭 치며 말했다.

"에멜, 숨 막혀요."

"실례."

"아뇨. 키스하지 말아요. 술 냄새나니까."

"제 아내는 차갑네요."

"아, 뺨도 비비지 말아요. 차암ㅡ"

에스텔은 투덜거리면서도 그가 하는 대로 얌전히 있었다.

에스텔이 작게 물었다.

"그런데 에멜."

"네."

"내가 죽으면요."

"네."

"따라 죽겠다고 했던 거요. 이제 바뀌었어요?"

에스텔이 속닥속닥 물어와서 에멜 역시 속닥속닥 대답했다.

"바뀌었어요."

그가 미소 지으며 답했다.

"열심히 살아서 애니와 제드를 키워놓고, 이야깃거리도 잔뜩 만든 다음에 만나러 갈게요."

그 말에 에스텔은 환하게 웃었다. 이번에는 에멜이 속삭였다.

"그런데 에스텔."

"네."

"만약에 제가 심하게 다쳐서ㅡ"

"안 고쳐요."

에스텔이 즉답했다. 에멜의 얼굴에 희미한 미소가 스쳐 지나갔다.

"정말로요?"

"내 목숨을 바쳐서 에멜을 구하거나 하지는 않을 거예요. 저도 많이 성숙해졌다고요? 으음, 서약석도 지금 생각해 보면ㅡ"

그때도 자신이 이기적이라고 생각하고 있었다. 하지만 그래도 그게 사랑이니까, 하고 생각했다.

'하지만 상대방을 배려하지 않으면.'

상대가 상처 입든 말든 일방적으로 퍼붓는다면 그건 잘못된 것일 테다.

'결과적으로는 어찌어찌 잘되었지만. 지금 생각하면 운이 좋았어. 상

당히 위험한 다리를 건넜단 말이지.'

"지금이라면 좀 더 다른 선택을 할 거예요."

그래도 서약석은 부수겠지만.

에스텔의 덧붙임에 에멜은 웃었다.

"물론 목표를 수정하지는 않겠지요. 하지만 그렇게 되었다니, 에스텔도 많이 컸네요."

"많이 컸죠. 그건 에멜도 마찬가지고요."

두 사람은 마주 보고 미소 지었다. 그리고 에스텔이 그의 입을 손으로 막으며 말했다.

"그래도 안 됩니다. 키스는. 내일 술 깨면 해요."

"에이."

투덜거리면서도 에멜은 몸을 뒤로 기댔고 에스텔은 안심하며 그의 무릎에서 내려와 나란히 앉았다. 곧 에멜이 몸을 그녀에게 기대기 시작했다. 슬쩍 보니 잠든 듯 보여 에스텔은 픽 웃었다.

"안 취했다더니……."

중얼거린 말에 에멜이 답했다.

"안 취했어요."

"잠이나 자요."

"안 자요."

눈을 감고서도 꼬박꼬박 대답하는 게 귀엽기도 하고 웃기기도 해서 에스텔은 입을 다물었다.

마스터인 에멜은 여전히 변하지 않은 얼굴을 유지하고 있어서 에스텔은 어쩐지 시간이 하나도 흐르지 않은 듯한 기분에 사로잡혔다. 정령사인 그녀에게도 시간은 좀 느리게 흘러갔다.

가만히 그의 숨소리를 들으며 에스텔은 눈을 감았다.

친모와의 생활, 2만 골드에 팔렸던 일, 꿈같았던 생활, 오페라 같았던 사건들—

그에 비하면 지금은 너무나도 평화로웠고, 모든 것이 만족스러웠다.

에스텔은 에멜에게 잡힌 손을 꼭 마주 잡고 낮게 속삭였다.

"사랑해요, 에멜."

그 말에 에멜이 눈을 떴다.

"저도 사랑합니다."

낮은 그의 대답에 에스텔은 빙긋 웃었다.

"앞으로 백 년은 행복할 예감이에요."

"겨우 백 년이요?"

천 년, 만 년은 행복하게 해 줄게요— 하고 에멜이 웃으며 속삭였다.

그가 고개를 숙여서 에스텔이 눈을 살짝 찡그리자 그가 진지하게 말했다.

"이제 술 냄새 안 납니다."

오러로 다 날렸어요.

그 말에 에스텔은 크게 웃었고 웃는 그녀에게 에멜이 키스했다. 알코올 냄새는 전혀 나지 않았다, 대신 위스키에서 남은 달콤한 나무 향이 났다.

"사랑해요."

에멜이 다시 속삭여서 에스텔은 키스로 답했다.

미래에 대한 걱정이나, 아이들에 대한 염려는 조금도 없었다.

그 아이들 또한 이 집 아이니까.

〈외전 완결〉

작가의 말

안녕하세요.

작가 시야입니다.

'나는 이 집 아이' 종이책을 구매해 주신 여러분께 감사드립니다.

이 작품은 제가 오래전부터 하고 싶었던 작품이에요.

출판사에 여러 번 부탁해서 이백 님께 표지를 맡기게 되었고, 덕분에 표지는 아주 아름답게 나왔습니다.

후기를 쓰는 지금은 아직 실물을 보기 전이지만, 예쁘게 나올 것이라 믿어 의심치 않습니다.

'나는 이 집 아이'는 제가 쓰면서 가장 힘들었던 작품인 듯해요.

하지만 힘들었던 만큼 여러분이 많이 사랑해주셨지요.

아름다운 표지를 그려주신 라펫 님과 종이책 표지를 디자인해주신 이백북 님께도 감사드려요. 교정에 힘써준 담당자에게도 감사 인사를 전합니다.

더불어 함께해준 '2월의 월계수' 여러분!

겨을 님, 다함 님, 서록 님, 유나 님, 하늘가리기 님. 힘들 때 항상 토닥여 주서서 고마워요.

그리고 무엇보다도 독자님들께 감사드립니다.

제 종이책을 가지고 계신 분들은 다들 제가 후기에다가 슬쩍 본편 이야기도 적는다는 걸 알고 계시죠?

부록으로 받으신 편지와 관련된 이야기, 나갑니다 :)

*　　*　　*

카를은 편지를 읽고 눈썹을 찌푸렸다.

노란빛 편지지를 내려놓고 그는 자리에서 일어나 룸메이트의 방문을 벌컥 열었다. 책을 읽던 제온이 소스라치게 놀라 고개를 들었다가 인상을 썼다.

"야, 노크 좀 해. 내가 개인적인 뭔가를 하고 있으면 어쩌려고?"

"그 정도 소리는 구별하지."

"—!"

제온은 순간 말문이 막힌 얼굴을 했다가 속삭였다.

"그러니까 네가 내 방 안에서 무슨 소리가 나는지 방문 앞에서 귀 기울여 듣고 있다는 말이야? 소름 끼쳐― 억!"

마지막 말은 짧은 비명으로 끝났다. 카를이 다가와 그가 들고 있던 책을 그대로 그의 얼굴에 밀어붙였기 때문이었다.

"야!"

씩씩거리며 제온이 자리에서 벌떡 일어나자 카를이 말했다.

"토, 에스텔에게 쓸데없는 소리 하지 마."

"뭐?"

제온이 '뭔 헛소리야?' 하는 얼굴을 했고 카를이 말했다.

"체육대회니 뭐니 하는 거 말야."

"아니 그럼 어쩌라고? 그게 하이라이트인데. 심지어 내가 일등상까지 탔잖아? 그런데 그걸 어떻게 말 안 해?"

그가 벽에 걸린 파란 리본을 가리키며 말하자 카를의 눈이 가늘어졌고 제온이 잽싸게 리본 앞을 막으며 말했다.

"건들지 마라. 너라도 안 봐주니까."

"그럼 꼭 건드려야겠는데."

카를이 팔짱을 끼자 제온이 투덜거렸다.

"네가 제대로 쓰면 되잖아. 안 그래도 꼬맹이가 네가 쓰는 내용은 형편없다고 그러더구만."

"뭐―?"

카를이 눈을 크게 떴다. 제온이 손을 저었다.

"아니, 꼬맹이가 이렇게 말한 건 아니지만. 야, 너 맨날 엄청나게 두툼한 편지 받잖아. 그런데 엽서 같은 답장만 보낸다며. 그럼 꼬맹이라도 화날 만하지."

카를은 잠시 생각에 잠겼다가 제온에게 말했다.

"하여간 에스텔에게 편지 그만 써. 아니면 저 리본을 소각로에 던져버릴 테니까."

"악마 같은 놈."

"마족이지."

카를은 그렇게 대꾸하고는 제 방으로 돌아왔다. 그리고 그는 편지지를 꺼낸 후에 생각에 잠겼다.

확실히 그가 토끼가 보내는 편지에 비해 짧은 편지를 쓴 건 사실이다.

하지만 정말로 길게 쓸 내용이 없는 걸 어쩌란 말인가?

그렇다고 이대로 내버려 두면 오늘처럼 짧은 편지만 받을 테고, 돌아갔을 때 에스텔에게 냉대를 받을 수도 있다.

그걸 생각하며 카를은 신중하게 펜을 들었다.

와작와작.

야식을 먹던 제온은 드물게도 카를의 방문 틈으로 불빛이 새어 나오고 있는 걸 발견했다. 한밤중에 불이 켜져 있는 건 드문 일이라서, 제온은 '불 켜놓고 자나?' 하며 방문을 거침없이 열었다.

"카를? 자?"

카를은 자지 않고 있었다. 그는 제온을 등지고 책상 앞에 앉아 있었고, 책상 주변에는 고급 편지지가 마구 구겨져서 널려 있었다.

제온은 먹던 감자 칩을 꿀꺽 삼키고 물었다.

"설마 아직도 편지 써?!"

"……"

대답은 돌아오지 않았지만, 정곡이었다.

"무슨 연애편지 쓰는 것도 아니고, 뭘 그렇게 고민해?"

종이 뭉치를 피해서 제온은 책상으로 다가갔다.

"말해 봐. 내가 도와줄게."

제온의 말에 카를은 망설이다가 내뱉었다.

"길게 쓰기."

"길게?"

카를이 자초지종을 설명하자 제온이 "그럼 한 장 정도 쓰면 되나?" 하고는 자신의 반성문 쓰는 요령을 알려주었다.

"글자를 좀 크게 써. 무엇보다도 중요한 건 줄 바꾸기를 자주 해줘야 한다는 거야. 그리고 한 줄 띄기도 말이야. 그러면 봐라? 여기랑 여기 줄 바꾸고 한 줄씩 띄워주기만 해도 상당하지?"

카를의 눈에 이채가 돌았다.

이렇게 하면 한 장을 채우는 게 어렵지 않을 것 같다.

"그리고 적당히 감상 같은 것도 써주고. 금방 되겠네."

봐? 해결됐지?

제온이 씩 웃자 카를이 손을 내저었다.

"이제 나가."

"아, 진짜 너무하네. 카를 카스티엘로."

투덜거리면서 제온이 방문을 나서는데 작은 목소리가 들려왔다.

"고맙다."

제온은 놀라 눈을 크게 떴지만 대답하지 않고, 놀리지도 않았다. 그는 그냥 웃고 문을 닫고 나왔다.

*   *   *

"오라버니에게서 답장이 왔는데요."

"네."

에멜이 성실하게 대답했다. 에스텔이 입을 비죽였다.

"길게 써달라고 했더니 줄 바꿈만 잔뜩 했지 뭐예요?"

그녀의 말에 에멜은 웃음이 터지는 걸 참으며 진지하게 말했다.

"그렇다면 도련님이 노력하셨네요."

"그래요?"

"적어도 아가씨의 부탁을 들어주시려고 애쓰신 거잖아요?"

그 말에 에스텔의 얼굴이 밝아졌다.

"그건 그러네요. 아, 그리고 이유는 모르지만, 제온이 편지를 못 보내게 됐대요. 엔카스트 백작가에 무슨 일이 생긴 걸까요?"

그게 무슨 일인지 짐작이 가는 에멜은, 제 아픈 정강이를 떠올리며 미소 지었다.

"큰일은 아닐 겁니다."

"그렇다면 다행이네요. 제온이 편지를 보내지 않으면 오라버니의 일상을 잘 알 수가 없거든요."

"황자님은요?"

"황자님에게 보내는 편지는 격식을 갖추게 된단 말이죠."

그게 귀찮아요, 하는 에스텔의 말에 에멜은 고개를 끄덕였다.

"그리고 수영은 미뤄야 할 것 같아요. 오라버니가 기다리래요."

입을 비죽이며 하는 말이지만, 그녀가 기대하고 있는 게 눈에 보여서 에멜이 고개를 끄덕이며 말했다.

"도련님에게 배우는 것도 좋죠."

"그럴까요?"

"그럼요."

"그럼 어쩔 수 없네요."

수영용 드레스는 그냥 걸어만 둘까요, 하고 에스텔이 새침하게 말한 후에 작게 덧붙였다.

"얼른 오라버니가 왔으면 좋겠어요."
"금방이랍니다."
에멜의 말에 에스텔이 환하게 웃었다.
"응!"

*　　*　　*

여기까지입니다.

귀여운 에스텔의 성장과 사랑 이야기를 지금까지 함께해 주셔서 감사
드려요.
새로운 작품으로 또 여러분을 찾아뵙겠습니다.
항상 제게 힘을 주시는 하나님께도 감사 인사 올립니다.

마지막까지 함께해 주셔서 감사합니다.

시야 작가 올림